EL IMPERIO DE LAS TORMENTAS

JON SKOVRON

El Imperio
de las tormentas

minotauro

Obra editada en colaboración con Editorial Planeta – España

Título original: *Hope and Red. The Empire of Storms: Book One*

Diseño de portada: Lauren Panepinto
Ilustración de portada: © Bastien Lecouffe- Shannon Associates

© 2016, Jon Skovron
Publicado por primera vez por Orbit
Los derechos de traducción de esta obra se han acordado a través de Jill Grinberg Literary
Management LLC y Sandra Bruna Agencia Literaria, SL
Todos los derechos reservados

© 2017, Miguel Antón, por la traducción.
© 2016, Mapa e ilustraciones de interior, Tim Paul

© 2017, Editorial Planeta, S.A. – Barcelona, España

Todos los derechos reservados

© 2017, Editorial Planeta Mexicana, S.A. de C.V.
Bajo el sello editorial MINOTAURO M.R.
Avenida Presidente Masarik núm. 111, Piso 2
Colonia Polanco V Sección
Delegación Miguel Hidalgo
C.P. 11560, Ciudad de México
www.planetadelibros.com.mx

Primera edición impresa en España: enero de 2017
ISBN: 978-84-450-0429-6

Primera edición impresa en México: mayo de 2017
ISBN: 978-607-07-4038-1

Impreso en los talleres de Litográfica Ingramex, S.A. de C.V.
Centeno núm. 162-1, colonia Granjas Esmeralda, Ciudad de México
Impreso en México – *Printed in Mexico*

Para mi padre, Rick Skovron,
que me regaló mi primera novela de fantasía.
¿Ves lo que has provocado?

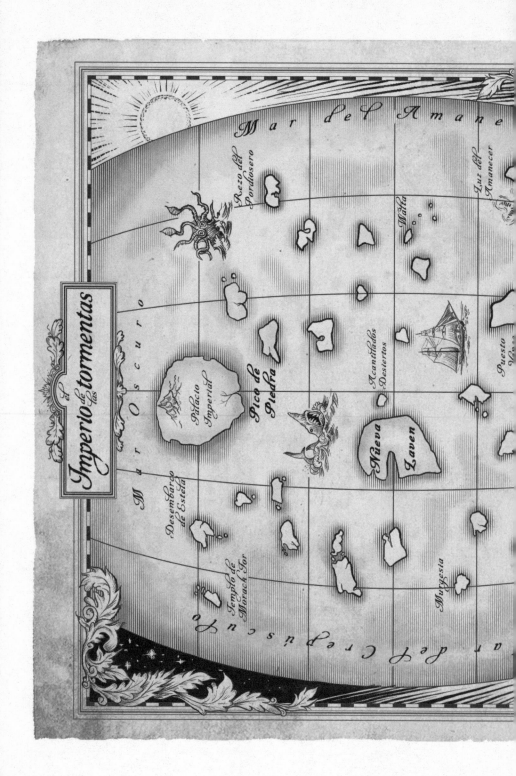

El **Imperio** de las **tormentas**

Mar Oscuro

Mar del Amane

Mar del Crepúsculo

Rezo del Pordiosero

Luz del Amanecer

Mafia

Acantilados Desiertos

Puesto Vino

Palacio Imperial

Pico de Piedra

Nueva

Laven

Desembarco de Estela

Templo de Morack Tor

Murgesia

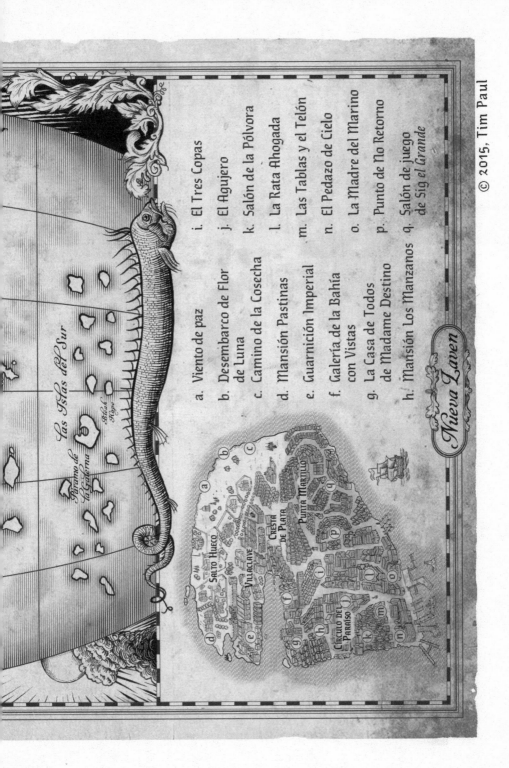

PRIMERA PARTE

Quienes lo han perdido todo son libres para convertirse en cualquiera. Es un precio elevado, pero así es siempre la grandeza.

Extracto de *El libro de las tormentas*

1

El capitán Sin Toa llevaba años comerciando en esas aguas, y había visto algo parecido antes, lo cual no hizo que en esa ocasión le resultase más fácil.

El pueblo de Bleak Hope era una pequeña comunidad situada en las frías islas meridionales de un extremo del imperio. El capitán Toa era uno de los pocos mercaderes que llegaba tan al sur, y solo lo hacía una vez al año. El hielo que se formaba en el agua prácticamente imposibilitaba la navegación durante los meses de invierno.

El pescado seco, el hueso de ballena y el aceite sin refinar para lámparas extraído de la grasa de ballena era un buen cargamento que alcanzaba precios considerables en Pico de Piedra o Nueva Laven. Los lugareños se habían mostrado correctos y complacientes a su meridional y taciturna manera. Y era una comunidad que había sobrevivido en condiciones muy duras durante siglos, cualidad que Toa respetaba mucho.

Así fue que contempló los restos del pueblo con una punzada de dolor en el pecho. Mientras el barco accedía al angosto puerto, observó los caminos de tierra y las chozas de piedra sin reparar en el menor indicio de vida.

—¿Qué sucede, señor? —preguntó Crayton, su primer oficial. Buen tipo. Leal a su manera, aunque algo deshonesto a la hora de cumplir con su carga de trabajo.

—Este lugar está muerto —respondió Toa en voz baja—. No fondearemos aquí.

—¿Muerto, señor?

—No hay ni un alma.

—Quizá participan en alguna reunión religiosa local —aventuró Crayton—. La gente de tan al sur tiene sus usos y costumbres.

—Me temo que no se trata de eso.

Toa señaló el puerto con un dedo grueso cubierto de arañazos. Había una señal grabada en la madera, pintado en su superficie vio un óvalo negro con ocho líneas también negras que caían de él.

—Qué Dios los guarde —susurró Crayton, quitándose el gorro de lana.

—He ahí el problema —señaló Toa—. Que no lo hizo.

Ambos observaron la señal. No se oía nada a excepción del viento frío que jugaba con la larga capa de lana y la barba de Toa.

—¿Qué hacemos, señor? —preguntó el primer oficial.

—Lo que no vamos a hacer es desembarcar, eso está claro. Ordene a los marineros que echen el ancla. Se hace tarde. No quiero navegar a oscuras por estas aguas llenas de bajíos, así que fondearemos durante la noche. Pero que aquí nadie se mueva a error, vamos a volver a alta mar con las primeras luces y nunca regresaremos a Bleak Hope.

Se dieron a la vela a la mañana siguiente. Toa esperaba alcanzar la isla de Páramo de la Galerna en tres días; allí los monjes tendrían suficiente cerveza de buena calidad para que pudiera venderla y cubrir las pérdidas.

Encontraron al polizón durante la segunda noche. A Toa, que dormía en el coy, lo despertaron los golpes que descargaba un puño en la puerta de la cabina.

—¡Capitán! —lo llamó Crayton—. La guardia nocturna. Han encontrado a una… niña pequeña.

Toa lanzó un gruñido. Había tomado más grog de la cuenta antes de retirarse a dormir, y un dolor agudo se le había instalado a la altura de los ojos.

—¿Una niña? —preguntó al cabo de unos instantes.

—Sí… Sí, señor.

—Por todos los infiernos marinos —murmuró, abandonando el coy. Se puso el pantalón húmedo, frío, un chaquetón y las botas. Una niña a bordo, por pequeña que fuera, era mal fario en aquellas aguas tan meridionales. Eso lo sabía todo el mundo. Mientras pensaba en cómo librarse del polizón, abrió la puerta y le sorprendió encontrar a Crayton a solas, estrujando el gorro de lana.

—Bueno, ¿dónde está esa cría?

—En popa, señor —dijo Crayton.

—¿Por qué no me la ha traído?

—Verá, nosotros… Es decir, los hombres no pueden sacarla de su escondite entre la lona de respeto.

—Que no pueden sacarla… —Toa exhaló un suspiro, preguntándose por qué nadie se había metido allí para dejarla inconsciente de un golpe y sacarla a rastras. No se debía precisamente a que sus hombres se ablandaran porque se tratase de una niña pequeña. Puede que fuese por lo de Bleak Hope. Tal vez el terrible final del pueblo los había vuelto más conscientes de lo habitual de sus propias perspectivas con el más allá—. A ver, lléveme hasta ella.

—A la orden, señor —asintió Crayton, visiblemente aliviado de librarse de pagar la frustración de su capitán.

Toa encontró a sus hombres amontonados alrededor del acceso que daba al pañol del aparejo de respeto. La escotilla estaba abierta y miraban la negrura, murmurándose con apremio unos a otros al tiempo que hacían gestos para protegerse de posibles maldiciones. Toa cogió la linterna que le ofrecía uno de ellos e iluminó el agujero, preguntándose por qué una niña atemorizaba de ese modo a sus hombres.

—Mira, niñita. Más te va…

Se había escondido bajo las adujas de cabo grueso. Parecía sucia y hambrienta, pero por lo demás era una niña normal de unos ocho años. Incluso era bonita, a la manera sureña, de piel clara, pecas y un pelo tan rubio que casi era blanco. Sin embargo, había algo en sus ojos cuando te miraban. Estaban vacíos, o peor que vacíos. Eran estanques de hielo capaces de aplastar el menor atisbo de calidez que hubiese en tu interior. Eran ojos viejos. Rotos. Los ojos de quien ha visto muchas cosas.

—Intentamos sacarla de ahí, capitán —dijo uno de sus hombres—, pero se ha atrincherado bien. Y bueno… ella…

—Ya —lo interrumpió Toa.

Se arrodilló ante la abertura, obligándose a no apartar la mirada de la cría por mucho que quisiera hacerlo.

La pequeña no le quitaba ojo.

—Soy el capitán de este barco, niña —dijo—. ¿Sabes qué significa eso?

Ella asintió lentamente. Una vez.

—Significa que todos a bordo hacen lo que yo ordeno. Eso te incluye a ti. ¿Entendido?

Extendió el brazo bronceado, peludo, por el pañol.

—Vamos, niña. Quiero que salgas de ahí y me cojas de la mano. Te juro que nadie de este barco te hará daño.

Durante largos instantes nadie movió un dedo. Entonces, la joven extendió vacilante la mano delgada que desapareció anegada en la de Toa.

Toa y la niña se encontraban en la cabina. Sospechaba que a ella le daría por hablar si no se hallaba presente una docena de bregados marineros obstinados en no perder detalle. Toa le dio una manta y una taza de grog caliente. Sabía que el grog no era la clase de cosas que se le da a las niñas, pero era lo único que tenía a bordo a excepción del agua potable, y eso era un bien demasiado preciado para desperdiciarlo.

Se hallaba sentado al escritorio mientras ella lo hacía en su coy, con la manta sobre los hombros y la taza de ardiente grog en las manos diminutas. Tomó un sorbo, y Toa esperó verla torcer el gesto ante el fuerte sabor, pero ella se limitó a tragar y siguió mirándolo con sus ojos rotos, vacíos. Eran del azul más gélido que había visto, más profundo que el mismísimo mar.

—Voy a preguntártelo otra vez, niña —dijo en un tono que seguía siendo suave—. ¿Cómo te llamas?

Ella se limitó a mirarlo.

—¿De dónde vienes?

A mirarlo. A mirarlo.

—¿Eres de…? —No se creía que esa posibilidad se le hubiera pasado por la mente, y mucho menos que estuviera a punto de preguntárselo—. ¿Eres de Bleak Hope?

Entonces ella parpadeó, como si acabara de salir de un trance.

—Bleak Hope. —Tenía la voz ronca por la falta de uso—. Sí. Soy de allí.

Había algo en su tono que obligó a Toa a reprimir un escalofrío. Tenía la voz tan vacía como los ojos.

—¿Cómo has llegado a mi barco?

—Eso pasó después —respondió ella.

—¿Después de qué?

Cuando lo miró con fijeza, sus ojos ya no estaban vacíos. Estaban llenos. Tanto que Toa sintió que su salado y viejo corazón iba a darle un vuelco en el pecho.

—Te lo contaré —prometió ella, con la voz tan húmeda y llena como su mirada—. Solo te lo contaré a ti. Después nunca volveré a contarlo en voz alta.

Se había acercado a las rocas. Por eso la pasaron por alto.

Le encantaba ir a las rocas. Enormes y negras, podía encaramarse a ellas y situarse sobre el oleaje rompiente. A su madre la aterraba ver cómo saltaba de una a otra. «¡Vas a romperte la crisma!», le advertía. Y a menudo se hacía daño. Muy a menudo. Tenía los tobillos y las rodillas cubiertas de cicatrices y cortes debidos a la superficie afilada de las rocas. Pero no le importaba, le encantaban de todos modos. Y cuando bajaba la marea, medio enterradas en la arena gris, encontraba conchas, raspas y escamas de pescado, cangrejos y, a veces, si tenía suerte, vidrio de mar, el cual atesoraba por encima de todas las cosas.

—¿Qué es? —preguntó a su madre una noche, sentadas ambas junto al fuego después de cenar, con el estómago lleno de caldo de pescado. Levantó un pedazo rojo de vidrio de mar de modo que la luz se proyectó en la pared de piedra de la cabaña.

—Es vidrio, mi pequeña gaviota —respondió su madre, que trabajaba con destreza en la red de pesca de padre—. Son restos de cristal que el mar pule.

—Pero ¿por qué es de color rojo?

—Supongo que para que sea más bonito.

—¿Por qué nosotros no tenemos cristal de colores?

—Ah, es una de esas cosas cursis y fantasiosas que hacen en el norte —aclaró su madre—. ¿De qué iba a servirnos aquí abajo?

Eso hizo que le gustara más si cabe. Recogió vidrio de mar hasta que tuvo el suficiente para hacer un collar con hilo de cáñamo. Se lo regaló a su padre, un huraño pescador que rara vez abría la boca para decir una palabra, con motivo de su cumpleaños. Él sostuvo el collar en la palma de la mano de piel curtida, contemplando con cautela el rojo brillante, el azul y los restos de vidrio verde. Pero entonces la miró a los ojos y vio en ellos lo orgullosa que se sentía, cuánto le gustaba aquello. Su rostro arrugado esbozó una sonrisa mientras se lo ataba en torno al cuello. Los demás pescadores se pasaron semanas burlándose de él, pero él se llevaba los dedos a los trocitos de vidrio y sonreía.

Cuando ellos llegaron ese día, la marea retrocedía y ella buscaba nuevos tesoros al pie de las rocas. Había visto los topes del aparejo en la distancia, pero estaba demasiado concentrada en su búsqueda de vidrio de mar para investigar. Hasta que se encaramó de nuevo a lo alto de las rocas, dispuesta a repasar la colección de raspas y conchas, momento en que reparó en lo peculiar del barco. Era como una caja enorme con tres velas llenas y portas de cañón a lo largo de los costados. Muy distinto de las naves mercantes. No le gustó nada su aspecto. Eso fue antes de ver la densa columna de humo que se alzaba del poblado.

Echó a correr, pisoteando la arena y la hierba alta para cubrir el camino salpicado de árboles raquíticos que la separaban de las casas. En caso de incendio, su madre no se molestaría en salvar los tesoros que había guardado con cuidado en un pequeño arcón debajo de la cama. Era lo único en lo que podía pensar. Había pasado demasiado tiempo y había dedicado demasiado esfuerzo a recoger sus tesoros para perderlos. Eran su bien más preciado. O eso pensaba.

Al acercarse, vio que el incendio se había extendido a todo el pueblo. Vio hombres que no reconoció, ataviados con uniformes blancos y dorados y cascos y petos de metal. Se preguntó si serían soldados. Aunque se supone que los soldados protegen a la gente. Aquellos hombres los estaban reuniendo a todos en mitad del pueblo, amenazándolos a fuerza de blandir la espada y apuntarlos con armas de fuego.

Frenó en seco al ver las armas de fuego. Tan solo había visto una con anterioridad. Era propiedad de Shamka, el anciano del pueblo. Cada invierno, en la víspera de año nuevo, disparaba con ella a la luna para despertarla de su letargo y traer de vuelta al sol. Las armas de fuego de aquellos soldados parecían distintas. Además de la empuñadura de metal, el tubo de hierro y el martillo, tenían un cilindro.

Intentaba decidir si acercarse o echar a correr y esconderse cuando Shamka salió de su cabaña, lanzó un rugido furibundo y abrió fuego con la pistola sobre el soldado más próximo, cuyo rostro se hundió alcanzado por el tiro. Seguidamente el cadáver se desplomó en el fango. Uno de los soldados levantó el arma y disparó sobre Shamka, pero falló. El anciano rio triunfal. Pero entonces, el intruso efectuó un segundo disparo sin recargar. Shamka se mostró sorprendido al llevarse la mano al pecho antes de caer al suelo.

La niña estuvo a punto de lanzar un grito, pero se mordió el labio con tanta fuerza como pudo para impedirlo, y se precipitó de bruces en la hierba alta.

Yació tumbada, oculta durante horas en el terreno frío y enfangado. Tuvo incluso que forzarse a mantener cerrada la mandíbula para impedir que le castañetearan los dientes. Oyó las voces de los soldados que se gritaban unos a otros, y también extraños golpes y algo que le pareció un gualdrapeo. De vez en cuando, oía a uno de los lugareños preguntar entre ruegos qué habían hecho para contrariar al emperador. La única respuesta era una sonora bofetada.

Estaba oscuro, y los fuegos hacía rato que se habían apagado antes de que moviera las articulaciones dormidas para incorporarse y echar un vistazo.

En mitad del pueblo habían levantado una enorme tienda de lona marrón que debía de medir cinco veces lo que cualquier cabaña. Los soldados, empuñando antorchas, formaron en círculo a su alrededor. No veía a ninguno de sus paisanos. Con suma cautela, decidió acercarse un poco.

Un hombre alto, que en lugar de uniforme vestía una capa larga y blanca con capucha, se encontraba a la entrada de la tienda. Tenía en las manos una caja grande de madera. Uno de los soldados apartó la lona que hacía las veces de puerta de la tienda. El hombre de la capa entró, acompañado por el soldado. Poco después, ambos salieron, aunque el de la capa ya no llevaba la caja. El soldado ató la lona de modo que el acceso quedase abierto, y luego lo cubrió con una red tan fina que ni siquiera un pájaro minúsculo podría haberse escurrido por ella.

El hombre de la capa sacó un cuaderno del bolsillo mientras los soldados instalaban una mesita y una silla ante él. Tomó asiento frente a la mesa y un soldado le ofreció pluma y tintero. El hombre empezó a escribir sin demora, deteniéndose con frecuencia para echar un vistazo al interior de la tienda a través de la red.

Empezaron a oírse gritos procedentes del interior. Comprendió entonces que habían encerrado dentro a todos los aldeanos. No sabía por qué gritaban, pero sintió tal terror que pegó de nuevo el cuerpo al fango y se cubrió las orejas con las manos para evitar oír sus voces. Los gritos duraron apenas unos minutos, pero pasó un buen rato antes de que se atreviese a mirar de nuevo.

Reinaba una oscuridad total a excepción de una linterna colgada a la entrada de la tienda. Los soldados se habían marchado y solo quedaba el hombre de la capa, que seguía escribiendo apresuradamente en el cuaderno. De vez en cuando echaba un vistazo a la tienda, comprobaba la hora en el reloj de bolsillo y arrugaba el entrecejo. La niña se preguntó dónde estaban los soldados, pero entonces reparó en que el peculiar barco con forma de caja amarrado en el embarcadero estaba iluminado, y cuando aguzó el oído distinguió rudas voces masculinas.

La niña se deslizó por la hierba alta en dirección a la parte de la tienda más alejada del hombre de la capa. Tampoco la hubiese visto, porque estaba tan concentrado en la escritura que probablemente podría haber pasado por su lado sin que se diese cuenta. A pesar de ello, el corazón le latía con fuerza mientras cubría el corto trecho de terreno descubierto que mediaba entre la hierba alta y la pared de la tienda. Cuando finalmente la alcanzó, comprobó que la tela de la tienda estaba tan tirante que tuvo que sacar varios clavos antes de poder colarse en el interior.

Dentro reinaba la negrura, el ambiente estaba cargado y hacía calor. Los habitantes del pueblo yacían tumbados en el suelo, con los ojos cerrados, encadenados los unos a los otros así como a los gruesos postes de la tienda. En el centro estaba la caja de madera con la tapa abierta. Diseminadas por el suelo había avispas muertas, grandes como pájaros.

A lo lejos, en un rincón, vio a su madre y a su padre, inmóviles como los demás. Se acercó rápidamente a ellos, con una fuerte punzada de dolor en el estómago.

Pero entonces su padre se movió imperceptiblemente y la inundó una intensa sensación de alivio. Tal vez aún estuviera a tiempo de salvarlos. Sacudió con suavidad el hombro de su madre, pero esta no respondió. Hizo lo propio con su padre, que se limitó a gruñir; parpadeó un momento pero no llegó a abrir los ojos.

Miró a su alrededor con la esperanza de encontrar el medio de librarlos de las cadenas. Percibió un grave zumbido cerca de su oído. Al volverse, vio a una avispa gigante flotando sobre su hombro. Antes de que pudiera hundirle el aguijón, la joven vio una mano que pasaba por su lado para dar un manotazo al insecto. La avispa trazó una trayectoria errática, con un ala rota, antes de precipitarse contra el suelo. Al volverse, vio a su padre, a quien el dolor le arrugaba el gesto.

La asió de la muñeca.

—¡Vete! —gruñó—. ¡Lejos! —Y la empujó con tal fuerza que ella cayó de espaldas.

Se quedó mirándolo, aterrada, pero queriendo hacer algo que le borrase la dolorosa expresión de la cara. A su alrededor había otras personas que se agitaban con expresiones doloridas similares a la de su padre.

Entonces vio que el collar de vidrio de mar de su padre sufría una pequeña sacudida. Miró con mayor atención. Volvió a suceder. Su padre arqueó la espalda. Tenía los ojos y la boca muy abiertos, como si gritara, pero tan solo abandonó sus labios un gorgoteo. Un pequeño gusano, gordo como un dedo, surgió de su cuello. La sangre manó a borbotones mientras otros gusanos surgían del pecho y los intestinos.

Su madre despertó con un jadeo, mirando a su alrededor como un animal acorralado. Su piel ya mostraba ciertos cambios. Extendió el brazo y pronunció el nombre de su hija.

A su alrededor, los demás habitantes del pueblo forcejearon con las cadenas al tiempo que los gusanos se liberaban. El suelo no tardó mucho en cubrirse de una masa blanca que se retorcía de dolor.

Quiso echar a correr. En lugar de ello, aferró la mano de su madre y observó cómo se contraía y retorcía mientras los gusanos la devoraban por dentro. No se movió, no apartó la vista hasta que su madre yació inmóvil. Solo entonces se puso en pie como pudo, se coló por debajo de la pared de la tienda y se alejó corriendo hacia la hierba alta.

Vio desde lejos que los soldados regresaban al amanecer

con sacos grandes de arpillera. El hombre de la capa permaneció en la tienda un rato y al salir anotó algo en su cuaderno. Repitió este proceso dos veces más, antes de dirigirse brevemente a uno de los soldados. Este asintió, hizo un gesto, y el grupo que llevaba los sacos accedió al interior de la tienda. Cuando salieron, los sacos estaban llenos de algo que se retorcía, algo que ella supuso serían los gusanos. Los llevaron al barco mientras los soldados restantes se encargaban de levantar la tienda, dejando al descubierto los cadáveres que hasta entonces ocultaba.

El hombre de la capa observó cómo los soldados quitaban las cadenas de la pila de cadáveres. La niña grabó en su memoria las facciones de aquel rostro: pelo castaño, barbilla hundida, cara de rata marcada por una fea cicatriz en la mejilla izquierda.

Finalmente se hicieron a la mar en su enorme nave, dejando un signo peculiar en el embarcadero. Cuando los hubo perdido de vista, la joven se acercó al pueblo. Le llevó unos días, tal vez fuesen semanas, pero los enterró a todos.

El capitán Sin Toa miró fijamente a la joven. Durante el relato que le había hecho, había mantenido la mirada fija y horrorizada. Al terminar, adoptó de nuevo la vacía frialdad que le conocía de cuando la había sacado de la bodega.

—¿Cuánto tiempo hace de eso? —preguntó.

—No lo sé —respondió ella.

—¿Cómo subiste a bordo? Ni siquiera hemos atracado en puerto.

—Llegué a nado.

—Una distancia considerable.

—Sí.

—¿Y qué voy a hacer contigo?

Ella se encogió de hombros.

—Un barco no es lugar para jovencitas.

—Debo sobrevivir —se limitó a decir ella—, debo dar con ese hombre.

—¿Sabes quién es? ¿Qué significaba ese signo?

Ella hizo un nuevo gesto de negación.

—Era el blasón de los biomantes del emperador. No tienes ninguna posibilidad de acercarte siquiera a ese tipo.

—Lo haré —dijo ella, bajando el tono de voz—. Algún día. Aunque me lleve la vida entera. Daré con su paradero y lo mataré.

El capitán Sin Toa sabía que no podía tenerla a bordo. Se decía que las doncellas, por más que solo tuvieran ocho años, podían atraer en aquellas aguas la atención de las serpientes marinas, y que eso era tan seguro como tirar carnaza al agua. La dotación podía llegar a amotinarse ante la perspectiva de tener a una joven a bordo. Sin embargo, tampoco iba a arrojarla por la borda o abandonarla en una roca. Cuando fondearon al día siguiente en Páramo de la Galerna, se fue a visitar al principal de la orden de Vinchen, un anciano monje de piel marchita llamado Hurlo.

—La niña ha visto cosas que nadie debería ver —dijo. Ambos paseaban por el patio de piedra del monasterio, a la sombra del alto templo de piedra negra que se alzaba sobre ellos—. Está destrozada. Pienso que la vida monástica es la única opción que le queda.

Hurlo deslizó las manos en el interior de las mangas de la túnica negra.

—Lo entiendo perfectamente, capitán. De veras que sí. Pero la orden de Vinchen es solo para hombres.

—Pero no les vendrá mal una sirvienta —propuso Toa—. Es campesina, está acostumbrada al trabajo duro.

Hurlo asintió.

—Es posible. Pero ¿qué pasará cuando con el paso del tiempo empiece a florecer? Se convertirá en una distracción para mis hermanos, sobre todo para los más jóvenes.

—Quédesela hasta entonces. Al menos le habrá proporcionado un hogar durante unos años. Cuide de ella hasta que pueda labrarse su camino.

Hurlo cerró los ojos.

—Aquí no le espera una vida fácil.

—De todos modos, piense que tampoco sabría qué hacer si tuviera una vida fácil.

Hurlo se volvió hacia Toa. Y, para sorpresa del marino, el anciano esbozó una sonrisa y sus ojos brillaron vivaces.

—Acogeremos a esta niña destrozada que ha encontrado. Una gota de caos en la orden podría motivar cambios. Puede que para mejor.

Toa se encogió de hombros. Nunca había entendido bien a la orden de Vinchen.

—Si así lo cree, gran maestro...

—¿Cómo se llama la niña? —preguntó Hurlo.

—No sé por qué, pero no quiere revelar su nombre. A veces creo que ni lo recuerda.

—¿Cómo llamaremos a esta joven nacida de la pesadilla? En calidad de inverosímiles guardianes, supongo que nos corresponde ponerle nombre.

El capitán Sin Toa lo meditó unos instantes, tirándose de la barba.

—Tal vez podrían llamarla como el pueblo del que es la única superviviente. Así, de algún modo, este sobrevivirá en el recuerdo. Llámela Bleak Hope, Esperanza Sombría.

2

Sadie estaba ebria esa noche. Demasiado borracha para volverse a la cama. Pero tampoco podía seguir donde estaba.

—Vamos a cerrar ya, Sadie —le advirtió *Tirantes* Madge.

Sadie levantó la vista hacia ella. *Tirantes* Madge era la encargada de mantener el orden en la taberna de La Rata Ahogada. Medía más de un metro ochenta y el mote de Tirantes se debía a que no tenía más remedio que llevarlos para mantener la falda en su sitio debido a lo grande que era. Madge era una de las personas más temidas y respetadas de los arrabales de Nueva Laven. Era por todos sabido en Círculo del Paraíso, Cresta de Plata y Punta Martillo que ella mantenía el orden en su taberna. Cualquiera lo bastante insensato o temerario como para causar problemas acabaría con la oreja arrancada, la prohibición de volver a la taberna y la vergüenza grabada en la cara durante el resto de su vida. Madge conservaba la colección de orejas en pequeños botes de cristal detrás de la barra.

—Sadie —repitió Madge—. Hora de retirarse.

Sadie cabeceó en sentido afirmativo y se puso en pie.

—¿Tienes dónde quedarte? —le preguntó Madge.

Sadie hizo un gesto vago con la mano mientras arrastraba los pies por el suelo cubierto de serrín.

—Sé cuidar de mí misma.

Madge se encogió de hombros y empezó a colocar las sillas sobre las mesas.

Sadie salió de La Rata Ahogada caminando con dificultad. Miró alrededor en busca de algún conocido que pudiese ofrecerle un lugar donde pasar la noche. Entornó los ojos a la tenue luz del tembloroso alumbrado público. Pero la calle estaba prácticamente vacía, lo que suponía que los alguaciles o bien acababan de pasar o se disponían a hacerlo.

—Maldita mierda —dijo entre dientes, rascándose el pelo sucio y enmarañado.

Anduvo un rato calle abajo hasta que reparó en el sencillo letrero de madera de una taberna llamada La Madre del Marino. Era sabido que se trataba de un lugar de mala nota, un albergue para indigentes, un antro. Pero ella era Sadie *la Cabra*, conocida en Círculo del Paraíso, Cresta de Plata y Punta Martillo por ser una de las más consumadas ladronas, mercenarias y practicantes de las malas artes vivas. Tenía una reputación. Nadie era tan estúpido como para meterse con ella.

Dirigió sus pasos tambaleantes hacia la pensión, donde pidió habitación para pasar la noche. El encargado, un tipo flacucho que respondía al nombre de Backus, le dirigió una mirada cargada de duda.

—Y nada de cosas raras —le advirtió ella, hundiendo el índice en su frente con fuerza suficiente para dejarle marca.

—Claro que no. —Backus esbozó una sonrisa que de tan magra era imperceptible—. Yo mismo cuidaré de ti. No queremos que haya… malentendidos, ¿no es así?

—Estupendo —dijo Sadie—. Tú primero, tabernero.

Backus la llevó por una escalera rota de madera hasta un salón donde reverberaba el eco de las risas, los sollozos y el sonido de un violín que sin duda tocaba un pedazo de cabrón a horas tan intempestivas. Backus abrió la última puerta de la izquierda y Sadie pasó por su lado hacia el sucio colchón que había en el suelo.

—¿Quieres que te traiga un último trago? —le preguntó Backus.

—Eso sería estupendo, Backus —asintió Sadie—. Igual hasta te he juzgado injustamente.

—Apuesto algo a que así es. —Backus esbozó de nuevo aquella sonrisa.

Sadie se desplomó sobre el colchón sin molestarse siquiera en quitarse la falda, las botas y los cuchillos. Aguantó unos minutos la visión del techo agrietado, que giraba y giraba sobre su cabeza, hasta que Backus volvió con una taza fría de algo que olía bien.

De no haber estado tan borracha habría notado trazas de rosa negra antes de dar el primer sorbo. Pero se lo echó al coleto de un solo trago, y al cabo de unos instantes todo se volvió negro.

Cuando Sadie despertó ya no estaba en el colchón de la casa de indigentes. Estaba tumbada boca abajo en una cubierta. Tardó un segundo en reparar en el hecho de que esa cubierta se balanceaba. Un pequeño haz de luz solar que se filtraba a través de un ventanuco redondo iluminaba lo suficiente para que pudiera dilucidar que se hallaba en la bodega de un barco.

—Maldita mierda. —Hizo un esfuerzo por levantarse, pero la habían atado de pies y manos con una cuerda sucia, así que solo logró incorporarse. Intentó desatarse las muñecas, pero en esa posición costaba un triunfo asirlas con propiedad, y además se enfrentaba a un complejo nudo marinero, de modo que ni siquiera supo por dónde empezar.

Recostó la espalda en algo que soltó un leve gruñido. Al volverse vio a un joven sentado a su lado. También estaba atado de pies y manos. Vestía con harapos y estaba muy sucio; probablemente se tratara de un ratero al que también habían secuestrado.

—Eh, chico. —Le dio con fuerza en las costillas con el codo huesudo—. Despierta.

—Apártate, Filler —masculló el joven—. ¡No tengo nada que darte!

—Estúpido —dijo ella, propinándole un nuevo codazo—. ¡Nos han sureado!

—¿Cómo? —El muchacho puso unos ojos como platos. Eran rojos, brillantes como rubíes. Indicaban que su madre había sido adicta a la especia de coral. Mal asunto, esa droga enganchaba de mala manera y te devoraba el cerebro lentamente. La mayoría de los niños que nacían adictos al coral no sobrevivían ni el primer mes. Sadie supuso que algo había en aquel chico para que hubiese sobrevivido. Algo oculto, mucho, porque por el mismísimo diablo que no lo veía ni por asomo. El muchacho se lamentaba y sollozaba como un cachorrillo al que acabaran de atizar con la correa, y las lágrimas le caían de los ojos rojos bajo la desigual cortina de pelo castaño mientras balbuceaba a gritos:

—¿Dó… Dónde estoy? ¿Qué ha pa… pasado?

—Acabo de decírtelo, ¿o no? —le respondió Sadie—. Nos han sureado.

—¿Qué sig… significa eso?

—¿Es que eres tonto del culo? —preguntó Sadie—. ¿No lo has oído nunca? ¿Cómo es posible que vivas en las calles y no sepas algo así?

El muchacho curvó los labios como si se dispusiera a iniciar una nueva tanda de lloros. Sin embargo, la sorprendió al aspirar aire con fuerza y decir:

—Solo llevo un mes en las calles. No sé gran cosa. Así que, por favor, señora, te ruego que me digas qué está pasando.

Ella lo miró mientras él la observaba a su vez, y cabe la posibilidad que deba achacarse a una muestra de esa compasión propia de personas de edad avanzada, pero el caso es que en lugar de reírse o escupirle, se limitó a exhalar un suspiro.

—¿Cómo te llamas, chico?

—Rixidenteron.

—Maldita mierda, eso tiene muchas letras.

—Mi madre era pintora. Me bautizó así en homenaje al gran pintor lírico-romántico Rixidenteron Tercero.

—Entonces, ¿tu madre ha muerto?

—Sí.

Guardaron un largo silencio, roto únicamente cuando el

joven se sorbía los mocos o por los crujidos de la madera y el suave susurro que provenía de proa al desplazarse la nave por el oleaje. Debían de estar haciendo buen avante.

—En resumidas cuentas —dijo ella por último—: nos han traído a bordo y vamos rumbo a las Islas del Sur. Nos han reclutado forzosamente. Dejarán que sigamos aquí un tiempo, cociéndonos a fuego lento, y a continuación bajarán y hasta es posible que nos den una buena tunda, para que sepamos que van en serio. Luego nos darán a elegir: o nos unimos a la dotación o nos declaran polizones y nos arrojan por la borda.

El muchacho había ido abriendo los ojos paulatinamente hasta que semejaron sendos platos soperos rojiblancos.

—Pero… —Le temblaron de nuevo los labios—. Si yo no sé nadar.

—Esa es la idea. Y aunque supieras nadar, estamos tan lejos de la costa que es imposible que la alcances vivo, por mucho que lograras rehuir a tiburones y focas.

—Yo no… no quiero ir a las Islas del Sur —lloriqueó—. Dicen que están plagadas de monstruos y que no hay comida, ni luz, y que nadie vuelve de allí, que no se puede regresar, que una vez vas te quedas atrapado para siempre jamás. —Su voz surgía ahora en espasmos hasta que los sollozos la anegaron.

Sadie ya había tenido suficiente. Se planteó la posibilidad de darle una buena patada en la cabeza. Así lograría cerrarle la boca. Además, dudaba que pudiera servirle de algo durante la huida. Ni siquiera era un ratero callejero. Era el hijo de una artista, probablemente había mamado de la teta hasta cumplidos los cinco. No tenía ni idea de cómo habría logrado sobrevivir un mes en las calles.

Pero lo había hecho. Y no parecía estar muriéndose de hambre precisamente. Así que algo debía de tener. Se preguntó de qué se trataba.

Los sollozos del muchacho habían vuelto a adquirir el sonido propio de quien se sorbe los mocos. Aunque solo fuese para lograr que dejara de hacer ese ruido, le dirigió de nuevo la palabra:

—Vamos a ver, Rixie, o como quiera que te llames. ¿Cómo era tu madre? ¿Qué le sucedió?

El joven se sorbió los mocos de nuevo y se sirvió de los hombros para secarse las lágrimas.

—¿De verdad te interesa?

—Pues claro que sí —dijo ella, apoyando la espalda en un saco de arpillera lleno de patatas, acomodándose tanto como pudo teniendo en cuenta que estaba atada de pies y manos. Podían transcurrir horas hasta que alguien bajase a la bodega, y debía estar descansada para sacar el mayor provecho de cualquier oportunidad que se presentara. La triste historia del hijo de una artista era mejor que el aburrimiento.

—De acuerdo. —La expresión del muchacho se revistió de solemnidad—. Pero tienes que prometerme que no se lo contarás a nadie.

—Te lo juro por el pito púrpura de mi padre —afirmó Sadie.

La madre de Rixidenteron, Gulia Pastinas, provenía de una de las familias más respetables que vivían en el extremo norte de Nueva Laven, lejos, muy lejos de la suciedad y la violencia de Círculo del Paraíso, Cresta de Plata y Punta Martillo. Era la segunda hija, bastante bonita, pero tan cabezota e independiente que su padre pensaba desesperado que nunca la casaría. Estaba mal visto en las familias pudientes que las mujeres trabajaran, lo cual suponía que tendría que mantenerla.

Se animó mucho cuando ella le contó que iba a sumarse a un grupo de artistas en Cresta de Plata. En aquella época estaba de moda que los hijos de las familias acomodadas tontearan con la cultura y la vida bohemia. Él pensó que se limitaría a eso, que eso le permitiría tomarse un respiro de su problemática hija pequeña.

Pero resultó que era una artista con mucho talento, y que después de todo no iba a volver a casa con el rabo entre las piernas al cabo de un año. Que, de hecho, nunca lo haría. Al principio, porque estaba muy ocupada siendo el centro de la comunidad artística de Nueva Laven. Después, porque estaba demasiado enferma para regresar. Aunque es cierto que no lo hubiera hecho de haber podido.

El padre de Rixidenteron era prostituto, descendiente de una larga estirpe de prostitutos, masculinos y femeninos. Nunca se le ocurrió que su oficio fuese un problema hasta que conoció en una fiesta a la hermosa artista de ojos negros que, después de conversar con él durante diez minutos, aseguró que iba a librarlo de su vida miserable. Tenía dinero gracias a la venta de una producción reciente de cuadros, y se sentía pletórica debido a su reciente adicción a la especia de coral. Se lo llevó a casa esa noche e insistió en que abandonara su vida en el mercado de la carne. Él compuso su sonrisa suave, cálida, y asintió para mostrarse de acuerdo, tan embelesado por el encanto de ella y la pasión que destilaban sus palabras que habría hecho cualquier cosa que ella le hubiese pedido.

Ella pintaría y él cocinaría y limpiaría, y durante un tiempo ambos fueron felices. Entonces nació Rixidenteron y todo cambió, tal como acostumbra a pasar cuando dos personas se convierten en padres. Su hijo nació con los reveladores ojos rojos de un adicto al coral, y los amigos les dijeron que no duraría una semana. Pero tal vez poseía una fuerza oculta. O quizá se debía al hecho de que sus padres se pasaron hasta la última hora de vigilia pendientes de él, cuidándolo, haciendo todo lo que se les ocurrió para mantenerlo con vida. Se privaron de la comida para permitirse costearse la medicación que la hermana de su madre les trajo, elaborada por un apotecario de la zona alta. La situación empeoró hasta el punto de que el padre de Rixidenteron apuntó la posibilidad de volver a dedicarse a lo suyo. Pero ella se negó y pintó tanto y con tal denuedo que siempre tenía las manos manchadas de pintura. Años después, los críticos de arte concluirían que esa fue su mejor etapa creativa.

Y Rixidenteron sobrevivió a pesar de los pesares. Cuando celebraron su primer cumpleaños, creyeron haber superado lo peor.

Pero las pinturas de su madre contenían una toxina de medusa, inocua en pequeñas dosis, que llevaba años filtrándosele en la piel y que ahora empezaba a afectarle a los nervios. Entre eso y su adicción al coral, cada vez le costaba mayores esfuerzos pintar. Para cuando Rixidenteron cumplió los dos años, ya no podía sostener el pincel sin temblar. De nuevo su padre ofreció la posibilidad de volver a dedicarse a su oficio. De nuevo ella se negó. En lugar de ello, enseñó a Rixidenteron a pintar. Le puso guantes para que con el tiempo no le pasara lo mismo que a ella. Entonces lo puso a trabajar. A los cuatro años era capaz de crear cualquier imagen que se le describiese con una precisión sobrecogedora. Rixidenteron se sentaba ante el lienzo durante horas mientras su madre yacía tumbada en el maltrecho sofá azul de la vivienda, cubriéndose con mano temblorosa los ojos mientras le susurraba las imágenes que acudían a su mente. Y él las hacía realidad.

Consideraba un regalo el tiempo que pasaban juntos y estaba orgulloso de ser capaz de ayudar a su madre, la gran pintora, con su arte. Pero con el transcurso del tiempo se volvió más duro. En lugar de alejarla de la adicción al coral, la enfermedad de Rixidenteron y la posterior fragilidad de ella la habían empujado más hacia la especia. A los seis años, las descripciones que le hacía su madre carecían de sentido, y él creaba la mayor parte por su cuenta. Pero si bien poseía la destreza de ella, carecía aún de su visión. Y los cuadros evidenciaron ese hecho. La gente empezó a decir que estaba acabada.

En esa ocasión, su padre no consultó a nadie. Se limitó a volver a su oficio. Era mayor y la vida se había cobrado su precio. Pero era razonablemente atractivo y era capaz de hacer dinero suficiente para comprar de manera anónima la obra de su amada. Por tanto, ella siguió pensando que mantenía a la familia. Rixidenteron sabía la verdad, pero para cuando reunió coraje para confesárselo, ella era incapaz de comprender lo que le decía. O eso le pareció. Siempre se preguntó por ello. Porque la noche en que se lo dijo, ella tomó una sobredosis de especia de coral y murió.

Durante un tiempo, Rixidenteron y su padre siguieron viviendo de la misma manera. Pero a finales del año siguiente su padre había adelgazado mucho y estaba pálido. Rixidenteron jamás supo si se debió a una enfermedad o a la aflicción por la muerte de su madre. Fuera como fuese, su padre había perdido interés en mejorar su estado de salud.

A una semana de su octavo cumpleaños, Rixidenteron descubrió que su padre había muerto mientras dormía. Limpió la sangre y los excrementos del cuerpo de su padre, quemó las sábanas y se marchó.

—Pero ¿cómo pudiste sobrevivir en las calles? —preguntó Sadie—. ¿Cómo coño fuiste capaz de sobrevivir cuando es evidente que no sabes ni jota?

Él se encogió de hombros.

—Conocí a otros chicos que dejaron que me sumase a ellos. Se me da bien coger cosas.

—¿A qué te refieres con eso de que se te «da bien coger cosas»?

—Tengo unas manos más rápidas de lo normal. Quizá se deba a todo lo que he pintado. No sé. Pero robar carteras, relojes y demás me resulta fácil. Ni se enteran.

A Sadie le brillaron los ojos.

—Es un don raro y muy útil. —Observó el complejo nudo que le mantenía las manos atadas—. ¿Crees que serías capaz con esas manos de desentrañar esto?

—Probablemente —respondió él.

—¿Aun teniendo atadas tus propias manos?

—Puedo intentarlo.

—Adelante, pues.

Cuando por fin bajó un marinero a la bodega para ver cómo estaban, el sol se había puesto y tan solo la leve luz de la luna se filtraba a través del ventanuco. Oyeron al marinero antes de que él pudiera verlos, sus botas pisaban con fuerza los peldaños de madera de la escalera mientras hablaba solo.

—Niños y mujeres de tripulación. Menuda travesía de mierda.

Era un veterano, muchas canas mezcladas con el cabello negro y sucio y el pelo de la barba. Llevaba una casaca de lana tensa sobre la barriga pronunciada, y cojeaba un poco. Sadie y el muchacho permanecían sentados juntos en el suelo, con las cuerdas visiblemente envueltas en torno a las muñecas. Ella se esforzó por mantener una expresión inescrutable cuando el marinero la observó con ojos que delataban la ebriedad de su dueño.

—A ver, vosotros dos, prestad atención —anunció—. Os han presentado voluntarios para formar parte de la dotación de esta nave, la *Viento salvaje*. Si obedecéis órdenes y hacéis lo que el capitán y yo digamos, tendréis libertad para marcharos a nuestro regreso al puerto de Nueva Laven. Es posible incluso que os paguemos algo. Si no obedecéis las órdenes, os azotarán hasta que estéis a punto de expirar. Será algo parecido a esto. —Descargó un fuerte golpe con la mano abierta en la cara de Sadie, tan fuerte que le partió el labio—. Solo que algo peor. ¿Entendido?

Sadie sonrió, dejando que la sangre le resbalara por la comisura del labio.

—¿Sabes por qué me llaman Sadie *la Cabra*?

Él se le acercó, el aliento le hedía a grog.

—¿Es por la barba?

Ella le propinó un cabezazo. Mientras la miraba atónito, con la sangre abandonando su nariz rota a borbotones, Sadie se libró de las ataduras, sacó la daga de la bota y la hundió en la parte blanda de la mandíbula del marinero. Allí la retorció lentamente, y él sufrió algunas convulsiones pegado al cuerpo de la mujer, salpicándole de sangre el rostro. Entonces hizo un rápido movimiento con el cuchillo para abrirle una herida en el cuello hasta alcanzarle la clavícula. Cuando apartó el arma, el cuerpo del marinero, sumido aún en convulsiones, cayó a plomo al suelo.

Se limpió la sangre con la manga, se inclinó y desenvainó la espada del muerto.

—Toma —dijo, tendiéndole el cuchillo al muchacho—. Arriba habrá otros como él. Es posible que debamos acabar con todos.

El joven contempló en su mano el arma, cuya hoja seguía cubierta de sangre.

—Red —dijo ella. Al ver que no respondía, le propinó una colleja—. Mírame cuando te dirija la palabra.

Él parpadeó al mirarla con cara de bobo.

—Red. Rojo. A partir de ahora ese será tu nombre. Eres mi secuaz, ¿entendido?

Él abrió los ojos como platos y asintió.

—Ahora vamos a explicarles a esos marineros hasta qué punto nos cabrea que nos sureen.

Reinaba la oscuridad en cubierta. La luna apenas era un gajo. El marinero que estaba de guardia se sorprendió tanto al verlos que ella le hundió la espada entre ceja y ceja antes de que pudiera pronunciar una sola palabra. Cayó en cubierta, y Sadie tardó un instante en librar la hoja del cráneo. La mayoría de los marineros estaban bebidos, dormidos, o ambas cosas. A Sadie no le importó ese detalle. Era lo que se merecían. No era muy ducha con la espada, así que se limitó a lanzar tajos a diestra y siniestra a medida que se abrieron paso por cubierta. Cuando alcanzaron la cabina del capitán, jadeaba, le dolía el brazo horrores y estaba cubierta por la sangre de seis hombres. La puerta de la cabina estaba cerrada, así que golpeó la madera con la empuñadura del arma.

—¡Sal de ahí, escoria cubierta de escamas!

—¡Sadie! —Era la voz aguda de Red.

Ella se volvió a tiempo de ver a un hombre con sombrero de ala ancha situado a unos tres metros de distancia, apuntándola con una pistola. Pero en lugar de disparar el arma cayó de su mano, mientras con la otra se aferraba la hoja del cuchillo que le asomaba por el vientre.

Red tenía las manos vacías. Sonrió algo avergonzado, los ojos rubí resplandecientes en la penumbra.

—Mi intención era desarmarlo.

Sadie esbozó una sonrisa esquinada y le dio una palmada en la espalda.

—Bien hecho, Red. Sabía que tenías arrestos bajo toda esa blandura de artista. Ahora vamos a darle la vuelta a esta bañera. Hay otro malnacido en Nueva Laven a quien hay que explicarle por qué nadie surea a Sadie *la Cabra*.

Devolver la nave de vuelta al centro de Nueva Laven resultó complicado teniendo en cuenta que solo contaba con Sadie y Red por tripulación, y que ni la una ni el otro sabían muy bien lo que hacían. Pero el viento les fue favorable y con el tiempo alcanzaron el muelle. Probablemente lo hubiesen abordado, pero por suerte Sadie conocía a algunos de los tipos del puerto, que los ayudaron a guiarse sin hundirse en sus aguas o hundir al prójimo.

Sadie dedicó a los marineros un sucinto agradecimiento en forma de gruñido, y seguidamente echó a andar por el muelle a paso vivo, sable cubierto de sangre en mano. Red se apresuró a seguirla, ansioso por ver cómo su nueva heroína se cobraba su venganza.

Era demasiado pronto para encontrar a Backus trabajando en La Madre del Marino, así que Sadie se dirigió a La Rata Ahogada. Cuando llegaron a la taberna, abrió la puerta de par en par.

—¡Backus! ¡Ah, taimado gusano!

Backus levantó el rostro delgado, magro, de la jarra de cerveza y volvió la vista hacia ella. Hasta el último de los parroquianos de La Rata Ahogada guardó silencio, y todas las miradas fueron basculando la atención entre Sadie y él.

—Mira a quién tenemos aquí, pero si es Sadie *la Cabra*. —Su tono calmo sonaba forzado—. No esperaba volver a verte. Veo que hasta los marineros te consideran fea, ¿es eso?

—Pues yo me dispongo a dejarte mucho más feo de lo que han quedado ellos. —Entonces Sadie levantó la espada y cargó contra él.

Al principio, Backus se mostró incrédulo. Todo el mundo sabía que uno no la emprende a golpes con nadie ni nada en La Rata Ahogada. Pero a medida que la mujer se le fue acercando, su expresión adoptó una pátina de terror.

Entonces *Tirantes* Madge se alzó, aparentemente salida de la nada, para asir a Sadie del brazo del arma. Tiró con la fuerza suficiente para levantar a la ladrona del suelo, gesto que esta recibió con un gruñido. La tabernera estampó la mano de Sadie sobre la superficie de la mesa más próxima, haciendo saltar por los aires varias jarras de cerveza y forzando a Sadie a soltar el arma.

—Sabes perfectamente que nadie la lía dentro de estas cuatro paredes, Sadie. —Su voz era un gañido ronco.

—¡Merece una lección! —protestó ella, intentando librar la muñeca de la férrea presa de *Tirantes* Madge—. ¡Todo el mundo debe saber que nadie surea a Sadie *la Cabra*!

—Te entiendo —replicó Madge—. Pero todo el mundo sabe, incluso tú, que nadie mata ni una mosca en mi negocio. Y ahora sal de aquí o te saco a guantazos.

Todo el mundo sabía que a Madge le caía bien Sadie. En ese momento le estaba dando una oportunidad. Sadie podría haberla aprovechado y ahí habría terminado el asunto. Pero no fue así.

—¡No hasta que se lo demuestre a todos! —Y se arrojó hacia Backus en un arranque de fuerza repentina.

Tirantes Madge se limitó a gruñir, pues asía aún la muñeca de Sadie. Tiró de su presa para acercársela, le aferró la testa con la mano libre e, inclinándose, con un húmedo desgarro y un chorro de sangre, arrancó de un mordisco la oreja de Sadie.

El grito de dolor proferido por la garganta de la ladrona fue lo bastante agudo para hacer temblar la cristalería que descansaba tras la barra, fruto tanto de la ira como del dolor. Sadie se llevó la otra mano al costado sangrante de la cabeza. Madge conservaba la oreja entre los dientes, junto a un mechón de pelo que se había entrometido. Sadie salió a la carrera de la taberna, conteniendo los sollozos de vergüenza.

Todas las miradas estaban pendientes de Madge mientras caminaba tranquila hacia la barra, alcanzaba una jarra vacía, escupía la oreja en su interior y la sumaba al resto de su colección.

Red vio que la espada ensangrentada de Sadie descansaba aún en la mesa. No sabía qué sucedería a continuación, pero sí que probablemente Sadie necesitaría el arma. Recorrió la taberna a la carrera, justo cuando Backus se volvió hacia el acero.

Red aferró la espada antes de que el tipo levantase una mano. Seguidamente salió del local siguiendo los pasos de Sadie.

La localizó caminando a trompicones de vuelta al muelle. Maldecía y lloraba con la mano apretada contra el costado de la cabeza mientras la sangre se le escurría entre los dedos.

—¿Qué ha pasado? —preguntó el muchacho con voz aguda.

—Estoy acabada —se lamentó la mujer—. Sadie *la Cabra* ridiculizada delante de todo el mundo. *Tirantes* Madge tiene mi oreja en su colección y ya no podré asomar la nariz ahí dentro.

—¿Qué vamos a hacer ahora? —preguntó el muchacho.

—¿Vamos? —replicó ella, burlona—. ¿Que qué vamos a hacer? —Parecía a punto de darse la vuelta y descargar una bofetada sobre él. Pero entonces detuvo el paso y se quedó allí de pie, ceñuda—. «Vamos» —repitió, en esa ocasión adelgazando el tono de voz. Contempló entonces el muelle. La *Viento salvaje* seguía amarrada donde la habían dejado—. «Nosotros» —susurró, antes de lanzarle una sonrisa torcida a Red.

»Vamos a emprender un nuevo negocio, compañero. ¿Quién necesita la porquería que ronda por Círculo del Paraíso, Cresta de Plata y Punta Martillo cuando hay tantos otros lugares de interés que nos esperan, rogándonos casi ser saqueados? Tal vez Sadie *la Cabra* esté acabada, pero Sadie *la Reina Pirata* no ha hecho más que empezar.

3

*L*a costa de Páramo de la Galerna estaba formada por escarpada roca negra que recibía el azote constante de las gélidas olas. Tierra adentro, el suelo oscuro era compacto, pero, trabajado de la manera adecuada, lo bastante fértil para plantar en él una miríada de cultivos, sobre todo la cebada y el lúpulo que los monjes de Vinchen empleaban para fabricar la cerveza marrón que tan apreciada era a lo largo y ancho del imperio.

La mayor parte de la isla se dedicaba a la agricultura, pero en el centro de la misma se alzaba el monasterio de Vinchen, edificado hacía siglos a partir de la roca negra de la isla por los discípulos de Manay *el Fiel*, uno de los grandes maestros en la historia del imperio. Los edificios largos, rectangulares, formaban un imponente cuadrado cerrado alrededor de un patio, y en el centro se alzaba el templo. La parte sur del monasterio albergaba las viviendas comunitarias de los monjes, y una morada separada, pero igual de humilde, destinada al gran maestro. La parte septentrional se destinaba a las cocinas, y la occidental la ocupaba la fábrica de cerveza.

El gran maestro Hurlo había visto llegar a muchos jóvenes de mirada espantada a las puertas de negro hierro del monasterio. La mayoría eran de familia acomodada, niños mimados, enviados a convertirse en discípulos de Vinchen porque sus padres no tenían paciencia para enfrentarse a ellos en casa. Hurlo recordaba los tiempos en que ser de Vinchen era un objetivo deseado. Incluso cuando se puso de moda. Pero aquellos que llegaban ahora al monasterio tardaban años en apreciar lo que tanto él como los demás monjes intentaban compartir con ellos. Sin embargo, había llegado a asumir que así era como funcionaban ahora las cosas.

Pero no sabía qué esperar de la joven. Era algo completamente nuevo, tanto para él como para la orden. El capitán Toa la había llevado, sucia y harapienta, hasta la puerta. Los ojos azul marino absorbían cuanto había a su alrededor, sin revelar nada.

—Hola, niña —la saludó Hurlo—. Soy el gran maestro Hurlo. Bienvenida al monasterio de Vinchen.

—Gracias —respondió ella con voz apenas audible.

—Buena suerte, pues, Hurlo. —Sin Toa le tendió la mano fuerte y peluda.

—Buen viento —le deseó el monje, estrechándola con afecto.

Cuando Toa se hubo marchado, Hurlo reunió a todos los monjes y estudiantes en el patio. Los presentes contemplaron a la niña situada junto a Hurlo con muestras diversas de sorpresa, confusión y desagrado.

—Esta es Bleak Hope, una niña huérfana sin hogar por culpa de los actos de un biomante —anunció el gran maestro—. Va a quedarse con nosotros, echará una mano en los quehaceres domésticos y otras labores menores hasta que sea lo bastante mayor para marcharse.

Ninguno de los monjes pecó de irrespetuoso y habló, pero Hurlo oyó a varios contener teatralmente un grito. Aquello no lo sorprendió. Ninguna mujer, por escasa que fuese su edad, había puesto jamás un pie en el monasterio. A partir de entonces convivirían con una a diario, posiblemente durante años.

—Podéis volver a vuestras labores —dijo con calma. Mientras observaba cómo se dispersaban lentamente, dirigiéndole frecuentes miradas tanto a él como a Hope, decidió que sería interesante hacer un seguimiento de cómo se adaptaban a aquella nueva situación.

El libro de las tormentas decía que solo había un cielo, pero muchos infiernos. Cada infierno era único, pero tanto o más cruel que el siguiente. Esto, decía el libro, se debía a que el sufrimiento humano no tenía límite, y que existía un número infinito de modos en que el mundo podía infligirlo.

El gran maestro Hurlo pensaba a menudo en ese pasaje. Tenía la sospecha de que para los jóvenes que se habían unido recientemente a la orden de Vinchen, la propia Páramo de la Galerna podía ser un infierno. Lejos de las grandes ciudades y las lujosas propiedades del norte donde habían pasado la niñez, se hallaban en mitad de las Islas del Sur, tan lejos de la soleada y cálida capital de Pico de Piedra como concebirse pueda.

Para muchos de los hermanos veteranos, cualquier cambio de por sí suponía un infierno. Sumar un elemento inesperado a la rutina que se había vuelto rígida tras años de repetición sumía a personas así en algo muy similar al pánico. No parecía importarles la joven, siempre y cuando ella no afectara su día a día de ninguna manera. Pero si les limpiaba la habitación se quejaban a Hurlo, a veces incluso se quejaban de haber encontrado la habitación demasiado limpia. Cuando en alguna ocasión les sirvió comida en el plato en el refectorio, se quejaban también a Hurlo, por mucho que ella les hubiese servido más ración de la que les correspondía.

Para otros hermanos, el infierno era la presencia repentina de una mujer en su morada. Cuando pasaba por su lado vestida con el hábito negro de monje, que le llegaba por debajo de los tobillos, silenciosa y pálida como un espectro, los ojos perdidos en las sombras de la capucha, Hurlo ni siquiera hubiera podido distinguir que se trataba de una mujer. Sin embargo, había algunos hermanos que parecían ser incapaces de concentrarse en las labores más simples cuando ella estaba presente en la misma sala.

El libro de las tormentas decía que el infierno de cada cual delataba mucho acerca de su carácter. También lo hacía su reacción ante dicho sufrimiento. Hurlo consideraba interesante que mientras algunos se quejaban de Hope, y otros la ignoraban, los había que intentaban congeniar con aquel menudo y rubio agente de su sufrimiento. Pero al cabo de unos pocos intentos de halago o dulces obsequiados, estos hermanos bien intencionados flaqueaban ante su azul e inabarcable mirada y se escabullían.

Tras unos días de observación, la atención de Hurlo volvió a volcarse en sus estudios y en la meditación. Así que tardó un poco en reparar en otra reacción que asomó a la superficie entre sus hermanos: la crueldad.

Había transcurrido una semana desde la llegada de Bleak Hope al monasterio de Vinchen. No diría que se sentía feliz. No estaba segura de que llegara el día en que fuese capaz de decir esas palabras. Pero estaba cómoda. Disfrutaba de un lugar caliente donde dormir y de tres comidas diarias.

No entendía muy bien a qué se dedicaban los monjes de Vinchen. Meditaban, leían y hacían ejercicio. Cada noche, justo antes de la cena, se reunían en el templo para rezar. Ninguna de estas actividades había gozado de una gran popularidad en su pueblo. En más de un sentido, esa vida entre los tranquilos monjes le era más ajena que los ajetreados días que había pasado a bordo del barco del capitán Toa.

Pero entendía cuáles eran sus cometidos. Había que mantener limpias las habitaciones pequeñas, había que servir los platos sencillos y había que lavar y remendar la ropa simple. No disfrutaba del trabajo, pero había cierta paz en el extravío de aquella monotonía. Le gustaba esa paz, porque el resto del tiempo sus pensamientos eran lastrados por la muerte y la oscura sed de venganza. Al caer la noche era cuando peor lo pasaba. Se tumbaba en un jergón de paja, en la cocina, y los pensamientos se le amontonaban encima hasta que apenas era capaz de respirar. Cuando llegaba por fin el sueño, este era inquieto y poblado de pesadillas.

—Eh, tú, campesina.

Hope detuvo el paso. Se encaminaba de vuelta a la cocina

después de limpiar el retrete exterior. Al darse la vuelta, vio a Crunta bajo el dintel de la puerta del edificio que albergaba los dormitorios de los hermanos. Crunta era uno de los hermanos más jóvenes, tendría unos trece años, y aún estaba en pleno periodo de adiestramiento. La primera vez que Hurlo le había dado su lista de tareas, le había mencionado que la mayor parte de las mismas estarían destinadas a aliviar las cargas de los hermanos más veteranos. Que los jóvenes debían encargarse de sus propios asuntos. Por tanto, le sorprendió que Crunta la llamase.

—¿Yo? —dijo.

—Sí, tú, idiota —confirmó él, dirigiéndole un gesto para que se le acercara.

No estaba segura de cómo debía manejar la situación, así que se le acercó.

—Ven. —El monje se dio la vuelta y entró.

Hope lo siguió. El interior del edificio constaba de una única estancia. En el liso suelo de madera se repartían a intervalos iguales los jergones de paja con sus pequeñas almohadas cilíndricas. Hope vio a Crunta quitarse el negro hábito de monje. Debajo llevaba una pieza de ropa interior que dejaba buena parte del tronco superior y las piernas al desnudo. Era esbelto, musculoso, apenas tenía pelo en el pecho.

Hizo una pelota con el hábito y se la arrojó a Hope.

—Lávalo y tráemelo de inmediato.

Hope sabía a ciencia cierta que los hermanos jóvenes debían encargarse de lavar su propia ropa, pero temía decirlo.

—Sí, hermano.

Él levantó la mano y le cruzó la cara de una bofetada.

—No soy hermano tuyo. Llámame amo.

Bleak Hope se lo quedó mirando mientras una ira oscura se extendía por todo su cuerpo. Lo imaginó chillando de dolor mientras los gusanos le horadaban la piel. Pero sabía que no podía hacer nada. No era más que una niña pequeña, débil. Así que se tragó la ira y dijo:

—Sí, amo.

Él anduvo hacia su jergón y se tumbó en él. Seguidamente tomó un libro.

—Deprisa.

Hope llevó el hábito, que apestaba a sudor y a cerveza rancia, hasta una tina que había al salir de la cocina. Mientras frotaba la tela con fuerza contra las paredes de la tina, imaginó que era la cara de Crunta. Mientras extendía la prenda sobre los carbones ardientes de la cocina para secarla, imaginó que estos atravesaban la piel que cubría el pecho de Crunta. Sabía que esos pensamientos eran inadecuados, pero le proporcionaron cierto alivio. Aun así, el sentimiento de ira e indefensión la devoraba mientras recorría el patio de vuelta con el hábito doblado cuidadosamente en los brazos.

Lo encontró en ropa interior y tumbado en el jergón. Puso el hábito a sus pies.

—¿Se te ofrece algo más, amo?

Él la miró un instante por encima del libro y se incorporó. Hizo caso omiso del hábito y, después de levantarse del lecho, se le acercó. Le sacaba algo de altura, así que la cara de ella le llegaba al pecho. La niña mantuvo allí la mirada porque lo prefería a la alternativa de mirarlo a los ojos, pues había una expresión en ellos que no le gustaba nada. No comprendió aquella mirada, pero hubo algo que la hizo estremecerse.

Él le retiró la capucha. Hope reparó en que el pecho de Crunta subía y bajaba a mayor velocidad al tiempo que tomaba con suavidad un mechón de su pelo. Todo su cuerpo experimentó una sacudida, pero no supo si atribuirlo al miedo o al desprecio.

—¡Hermano Crunta!

Hope volvió la cabeza liberando el cabello de los dedos de Crunta. Uno de los hermanos veteranos, Wentu, se hallaba en la entrada, mirándolos con el entrecejo arrugado.

—¡No se te ocurra seguir ahí de pie en ropa interior delante de la joven! ¡Es una indecencia!

Crunta dio un paso atrás, como quien no quiere la cosa, con una sonrisa burlona en el rostro.

—Claro, hermano. —Se inclinó para recoger el hábito del suelo y ponérselo.

Pero enseguida torció el gesto y se llevó la prenda a la nariz.

—¡Pero qué asco, esto hiede a cocina! ¿Quieres que huela como un sirviente?

—Lo… Lo siento, amo —tartamudeó Hope—. Querías que lo hiciese deprisa, así que lo puse a secar en el carbón. No pen…

Volvió a darle una bofetada.

—Hermano… —dijo Wentu con desaprobación.

—¡Tienes suerte de que no te deje inconsciente a golpes! —le dijo Crunta a Hope con la mano crispada en un puño—. Desaparece de mi vista, sucia campesina.

Hope corrió hasta llegar a su jergón, al fondo de la cocina, y una vez tumbada se hizo un ovillo. Tenía ganas de llorar, pero no hubo manera. Solo concebía pensamientos oscuros de violencia y venganza. Pensó que Crunta debía de ser el hermano más cruel de todo el monasterio.

Pero aún no se había cruzado con Racklock.

La tarea favorita de Bleak Hope consistía en cuidar del templo. El suelo, las paredes y el altar estaban hechos de la negra roca de la isla, aunque en ese lugar lo habían pulido todo para que reluciese de un modo que transmitiera una fulgurante solemnidad. Le gustaba el olor que despedían los cirios, como a aroma de jazmín. Sobre todo le gustaban las vidrieras de colores situadas en lo alto del templo. No entendía las imágenes que mostraban, extrañas criaturas y guerreros cubiertos de armadura negra, pero los colores le recordaban al collar que había hecho para su padre. Había supuesto que nunca sería capaz de disfrutar de cosas así. Pero había un rescoldo diminuto que sobrevivía, que iba a más con creciente calidez al contemplar cómo la luz del sol se filtraba a través de los colores de las vidrieras.

—De modo que es aquí donde huyes de tus responsabilidades —dijo una voz profunda.

Hope arrancó la vista de las vidrieras y observó al hermano bajito y fornido que se llamaba Racklock. Estaba de pie con los brazos cruzados a la altura del pecho y una expresión severa en el rostro. Hope sabía que Racklock era el segundo de la orden, que solo tenía por encima a Hurlo, y que todos los hermanos lo temían.

—Es mi deber limpiar el templo a diario, amo —dijo Hope.

—No te he visto limpiar. —Racklock dio un paso hacia ella—. Solo perder el tiempo. Te damos de comer, te vestimos, te proporcionamos un lugar para dormir cuando el mundo ya se habría librado de ti a estas alturas. ¿Y así es cómo nos lo agradeces?

Hope había aprendido de Crunta que defenderse podía entrañar peligro. Así que se limitó a inclinar la cabeza y decir:

—Lo siento, amo.

—Aún no eres mujer, pero ya veo que vuestra lengua viperina se ha propuesto ayudarte —dijo con desprecio mientras recorría el espacio que lo separaba de un armario. Una vez abierto, sacó del interior repleto de cosas una larga vara de madera. Mientras la examinaba, añadió—: Puede que engañes a otros, pero yo veo qué eres en realidad. Una enfermedad vil que pretende destruir esta orden desde dentro. Un mal que hay que purgar.

Fue en esa tarde soleada de principios de otoño en que los gritos de una niña pequeña sacaron a Hurlo de la meditación. Salió a la carrera de su diminuto cuarto, cruzó el patio bañado por el sol y accedió al templo. Allí encontró a Bleak Hope encogida en el suelo, la cara contra la fría piedra, la túnica negra salpicada de sangre. Racklock se alzaba sobre ella. Tembló su cuerpo al descargar un nuevo golpe con la vara en la espalda de la niña, que lanzó otro grito.

Ese fue el instante en que Hurlo comprendió que no había salvado a la niña. Tan solo se había limitado a sacarla de un infierno para llevarla a otro. También fue entonces cuando descubrió un nuevo infierno propio, el de permitir el sufrimiento de un inocente. Cierto era que él no blandía la vara, y que no había pedido a nadie que le confiaran a la niña. Pero mientras miraba su rostro ceniciento, supo que no sería capaz de permanecer un instante más en ese infierno.

Racklock descargó otro golpe, pero en esa ocasión Hurlo estaba cerca, fue como un borrón negro al arrebatarle a su hermano la vara y empujarlo de modo que tropezó con la niña postrada. Racklock cayó de espaldas, amortiguando la caída con las manos, y acto seguido se impulsó como un acróbata para acabar de pie. Pero al volverse rápido como el rayo para encararse a Hurlo, el gran maestro le pinchó la garganta con el extremo de la vara con la fuerza necesaria para ahogarlo y dejarlo mudo momentáneamente.

Hurlo vio cómo tosía y aspiraba aire con fuerza antes de preguntar con voz templada:

—¿Tenías algo que decir? ¿Ah, no? Entonces permíteme informarte de que a partir de ahora no harás daño a esta niña. Sus gritos perturban mi meditación y el olor de su sangre en el templo me irrita. Asiente una vez si me has entendido, o dos si quieres que vuelva a golpearte.

La cara de Racklock adquirió una oscura tonalidad púrpura, pero cuando asintió una sola vez mantenía los labios tan prietos que apenas se distinguía la línea que los separaba. Giró sobre los talones y salió a buen paso del templo.

Hurlo volcó su atención en la temblorosa niña pequeña que seguía en el suelo. Sintió la repentina necesidad de consolarla. De tomarla en brazos y mecerla hasta lograr que conciliase un sueño agradable, carente de pesadillas. Pero fue un sentimiento pasajero. Después de todo, no era un anciano pacífico y amable. Era el gran maestro de la orden de Vinchen y uno de los guerreros más grandes que había conocido el imperio. Así que, en vez de ello, se acercó en silencio a la esterilla de meditación extendida al pie del altar de negra piedra, y allí se arrodilló.

Permanecieron así un rato, la niña postrada en el suelo, el anciano monje arrodillado, silencioso, dándole la espalda.

Por último, ella dijo, alzando la voz para modularla más allá del susurro:

—Amo... gracias por salvarme.

—No soy ningún amo, niña. Soy maestro.

Ella guardó silencio unos instantes para meditar su respuesta. Entonces el maestro oyó cómo se le acercaba a cuatro patas.

—¿Qué es lo que enseñas?

—Muchas cosas. Aunque no se me da particularmente bien. Intenté enseñar templanza a Racklock, y según parece he fracasado en mi empeño.

—Me estaba castigando.

—El castigo debería ser proporcional al crimen. ¿Qué hiciste para ganarte semejante paliza?

—No... No lo sé. Él dijo que yo era malvada.

—Comprendo. ¿Y te sientes malvada?

Ella no respondió.

—Ven y arrodíllate delante de mí —le ordenó.

Ella se desplazó a su alrededor con cuidado, sin levantarse. El monje vio que tenía pegada la tela del hábito a la sangre que le cubría la espalda, pero la niña ni siquiera torcía el gesto a causa del dolor. Se arrodilló adoptando la misma postura que él, mirándolo, pero con la cabeza levemente inclinada.

—Mírame, niña.

Ella levantó la vista y el monje se permitió mirarla a los ojos asustados de un modo que no había hecho antes.

—Veo oscuridad en ti —dijo—. No me sorprende. La oscuridad engendra oscuridad.

Ella permaneció callada, pero siguió mirándolo.

—¿Te asusta? Me refiero a la oscuridad que anida en tu interior.

Se mantuvo impávida, pero sus ojos se empañaron de lágrimas.

—¿Y si pudiera enseñarte a controlar esa oscuridad? ¿A usarla para convertirte en una guerrera grande y poderosa?

—En cuanto hubo pronunciado estas palabras se le aceleró el corazón. Lo que proponía estaba prohibido por *El libro de las tormentas* y los códigos de la orden de Vinchen. Pero mientras lo decía, vio la luz que irrumpió en el rostro de la niña como en el amanecer de un nuevo mundo, y supo que para cumplir su promesa valdría la pena correr cualquier riesgo—. ¿Quieres que te enseñe a hacerlo?

—¡Ay, sí, por favor! —exclamó ella, mientras las lágrimas le resbalaban por las mejillas.

—Sí, gran maestro —la corrigió él.

—Sí, gran maestro.

—No será fácil. De hecho, sufrirás mucho en el camino. Habrá incluso momentos en que me odiarás. En que me considerarás casi tan cruel como Racklock. ¿Aún quieres aprender?

—¡Sí, gran maestro! —gritó ella, el rostro húmedo, sonrojada.

—Bien. Entonces empecemos con tu primera lección.

—¡Estoy lista, gran maestro! —Su cuerpo se tensó, como si apenas pudiera contener el impulso de ponerse en pie.

—Tu primera lección consiste en respirar.

Ella inclinó ligeramente la cabeza y guardó un silencio que rompió al poco.

—¿Solamente respirar, gran maestro?

—Respirar es lo más importante que hay. Es la vida misma. No podrás hacer nada hasta que lo domines. Un guerrero no puede permitirse una alegría desmedida, igual que no puede permitirse el terror desatado, y si bien es cierto que no podemos evitar experimentar emociones, podemos escoger no dejarnos arrastrar por ellas. Así que ahora mismo debes respirar lenta y profundamente hasta que esta tempestad de emociones pase de largo y recuperes la calma.

—Sí, gran maestro —asintió Bleak Hope.

El anciano y la niña permanecieron arrodillados, uno frente al otro, mientras en el templo no se oía más que el sonido de sus respiraciones.

4

S adie se sabía incapaz de gobernar un barco, ni siquiera una goleta pequeña como la *Viento salvaje*, contando como únicos tripulantes a un niño de ocho años y a sí misma. El problema era que, después de haberse visto ridiculizada en La Rata Ahogada, ninguno de sus anteriores socios querría tener nada que ver con ella. Con tal de reunir a una tripulación, debía ir un paso más allá y procurarse elementos a quienes no conociera bien, gente ajena a Círculo del Paraíso.

Tenía algunos contactos en Punta Martillo, donde a todo el mundo le daba igual *Tirantes* Madge o La Rata Ahogada, o el ridículo, de hecho. *Toro* Mackey era un guerrero de mentón cuadrado con quien había compartido una temporada a la sombra en los Acantilados Desiertos. Llegó acompañado por un tipo alto, delgado como un fideo y de ojos hundidos llamado Spinner, que era o su primo o su novio, o probablemente ambas cosas. También conocía gente en Cresta de Plata, de cuando había ejercido de mula para Jix *el Escamoteador*. Avery *el Jaulas* era un actor que era casi tan atractivo como presumía. Wergishaw era mudo, pero un buen elemento durante una riña, y además era un violinista de primera.

Hacía mucho tiempo que Sadie no tenía que convencer a un hombre de que estaba tan capacitada como él, probablemente más. La reputación de Sadie *la Cabra* siempre había hablado por ella. Por esa razón se había mostrado tan desesperada por mantenerla. Pero había vuelto a la casilla de salida, claro que ya lo había hecho antes y, si acaso, aún se le dio mejor esa segunda vez. Solo tardó una semana en reunir a una tripulación. Únicamente había un problema: ni una sola de esas personas sabía gobernar un barco. Al menos hasta que Finn hizo acto de presencia.

Era una de esas escasas mañanas en las que brilla el sol en Nueva Laven. Sadie se hallaba en cubierta de la *Viento salvaje*, que seguía fondeada en el muelle de siempre. Tenía en la mano un cabo y miraba con los ojos muy abiertos a su dotación.

—¿Es que nadie sabe dónde va esta cuerda?

—Creía que iba ahí delante, en algún lado —dijo *Toro* Mackey.

—No, creo que es del lado derecho —apuntó Spinner.

—A ver, ¿quién la ha sacado de su sitio? —quiso saber Sadie.

—Lo siento, tropecé con ella —confesó Avery *el Jaulas*.

Sadie se lo quedó mirando.

—Pensaba que supuestamente todos los actores son gente ágil.

—Se llama cabo, no cuerda —dijo una nueva voz, ronca pero divertida—. Eso de ahí delante se llama proa, y el costado derecho es el costado de estribor.

Había un hombre de pie en el muelle, sonriéndoles. Tenía la piel muy bronceada, como si hubiese pasado mucho tiempo bajo el sol, y vestía la camisa de lino holgada de un marinero. También llevaba un parche negro en un ojo.

—¿De veras? —dijo Sadie, volviéndose hacia el extraño—. Y supongo que tú lo sabes todo.

Al hombre no pareció afectarlo aquel tono de voz burlón.

—No te acuerdas de mí, ¿verdad?

Sadie lo miró aguzando la vista.

—¿Debería?

—Tú y yo nos magreamos un par de veces en un callejón que había detrás del Salón de la Pólvora. —Esperó, expectante. Al cabo, añadió—: Entonces tenía los dos ojos.

Sadie se rascó el pelo enmarañado y negó con la cabeza.

—Pues no. Trepé por un montón de vergas en ese callejón. No puedo decirte que te recuerdo.

A él se le borró la sonrisa del rostro.

—¿Pero entonces eres un fulano de tomo y lomo del Círculo?

El hombre recuperó la sonrisa.

—De tomo y lomo, sí señora. Por suerte para ti, llevo un tiempo en el muelle y lo he pasado trabajando en barcos.

—¿Por qué eso es una suerte para mí?

—Me enteré de que había una que se hace llamar capitana Sadie que estaba reuniendo una tripulación para iniciar una nueva empresa comercial. Parece ser que has reunido a unos cuantos tipos con nervio, pero lo que necesitas es a alguien que sepa manejarse a bordo de verdad.

—Y apuesto a que ese alguien eres tú.

—En efecto.

Sadie lo meditó unos instantes.

—¿Cómo te llamas?

—En este muelle me llaman maese Finn.

—¿Sí?, pues yo te llamaré Finn *el Perdido*.

—¿Por lo del ojo? —quiso saber él.

—Por dónde coño te habías metido toda la semana que hace que llevo intentando poner orden en esta bañera. —Le tendió la mano—. Bienvenido a bordo de la *Viento salvaje*.

La sonrisa de él se hizo más pronunciada si cabe cuando estrechó la mano de ella y aprovechó para subir a bordo.

—¿A qué clase de negocio vamos a dedicarnos, por cierto?

—Ah, ¿no lo había mencionado? —preguntó Sadie—. A la piratería. Vamos a saquear la costa.

—¿Piratería? —preguntó Finn *el Perdido*—. ¿En Nueva Laven? Vaya, eso sería la primera vez.

Sadie le dio una palmada en la espalda.

—Por eso, listillo mío, es por lo que va a funcionar.

Fiel a su palabra, Finn *el Perdido* demostró saber manejarse a bordo y se las ingenió para que pudiesen zarpar al cabo de unas horas. Instruyó a todos los tripulantes en sus labores respectivas y ayudó a Sadie a trazar un rumbo por la costa.

—Ya estamos listos para largar amarras —anunció, enrollando el mapa.

—No del todo. —Sadie señaló con el dedo una de las líneas divisorias de la carta náutica—. Mi mejor pillo está haciendo un trabajito para mí. No tardará en volver.

Red llevaba todo el día sentado a la entrada de La Madre del Marino, haciéndose pasar por mendigo mientras esperaba a la víctima adecuada. Había incluso limosneado algunas monedas para cuando el sol empezó a ponerse, cuando por fin vio lo que había estado esperando: un hombre tirando a bajito que llevaba un sombrero de ala ancha de capitán y unas espléndidas botas de cuero negro que casi le llegaban a la altura de la rodilla.

Red esperó a que hubiese entrado en la taberna, se embolsó rápidamente las monedas de cobre que había obtenido gracias a las limosnas y lo siguió. Entró a tiempo de ver cómo las botas desaparecían escaleras arriba, en dirección a las habitaciones.

—Eh, chico, ¿se puede saber qué haces?

Backus se inclinaba sobre la barra, mirándolo suspicaz.

—Yo… Eeeh… —Red cayó en la cuenta de que debía haberse preparado una coartada por adelantado—. Es un tío mío y…

—No, ya me acuerdo de ti. Eres el niño de los ojos rojos que seguía a Sadie a todas partes. ¿En qué andas metido? —Salió de detrás de la barra y se remangó—. Será mejor que no busques líos con mis clientes.

Red llevaba tiempo en las calles como para saber que se avecinaba una paliza. Sin decir una palabra, franqueó a la carrera la puerta y ganó la seguridad que le ofrecía la calle concurrida. Se escondió detrás de un carro y miró a través de los radios de la rueda para ver si Backus lo había seguido. Aguardó unos minutos antes de decidir que el peligro había pasado. Pero ¿qué se suponía que debía hacer ahora? No había manera de burlar la vigilancia de un Backus alertado de su presencia. Pero tampoco podía volver al barco con las manos vacías. Sadie le había dicho que quería el sombrero y las botas de un capitán de verdad. Esa era su oportunidad de demostrar que era lo bastante bueno para formar parte de la dotación. Que no figuraría en el rol de tripulantes solo por caridad.

—Eh, ¿qué tal andas, Rixie?

Red levantó la vista para encontrar a Filler, uno de su antigua banda de ladronzuelos. Filler era un ladrón terrible, y tampoco parecía que fuese una lumbrera. Pero le sacaba una cabeza a cualquiera de su edad, así que todos ellos hacían lo que él decía.

—Ahora me llamo Red —dijo él, dándose aires.

—¿Y eso quién lo dice? —preguntó Filler.

—Sadie *la Cabra*.

—Ah. —Filler se mostró impresionado. Estaba en el ajo y conocía el nombre, pero no estaba tan en el ajo como para haberse enterado de la vergüenza que le habían hecho pasar a Sadie recientemente—. ¿Ahora estás con ella?

—Sí, así que no tengo tiempo para… —Pero se calló al ocurrírsele una idea. Miró a Filler como calibrándolo mientras se le dibujaba lentamente una sonrisa en el rostro—. Vaya, Filler, amigo mío. —Puso la mano en el hombro del muchacho, imitando el contoneo informal que solía emplear Sadie siempre que quería que Red hiciese algo por ella—. ¿Qué te parecería echarme una mano con un trabajito que tengo que hacer para Sadie?

—¿Yo? —Filler puso los ojos como platos—. ¿Yo ayudando a Sadie *la Cabra*?

—Exacto —confirmó Red—. No perderé ocasión de contarle lo buen chico que eres.

—Vale, ¿qué tengo que hacer?

—Sígueme. —Llevó a Filler de vuelta por la calle hasta La Madre del Marino, y de ahí al callejón lateral que conducía a la parte trasera de la taberna. Para entonces el sol se había puesto y el callejón estaba oscuro excepto por la luz que provenía de las habitaciones ocupadas.

—Aquí está oscuro como la pez —dijo Filler.

—Incluso más —dijo Red con aire ausente, mientras repasaba con la vista las ventanas iluminadas. Vio a su objetivo en la primera planta, al otro lado de una ventana situada a la izquierda. Observó al veterano marino quitarse sombrero y capa antes de que se apagase la luz—. Bueno, Filler. Tú quédate aquí de pie. —Colocó a Filler justo debajo de la ventana—. Y junta las manos así. —Le mostró sus propias manos con los dedos entrelazados.

Filler hizo lo que le decía.

—¿Y ahora?

—Echaré a correr hacia ti, me encaramaré a tus manos y me darás impulso hasta la ventana.

Filler levantó la vista hacia la primera planta de la casa.

—No sé si voy a poder lanzarte a esa altura.

—De acuerdo. Entonces, ¿qué te parece ese saliente que hay al pie de la ventana?

Filler aguzó la vista.

—No veo ningún saliente.

—No verías una montaña de mierda de caballo prendida en llamas aunque te la arrojasen a la cara.

—Sí, sí lo haría.

—Tú confía en mí. Está ahí mismo. Dame un empujón y la alcanzaré.

Filler se encogió de hombros y colocó las manos enlazadas algo apartadas del cuerpo.

Red reculó todo cuanto pudo en el angosto callejón, echó a correr y saltó sobre las manos de Filler. En el instante en que Filler lo impulsó hacia arriba, Red se vio volando por los aires.

Filler tenía razón cuando calculó que la ventana estaba demasiado alta, pero Red superó el saliente que había debajo y se estampó sobre un trecho de pared vacío. Contuvo un quejido de dolor mientras buscaba algo a lo que agarrarse. Le dio un vuelco el estómago cuando la gravedad hizo su trabajo, pero en ese momento sus pies dieron con algo sólido, el saliente. Hubo un instante en que su cuerpo siguió la inercia y se inclinó hacia atrás, pero extendió brazos y piernas y flexionó un poco las rodillas, tal como había visto hacer a los lagartos cuando se aferran a las paredes, y por fin recuperó el equilibrio.

—Supongo que sí había un saliente —dijo Filler en el callejón—. Pero ¿cómo vas a alcanzar la ventana que tienes encima?

De hecho, Red no había llegado tan lejos a la hora de elaborar su plan. Estiró el cuello e intentó calcular la distancia. Parecía lo bastante cerca para alcanzarlo si daba un salto. Pero si no lo alcanzaba, no parecía demasiado probable que volviese al saliente. No distinguía claramente el ángulo para ver cuán alta sería la caída, lo que era probable que lo beneficiase. No estaba dispuesto a decepcionar a Sadie. Debía lograrlo. Así que flexionó las rodillas cuanto pudo, con el estómago y los muslos pegados a la sucia pared.

—No te propondrás… —empezó a decir Filler.

Pero antes de que pudiera terminar, Red se arrojó hacia lo alto, los brazos extendidos tanto como pudo, los dedos arañando el aire en busca del alféizar de la ventana. Y lo alcanzó.

—Diantre —dijo Filler con un tono cercano al asombro.

Red colgaba del alféizar, las botas arañando la pared mientras intentaba afianzarse lo mínimo para aferrarse mejor. Le dolían los dedos debido al esfuerzo, y no se veía capaz de seguir así mucho tiempo más. La duda y el miedo empezaron a hacerse un hueco en su interior. Pero entonces recordó la primera vez que pintó para su madre. Había levantado la vista hacia ella, bañados los ojos en lágrimas de frustración: «¡No puedo pintar como tú!». Ella lo había mirado con esa sonrisa a un tiempo cariñosa y burlona, y había dicho: «Si crees que tendrás éxito, siempre existirá la posibilidad de que lo tengas. Pero si das por sentado que fracasarás, entonces siempre fracasarás. Nunca des por perdida la partida antes de jugar».

Red aún no se había precipitado al vacío. Aún no había fracasado. Pero el fantasma de la duda continuaba atenazándolo. Debía pensar en otra cosa. Le ardían los dedos de dolor, tanto que estaba al borde de las lágrimas. Entonces una nueva imagen acudió a su mente. Sadie lo miraba con sonrisa burlona, el rostro cubierto por la sangre de los marineros muertos. «Sabía que había algo debajo de toda esa debilidad de artista.» Y una mierda, pensó. Había visto morir primero a su madre y luego a su padre. Había sobrevivido en las calles de Cresta de Plata y luego en las de Nueva Laven. Iba a demostrarle que no había un gramo de debilidad en él. Apretó con fuerza los dientes y se encaramó lentamente al alféizar de la ventana.

—¡Lo has logrado, Rix… quiero decir, Red! —aplaudió Filler.

—Cierra el pico o me delatarás —susurró Red, cubriendo su alegría temblorosa con una capa de confianza que no sentía. Miró entonces a través de la ventana y vio que tenía un nuevo problema. Cuando la ventana se quedó a oscuras, dio por sentado que el capitán se había ido a dormir. Pero ahora que podía ver el interior del cuarto gracias a la luz de la luna, reparó en que el capitán estaba en la cama, pero que no dormía. Había una mujer con él, y ambos daban botes muy juntos en el lecho.

Red sabía, por supuesto, lo que era el sexo. El hijo de un prostituto no tarda mucho en hacerse una idea al respecto. Había preguntado por qué la gata callejera había engordado tanto, y su padre le respondió que se había quedado preñada. Red era un niño inquisitivo, así que disparó una salva de preguntas a su padre hasta que ambos llegaron al acto humano del sexo. El modo en que su padre se lo había explicado condujo a Red a creer que se trataba de algo callado, dulce, que incluía un sinfín de palabras afectuosas susurradas al oído, lo cual no se parecía en nada a lo que veía a través de la ventana.

El capitán se apoyaba en los brazos, la cabeza calva reluciendo de sudor y la piel de los hombros peludos teñida por la luz de la luna. Estaba vuelto hacia la ventana, pero cerraba los ojos con fuerza, como si algo le doliese mucho. Balanceaba la parte inferior del cuerpo contra la mujer que tenía debajo. Debido al ángulo, Red tan solo distinguía la nuca de la mujer, uno de sus grandes pechos y el brazo, que colgaba inerte del costado de la cama. Por un instante, se preguntó si estaría siquiera consciente. Pero entonces pegó la oreja a la ventana y pudo oír, junto a los gruñidos roncos del capitán, una voz débil de mujer que decía con insistencia: «Vamos, vamos, ¡méteme hasta el cerebro esa polla dura!».

Resumiendo, que Red concluyó que el sexo era algo tirando a desagradable. Pese a todo, pese al ruido y la conmoción, existía una sólida posibilidad de poder colarse y salir sin ser visto.

Volvió la cabeza.

—Disponte a ayudarme a bajar en un minuto.

—¿Cómo? —preguntó Filler.

—Tú… prepárate a hacer lo que yo te diga —dijo Red, que aún no tenía la menor idea de cómo iba a bajar. Abrió con cuidado la ventana aprovechando que el capitán y la mujer cambiaban de postura. Se deslizó en el interior del cuarto y recorrió el trecho que lo separaba del costado de la cama donde el tipo había dejado sombrero y botas en lo alto de una pila con el resto de la ropa. Los gritos del acto sexual cobraron mayor intensidad y la cama empezó a crujir a modo de protesta a medida que los gritos del capitán se volvieron más agitados. Red hizo un hatillo metiendo botas y sombrero en la capa, de modo que pudiera llevarlos con facilidad. En cuanto estuvo listo para emprender la huida, se arriesgó a echar un vistazo en dirección a la cama. Veía la cara de la mujer, de mejillas llenas, sonrojada, que miraba sin embargo al techo con absoluta indiferencia a pesar de los gemidos y los gritos que soltaba, como una actriz aburrida de su papel. Su padre siempre le había hablado de la pasión y la ternura del sexo. ¿Le habría mentido? Red había reparado en que los adultos lo hacían para protegerlo. Al menos siempre fue así hasta que llegó a Círculo del Paraíso. Tal vez a eso se debía que le gustase tanto aquel lugar. Era duro y malvado, pero al menos allí nadie lo trataba como si fuese de cristal.

Entonces la mirada de hastío de la mujer pasó del techo al propio Red. Se había entretenido más de la cuenta. Los ojos de ella se abrieron como platos y lanzó un grito, esta vez uno de verdad.

—¡Un niño! ¡Hay un condenado crío en la habitación!

Red dio un salto en dirección a la ventana, el hatillo contra el pecho. Si el capitán hubiese estado más alerta, habría atrapado a Red por la pierna o incluso por el cuello de la camisa, y eso hubiese puesto fin a la aventura. Pero el tipo estaba justo en pleno orgasmo y parecía ajeno a todo cuanto lo rodeaba. Y así fue hasta que la mujer le dio una sonora bofetada.

—¡Te está robando hasta la camisa, tarugo, que eres un tarugo! —le gritó.

La mitad del cuerpo de Red había franqueado la ventana. El capitán compuso una expresión de ira y se arrojó sobre él, pero las piernas se le trabaron con las sábanas y cayó al suelo, desnudo y maldiciendo.

—¡Cógeme! —gritó Red mientras saltaba por la ventana.

—¿Qué? —El instinto hizo que Filler extendiese los brazos y observara aturdido cómo Red se precipitaba con fuerza sobre él. Ambos cayeron en el suelo empedrado y permanecieron unos instantes aturdidos, hasta que el capitán, muy alterado, empezó a maldecirlos desde la ventana.

Red se levantó como pudo. Se puso el hatillo bajo el brazo mientras ayudaba a Filler a hacer lo propio.

—¿Te has roto algo?

Filler negó con la cabeza, un poco aturdido aún.

—¡Pues a correr!

Dejaron atrás el callejón y los gritos del capitán. Corrieron varias manzanas antes de hacer un alto en una esquina, jadeando sonrientes como si hubieran perdido la razón.

Filler lo señaló con el dedo.

—Eres… totalmente escurridizo.

Red decidió que le gustaba eso de que Filler lo considerase escurridizo, así que su sonrisa se hizo más pronunciada.

—Puede, pero ¡el botín es mío! —Levantó el hatillo, henchido de orgullo.

—Pero ¿para qué necesitas todo eso?

—Es para Sadie. Nos marchamos de Círculo del Paraíso.

—¿Os vais? —Filler lo miró como si no comprendiera lo que acababa de oír.

—¡Sadie se ha hecho con un barco y vamos a hacernos piratas!

—¿Piratas? ¿Cómo Bane *el Osado*?

—Eso mismo, como Bane *el Osado* —le confirmó Red, muy complacido consigo mismo. Estrechó con fuerza la mano de Filler—. Bueno, compañero, has sido de gran ayuda y me aseguraré de decírselo así a Sadie. Ya nos veremos por ahí. —Y echó a andar hacia el muelle con el hatillo bajo el brazo.

Cuando llegó a la *Viento salvaje*, vio que habían enjarciado la nave y que la lona estaba aferrada a los palos, lista la embarcación para echarse a la mar.

—Ya era hora de que hicieras acto de presencia —dijo Sadie, mientras lo ayudaba a subir a bordo—. Empezaba a preguntarme si el encargo que te había hecho te venía grande.

Red le ofreció el hatillo a Sadie.

—Mira, ¡traigo un sombrero, botas y una capa!

—Vaya, vaya. —Sadie desenvolvió el hatillo y examinó el contenido—. Son de una factura estupenda y merecen la espera. Has obrado bien, Red. Después de todo, supongo que no me había equivocado contigo.

Red sonreía de oreja a oreja, complacido.

—¿Has tenido algún problema?

Red perdió la sonrisa al tiempo que se sonrojaba.

—Yo, bueno…

Sadie arrugó el gesto.

—Mejor será que no esté a punto de doblar la esquina un pelotón de imperiales dispuestos a tomarla con nosotros.

—Uy, no, nada por el estilo —se apresuró a tranquilizarla Red—. Es que… cuando estaba robando esto, el capitán tenía relaciones sexuales con una dama. No se parecía en nada a lo que mi padre me había contado que era. Hacían mucho ruido, era todo muy desagradable y ni siquiera parecía… cordial.

Sadie rompió a reír.

—Tú no te preocupes mucho por eso, muchacho. Hay tantas maneras de abrir un coño como de robarle la bolsa a un incauto. Te lo explicaré con detalle cuando seas un poco más mayor. Ahora ve a dormir. Nos haremos a la mar al alba.

Cuando la tenue luz roja del amanecer permanecía suspendida aún del horizonte, la *Viento salvaje* se dio a la vela y remontó la costa de Nueva Laven. Finn *el Perdido* gobernaba la rueda del timón y Sadie *la Reina Pirata* recorría la cubierta con su ropa de capitán. Hubo que estrecharle las botas en el talón con tiras de cuero para que pudiera caminar con seguridad, y la pluma del sombrero se había doblado, por no mencionar que la capa le venía grande. Pero nadie a bordo dijo una sola palabra al respecto.

—Pareces dispuesta a tódo, capitana —dijo Finn *el Perdido* cuando la vio acercarse a la rueda.

—¿Verdad que sí? —se mostró de acuerdo ella—. ¿Cuánto falta para que pueda demostrarlo?

—Pronto llegaremos a Bahía del Carpintero en Cresta de Plata. Entre este punto y Salto Hueco encontraremos un montón de petimetres en esas embarcaciones de recreo con las que salen a disfrutar de la tarde.

—Villaclave también nos coge de paso —valoró Sadie.

—Cierto, pero la guarnición militar de Villaclave tiene su base en tierra, principalmente. Disponen de algún que otro barco destinado a la búsqueda de contrabandistas, pero nada que no podamos superar a la vela.

—¡Entonces vamos a por esos petimetres!

Poco después de mediodía divisaron a su primera víctima, una embarcación que navegaba paralela a la costa.

—¡Aprestaos, muchachos! —voceó Sadie cuando pusieron proa hacia la embarcación de recreo. Sacó el catalejo y vio a tres hombres con espléndidas camisas blancas y chaquetones con elegantes bordados, el pelo muy cuidado y expresiones de sorpresa inenarrables mientras contemplaban cómo la *Viento salvaje* se les echaba encima.

Finn *el Perdido* giró la rueda para trazar un amplio arco hasta situarse de costado paralelo a la embarcación.

—¡Arroja garfios de abordaje!

Al oír la voz, Avery *el Jaulas* a proa y Spinner a popa arrojaron sendos garfios atados a cabos. Los garfios se hundieron en la madera blanda de la cubierta del barco.

—¡Hala con alma! —ordenó Sadie.

Avery *el Jaulas* y Spinner halaron con alma de los cabos hasta que el costado de babor de la embarcación abordó el de estribor de la *Viento salvaje* con un crujido audible.

—Necesitaremos algunos tipos duros —murmuró Finn *el Perdido*.

—*Toro* Mackey y Wergishaw, vosotros conmigo —ordenó Sadie al tiempo que desnudaba el alfanje y subía a bordo del barco.

—Diría que acaban de abordarnos unos piratas —le dijo un petimetre a otro.

—Os ha costado lo vuestro daros cuenta —dijo Sadie, mientras amenazaba con la punta del alfanje la garganta del hombre—. Creía que igual iba a tener que haceros un dibujo.

—Señorita, disculpe, pero ¡no puede usted subir a bordo del barco de un hombre de este modo! —dijo el petimetre.

—Según parece, no has acabado de abarcar el alcance de la situación en la que te encuentras. —Sadie blandió el alfanje hacia abajo, abriéndole la camisa y dibujando una línea fina roja en el pecho del tipo de la que empezó a salir sangre. La expresión del hombre pasó de la arrogancia al terror—. Soy la capitana Sadie *la Reina Pirata*. Estas son mis aguas y voy donde me place y tomo cuanto me place. ¿Entendido?

—No tiene por qué lastimarme —se quejó el petimetre mientras se llevaba las manos al pecho.

—Que alguien le cierre el buzón antes de que yo aparque mi proverbial generosidad —ordenó Sadie.

Wergishaw, efigie de la calma, le dio un golpe en la cabeza con el garrote. La víctima puso los ojos en blanco y se desplomó en cubierta.

—¿Alguna otra queja? —preguntó Sadie a los otros dos que quedaban en el barco.

No tardaron mucho en coger todos los objetos de valor y ponerse en camino. A Red le habían ordenado permanecer al margen durante el abordaje. Pero después Sadie le dejó clasificar el botín. Se sentó en la cubierta de la diminuta cabina del capitán y separó la plata del oro, las cosas que sería fácil vender de las que poseían un valor cuestionable y que alguien debía antes tasar.

—No sabía que los hombres llevasen joyas —dijo, mientras levantaba un anillo de oro con un ópalo reluciente a la luz del sol que se filtraba a través de la portilla.

—Petimetres. —Sadie se tumbó en el coy sin molestarse siquiera en quitarse el chaquetón o las botas.

—Parecen totalmente inútiles —comentó Red.

—Pues deberías ver a las mujeres. Ni siquiera dan un palo al agua. Se limitan a sentarse todo el día cruzadas de brazos. Me pone enferma pensar en ello.

—¿Cómo es que sabes tanto sobre esa gente? —preguntó Red.

—Cuando era cría, solían venir continuamente a Círculo del Paraíso. Podías sacarles unas monedas a diario y nunca aprendían la lección.

—¿Qué hacían en Círculo del Paraíso?

—Te hablo de cuando Yorey *el Satén* dirigía el Círculo. Tenía todos esos salones de baile y los teatros. Lugares de altura que atraían a los petimetres.

—¿Qué pasó con ellos?

—Asesinaron a Yorey. Jix *el Escamoteador* se hizo con el mando, y era incapaz de distinguir un quiosco de un salón de baile aunque se le orinara en la cara. Él y sus esbirros convirtieron el Círculo en lo que es hoy en día. También llegará la hora en que lo asesinen y alguien se haga cargo de todo. Lo único a lo que podemos aspirar es que se trate de alguien mejor y no peor.

—¿Por qué no te haces tú con todo, Sadie? —dijo el joven.

Sadie exhaló un suspiro.

—Tal vez lo haga. Primero la costa, luego el Círculo.

Red la miró con solemnidad.

—¿Seguiré siendo el mejor de tus pillos?

—Ven aquí. —Ella extendió el brazo y le pellizcó la nariz con fuerza.

—¡Ay! —Red se apartó, frotándosela.

—No seas memo —dijo Sadie—. Tú eres mi mejor pillo y lo serás hasta la muerte.

5

*L*a biblioteca de Páramo de la Galerna era una de las más importantes del imperio. Lo cual sirvió de poca cosa hasta que Bleak Hope aprendió a leer.

—¿Crees que seré capaz de aprender esta disciplina, gran maestro? —preguntó Hope estando ambos en la biblioteca. La sala no era mayor que el cuarto donde dormía Hurlo, pero estaba cubierta de techo a suelo de pergaminos, libros y legajos.

—¿Por qué no ibas a serlo? —quiso saber Hurlo mientras retiraba un libro de gruesas cubiertas.

—Nadie en mi pueblo sabía leer. Ni siquiera Shamka, nuestro anciano. Y no soy más que una niña.

Hurlo la miró fijamente.

—Nunca volverás a pronunciar esa frase, «más que una niña». Eres mi estudiante. Harás lo que digo y aprenderás todo cuanto te enseñe. Nada de excusas. ¿Me has entendido?

Hope bajó la vista, avergonzada.

—Sí, gran maestro.

Él sonrió.

—Excelente. Entonces empezaremos por aquí. —Levantó el libro—. *Historia de Selk el Valiente, fundador de la orden de Vinchen*, Primer Volumen.

Al principio leyó con gran lentitud. Hurlo concluyó que

debía achacarlo más bien a su falta de confianza, que no de inteligencia, y que eso hacía que leer le resultase tan trabajoso a Hope. Pero cuando ella hubo cruzado ese umbral y ya no tuvo que esforzarse tanto en las palabras sueltas, su sed de conocimiento demostró no tener límites. Devoró los cinco volúmenes que componían la historia de Selk *el Valiente*, seguidos rápidamente por la trilogía de Manay *el Fiel*. Terminó en menos de un mes los diez volúmenes que componían *Breve historia del imperio*.

En cuanto Hurlo se sintió satisfecho con la historia que le había inculcado, le asignó obras de geografía y biología. Fue este último campo el que realmente pareció apasionarla.

—¡Gran maestro! —Irrumpió una tarde en su cuarto con un libro a punto de descuajaringarse al que prácticamente se le caían las cubiertas. Tenía los ojos como platos.

Hurlo estaba meditando. En lugar de interrumpir la meditación, se limitó a permitirle participar en ella. Cerró de nuevo los ojos y dijo en voz baja:

—¿Sí, niña?

—¿Sabías que no se sabe cómo se mueven las serpientes? —preguntó.

—Sí, niña.

—No puede ser cosa de magia, ¿verdad?

—Es poco probable.

—Entonces debe de haber un motivo. Lo que pasa es que aún no se ha descubierto cuál es.

—Sí, niña.

—¿Tenemos alguna serpiente en la isla, gran maestro? ¡Tal vez yo sea quien lo averigüe!

Hurlo esbozó una sonrisa imperceptible, todo ello sin abrir los ojos.

—Puedes intentarlo. —Porque ¿de qué servía el conocimiento de un libro sin una aplicación práctica? Y cuando ella logró por fin atrapar una y estudiarla, quizá no descubrió cómo se movía, pero sí aprendió a tratar la mordedura de una serpiente.

Los demás monjes no comprendían el repentino interés de Hurlo en educar a la joven. A esas alturas, la habían aceptado como parte de sus vidas, pero solo en calidad de sirviente. Casi todos los monjes de Vinchen provenían de familias acomodadas acostumbradas al servicio, así que no les resultó difícil. Pero la idea de educar a un sirviente era desconcertante. Algunos lo tacharon de amabilidad, otros de indulgencia; los hubo que lo atribuyeron a un principio de senilidad, y otros sospecharon que tenía motivos ulteriores, como por ejemplo la lujuria. Ninguno de ellos esperaba que tuviese éxito. Así que supuso toda una sorpresa que el hermano Wentu la descubriese una fría tarde de invierno acurrucada junto al horno, con un ejemplar en el regazo de *La historia del comercio económico durante el reinado del emperador Bastelinus*.

A Hurlo no le importaba que se escandalizaran, que especularan o que cuchichearan. Si bien causó cierto revuelo en el monasterio, también los distraía del crimen mucho más grave que estaba cometiendo. Ni siquiera su autoridad llegaba a aprobar el adiestramiento de una mujer en el camino de un guerrero de Vinchen. Por tanto, adiestraba su mente por la mañana, pero era de noche, cuando el resto de la orden dormía en cama, que entrenaba su cuerpo.

Hope descubrió que era en la parte oriental del monasterio donde se entrenaban los monjes guerreros de Vinchen. Había una armería, una herrería y una modesta curtiduría. Pero el edificio más grande era una sala alargada de planta rectangular destinada a la lucha. Las paredes de la sala eran puertas correderas de lona que podían abrirse para que corriese el aire en los meses calurosos. El suelo era una tarima de madera de pino, mucho más blanda que la dura piedra negra que conformaba la mayoría de los suelos del monasterio.

De noche, cuando los demás monjes dormían, Hurlo llevaba a Hope a la sala de prácticas, donde la sometía a una batería de ejercicios destinados a aumentar su fuerza, resistencia y agilidad. Durante varios meses, eso fue todo lo que hicieron, porque al final ella se sentía demasiado exhausta para hacer nada más.

Cuando llevó a cabo los ejercicios a satisfacción de Hurlo y aún le quedaba energía para moverse, él empezó a enseñarle combate cuerpo a cuerpo. Al principio, esto supuso principalmente dar puñetazos y patadas a un blanco de madera acolchada. Pero cuando afianzó su técnica, empezó a entrenarla directamente. A ella le asombraba la agilidad que tenía el anciano. Se pasaba horas cada noche entrenando con él, y transcurrió un mes antes de que le resultase necesario parar uno de los golpes de Hope.

Por valioso que ella considerase este entrenamiento, había algo que anhelaba mucho más. Así que una noche, cuando habían terminado la sesión y Hope se secaba el sudor del cuerpo con un trapo, dijo:

—Gran maestro, ¿cuándo estaré capacitada para usar una espada?

Él permaneció inmóvil, mirando el firmamento nocturno a través de una ventana. Ni una sola vez en los meses que llevaba entrenándola había exudado una gota de sudor.

—¿Por qué lo preguntas?

—No lo sé. —Abrió y cerró la mano, incapaz de traducir en palabras el ansia que sentía de empuñar un arma—. Es que pienso… bastante en ello.

Él se apartó de la ventana para mirarla un instante.

—Acompáñame.

Ella lo siguió desde la sala de prácticas al patio. El aire nocturno no tardó en secarla y en provocarle escalofríos. La condujo al interior del templo. De noche no mantenían encendidas las lámparas, pero los cirios del altar conservaban su parpadeante danza. A esa luz lo vio señalar la esterilla de meditación situada al pie del altar. Ella se arrodilló en silencio en la esterilla mientras él seguía caminando hacia el altar y abría un armario situado detrás, el mismo del que Racklock había sacado la vara. Hope experimentó una fuerte sensación de temor al verlo, pero la apartó enseguida. El gran maestro Hurlo nunca le pegaría por formular una pregunta.

En lugar de la vara, este sacó del armario una espada envainada. La sostuvo con respeto con ambas manos, siempre paralela al suelo, al llevarla ante el altar y arrodillarse delante de Hope. La vaina era de madera lacada en negro, con adornos grabados en oro. La empuñadura estaba forrada con tela negra y blanca en una pauta cruzada, mientras que el puño y el pomo eran de oro.

Lentamente desenvainó el acero. Al hacerlo, el arma emitió un leve rumor.

—Esta arma tiene nombre. Se llama *Canto de pesares*. Es una de las mejores espadas que se han forjado. —Movió con lentitud el arma, que de nuevo emitió un sonsonete.

Hope abría los ojos como platos al tiempo que hacía lo posible por abarcar el resplandor frío y hermoso del acero.

—¿Por qué hace ese ruido?

—Fue forjada por el biomante Xunera Ray para Manay *el Fiel*, en la época en que los biomantes y los de Vinchen colaboraban por el bien del imperio. El método que se utilizó para su creación se ha perdido, pero se dice que *Canto de pesares* recuerda todas las vidas que arrebata, y que el sonido que escuchas… —volvió a blandir la espada, más rápido esa vez, y el rumor bajó varios tonos, adquiriendo un aire solemne, triste—… es la pérdida que siente tras cada muerte.

—¿Acaso puede una espada sentir y recordar? —preguntó Hope.

—No lo sé —dijo Hurlo—. Mi maestro, Shilgo *el Sabio*, así lo creía, aunque, cuando se lo pregunté, también admitió no tener pruebas de ello. Lo único que sé con certeza es que no hay un motivo lógico para que emita ese sonido. —Envainó el arma, momento en que el soniquete se interrumpió—. Me habías preguntado cuándo podrías aprender a utilizar una espada. —Tendió *Canto de pesares* a Hope.

—¿Puedo… tocarla?

—Cógela.

Ella aceptó la espada. Era mucho más pesada de lo que esperaba.

—Cógela por la empuñadura —le enseñó Hurlo.

Hope llevó las manos a la empuñadura blanquinegra. La punta de la espada cayó de inmediato en dirección al suelo.

—Cuando seas capaz de sostenerla bien, empezaremos tu entrenamiento con ella.

Se le antojaba demasiado pesada, y a Hope el corazón se le vino abajo, como la espada.

—Sí, gran maestro.

—¿Dudas que sea posible?

Ella apartó la vista, avergonzada. Los guerreros de Vinchen no dudaban de sí mismos ni de las palabras de su maestro.

—Pesa mucho, gran maestro.

—En efecto, pesa. Y tardarás mucho en alcanzar la fuerza necesaria para esgrimirla. Años, espero. Pero te lo prometo, Bleak Hope. Cuando finalmente seas capaz de blandir una espada como esta, te habrás convertido en una guerrera temible.

Una guerrera temible. A duras penas Hope lo creía posible, pero mientras contemplaba la espada en sus manos, supo que eso era precisamente aquello en lo que debía convertirse. No importaba cuánto pudiera tardar ni la dificultad del camino.

Al cabo de unos meses, Hurlo comprendió que Bleak Hope empezaba a dar muestras de que se estaba entrenando, sobre todo en lo tocante a su fuerza y tono muscular. Para alejar posibles sospechas, le asignó un arduo régimen de tareas matutinas que incluía tanto trabajo manual como era posible. Se encargaba de trasladar los barriles de cerveza y de la reparación del mobiliario, estiraba las pieles para el curtidor e incluso ayudaba al hermano responsable de la herrería. Había días en que no quedaba nada por hacer, y le ordenaba mover montañas de piedras de un lado del edificio al otro.

Muchos de los hermanos interpretaron en la creciente carga física de las labores de Hope una señal de que Hurlo había empezado a cogerle tanta manía como le tenían ellos. No hizo nada para desalentar esa opinión generalizada. Pero no fue tan fácil engañarlos a todos.

Una tarde, Hurlo estaba a solas en la sala de prácticas. La luz del sol se filtraba a través de las puertas correderas, proyectando la sombra del gran maestro mientras se movía precisa y lentamente armado con una pesada espada de madera, acompasada la respiración con el movimiento. Hurlo no veía diferencias entre practicar la esgrima y la meditación.

—¿Puedo servirte de adversario, gran maestro? —Los anchos hombros de Racklock llenaban el acceso a la sala. Llevaba una espada de madera.

—Puedes —respondió Hurlo cuando concluyó el último de los movimientos. Quedó inmóvil, la espada sujeta con la punta hacia arriba, antes de permitirse un último aliento. Fue entonces cuando se volvió para encararse con Racklock—. Ven.

Racklock cerró sobre él con un golpe superior cuya trayectoria desvió Hurlo. Ambas espadas emitieron un ruido audible al chocar.

Hurlo sonrió.

—Siempre intentas pillarme con la guardia baja con ese primer golpe tuyo.

—Llegará el día en que funcione, gran maestro —dijo Racklock—. Ese será el momento en que sepa que es mi hora de dirigir la orden. —Lanzó un nuevo golpe. Que Hurlo paró.

—¿Y qué planeas hacer, puesto que la anhelas de ese modo?

Racklock ejecutó una serie de ataques, todos los cuales bloqueó o esquivó Hurlo.

—Nos sacaré del exilio en esta fría roca. Haré que seamos respetados de nuevo, una orden temida en todo el imperio.

—Si el respeto y el temor conforman tus deseos, ya los tienes por parte de tus propios hermanos —apuntó Hurlo.

Racklock atacó de nuevo, golpeando al tiempo que decía:

—También quiero poder. Y renombre.

—Lo del poder lo entiendo —dijo Hurlo, parando cada uno de los golpes—. Todos los hombres ansían el poder, aunque solo sea para proteger aquello que aman. Pero ¿renombre? Eso no te daría más que desdicha.

—Para ti es fácil decirlo, Hurlo *el Astuto*. Tu lugar en los grandes relatos está asegurado. Pero me pregunto si no nos retendrás a todos en este lugar para asegurar que no tengamos ocasión de eclipsarte.

Hurlo cargó de hierro la mirada al pasar a la ofensiva, descargando una serie de golpes que Racklock apenas pudo contrarrestar.

—Ya sabes por qué permanecemos aquí. Mientras tengamos un objetivo contrario al emperador, nuestras únicas opciones consisten en exiliarnos a nosotros mismos o rebelarnos. ¿Quieres que choquemos frente a frente con el emperador y sus biomantes? Eso partiría por la mitad al imperio.

Racklock devolvió los golpes con mayor denuedo.

—O podríamos unirnos a ellos. El mundo ha cambiado, anciano. También nosotros debemos hacerlo. O morir.

Hurlo esbozó una sonrisa traviesa.

—¿No crees que estamos cambiando?

Intercambiaron varios golpes más sin hablar. El choque de madera con madera reverberó en la sala de prácticas.

—Últimamente has estado castigando a esa niña con trabajo duro —señaló Racklock—. Los demás creen que se debe a que no te gusta. Pero yo sé que es todo lo contrario, gran maestro.

—Una carga pesada en las manos te hace olvidar la carga pesada en el corazón —dijo Hurlo—. Creo que halla la paz en el trabajo.

—Te has vuelto un blando con la edad.

—Me he vuelto amable —replicó Hurlo—. Que es distinto.

Racklock rompió distancias con Hurlo y bajó el arma.

—Te traes un plan entre manos, Hurlo *el Astuto*. Y tiene algo que ver con esa joven.

—En efecto —admitió Hurlo—. Ese plan consiste en la rehabilitación de mi alma.

Hurlo siempre había hablado desde el corazón. En muchas ocasiones, decía cosas y no sabía que eran ciertas hasta pronunciarlas. Su famosa astucia provenía en parte de su habilidad de sorprenderse incluso a sí mismo. Así que cuando le dijo a Racklock que Bleak Hope era la rehabilitación de su propia alma, no había considerado esa posibilidad hasta ese momento. Pese a todo, en cuanto lo hubo dicho, supo que era verdad.

Esa noche la llevó a la costa rocosa. El viento aullaba furibundo, zarandeando sus túnicas negras mientras permanecían de pie en un trecho de arena gris con los pies en un equilibrio dudoso. Ante ellos, las olas rompían implacables contra las melladas rocas negras que yacían semihundidas en las oscuras aguas.

—¡Qué frío hace, gran maestro! —Bleak Hope se abrazaba el torso mientras le temblaba todo el cuerpo. Abría de un modo tan cómico los ojos azules que Hurlo se echó a reír.

—Sí, niña, así es. ¿Por qué será?

Hope arrugó el entrecejo.

—¿A qué te refieres, gran maestro?

—¿Por qué hace tanto frío aquí, en este lugar?

—Ah, porque es invierno y estamos en las Islas del Sur, que son las más frías del imperio.

—Correcto. Y ¿qué pasaría si viajásemos al norte en barco?

—¿Que poco a poco subiría la temperatura?

—Sí. Tus estudios te están sirviendo de algo. A ver, si viajásemos al norte en barco, ¿cómo sabríamos dónde está el norte?

—Por el sol, que sale por el este y se pone por el oeste.

—¿Y si viajásemos de noche? —Señaló con un gesto el firmamento púrpura y negro.

—Pues… no lo sé, gran maestro.

—Por las estrellas. ¿No has leído el libro de astronomía?

—Aún no —admitió Hope—. Creía que no era… importante. ¿Qué influencia tienen las estrellas en nosotros, que estamos aquí abajo?

—Cuando lo leas, aprenderás qué son las constelaciones. Son dibujos en el firmamento que nunca cambian. Mira ahí.

—Señaló un conjunto formado por cinco estrellas—. Esa constelación es el Puño de Selk *el Valiente*. Y ahí —continuó, señalando esta vez un pequeño conjunto de estrellas con finas líneas de otros astros en su estela—. Esa es la Gran Sierpe. Y ahí.
—Señaló un conjunto más imponente—. Esa es el Kraken.
—Se volvió hacia ella—. Apréndete sus formas. Memorízalas. Te serán de ayuda cuando necesites una guía en tu camino.

—«Nuestro» —lo corrigió Hope—. Querrás decir que nos ayudarán cuando necesitemos una guía.

—Por supuesto —asintió Hurlo.

Hope contempló un rato el cielo oscuro tachonado de estrellas. Hurlo comprendió que le estaba dando vueltas a algo, así que esperó.

—Una vez vi un símbolo, gran maestro. Un óvalo negro con ocho líneas a modo de estela. Parece un pulpo o kraken. El capitán que me trajo aquí dijo que era el símbolo de los biomantes.

—Y no erró —le confirmó Hurlo.

Hope asintió sin apartar la vista del cielo.

—¿Qué son los biomantes, gran maestro? Se los menciona a menudo en las historias del imperio, pero nunca queda claro quiénes son exactamente. ¿Son hechiceros? ¿Hombres santos?

—Son científicos, en cierto modo. Místicos de la biología. Pueden cambiar a los seres vivos.

—¿Cambiarlos? ¿Cómo?

—Volverlos mayores o más pequeños. Por ejemplo, antes las ratas topo eran más pequeñas que los ratones. Te hablo del pasado. ¿Lo sabías?

Hope negó con la cabeza.

—Un biomante puede hacer crecer a un ser vivo, o deteriorarlo, o convertirlo en algo totalmente distinto.

—¿Los biomantes son buenos o malos?

—Sirven al emperador, para lo bueno y para lo malo.

—¿No sirve también al emperador la orden de Vinchen? —preguntó Hope.

—Servimos al imperio. Por eso vivimos y nos entrenamos

lejos de palacio y de su corruptora influencia y poder. El emperador puede ser cruel, estar plagado de defectos. Pero el imperio está por encima de cualquier hombre. Y siempre vale la pena luchar por él. Quizá, cuando llegue el momento, seas tú quien enderece su rumbo.

Hope lo miró. La mirada de Hurlo se había suavizado a lo largo de los meses que llevaban entrenando juntos. Pero en ese momento tenía el mismo aspecto que cuando Toa la confió a su cuidado.

—Un biomante mató a mis padres y a todo mi pueblo.

—Lo sé —dijo Hurlo.

—¿Es malo que quiera matar a alguien que sirve al emperador?

—¿Qué dice el código de Vinchen acerca de la venganza?

Bleak Hope cerró los ojos, como si leyera las palabras en el dorso de los párpados.

—«La venganza es uno de los deberes más sagrados de un guerrero. Puede ser rápida o lenta, pero debe hacerse con honor. Cuando un guerrero se encara al infractor, debe dar el nombre y preguntar el suyo al infractor. El guerrero debe manifestar sin ambages el motivo de su venganza y permitir al infractor la oportunidad de armarse. La única venganza posible es la muerte del infractor. Si el guerrero fracasa, mejor darse muerte que seguir viviendo con semejante deshonra.»

—¿Te adherirás a este código? —le preguntó Hurlo.

El viento revolvió el cabello de Hope, que había cerrado los ojos.

—Sí, gran maestro.

—Pues ahí tienes la respuesta.

6

*T*ras un mes de saquear las embarcaciones de recreo de los petimetres a lo largo y ancho de la costa, empezó a hablarse de Sadie *la Reina Pirata*. Había menos embarcaciones y las patrullas imperiales empezaron a hacer acto de presencia. Las naves de la armada eran grandes y lentas comparadas con la *Viento salvaje*, así que era fácil evitarlas. Pero Sadie y su dotación necesitaban encontrar nuevos objetivos.

—Tenemos los mercantes —dijo una noche Finn *el Perdido* con tono de duda. Sadie y él compartían una botella sentados a proa, observando cómo el sol se ponía, rojo, en el horizonte.

—Sí, los grandes mercantes —se apresuró a decir Sadie—. Será coser y cantar.

—Es fácil alcanzarlos —dijo Finn—, pero ¿dónde vamos a meter la mercancía que cojamos? Además, para apresar esas naves debemos perder de vista la costa y poner proa a aguas de altura.

—De acuerdo. ¿No hay mercantes pequeños que naveguen más pegados a la costa?

—Más al norte podría sonreírnos la suerte. Hay mucha mercancía de lujo que pasa por Ensenada Radiante en Salto Hueco. Pero no conozco muy bien esas aguas. A saber qué más podríamos encontrarnos por allí.

—Ha sido la audacia lo que nos ha llevado a este punto —señaló Sadie—. Y la audacia es lo que nos llevará más allá.

Al día siguiente aproaron costa arriba. Fue una mañana tensa por la presencia de los cuarteles militares de Villaclave asomando al este y las imponentes fragatas imperiales insinuando el aparejo por el horizonte a poniente. Pero disfrutaron de vientos favorables e hicieron buen avante. Hacia la tarde, habían dejado atrás la mayor concentración de poder imperial y pusieron proa al norte, a Salto Hueco, una región pacífica y próspera donde vivían los petimetres en sus extensas fincas y espléndidas mansiones. La mayoría de los hogares estaban lo bastante alejados del mar para poder divisarlos, pero de vez en cuando se veía uno construido en la orilla. Sadie no pudo resistir sacar el catalejo y echar un vistazo más de cerca a las torres que asomaban por encima del agua.

—No me importaría disfrutar de unas vistas así en mi casa —dijo Finn *el Perdido* desde su puesto a la rueda del timón—. Desde allí los atardeceres deben de ser algo digno de verse.

Sadie plegó el catalejo y se encogió de hombros.

—También desde aquí lo son. Miraba para ver si hay algo que valga la pena robar.

—¿Y bien?

—Seguro que sí, pero hay barrotes por doquier. Y el modo en que está situada… Sería difícil llegar.

—Probablemente haya guardias —señaló Finn.

—Sí. Por ahora necesitamos presas más modestas.

Recalaron al anochecer en Ensenada Radiante. En lugar de fondear en el puerto, echaron el ancla en una pequeña cala oculta justo al norte.

—Pero ¿no dijiste que desconocías estas aguas? —preguntó Sadie.

—Dije no conocerlas bien —respondió Finn *el Perdido*—. He navegado en algunas embarcaciones que llevaban mercancías que descargar en Salto Hueco, pero que no querían someterse a las condenadas inspecciones portuarias.

A la mañana siguiente, Avery *el Jaulas* avistó un mercante

de porte algo mayor que la *Viento salvaje* que navegaba rumbo norte procedente de Bahía Radiante.

—¡Leva ancla y larga trapo! —ordenó Sadie—. Nos mantendremos a distancia hasta habernos alejado un poco más del puerto.

El barco continuó llevando rumbo norte por la costa hasta alcanzar la parte superior de Nueva Laven, momento en que puso rumbo nornordeste.

—Se dirige a alta mar —dijo Finn *el Perdido*—. Será mejor cerrar distancias ahora o seremos más vulnerables a las fragatas imperiales. No necesitarían más que unas andanadas para hundir nuestro cascarón.

—¡Larga foque! —dio la orden Sadie, a quien Finn había enseñado cómo se llamaban las velas de a bordo.

Spinner mareó la lona delantera. Se tensó al viento y el barco ganó velocidad.

Sadie observó al mercante a través del catalejo.

—También ellos han largado el foque. Parece que nos han visto las intenciones.

—¿Les damos caza, capitana Sadie? —preguntó Finn con una sonrisa torcida.

—Oh, sí, Finn *el Perdido*.

Persiguieron al mercante durante casi una hora, adentrándose tanto en el mar que Nueva Laven se convirtió en un borrón en el horizonte. Pero a pesar de que ambos barcos tenían más o menos el mismo tamaño, el mercante cargaba con el lastre de la mercancía. Poco a poco, la *Viento salvaje* ganó terreno hasta situarse a distancia de abordaje. Lo que hallaron en ese barco no eran los petimetres histéricos a los que estaban acostumbrados, sino duros marineros armados con cuchillos, garrotes y picas.

—Por fin. —Sadie desenvainó su alfanje—. Una pelea decente. Finn *el Perdido*, te confío el mando del barco. Red, tú quédate en la cabina. Todos los demás, seguidme.

Fue breve y feo. Wergishaw la emprendió a golpes de porra, rompiendo cabezas y rótulas. Avery *el Jaulas*, con un cuchillo en cada mano, abría y cerraba distancias con el enemigo cada vez que entreveía un punto débil, como cuellos, vientres e ingles. *Toro* Mackey cortó manos con su hacha y hundió el arma en más de una cabeza. Spinner corrió a través de ellos con la pica de abordaje. Y en mitad de todos, Sadie blandía el alfanje a diestro y siniestro. No importaba cuán duros fuesen esos marineros mercantes, porque no podían medirse con una panda de pillos de Círculo del Paraíso, Punta Martillo y Cresta de Plata.

—¡Os ahorcarán por esto! —los amenazó el capitán, un hombre de corta estatura con el rostro colorado y la barba rala. *Toro* Mackey y Spinner lo habían encontrado escondido en la bodega y lo habían llevado a rastras ante Sadie.

—¿De veras? —preguntó la capitana.

—¡Llevamos estas especias a Pico de Piedra! ¡Son para el mismísimo emperador!

—¿Conque el emperador, eh? —Sadie parecía impresionada—. Bueno, en ese caso, hazme el favor de entregar un mensaje a tu emperador de parte de Sadie *la Reina Pirata*. —Miró a *Toro* Mackey y a Spinner—. Sostenedlo.

Los dos pillos sonrieron mientras lo tumbaban en cubierta. El capitán forcejeó desesperado, incapaz de liberarse.

Sadie se sentó a horcajadas sobre él y procedió a remangarse la falda.

—¿Qué diablos haces? —quiso saber el capitán.

—He aquí mi mensaje para el emperador. —Sadie, en cuclillas, se orinó sobre el patrón mientras este maldecía y todos a bordo se reían a carcajadas.

La celebración de esa velada fue particularmente atronadora. Red estaba acostumbrado a ver ebria a la tripulación de la *Viento salvaje*, Sadie incluida, pero esa noche hubo tal ruido y tal caos que se puso nervioso, así que se retiró a popa, donde encontró sentado a Finn *el Perdido*, que contemplaba el cielo estrellado.

—¿Por qué no estás celebrándolo con el resto de la dotación? —preguntó Red.

—Un marino aprende que aquí, en mar abierto, puede suceder cualquier cosa en el momento menos pensado. Siempre conviene tener a alguien sobrio de guardia.

Varios de los miembros de la dotación aullaron incoherencias. Tanto Finn como Red se volvieron para ver a Sadie descargar un golpe sobre Avery *el Jaulas*, un puñetazo tan fuerte que empezó a sangrarle la nariz. Luego lo aferró del cuello de la camisa y le estampó un beso de tornillo mientras la sangre de él le salpicaba el rostro.

—¿Te gustaría no tener que hacer guardia? —preguntó Red.

Finn *el Perdido* se encogió de hombros y volvió a contemplar las estrellas.

—¿Sigues enamorado de Sadie? —preguntó el joven.

Finn *el Perdido* esbozó una sonrisa imperceptible.

—¿Qué sabes tú del amor, muchacho?

—Mi padre quería a mi madre.

—¿Sí?

—Sí. Todo lo que hizo lo hizo por ella.

—¿Eso te dijo?

—No. Saltaba a la vista.

—Está bien que te eduquen en un entorno así.

—¿Por qué?

—Porque descubres que hay algo más que… —Señaló la celebración con la cabeza—. Que eso.

Red no sabía gran cosa acerca de Finn *el Perdido*, aparte de que había navegado más que nadie a bordo.

—¿Qué le pasó a tu ojo?

—No es una historia agradable.

—Supuse que no lo sería —admitió Red.

Finn le dedicó una sonrisa torcida y revolvió el pelo de Red.

—Menuda lengua tan afilada tienes. Espero que por su culpa no te metas en más líos de los que puedas solventar.

—O sea, que no vas a contármelo.

—¿Qué me darías a cambio?

Red lo pensó.

—¿Un secreto a cambio de otro?

—¿Cómo sabes que mi historia es un secreto?

—Porque no se la has contado a nadie a bordo. Ni siquiera a Sadie.

—No se trata exactamente de un secreto. Simplemente es algo personal.

—Todos los secretos son personales. Por eso lo son.

Finn sonrió de nuevo.

—Empiezo a comprender por qué Sadie te tiene cerca. Eres un tío listo.

—¿Cerramos el trato? —insistió Red.

—Supongo. Pero tú primero.

Red había escogido ya qué secreto contarle, así que no tardó en empezar.

—A la muerte de mi madre nos quedamos solos mi padre y yo. Él solía salir mucho por motivos de trabajo. Era prostituto. O sea, que la gente le pagaba por practicar el sexo.

—Sé qué es un prostituto, muchacho.

—¿Alguna vez has pagado a alguien para practicar el sexo?

—Pues claro. Apuesto a que la mayoría en Círculo del Paraíso lo ha hecho.

—Yo nunca lo haré —aseguró Red. A pesar de que Sadie le había asegurado que no todo el sexo era como el que había presenciado cuando robó los enseres del capitán, la sola idea en general se le hacía cuesta arriba.

—¿Ese es tu secreto? —preguntó Finn *el Perdido*.

—Claro que no. Así que cuando mi padre se iba a trabajar, me dejaba con nuestra vecina, la vieja Yammy. Era una dama agradable. Me enseñó por ejemplo a hacer malabarismos y a jugar a las piedras.

—¿Juegas a las piedras?

—Apuesto a que te gano.

—Ya me gustaría verte intentarlo.

—Podemos jugar, si quieres, pero tendrás que apostar unas monedas. La vieja Yammy me dijo que nunca jugase por nada.

Finn *el Perdido* soltó una carcajada.

—Puede que lo haga, aunque solo sea para ver cómo muerdes el polvo. Pero bueno, ¿cuál es ese secreto tuyo?

Red se le acercó. Sentía que la vergüenza se le arremolinaba en las mejillas.

—Era muy amable y me enseñaba cosas, ¿y qué fue lo que hice? Le robaba. Tenía un cuenco enorme con fruta en la mesa, y cada vez que asomaba por ahí tomaba una pieza, aunque no tuviese hambre.

—Robaste las cosas de ese capitán —señaló Finn—. ¿Y qué otra cosa hacemos aquí a diario sino robar?

—Existe el robo justo y el robo injusto —replicó Red—. No creas que ignoro la diferencia.

Finn *el Perdido* lo miró unos instantes y asintió.

—Supongo que tienes parte de razón.

—Sea como fuere, fui a buscarla a la muerte de mi padre, pero los imperiales la habían encerrado en los Acantilados Desiertos. No sé por qué. Y no tuve ocasión de decirle que lo sentía. —Red pensó en ello un momento, deseando poder volver a verla. Pero negó con la cabeza. Todo eso eran bobadas sentimentales propias de artistas—. Bueno, te toca. ¿Cómo perdiste el ojo?

Finn *el Perdido* se volvió hacia el agua.

—Era algo mayor que tú ahora, pero no tenía talento ni oficio. Como ya supondrás, las cosas no me iban bien, así que acabé durmiendo en los muelles. Ahí fue donde un capitán llamado Brek Frayd me encontró y me ofreció comida y un lugar donde dormir mientras dedicase una jornada de trabajo honesto a bordo de su barco.

—¿Fue entonces cuando te hiciste marinero?

—Entonces fue cuando aprendí a navegar.

—¿Cuál es la diferencia?

—Paciencia, muchacho. Verás, al principio la cosa no iba bien. Me mareaba mucho cada vez que subía un poco el viento. Y no ponía los cinco sentidos en el trabajo. Así que muchas veces el capitán Frayd tuvo que decirme que me asegurase de anudar bien un cabo alrededor de una cornamusa nada más haberlo hecho. Hasta que una vez navegábamos a la orza dispuestos a virar por avante cuando saltó un cabo que se suponía que yo había asegurado. El motón salió disparado y el chicote me alcanzó en plena cara.

Red examinó los motones de madera con forma ovalada que había cerca, en el aparejo. Cada uno de ellos tenía un gancho de hierro en el extremo que era grueso como su pulgar. Se imaginó algo así hundido en su ojo y sintió un escalofrío.

—¿Sabes qué me dijo después el capitán Frayd? —continuó Finn *el Perdido*—. Dijo: «El mar es una cruel amante, Finny, y siempre se cobrará su parte. Tú has pagado por adelantado con ese ojo, muchacho, y a partir de ahora el mar siempre te acogerá como a uno de los suyos». —Finn se volvió hacia Red, y su ojo bueno soltó un destello húmedo a la luz de la luna—. Llevo surcando estas aguas desde entonces. No he vuelto a enfermar, y jamás me he separado de un cabo sin asegurarme de que estuviese bien atado.

—Así es cómo te hiciste marinero —dijo Red en voz baja.

Finn asintió.

—Llevo desde entonces pensando en lo que me dijo ese capitán. Tardé años en comprender de verdad lo que me dio ese día.

—¿Lo que te dio?

—Después de algo así podría haber evitado los barcos el resto de mi vida. Nadie podría haberme culpado por temer que el mar me quitase el otro ojo. Pero yo no lo veía de ese modo, por cómo me lo expuso. No intentó quitarle hierro a lo sucedido. Se limitó a atribuirle un valor. Y si me preguntas, te diré que se puede resistir cualquier clase de sufrimiento siempre y cuando tenga un propósito.

—Mis padres han muerto —dijo Red—. ¿Acaso tiene eso un propósito?

—Eso depende de lo que tú decidas. Si no hubiesen muerto, ¿habrías llegado a conocer a Sadie? ¿Habrías ido siquiera a Círculo del Paraíso?

Red negó con la cabeza.

—Por tanto, ese sufrimiento te convirtió en la persona que eres ahora. Un chico despierto y un ladrón de primera que sabe distinguir lo bueno de lo malo. —Sonrió burlón—. Tal vez te convierta en el mayor ladrón que ha salido de Nueva Laven.

—¿Cómo sabré si lo hace?

—Nunca tendrás la certeza, pero nadie podrá demostrarte lo contrario, así que tal vez podrías limitarte a decir que fue así.

Una sonrisa se extendió lentamente en el rostro de Red. Sus ojos de rubí centellearon.

—Claro que sí.

—No te devolverá a tus padres, pero al menos significa que sus muertes no fueron en balde.

Red levantó la vista hacia el firmamento nocturno.

—El mayor ladrón que ha salido de Nueva Laven —repitió en voz baja por primera vez, la primera de muchas otras.

Ese primer abordaje a un mercante hizo que Sadie deseara dar con otro. Vagaron por la costa norte en busca de algo más que las joyas y bolsas ocasionales que habían estado robando a los petimetres. Pero quizá las amenazas del capitán no habían sido en vano, porque al cabo de unas semanas las aguas costeras se infestaron de naves imperiales procedentes de Pico de Piedra.

—No es buen momento para que andemos por aquí —señaló Finn mientras compartía una botella con Sadie en su cabina—. Deberíamos mantener la cabeza gacha hasta que esos imperiales se cansen de dar vueltas por Nueva Laven como una manada de tiburones trasgo.

—No, lo único que necesitamos es un nuevo objetivo —dijo Sadie.

—¿Como por ejemplo?

Sadie dio un sorbo a la botella.

—Esas pequeñas poblaciones que vemos a lo largo de la costa nordeste. Algo tendrán que valga la pena saquear.

—Comida y aceite de lámpara. Eso es todo.

—Pero necesitamos ambas cosas, ¿o no?

—Supongo. —Finn *el Perdido* pensó en lo que Red había dicho. Aquello sobre la existencia del robo justo y del robo injusto—. Pero Sadie, a esa gente no le van las cosas mucho mejor que a nosotros. Algunos probablemente lo estén pasando peor.

—Ah, no te me pongas blando ahora. Ya tengo mi cupo cubierto con el muchacho. Te prometo no matar a nadie a menos que me obliguen. ¿Calma eso tu frágil conciencia?

Al día siguiente, la *Viento salvaje* inició su reinado de terror en los poblados que se repartían en la costa nordeste de Nueva Laven. Eran sitios diminutos, por lo general atravesados por un único camino de tierra. La gente vestía trajes de lana de una sola pieza. Los había que ni siquiera iban calzados. Y nada en el mundo los había preparado para la vorágine de violencia que se abatió sobre ellos. Cuando Sadie cargaba hacia los habitantes alfanje en alto, la mayoría se limitaba a huir con el rabo entre las piernas.

—Esto es más fácil que recibir una bofetada de mi padre —dijo Sadie mientras veía huir por el camino a un hombre que casi la doblaba en tamaño.

Sadie dejó a Red encargado de cuidar el barco en el muelle, y el resto de la dotación se dispersó en busca de cualquier cosa que valiera la pena saquear. Avery *el Jaulas* localizó cerca del muelle el cobertizo que servía de almacén. Sadie ordenó a *Toro* Mackey y a Wergishaw romper la cerradura de la puerta. Dentro no solo encontraron comida y aceite de lámpara, sino varios toneles de cerveza.

—Diría que esto vale la pena llevárselo. —Sadie se volvió hacia Finn *el Perdido*—. A veces no se trata del dinero, sino de mejorar la calidad de vida.

Continuaron devastando la costa unas semanas más, yendo de pueblo en pueblo. Entonces, un día desembarcaron en uno con un letrero que anunciaba orgulloso: «DESEMBARCO DE

FLOR DE LUNA. POBLACIÓN 50». Pero cuando ella y su dotación accedieron al pueblo, no hubo manera de encontrar a uno solo de los presuntos cincuenta.

—Esto no me gusta un pelo —dijo Finn *el Perdido*, que abrió suspicaz su único ojo.

—¿Cabe la posibilidad de que hayan salido huyendo? —aventuró Avery *el Jaulas*.

—¿Cómo iban a hacerlo si nadie los avisa antes? —preguntó Finn.

—¿Quién haría algo así? —quiso saber Spinner.

—Otro de los pueblos, quizá. ¿Quién sabe? Igual algunos se conocen y eso. Tampoco los separa tanta distancia.

—Vamos a ver dónde guardan las cosas de valor y salgamos antes de que esto se nos tuerza —propuso Sadie.

Había varias cabañas destinadas al almacenaje. Las abrieron todas y las vaciaron, a excepción de una situada en el extremo opuesto del pueblo. *Toro* Mackey rompió la cerradura con facilidad debido a que era vieja y estaba oxidada. Pero dentro no encontraron nada.

—¿Por qué han cerrado una cabaña que está vacía?

Sadie lanzó un gruñido y se volvió en dirección al barco. El palo macho de la *Viento salvaje* asomaba sobre los tejados del pueblo, y distinguió un penacho de humo negro que se enroscaba a su alrededor.

—¡El barco! —gritó Finn *el Perdido*.

—¡Red! —Sadie echó a correr de vuelta al barco, aplastando el terreno con sus botas de capitana, el alfanje en alto como si pudiera emplearlo para espantar el fuego con la misma facilidad que había asustado a los aldeanos. Pero para cuando alcanzó el embarcadero las velas se habían convertido en ceniza, el palo chamuscado se había partido y el agua se peleaba con el fuego que quería consumir los restos de la embarcación. Los saboteadores, casi con toda probabilidad gente del pueblo, ya se habían esfumado.

—¡Ay, Dios, Red! —Sadie se quitó el sombrero y la casaca, se libró de las botas y del alfanje, y se disponía a zambullirse entre los restos cuando oyó una voz de niño procedente del extremo opuesto del embarcadero.

—¡Aquí, Sadie, aquí! —Red asomó del interior de un barril vacío.

—¡Maldita sea, muchacho! ¡Me tenías preocupada! —Se le acercó, las manos crispadas en puños.

Él la vio acercarse con expresión sorprendida.

—¿No pensaste que tendría el suficiente cerebro para saltar de un barco que arde en llamas?

Ella frenó en seco el paso y lo pensó.

—Supongo que no. Lo siento, ya veo que tienes la cabeza en su sitio.

Red sonrió, ladino.

—¿Dirías que tengo la cabeza en su sitio hasta el punto de asegurarme de coger algo de dinero antes de desembarcar? —Levantó un saquito, que sacudió para que emitiera un débil tintineo.

—¡Te juro que eres el mejor de mis pillos! —Sadie lo sacó del barril y le dio uno de esos abrazos que aplastan.

Para entonces, el resto de los miembros de la dotación habían alcanzado el muelle. Se quedaron mirando los restos humeantes del barco hasta que el último resquicio se hundió.

—Bueno, pues aquí se acaba todo —dijo Finn *el Perdido*.

—No todo —le replicó Sadie, que seguía abrazando a Red—. Conservamos la salud, a nuestros buenos amigos y dinero suficiente para volver todos a casa.

—¿A casa? —preguntó Red.

—En efecto. Tú y yo nos vamos de vuelta a Círculo del Paraíso. —Y entonces arrancó a cantar:

Húmedo y deprimente,
sin un rayo de sol que caliente,
Pero sigue siendo mi hogar,
¡Bendito sea el Círculo!

Backus tomaba un trago tranquilo en La Rata Ahogada cuando alzó la vista y vio una sombra que oscurecía la entrada.

—No, otra vez no… —gimoteó.

Ahí estaba Sadie *la Cabra*, más o menos como hacía unos meses, con el mismo crío de ojos rojos a remolque. Al principio, Backus pensó que sus ojos lo estaban engañando. Al fin y al cabo, la habían avergonzado públicamente en aquella misma taberna. Pese a todo, ahí estaba ella, sucia y con pinta de cansada, pero mucho mejor que la última vez que la había visto. Se hizo el silencio en toda la taberna mientras entraba con toda su calma chicha, repartiendo palmadas en la espalda a diestro y siniestro.

—Buenas, Backus —dijo cuando pasó por su lado. Y entonces le guiñó un ojo.

Se encontraba a medio camino de la barra cuando *Tirantes* Madge hizo acto de presencia. Backus nunca supo con seguridad cómo era posible que semejante mujerona apareciese de forma tan repentina, pero ahí estaba, más alta que Sadie, los pulgares en los tirantes.

El muchacho parecía aterrado y se encogió, pero Sadie se limitó a inclinar un poco la cabeza.

—Hola, Madge.

—¿Qué haces aquí, Sadie?

—He venido a rogarte que me perdones —dijo Sadie lo bastante alto para que todos los presentes pudiesen oírla.

—¿Que yo te qué? —preguntó Madge confundida.

Sadie hincó una rodilla en el suelo.

—Siempre te has portado bien conmigo, Madge. Has sido justa y leal, y una compañía más agradable que la mayoría. Cuando vine cegada por la sed de venganza, fue como escupir en todas las cosas buenas que habías hecho por mí. No pude obrar peor, y lamentaré siempre haberme portado así. Lo único que quiero saber es si me perdonas.

Tirantes Madge permaneció junto a Sadie, los brazos cruzados a la altura del pecho, el rostro impávido. No se oyó un solo susurro en toda la taberna, pues todos aguardaban su respuesta.

Pero no dijo nada. Al cabo de un momento, se dio la vuelta y fue detrás de la barra. Tomó el tarro de cristal que contenía la oreja de Sadie, volvió al lugar donde esta estaba y tendió con aire solemne el tarro a la mujer a quien apodaban la Cabra.

Sadie miró el tarro en la mano, dominada su expresión por el asombro. Nunca había *Tirantes* Madge devuelto uno de sus premios a su propietario. Era algo que sencillamente no había ocurrido en Círculo del Paraíso.

Madge la saludó con una inclinación de cabeza, volvió detrás de la barra y se sirvió un whisky.

Sadie se levantó lentamente con el tarro de cristal en la mano.

—Bueno, esto merece una celebración. Y creo que tengo el dinero justo de mi aventura pirata para pagar a todos una ronda.

La taberna estalló en vítores y aplausos y golpes de puño en la mesa.

Sadie se volvió hacia Backus.

—Nos veremos, viejo amigo. —Entonces lanzó una risotada malvada.

Aquel iba a ser el último trago que Backus tomaría relajado en La Rata Ahogada durante muchos años.

Esa noche, Sadie disfrutó de la celebración y la cerveza.

—Ha llegado la hora de que empieces a beber. —Le ofreció una espumosa jarra a Red cuando se sentó a la mesa.

El joven puso los ojos como platos cuando miró la bebida.

—Adelante, toma un trago.

Dio un sorbo y se estremeció.

—Creía que tenía buen sabor.

Ella rio.

—Sabe como sabe. He tomado mejores y he tomado peores cervezas. Bueno, vamos a ver, mi mejor pillo, ¿qué planes tienes?

—¿Planes? —preguntó al olfatear la jarra, preguntándose si sería capaz de tomar otro sorbo sin vomitar y temiendo que

Sadie lo obligase de todos modos a hacerlo.

—Henos aquí, de vuelta al Círculo y a todo lo que hay de auténtico en este mundo. Somos mayores, más sabios y algo más listos. Así pues, ¿cuáles son tus planes?

—Creía que… —Alarmado, a Red se le aceleró el pulso—. Creía que seguiría contigo.

—Ay, Dios, no puedes colgarte de mi teta todo el tiempo. Sigo aquí y sigues siendo mi mejor pillo. Pero ya no soy tu capitana, y ha llegado la hora de que tomes tus propias decisiones.

—No sé muy bien qué hacer.

—Bueno, ¿qué quieres ser?

—El mayor ladrón que ha salido de Nueva Laven —se apresuró a decir.

Sadie estaba en mitad de un sorbo. Al oír eso, la cerveza le salió por la nariz y rio con tal fuerza que a punto estuvo de caerse de la silla.

Red aferró su propia jarra, sintiéndose incómodo. Tomó un trago diminuto.

—Supongo que es una estupidez.

—¿Una estupidez? —preguntó Sadie—. Es la cosa más graciosa que he oído. Y no dudo de que si te aplicas, llegará el día en que así se te conocerá.

SEGUNDA PARTE

Cuando la juventud y la inocencia dan paso a la experiencia, la duda enturbia la mente. Quienes hallen un propósito renovado en la complejidad prosperarán en lugar de fracasar.

De *El libro de las tormentas*

7

*S*abes cómo soy capaz de quedarme dormido con tanta facilidad por la noche? —preguntó el gran maestro Hurlo.

Estaba sentado con las piernas cruzadas ante el altar de negra piedra iluminado por la luz de las velas. Aquellos últimos años, la edad le había impedido arrodillarse. Pero había una sonrisa apacible en su viejo rostro y una mirada amable en sus ojos.

—No, maestro, no lo sé. —A Bleak Hope le costaba concentrarse en lo que le decían porque llevaba una hora en apertura de piernas en suspensión media. Sus talones hacían equilibrios en la parte superior de estrechos postes a ambos lados, lo que la mantenía elevada sobre una ardiente alfombra de carbones encendidos. Pero sabía que esos eran los momentos en que su maestro impartía sus conocimientos más cruciales. Decía que cuando el cuerpo estaba en tensión, la mente se relajaba. Así que unió las palmas de las manos, respiró para combatir el dolor de piernas y de la parte inferior de la espalda, y se concentró en el sonido de la voz suave.

—Lo que hago —explicó el gran maestro— es tumbarme en la estera, cerrar los ojos y preguntarme si he hecho algo en la vida que realmente valga la pena. Pienso en todo lo que he hecho, y cuando llego a algo concreto, me digo: «Pues sí, algo he hecho». Después duermo como un tronco.

—¿El sueño de los justos, gran maestro?

—Supongo. ¿Sabes qué hecho me reconforta?

A lo largo de los años de entrenamiento, el gran maestro había compartido con Hope muchas de sus hazañas de juventud. Mientras continuaba haciendo equilibrios entre ambos postes, pensó en los más destacados.

—¿Fue la vez que salvaste al emperador de ser asesinado por los Señores Chacales?

—Ah, ese fue un día memorable —admitió el gran maestro—. Pero no, no fue esa la hazaña que considero más valiosa.

Hope arrugó el entrecejo, los ojos azules sumidos en una nube de pensamientos.

—¿Fue cuando… cuando rescataste a Maldious la Archidama de la horda de ratas topo gigantes?

—Otro suceso memorable. Pero tampoco es el que me permite dormir cada noche como un bebé.

—No será cuando mataste al pirata Bane *el Osado* en las Cuevas Pintadas, ¿verdad?

Negó él con la cabeza.

—Sigues el razonamiento equivocado. Todos esos sucesos fueron importantes, incluso valerosos, pero ninguno de ellos tiene importancia para alguien de mi avanzada edad.

—Entonces… Lo siento, maestro. —Inclinó la cabeza—. No lo sé.

Su sonrisa seguía siendo cálida y amable cuando dijo con los ojos cerrados:

—La verdad es que dudaba que lo hicieras. Por eso te he hecho la pregunta. No, mi niña, lo que me ofrece la paz nocturna cada noche es pensar en el día en que me ofrecí a entrenarte.

—¿A mí, maestro? Pero…

—A pesar de los riesgos, sabía que era lo que debía hacer. Y es esa decisión valiente lo que me trae la paz. Eso y saber que llegaría esta noche, y que cuando lo hiciese estaríamos listos.

—¿Listos para qué, maestro? —preguntó Hope, arrugando el entrecejo—. ¿Por qué esta noche es especial?

—La noche en sí es como cualquier otra. Son los sucesos de esta noche lo que la convertirán en especial.

—¿Qué es lo que va a pasar?

El gran maestro abrió los ojos y su sonrisa se desvaneció.

—Ven ante mí, Bleak Hope.

—Sí, maestro. —Flexionó las piernas y se impulsó para superar la barrera de carbones y caer sobre una rodilla directamente enfrente del gran maestro.

—Siéntate conmigo —dijo él.

Ella asintió y dobló las piernas para sentarse.

—Cierra los ojos —dijo—. Y dime, ¿qué es lo que oyes?

—El crepitar de los carbones, maestro.

—¿Y más allá?

La chica se concentró.

—Oigo el viento que sopla con fuerza, procedente del norte, sobre las ventanas cerca del techo de este templo.

—Bien. ¿Y más allá?

—Oigo… —Tardó un momento, pero a medida que prestaba atención, el ruido aumentó. Voces. Voces furibundas fuera, en el patio. Botas en el empedrado. Espadas que eran desnudadas de sus vainas. Abrió los ojos con espanto—. ¡Maestro! ¡Vienen a por nosotros! ¡Quieren hacernos daño!

—Sí.

—¡Pero son tus propios hermanos!

—Tal vez si te hubiese enviado lejos hace unos años podríamos haberlo evitado. Pero no tuve corazón para interrumpir tu entrenamiento cuando empezabas a dar muestras de tu potencial.

—¿Ellos lo saben, maestro?

—Sí.

Hope pegó el rostro a la dura y fría piedra.

—Te he fallado, maestro. Era responsabilidad mía mantenerlos al margen de mi entrenamiento.

—No, niña. No ha sido el fracaso lo que ha revelado nuestra mano, sino el éxito. Te he entrenado aquí cada noche estos pasados ocho años para transmitirte las enseñanzas de la orden de Vinchen, sabiendo que llegaría el día en que tus destrezas serían tan excepcionales que incluso los movimientos más cotidianos nos delatarían. Ya no caminas por este mundo como un sirviente, sino como una guerrera. Y no hay por qué avergonzarse de ello. Sin embargo, hemos roto una de las leyes más antiguas de nuestra orden. Las consecuencias son inevitables.

El sonido de voces furiosas en el patio se hizo cada vez más patente.

Hope se acuclilló.

—Me enfrentaré a ellos, maestro. No tengo miedo.

Lo cierto era que anhelaba hacerlo. Había lavado su ropa durante ocho años, preparado sus comidas, pulido sus armaduras, afilado las armas y hecho un centenar de otras tareas absurdas e insignificantes. Algunos la trataban correctamente. Pero la mayoría no la habían tratado mejor que a una mula, y unos pocos se habían pasado de la raya mostrándose abiertamente crueles. El mundo no echaría de menos a estos últimos. Si debía morir esa noche, antes se los llevaría por delante.

—No tan deprisa, mi querida pupila —dijo Hurlo—. Hay algo que debes hacer por mí.

—Lo que sea, gran maestro.

Él extendió el brazo tras el altar y tomó la espada con su vaina.

—¿Conoces este acero?

—Por supuesto, maestro. Es *Canto de pesares*, una de las mejores espadas que hay en el mundo.

Golpes en la puerta del templo. Gritos que exigían que les entregasen a «la niña».

—Jura por *Canto de pesares* que no te enfrentarás a nuestros hermanos esta noche ni te vengarás de ellos en el futuro. En lugar de ello, debes huir de este lugar e ir a buscar tu camino en el mundo. Hay una embarcación esperándote en el muelle con suministros suficientes para que puedas llegar al puerto más cercano.

—Pero maestro, yo…

—¡Júralo!

Hope, a regañadientes, puso la mano sobre la del gran maestro. Lo miró a los ojos grises, cansados, y dijo:

—Lo juro.

El anciano recuperó la sonrisa serena.

—Bien. Ahora, para que no lo olvides, llévate esta espada.

—¡No puedo llevarme a *Canto de pesares*!

Los golpes adoptaron un lento ritmo metódico. Estaban empleando algo para echar la puerta abajo.

—Esta es la última orden que te doy como maestro tuyo que soy —insistió Hurlo—. ¿Lo entiendes?

La niña inclinó la cabeza.

—Sí, gran maestro.

Él le entregó la espada, que permaneció en manos de Hope.

—He hecho cuanto he podido por ti —dijo—. Este conocimiento me da la paz.

El fuerte crujir de la madera reverberó en el templo cuando la puerta cedió.

—¡Blasfemo! —gritó alguien desde la entrada cuando los hombres ataviados con la negra armadura de cuero propia de todo guerrero de Vinchen cargaron hacia ellos.

—¡Vete! —gritó Hurlo.

Sus palabras hicieron que Hope recordase a su padre, el rostro contraído por el dolor cuando le dijo que se marchara, que echara a correr. Y no quiso hacerlo. No podía dejarlo. Todo volvía a suceder. Los gritos de los guerreros se mezclaban en su cabeza con los sonidos de los hombres y las mujeres moribundos, devorados por dentro por aquellos gusanos del biomante, los gusanos que surgían de las entrañas de sus víctimas.

—¡Hope! —La voz del gran maestro Hurlo restalló como un latigazo, apartándola de sus recuerdos—. ¡Debes irte ya!

—Otra vez no, maestro. —Se le llenaron los ojos de lágrimas—. Por favor, no hagas otra vez de mí la superviviente.

Él le puso una mano marchita en la mejilla y sonrió con tristeza.

—Lo siento, mi niña. Debes resistir.

Bleak Hope parpadeó para contener las lágrimas y cabeceó en sentido afirmativo.

Se colocó *Canto de pesares* bajo el brazo cuando los hombres empezaron a rodearlos. Saltó primero a una pared, luego cruzó a otra, ascendiendo siempre, hasta alcanzar las ventanas próximas al techo del templo. Rompió un cristal con el puño de la espada, atravesó la ventana y se encaramó al tejado.

—¡Seguidla! —gritó uno de los hombres.

Él mismo saltó en pos de Hope, pero el gran maestro se incorporó, lo asió del tobillo y lo proyectó hacia atrás.

—¡Hurlo! Te has deshonrado a ti mismo, al título de gran maestro y a esta orden —lo acusó Racklock, cuyos anchos hombros subían y bajaban debido a la exaltación—. Deberías disfrutar de un juicio justo ante tus iguales. Pero si no te haces a un lado, te mataré aquí mismo. —Lo apuntó con el arma, y los demás monjes hicieron lo propio hasta que Hurlo estuvo rodeado por un anillo de afilado acero.

El anciano gran maestro permaneció de pie allí, solo, sin espada en la mano, únicamente con una sonrisa en los labios.

—Bueno. Siempre podéis intentarlo.

Hope corrió por el tejado, agachada, la túnica negra sacudida por el frío viento nocturno. Oyó los gritos de dolor y el entrechocar del acero en la roca y detuvo el paso. Podía acabar al menos con tres, tal vez cuatro, antes de que la superaran. Pero la espada pesaba, y por tanto también lo hacía su promesa. Si regresaba, la mirada de decepción de su maestro supondría para ella una herida mucho más grave que la causada por un acero. Siguió adelante.

Cuando alcanzó el borde del tejado del templo, dio un salto, dejando que la inercia la llevara hasta la copa de un árbol cercano. Se dejó caer de rama en rama con los pies calzados con zapatillas y la mano libre hasta posarse con suavidad en el suelo. Repasó con la vista el patio y no vio a nadie, así que abandonó la cobertura que le proporcionaban los árboles y echó a correr con denuedo a campo abierto en dirección a la puerta principal. Casi la había alcanzado cuando oyó el silbido de una espada cuando abandona la vaina. Esquivó a un lado, al tiempo que levantaba su acero, aún envainado. El golpe seco de la espada en la vaina de madera encontró eco en el patio vacío. Hope convirtió el esquivar en rodar, adoptando una postura defensiva y levantando la espada envainada para guardarse de más golpes.

Crunta se encontraba ante ella, espada en alto, bloqueándole la salida. Sin duda se había rezagado tras los demás, sospechando que la lealtad que el gran maestro sentía hacia Hope estaba lo bastante enraizada como para ayudarla a huir. De todos los hermanos, él había sido el más cruel. ¿Porque era una niña? ¿Porque era sirviente? En realidad no importaba.

Pero había jurado al gran maestro Hurlo que no se enfrentaría a sus hermanos.

—Déjame pasar, Crunta.

—No creas que como has estado jugando a las batallitas de noche con ese estúpido viejo puedes medirte conmigo. Arroja esa espada de juguete y vuelve al templo para que te juzguemos, o esparciré tus bonitas entrañas en el empedrado.

—¿Espada de juguete has dicho? —Hope irguió lentamente la postura—. Sé que está oscuro y que la luz de la luna apenas ilumina, pero ¿de veras no reconoces esta espada? —La sostuvo en horizontal, una mano en la vaina, la otra en la empuñadura.

Crunta abrió los ojos desmesuradamente.

—No puede… ¿Cómo se le habrá ocu…? —Negó con la cabeza—. Esto solo vuelve sus crímenes más terribles. Ríndete o muere.

—Si esa es tu elección —asintió Hope. Había obedecido a su maestro y no buscaba enfrentarse a ese hermano. Pero ahora le impedía cumplir con la segunda parte de su juramento. Por tanto, había que apartarlo de su camino.

Sacó de su vaina a *Canto de pesares* y la hoja entonó su canción al desplazarse por el aire. Crunta levantó su propio acero para parar el golpe, pero no lo hizo lo bastante rápido, y para cuando hubo terminado, eran sus entrañas las que alfombraban el empedrado.

Hope permaneció inmóvil unos instantes, la espada extendida, apartada del cuerpo, mientras observaba cómo Crunta caía pesadamente de rodillas, dispuesto a intentar que sus intestinos regresaran al cuerpo, al menos unos instantes, hasta que finalmente se desplomó. La hoja resplandecía, roja, a la luz de la luna. Era la primera sangre que Hope derramaba. Había esperado sentir algo. Satisfacción. Remordimiento. Pero lo único que sintió fue la misma vieja negrura de siempre. Excepto que ya no la atemorizaba. La fortalecía.

El gran maestro Hurlo había enseñado a Bleak Hope muchas cosas. Por desgracia, había limitado la navegación de altura a un plano teórico, con escasa aplicación práctica. Jamás había navegado más de unas pocas millas desde Páramo de la Galerna. Había estudiado las cartas náuticas, por supuesto. Sabía cuál era la disposición general de las islas que había en su entorno y, teóricamente, conocía el rumbo que debía mantener para alcanzar el puerto más cercano antes de consumir todas las vituallas que encontró en la modesta embarcación. Pero después de dos días en el mar, sin tierra a la vista y con menos de un día de comida en el petate, tuvo que admitir que se había perdido.

Contempló el horizonte vacío; la luz del sol centelleaba tan fuerte en la superficie del agua que acabó por entornar los ojos. Un viento frío le sacudía el cabello rubio y largo, aliviándola un poco del calor de un sol que le enrojecía la piel blanca.

No debía de distar más de media jornada de puerto, pero todo el mundo parecía vacío: de tierra, de la humanidad, de cualquier cosa. Lo único que apuntaba a la existencia de vida eran las burbujas que, a veces, asomaban a la superficie.

Abrió la bolsa que contenía lo que le quedaba de comida y agua. El gran maestro no había incluido un mapa. Eso podría haberle sido de ayuda. O tal vez no. La luz del sol caía a plomo justo desde su cenit, y ni siquiera tenía la certeza de estar viajando en la dirección correcta. Una brújula hubiera resultado útil, concluyó. Claro que él tampoco había incluido una.

Lo que el gran maestro había incluido era el conjunto de negra armadura de cuero de los guerreros de Vinchen. Las botas, las calzas y el peto eran lo bastante gruesos para frenar una flecha o una bala, pero no tan pesados como para estorbar el movimiento. Tenían tiras de cuero con hebillas espaciadas a intervalos regulares en brazos y piernas, que podían usarse para guardar armas adicionales o como torniquete si el guerrero resultaba herido de gravedad.

Cuando Hope descubrió la armadura la primera mañana, no entendió del todo que le pertenecía. Solo a un auténtico hermano de la orden le estaba permitido llevar la negra armadura. Había dado por sentado, incluso ya muy avanzado su entrenamiento, que nunca la llevaría, que se trataba de algo que quedaba fuera de su alcance. No obstante, ahí estaba la armadura más pequeña que había visto. Recordaba la noche en que el gran maestro le había tomado las medidas. No le había dado un motivo para hacerlo, y preguntar hubiese sido presuntuoso por su parte. Debió cortarla y montarla con sus propias manos, ya que el de la curtiduría hubiese sospechado al conocer las medidas. El gran maestro también debió aceitarla y pulirla. La puso contra el sol y observó con admiración cómo rebotaba la luz en los pliegues negros. Lo imaginó trabajando lentamente en el cuero con sus arrugadas manos de anciano, solo para ella.

Deseó no haberlo dejado en poder de sus propios hermanos, ¡al infierno las promesas y el deber! Pero, por supuesto, ya era demasiado tarde. Y además había jurado no vengarse de ellos, así que ni siquiera podía disfrutar del consuelo que ofrece la perspectiva de una venganza. Se abrazó a la armadura y juró llevarla con honor en su nombre. Era todo lo que tenía.

Hope se quitó la cómoda ropa de monje y la guardó en el saco de la comida. Hizo una pausa, contemplando la superficie del agua. Otro conjunto de burbujas asomó a la superficie. Se preguntó qué las producía. Una ráfaga de viento le hizo sentir un escalofrío bajo la fina ropa interior. Tembló y se puso la negra armadura de cuero. Le encajaba como un guante.

Estaba lista para combatir.

O eso pensó entonces. Había pasado un día y estaba perdida y sola. Tenía una de las mejores espadas jamás forjadas y un excepcional conjunto de armadura, obra de uno de los hombres más sabios que había vivido. Pero en la batalla que afrontaba, no había más enemigo que el mar.

«Y ahora, ¿qué?» Hope no sabía adónde iba. Y eso no solo se aplicaba al trecho de agua por el que navegaba. Podría haber formulado esa misma pregunta para referirse a su vida. Hurlo le había dicho que debía sobrevivir, pero ¿con qué fin?

Había una razón que sí conocía. En algún lugar estaba el hombre que había asesinado a sus padres y a todos los habitantes de su pueblo. Se vengaría de ese hombre. Pero no conocía su identidad, solo que era biomante. Ahora se había quedado sola en un mundo del que apenas conocía nada, aparte de lo aprendido en los libros. ¿Cómo iba a ingeniárselas para dar con un hombre?

Mientras contemplaba el horizonte, cayó en la cuenta de que había algo allí. Al principio no fue más que un punto negro y pensó que podía tratarse de una isla pequeña. Pero poco a poco fue haciéndose mayor, y reparó en que se movía hacia ella. No tardó mucho en distinguirlo como un mercante. Las velas hinchadas que colgaban de los dos palos machos y el sol que relucía húmedo en la figura femenina del mascarón. Vio un destello cerca del tope del palo delantero y comprendió que alguien la miraba a través de un catalejo. Hubo gritos cuando los marineros se dieron voces. Las velas perdieron el viento y la nave redujo velocidad al acercarse a ella.

Un hombre alto, con un amplio sombrero de color azul y chaquetón de marino, asomó por el pasamanos. Lo poco de su rostro que podía verse tras la rizada barba negra con vetas grises era de una tonalidad marrón oscuro desconocida para ella.

—¡Ah del barco! —voceó el hombre—. Soy el capitán Carmichael y esta es mi nave. La legislación marítima obliga a cualquier patrón que tome parte en el comercio imperial a asistir a una embarcación en apuros. ¿Necesitas ayuda?

—Estoy perdida —respondió ella—. ¿Puedes señalarme la dirección en la que se encuentra el puerto más próximo?

—Sí, pero en un cascarón como el tuyo tardarás días en llegar.

—¿Muchos? Solo tengo comida para otra jornada, más o menos.

Un marinero de mostacho prominente dijo algo al capitán que ella no pudo oír. El capitán se volvió hacia él, mirándolo impávido. Acto seguido se volvió hacia ella.

—Podría prescindir de algunos alimentos —dijo—. Pero estás en aguas de altura y en una embarcación pequeña como esa tienes tantas posibilidades de que se te lleven los peces remo como de que no lo hagan.

—¿Los peces remo?

—Son grandes serpientes marinas —le aclaró el tipo del imponente mostacho—. Nadan perpendiculares bajo la super-ficie, atentas a las sombras negras que se perfilan sobre ellas, hasta que huelen o ven algo que semeje una presa. Y, como todo el mundo sabe, las serpientes marinas de todas las clases se sienten atraídas por el olor a hembra. Probablemente ya te es-tén siguiendo mientras estamos aquí hablando. —Se volvió ha-cia el resto de la dotación—. No tendríamos que haber parado. Ahora nos ha puesto a todos en peligro.

—Mejor será que cierres la boca, Ranking —le advirtió el capitán Carmichael en tono tranquilo.

—¿O qué? —replicó Ranking—. Ya nos has condenado a todos con esta muestra de sentimentalismo. —Observó cauto la superficie del agua—. Insisto, podrían asomar en cualquier momento. —Y se volvió hacia los demás compañeros—: ¡Y no penséis que aquí estamos a salvo! Las serpien…

El pequeño velero de Hope se balanceó bajo sus pies y el agua que la rodeaba empezó a burbujear cada vez con mayor fuerza. Dio un brinco en el aire y cayó en el pasamanos de la nave mayor, manteniendo el equilibrio sobre las almohadillas de los pies. Al cabo de unos instantes, el velero se redujo a pe-dazos cuando unas fauces repletas de dientes largos como su brazo surgieron de las profundidades. El pez remo se alzó tres metros en el aire sin dar muestras de haberse mostrado entero. Su cuerpo serpentino era grueso como el de un hombre y de un verde oscuro salpicado de manchas. Giró la cabeza y clavó en ella sus vidriosos ojos negros antes de sumergirse de nuevo en el agua.

Los marineros que no corrieron bajo cubierta se subieron a lo alto del aparejo entre gritos, maldiciones y rezos.

—Aún no ha terminado —dijo el capitán Carmichael mirando a Hope, que seguía haciendo equilibrios sobre el pasamanos—. Tal vez sea mejor que te bajes de ahí.

Ella esbozó una sonrisa imperceptible al mirarlo.

—Tal vez sea mejor que te apartes.

El pez remo irrumpió de nuevo fuera del agua, esta vez en un ángulo ideal para atacar directamente a Hope. En el último momento, ella se hizo a un lado y la serpiente pasó de largo. *Canto de pesares* se deslizó fuera de la vaina, la luz del sol resplandeció en la hoja que murmuraba al trazar un arco en el aire y caer sobre las agallas del animal, efectuando un corte limpio. La cabeza siguió su trayectoria, abiertas las fauces, hasta golpearse con el palo mayor. Los dientes se clavaron en la madera. El cuerpo decapitado cayó en cubierta, salpicándola de sangre y de agua de mar mientras se deslizaba en dirección al portalón de estribor antes de detenerse por completo. Solo entonces Bleak Hope saltó del pasamanos y cayó sin hacer un solo ruido junto al capitán.

—¿Lo ves? —gritó Ranking—. Ya te dije que atraería a un pez remo. ¡Yo tenía razón!

—Lo haya hecho o no, lo que está claro es que ha acabado con ella —dijo Carmichael—. ¿Retenida? —le preguntó.

—¿Cómo?

—Si le debes lealtad a alguien. ¿Estás contratada por alguien?

Ella negó con la cabeza.

—¿No estarás pensando en traerla a bordo, capitán? —preguntó Ranking—. ¿A una mujer? Eso es de muy mal agüero.

Carmichael paseó la mirada entre Ranking y Hope antes de clavarla en el cuerpo decapitado de la serpiente. Por último, se dirigió al conjunto de su tripulación.

—Caballeros, dama. No veo que eso pueda suponer una gran diferencia. Lo que yo veo es un guerrero, de esos con los que no te cruzas a menudo en la vida. —Se volvió hacia Hope—. ¿Qué te parece? ¿Quieres unirte una temporada a mi tripulación?

Hope lo meditó. El capitán había hecho un alto para ofrecerle ayuda. La había llamado guerrero. Parecía ser un hombre honorable.

—¿Viajáis mucho? ¿Por todo el imperio?

—Así es.

Hope miró alrededor del barco. Era verdad que no sabía gran cosa del mundo. Pero no se le ocurría un lugar mejor para aprender.

—Muy bien, capitán —dijo—. Dispondrás una temporada de mi acero. Hasta que sienta que es hora de seguir mi camino.

—Me parece justo. De todos modos, mucho me temo que no podría retenerte.

—Capitán, no… —Ranking se acercó a ellos, pero detuvo de inmediato el paso cuando Hope esgrimió el arma hasta situar la punta de la espada a escasos centímetros de su gaznate.

—Contradecir al capitán podría considerarse motín, castigado con la pena de muerte —dijo en voz baja.

—Ha dado en el clavo —admitió Carmichael—. Así que ¿vas a decirme cómo tenías planeado terminar esa frase?

—Eh… —El sudor resbalaba por las sienes de Ranking mientras observaba la hoja que seguía húmeda con la sangre de la serpiente—. Decía, capitán, que no…, que me dejases ser el primero en dar la bienvenida a bordo a la dama, viendo lo descortés que he sido con ella al principio.

Carmichael esbozó una sonrisa esquinada, mostrando los dientes amarillos enmarcados por la barba negra.

—¿Alguien más tiene alguna objeción que hacer al respecto?

Silencio a bordo.

El capitán Carmichael cabeceó asintiendo antes de volverse de nuevo hacia Hope.

—¿Cómo te llamas, guerrera?

—Bleak Hope.

—Estupendo, Hope, bienvenida a bordo del *Gambito de dama*.

8

Se celebraba la gran inauguración del salón de baile Tres
Copas, y Red no tenía la menor intención de pasarse la
noche durmiendo. El sol acababa de ponerse, y la pista estaba
llena de jóvenes que esperaban disfrutar de algo memorable en
su por lo demás confusa existencia.

—Está lleno a rebosar —comentó Filler de pie junto a él en
su lugar contra la pared. Habían pasado ocho años y Filler seguía siendo el pillo más alto que conocía Red, y gracias a su reciente ascenso a aprendiz de herrero, también era uno de los
más fuertes. Conservaba el pelo muy corto y la barba le salpicaba con timidez el mentón.

—Que esté lleno es bueno —opinó Red, apartándose el
pelo negro de los ojos rubíes mientras repasaba la sala con la
mirada.

La banda se sentaba en un extremo: guitarra, trompa, flauta
y tambores. Tocaban rápido y bien, pero a pesar de ello y de la
cantidad de gente que había, nadie había salido a bailar. Los
chicos y chicas esperaban en extremos opuestos de la sala, mirándose, no muy seguros de cómo proceder. Recordó a Sadie
diciendo que antes de que Jix *el Escamoteador* dirigiese Círculo
del Paraíso, los salones de baile eran algo común. Jix los había
convertido en prostíbulos y fumaderos de droga. La generación
de Red nunca había tenido la oportunidad de disfrutar de un

salón de baile. Pero desaparecido Jix, había llegado una nueva era. La era de Drem *el Carafiambre*.

Red vio a Drem junto a la barra. Era tirando a alto, de cara alargada, con ojos que de tan claros parecían incoloros, y pelo ralo cuidadosamente peinado. Llevaba casaca gris y una corbata negra al estilo de los petimetres. No lo sabrías con solo mirarlo, pero Drem *el Carafiambre* era el jefe de banda más poderoso de Círculo del Paraíso, conocido en todos los barrios por ser un contrabandista frío y falto de escrúpulos, un chulo y un asesino, e incluso un soplón de la policía cuando eso le convenía. Había empezado años atrás con un negocio de tráfico de drogas que rivalizaba con el de Jix. Hacía tiempo que nadie ponía a prueba a Jix, y tal vez su reacción fue algo… excesiva. Una noche, cuando Drem y su chica caminaban de vuelta a casa salidos de una taberna, Jix y un grupo de sus fulanos los arrinconaron en un callejón. Jix dijo que dejaría marchar incólume a Drem si contemplaba cómo torturaban, violaban y asesinaban a la chica sin que a él se le moviera una ceja. Drem observó todo lo que le hicieron, y lo hizo impávido, con la cara de un muerto, y así fue como le cayó el mote. Fiel a su palabra, cuando todos se hubieron divertido de lo lindo, Jix dejó marchar a Drem. Pero cada noche después de aquel día encontraban muerto a uno de los hombres de Jix, brutalmente mutilado, hasta que fue a Jix a quien encontraron una mañana, estrangulado con sus propias entrañas. Así se granjeó Drem su reputación.

Esa noche, Drem *el Carafiambre* se sentaba en la barra de su nuevo salón de baile y miraba a todas las personas que no bailaban. No parecía muy complacido.

—Hagamos un favor al viejo Carafiambre y que empiece el baile —propuso Red.

—¿Qué? —La expresión de Filler era de pánico absoluto. Desde que Red había vuelto de sus aventuras piratas con Sadie, Filler lo había seguido en sus correrías como si eso fuera lo más natural del mundo. Desde entonces había acompañado a Red en muchas situaciones peligrosas y potencialmente mortíferas. Pero Red entendió con una mirada que pedirle que bailara delante de gente era demasiado, algo capaz incluso de poner a prueba su lealtad.

Red le dio una palmada en el hombro a su mejor amigo.

—Vale, de acuerdo. Entonces deséame suerte. —Observó la hilera de chicas que había en el lado opuesto en busca de una candidata adecuada. Atractiva, por supuesto. Pero también debía ser lo bastante arrojada para unirse a él en el primer baile celebrado en ese salón. Entonces la vio. Pelo largo rizado, oscuro, y ardientes ojos pardos. Pómulos altos, perfectos, y labios carnosos. Llevaba una casaca corta de lana y calzones en lugar de un vestido, pero eso parecía acentuar aún más sus curvas. Las botas de cuero hasta el muslo le conferían un aire que no dejaba margen de duda: no aceptaría tonterías de nadie. Red la había visto antes por ahí y se había planteado la posibilidad de acercarse. Ahí estaba su oportunidad, la ocasión perfecta. Dos pájaros de un tiro.

No se hizo el silencio cuando Red cruzó el trecho vacío del salón de baile que separaba a ambos grupos, pero sintió que quizá el tono general de la conversación había decaído un poco. También era posible que el guitarrista le estuviese dedicando una mirada de agradecimiento. Red imaginó que había mucha gente que dependía del éxito del club, y que esa podía ser su manera de ayudarlos. En resumidas cuentas: tres pájaros de un tiro.

Cruzó el resto del espacio vacío y se situó enfrente de la chica de aspecto peligroso y ojos oscuros que había escogido. Ella lo vio acercarse con expresión fría y calculadora. Red esbozó una sonrisa y dijo:

—Buenas noches.

—¿Qué les pasa a tus ojos? —preguntó ella.

—Es una historia terriblemente triste. En cuanto han reparado en tu belleza de otro mundo, se han prendido de pasión. Me temo que podría tratarse de algo permanente a menos que se me permita bailar contigo.

—¿Ah, sí? Nunca había tenido ese efecto en un chico que se derritiese como tú.

—Eso es porque nunca habías conocido a uno como yo. ¿Cómo te llamas?

—Me llaman Ortigas.

—¿Quién te llama así?

—Cualquier lo bastante listo para comprender que es mejor que me llame como yo quiero que me llame. Tú debes de ser Red.

—¿Has oído hablar de mí? —Red estaba complacido.

—Sobre todo que eres ladrón, embustero e infiel.

—No son mentiras, sino la forma que tengo de embellecer las cosas —explicó Red.

—Algunas de las chicas dicen que no eres una persona real. Que Sadie *la Cabra* hizo un pacto con un nigromante y te levantaron de entre los muertos de algún infierno, y que por eso tienes los ojos rojos.

Red tuvo la sensación de que la conversación se torcía por momentos, y se esforzó por mantener intacta la sonrisa burlona.

—Hay chicas capaces de ir por ahí diciendo cualquier cosa.

—También he oído que el peligro te sigue con la lealtad de ese hombretón, grande como un buey, que siempre te acompaña. Que robarías a tu abuela si tuvieras una, que los imperiales utilizan tu retrato para las prácticas de tiro, y, veamos… Ah, sí, que tu padre era prostituto.

Red se planteó la posibilidad de refutar tales acusaciones, pero tuvo que admitir, al menos para sí, que la mayoría eran ciertas. Podía probar a seguir insistiendo, pero llegado cierto punto era más digno retirarse a tiempo.

—Bueno, Ortigas, supongo que me conoces muy bien para no haber hablado nunca conmigo. —Se dio la vuelta y se preparó para el lento, triste, camino de vuelta a su extremo de la sala.

—Yo no he dicho que eso me molestara —dijo a su espalda Ortigas.

La sonrisa de Red regresó lentamente al volverse hacia ella.

—¿Ni siquiera un poco eso de que provengo del infierno?

Ella se encogió de hombros.

—Todo depende de lo buen bailarín que seas.

Él le ofreció una mano.

—El mejor de Círculo del Paraíso. ¿Te gustaría comprobarlo?

—¿Por qué no? De todos modos me estaba aburriendo de lo lindo.

Ambos salieron al enorme espacio despejado, y en esa ocasión estuvo seguro de que los músicos le sonrieron cuando la melodía se unificó dotada de una gran energía. Bailaron un rato. Red era tan bueno como decía, pero Ortigas era algo mejor. Se movía como el agua, un flujo constante que nunca perdía el ritmo. Tampoco se mostraba tímida a la hora de acercársele. Bailaron bien juntos, cadera con cadera, el pecho de ella contra él, el cálido aliento en su cuello. Olía a madera de sándalo y especias. Entonces ella deslizó la mano entre ambos y lo apartó, manteniendo la palma pegada a su abdomen, con una sonrisa traviesa en los labios. A continuación le permitió acortar la distancia poco a poco, hasta situarse tan cerca que las pestañas de ella le acariciaron la barbilla. Volvió a apartarlo, pero no tanto como para situarse fuera de su alcance. Aquello se convirtió en una especie de juego. ¿Cuán cerca podía llegar? ¿Y durante cuánto tiempo?

Red se esforzó en superar la temperatura que alcanzaba su cerebro derretido. Se estaba dejando distraer. El plan principal funcionaba. Otras parejas salían a la pista a bailar. Miró de reojo a Drem *el Carafiambre*, que seguía junto a la barra, y comprobó que si bien no parecía feliz, al menos estaba satisfecho.

Ortigas tiró de él y pegó los labios a su oreja.

—¿Por qué tengo la sensación de que tramas algo con todo esto?

—Soy un fulano complicado —dijo Red—. Siempre ando tramando cosas, pero tú eres la más bonita con diferencia.

Ella deslizó los dedos por su fajín y tiró de él con suavidad.

—Ah, entonces formo parte de uno de tus planes, ¿no es así?

—La guinda del pastel.

—¿Y si resulta que tú eres parte de uno de los míos?

—Mientras no entren en conflicto, no me importa. —La pista estaba llena de bailarines. Ya no llamaría la atención si desaparecía. Pero aún estaba el asunto de esa chica que le tiraba del fajín. Sintió la tentación de dejar el plan para otra ocasión e insistir con aquel bellezón esa noche. Pero si iba a robar allí, aquella era la noche perfecta—. Voy a proponerte algo, Ortigas. Si me permites desaparecer sin decir una palabra, te juro que en otra ocasión me entregaré en cuerpo y alma a cualquier cosa que trames.

—Interesante propuesta. —Lo meditó unos instantes—. Vale, de acuerdo. Mañana a mediodía. Frente al Salón de la Pólvora.

—Allí estaré.

—Sé que lo harás. —Lo soltó con una sonrisa imperceptible. Red tuvo la sensación de que le debía una. No estaba acostumbrado a ello y decidió que no le gustaba lo más mínimo. Bueno, sobre todo no le gustaba porque había una pequeña, minúscula parte de él a la que le gustaba mucho. Le dedicó una última mirada y desapareció en el gentío.

Filler seguía de pie apoyado en la pared con un par de chicos más. Le sacaba una cabeza a todo el mundo en la sala. A veces, Red deseaba que su mejor amigo no destacase tanto. Pero su tamaño ayudaba más de lo que perjudicaba. Sobre todo cuando las cosas se torcían, lo cual, tuvo que admitir Red, pasaba a veces. Pero esa no sería una de ellas. Tenían un plan sólido.

—¿Listo? —preguntó con discreción a Filler.

Este asintió y ambos se abrieron paso a través del gentío en dirección a la salida. Entonces, en el último momento, tomaron un pasillo lateral, la entrada de personal que llevaba a la parte trasera del bar. Si hubiesen intentado hacerlo antes, cuando nadie bailaba, nada hubiera impedido que los guardias los vieran. Pero ahora había una pared de gente que bloqueaba su campo de visión. Filler tuvo que agacharse, pero no tardaron en recorrer a buen paso el corredor de servicio hacia la parte trasera del local. Los dos camareros se hallaban junto a Drem, listos para satisfacer sus deseos. Los tres contemplaban el baile.

De nuevo agachados para evitar ser vistos, Red y Filler pasaron por su lado hasta la despensa. Había una puerta enorme en la parte posterior que llevaba a un callejón tras el edificio, por donde entraban los barriles de cerveza y los barriletes de licor. También había una trampilla de madera en el suelo. Filler la abrió y descendieron por los recios escalones hasta la bodega. El espacio abarcaba buena parte de la planta del edificio, con suelo de tierra prensada, barriles y toneles apilados ordenadamente a ambos lados. El techo era lo bastante alto para que Red pudiera caminar erguido, pero Filler debía inclinarse un poco. De allí partía un estrecho corredor que se extendía hasta el fondo. En el extremo opuesto, visible apenas a la tenue luz de la lámpara, se hallaba una imponente caja fuerte. Red conocía al tipo que la había instalado, razón por la que estaba al corriente de su existencia. También sabía que era allí donde Drem el *Carafiambre* guardaba todo su dinero.

Recorrieron sin hacer ruido el trecho de tierra hasta la caja. Era la mayor que Red había visto, se alzaba desde el suelo hasta el techo, y era igual de ancha. Impresionante. Pero una cerradura es una cerradura. Si acaso, el tamaño de la bocallave facilitaría la apertura.

Filler se quedó vigilando la escalera mientras Red sacaba las herramientas y ponía manos a la obra. Era nueva y estaba bien engrasada. Eso y su tamaño se conjugaron para hacer de ella la cerradura más fácil de su carrera de ladrón. En cuestión de minutos oyó el satisfactorio chasquido metálico que aplaudía todo trabajo bien hecho.

Cuando la enorme puerta empezó a abrirse lentamente, dijo:

—Filler, mi viejo amigo, tenemos que…

Se calló al ver lo que había dentro. Su informador no iba errado. Había más dinero en esa caja fuerte del que Red había visto junto en la vida. Lo que el informante no sabía era lo del tipo armado que le hacía compañía.

—Hola, chicos —los saludó Brackson. Era el segundo de Drem. Apuntó con el rifle a la cara de Red—. Drem tenía la corazonada de que algún idiota intentaría algo parecido.

Red levantó las manos.

—No te lo vas a creer… estábamos buscando donde echar una meada.

—Daos la vuelta —ordenó Brackson.

Red y Filler subieron juntos la escalera.

—Eh, Red —dijo Filler.

—Cierra el pico o te vuelo de la cara ese patético empeño de dejarte la barba —le advirtió Brackson.

Cuando llegaron a la planta principal, Brackson los situó delante de la puerta que conducía al callejón.

—Drem no quiere jaleos el día de la gran inauguración, así que iremos atrás a… hablar del tema.

—Parece razonable. —Red confiaba que en cuanto se vieran en terreno abierto burlar al matón no fuese tan difícil.

—¿Ah, sí? —Brackson parecía divertido—. ¿Por qué no vas tú delante y nos abres la puerta?

Cuando Red abrió la puerta, vio por qué aquello divertía tanto a Brackson. Otros siete esbirros de Drem se sentaban en el callejón, jugando a las piedras con aspecto aburrido. Pero cuando vieron a Red y Filler con las manos en alto, se levantaron con cara de haberse sacudido el tedio.

—He pillado a un par de revientacajas —les anunció Brackson.

—Yo no diría tanto —dijo Filler.

—Moveos o tendrás que arrancarte el plomo del cerebro. —Brackson presionó la espalda de Filler con el cañón del arma, antes de hacer lo mismo con Red. Ambos salieron al callejón. Red reparó en que Brackson era el único que iba provisto de un arma de fuego. Los demás tenían cuchillos y porras. Si daba con el modo de reducir a Brackson, se veía capaz de encargarse del resto. Lentamente se llevó la mano a la nuca.

—Vamos, hombre —dijo Brackson—. Si ahora resultará que llevas un arma oculta ahí.

Red sintió el frío metal en el cuello sudoroso.

—Que va, es que me estaba rascando, viejo amigo —dijo Red con forzada alegría.

—Deja que yo te ras…

Se oyó un ruido de cadenas y Brackson cayó al empedrado. A su espalda asomó Ortigas, con una cadena de gruesos eslabones alrededor del puño.

—No me parece que tu plan sea gran cosa —le dijo a Red.

Red sacó el cuchillo que llevaba a la espalda y lo arrojó a uno de los esbirros. El arma le perforó el ojo y cayó al suelo.

—¿Me tomas el pelo? Pero si funciona a las mil maravillas.

Ortigas manejaba la cadena como si de un látigo se tratara y alcanzó a otro en plena cara. Vio al tipo llevarse ambas manos a la boca llena de sangre y de dientes rotos.

—¿Qué, aún soy la guinda de tu plan?

Red sacó otro cuchillo, esta vez de la bota, para atacar al tercero, a quien alcanzó en mitad del corazón.

—Un plato fuerte tan bonito debería al menos durarme toda la comida.

Ortigas se enrolló de nuevo la cadena alrededor del puño y golpeó al cuarto en el estómago. Se hizo a un lado con rapidez para evitar el vómito que salió disparado.

—No te comportes como si hubieras sabido que iba a sacarte las castañas del fuego.

—¿Y cómo debería hacerlo? —Red sacó del cinto el último de sus cuchillos y esquivó un golpe de porra que le dirigió el quinto hombre de Drem, en cuya espalda hundió el arma.

—Con cierta dosis de sorpresa, tal vez. —Ortigas aplastó con el puño envuelto en cadenas la cabeza del de la vomitera, tumbándolo en la calle.

—¿Acaso un fulano se hace el sorprendido cuando el sol glorioso brilla de pronto a través de la oscuridad y el cielo encapotado? —preguntó Red cuando acabó con su oponente rebanándole el pescuezo—. No, se limita a sonreír con gratitud y sigue adelante con lo suyo.

Ortigas negó con la cabeza, aunque sonrió un poco.

—¿Alguna vez te quedas sin palabras?

—No me ha pasado todavía. —Se volvió hacia Filler, que inmovilizaba a los dos últimos esbirros, uno con cada mano, y golpeaba entre sí sus cabezas repetidas veces—. ¿Tú ya estás?

Filler golpeó una última vez las cabezas de los matones y los soltó.

—Ajá.

—Entonces sugiero que nos larguemos antes de que Drem se entere de esto.

Los tres corrieron por las calles de Círculo del Paraíso. Era una noche de finales de primavera. Había llovido un poco antes y el ambiente conservaba aún cierta frescura, algo poco habitual en el centro de Nueva Laven. Sus botas resbalaban en el suelo mojado mientras ponían distancia entre el Tres Copas y ellos.

Red tendría que haberse sentido decepcionado. Llevaba toda la semana planeando el golpe y se iba con las manos vacías. Peor aún, porque Brackson probablemente se acordaría de él, lo cual suponía que Red nunca podría asomar la nariz por el único salón de baile de Círculo del Paraíso. Entonces, ¿a qué venía tanta alegría?

Miró a Ortigas. Quizá no hubiese echado a perder la noche. Era una buena compinche. Lista y se le daba bien pelear, además de que mirarla era muy agradable.

Después de correr durante unas cuantas manzanas, hicieron un alto para recuperar el aliento.

—Bueno, ¿algún plan para el resto de la velada? —le preguntó Red a Ortigas.

—El plan original consistía en bailar en el nuevo salón de baile de Drem, pero por lo visto eso no va a suceder.

—Lo siento.

Ortigas se encogió de hombros.

—Es mi curiosidad. A veces me dejo llevar por ella. Tenía que averiguar qué os traíais entre manos. —Lo miró como calibrándolo—. Pero si te sientes responsable, supongo que podría dejar que me lo compensaras.

—Anda, ¿y cómo iba a hacer yo tal cosa?

Ella extendió el brazo e introdujo el dedo por su fajín como había hecho en la sala de baile para tirar de él hacia sí.

—Termina lo que empezamos. ¿Tienes algún lugar privado al que podamos ir?

—Claro. Hmm. Por supuesto. —Red dirigió a Filler una mirada de súplica.

Este le miró de manera inquisitiva antes de comprender de qué iba la cosa.

—Ah, sí. Yo pasaré la noche en casa de Henny y los Gemelos.

—¡Te debo una, Fill! —exclamó Red.

—En efecto —se mostró de acuerdo aquel—. Buenas noches, pues. —Se dio la vuelta y se alejó caminando por la calle.

—Bueno, entonces supongo que de… —Red se quedó sin habla cuando Ortigas se inclinó para besarle el cuello. Las palabras desaparecieron sin más. Algo nuevo para él, muy nuevo. Lo único que quedó fue el calor y el ansia. Su cuerpo de pronto se había llenado de ambos. La miró cuando los labios de ella se separaron un poco y su lengua asomó veloz para humedecerlos. Las manos de Red se cerraron en torno a la parte superior de los brazos de ella, piel suave, fuertes músculos, y la besó. Ella lo cogió del pelo y puso más empeño aún en el beso. Era como si fuesen dos muertos de hambre que se devoran mutuamente, insaciables.

Por último, fue ella quien interrumpió el beso. Rozó con los labios suaves la mejilla de él y le dijo al oído:

—¿Qué hay de ese lugar privado?

Red fue consciente a medias del camino a casa. A pesar de llevar en las calles ocho años ya, le parecían solo vagamente familiares. Era como si el mundo estuviese bajo los efectos de un hechizo. Toda la confusión y la complejidad se habían desvanecido, y tan solo existía esa necesidad que tenía de estar con aquella preciosa criatura. Le rodeó los hombros con el brazo y ella mantuvo el suyo en torno a su cintura. No era un modo muy práctico de caminar, pero a él le preocupaba que la magia pudiese terminar si la soltaba.

De algún modo lograron volver al edificio donde vivía, subir la escalera desvencijada y entrar en el diminuto cuarto que compartía con Filler. En cuanto cerraron la puerta, pasaron a quitarse la ropa con torpeza. El sonido de la respiración jadeante y de los cintos al caer al suelo, el golpe seco de los cuerpos que caían sobre el suelo de tablas de madera, la piel sudorosa pegada a la piel sudorosa, el roce, el golpeteo acompasado.

Red había conservado más que muchos otros jóvenes el desapego hacia el sexo. Se había beneficiado de besos y caricias, pero el recuerdo fantasmagórico de aquel capitán peludo siempre le había impedido ir a más. Pero ahora, la alegría de aquella chica esfumó aquel recuerdo en una nube de humo. La quería de tal modo que le temblaban las manos. Su cara perfecta, la curva del cuello, el ángulo de los hombros, la firmeza de los pechos, el vientre plano, las piernas fuertes. Qué diantre, incluso la cara interna de las rodillas le parecían obras de arte. La quería toda. Se pegó a ella, cubriéndole todo el cuerpo con el suyo para que el calor combinado de ambos se volviese fuego. Entonces ella lo guio al interior de sí misma, y todas las palabras ingeniosas de él se redujeron a un interminable «sí, sí, sí. Sí».

—Red, ¿qué hace una joven dama en tu cama? ¿Y dónde está Filler?

Red abrió los ojos. Una luz débil se filtraba a través de la única ventana. Ortigas yacía junto a él en el jergón, la sábana los cubría más o menos a ambos. Abejita, la hija de seis años de la vecina, se encontraba ante ambos, cruzados los bracitos delgados sobre el pecho.

—Vete al cuerno, Abejita —gruñó él, intentando extender la sábana para cubrirlos mejor—. ¿No te dije que llamaras antes de entrar?

—He llamado. Pero no has respondido.

—Quizá porque no quería visitas.

Abejita lo miró ceñuda como si le hablara en otra lengua.

—¿Quién coño es esta? —La luz del sol bañaba el pelo revuelto de Ortigas de un modo que a Red le complacía mucho mirar, a pesar de la tormenta que anunciaba su entrecejo ceñudo.

—Soy Jilly, pero todo el mundo me llama Abejita porque siempre estoy ocupada. Vivo en la puerta de al lado y vengo a ver a Red y a Filler continuamente. ¿Y tú quién eres?

Ortigas miró fijamente a Red.

—¿Por qué la has dejado entrar?

—No la he dejado entrar —respondió él, cauto.

—¿Tiene llave?

—Peor aún. La enseñé a forzar cerraduras.

—¿Por qué diablos lo hiciste?

—No lo sé. Me estuvo insistiendo continuamente con algo peor.

—Quería que me enseñara a arrojar un cuchillo —aclaró Abejita.

—¿Lo ves? Lo de forzar cerraduras no parecía una mala alternativa, ¿no te parece? —Se volvió de nuevo hacia Abejita—. Bueno, pequeña rata topo, ahora necesito un poco de intimidad, así que vete a casa.

—Mi madre ha desaparecido. Creo que los Señores Chacales se la han llevado.

Red exhaló un suspiro. La madre de Abejita, Jacey, bebía demasiado y tenía un gusto terrible para los hombres. No era la progenitora más fiable del mundo, y no sería esa la única vez que no volvía a casa. En más de una ocasión, Abejita se habría quedado sin comer si Red y Filler no hubieran cuidado de ella.

—Seguro que no tiene nada que ver con los Señores Chacales, Abejita. ¿Por qué no te acercas a La Rata Ahogada a ver si Prin te da unas monedas para que la ayudes a limpiar las jarras? Me reuniré luego contigo allí y juntos averiguaremos si alguien ha visto a tu madre.

—¿Por qué no te ayudo a ti y tú me das unas monedas?

—Porque ahora mismo no necesito tu ayuda, y ni siquiera tengo unas monedas que darte. Ahora, vete.

Abejita le sacó la lengua y se marchó dando un portazo.

Al volverse, Red vio que Ortigas le dirigía una mirada peculiar.

—¿Qué pasa?

—Todos los rumores y las habladurías que corren acerca de ti en el Círculo. Ninguna menciona el trozo de pan que eres por dentro.

—Todos tenemos nuestros fallos. —Introdujo la mano bajo la sábana y la puso en la cadera desnuda de ella—. ¿Qué te parece si nos damos otro revolcón?

Ella lo pensó unos instantes, cerrados los labios carnosos.

—No. Aún me debes el compromiso adquirido de adherirte a mi plan, después de haberme dejado plantada anoche.

—Sí, eso es verdad...

—¿Ya te habías olvidado de tu promesa?

—Tengo memoria de pez. —Le dedicó una sonrisa inocente—. Es otro de mis fallos.

Era un día típicamente gris, ventoso, fresco, en Círculo del Paraíso. Las calles estaban llenas de gente, caballos, carros y algún que otro carruaje. Red y Ortigas caminaban a su aire, haciendo una relación de todos los amigos que tenían en común. Círculo del Paraíso era tan pequeño que si no conocías a alguien, conocías a alguien que sí lo hacía.

—¿Conoces a Tosh? —preguntó Ortigas.

—Claro. Nos besamos bajo el embarcadero unas cuantas veces —dijo Red.

—Empezó a prostituirse hace unos meses. Trabaja en el Pedazo de Cielo.

—¿De veras? Espero que se le dé mejor con las pollas que besando. Chascaba los labios de una forma rara. —Red torció el gesto.

—Los clientes la adoran.

—¿Tú también trabajas allí de prostituta? —preguntó Red.

Ortigas se lo quedó mirando.

—¿Es que tengo pinta de ser una furcia?

Red levantó las manos en un gesto de disculpa.

—No sabía que las putas tuvieran pinta de serlo.

—Pues claro. Todas ellas son flores delicadas que no saben hacer nada por sí mismas y no paran de quejarse.

—Entonces... ¿te encargas allí de la seguridad?

Ella se mostró sorprendida.

—¿Tú cómo lo sabes?

La única vez que Red recordaba a su padre quejándose por ser un prostituto no fue debido a un cliente, sino por los modales insensibles y duros de los miembros de la seguridad del prostíbulo.

—Supongo que he acertado por pura suerte. ¿Conoces a Henny *el Guapo*?

—¿A Henny? Hace años que no lo veo —respondió Ortigas—. ¿Sigue siéndolo?

—No. El año pasado entró sin llamar a un almacén y un perro guardián le dio un mordisco en la nariz. Por eso ahora todo el mundo lo llama Henny *el Guapo*.

Ortigas soltó una risa sonora y malvada.

—¿Y tú cómo conociste a Henny? No parece tu tipo de colega.

—Formaba parte de la misma pandilla de carteristas que Filler y yo al principio de llegar al Círculo.

—¿A qué te refieres con eso de «al principio de llegar»?

—Nací en Cresta de Plata. Mis padres fallecieron cuando tenía ocho años y aquí acabé.

—Ah.

—¿Por?

Ella se encogió de hombros antes de responder.

—No me había dado cuenta de que no eras un auténtico fulano del Círculo, eso es todo.

—Bueno... —Red intentó librarse del dolor que le había causado Ortigas al no considerarlo un auténtico fulano—. ¿Qué plan tienes?

A esas alturas habían llegado al Salón de la Pólvora. Era el mayor edificio de Círculo del Paraíso y el lugar más popular para que se reunieran pillos de todas las clases. También era uno de los edificios más antiguos del Círculo, con deslucidos arcos de mármol amarillo. El exterior estaba rodeado de puestos de mercaderes que vendían alimentos, tejidos, ropa y una gran variedad de objetos tales como herramientas y armas ligeras, casi todo material robado. Había otras cosas que podían adquirirse en el Salón de la Pólvora, como sexo, drogas y asesinatos, pero esas transacciones se llevaban a cabo en el interior.

—Tienes buenos contactos por aquí —señaló Ortigas—. Búscame a un herrero que pueda hacer una modificación a mi cadena. Y que sea barato.

—Eso es tan simple como respirar —dijo Red, ansioso por demostrarle lo bien relacionado que estaba—. Mi mejor amigo, Filler, es aprendiz de herrero.

—¿Ese al que también salvé la vida anoche?

—El mismo.

—Hmm. Entonces tendría que haberme ido a la cama con él.

—No. No te habría servido de nada —dijo, disimulando de nuevo lo herido que se sentía—. A Filler le van los tíos.

—Ah, bueno. Al menos espero que me haga un descuento por lo de anoche.

Red la llevó por la hilera de tiendas. Los mercaderes lanzaban sus reclamos, intentando venderles fruta, cuchillos, ropa e incluso antiguas y herrumbrosas armas de fuego. Al final estaba la tienda del herrero, que por lo menos era el doble de tamaño que las demás. Era de cuero en lugar de lona para impedir que una chispa suelta pudiese quemarla.

El maestro herrero consideraba que Red era una enorme distracción para su aprendiz estrella. Red era el primero en admitir que eso no era del todo incierto. Nunca había entendido por qué Filler quería una profesión respetable cuando había métodos mucho más fáciles para obtener dinero. El mejor argumento que le había dado Filler era que sencillamente le gustaba. No se podía discutir un argumento así.

Red estuvo de suerte ese día. Cuando Ortigas y él entraron

en la tienda, vio que el maestro herrero había dejado a Filler a cargo del negocio. No llevaba nada de cintura para arriba, a excepción del delantal de cuero y los gruesos guantes, y daba forma a la cabeza de un hacha en el yunque.

—Hey —los saludó con la cara bañada en sudor—. Casi he terminado con esto. —Y continuó dándole al martillo.

Hacía un calor asfixiante en el interior de la herrería, y los fuertes golpes metálicos hacían que Red apretase la mandíbula. No tenía ni idea de cómo podía disfrutar tanto Filler con aquello. Ortigas parecía menos molesta. Permaneció de pie, examinando con calma las diversas piezas terminadas que colgaban de las paredes de la tienda.

Finalmente, Filler sumergió la cabeza del hacha en una tina llena de agua y el vapor llenó el ambiente e hizo que aumentase la temperatura. Al menos los golpes habían cesado.

—¿Qué tal va? —preguntó Filler mientras se limpiaba la cara y el cuello con una toalla.

—¿Te acuerdas de Ortigas, aquí presente, de la pasada la noche?

—Claro.

—Quiere hacer unas mejoras en esas cadenas que tiene.

—Son muy toscas. —Se volvió hacia ella—. ¿Qué clase de mejoras?

—Quiero algo más… eficaz al final. —Puso la cadena sobre la mesilla—. Quizá un peso, o algo parecido.

Filler tomó el extremo de la cadena.

—¿Quieres causar más daño?

—Exacto.

—¿Los quieres muertos?

—Solo a veces. No puedes matar a todos los clientes porque acabarían por organizarse y liarla. A veces un fulano no necesita más que le arrees bien en la cabeza para ayudarlo a recuperar los buenos modales. Pero hay otras ocasiones en las que matar estaría bien.

Filler tomó el otro extremo de la cadena. Los estudió ambos con atención.

—¿Y si ponemos un peso en un extremo y una hoja en el otro?

—¿Una hoja? —preguntó Ortigas.

—Pequeña. Como la hoja de un cuchillo.

—¡Eso es brillante, Filler! —aplaudió Red.

—No sé… —Ortigas titubeó—. Ya de por sí cuesta arrojarla. No estoy segura de ser lo bastante precisa para que una hoja me resulte útil.

Filler asintió.

—Sí, sería mejor con una cadena más pequeña, más ligera.

—Pero entonces hablamos de un arma totalmente nueva. —Ortigas entornó los ojos—. ¿Cuánto me costaría eso?

—Pongamos que te lo debo por lo de anoche. Tú me consigues los materiales y yo pongo el trabajo gratis.

—¿Hacer la cadena y todo lo demás?

—Claro. Es un buen pago por la vida de Red y la mía, ¿no crees?

—Buenísimo —admitió Ortigas—. Hagamos algo, te invitaré además a un revolcón gratis en el Pedazo de Cielo. Allí también tenemos a un montón de chicos guapos, ya sabes. —Le tendió la mano—. ¿Qué me dices?

—Sí, claro. —Filler le estrechó la mano—. Eso es muy generoso por tu parte.

Filler volvió a la labor y Red y Ortigas salieron de la sofocante tienda. Una vez fuera, Red lanzó un suspiro de alivio.

—No sé cómo puede soportar estar ahí dentro todo el día.

—Yo tampoco —asintió Ortigas, los ojos oscuros brillantes y concentrados—. Bueno, nos vemos.

—¿Qué? ¿Adónde vas? —preguntó Red.

—A buscar los materiales, obviamente.

—Ah. ¿Necesitas ayuda?

—No, me las apañaré. Además, ¿no tienes que reunirte con esa Abejita tuya y ayudarla a buscar a su madre?

—Sí, supongo que sí —admitió Red—. Pero ¿nos veremos más tarde?

—Vas a verme constantemente.

—¿De veras?

—Claro. Tu mejor amigo me está haciendo gratis el arma de mis sueños. Hasta que termine vas a verme revolotear a su alrededor constantemente.

—Ah. Vale.

—Eh, pero bueno, ahora no vayas a colgarte de mí, artistilla de Cresta de Plata.

—No estoy colgado —protestó Red—. Es que... me gustas, eso es todo.

Ortigas estiró el brazo y le puso la mano en la mejilla.

—Eres mono. Ha sido muy divertido. Admito que no tardaremos en volver a hacerlo. ¿Te hace eso sentir mejor?

—Como nunca.

Ella, juguetona, le dio una suave palmada en la mejilla.

—Estupendo. Ahora ve a echar una mano a esa pobre cría, pedazo de blandengue.

Cuando Red caminaba en dirección a La Rata Ahogada, se preguntó si tal vez estaba algo colgado de Ortigas. ¿Era eso algo malo? Era verdad que a veces ella decía cosas que sonaban a malvadas. Pero también tenían un aire divertido. Y había algo en ella, como una especie de tirón invisible, que hacía que quisiera tocarla constantemente.

Una cosa estaba bien clara: ella parecía pensar que se trataba de algo negativo. Así que a menos que quisiera que ella se esfumara, debía hacerse el duro por intensos que fuesen sus sentimientos. Pero eso no era un problema nuevo para él. La mayoría de la gente de Círculo del Paraíso se guardaba sus sentimientos bien ocultos. Sadie atribuía el hecho de que Red no pudiese hacerlo siempre a su infancia «de artista blandengue».

Cuando entró en la taberna, vio a Abejita tras la barra, limpiando las jarras de cerveza con un cepillo. Prin, la tabernera, estaba cerca observándola.

—Eh, Prinny —la saludó Red—. Veo que estás dejando que la cría haga todo el trabajo.

Prin se encogió de hombros.

—Le dije que eran cinco si yo le echaba una mano y diez si lo hacía sola. Yo no tengo la culpa de que sea tan avariciosa.

Le hizo un gesto para que se dirigiera al extremo opuesto de la barra y evitar así que la niña los oyera. Luego, arrugó el entrecejo y la siguió.

—¿Trabajaste anoche? —le preguntó en voz baja.

—Si puedes llamarlo así —dijo Prin—. El negocio estaba muerto por culpa de la inauguración del Tres Copas. Por cierto, ¿te has enterado? Un tarugo intentó levantarles el negocio.

—No me había enterado.

Prin entornó los ojos.

—Fuiste tú, ¿verdad? Te juro, Red, que si alguna vez se te pasa por la cabeza levantarme el negocio, te…

—Prinny, mi dulce proveedora de cerveza, ¡jamás haría tal cosa! —le aseguró Red—. La Rata Ahogada es como mi segundo hogar.

—Eso es verdad.

—Pero no es eso de lo que quería hablarte. Ya que anoche había tan poco que hacer, tal vez recuerdes haber visto por aquí a la madre de Abejita.

Prin lo pensó unos instantes.

—Sí, entró un momento, pero no pasó mucho rato aquí. Llegó ya borracha, gritando no sé qué de que Drem *el Carafiambre* era una serpiente y un mentiroso. Le dije que ya había bebido suficiente y que tal vez, además, debía cuidar lo que iba diciendo por ahí. Brackson y ella tienen un pasado, pero supuse que no era muy inteligente ir por ahí echando pestes de su jefe.

—¿Después se marchó?

—Después de maldecirme a mí un rato, sí. La vi a través de la ventana hablando en la calle con una patrulla de imperiales. Bueno, más bien les estaba gritando.

—¿Y luego?

Ella se encogió de hombros.

—Dejé de mirar. Tenía un cliente, y de todos modos había

dejado de ser problema mío. Supuse que los imperiales se harían cargo de ella.

—Probablemente la llevarían al Agujero para que se secara —comentó Red—. Apuesto a que sigue allí. —Se inclinó sobre la barra y dijo—: Eh, Abejita, cuando termines con eso iremos al Agujero a recoger a tu madre.

Ella dejó de fregar un momento y lanzó un suspiro teatral.

—¿Otra vez? Supongo que entonces no hace falta que me dé mucha prisa.

Había un dicho en Círculo del Paraíso: «Cada círculo tiene un agujero». Con el tiempo, llegó a significar que no hay ningún lugar que sea perfecto. Pero el significado original era una referencia específica al Agujero, mote de la celda que había en la comisaría de policía del centro de Círculo del Paraíso. A Red esas historias le parecían fascinantes. Nadie más lo sabía excepto Abejita. Puede que ese fuese el motivo de que se llevasen tan bien, a pesar de sus muchas diferencias.

—¿Cómo sabes todas esas cosas históricas? —preguntó ella mientras se dirigían a la comisaría de policía.

—Las leo en los libros.

—¿Lees? ¿Cómo aprendiste a hacerlo?

—Mi madre me enseñó cuando tenía más o menos tu edad.

—¿Podrías enseñarme?

—Puede. No es tan fácil aprender. No es como abrir cerraduras.

—Soy bastante lista, Red.

—Eso sí que lo eres, Abejita —admitió el joven con una sonrisa.

La comisaría de policía imperial de Círculo del Paraíso no era un edificio grande ni imponente. Se suponía que había sido ambas cosas en el pasado. Pero la habían quemado hasta los cimientos tan a menudo que daba la impresión de que habían tirado la toalla y habían reconstruido el edificio más modesto posible. A partir de entonces se acabaron los intentos de quemarlo.

Red y Abejita franquearon la entrada principal. El vestíbulo era pequeño. Un imperial grandullón estaba sentado a una mesa, bostezando de aburrimiento, con el uniforme blanco y dorado desabrochado y arrugado.

—Buenas tardes, señor —saludó, alegre, Red.

El imperial lo miró con suspicacia.

—¿Yo no te conozco?

—Lo dudo. —Era muy posible que se hubiesen conocido, y era probable que no hubiera sido en las mejores circunstancias—. Hemos venido a sacar del Agujero a la madre de esta niña.

El imperial tomó una hoja de papel del escritorio.

—¿Nombre?

—Yo soy Jilly, pero todo el mundo me llama Abejita porque siempre ando ocupada.

—El nombre de tu madre —dijo el imperial, molesto.

—Ah, ella se llama Jacey.

El imperial repasó la lista de nombres. Cuando llegó al pie de página, Red reparó en que sus cejas daban un brinco.

—¿Seguro que se llama Jacey?

—Pues claro, es el nombre de mi madre —afirmó Abejita con tono altivo.

Tono que no pareció hacer mella en el imperial. La irritación había desaparecido para dejar paso a algo similar a la compasión. Carraspeó y miró a los ojos a Red.

—Ella… Bueno, se ha prestado voluntaria para servir al imperio.

—¿Que ella qué?

El imperial miró de reojo a Abejita, pero solo fue un instante, porque enseguida volcó de nuevo la atención en Red.

—Si esta niña tiene familia en alguna parte, debería ir a vivir con ellos. —Tragó saliva—. Hasta que su madre haya cumplido con el servicio, por supuesto.

—¿Conoces a Jacey? —quiso saber Red—. ¿Tienes idea de lo raro que suena eso?

El imperial estaba muy tenso.

—No la conozco. Eso es lo que pone en el papel. Es todo lo que sé.

—No me vengas con esas cantinelas. Sabes mucho más.

El imperial sacó una pistola.

—Eso es todo lo que puedo decirte. Ahora tenéis que marcharos. Y no vuelvas a mencionar esto. A nadie. Por tu propio bien y por el de la niña, ¿entendido?

Red siguió donde estaba, mirándolo con los ojos muy abiertos y los puños crispados.

—Red, te está apuntando con un arma —señaló Abejita.

—Lo sé.

—Tendríamos que irnos —propuso ella.

—Ya la has oído. —El imperial procuraba hacerse el tipo duro, pero había algo cercano al ruego en su tono de voz—. Largo.

Red cogió de la mano a Abejita, se dieron la vuelta y salieron de la comisaría.

—Qué raro es todo esto, ¿no? —preguntó la niña.

—Sí lo es, sí.

—Supongo que quiso garantizar la seguridad del imperio, ¿no? A eso se dedican los que se meten a soldado imperial.

—¿Eso crees? —preguntó Red, que seguía ceñudo.

—Mejor un imperial que seguir siendo una borracha apestosa, ¿no, Red?

Red no creía que Jacey se hubiese alistado en el ejército imperial. Nunca habría hecho algo semejante, y de todos modos ellos no la hubiesen aceptado. El único cometido para el que la hubieran aceptado era como sujeto para los experimentos de los biomantes. Y nadie se presentaba voluntario para algo así. Pero ¿de qué iba a servir compartir sus dudas con Abejita? A esas alturas, Jacey estaba muerta o algo peor. Era preferible que Abejita creyera que su madre marchaba por todas partes al son del tambor vestida de uniforme. Por ese motivo se limitó a decir:

—Cierto, Abejita.

Así eran las cosas en Círculo del Paraíso. Entonces y ahora, siempre había alguien a quien se llevaban los biomantes. Supuestamente él debía limitarse a aceptarlo.

9

El *Gambito de dama* era un bergantín de dos palos y porte medio que adquiría y vendía mercancías en todo el imperio. El capitán Carmichael contaba con una dotación de diez hombres, aunque Hope no estaba segura del porqué, puesto que solo la mitad de ellos parecía trabajar en todo momento. El resto pasaba el rato en cubierta, bebiendo grog y jugando a un juego con piedras que tenían números pequeños en sus caras.

—Es verdad que con buen tiempo únicamente se necesita a cuatro o cinco personas —admitió Carmichael cuando Hope le preguntó al respecto. Gobernaba la rueda sin esfuerzo en las manos callosas, los ojos castaños pendientes del horizonte—. Un viento entablado y el cielo despejado hacen que parezca fácil. Pero el mar puede ser muy traicionero, y en un soplo de viento puede volverse en tu contra. Cuando hay mal tiempo, algunas manos de más en el aparejo pueden suponer la diferencia entre la vida e irse al fondo.

—¿Asesinado por el tiempo? —preguntó una escéptica Hope.

—No tardarás en comprenderlo —le dijo con la expresión de quien sabe de lo que habla—. Eso si no me engaña la nariz, y no suele hacerlo.

—¿Puedes oler una tormenta?

—Hay algo en el ambiente, además de una calma inusual

en el agua. Mira ahí. —Señaló un trecho de mar verde que se extendía a lo lejos—. ¿Lo ves ahí, conteniendo el aliento, listo para abalanzarse sobre su presa?

Hope negó con la cabeza.

—Tú acabas de subir a bordo. Con el tiempo le pillarás el tranquillo. Ahora ve y dile a Ranking que será mejor estibarlo todo bien. Esta va a ser sonada.

Las únicas nubes que Hope veía se hallaban lejos en el horizonte. No parecía muy probable que alcanzasen el barco pronto, si es que llegaban a hacerlo. Pero recorrió la cubierta hasta la proa de la nave, donde se reunía la mayor parte de la tripulación. El sol caía a plomo y apenas había soplado el viento durante la jornada, así que los marineros estaban desnudos de cintura para arriba, los hombros flacos bronceados y cubiertos de una capa de sudor. Dos de ellos discutían por el juego de las piedras al que habían estado jugando y los otros daban sus opiniones al respecto. Cuando Hope pasó por su lado, la discusión se convirtió en pelea. Los dos marineros la emprendieron a puñetazos y patadas con bastante encono, mientras el resto se sentaba a vitorear a uno u otro. Ranking se recostó en el pasamano y observó la pelea con sonrisa divertida.

Cuando Hope llegó a su lado, le dijo:

—Dice el capitán que…

—Déjame en paz hasta que terminen. —Ranking hizo un gesto con la mano en su dirección, sin molestarse en apartar la vista de la pelea.

Las cosas no habían mejorado en los días transcurridos desde su primer encuentro. Pero Ranking era primer oficial, y su autoridad se extendía a toda la dotación exceptuando a Hope. El resto de los tripulantes no haría el menor caso a Hope, así que no había nada que hacer hasta que terminase la pelea.

Mientras observaba el tosco intercambio de golpes, pensó en que echaba de menos la calma que reinaba en el monasterio. Racklock y Crunta habían sido crueles, pero al menos fueron predecibles. Había aprendido a tratar con ellos o evitarlos años atrás. En ese barco era posible que se produjesen disputas en cualquier momento debido a la bebida, peleas que no tenían otro objeto más que aliviar el tedio. Aquellos marineros carecían del menor decoro, disciplina o, que ella pudiese ver, sobriedad. Al principio le había costado un triunfo distinguir quién estaba ebrio, hasta que cayó en la cuenta de que todos ellos lo estaban. Continuamente. Había un pasaje en el código de Vinchen que advertía contra el consumo excesivo de bebidas fuertes. Hasta entonces no había entendido bien a qué venía tanta preocupación. Los monjes tomaban cerveza y bebían con moderación, paladeando cada sorbo. Pero estos marineros le daban al grog como si de agua se tratara, y si hacían algún comentario respecto al sabor, solo torcían el gesto por lo mal que sabía. Hubo un momento incluso en que la mitad de la tripulación le pareció incapaz de ponerse en pie, menos aún de gobernar la nave. Se preguntó cómo eran capaces siquiera de cubrir la distancia que los separaba de un puerto a otro.

—Bueno, sureña —dijo Ranking cuando los dos marineros cayeron exhaustos en cubierta sin que hubiese un vencedor claro—, ¿qué era lo que querías? —Se volvió hacia Hope con impaciencia, como si hubiese sido él quien la había estado esperando.

—El capitán ha ordenado estibar bien el barco. Viene una tormenta de las gordas.

Ranking abrió los ojos como platos.

—¡¿Será posible?! ¿Por qué no lo has dicho antes?

—Lo inten…

—No hay tiempo de discutir con alguien como tú. —Ranking pitó una serie de notas agudas con el silbato de latón que llevaba colgado del cuello—. ¡Prestad atención, rufianes de tres al cuarto! Antes de que se ponga el sol se nos va a echar encima una buena tormenta. El capitán nunca se ha equivocado con eso, y no espero que esta vez pase lo contrario. Así que a menos que esta noche queráis dormir con los cangrejos, sugiero que os pongáis a trincarlo bien todo y a situaros en vuestros puestos.

Tocó de nuevo el silbato y la dotación se puso de inmediato en pie, todos ellos alerta y despejados, como si los pitidos hubiesen lanzado un hechizo mágico sobre todos ellos. Se alejaron en distintas direcciones con expresiones cargadas de propósitos.

Hope se volvió hacia Ranking, algo asombrada por el cambio repentino que había provocado en los hombres.

—¿Qué puedo hacer?

—A menos que los de Vinchen hayáis descubierto cómo asestar una puñalada en el ojo de una tormenta, será mejor que te quites de en medio.

Hope observó cómo los marineros hacían su trabajo, maravillada aún por la transformación que habían experimentado. Cerraron todos los accesos, aseguraron los cabos y estibaron todos los objetos sueltos en los compartimentos de madera de la cubierta que había en ciertos puntos del barco. Después esperaron.

En circunstancias normales, esperar hubiese incluido abundantes cantidades de grog, griterío y violencia entre los marineros. Pero ahora aguardaron en silencio en sus puestos, algunos en cubierta, otros en el aparejo. Sus ojos permanecían alerta, y graves eran sus expresiones. A medida que el cielo se oscureció, uno de ellos se puso a silbar bajo. Otros dos se sumaron, una armonía escalofriante llevada por un viento que cada vez se revelaba más fuerte. Entonces, en el aparejo, el miembro más joven y bajito de la tripulación aparte de Hope, un hombre llamado Mayfield, se puso a cantar con voz de tenor:

No importa hacia dónde sople el viento,
nunca sopla en mi dirección.
La vida de un marinero no es hermosa.
Solo el mar lo es.

Las nubes, que antes le habían parecido tan lejanas, se les acercaron rápidamente; fue como si una inmensa sábana se hubiera extendido sobre el azul del cielo. El agua verde oscura se salpicó de cabrillas, adquiriendo una tonalidad gris coronada de penachos blancos. El relámpago serpenteó en el firmamento, seguido por el estruendo del trueno.

A quién ame u odie, qué importa,
o si estoy casado en paz.
Nada retiene mi corazón
como del mar la libertad.

Los marineros dejaron de cantar. Fue como si todo el mundo contuviera el aliento. Entonces, el cielo gris oscuro restalló. La lluvia se precipitó como un torrente susurrante, martilleando en la cabeza de Hope, en los hombros y la espalda. Se abrió paso por la repentina cubierta resbaladiza mientras el oleaje golpeaba el costado del barco, proyectando cortinas de agua marina en su camino. «Una mano para el barco, otra mano para ti.» Acudieron a su mente las palabras que Carmichael le había dicho nada más llegar a bordo. Antes no le pareció que tuviesen mucho sentido, pero cuando el agua le llegaba a los tobillos y amenazaba con aferrarla y arrastrarla por la borda, por fin lo entendió. Debía emplear una mano en todo momento para cogerse a algo, mientras que con la otra debía apartar cualquier parte del aparejo que se interpusiera en su camino.

Al cabo, llegó a la rueda del timón, donde se encontraba el capitán, la cabeza bien alta a pesar de la lluvia que caía con fuerza.

—¡Con alma ahí, mis pillos! ¡Aferrad bien la mayor de capa! —gritaba para imponer su voz a la tormenta.

El barco subía y bajaba a merced del oleaje. Pronto las olas se alzaron de tal modo que cuando la nave caía lo hacía como rodando valle abajo y Hope era incapaz siquiera de vislumbrar el cielo, tan solo una pared de agua oscura. Cuando la coronaban de nuevo, el viento golpeaba las velas como la piel de un tambor.

—¡Esas velas necesitan más rizos o acabarán hechas jirones! —rugió Carmichael.

Hope observó a través de la cortina de pelo húmedo y rubio cómo los marineros se encaramaban al aparejo para recoger las velas y aferrarlas a las vergas. El viento sacudía los cabos por los que se desplazaban y Hope se quedó asombrada de que no los arrojase al mar. Se desplazaron paso a paso, de lona en lona, mientras la embarcación se balanceaba a merced de la tormenta.

—¿Se doblan los palos? —le preguntó gritando Hope a Carmichael.

—Algo tienen que ceder o se partirían como ramas secas con semejante temporal.

Los marineros habían aferrado casi toda la lona. Solo la vela situada en la parte superior del palo mayor, que Hope había aprendido que se llamaba sobrejuanete mayor, permanecía, tensa, mucho. Entonces, de pronto, la lona se resquebrajó y el viento se coló por el agujero para hacerlo mayor, como un mendigo que se te cuela en la casa después de abrir una rendija la puerta, hasta el punto de empujarla de lado. Los marineros se apresuraron a volver a cubierta justo cuando el palo empezó a caer a un costado, tan inclinado que casi formaba un ángulo de cuarenta y cinco grados respecto al agua.

—¡Vamos a librarnos de esa lona o nos arrancará el palo! —voceó Carmichael.

Ranking, con las puntas del bigote goteando agua, asintió muy serio al capitán. Sacó un cuchillo del cinturón y se lo puso entre los dientes. Luego se dispuso a trepar por el palo mayor mientras la lona daba gualdrapazos.

—¿Cómo es capaz de sostenerse?

Carmichael lanzó una risotada.

—Piensa lo que quieras sobre Ranking, pero es un marinero de tomo y lomo, ¡con garfios por dedos!

Ranking ascendió lentamente por el palo. Cada vez que el barco coronaba una ola, un nuevo golpe de viento lo alcanzaba. Pero él aguantaba, esperando a que la nave cayese de nuevo en el seno de la ola, valle abajo hasta el lugar donde hallaban algo de abrigo y él se permitía el lujo de seguir subiendo. Por último, ganó el mastelerillo y cortó los cabos. A la vela se la llevó el viento, que acabó por sepultarla en el agua, donde desapareció rápidamente en el gris y la espuma. Mastelero y mastelerillo se adrizaron. Ranking se deslizó hasta la cubierta, en brazos de los compañeros, que lo vitorearon y entonaron una nueva canción que se impuso al estruendo de cielo y oleaje:

Un marinero en la tormenta,
se encoge como la minga del más viejo,
así que más te vale saber adonde vas,
o el mar se te llevará.

La tormenta cedió hacia el amanecer. El mar volvió a allanarse, cayó el viento y la lluvia dejó de hacerlo cuando las nubes se abrieron para dejar al descubierto un sol amarillo que hizo de la superficie oro molido. La luz del astro se filtró a través del aparejo, que goteaba aún, proyectando pequeños retales de arco iris en toda la nave. Los marineros, que habían trabajado sin paz ni descanso para mantenerlo todo asegurado, se cruzaron de brazos y levantaron el rostro hacia el cielo, los ojos cerrados, los labios sonrientes.

—Bueno, ¿qué te parece, Hope? —preguntó Carmichael—. ¿Sigues con ganas de burlarte del tiempo?

—Nunca más. —Y lo decía muy en serio, y no solo se refería al tiempo, sino a aquellos hombres. En ese momento de necesidad, habían dado muestras de coraje y de tal tenacidad que no podía compararse a nada que ella hubiese presenciado, ni siquiera en los guerreros de Vinchen. Ese día, tanto el mar como los marineros se habían ganado todo su respeto.

—¡Eh, sureña! —gritó Ranking—. ¡Gracias por no entrometerte en nuestro camino y dejarnos hacer nuestro trabajo!

A Hope le sorprendió comprobar que incluso Ranking se había ganado cierto respeto a sus ojos, aunque se preguntó cuánto tiempo pasaría antes de echarlo por la borda.

Esa noche, los marineros se emborracharon como nunca. Comieron y bebieron y cantaron durante horas. En anteriores veladas, Hope se había mantenido apartada, incómoda ante sus modales, que con frecuencia eran groseros. Pero esa noche, mientras los observaba, empezó a comprender la camaradería y la calidez sincera que sentían unos por otros, enmascarada por el lenguaje soez y la brusquedad. Había acordado quedarse un tiempo a bordo, conocer mundo y la gente que moraba en él. Pero se le ocurrió pensar que mantenerse apartada, tal como había estado haciendo las pasadas noches, no era lo más adecuado. Pero ¿podía llegar a considerar a esos hombres sus camaradas?

—Pueden ser sucios como esturiones y parlotear como una bandada de gaviotas, pero no encontrarías mejor tripulación. —El capitán Carmichael se había sentado a su lado.

—¿No tendrías que celebrarlo con ellos? —quiso saber la joven.

—Un capitán debe mantener cierta distancia. No debe permitir que haya demasiadas familiaridades con su dotación, o los hombres le perderán el respeto a su liderazgo.

—Que solitario suena eso —opinó Hope.

—Supongo. —Carmichael contempló las oscuras aguas que centelleaban a la luz de las estrellas—. Pero en el mar, no hay hombre que esté realmente solo.

—Hablas del mar como si fuese un ser vivo.

—Lo es.

—No es más que agua.

—El mar es mucho más que agua. Es la vegetación y el tiempo. Son los seres que lo surcan y que lo sobrevuelan. Es todas esas cosas. Tú y yo, ambos, formamos parte del mar.

—No siento que forme parte de nada —confesó Hope en voz baja.

—¿Qué me dices de esa orden de Vinchen de donde provienes? —preguntó el capitán—. ¿No formas parte de ella?

Hope no supo qué responder a esa pregunta. No era, ni sería jamás, una auténtica guerrera de Vinchen. Su sexo hacía que fuese imposible y era consciente de ello. Pero Hurlo nunca lo había mencionado, y el hecho de que le hubiese elaborado la armadura era más elocuente que las palabras en cuanto a que la consideraba una guerrera. Pensar en él le hizo sentir una mezcla de ternura y dolor. El mundo había perdido a un gran hombre. No querría sumarse a los hermanos que lo habían asesinado, aunque cambiaran de opinión y se lo permitieran.

Se preguntó si tal vez podía formar parte del mar, de sus gentes. ¿Era eso lo que quería? Y, si lo hacía, ¿la aceptarían?

Llegaron a puerto al día siguiente. Mientras el capitán Carmichael dirigía la maniobra de atraque, Hope contempló el conjunto de edificios, algunos de dos plantas, que se alzaban en una parrilla ordenada. Era mayor que el pueblo de donde provenía y el monasterio de Páramo de la Galerna juntos.

—¿Qué ciudad es esta? —preguntó.

—Yo no diría que Puesto Vance es una ciudad —respondió Carmichael—. Más bien se trata de un asentamiento comercial mayor que de costumbre.

—¿Las ciudades son incluso mayores que esto?

Carmichael sonrió.

—Mucho mayores. —Carraspeó y se dirigió a toda la dotación—: Vamos a desembarcar el cargamento para que nos paguen lo nuestro.

La tripulación había adoptado de nuevo el habitual ritmo ebrio, pero la mención del pago bastó para que les brillaran los ojos; amarraron con rapidez el barco y descargaron las mercancías en el muelle. El jefe de puerto las inspeccionó y firmó el manifiesto de carga que Carmichael le entregó.

El capitán mostró a Hope el papel firmado.

—Ahora llevamos esto a la Comisión Imperial de Comercio y lo intercambiamos por dinero.

Las calles de Puesto Vance estaban atestadas de mercaderes, algunos muy bien vestidos, otros con mayor sencillez, pero todos ellos limpios y aseados. Después de varios días a bordo del

Gambito de dama, donde darse un baño era un lujo que no podía permitirse, Hope era consciente del aspecto que debía de tener, la piel manchada de alquitrán, de sal y brea, el pelo rubio enmarañado a fuerza de salpicones de agua salada... Pero hizo a un lado esos pensamientos. Su primera responsabilidad residía en garantizar la seguridad de su capitán, así que inspeccionó con cuidado las calles, la mano cerca del pomo de la espada.

—Puedes relajarte un poco, sureña —le dijo Ranking—. No creo que aquí vayamos a tener problemas.

—Parece muy pacífico —admitió Hope.

—Aquí la gente viene a hacer negocios, y no mucho más —explicó Carmichael—. Los únicos que viven aquí son los mercaderes y sus familias. Es el mayor puerto de la parte sureste del imperio. Si comercias en esta región, no tienes más remedio que acudir a Puesto Vance.

—En otras palabras, aquí es donde está el dinero —aclaró Ranking.

—Da la impresión de que eso la convierte en un objetivo muy tentador para los ladrones —opinó Hope.

—Puede ser —admitió Carmichael—. Si no fuese por la flota de buques imperiales que tienen aquí una base permanente. —Señaló el edificio de planta cuadrada que había al cruzar la calle. Sobre una puerta de madera oscura colgaba un letrero que rezaba: COMISIÓN IMPERIAL DE COMERCIO. Iba acompañado por el blasón imperial, un rayo que caía sobre una ola—. Puede que no sea tan impresionante como Pico de Piedra o Nueva Laven, pero Puesto Vance es uno de los puertos más importantes del imperio. Bueno, vamos a entrar. Ha llegado la hora de hacer negocios. Es la parte que menos me gusta de ser capitán.

Los encabezó al entrar por la puerta del edificio de la Comisión Imperial de Comercio. El vestíbulo estaba iluminado por la luz del sol que se filtraba por las ventanas. Había varias personas sentadas en los bancos que discurrían por las paredes. En el extremo opuesto de la sala, un funcionario imperial con casaca blanca y oro permanecía sentado a un amplio escritorio de madera iluminado por una lámpara de aceite. Había un hombre de pie ante el escritorio con el sombrero en la mano mientras conversaba en voz baja con el funcionario imperial. Carmichael se detuvo a una distancia respetuosa de ambos y aguardó.

El escritorio estaba flanqueado a ambos lados por soldados imperiales, cuyas corazas doradas reflejaban la tenue luz de la lámpara. Hope se puso tensa al ver los uniformes; fue un acto reflejo. Era la primera vez que veía esos colores desde la matanza en su pueblo y no habían cambiado lo más mínimo. Sintió como el oscuro afán de venganza se extendía por todo su cuerpo, y aspiró con fuerza para resistirlo.

—No te gustan los imperiales, ¿eh? —le susurró Ranking mientras aguardaban.

—¿Cómo?

—Me refiero a los soldados imperiales. Creía que los de Vinchen no teníais nada en su contra, pero acabas de apretar la mandíbula con fuerza, así que supongo que muy simpáticos no deben de parecerte.

—No confío en los soldados —admitió ella.

—Tal vez tengamos algo en común, pues.

Hope quiso preguntarle a qué se refería, pero el tipo situado delante de ellos se había retirado y ahora era su turno, así que Carmichael dio un par de pasos al frente.

—Soy el capitán Carmichael, del *Gambito de dama*, con una entrega que declarar. —Puso el documento manchado de sal, firmado y algo arrugado sobre el escritorio vacío y procedió a plancharlo con las manos callosas.

El funcionario levantó la hoja pellizcándola con índice y pulgar, leyendo con ojos bizcos que intentaban desentrañar qué rezaba la tinta quemada por el sol.

—Aceite de lámpara, hueso de ballena, carne en salazón… y leña.

—Así es —confirmó Carmichael.

El funcionario asintió y echó mano a un cajón del escritorio para sacar unas monedas.

—Una de oro, veinte de plata —dijo al tiempo que entregaba el dinero al capitán.

—Gracias, señor —dijo Carmichael—. ¿Algún cargamento nuevo que podamos recoger?

—La cosa anda un poco lenta esta semana —respondió el funcionario, señalando con la cabeza a los marinos sentados en los bancos—. Algunos llevan días esperando un cargamento decente. —Rebuscó en algunos papeles del escritorio y le mostró uno de ellos—. Lo único que tengo ahora mismo es un cargamento de comida y licores con destino a Luz del Amanecer.

—¿Luz del Amanecer? —preguntó Ranking—. Pero eso…

—Mío —lo cortó Carmichael.

Ranking cerró la boca, pero Hope comprendió que algo había en ese destino que lo alarmaba. También el funcionario se mostró sorprendido.

—¿Se apañará con la travesía? —preguntó.

—Lo haré.

El funcionario se encogió de hombros, escribió algo en la hoja y se la tendió a Carmichael.

—Entréguesela al jefe de puerto y él se encargará de que le suban a bordo el cargamento.

—Gracias, señor, muy amable. —Carmichael se volvió y se encaminó a la puerta seguido por Hope y Ranking.

En cuanto estuvieron en la calle, Ranking soltó:

—Maldita mierda, capitán. ¿La puta Luz del Amanecer?

—Nunca había oído mencionarla —confesó Hope.

—Es un puesto militar de avanzada, situado en el extremo oriental del imperio —explicó Carmichael—. El último escupitajo de tierra antes del Mar del Amanecer.

—Eso es tierra de nadie —añadió Ranking—. Ahí no puedes contar con ayuda si te metes en líos. —Abría mucho los ojos y miraba a su alrededor como si la sola mención del lugar pudiera transportarlo de algún modo allí al instante.

—No planeo meternos en líos —le aseguró Carmichael.

—Sabes que está más allá de los Rompientes —le advirtió Ranking.

—Puedo apañármelas con los Rompientes.

—He oído que los piratas acechan en los Rompientes.

—Ya, sé a qué te refieres —admitió Carmichael.

—¿Piratas? ¿Cómo Bane *el Osado*? —preguntó Hope. El infame pirata que su maestro llevó ante la justicia era el único con el que estaba familiarizada.

Ranking escupió.

—Esta gente no se parece en nada a Bane *el Osado*. No conocen el honor ni la piedad. No son más que animales. He oído que cuando abordan un barco matan a toda la tripulación. Y luego, en lugar de arrojar los cadáveres por la borda, los devoran.

—Luz del Amanecer entraña riesgos —admitió Carmichael—. Pero necesitamos una sobrejuanete mayor nueva, lo que va a suponer un buen mordisco a lo que acabamos de ganar. Y te guste o no, pronto necesitaremos un palo mayor nuevo. Necesitamos el dinero. Podríamos ir y volver para cuando haya más cargamentos disponibles. De otro modo no haremos más que holgazanear aquí, como hace el resto, perdiendo dinero por las tarifas que cobran de amarre. Además, Hope puede solucionar cualquier problema con los piratas que nos crucemos, ¿no es así?

—Por supuesto, capitán —dijo Hope, consciente de que eso era lo que Carmichael quería que dijera. Pero se preguntó si sería verdad. Sus habilidades seguían sin ponerse a prueba. Su única experiencia real de combate se había limitado a un solitario guerrero de Vinchen cuyo exceso de confianza en sí mismo le había costado caro y a un estúpido pez gigante. Sintió una descarga de emoción ante la idea de tener un nuevo adversario. Pero también experimentó el anhelo de enfrentarse a un desafío y demostrarse si era o no un guerrero de verdad.

El código decía que uno de Vinchen nunca debía arrugarse ante la perspectiva de un combate, así que mientras regresaban a bordo intentó dejar esos pensamientos a un lado. Pero la sensación la persiguió durante el resto del día mientras esperaban el cargamento, e incluso le pobló unos sueños en los que atravesaba de parte a parte a piratas vestidos de oro y blanco.

10

Cuando Brigga Lin llegó al templo de Morack Tor, esperaba encontrar algo más que una pila de escombros erosionados por el viento. Se decía que Morack Tor, que fue uno de los primeros biomantes, lo había construido siglos antes de nacer el imperio, y que había sido un repositorio de conocimiento de la orden. Pero en los primeros tiempos del imperio, mucho después de morir Morack Tor, el jefe del consejo de biomantes, Burness Vee, había ordenado destruirlo a instancias de Selk *el Valiente*, de la orden de Vinchen. Decían que parte de todo ese conocimiento era, sencillamente, demasiado peligroso para seguir existiendo. Pero ese era precisamente el conocimiento que Brigga Lin anhelaba.

Durante la última década, el consejo de biomantes se había alarmado paulatinamente ante la amenaza de invasión del norte, proveniente de más allá del Mar Oscuro. Todos los biomantes del imperio habían buscado desesperados un arma nueva capaz de demostrar el poderío del emperador ante los extranjeros. Pero, como era habitual en la gente mayor, su forma de pensar era demasiado convencional, estaba constreñida. No así la de Brigga Lin. Mientras completaba su noviciado en Pico de Piedra, se enteró de que aún existían las ruinas de Morack Tor, incólumes desde los tiempos del Mago Oscuro. Sugirió a su mentor que debían explorar las ruinas. Obviamente, si el Mago

Oscuro había encontrado algo digno de ser encontrado, también ellos debían hacerlo. Su mentor lo había tachado de pérdida de tiempo. No era más que una montaña de escombros. A pesar de esas palabras, Brigga Lin esperaba encontrar más. Pero mientras arrastraba el pequeño bote playa arriba, eso fue todo cuanto vio.

Era una isla pequeña, rectangular, que apenas medía cuatrocientos metros. Estaba enmarcada en una arena gris que daba paso en el centro a un musgo verde oscuro que cubría las pilas de piedra que en tiempos fueron el templo. Eso era todo lo que había.

Brigga Lin exhaló un suspiro y se sentó en una de las columnas cubiertas de musgo. El consejo le había negado la petición de que lo escoltara un pelotón de soldados imperiales, y en ese momento se alegró por ello. Se hubieran burlado de lo lindo al verlo tan decepcionado. Los guardias imperiales trataban a los biomantes más veteranos con una reverencia rayana en el miedo, pero no tenían tanto respeto por un biomante recién ordenado, sobre todo con una reputación tan deslucida como la suya. Cierto era que Brigga Lin no había sido el más notable en transformación, y que sus ensayos no habían impresionado a nadie, pero lo que le faltaba de talento lo suplía con empuje. Encontraría algo en esas ruinas o moriría intentándolo.

Así que emprendió la búsqueda entre los restos de Morack Tor. Y a punto estuvo de morir. Aunque racionó con cuidado los suministros, se quedó sin comida en diez días. Pero siguió buscando, manteniéndose vivo bebiendo el agua de lluvia que escurría del hediondo musgo. Cuando tenía mucha hambre se comía también el musgo. Por desgracia, el musgo le causó alucinaciones leves. Pero ni siquiera eso lo detuvo. Por último, una tarde, mientras las nubes en lo alto parecían parpadear furiosas y las piedras se fundían unas con otras con expresiones de dolor, encontró un pasaje subterráneo.

Le llevó un tiempo asegurarse de no estar alucinando. Pero las visiones iban y venían en oleadas, así que en uno de los momentos de lucidez fue capaz de verificar que había una losa de piedra cuadrada en el suelo con una argolla metálica. Una dieta compuesta por nada aparte del agua de lluvia y el musgo alucinógeno lo había debilitado, pero aprovechó el timón de madera del bote para improvisar una palanca y abrir la losa. Se adentró en una sala oscura y subterránea, mascullando cómo lamentarían el día en que habían dudado de él. Pero pensó que tal vez se había precipitado en eso. No había nada en la sala. Estaban las paredes cubiertas de estanterías, pero no quedaba en ellas más que ceniza. También había señales de quemaduras en el suelo de piedra y en el techo, como si alguien hubiera prendido fuego a toda la biblioteca.

Brigga Lin cayó de rodillas. Se miró la blanca túnica de biomante, manchada de barro. El mareo recorrió su cuerpo mientras el musgo hacía de las suyas. Se preguntó si lo mataría. Ni siquiera había pensado en ello, ni un solo instante. Tenían razón. Todos ellos. Sus padres, su mentor, el consejo... No era más que un insensato arrogante.

Entonces reparó en un agujero perfectamente redondo que había en el suelo de piedra. Le había extrañado que el suelo estuviese cubierto de losas. ¿Por qué no dejar el suelo de tierra? A menos que hubiese algo que esconder debajo.

Había un texto grabado en la piedra, cerca del agujero. Se inclinó sobre él, esforzándose por leerlo a pesar de la visión emborronada debido a los efectos del musgo. Las letras parecían temblar y ondularse, así que le llevó un rato leer un sencillo mensaje, y tardó aún más en comprenderlo.

Quien es lo bastante valiente para tantear a ciegas en la oscuridad
  se perderá en la oscuridad, y la oscuridad se perderá para él.

No sonaba muy prometedor. Era sabido que habían tendido trampas en muchos antiguos templos biomantes, y perderse en la oscuridad sonaba a amenaza. Pero fue la última frase lo que más le dio que pensar. ¿Cómo podía la oscuridad perderse para alguien? Quizá era el musgo lo que le enturbiaba el juicio, pero eso no tenía el menor sentido. Se sentó y meditó durante largo rato, pero no llegó a ninguna conclusión. En dos ocasiones se levantó para marcharse, pero al hacerlo recordaba que esa era su última esperanza. O bien metía la mano en el agujero, o regresaba con las manos vacías a Pico de Piedra y se enfrentaba al rencor de su mentor y de sus iguales.

—Malditos sean todos los infiernos de esta vida y de la siguiente —masculló antes de arrodillarse ante el agujero y hundir la mano en él.

11

Abejita tenía una tía en Punta Martillo que la acogió. Red no se sentía cómodo dejándola marchar del Círculo a un barrio que todo el mundo sabía que no era tan agradable. Pero, tal como señaló Filler, no había más opciones. Cuando Red le había sugerido acogerla, Filler se lo quedó mirando como si se hubiera vuelto loco. Red tuvo que admitir que ellos dos no eran precisamente las personas más adecuadas para cuidar de una niña pequeña, y que era una suerte que Abejita tuviese a alguien con quien contar. Jilly, más bien. Ya nadie la llamaba Abejita, comprendió Red. Esa idea lo turbó quizá más que cualquier otra cosa. En Círculo del Paraíso el nombre significaba algo, lo escogieras o no, aunque solía pasar más a menudo que el nombre te lo escogieran. Y en el Círculo no había manera de despegarse de un nombre.

Pero las dudas de Red relativas a Abejita no duraron, sobre todo cuando la niña se hubo marchado. Porque cada vez con mayor frecuencia, sus pensamientos y su energía los empleaba en imaginar cómo podía verse con Ortigas tanto como fuese posible.

Ella quería estar cerca de Filler cuando este trabajaba en su cadehoja, tal como la llamaba, pero no quería agobiarlo. Así que pasaba mucho tiempo en el Salón de la Pólvora. El interior era un espacioso salón con mesas, bancos y puestos repartidos por doquier. Era un lugar popular entre jugadores, debido a que allí jugaban a las piedras, y también para las prostitutas, que llevaban a sus clientes; también era un sitio donde los asesinos se deshacían de los cadáveres. No había juicios de valor en el Salón de la Pólvora, ni imperiales. Las autoridades habían intentado hacer limpieza años atrás, pero tras cinco o seis días de sufrir graves pérdidas, se dieron por vencidas. Había lugares imposibles de gobernar.

—Estaba pensando en que quizá yo también necesite un arma propia —comentó Red a modo de saludo cuando se sentó junto a la joven.

—¿Mmf? —Mordía un pescado asado ensartado en un espetón que había comprado fuera, en uno de los puestos.

Él sacó uno de sus cuchillos arrojadizos y lo sostuvo en alto, mirándolo con expresión reflexiva.

—A veces, cuando tiro uno de estos, accidentalmente golpean por la empuñadura. Si apunto a la cabeza, eso basta para aturdirlos o incluso dejarlos inconscientes. Pero si apunto a otro lado, pongamos que el pecho, lo único que consigue es que se enfaden aún más. Así que estaba pensando que ¿por qué no hacer que ambos extremos acaben en cuchillas y así ahorrarme el problema a partir de ahora?

—¿Y por dónde ibas a asirlo, cabeza de chorlito? —preguntó Ortigas.

—También he pensado en ello —replicó él con una sonrisa burlona—. Mira, no tengo por qué asirlo, solo debo impulsarlo. Si hubiese una anilla o algo en la parte central, podría introducir el dedo para meterlo y sacarlo de la vaina.

—Aunque la anilla fuese de cuero rígido, te arriesgas a encontrarla doblada o encogida cuando necesites extraerla —señaló Ortigas—. Es mejor que sea de metal, como una anilla metálica por la que puedas introducir el dedo.

Red abrió más los ojos.

—¡Vaya maravillosa idea has tenido, Tigas! ¿Y si la anilla fuese lo que une ambas cuchillas? Tres piezas, fáciles de encajar. Apuesto a que Filler me hace unas cuantas en un abrir y cerrar de ojos.

—Cuando acabe con mi cadehoja —replicó Ortigas.

Cuando se encontraba con ella, intentaba por todos los medios prolongar el tiempo que pasaban juntos. Más allá de la charla inicial. Le mostraba algún lugar pequeño y extraño que había encontrado en el vecindario, como un estanque subterráneo en la Mansión Los Manzanos. O la llevaba a La Rata Ahogada a tomar una pinta y a jugar a las piedras. O la acompañaba al puerto y le pedía a Finn *el Perdido* que les prestase unas cañas de pescar. A veces ella le seguía el juego. Otras, decía: «Bah, en lugar de eso vamos a tu casa a darnos un revolcón». Y a veces se limitaba a decir que no le interesaba. Red intentaba no dar muestras de que eso lo molestaba. Sabía que ella lo consideraría un blando si se delataba, que lo acusaría de ser un artista o un amanerado. La única vez que podía contar con que lo acompañaría sin poner pegas era cuando se trataba de un trabajo.

—¿De qué va esto, entonces? —preguntó Ortigas, sentada a una mesa con Red en un rincón de La Rata Ahogada. Enrolló la nueva y reluciente cadehoja en torno a la palma de su mano. Filler había hecho un buen trabajo. La cadena era fina y liviana, pero estaba tan bien trabada que no era precisamente débil. La hoja tenía dos filos y era algo más larga que un dedo índice.

—Se trata de lo siguiente. —Había pocas cosas que Red disfrutara más que el momento de compartir un nuevo plan—. ¿Conoces a ese tipo arrugado que tiene una carnicería en la calle Manay? ¿El que se hace llamar El Nabo?

—Conozco la tienda —le confirmó Ortigas—. Pero no conozco al viejo.

—Porque a ti no se te dan bien las personas, Tigas. Tienes que hablar con la gente. Sonreír y portarte bien.

Ella torció el gesto.

—Demasiado esfuerzo.

—Pero todo trabajo comporta esfuerzo —señaló él—. Bueno, pues me puse a hablar con El Nabo y me enteré de que también es el propietario de la pastelería que hay en el callejón de la Marea. Se quejaba de tener los negocios tan separados, y de tener que transportar las cosas de uno al otro. No pude evitar preguntarme qué cosas podía transportar. Una tarde de charla amistosa en la pastelería y unas cuantas noches de atenta vigilancia en la ruta que separa ambas tiendas, me llevaron a descubrir que no hay caja fuerte en la pastelería. No hay sitio, con tanto horno y demás. Así que el viejo Nabo hace que una de las dependientas de la tienda lleve las ganancias de la jornada a la carnicería a la hora del cierre.

—Podrás apañártelas con una dependienta —dijo Ortigas—. ¿Para qué me necesitas?

—Porque las ganancias de una jornada en la pastelería apenas valen mi tiempo. No, vamos a utilizar esto para hacernos con el premio gordo, que es la caja fuerte de la carnicería.

—¿Y cómo lo hacemos?

—Te decía que dejan entrar a esta chica al cierre de la jornada. Abren las puertas y la llevan directamente al lugar donde está escondida la caja fuerte. Y esa chica resulta tener más o menos tu altura y un pelo muy parecido.

—Quieres asaltar a la dependienta y luego que yo me haga pasar por ella para localizar la caja fuerte y ponerte con ella.

—Te seguiré hasta la carnicería. Entonces, cuando sea el momento adecuado, yo entro y te ayudo con quien sea que esté ahí de guardia. Entrar y salir. Tan fácil como taimado.

—Nunca es tan fácil como dices —observó Ortigas.

Él le sonrió, burlón.

—Es que no quiero que te me aburras.

Esa noche observaron a la dependienta a medio camino entre ambos negocios. Por un lado, parecía un camino raro y no del todo seguro para transportar el dinero. Por otro, a la mayoría de la gente no se le ocurriría que una chica apocada como ella llevase nada que valiera la pena robar. Ella se manejaba bien. Caminaba como quien va de paseo, sin mostrar que pudiera llevar algo de valor o que se dirigiera a algún lugar importante. Si Red no hubiese obtenido casualmente la información, jamás habría caído en ello. Pero con el paso del tiempo había aprendido que más que arrojar un cuchillo o ser capaz de forzar una cerradura, averiguar cosas era la habilidad más útil para salir adelante en Círculo del Paraíso.

Ortigas se situó en un callejón a cierta distancia de la joven, y su compinche aguardaba a una manzana de distancia. Red echó a andar hacia la chica y lo calculó para que ella cruzara el callejón justo cuando él se disponía a pasar por su lado. Ortigas arrojó el extremo romo de la cadehoja alcanzando a la joven en la sien. Red la cogió antes de que cayera al suelo y la arrastró rápidamente al callejón, donde lo esperaba Ortigas. Esta se puso el pañuelo de la joven, el sombrero, y luego tomó la bolsita con las monedas que debía transportar a la carnicería.

—Mejor no coger ni una —le advirtió Red—. Seguramente le querrán echar un vistazo cuando abran la caja fuerte.

Ortigas miró titubeando a la joven inconsciente.

—Di la verdad, ¿de veras crees que nos parecemos?

—Claro que sí, Tigas. Solo que tú eres más guapa. —Y le guiñó un ojo.

Ella arrugó el entrecejo.

—Veamos, pues, hasta qué punto tú y tu plan sois un montón de estiércol.

Ortigas anduvo el resto del camino hasta la carnicería acompañada por un cauto Red, que la siguió a cierta distancia, al amparo de las sombras, cuando no mezclándose con pequeños corros de gente. El sol se ponía ya y las patrullas imperiales que vigilaban las calles no habían alcanzado aún esa parte del vecindario, así que había oscuridad de sobras en la que camuflarse. A Red le complacía ver que Ortigas había adoptado el mismo paso despreocupado de la joven dependienta. Sabía que no era fácil actuar con despreocupación cuando te dispones a hacer un trabajito como ese.

Por fin llegaron a la carnicería. Ortigas llamó a la puerta del modo en que Red había observado que utilizaba la joven, y al cabo de un tenso minuto, la puerta se abrió. Un hombre alto, corpulento, que llevaba puesto un delantal ensangrentado, la miró.

—¿Dónde está la chica de costumbre?

Ortigas titubeó apenas, probablemente para maldecir mentalmente a Red.

—Hoy se ha quemado la mano con el horno, así que me han enviado a mí en su lugar.

El tipo la miró unos instantes y Red contuvo el aliento, dispuesto a irrumpir en escena y llevarse de allí a Ortigas si la cosa se torcía. Pero entonces el hombre asintió con la cabeza.

—Vale, de acuerdo. —Se hizo a un lado e invitó a Ortigas a entrar. Cuando ella le pasó por delante, dijo—: Dile al jefe que debería enviarte más a menudo. —Y le dio una palmada en el trasero.

Ortigas hizo una pausa, y de nuevo Red contuvo el aliento. Podía abrir como a una gamba al tipo allí y ahora. Es más, estaba en su derecho. Claro que eso arruinaría todo el plan.

—Sí, claro, igual hasta lo hago y todo —dijo ella, sonriéndole. Él pareció complacido con la sonrisa, pero Red reconoció de inmediato en ella el «no solo te mataré, sino que lo haré con dolor», y se estremeció. Tomó nota mental de reservarle a ella ese tipo.

Una vez dentro, el hombre cerró la puerta. En el último segundo, Red arrojó una de sus nuevas cuchillas dobles, lo que mantuvo la puerta un poco entornada. El hombre corrió el cerrojo. Normalmente habría reparado en la resistencia que opuso la puerta, pero estaba muy pendiente de Ortigas.

Cuando Red los perdió de vista a través de la ventana, se movió con agilidad hacia la puerta. La cuchilla había dejado una rendija entre la puerta y el marco, lo bastante amplia para deslizar una de las ganzúas más finas con la que levantar el cerrojo. Cuando se abrió la puerta, recuperó la cuchilla arrojadiza clavada en el marco y entró en la carnicería.

La parte delantera donde los clientes hacían sus pedidos estaba a oscuras. Oyó voces procedentes de una puerta situada al otro lado del mostrador. Avanzó con cautela guiado por el sonido. La puerta daba a una estancia trasera donde la carne colgaba de garfios. Había una mesa amplia en mitad de la estancia, con manchas de años de sangre y cubos con sangre coagulada debajo. La caja fuerte estaba al fondo. Además del tipo que había abierto la puerta y de Ortigas, había otros dos tan fornidos como el primero.

—¿Cómo te llamas, chica? —preguntó uno de ellos.

—Ell —respondió ella, esbozando como pudo una sonrisa tímida. A Red no le pareció muy convincente, pero los tres tipos se lo tragaron sin rechistar.

Mientras Red esperaba a que abriesen la caja fuerte, reparó en un dolor intenso en la mano. Bajó la vista y vio que se había hecho un corte en la palma y que la sangre goteaba de la herida. Debía de haberse cortado cuando arrojó la cuchilla. Obviamente debía refinar su técnica.

Finalmente, los carniceros dejaron de tontear y abrieron la caja fuerte.

—Bueno, ¿qué vas a hacer después…? —empezó a decir uno de ellos. Pero entonces una cuchilla se le hundió en el cuello. Cerró las manos a su alrededor, lo que le supuso cortarse los dedos. El que estaba situado delante de él cayó un instante después. Por tanto, solo quedó en pie el de la entrada, que miró consternado a sus dos compañeros, ambos ahogándose en su propia sangre.

—¡Arpía traidora! —Le lanzó un puñetazo a Ortigas. Ella lo esquivó dando un paso lateral y arrojó la cadena de modo que la hoja se le hundiera en la muñeca. Tiró entonces con fuerza, desequilibrándolo al tiempo que liberaba la cuchilla. Él trastabilló y la chica le descargó un fuerte golpe en la cabeza. El tipo cayó hacia atrás dando un manotazo sin sentido con la mano sana. Ortigas esperó a que abriera la guardia, y entonces le arrojó entre las ingles el extremo contundente de la cadena, lo que bastó para que el tipo cayese gimoteando postrado de rodillas.

Ortigas se le acercó.

—Voy a dejarte con vida para que enseñes a todos los tipos que conozcas la importante lección de no tocar nunca el trasero de una chica a menos que ella lo diga. ¿Entendido? —Le asió la cabeza con ambas manos y hundió con fuerza la rodilla en su cara. El hombretón se desplomó en el suelo, inconsciente.

—Buen trabajo —aplaudió Red.

Mientras introducían en un saco el contenido de la caja fuerte, Ortigas preguntó:

—¿Por qué te sangran las manos?

—No he encontrado aún el modo de arrojar las cuchillas sin cortarme —admitió Red.

—Bueno, pues hasta que lo logres, quizá deberías ponerte unos guantes para evitar desangrarte antes de terminar un trabajo.

Red negó con la cabeza.

—No podría introducir los dedos con guantes a través de las anillas.

—Pues corta la parte de los dedos; así al menos te protegerás las palmas de las manos, ¿no?

—Buena idea —dijo Red mirándose las heridas.

—También esta lo ha sido —dijo Ortigas, señalando en dirección a la caja fuerte.

—¿De veras lo crees? —Red sonreía de oreja a oreja.

—Sí. Buen botín, riesgo mínimo. ¿Quién iba a decir que un artista de Cresta de Plata se desenvolvería tan bien en el Círculo?

Red optó por considerarlo un cumplido. Ortigas solía sentirse complaciente tras un trabajo exitoso, de modo que no quiso arruinar las perspectivas de fiesta.

La planta superior del Pedazo de Cielo era donde residían todos los empleados que no se dedicaban a la prostitución. Ortigas compartía habitación con Ipsy, una mujer de la limpieza. El hombre de Ipsy era marinero y solía estar embarcado. Cuando estaba en tierra, ella siempre se alojaba con él en La Madre del Marino, que ya no servía de hogar a los reclutadores de la leva, sino que era una simple taberna. Llevaba fuera toda la semana, así que Red y Ortigas tenían el cuarto solo para ellos. Esto supuso practicar mucho el sexo, y esa noche no fue una excepción.

Si le hubieran preguntado a Red si el sexo era bueno, él hubiese respondido que sí, a pesar de no tener nada con qué compararlo. Ningún tipo quería admitir que no se lo pasaba en grande dándose un revolcón. No era una de esas cosas que uno reconoce. Pero justo después, cubierto de sudor, jadeando, cuando se acercaba a Ortigas y ella lo rechazaba, siempre había un momento que lo sorprendía por su frialdad, por la punzada de soledad que sentía en las entrañas. En esos instantes, intentaba cualquier cosa para cubrir ese abismo. Ortigas no se abrazaba a él. Eso lo había dejado perfectamente claro. Incluso cogerse de la mano la irritaba. Así que Red recurría a las palabras para salvar esos momentos. La mayor parte del tiempo, mientras yacían tumbados a oscuras, él hablaba de lo primero que le venía a la cabeza, y ella respondía con gruñidos indefinidos. Pero la noche en que robaron al carnicero, cuando él hablaba sobre cómo se había congraciado con El Nabo para sonsacarle la información que los había llevado a culminar con éxito el golpe, ella lo interrumpió.

—Entonces, ¿tus padres eran de Cresta de Plata?

—Mi padre era prostituto allí, igual que su madre antes que él, y su padre también. Una larga y orgullosa estirpe de prostitutas de Cresta de Plata que habían servido a la comunidad artística durante generaciones. Los hay que llaman a las prostitutas de Cresta de Plata las Musas, puesto que son, por lo general, gente muy, muy atractiva y han inspirado a más de un pintor y músico. Incluido mi padre.

—¿Y qué me dices de tu madre?

En otro lugar, en otro momento, Red hubiese respondido con mayor cautela. No era un tarugo de tomo y lomo. Pero en ese momento seguía en la cresta de la ola tras el éxito que había cosechado con su plan y la pelea y el dinero y el sexo, y también estaba desesperado por cubrir el vacío que no podía ni admitirse a sí mismo que sentía. Así que habló alto y claro.

—Mi madre era de Salto Hueco.

—Y un montón de estiércol era de allí.

—No, en serio. Así es cómo aprendí a leer. También sé pintar, aunque últimamente no lo hago mucho.

—Debe de ser estupendo nacer con tantos privilegios.

—¿Qué significa eso?

—Nada. ¿Así que tu madre era una de esas niñas de los petimetres que acudían a Cresta de Plata con sueños de convertirse en famosas pintoras?

—De hecho fue una famosa pintora. Hasta que enfermó.

—¿Te refieres a la especia de coral? Tus ojos rojos lo delatan. Aunque solo los he visto en bebés.

—No solo por la especia. Tenía ese otro problema derivado de la pintura. Al final se puso muy enferma.

—¿Cómo se llamaba?

—Gulia Pastinas.

—Los niños bonitos con sus nombrecitos.

—Nombres líricos —dijo él con aire ausente.

—Qué raro que una niña bonita tuviese un hijo llamado Red. Sobre todo por los ojos. Qué mala idea, ¿no te parece?

—Red es el nombre que me puso Sadie cuando cuidó de mí.

—Entonces, ¿cuál es tu verdadero nombre?

—¿Me prometes que no te reirás?

—¿Por qué iba a hacerlo?

—Yo qué sé. Tú promételo.

—Vale, sí, lo prometo.

—Me llamo Rixidenteron.

Hubo un largo silencio.

—¿Tigas?

Oyó un leve rumor de sábanas y a través de la manta sintió cómo ella se estremecía intentando contenerse. Entonces rompió a reír con la risa más estruendosa que había oído salirle de los pulmones.

—¡Lo siento, lo siento! —jadeó entre risotadas—. ¡Es que no lo esperaba! —Otra larga carcajada—. ¡No me esperaba algo así!

—Vaya, hombre. —Red sintió cómo la vergüenza le teñía la piel.

—¿Hablas en serio? ¿De veras?

—Sí, ese es mi nombre. Pregúntaselo a Filler. Es… —Empezó a dudar si era buena idea compartir más cosas esa velada.

Pero tal vez ayudaría a Ortigas a comprender hasta qué punto era una muestra de confianza y cuánto daño le estaba haciendo con su actitud—. Es la única persona a la que se lo he dicho, aparte de ti.

—¡No me extraña! —exclamó Ortigas, que rompió de nuevo a reír con estruendo.

A la noche siguiente, Red y Filler estaban sentados en su cuarto, compartiendo una jarra de cerveza que Prin les había dado por limpiar de borrachuzos La Rata Ahogada horas antes. El calor del verano se había abatido sobre Nueva Laven como una sábana empapada en agua hirviendo, y ambos se sentaban juntos al pie de la ventana abierta, intentando mantener la temperatura en niveles razonables.

—Tigas se ha acercado hoy a la tienda para hacer unos ajustes en la cadehoja. Dice que anoche la puso a prueba cuando ambos hicisteis un trabajo.

—Así fue —le confirmó Red—. También mis cuchillas arrojadizas funcionaron bien, excepto por el hecho de que me cortan las manos.

—¿Ese es el motivo de que le hayas comprado a Brimmer esos guantes hoy?

—Sí.

Filler tomó un largo trago de la jarra.

—También me ha preguntado si era cierto lo de tu verdadero nombre.

—Sí. Ya te he dicho que se lo conté anoche.

Filler le tendió la jarra a Red antes de decir:

—Se rio, ¿sabes? Cuando le dije que era verdad, casi se ahoga de la risa.

Red tomó un buen sorbo.

—Ya. —Dio otro sorbo antes de tenderle la jarra a su amigo—. Anoche también se lo pasó en grande con eso.

—Te estás colgando de ella —dijo Filler.

—No, no lo hago —respondió Red automáticamente.

Filler le dedicó una mirada escéptica y dio otro sorbo a la jarra.

—Pero ¿qué pasaría si así fuera? —preguntó Red—. No es nada malo, ¿sabes?

—Lo es si ella no se cuelga de ti. —Le devolvió la jarra a Red.

El joven arrugó el entrecejo mientras jugueteaba con la jarra. También él albergaba dudas al respecto. Pero a veces las dudas solo hacen que alguien quiera pelear con mayor denuedo para creer.

—Creo que ella está colgada de mí.

—No. Le gustas. Y le gusta liarse contigo. Pero no está colgada.

—¿Y tú cómo lo sabes? —Red no pudo evitar emplear un tono defensivo al formular la pregunta.

—Ella no te mira como tú la miras.

La facilidad de palabra de Red, su agilidad de pensamiento, en ocasiones le permitían correr en círculos alrededor de una idea con mayor facilidad que el resto. A veces era Filler, con su simpleza, quien exponía las cosas directamente, descarnadas. Dicho así en labios del tipo en quien Red más confiaba y al que mejor conocía de todos, no tuvo más remedio que admitirlo.

Dirigió una mirada lastimera a Filler.

—¿Qué hago?

—Habla con ella. Puede que me equivoque. Sea como sea, entonces lo sabrás.

—Pero ¿y si se supone que ambos debemos estar juntos? Como algo del destino. ¿No crees que somos perfectos el uno para el otro?

—No —respondió Filler—. En realidad, no.

Red lo miró, los ojos color rubí abiertos por la sorpresa.

—Creía que Ortigas te gustaba.

—Y me gusta. Pero ella no te comprende como tú mereces.

—Hablas como si yo fuera una especie de artista amanerado —dijo Red con amargura.

Filler suspiró.

—Prométeme una cosa: cuando hables con ella, si las cosas se tuercen, prométeme que después irás a visitar a Sadie.

Red tomó un largo sorbo de la jarra, luego apoyó de nuevo la cabeza en el alféizar de la ventana abierta, de modo que la brisa nocturna refrescase su frente sudorosa.

—De acuerdo. Pero no será necesario. Ya lo verás. Ella lo esconde bien, como haría cualquier chica del Círculo, pero está tan colgada de mí como yo de ella.

A Red le gustaba mucho Círculo del Paraíso. Más que Cresta de Plata, donde había pasado buena parte de sus primeros años. Más que la *Viento salvaje*, por mucho que esos fueran sus recuerdos más preciados. Y mucho más aún que Salto Hueco, que nunca había visitado. Cierto era que hubo momentos en su vida, sobre todo de más joven, en que había deseado que su tía Minara apareciera de pronto para llevárselo con ella a una de esas mansiones que tienen los petimetres en la zona alta. Tenía un vago recuerdo de ella de cuando a veces había ido a visitarlos estando viva su madre. Era mayor y más conservadora que la hermana, pero casi idéntica de aspecto y mucho más suave en el habla y el tacto. Particularmente en los meses antes de conocer a Sadie, había anhelado ese tacto. Pero ahora sabía que aquellos sueños habían sido fruto de la debilidad de un niño asustado. Últimamente, si alguna vez pensaba en su tía, era para preguntarse por qué no había acudido nunca, y también para alegrarse de que no lo hubiera hecho.

A Red le gustaba mucho Círculo del Paraíso, pero había días en que las nubes eran bajas, grises, y la lluvia caía no para limpiar las calles sucias, sino simplemente para hacer una sopa fétida del fango, los desperdicios y la mierda. Había días en que cada rostro en la calle parecía caracterizarse por el hambre y la hostilidad, bebés que lloraban para llamar la atención de madres que no acudirían, y de niños que jugaban apáticos junto al cadáver podrido de un caballo. Era en días así que Red se fugaba a los tejados.

Veía todo el vecindario desde allí arriba, y en ocasiones más allá, si las nubes no estaban muy bajas. El ambiente olía distinto en lo alto, lejos del alcantarillado que discurría abierto por los laterales de las calles. Y además reinaba el silencio. Los sonidos del vecindario cedían hasta convertirse en un murmullo bajo el viento que se alzaba procedente del mar. Durante un rato, Red podía fingir que nada lo alcanzaba.

Los tejados solo pertenecían a Red. Filler no lo hubiese admitido de buenas a primeras, pero no le hacían ninguna gracia las alturas. Y no había nadie más con quien quisiese compartir aquel refugio temporal. Al menos había sido así hasta que conoció a Ortigas. Había intentado decidir cuándo lo haría, y ahora sabía que ese era el lugar ideal para preguntarle si quería que fuese su chico, y ella su chica, por siempre jamás.

La mayoría de los tejados de Círculo del Paraíso eran inclinados, pero Red conocía todos los que eran planos y lo bastante amplios para ponerse de pie cómodamente. Y resultó que había uno que era el sitio perfecto. Bueno, al menos perfecto simbólicamente. Aunque no muy fácil de alcanzar.

—¿Que vamos a hacer el qué? —preguntó Ortigas de pie los dos en una calle lateral. Levantó la mirada, escéptica, al toldo que había sobre una puerta.

—Si necesitas ayuda, puedo subir primero y tirarte una cuerda. —Llevaba una enrollada alrededor del hombro, por si acaso.

—No necesito ayuda, cabeza de chorlito. Es que no sé por qué vamos a hacerlo.

—Ya lo verás. —Red enarcó ambas cejas con aire misterioso.

Ortigas suspiró.

—Vale.

Se encaramaron al toldo. Desde allí se deslizaron por un saliente hasta un alféizar, y desde el alféizar dieron un corto salto hasta la polea de una cuerda de tender la ropa. Una vez en la polea, debían balancear las piernas hacia arriba para trabar los talones en un canalón, y seguidamente flexionar el cuerpo para ganar el canalón con las manos e impulsarse hasta el tejado.

—Maldita mierda. —Ortigas se masajeaba las manos—. ¿Cómo se te ocurrió?

—Prueba y error —respondió Red—. Pero si fuera fácil, todo el mundo estaría aquí, ¿no? Contempla esta vista y dime si valía o no la pena.

Abarcó con un gesto de ambas manos los tejados que se extendían por doquier. El antiguo templo y algunas de las azoteas de los edificios estaban envueltas en bruma, lo cual Red consideró que añadía una pizca de magia. Aunque aún quedaba un buen rato para la puesta de sol, las lámparas de las calles estaban encendidas en aquella parte del vecindario, lo que convertía la bruma en luminiscente.

—Oh —exclamó Ortigas.

—Y, por supuesto, cuando mires ahí abajo verás por qué he escogido este tejado en concreto. —Señaló el cruce con gesto teatral y una sonrisa astuta.

Ortigas miró hacia abajo, inescrutable.

Red aguardó.

Por último, Ortigas negó con la cabeza.

—Lo siento. No lo pillo. ¿Por qué este tejado?

—¡Porque da al cruce donde nos dimos el primer beso! —exclamó él.

—Ah, sí. Supongo que sí. —Ortigas miró de nuevo a su alrededor antes de frotarse de nuevo las manos—. Hace un poco de frío. Insisto, ¿por qué hemos subido?

—Bueno, yo... —La razón parecía tan obvia que a Red le costaba traducirla en palabras—. Es un lugar especial. Para nosotros.

Ella asintió.

—Y... —A Red se le aceleró el corazón. Ya le sudaban las palmas de las manos. De pronto tenía la boca seca. Estaba nervioso. Puede que fuese Filler quien había sembrado la duda. Quizá era el hecho de que Ortigas no estaba captando el aspecto romántico de subirse al tejado. Fuera cual fuese el motivo, descubrió que mientras la miraba las palabras se le atragantaban en la garganta.

Ella lo observó aguzando la mirada, cruzada de brazos.

—Estás patinando un poco. ¿Qué pasa?

—Lo sé… Lo siento —tartamudeó. Seguidamente inspiró con fuerza y volvió a intentarlo—. Eres la mejor chica que he conocido. Dime una cosa: ¿serías mía? —Y le tendió la mano.

Ella contempló la mano que le ofrecía como si fuese algo que era incapaz de reconocer. Cuanto más tiempo la miró, a mayor profundidad se precipitó el estómago de Red.

—Me gustas, Red —dijo por fin—. Me gusta estar contigo. Me gusta enrollarme contigo. Llegaría hasta el extremo de decir que me gustas más que nadie que conozca. Exceptuándome a mí misma. Yo soy mi persona preferida. No soy la chica de nadie y nunca lo seré. Si es eso lo que quieres, vas a tener que buscar en otra parte.

Red se quedó mirándola. Seguía de pie, pero era como si se hubiese derrumbado por dentro.

—¿Estás bien? —preguntó ella.

—Sí —respondió aturdido—. Culpa mía. —Se dio la vuelta y echó a andar.

—Ahora no te me pongas amanerado, Rixie —dijo ella burlona.

Fue lo peor que podría haber dicho, y el andar de él se convirtió en carrera.

—¿Red? ¡Vamos, que solo estaba bromeando!

Pero él saltó al siguiente tejado y siguió corriendo. Había pasado meses intentando acercarse todo lo posible a esa chica, y ahora no podía soportar la idea de estar cerca de ella. Siguió corriendo de tejado en tejado, deslizándose por los ángulos peligrosos de algunos, pero sin detenerse hasta alcanzar un trecho demasiado ancho para saltar. A sus pies había una larga hilera de tiendas. Había llegado al Salón de la Pólvora. No había ido allí a propósito. Pero tal vez una parte de él se había visto atraída hasta ese lugar. O más concretamente, a una persona que habitaba allí.

A un lado del Salón de la Pólvora había un pequeño grupo de mesas donde se reunían los viejos carcamales. Red distinguió a Sadie entre ellos, la espalda recostada en una mesa, las piernas estiradas. La vida era muy dura en el Círculo, y los últimos ocho años se habían cobrado su precio en ella. Tenía gris la mayor parte del pelo, la piel le colgaba y le faltaba más de un diente. Pero su mirada seguía siendo tan aguda como siempre, igual que su mente. Y lo que era si cabe más importante, estaba viva, lo cual era más de lo que podía decirse de la mayoría de sus contemporáneos. En Círculo del Paraíso había poca gente lo bastante espabilada para llegar a vieja. Así que a cualquiera que lo lograba le daban cierto margen de respeto y, por lo general, lo dejaban en paz para que se dedicase a pensar en los buenos tiempos, o fuera lo que fuese que hacían los viejos en su rincón.

—Vaya cara de pocos amigos me llevas —comentó Sadie.

Red se sentó a su lado con gestos torpes.

—Soy un tarugo y un pichafloja.

—Vaya si lo eres —dijo Sadie—. ¿Se puede saber qué te pasa?

—Hay una chica…

—Vaya, ya estamos, ¿no? —preguntó ella muy seria—. Escúpelo. ¿Quién ha hecho qué?

—Ella no quiere que sea su chico. Ella… ni siquiera me ha dicho por qué.

—A lo mejor sí lo ha hecho, pero tú no lo has entendido, o quizá no querías ni escucharlo.

—Puede que se deba a mi fealdad.

—No hablarás en serio.

—Es posible que no le gusten mis ojos. Los hay que me creen malvado, ya sabes, por tener los ojos rojos.

—Hay mucho estúpido suelto en el mundo. Esa muchacha de la que te has colgado, ¿es boba?

Red negó con la cabeza.

—Entonces no te considera malvado.

—Puede que se deba a que no soy un pillo de tomo y lomo del Círculo.

—¿Por qué dices algo así?

—Lo dijo ella. Cuando le conté que era de Cresta de Plata.

—Pues eso es un montón de estiércol. ¿Cuidas de tus colegas? Red asintió.

—¿Peleas por tu libertad y por el Círculo en contra de los imperiales y cualquiera que se proponga arrebatárnosla?

—Por supuesto.

—Pues eso es todo cuanto se necesita, en realidad.

—¿Así que no me consideras un privilegiado por haber nacido en Cresta de Plata y tener familia en Salto Hueco?

—Ah, claro que sí —respondió ella—. Pero eso no significa que no seas un pillo de tomo y lomo del Círculo. A mi entender, solo significa que tienes que hacer más para demostrarlo. Eres listo por todos los libros que lees. Entiendes mejor que muchos cómo es el Círculo, y, lo que es más importante, lo que podría hacerse para arreglarlo. Mientras te aferres a eso y muestres siempre tus cualidades, diría que te has ganado un lugar en el Círculo.

Red se marchó del Salón de la Pólvora con las palabras de Sadie canturreándole en el oído. Eso no hizo que el rechazo de Ortigas le doliese menos, pero al menos le infundió cierta esperanza de encajar en ese lugar, después de todo.

Había algo raro en el mercado que habían montado a la salida del Salón. Era última hora de la tarde, aún no había anochecido. Los puestos deberían estar concurridos, pero todo estaba cerrado a cal y canto, como si se acercase un huracán. Excepto por el hecho de que la brisa distaba mucho de preceder a una tormenta.

Entonces reparó en que aquella tormenta no era natural, sino imperial. Un pelotón de imperiales se abría paso por la hilera de tiendas, incordiando a quienes no se habían mostrado lo bastante rápidos, o listos, para cerrar a tiempo. Si bien era cierto que los imperiales nunca se habían infiltrado en el Salón de la Pólvora, a veces hacían incursiones en el mercado, golpeando los barrotes para recordar a los presentes que un refugio podía también convertirse en jaula. Así eran las cosas en el Círculo, y lo mejor que Red podía hacer era seguir adelante, dando gracias por no ser él quien iba a recibir la paliza.

Pero entonces detuvo el paso. Así podían ser las cosas, pero Red sabía que no deberían serlo. Eso era lo que Sadie acababa de decirle. Él sabía cómo debían ser. Todo aquello era un error. Se estaba comportando de manera equivocada. ¿Qué era eso de permitir a los imperiales maltratar a otros pillos? Robar al prójimo como el desgraciado de El Nabo, o incluso a Drem *el Carafiambre* era una cosa, por supuesto. Drem trapicheaba con drogas, era un asesino. Pero hacía cosas por la comunidad. Formaba parte de esa comunidad. El verdadero enemigo eran esos invasores, esos soldados del emperador. Y debían comprender cómo eran las cosas allí, igual que todo hijo de vecino.

Red se puso los guantes sin dedos mientras sorteaba en silencio los puestos. Cuando se acercó a los imperiales, vio a quién estaban maltratando, y en ese momento supo que, independientemente de cómo fueran las cosas, siempre se alegraría de haber tomado la decisión de no seguir su camino. Porque estaban en la tienda del herrero y habían postrado a Filler de rodillas delante de la tienda. La sangre le resbalaba por la comisura del labio y se le habían empezado a hinchar los ojos.

—Así que haces armas para que tus colegas vayan por ahí matando a imperiales, ¿no es así? —se burló uno de ellos antes de descargar una patada en el estómago de Filler.

Este se dobló por la cintura y luego se incorporó lentamente; su rostro mostraba un odio absoluto. Había perdido la posibilidad de aspirar a un aprendizaje más respetable como herrero porque se había negado a hacer un encargo para un oficial imperial. Ahora lo habían seguido al Salón de la Pólvora. Sin duda, cuando entraron en la tienda del herrero no contaron con que él opondría resistencia. Pero los imperiales habían matado a los padres de Filler, y después de lo sucedido él nunca había sido capaz de contenerse al tenerlos delante.

Uno de los imperiales salió de la tienda llevando unos guantes de cuero grueso y un atizador ardiente recién sacado de la forja.

—No creo que vayas a hacer más armas después de que te dejemos ciego.

El cuchillo arrojadizo de Red se hundió en el brazo del imperial, lo que hizo que su mano perdiera el atizador, que se le cayó sobre la bota y atravesó el fino cuero. Otras tres cuchillas hallaron enseguida puntos vitales en los cuellos desnudos de otros tantos adversarios. Filler asió la cabeza del quinto imperial y la giró con fuerza para romperle el cuello.

—¡Sois unos asesinos y unos ladrones, canallas, más que canallas! —gritaba el imperial con el cuchillo hundido en el brazo. La sangre le goteaba de la herida mientras apuntaba con el rifle a Red—. Vuestras muertes harán de este agujero un lugar un poco más seguro.

Red se había quedado sin cuchillos arrojadizos y Filler estaba demasiado lejos para echarle una mano. El imperial amartilló el arma, torciendo el gesto debido al dolor. Pero mantuvo estable el cañón del rifle mientras apuntaba.

Entonces rasgó el ambiente un campanilleo metálico cuando Ortigas lanzó la cadehoja, cuya parte afilada perforó el oído del imperial. La joven tiró con fuerza de la cadena, y el soldado erró por un amplio margen el tiro y cayó en el fango, retorciéndose de dolor.

—¡Gracias, Tigas! —exclamó Filler.

Red guardó silencio, mirándola con cautela. No estaba seguro de qué debía pensar de todo aquello, ni de qué sentir al respecto.

—Cuando echaste a correr de ese modo, supuse que te meterías en algún lío —se justificó Ortigas mientras cobraba la cadena y limpiaba la hoja.

Red siguió sin decir palabra mientras iba de cadáver en cadáver recuperando los cuchillos arrojadizos.

—Mira —dijo—. Yo quería un revolcón, pasarlo bien. Tú querías romance. Siento que no hayamos podido darnos mutuamente lo que buscábamos. Pero fuera lo que fuese que fuimos o somos, siempre estaré dispuesta a sacarte las castañas del fuego, ¿entendido?

Y le tendió la mano.

No era exactamente lo que él quería. Pero eso también era algo muy propio del Círculo: no solías conseguir exactamente lo que querías. Ortigas no sería la chica que él quería. Pero había pocas guerreras como ella, y en el Círculo tenías que ser un tarugo si no aceptabas una alianza así cuando te la ofrecían.

Así que, a pesar de que una parte de él aún seguía dolida, tomó su mano y la estrechó con fuerza.

—Claro. Lo mismo digo, supongo.

12

*E*ra el cuarto día de viaje rumbo a Luz del Amanecer. Hope intentó ocupar el tiempo meditando y ejercitándose, pero había un número limitado de cosas que uno podía hacer, por mucho que se hubiese educado en el monasterio de Vinchen. Mientras que todos a bordo tenían labores y responsabilidades que atender, la única responsabilidad real de Hope consistía en esperar algo que todos los demás a bordo no querían que pasara. Algo que ni siquiera la propia Hope estaba segura de ser capaz de hacer.

—Te veo inquieta —dijo Carmichael en la soleada tarde del segundo día. Gobernaba la rueda del timón sin tensión, el rostro bronceado vuelto hacia la luz—. Incluso tus pasos suenan impacientes.

—Me gustaría ser de más utilidad —confesó ella—. Pero no sé nada de barcos ni de navegación.

—Podrías aprender —sugirió Carmichael.

—¿Cómo?

—Empieza por algo sencillo. Ve a preguntar a algún tripulante qué es lo que hace y por qué. Pregunta a Ticks por el aparejo, por ejemplo. Conoce todos los cabos mejor que nadie a bordo. Aprende todos los componentes gracias a la ayuda de cada uno de los tripulantes encargados de ellos y no tardarás en ser mejor marino que yo.

—Dudo que pueda ser tan buena como tú, capitán —dijo Hope—. Pero intentaré seguir tu consejo.

Él esbozó una sonrisa imperceptible.

—Buena suerte.

Hope buscó a Ticks por el barco y lo encontró junto al palo de trinquete, asegurando un cabo de gruesa mena. Ticks era un tipo bajo con la cabeza calva y cejas como arañas peludas y aplastadas.

—¿Podrías explicarme qué es lo que haces? —le preguntó.

Él la miró cauteloso.

—¿Por qué, señorita?

—Quiero aprender a navegar.

Se alzó una de las arañas peludas.

—Nada de lo que debas preocuparte, señorita. Y si me disculpas, debo atender otro cabo.

A continuación probó con Sankack, que era un hombre alto de cara caída y prácticamente sin barbilla. Lo encontró a popa de la nave, sentado en un taburete, con una vela en el regazo y aguja e hilo en las manos.

—¿Estás cosiendo esa vela? —le preguntó.

—Hmm —gruñó él sin levantar la vista.

—¿Se rasgó en la tormenta?

—Hmm.

—¿Te importaría enseñarme cómo lo haces?

—Hmm.

Hope hizo varios intentos más, pero nunca logró sacarle otro sonido aparte de ese. Finalmente, se dio por vencida y fue a buscar al capitán.

Ranking se hacía cargo de la guardia al timón, así que Hope se dirigió a la cabina de Carmichael. Llamó suavemente a la puerta.

—¿Quién es?

—Hope, señor.

—Ah, entra.

Lo encontró sentado a una mesa pequeña, pluma en mano y con el cuaderno de bitácora abierto ante él.

—¿Qué se te ofrece? —La sonrisa imperceptible recuperó su lugar en sus labios.

—Es como si no confiasen en mí —le soltó.

—No confían en ti.

—¿No me creen capaz de sujetar un cabo? ¿De coser una vela?

—Ninguno de ellos ha visto en la vida a una mujer a bordo, excepto quizá a la esposa de un capitán, que nunca hace nada útil excepto abroncar al patrón por ser un borracho lamentable. Claro que te han visto matar a ese pez enorme, y la próxima vez que alguien los incordie acudirán directamente a ti. Pero la idea de que puedas llevar a cabo lo que hacen ellos no ha hecho más que empezar a rozar la parte superior de sus gruesos cráneos. Unos pocos, con el tiempo, se harán a la idea, y el resto seguirá su ejemplo.

—¿Cómo lo sabes?

—No lo sé. Pero la labor del capitán consiste siempre en decir algo que quiera que suceda como si supiera que va a suceder. —Su sonrisa se volvió más y más generosa—. Bueno, ¿qué? ¿Lo ves?, al menos te estoy enseñando lo mío.

Hope lo intentó de nuevo al día siguiente, moviéndose de un miembro de la dotación al siguiente. Cuando no la ignoraron, se deshicieron de ella pretextando algo, todos y cada uno de ellos, exceptuando a Ranking, que se le rio en la cara. Después de unas horas descorazonadoras, se retiró a hacer compañía a Carmichael en la rueda del timón.

—No te estás haciendo ningún favor pegándote a mí —le aconsejó—. Deben acostumbrarse a tu presencia. Y el único modo de que eso suceda es que estés… presente.

Así que Hope, a regañadientes, se mezcló de nuevo esa tarde con la gente de a bordo. Esta vez no presionó a nadie, ni lo espió, sino que se limitó a ver y escuchar. Todos se mostraron incómodos en su presencia durante una hora, más o menos. Pero a partir de entonces dieron la impresión de olvidarse de ella y siguieron adelante con sus labores. Hubo cosas que logró aprender mirando. Aprendió otras atendiendo las conversaciones que mantenían unos con otros. No estaban para cortesías, y ni por asomo hablaban con decoro. Al principio eso la hizo sentirse incómoda. Pero con el tiempo llegó a acostumbrarse igual que ellos se habían acostumbrado a ella.

A la mañana del cuarto día, el *Gambito de dama* alcanzó los Rompientes. Hope se situó con Ranking, Ticks y Sankack en la amura de babor y contempló la línea distante de desiguales arrecifes grisáceos que se extendía de norte a sur por espacio de una milla. Asomaban por el agua hacia el despejado cielo azul, peleando contra la corriente imperante, de tal modo que el agua que los envolvía alrededor de la base burbujeaba escupiendo una infinita espuma blanca.

—He oído decir que esos arrecifes se alzaron desde los infiernos subterráneos llevando consigo el calor, y que se debe a eso que el agua hierva —comentó Ticks.

—Pues yo he oído que un biomante fue quien los levantó, a modo de escudo contra los demonios invasores —dijo Sankack—. Y es la ira frustrada de los demonios en el otro lado la que hace que hierva.

Ante la sola mención de la palabra «biomante», el ritmo cardíaco de Hope se disparó. Sin embargo, logró guardar silencio.

—No seas bobo —dijo Ranking—. Los biomantes no pueden cambiar las rocas, solo a seres vivos. Eso lo sabe hasta el más tarugo.

—Conque sí, ¿eh? —Sankack lo miraba ceñudo—. ¿Qué pasa? ¿Ahora te has vuelto experto en biomantes? Apuesto a que ni siquiera has visto uno en la vida.

Ranking lo miró con frialdad unos segundos antes de responder.

—Una sola vez. Yo aún vivía en Nueva Laven.

Se produjo un silencio mientras Ticks y Sankack cruzaban la mirada. Ticks carraspeó.

—¿Son tan mala gente como dicen por ahí?

Ranking sonrió con amargura.

—Bueno, yo he preferido irme al otro lado del mundo con un atajo de capullos, ¿qué te dice a ti eso?

Cuando se acercaron a un centenar de metros de los Rompientes, Carmichael puso la proa de modo que la nave se deslizara de costados paralelos con los arrecifes, rumbo al extremo norte. Cuando doblaron el extremo norte de los Rompientes, Carmichael dio una voz:

—¡Necesito vigías en lo alto!

El *Gambito de dama* no contaba con una cofa propiamente dicha, pero Mayfield trepó rápidamente por los flechastes de la obencadura de trinquete hasta alcanzar la verga de juanete, a unas tres cuartas partes mastelero arriba. Una vez allí, se sentó a horcajadas ante el mastelero, cruzó las piernas sobre la verga y sacó el catalejo.

Con Mayfield situado, el capitán viró la nave y pusieron rumbo este con el extremo norte de los Rompientes por el costado de babor. Una vez lo hubieron dejado atrás, Hope y los demás pudieron ver por primera vez el lejano extremo este de los Rompientes.

—Una maldita tumba para navegantes —sentenció Ticks en voz baja.

Aquí y allá a lo largo de la desigual y dentada línea envuelta en espuma burbujeante, asomaban restos de embarcaciones de todos los portes, desde pecios diminutos y corbetas de un palo, hasta fragatas imperiales. Había incluso algunos barcos extraños que Hope no reconoció y que le parecieron más compuestos por metal que de madera.

—¿Por qué hay tantos? —preguntó, pero nadie respondió.

Entonces la nave sufrió una sacudida y se puso a temblar. Un gruñido grave, de madera, se alzó procedente de las entrañas del casco.

—Algo tira de la quilla… —Ranking se asomó por la regala y observó el agua, antes de volverse de nuevo hacia los arrecifes. Cuando se volvió de nuevo hacia ellos, estaba pálido—. La corriente nos empuja hacia las rocas.

—¡Toda la gente a cubierta! —rugió Carmichael desde la rueda del timón. Se esforzaba por mantener la nave en rumbo—. ¡Apareja a virar!

—Ticks, ve a ayudar al capitán a virar el barco —ordenó Ranking—. Si nos mantenemos en este ángulo mucho rato, la quilla cederá y ya podemos darnos por muertos. Sankack, ve a despertar a todos los ociosos. Necesitamos a toda la gente en cubierta si queremos librarnos de esta corriente.

Ranking sopló con fuerza el silbato y la dotación se puso en marcha, pasando de una tarea a la siguiente. Hope sintió de nuevo la quemazón de sentirse inútil, incapaz de hacer nada excepto mirarlos a todos mientras se esforzaban con desesperación para hacer virar el barco y librarlo de los Rompientes.

La nave viró con dolorosa lentitud, tensas las velas mientras encaraban el viento. Finalmente viraron por avante hasta que la popa miró a los arrecifes y las velas se hincharon de nuevo.

—¡Quiero hasta el último pañuelo de lona al viento ahí! —rugió Carmichael.

Los marineros se encaramaron al aparejo para marear todas las velas habidas y por haber, a popa la mayor de capa y a proa toda suerte de foques, fofoques y petifoques. Hope se desplazó a la aleta de babor y contempló los arrecifes, intentando discernir si hacían avante. Al principio tuvo la impresión de que estaban clavados, en perfecto equilibrio el viento y la corriente, pero entonces, de forma casi imperceptible, el barco echó a andar.

—¡Eso es, mis pillos! —aplaudió Carmichael—. ¡Atentos ahí y dejaremos atrás el peligro en un abrir y cerrar de ojos!

Fue entonces cuando Mayfield dio la voz desde su puesto en lo alto.

—¡Una vela por el costado de estribor!

Hope echó a correr al costado opuesto del barco, seguida de cerca por Ranking. Una goleta de un palo navegaba proa hacia ellos.

—Piratas —sentenció Ranking—. Mira que se lo advertí. Y nos tienen cogidos por los mismísimos. Aquí, presa de la corriente, no podemos ni intentar la huida.

—Entonces lucharemos —dijo Hope.

—¿Con qué? —se burló Ranking mientras seguía observando el barco que se les acercaba—. Te habrás dado cuenta de que no tenemos un solo cañón a bordo.

—¿Por qué no?

—Solo la armada imperial tiene permiso para navegar con cañones, y ya sabes que el capitán no desobedecería las leyes aunque eso comportara su muerte y la de su tripulación. ¿Por qué crees que los imperiales nos preguntaron si podríamos hacer la travesía? Porque, por lo general, solo los militares que no están de servicio pueden. Pero nuestro patrón quiere sacarse un dinero extra para ponerse a ahorrar de cara al retiro. No olvides lo que te digo, ¡ese viejo nos llevará a la muerte!

Hope atribuyó al pánico el repentino torrente de discursos propio de amotinados.

—Cálmate —le dijo con frialdad—. ¿Tienes un catalejo para que pueda echar un vistazo a esos piratas?

Ranking negó con la cabeza, clavados los ojos en la nave pirata.

—El capitán tiene uno.

Hope corrió hacia el timón, donde el capitán aferraba la rueda con expresión preocupada.

—¿Puedo usar tu catalejo, capitán? —Extendió abierta la palma de la mano.

Carmichael asintió, lo sacó del interior de la casaca y se lo tendió.

Hope lo abrió hasta donde alcanzaba y echó un largo vistazo al barco. Contó treinta cabezas a bordo.

—Está hasta la regala de gente —los informó—. Con cañones de pivote a proa y popa.

—Ajá —asintió Carmichael—. No se molestarán en utilizar los cañones, ya que nosotros no tenemos y así podrán apresar el barco sin daños. En vez de ello, se situarán de costados paralelos, nos arrojarán los garfios de abordaje, cerrarán distancias y nos abordarán.

Hope continuó observando el barco. Los hombres, la mayoría vestidos con harapos, parecían medio muertos de hambre y enfermos de escorbuto. El capitán iba armado con una antigua pistola de chispa. Unos cuantos llevaban espadas o cuchillos. La mayoría iba armada únicamente con garrotes, martillos o llaves inglesas.

—No parecen nada del otro mundo —dijo Hope.

—No tienen por qué. Nos superan en número en una proporción de tres a uno, no tienen más que pasarnos por encima como una plaga de langostas. Mis hombres van mejor armados, pero a decir verdad probablemente no sean más diestros que ellos en las distancias cortas.

Los ojos de Hope siguieron el trazado del trinquete hasta el lugar donde estaba apostado Mayfield en la verga de juanete. Recordó cómo el palo se había doblado al viento para evitar partirse durante la tormenta.

—Capitán, si pasamos todo el cargamento al costado de estribor y hacemos que la dotación se sitúe en la regala, ¿bastaría con ese peso para hacer escorar la embarcación de forma que los palos se inclinaran sobre el agua?

Carmichael puso unos ojos como platos.

—Creo que sí. ¿Por?

—Si haces esto por mí, te juro por mi vida que ni uno solo de los miembros de tu dotación tendrá que enfrentarse hoy a los piratas.

Él la miró en silencio, el rostro barbudo impermeable a nada que pudiese delatar sus pensamientos.

—De acuerdo. Después de todo, para eso he contratado tus servicios.

—Gracias, capitán.

Carmichael inclinó la barbilla y rugió:

—¡Toda la gente a la bodega para pasar hasta la última saca del cargamento al costado de estribor, y luego a cubierta para hacer banda en la regala, armada y lista para el combate! —Y ya con mayor discreción le dijo a Hope—: Por si acaso.

—Por supuesto. Y dile a Mayfield que será mejor que se quite de en medio.

—¿De en medio? —preguntó Carmichael con sorpresa.

A la tripulación le sorprendieron las voces, pero los hombres obedecieron. En una situación así, titubear ante las órdenes del capitán podía bastar para perder el barco. Cambiaron rápidamente de costado el cargamento y la nave cayó del costado de estribor. La dotación regresó a cubierta y se repartió a lo largo de la regala, momento en que el barco se inclinó aún más.

Hope se situó a unos centímetros de la base del trinquete y observó mientras el barco pirata abría el rumbo trazando un amplio arco, antes de virar por redondo y situarse de modo que el costado de babor estuviese paralelo con el costado de estribor del *Gambito de dama*. Justo cuando ambas proas se situaban paralelas, Hope trepó por el palo inclinado. Al acercarse al extremo superior, reparó en dos piratas con garfios de abordaje, uno a proa y el otro a popa, listos para arrojarlos. Los barcos seguían a unos siete metros de distancia. Los garfios los acercarían para que los piratas pudieran abordarlos. Hope no podía permitir que eso sucediera.

Cuando alcanzó el extremo del palo, dejó caer su peso con fuerza para que la punta se inclinara un instante, recuperase la posición y la catapultara con tal de cubrir el trecho que los separaba. Dio un triple mortal en el aire y cayó con los pies por delante sobre el tipo del garfio en la proa del barco pirata. Los gritos de sorpresa y confusión procedentes de los piratas fueron tan intensos que casi ahogaron el rumor grave, frío, que hizo *Canto de pesares* cuando abandonó la vaina.

Durante los cuatro días de travesía, Hope había seguido albergando dudas sobre su capacidad para desenvolverse en situaciones de combate real. Pero en cuanto el primero de los piratas se le acercó armado con un hacha, tan lento y torpe que apenas necesitó asentar los pies para burlar el ataque, comprendió que ya había ganado la batalla. Reparó por primera vez en el privilegio que habían supuesto los años de entrenamiento con Hurlo. Mientras se desplazaba por el barco, rápida y mortal como un viento helado del sur, no fueron la arrogancia ni la sed de sangre ni la ira lo que llenó su corazón, sino la gratitud hacia el hombre que no solo le había dado una vida, sino que había entregado la propia para salvarla. A diario se esforzaría por ser digna de ello.

Sobre el húmedo golpe del acero en la carne y los gritos de dolor, oyó cómo el capitán amartillaba su pistola tras ella. Giró sobre los talones al tiempo que él efectuaba el disparo y desvió el proyectil con su acero. El capitán pirata se la quedó mirando, boquiabierto, aferrando la humeante pistola. Hope se le acercó, abriéndose paso a través del nudo de hombres que se deshacía lentamente hasta situarse delante de él. El capitán tiró de espada, pero ella lo desarmó en cuanto la hubo desenvainado. Le amenazó la garganta con la punta de su acero.

—Pide cuartel y te será dado —dijo. Porque el privilegio conlleva responsabilidad y no había honor en matar a más de esos hombres hambrientos y desesperados de los necesarios. Era lo que Hurlo hubiese querido.

El rostro del pirata se revistió de ira.

—¡Prefiero morir, bruja sureña!

Le atravesó limpiamente el cuello con la espada, porque, también como Hurlo hubiese querido, la merced no ofrecía segundas oportunidades. Recuperó la espada y la sangre salpicó los rostros de los tripulantes. Cuando el cadáver se desplomó en cubierta, miró a los once hombres supervivientes.

—¿Cuántos más morirán en el día de hoy?

—Por favor, señora —dijo uno de ellos—. Danos cuartel.

Los piratas tenían poca cosa de valor. Carmichael tomó su pequeño arcón lleno de monedas, les hizo aferrar las velas y los remolcó el resto del camino hasta Luz del Amanecer. Cuando fondearon en el puesto militar de avanzada, se acercó a recibirlos un soldado de mirada adusta vestido de oro y blanco.

—Saludos —dijo Carmichael—. Traemos un cargamento para vosotros. Y lo que queda de una tripulación pirata.

—Nos quedamos con ambos —dijo el soldado sin más. Hizo una seña en dirección a un edificio bajo situado en el extremo del muelle, de cuyo interior salió un pequeño destacamento de soldados. El que estaba al mando les dio una serie de órdenes, y sus hombres se dispusieron a amarrar la embarcación pirata y custodiar a los piratas encadenados.

Una vez descargado el cargamento y realizado el pago, Carmichael se volvió hacia su tripulación.

—No tiene sentido que nos quedemos aquí. Ni siquiera hay una taberna en este escupitajo de tierra. Vamos a darnos a la vela.

Cuando los hombres empezaron a subir a bordo del barco, Hope le dijo a Carmichael:

—No me gusta la idea de entregar a esos hombres a los soldados. ¿Qué van a hacerles? No parece que aquí haya una cárcel.

—Eso dice la ley, Hope. Nosotros hacemos lo que podemos por cumplirla.

—Suspiró y se pellizcó el puente de la nariz con el pulgar y el índice—. Aunque cuanto más vivo, más difícil se me hace.

Cuando todos hubieron subido a bordo, Carmichael los miró y, con un tono de voz lo bastante alto para que todos lo oyeran, dijo:

—Por cierto, Hope. Has roto la promesa que me hiciste.

—¿Capitán? —se extrañó Hope, con una sensación gélida en el estómago.

—Me dijiste que nadie de mi tripulación se enfrentaría hoy a los piratas. Pero yo he visto a uno de ellos hacerse con todo un barco de esos desgraciados sanguinarios, poniendo en peligro su vida de la forma más espectacular posible, todo para salvar al resto de nosotros de sufrir heridas o algo peor.

Una oleada de emociones impidió a Hope decir palabra. Alivio, confusión, incomodidad, placer...

—Capitán, yo…

—Que nadie diga —continuó el capitán Carmichael mientras barría con la mirada al resto de sus hombres— que Bleak Hope no es un miembro con todas las de la ley de esta tripulación. —Se volvió de nuevo hacia ella con una fugaz sonrisa amarilla en la barba—. Ven aquí, cosita mortífera. —Y la abrazó con fuerza.

Hacía mucho, mucho tiempo que alguien no abrazaba a Hope, y tuvo que resistir el impulso automático de quebrarle el cuello. Hurlo había sido muchas cosas maravillosas, pero afectuoso no se contaba entre ellas. La calidez de aquel contacto fue algo que no sentía desde que vivían sus padres. Formar parte de esa tripulación, formar parte del mar. Él le estaba dando un lugar al que pertenecer. Y ella descubrió que, por ahora, no solo lo quería, sino que lo necesitaba.

—Gracias —le dijo en voz baja.

Él rio, reculó un paso y se dirigió a toda la dotación:

—¡Gente a dar la vela! Este dinero pirata no descansa bien en mi bolsillo. Cuanto antes alcancemos Puesto Vance, ¡antes podré gastármelo todo pagando ronda tras ronda para mi tripulación!

Todos a bordo vitorearon las palabras de su capitán y ocuparon sus puestos. Hope permaneció inmóvil, atenta mientras ellos se disponían a iniciar sus tareas.

—Eh, señorita Hope —la llamó Ticks junto al aparejo del palo mayor—. Échame una mano con este cabo, ¿quieres?

Hope sonrió.

—Será un placer, señor Ticks.

13

*B*rigga Lin no sabía dónde estaba exactamente, ni cómo había llegado allí. Pero de algo estaba seguro: iba a cambiar el mundo con su hallazgo.

Había despertado en un simple jergón, con la blanca túnica de biomante manchada. Parecía una especie de cuartel militar, o algo por el estilo, con veinte camas espaciadas a lo largo de la sala. Los demás jergones estaban vacíos y el sol se filtraba por las ventanas.

Sentía una terrible debilidad, pero había una jarra de agua fresca y un poco de pan duro en una mesita, a su lado. Bebió y comió con un apetito que era desconocido para él.

—¿Se encuentra mejor, señor? —preguntó un soldado imperial nada más entrar en la estancia con el yelmo en el hueco del brazo. Las charreteras de los hombros indicaban que se trataba de un capitán.

—Sí, capitán —respondió Brigga Lin, limpiándose las migas de la boca. Seguía esforzándose por recomponer el rompecabezas de su memoria, probablemente causado por el condenado musgo—. ¿Cuánto tiempo he dormido?

—Unos dos días, señor. La corriente empujó su embarcación a la orilla, sin timón y prácticamente muerto. Lo encontró un pescador, reconoció la túnica y nos avisó corriendo.

Conservaba el vago recuerdo de salir del pasaje subterráneo

riendo histérico. Después anduvo con torpeza hasta el bote, lo empujó a mar abierto y largó la vela. No tenía ni idea de cuánto tiempo había pasado navegando a la deriva, pero no podía haber superado unos pocos días o habría muerto de hambre. La suerte había empujado su embarcación a la costa de una isla habitada. O tal vez fue cosa del destino.

—Gracias por cuidar de mí, capitán —dijo—. Me aseguraré de que te recompensen con creces por ello.

—Lamento no haberlo podido asear mejor, señor. —El oficial señaló la manchada túnica de Brigga Lin—. Pero se aferraba a ese libro con tal desesperación, que cuando alguien intentó quitárselo para desnudarlo, se mostró usted muy... descontento. —Tosió—. Así que me pareció mejor dejarlo en paz.

Los recuerdos encajaron de pronto en su mente.

—¡El libro! ¡Capitán, ¿dónde está?!

—Aquí mismo, señor. —El capitán señaló un enorme volumen de negras cubiertas que descansaba en el suelo, junto al jergón—. Debe de habérsele caído mientras dormía.

Brigga Lin se inclinó para recogerlo. No estaba preparado para hacer un movimiento tan brusco y el mundo giró a su alrededor durante unos instantes. Se pegó el libro al pecho hasta que se le pasó el mareo.

—Has hecho lo correcto, capitán —dijo por fin—. Este libro protegerá al imperio de una grave amenaza.

—Me alegro de haber sido de utilidad, señor.

Brigga Lin observó el libro. Debía de tener quinientos años, tal vez más. Era un tesoro que no tenía precio, lleno de conocimientos que harían más poderosos que nunca a los biomantes.

—¿Dónde estoy, exactamente? —quiso saber.

—En Desembarco de Estela, señor —respondió el capitán.

—Comprendo. —Tenía sentido. Desembarco de Estela era una de las islas más próximas. Algo apartada del centro del imperio, aunque de hecho eso podía encajar mejor con sus propósitos—. ¿Hay un templo en Desembarco de Estela?

—Sí, señor. Pero es algo pequeño y hace años que nadie entra en él.

—Bastará con eso, capitán.

El libro que había descubierto Brigga Lin era el *Praxis de la Biomancia* que todo biomante estudiaba de novicio. Sin embargo, esta versión antigua incluía un último capítulo que había sido obviado en ediciones posteriores. Este capítulo perdido versaba acerca de la naturaleza dual de la biomancia. Crear tanto como destruir. Hablaba de los hilos interconectados de toda la vida, no solo de la materia sólida, sino de la líquida, e incluso de la aérea. Pero para gobernar semejante poder se necesitaba de una clase concreta de biomante. A saber: de una biomante.

Por supuesto no había mujeres biomantes. *El Libro de las tormentas* prohibía claramente que las órdenes de Vinchen o la biomancia contasen con miembros femeninos. Así que si Brigga Lin quería poner a prueba esta nueva idea que había descubierto tendría que adiestrar en secreto a una joven en la tradición biomante, pero no en Pico de Piedra. ¿Acaso eso era posible? Aunque lo fuera, tardaría al menos una década. Y se preguntó si la mente femenina sería lo bastante fuerte para aprehender el conocimiento necesario. Después de tanto tiempo y esfuerzos, tal vez descubriera que la joven en cuestión no estaba capacitada para la biomancia. Quizá descubriera que el plan era imposible. Lo que explicaría por qué las subsiguientes ediciones del libro habían obviado el capítulo. Pero había otro modo de comprobarlo, uno que supondría mucho menos tiempo. Estaba claro que no era un método ortodoxo. Pero tampoco lo era adiestrar a una mujer biomante. Y con la amenaza de la invasión cerniéndose en el norte, ¿podía el imperio permitirse el lujo de emprender un experimento cuya duración era de una década? No, sospechaba que no. Por tanto, de nuevo, en aras del imperio, tendría que hundir a ciegas la mano en la oscuridad.

Tardó otro día en sentirse lo bastante en forma para moverse. Entonces, el capitán ordenó a un puñado de soldados escoltarlo por Desembarco de Estela hasta el templo. La población era aún más reducida de lo que sospechaba. La mayor parte de la isla se dedicaba a la agricultura. Se preguntó qué necesidad había de que un pelotón lo escoltara. Tal vez porque estaba situada en la punta noroeste del imperio, equidistante respecto al Mar del Crepúsculo y el Mar Oscuro. Si las fuerzas de Aukbontar ocupaban Desembarco de Estela, cabía la posibilidad de que ni siquiera el Guardián fuese capaz de proteger Pico de Piedra de un asalto directo.

El capitán no había exagerado. Era el templo más pequeño que Brigga Lin había visto nunca. Una única sala con un altar no más alto que una mesa. Pero serviría. Se volvió hacia los soldados que lo habían guiado hasta el templo.

—Traedme comida y agua potable una vez al día, pero dejadlo a la puerta del templo. Nadie debe entrar sin mi permiso. ¿Entendido?

–Sí, señor —respondió inquieto uno de los soldados. A esa distancia de la capital, temían por igual a todos los biomantes. Eso convenía a sus propósitos.

—Bien. Ahora dejadme.

Los soldados se alejaron a buen paso, cuidándose de cerrar la puerta del templo al salir.

Brigga Lin abrió el libro sobre el altar. Entonces se quitó la túnica sucia y la ropa interior. Permaneció de pie totalmente desnudo. La luz coloreada del sol que se filtraba a través de las vidrieras creaba dibujos aleatorios en su piel. Se miró el pene. Nunca lo hubiera admitido, pero le pareció un gusano extraño, pequeño, repulsivo, arrugado y venenoso. Nunca había tenido relaciones sexuales, e incluso la idea de masturbarse, de sacudir arriba y abajo el gusano, le asqueaba. Siempre lo había preocupado eso, plenamente consciente de no ser normal en ese aspecto. Pero quizá era su destino, que lo había preparado para ese momento.

Centró sus pensamientos, extendió las manos y se asió el pene. Por un instante no sucedió nada, y se preguntó si se habría concentrado mal. No sería la primera vez. Pero entonces una descarga de dolor se alzó desde su abdomen, postrándolo primero de rodillas y seguidamente a cuatro patas. Permaneció allí encogido mientras se sacudía de dolor. Esperaba que las paredes del templo bastasen para enmudecer el ruido. Porque si a esas alturas le dolía tanto, era probable que no tardase en gritar.

Se sintió mareado cuando la sangre abandonó su cerebro para hincharle el pene. Se puso erecto, cálido, pulsante. Pero no se detuvo ahí. Gimió cuando la calidez se convirtió en un calor abrasador, cuando el dolor se convirtió en una presión incesante. Sus genitales siguieron expandiéndose hasta que el pene semejó una especie de salchicha hinchada y su escroto un fruto pequeño. Fue entonces cuando lanzó un chillido, como un animal.

Su pene explotó dando paso a un torrente de sangre y semen, al tiempo que su escroto se convertía en un saco vacío. Cayó al suelo temblando mientras los jirones del pene y del escroto se marchitaban y fundían en su cuerpo. Justo cuando este dolor empezó a ceder, sintió otros dolores nuevos. El pecho le palpitó y se le hinchó, la piel sufrió ondulaciones a medida que cambiaba para adoptar la forma de los senos. También sintió un fuerte dolor cuando se formaron los ovarios y el útero, empujando al resto de los órganos internos a adoptar nuevas posiciones para hacerles sitio. Entonces, los restos de sus genitales empezaron a tomar forma y rehacerse en una concavidad.

Brigga Lin no estaba segura de cuánto había durado la transformación. Pero para cuando finalmente fue capaz de levantarse y acercarse a la puerta, encontró dos comidas esperándola fuera. Comió lentamente, aún tenía las entrañas revueltas. Durmió mucho tiempo. Cuando despertó de nuevo, encontró otras dos comidas. Estas las tomó con mayor tranquilidad.

Recorrió el espacio limitado del templo hasta que encontró una pequeña bandeja de plata que era lo bastante brillante como para reflejarse en ella. Levantó la bandeja para mirarse. Hubo algo en su mente que encajó en su lugar, y pensó: «Sí». La pilló un poco por sorpresa. No se había dado cuenta hasta ese momento, pero siempre que se había mirado antes, inevitablemente pensaba: «No», como si el reflejo se le antojara equivocado. Pero este era el que tenía que ser. Por primera vez en su vida se sintió completa.

Satisfecha, Brigga Lin anduvo hasta el altar y miró el libro abierto.

Había llegado la hora de iniciar el experimento.

Tercera parte

*En su indiferente majestad, la tormenta puede dar tan-
to como lo que arrebata. No lamentes tanto lo perdido
que te impida ver lo que has ganado.*

De *El libro de las tormentas*

14

Eh, Red. —La voz de Sadie era seca, apagada—. Háblame otra vez de cuando fuimos piratas.

Red bajó la vista. Estaba consumida como una pasa mientras yacía tumbada en el sucio jergón de paja, aferrada a una manta de lana. Tenía el pelo como maíz seco, y la piel tan tensa en los huesos que debía de dolerle. Llevaba semanas sin salir del cuarto. Probablemente moriría allí. Muy pronto.

Pero no había ni asomo de ello en la expresión de Red mientras permanecía arrodillado a su lado. Se pasó la mano por el pelo y sonrió, los ojos rubíes reflejaron el fulgor de la lámpara de aceite que le había llevado.

—El relato de Sadie *la Reina Pirata* —dijo en voz baja—. Es uno de mis favoritos. ¿Por dónde empiezo?

Las manos nudosas de Sadie tantearon en busca de las suyas, y cuando él se las cogió, la mujer le dio un suave apretón. Los labios arrugados de la anciana se movieron unos instantes sin dejar escapar un sonido.

—Cuando… Cuando perdí la oreja.

—Temporalmente —puntualizó Red.

Ella esbozó una sonrisa desdentada.

—Temporalmente.

—Pues vamos allá. —Red compuso un tono intenso, teatral—. Sadie acababa de perder la oreja, que le había arrancado de un mordisco *Tirantes* Madge. La oreja descansaba en un tarro de encurtidos tras la barra de La Rata Ahogada, junto a tantas otras orejas insignes. Más allá del dolor de perder esa oreja estaba la vergüenza de verse rechazada en el lugar donde conspiraban los ladrones, donde se contrataban los servicios de asesinos, donde la reputación de ser una peligrosa joven podía granjearle un sueldo digno. Entonces, ¿qué iba a hacer Sadie a partir de ese momento? Porque si no se la jugaba acabaría muriéndose de hambre. Por suerte... —Hizo una pausa y la miró, expectante.

—Por suerte —repitió Sadie, que tantas veces le había oído contar aquella historia—, ella era tan valiente como cualquier pillo de Círculo del Paraíso, Cresta de Plata y Punta Martillo.

—Exactamente —asintió Red—. Sadie concibió entonces una nueva y osada empresa comercial: ¡la piratería! Aún disponía de la goleta llamada *Viento salvaje*. Así que ella, en compañía de su primer oficial de confianza, Red, decidió convertirla en un barco pirata con cara y ojos, con la correspondiente dotación pirata. Y no pasó mucho tiempo hasta que la *Viento salvaje* surcó la costa arriba y abajo, con su aguerrida patrona recorriendo a paso vivo el puente, bien calado el sombrero ancho con su pluma y las largas botas hasta los muslos, en busca de la siguiente y desdichada víctima. El puerto de Nueva Laven vivía sometido al temor constante de su repentina aparición. Decían que no ofrecía cuartel, que si tenías la mala suerte de ser apresado vivo, te hacía caminar por el tablón sobre los arrecifes para que te cayeras y te rompieras la crisma, para que te pasaras horas medio sumergido, desangrándote en el afilado coral antes de que las frías aguas de las profundidades te reclamaran. Cuentan que en tiempos abordó y apresó un mercante de especias que llevaba rumbo a los muelles particulares del emperador. Cuando el patrón la informó de malas maneras de que la colgarían por ello, la capitana Sadie soltó una carcajada y luego hizo que su tripulación lo clavara a la cubierta mientras ella se le orinaba encima.

Sadie rio al oír aquello, un sonido desapacible que concluyó en una tos cortante que le salpicó de sangre los labios.

—Se convirtió en una de las piratas más famosas que habían surcado los mares —continuó Red—, tan solo superada por Bane *el Osado*, azote del imperio. Otros capitanes del imperio se mantenían al margen de Nueva Laven dando espacio a la capitana Sadie para aterrorizar las costas de la ciudad con total impunidad. Ay, pero al cabo los barcos del imperio hicieron lo imposible por capturarla. Sin embargo, ella conocía travesías secretas y calas ocultas. Sus temibles tretas militares no eran rival para su astucia.

»Pero todas las rachas tocan a su fin, y eso fue lo que sucedió con el glorioso reinado de la capitana Sadie, *la Reina Pirata*. Fueron los pobres y honestos campesinos quienes por fin se unieron una noche contra ella. Cuando fondeó para saquear un modesto pueblo costero, aparecieron salidos de la nada y lanzaron brea prendida en su barco desde catapultas improvisadas. En cuestión de minutos, la *Viento salvaje* se incendió, y al cabo de una hora, Sadie se vio de nuevo sin nada más que la ropa que llevaba puesta.

Red hizo una pausa para mirarla. Le apartó del rostro unos mechones de pelo blanco.

—Pero ¿estaba lista para abandonar esa vieja y podrida vida? —preguntó, bajando el tono de voz.

—No… —susurró Sadie.

—¡Pues claro que no! —exclamó él, recuperando su anterior intensidad—. Anduvo con decisión por Círculo del Paraíso, con el leal Red a remolque, hasta llegar a La Rata Ahogada, y allí se puso a merced de *Tirantes* Madge. Sadie admitió que se había equivocado al intentar asesinar a alguien en su negocio, que se había mostrado irrespetuosa y poco profesional, y que siempre sentiría haberse comportado de ese modo. Y *Tirantes* Madge, cuentan, se sintió tan conmovida por la declaración sincera de Sadie, por su humildad, que le devolvió el tarro de cristal con su oreja perdida, y esa fue la primera y última vez que Madge devolvió uno de sus preciados recuerdos. Desde esa noche en adelante, Sadie llevó el pequeño tarro colgado de una tira de cuero al cuello, y el barrio entero la acogió con los brazos abiertos. Porque así funcionan las cosas en el Círculo.

—Así funcionan las cosas en el Círculo... —repitió Sadie. —Se llevó la mano arrugada a la garganta, donde descansaba el tarro sobre el pecho huesudo.

—Húmedo y deprimente —dijo Red.

—Sin un rayo de sol que caliente —continuó Sadie.

—Pero sigue siendo mi hogar, bendito sea el Círculo —concluyó Red.

Sadie sonrió tranquila y cerró lentamente los ojos. Al cabo de un momento, empezó a roncar.

Red le puso con gesto suave la mano en la frente y susurró:

—Dulces sueños, vieja cabra. —Estiró las piernas largas y se sacudió el polvo de las rodillas.

—¿Fue así como sucedió de verdad? —preguntó alguien a su espalda.

Red se volvió hacia la puerta y vio a Ortigas apoyada en el marco, cruzada de brazos, el pelo largo cubriéndole parte del rostro de un modo dramático que Red sabía totalmente intencionado.

—¿El qué? ¿El relato de Sadie *la Reina Pirata*? —Se encogió de hombros, vestido con la casaca de cuero marrón—. Se acerca bastante. Puede que me haya tomado algunas licencias poéticas. Ella nunca hubiera arrojado a nadie a un lecho de coral. Pero se orinó encima de ese fulano. Es lo más gracioso que he visto. El hombre no paró de maldecir y lamentarse.

Ortigas esbozó una sonrisa burlona. De un tiempo a esa parte había empezado a pintarse los labios de color mora oscura. Red tuvo que admitir que le sentaba bien.

—¿Cuánto tiempo pasasteis, en realidad? —preguntó—. Me refiero a cuánto tiempo estuvisteis saqueando la costa.

—Unos tres meses solamente. —Red recogió la pequeña linterna que había llevado consigo. La luz proyectó sombras en las facciones angulosas de su cara cuando sonrió—. Pero vaya tres meses más estupendos fueron.

Hizo una pausa en la puerta y se volvió hacia el interior.

Suelo sucio, sin ventanas. Odiaba la idea de dejarla allí, sola. Por subterráneo que fuese aquel agujero, era mucho mejor que dejarla morir en las calles como un perro o un caballo que se hubiese roto una pata.

—Tiene suerte de tenerte —dijo Ortigas.

—Hmm.

—Todos tendríamos que tener a una joven sabandija que cuidara de nosotros en nuestros últimos días.

—¿Quién ha dicho que estos sean sus últimos días? —preguntó Red al instante, a pesar de saber que así era.

—Nadie. Lo siento. —Ortigas era así de buena amiga, por lo general.

Red la contempló entonces, con la linterna iluminando su frente tersa y los altos pómulos, los ojos centelleando misteriosos. Se preguntó, no por primera vez, por qué un par de años antes no habían salido adelante las cosas entre los dos.

Entonces ella entrecerró los párpados y le dio un tirón a la casaca de cuero.

—¿Puede saberse qué maldita mierda llevas puesta? Parece como si una rata topo se te hubiera encaramado a la espalda antes de estirar la pata.

Ah, claro. Ahora recordaba por qué.

—Pues resulta que es cuero de ciervo, curado, tratado, suave como terciopelo —replicó Red, altivo—. No encontrarás nada mejor.

—¿A quién se lo has robado?

—Lo gané en una partida de piedras.

—Sí, a eso me refería.

Red suspiró.

—¿Qué haces aquí, Tigas?

—He venido a resolver unos asuntos personales y Filler me pidió que me asomara para decirte que está todo listo para esta noche.

—¿Ha conseguido un caballo? —Los ojos rubí de Red relucieron con anhelo a la luz de la linterna.

—No sé qué ha conseguido o qué ha dejado de conseguir

—replicó Ortigas—. Solo sé cuál es el mensaje y eso es todo lo que quiero saber. Vosotros dos últimamente vais muy en serio.

—Porque tú nunca te ves envuelta en cosas así, claro.

—En problemas. Ya. Pero ¿puede saberse qué estáis haciendo? —Negó con la cabeza con desaprobación—. Solo es cuestión de tiempo que os cuelguen. O aún peor.

—No es para tanto —protestó Red—. Verás…

—Insisto, ¡no necesito saber más!

Sadie gruñó en sueños.

—Vamos, estamos haciendo demasiado ruido —dijo Red.

Ortigas asintió y abandonaron la estancia, recorriendo el suelo de tierra y dejando atrás otros umbrales, unos callados, algunos llenos de gemidos y de lloros, y otros que hedían a muerte. Al final del pasillo, subieron una estrecha escalera de madera hasta la planta baja del Salón de la Pólvora.

Cuando Red y Ortigas se abrían paso entre el gentío, oyeron una voz:

—¡Red! ¡Eh, Red!

Se les acercaba un anciano delgado y de rostro chupado.

—Backus. —Red fue a su encuentro y le estrechó la mano—. ¿Cómo va todo?

—Todo va como va —respondió el anciano—. Pero pensé que debía contártelo. Me he quedado sin la medicina de Sadie. He ido llevándosela regularmente, como me pediste, pero se me ha acabado.

—Ah.

—¿Crees que sirve de algo? —preguntó Backus—. Me refiero a que… Bueno, no parece que le esté haciendo ningún bien, y sé que sea de donde sea que la estás sacando, no debe de ser barata.

Red negó con la cabeza.

—No.

—Sadie no querría que te gastaras todo el dinero en ella. Ya lo sabes.

—Bueno, pues va a tener que mejorar lo suficiente para decírmelo en persona —replicó Red.

Backus lo miró con rostro inescrutable. Por último, compuso una media sonrisa.

—Te educó para convertirte en un hombre de tomo y lomo del Círculo. De acuerdo, consígueme esa medicina. Yo seguiré dándosela.

Red apoyó la mano en el hombro huesudo de Backus.

—Gracias.

El otro hizo un gesto para restarle importancia.

—Es lo único que puede hacerse. Algún día lo entenderás. Si tienes suerte de ser de los pocos que llegan a viejo, la gente de tu juventud, sean amigos o enemigos, se convierten en las personas que más atesoras.

Red observó cómo Backus se alejaba en dirección al rincón del lugar donde se reunían los carcamales.

—No puedo creer que no te esté tomando el pelo de algún modo —dijo Ortigas—. Vendiendo las medicinas por su cuenta, o algo así.

—Lo sé. Pero he preguntado por ahí y todo el mundo dice que le da a diario la medicación como un reloj. La gente mayor es así de rara.

—Unos blandos es lo que son —repuso Ortigas—. Espero morirme antes.

Red le dirigió una sonrisa esquinada.

—Tigas, no hay un ápice de romanticismo en ti.

—Menuda cosa. El romanticismo es cosa de tarugos y amanerados.

Y ese, pensó Red, era el otro motivo por el que no habían funcionado las cosas entre ambos.

—Si tú lo dices. —Se puso los guantes de cuero grueso sin dedos—. Será mejor ir a ver si Filler se las ha apañado solo.

Ortigas le miró los guantes.

—Veo que vas a trabajar.

—Hay una ciudad ahí fuera con riquezas que necesitan de una distribución más equitativa —comentó sonriente.

Ella le dio un torpe apretón de manos.

—Será mejor que tengas cuidado. Porque si no…

—¿Si no, qué?

—Si no lo tienes iré a por un nigromante y haré que te resucite, aunque solo sea para darte una patada en tus espectrales pelotas.

Él se inclinó, burlón, y dejó atrás el Salón de la Pólvora, preguntándose si tal vez había en ella, después de todo, un ápice de romanticismo.

—¿Tú estás seguro de esto, Red? —preguntó Filler, rascándose la barba rala y descuidada mientras miraba el caballo. Aunque había sido él quien se había hecho con el animal, no parecía muy cómodo en su compañía.

—Por supuesto. —Red dio una palmada en el morro rosado del animal con la mano enguantada. Ambos se encontraban junto con el animal en un callejón estrecho de la calle Mayor.

—Entonces, para dirigirlo, ¿lo único que debo hacer es mover las riendas a izquierda o derecha? —Filler lo miraba con escepticismo.

—Filler, mi buen amigo —repuso Red—. Si no te conociera, creería que te da miedo este estúpido animal.

—No me da miedo —protestó Filler.

—Pues claro que no.

—Es que... Verás, es por mi primo Brig. Una vez le dio una coz un caballo, y ahora lo único que hace es cantar canciones de cuna y cagarse en los pantalones.

—Ah. —Red asintió, muy serio, y extendió el brazo para rodear con él los hombros de Filler—. Verás, yo te lo vuelvo a explicar: Uno de nosotros necesita montar este caballo y otro debe forzar una cerradura. Dime: ¿qué tal se te da forzar cerraduras?

Filler negó con la cabeza.

—De acuerdo, entonces es cosa mía encargarse de esa parte, ¿o no?

—Supongo.

—Y si soy yo quien se encarga de forzar la cerradura, no

puedo ser quien monte el caballo, ¿verdad? Por tanto, la otra opción consiste en implicar a un tercero en esta aventura. Alguien a quien no lo persigan historias de primos a los que un caballo les dio una coz en la cabeza. Alguien a quien no le importe cabalgar un corcel tan espléndido como este. Alguien que... No sé, Henny *el Guapo*. O tal vez Ortigas, puesto que prácticamente la has invitado a sumarse a nosotros para dar este golpe.

—Red, te juro que yo no le he dicho una palabra.

—Aun así, si metemos a otro en esto, se supone que habrá que repartir el botín en tres partes en lugar de en dos. Bueno, sé que no eres muy amigo de las matemáticas, así que para que te hagas una idea rápida, cada uno de nosotros tendrá que aportar toda una mitad de su parte para dar forma a ese otro tercio. ¿Te parece que eso es algo que te apetezca hacer?

—No —respondió Filler, cuyo nerviosismo se transformaba en derrota.

—Coincido contigo. Por tanto, Filler, amigo mío, trágate el miedo y compórtate como un hombre.

Asintió cabizbajo sin apartar la vista del caballo.

—Si quieres, podemos arrearle un mazazo a un imperial para quitarle el yelmo —le sugirió Red—. No sé si servirá de algo con las coces, pero...

—No pienso ponerme un yelmo de imperial —replicó Filler, que endureció la expresión.

—¡Ese es mi Filler! —Red le dio una palmada en la espalda—. Ese carro no tardará en llegar, así que vamos a prepararnos.

Llevaban semanas vigilándolo. Un carro tirado por un caballo que llegaba cada mañana escoltado por dos imperiales con armadura antidisturbios, uno delante, otro detrás, además del conductor. La armadura antidisturbios impedía a Red solventar todo el problema utilizando unos cuantos cuchillos arrojadizos. El propio carro no era más que una caja fuerte sobre ruedas: hierro asegurado por un candado. Había averiguado a través de fuentes fiables que la llave la custodiaba otro imperial a caballo que tomaba una ruta distinta a través de la ciudad. Eso a Red le pareció buena idea. Dentro de la caja fuerte iban las tasas imperiales con las ganancias del día anterior de los casinos y salones de baile. Esas ganancias incluían también el dinero de la venta de tapadillo de especia de coral. En general, Red intentaba ser un tipo de mente abierta. Pero por motivos personales, no apreciaba precisamente a los traficantes de especia de coral, ni a quienes se lucraban con ello.

Filler había llevado el caballo a su posición y Red se encontraba solo en el estrecho callejón, con la espalda pegada a la pared mientras escuchaba atento el ruido del chapoteo de cascos de caballo en el suelo enfangado. Al cabo de unos instantes, el imperial que iba en cabeza pasó al trote. El yelmo con refuerzos de cuero relucía débilmente, y la armadura oro y blanco de antidisturbios llamaba la atención en las calles de la ciudad. Poco después hizo su aparición la caja fuerte a caballo, con el conductor medio dormido. Finalmente, seguía el guardia que cerraba la marcha.

Red contuvo el aliento, escuchando el firme *clop* de los cascos al pasar el segundo guardia. Cuando hicieron un alto, Red soltó el aire que había estado conteniendo y sonrió.

Se asomó por la esquina. Filler estaba sentado a horcajadas en el caballo, silencioso y ceñudo mientras bloqueaba el camino. Su altura y la anchura de sus hombros hacían siempre de él una presencia intimidatoria. A caballo, el efecto se veía ampliado. El guardia que cerraba la procesión pasó al frente, y los dos imperiales se le acercaron con cautela.

—Hazte a un lado —dijo uno de ellos abriendo la casaca dorada del uniforme para dejar al descubierto la pistola que llevaba en la cadera.

Filler no respondió.

—Contaremos hasta tres. —El segundo imperial sacó su arma y el primero imitó su ejemplo.

A esas alturas, Red se había acercado ya a la parte trasera del carro y trabajaba en la cerradura.

—Uno —contó el imperial.

Mientras hurgaba en el interior, Red pensó que no solían engrasarla.

—Dos.

Red se preguntó cómo eran siquiera capaces de abrirla con la llave. Estaba hecha un desastre.

—Y tr...

Filler dio una palmada en el flanco del caballo y se alejó por la calle contigua antes de que el soldado terminase de contar.

—¡Quédate tú con el carro! —gritó al compañero el guardia imperial que había ido en la retaguardia antes de ir en pos de Filler.

El guardia se situó al frente y el del carro sacudió las riendas para ponerlo en marcha.

Red maldijo en silencio. No había dónde sentarse, así que rodeó el montante con las piernas y se sentó a horcajadas en la caja fuerte, rezando para que el conductor no se diese la vuelta. Nunca había intentado forzar una cerradura que daba botes y se sacudía de esa manera. Descubrió que era imposible. Casi lo había logrado, pero necesitaba que el carro parase, al menos un momento, para retirar la última lengüeta. Se situó tan al frente como pudo, a escasos centímetros de la nuca del conductor. Llenó de aire los pulmones y gritó a voz en cuello:

—¡Alto en nombre del emperador!

El conductor dio un respingo y el instinto le hizo tirar de las riendas. Caballo y carro se detuvieron en seco. Red introdujo la ganzúa en la cerradura y oyó un satisfactorio chasquido metálico. Abierta la puerta, aferró la bolsa de monedas que había en el interior.

El conductor se volvió en el asiento, empuñando la culata de la pistola. Red saltó al suelo, tomó una moneda de la saca que acababa de robar y la arrojó contra el flanco del caballo, que echó a andar con un fuerte tirón. La inercia empujó al conductor hacia atrás, contra la caja fuerte, y perdió la pistola, que fue a caer al barro.

Y para cuando el otro imperial volvió grupas, Red se había

perdido callejón abajo. Desde allí, se encaramó por los desagües hasta ganar los tejados. Permaneció apostado el tiempo suficiente para ver al imperial animar a la montura a meterse en la calle. Cuando Red se rio con ganas, el imperial lo vio y abrió fuego con la pistola. El disparo rebotó en el extremo del desagüe, y Red se escabulló por los tejados sin dejar de reír.

—¿Alto en nombre del emperador? —preguntó Henny *el Guapo*.

Red había llegado sano y salvo a La Rata Ahogada y se había reunido con Filler para repartir el dinero. Ambos estaban ahora cómodamente sentados en su mesa habitual, en compañía de los pillos con quienes tenían por costumbre beber: Henny *el Guapo*, que no tenía nariz; y los Gemelos, Brimmer y Stin, que no eran gemelos de verdad, ni mellizos, ni siquiera hermanos, pero cuyo pelo color zanahoria estaba tan fuera de lugar entre la población de cabello predominantemente oscuro que todo el mundo había dado por sentado que eran hermanos. Para cuando cayeron en la cuenta de que no era así, el mote ya había calado. En el Círculo, los motes siempre calaban.

Red le dedicó una sonrisa torcida a Henny.

—¿Seguro que Filler y yo no te invitamos a participar en esto?

—¿Bromeas? —Henny se recostó en el respaldo de la silla—. Era un intento de suicidio, simple y llanamente. Tuviste suerte, como suele pasarte más a menudo de lo que debería pasarle a nadie. Pero un día de estos, un imperial te pegará un tiro justo entre esos bonitos ojos rojos tuyos. Eso si no te entregan a un biomante para que te utilice en uno de sus inenarrables experimentos.

—Eso no lo hacen —dijo Brimmer, que seguidamente miró a Stin—. ¿O sí?

—Yo he oído que sí —le confirmó Stin—. Mi tía me dijo que una vez apresaron a su sobrino porque formaba parte de uno de esos grupos de protesta ciudadana. Y cuando les devolvieron el cadáver al cabo de unos meses para que lo enterrasen, ni siquiera tenía aspecto humano.

—Conque el sobrino de tu tía, ¿eh? —Red suspiró, negando con la cabeza—. Ay, muchachos, sois peores que un puñado de carcamales, ¿lo sabíais? El caso es que no importa qué me hubiesen hecho si llegan a atraparme. Porque no me atraparon.

—Casi atraparon a Filler —señaló Henny—. Me pregunto qué hubieras hecho en ese caso. Supongo que tiene sentido arriesgar el propio pellejo, pero ¿qué pasa cuando el pellejo que arriesgas es el de tu mejor amigo?

—No estuvieron a punto de atrapar a Filler. —Red se volvió hacia el hombretón—. ¿Me equivoco?

Filler se encogió de hombros antes de responder.

—Él montaba bien, yo no. La única razón de que me escabullera es que cuando oyó el disparo del compañero cayó en la cuenta de que yo solo era el señuelo.

—Tal como yo había planeado —afirmó Red.

—Mentiroso —lo acusó Henny.

—Mira, ¿qué tal si pago la siguiente ronda y dejamos que os quite este mal sabor de boca que parecéis tener todos. —Hizo una señal a Prin—. Una ronda de negra para la mesa, Prinny. Pago yo.

Prin lo miró, enarcada una ceja.

—¿Tienes con qué pagarla?

Red compuso una expresión dolida.

—Pues claro, Prinny. ¿Por qué dudas de mí?

—Por experiencia, he ahí el porqué. Muéstramela.

Red extendió la mano con una moneda reluciente entre los huecos de los dedos.

Prin abrió los ojos como platos.

—Eso bastará para que os dé de beber el resto de la noche.

—¡Pues ya estás tardando!

—En serio, Red —dijo Henny—. Siempre que quieras dar un golpe en un colmado o atracar a un ricacho de la zona alta, ya sabes que soy tu pillo. Incluso si tienes una cuenta pendiente con alguien como Sig *el Grande* y su gente, yo te respaldaré.

Pero ¿liarla con los imperiales a plena luz del día? Eso es llamar la atención sobre todo el barrio. Eso va a ponernos las cosas más difíciles. A todos.

—Pero ¿no ves, Hen, que son los jodidos imperiales quienes se lo tienen merecido? —replicó Red—. Robar el colmado de una pobre vieja es perder el tiempo. Esa clase de violencia interna es lo que perjudica realmente al barrio. En lugar de emprenderla los unos con los otros, deberíamos unirnos. La fuerza del número y todo eso.

—Excepto con Sig *el Grande* —advirtió Stin—. Nunca podremos unirnos a él.

—Que la podredumbre se abata sobre Sig *el Grande* y todo el condenado Punta Martillo —se mostró de acuerdo Brimmer—. Ojalá la peste haga que se les caiga la picha y el coño a cachos.

—Si creyera que colaborar con Sig *el Grande* nos daría ventaja con los imperiales, lo haría sin dudarlo —les aseguró Red.

—¿No hablarás en serio?

—Totalmente —afirmó Red—. Ellos son como nosotros. Puede que no tan listos ni tan atractivos, pero son igual de pobres, y tampoco los imperiales les gustan.

—Pero… —protestó Henny.

—Olvídalo, Guapo —intervino Filler—. No haces más que enredar la madeja. Es esa sangre suya de la zona alta. No puede evitarlo, la cabeza se le llena de ideas.

—Un día de estos acabaremos muertos por culpa de ellas —murmuró Henny.

—Pero hasta entonces… —Red abarcó con un gesto las cinco jarras metálicas que les sirvió Prin, llenas de oscura y espumosa cerveza—… ¡bebamos!

La noche se alargó y Prin les llenó la jarra muchas veces. Aunque Red pagaba, la suya fue la que menos veces llenó. Así era como le gustaba a él. Ser el más despierto de la mesa. Por tanto, calentó una jarra buena parte de la noche, jugando a las piedras con Henny y ganándolo con mayor facilidad a cada ronda.

Llegaron otros pillos y disfrutaron aquí y allí de su hospitalidad, y él les contaba la aventura de esa mañana, y cada vez que lo hacía eran más los imperiales implicados. Nunca dijo adónde iban a parar buena parte de sus ganancias y nadie lo preguntó, que era lo más conveniente. No pasaba nada por que Ortigas supiera que cuidaba de Sadie, pero dudaba que alguno de esos cabezas de chorlito lo comprendiera o lo respetara. En eso Red se había acostumbrado a estar solo. Así era como le gustaba.

A medida que avanzó la velada y Prin salió de detrás de la barra para encender las lámparas de aceite que rodeaban la taberna, Red apoyó en la mesa las botas negras manchadas de barro.

—Filler, viejo amigo. ¿Dirías que eres feliz?

—¿Eh? —Filler pestañeó para disipar parte de la ebria bruma que lo envolvía.

—Feliz. Que si eres feliz.

Filler se encogió de hombros antes de responder.

—Supongo. En realidad no he pensado mucho en ello.

—Esa es la clave, creo. —Red levantó una de las piedras de juego, un rectángulo liso con un número pintado en la superficie, y observó la luz de la lámpara que se reflejaba en ella—. No pensar mucho en ello.

La lanzó al aire haciendo palanca con el pulgar y la piedra fue a caer a la boca de Brimmer justo cuando bostezaba. Este se puso a lanzar golpes al aire mientras Stin lo golpeaba en la espalda, Henny soltaba una de sus risas agudas y Filler lo coreaba con sus estruendosas carcajadas.

Red sonrió.

—¿En cuanto a mí? No creo que haya nada en el mundo que necesite más que esto.

Más adelante, pensaría en esa afirmación y admitiría que más o menos había pedido a gritos lo que sucedería después.

Un anciano entró en La Rata Ahogada con unos andares y una casaca de lana que lo delataban como marinero. Llevaba sombrero azul de ala ancha, barba rizada y negra y la piel casi tan oscura como esta. Red apenas le prestó atención, pero lo que pasó a continuación bastó para que se sentara bien recto y bajara los pies de la mesa.

Detrás del marinero caminaba una mujer que debía de tener la edad de Red, con el pelo dorado y la piel clara, pecosa, de una sureña. Red siempre había pensado que los sureños tenían aspecto enfermizo, pero no había nada de enfermizo en esa mujer. Se movía como el acero fundido, un dechado de confianza en cada paso, con el sello de la precisión. Y sus ojos… eran como los gélidos abismos del mar, engarzados en dagas diminutas que acuchillaron el pecho de Red cuando paseó la mirada por todos y cada uno de los parroquianos presentes, mesurándolos.

—¿Quién…? —susurró, aferrando a Henny del brazo—. ¿Quién es esa criatura maravillosa?

Henny siguió su mirada y sonrió.

—¿Esa chica? He oído hablar de ella. Desembarcó aquí hace unos días con el capitán Carmichael, el tipo que la acompaña. No es la primera vez que el capitán recala aquí, pues trae fruta de Murgesia. Se ve que es su guardaespaldas.

Red suspiró.

—Es un ángel en cuero negro.

—Sabrás qué es ese uniforme de cuero, ¿verdad? —preguntó Stin—. Es el uniforme de los de Vinchen.

—¿Una chica de Vinchen? —se interesó Brimmer—. Pero si eso ni siquiera está permitido. No lo creo, al menos.

—Eso díselo a ella.

El capitán Carmichael y su escolta se dirigieron a la mesa situada al fondo del salón, donde se sentaba con su gente Drem *el Carafiambre*.

—Creía haberte oído decir que el capitán comerciaba con fruta —dijo Red.

—Puede que la haya cambiado por algo más… lucrativo.

—Pero ¿tratar con Drem? Eso es cosa seria.

—Tal vez a eso se debe que haya contratado a esa gélida doncella guardaespaldas.

Red vio a Drem levantar la vista de la mesa y reparar en la presencia del capitán, a quien miró ceñudo. A continuación observó a la gélida doncella. Cuando Drem *el Carafiambre* vio a la recién llegada, palideció.

—Maldita mierda —murmuró Red.

—Creo que tu amiguita va a meterse en un buen lío —opinó Henny.

15

Cuando una tarde soleada llegaron a Murgesia, Hope pensó que era la isla más bonita en la que habían recalado en los dos años que llevaba a bordo del *Gambito de dama*. Altas palmeras y llanas playas de arena blanca, tan distinto todo de los atracaderos rocosos a los que se había acostumbrado. Habían ido a Murgesia a comprar fruta. El capitán Carmichael decía que podrían venderla en Nueva Laven por el doble de su precio.

Hope y Ranking lo acompañaron al pueblo para reunirse con el mercader. Era una comunidad pequeña pero pulcra, con sencillos edificios de madera y argamasa. Los estrechos senderos de tierra estaban llenos de aldeanos que los observaban con curiosidad, pero que no dudaban en componer una sonrisa amable cuando Hope los sorprendía mirándolos.

El almacén de fruta se encontraba en mitad del pueblo. Era el edificio más imponente de la isla. En la entrada había un hombre sentado en una silla de madera con una sombrilla para protegerse del sol. Al verlos, les sonrió con calidez.

—¡Capitán Carmichael! —lo saludó, poniéndose en pie y acercándose a ellos—. Me alegro mucho de verte. ¡Da la impresión de que han pasado años!

—Espero que te encuentres bien, Ontelli. —Carmichael le estrechó la mano.

—Ah, sí, tirando. —Ontelli cabeceó en sentido afirmativo—. Han sido un par de años interesantes.

—Lamento oír eso —dijo Carmichael—. Personalmente, me gusta que mis años sean aburridos y predecibles. Eso ayuda a llegar a viejo.

Ontelli no dejó de asentir y sonreír.

—Tienes toda la razón. Bueno, odio hacerte esto, capitán, pero ¿crees que podrías acercarte más tarde?

—¿Por?

—Es que estoy algo ocupado ahora mismo. —Ontelli señaló con un gesto vago el almacén.

—¿Ocupado? —Carmichael enarcó las pobladas cejas. No parecía haber ninguna actividad en el almacén.

—Sí —insistió Ontelli—. ¿Podrías venir más tarde? ¿Quizá algo después del atardecer? Para entonces habré preparado tu cargamento. Igual que la última vez, ¿verdad? Podremos resolverlo todo mediante una simple transacción.

—Bueno, supongo… —empezó a responder Carmichael.

—Comprendo que esto no se ajuste a tus planes —lo interrumpió Ontelli sin que lo abandonase la sonrisa—. Te propongo algo. Si aceptas venir tras la puesta de sol, te rebajo otro diez por ciento.

Carmichael se encogió de hombros.

—Bueno, eso es muy amable por tu parte. Claro, claro, volveremos cuando se haga de noche con unos hombres de más para que me echen una mano para llevar el cargamento al barco.

—¡Espléndido! —aplaudió Ontelli—. Gracias por mostrarte tan flexible, capitán. Nos veremos esta noche. —Se dirigió apresuradamente al almacén para colarse en su interior.

—No me gusta, señor —dijo Hope—. Toda esta charla me ha parecido muy rara.

—Estoy de acuerdo —asintió Carmichael—. Pero necesitamos el cargamento.

Así que regresaron a bordo a esperar. Cuando cayó la noche, se dirigieron de nuevo hacia el almacén. Hope iba en cabeza, seguida por Carmichael. Cerraban la marcha Ranking, Sankack y Ticks; estos dos tiraban de un carro que utilizarían para llevar la fruta al barco.

No había luces en el pueblo. Ni antorchas para señalar los caminos o cruces, y, lo cual era muy extraño, tampoco había luces en las casas. La única luz en todo el pueblo provenía de la linterna que colgaba del carro del que tiraban Sankack y Ticks. Era como si el lugar estuviese desierto.

Pero no lo estaba. Hope distinguía sombras fugaces en la oscuridad, siempre al margen de la luz de la linterna, pues se apartaban con rápidos movimientos.

—Capitán —dijo en voz baja y la mano en la empuñadura.

—Los veo.

—¿Qué son? —preguntó Ranking—. No se mueven como personas.

—Mientras se mantengan a distancia, no me importa lo que sean —dijo Carmichael—. Andando. Cuando lleguemos al centro del pueblo estaremos a salvo.

Pero cuando llegaron al centro del pueblo, lo encontraron tan oscuro como el resto. Un pequeño grupo de gente se había congregado frente al almacén y los estaba esperando.

—Bueno, Ontelli —dijo Carmichael—. Hemos venido de noche, tal como nos pediste. ¿Y ahora quieres hacer negocios a oscuras? ¿A qué demonios estás jugando? La última vez que estuve aquí, este negocio era provechoso, fácil y estupendo para ambas partes. Espero que tus planes no sean joderlo.

Los allí reunidos permanecieron en silencio.

—Ah, pero es que, capitán Carmichael —respondió la voz de Ontelli, que parecía tensa—, yo ya no tengo planes. Ya no. No como solía tenerlos. No tendría sentido. Verás, hace un tiempo alguien nos hizo una visita, y ahora las cosas son algo distintas en Murgesia. Tenemos otras prioridades. Necesidades… diferentes.

Hope percibió cómo las figuras sombrías se les acercaban desde todas direcciones.

—Capitán, estamos rodeados.

—Maldito seas, Ontelli —lo increpó Carmichael, que sonaba casi cansado—. Te crees que vas a asaltarnos, ¿es eso? A quedarte con el dinero y el cargamento. Te voy a decir una cosa: eso no va a pasar. Si no comercias, déjanos volver al barco y nos daremos a la vela. De otro modo, muchos de vosotros moriréis.

—Me has malinterpretado, capitán —dijo Ontelli.

Asomó al círculo de luz de la linterna. Había una expresión extraña, salvaje, en sus ojos. Estaba empapado en sudor y sus labios dibujaban un rictus a medio camino entre la sonrisa y la mueca de dolor. Las demás figuras empezaron a acercarse a la luz. Ranking no se había equivocado. No eran personas. Eran extremadamente delgadas, con cabezas redondas, ojos enormes y picos cortos, curvos, donde habían estado la nariz y la boca. De la piel les salían plumas moteadas, lo hacían por mechones en lugar de pelo, y en vez de brazos tenían unas alas escuálidas cubiertas de plumas.

—No queremos vuestro dinero —continuó Ontelli—. Sino vuestra carne. —Sufrió una sacudida. Le surgió un pico de los labios y toda su cara se resquebrajó como un saco rasgado, dejando al descubierto plumas húmedas y atentos ojos de búho.

Sankack lanzó un grito, soltó su extremo del carro y echó a correr. No llegó muy lejos. Una de las criaturas lechuza dio un salto aleteando. No volaban, pero ganó suficiente altura para alcanzar a Sankack. Hundió las garras en la espalda del marinero y lo tumbó de bruces en el suelo. Un grupo de aquellas criaturas se arremolinó y se puso a picotearlo, arrancando trozos de carne mientras él gritaba y se debatía.

El capitán Carmichael sacó la pistola y apuntó a la cosa que había sido Ontelli.

—Que Dios tenga piedad de tu alma, porque está claro que no la ha tenido de tu vida.

La criatura abrió el negro y curvado pico y se abalanzó sobre el capitán, pero le explotó la cara en una nube de plumas ensangrentadas cuando la pistola disparó.

—¿Capitán? —preguntó Hope.

—Abre camino para que podamos volver al barco —dijo al golpear con la culata de la pistola la cabeza de otra criatura.

Hope desenvainó *Canto de pesares* y decapitó a la criatura más próxima con un simple movimiento.

—Ranking y Ticks. Dejad el carro —ordenó el capitán—. Seguid a Hope y cubridle la retaguardia.

Ranking desenvainó el alfanje y Ticks empuñó una maza corta. Echaron a andar y Hope fue abriéndose paso. Tiró al principio en una dirección, luego en otra, relampagueando la espada a la luz de la luna entre los gritos y ululatos de las criaturas. El acero nadó como un delfín a través de la densa pared de plumas, arriba y abajo, segando miembros y cabezas. Los pies de Hope pivotaban con soltura, tensos los músculos, y el arma ronroneaba mientras ella se movía. Casi podía escuchar la voz del gran maestro Hurlo diciéndole al oído: «Más rápido en el exterior, más despacio en la cabeza», mientras se abría paso a través de la muchedumbre de criaturas.

—¡Por Dios, no dejan de atacarnos! —gritó Ranking—. ¡No lo lograremos!

—Calla y pelea —le ordenó su capitán.

Pero Hope no pudo detenerse a comprobar si lo hizo. Casi habían atravesado el trecho más denso. Todo era un continuo borrón de actividad. Se sentía como si estuviera desapareciendo y no existiese otra cosa aparte de *Canto de pesares* y el canturreo de su terrible melodía. Las criaturas búho podían no comprender el habla humana, pero estaba claro que conocían el lenguaje de esa espada y empezaron a guardar las distancias cuando la veían acercarse.

Finalmente atravesaron la marea de extraños seres. Ante ellos se abría la calle oscura que conducía a su barco.

—¡Vamos! —gritó Carmichael.

El grupo echó a correr, con las criaturas pisándoles los talones. No podían correr tanto como ellos, aunque de vez en cuando alguna ganaba la inercia suficiente para asomar por el lateral de un edificio y abalanzarse sobre el grupo. Pero Ticks los golpeaba con la maza y los frágiles huesos de pájaro cedían ante el impacto.

Vieron el barco a lo lejos, relucientes los fanales como un solo faro.

—¡Casi hemos llegado, capitán! —Hope se arriesgó a echar un vistazo atrás y ver lo que Carmichael no había visto. Una criatura búho había saltado sobre Ranking. En lugar de encarársele, se escudó detrás de Ticks, que estaba ocupado librándose de otra. Ranking se salvó mientras tumbaban a Ticks a fuerza de desgarrarlo y picotearlo.

—¡Cobarde! —gritó Hope, levantando la espada para atacar a Ranking. Pero Carmichael se lo impidió.

—¡Al barco! —gritó—. ¡Ahora!

Hope apretó con fuerza los dientes y se volvió para echar a correr en la vanguardia. Un puñado de criaturas los había flanqueado y empezaba a rodearlos. Se alegró por ello, y se abrió camino con tal denuedo que los cadáveres que destripaba salieron volando a varios metros de distancia, hasta estamparse en las cajas apiladas en el muelle. Estas cayeron bajo la fuerza de los impactos, dejando al descubierto un signo enorme grabado en la madera: un óvalo negro con ocho líneas negras que surgían de él. Era el símbolo de los biomantes.

Hope frenó por completo su carrera. La impresión que le causó reconocerlo hizo que sintiera una presión en el pecho cuando los antiguos recuerdos afloraron a la superficie. No conseguía recuperar el aliento y avanzó con dificultad, aspirando trabajosamente mientras la visión empezaba a emborronársele.

—¿Qué pasa ahora? —voceó Carmichael.

Hope no pudo hacer más que boquear y señalar el signo. Al reparar en él, el capitán puso los ojos como platos.

—Debí imaginarlo. —Levantó la cabeza y dirigió la voz al barco—: ¡Gente a cubierta! ¡Largad amarras!

Saltó a bordo cuando algunos de los miembros de la dotación subían a cubierta listos para armarse y rechazar el ataque, mientras que otros se disponían a dar la vela y cortar amarras.

Hope no lo siguió. En lugar de ello, se quedó en el muelle, boquiabierta, temblando, sintiéndose otra vez como una niña pequeña. La vieja negrura se alzó desde su interior y oyó a su madre llamarla mientras le devoraban las entrañas. Olió las pilas de cadáveres abandonados a la podredumbre. Sintió el dolor de los días interminables que pasó cavando tumbas en el terreno congelado y rocoso. Cuando tuvo que enterrar a su padre, vio su cara, contraída aún por el dolor que sintió en el instante de su muerte, como si su alma fuese a experimentar ese mismo dolor por toda la eternidad. Había contemplado el collar de vidrio de mar, y por un instante consideró la idea de quedárselo a modo de recuerdo. Pero su belleza ya no poseía atractivo para ella. La calidez, el color, habían quedado arruinados. Era mejor enterrarlo con él, sepultarlo allí, en aquel lugar frío y muerto.

—¿Se puede saber qué coño te pasa? —Ranking la asió del hombro mientras miraba con miedo el enjambre de criaturas búho que se abatía sobre el muelle. Pero entonces se volvió hacia ella y pareció reconocer su expresión. Hizo una pausa, como si tomase una decisión. Seguidamente, le dio una fuerte bofetada en la cara.

La impresión devolvió a Hope a la realidad. La cogió del brazo y ambos subieron a bordo cuando algunos de los miembros armados de la dotación cerraron en torno a ellos para protegerlos.

Ranking le puso el dedo en la mejilla.

—Tú no dices nada sobre Ticks y yo no diré nada sobre esto, ¿entendido?

Ella endureció la expresión, pero asintió.

—Estupendo. Ahora, salgamos de una condenada vez de esta maldita roca.

No parecía haber un final para el flujo de criaturas búho que se extendió por el embarcadero. Hope y Ranking se sumaron a los demás tripulantes y, juntos, combatieron a las criaturas hasta que se hubo mareado la lona, cortado amarras, y el *Gambito de dama* se apartó con soltura rumbo a mar abierto.

—Gracias a Dios que no podían volar bien —dijo Ranking mientras la isla desaparecía rápidamente a popa. Le guiñó un ojo, como si fueran amigos y compartieran un secreto.

Algo más tarde, Carmichael reunió a Ranking y a Hope en su cabina. Los tres se sentaron en torno a una mesita anclada a la cubierta. Carmichael y Ranking se fueron pasando una botella de ron oscuro mientras el capitán exponía la situación.

—Perder ese cargamento nos ha dejado en una mala posición —explicó el capitán—. El barco necesita reparaciones, y contaba con vender esa fruta en Nueva Laven para costearlas.

—¿No podemos llenar la bodega en otra parte? —preguntó Hope.

El capitán negó con la cabeza.

—A duras penas lograremos llegar a Nueva Laven. No podemos arriesgarnos a ir más lejos. Una tormenta fuerte en mar abierto y nos iríamos al fondo.

—¿Y si llenamos la bodega en Nueva Laven y navegamos por la costa? —preguntó Ranking—. Sin arriesgarnos a ir a mar abierto, me refiero. Arriba y abajo para llenarnos un poco los bolsillos.

Carmichael suspiró y se rascó la barba rizada.

—¿Contrabando?

—Conozco a un tipo en Círculo del Paraíso que siempre anda en busca de agentes libres. Buques que la policía imperial no reconozca a simple vista.

El capitán tomó un sorbo de ron y permaneció inmóvil un instante, perdido en sus pensamientos.

—No veo que tengamos muchas más opciones. Intentaremos ponernos en contacto con él. Pongamos rumbo a Nueva Laven. No haremos escalas.

—A la orden, capitán —dijo Ranking, que abandonó la cabina con una amplia sonrisa bajo el bigote.

Hope se levantó, dispuesta también a marcharse.

—Espera un momento —le pidió el capitán—. ¿Estás bien?

—Por supuesto, señor.

—Parecías algo descompuesta cuando viste el signo del biomante.

—Me… recordó algo. De la infancia. He visto ese signo anteriormente.

—Cuando un biomante hace algo como lo que hicieron en Murgesia, cuando cambian toda una isla de ese modo, dejan un signo para advertir a los demás, para hacerles saber que ese lugar ya no es seguro. Los habitantes de Murgesia tuvieron la inteligencia necesaria para ocultar el signo. —Tomó otro sorbo de la botella—. En tiempos fueron buena gente. Un puerto amistoso, agradable.

—¿Por qué lo hacen? —preguntó Hope—. Los biomantes. ¿Por qué le hacen eso a la gente?

—¿Por qué? Porque el emperador lo ordena, supongo. No hay mayor razón en todas estas tierras. —Dio otro sorbo—. O eso dicen.

—Pues no parece un gran motivo.

—No —se mostró de acuerdo él—. No lo es.

Esa noche, más tarde, Hope permaneció tumbada en el coy durante horas antes de poder conciliar el sueño. Cuando cerró los ojos vio el signo. El óvalo negro con ocho líneas negras que caían de él. Como la silueta de un kraken. Murgesia estaba muy lejos de su pueblo. Se preguntó cuántos pueblos habían sufrido la crueldad de los biomantes. Tal vez se había obcecado demasiado en su afán de venganza. Cuanto más lo pensaba, acabar con la vida de un biomante no le parecía suficiente. Vengaría a todas aquellas almas desdichadas que habían sufrido de resultas de sus «experimentos». Acabaría con la vida de todos los biomantes.

Una bruma colgaba sobre Nueva Laven, tan densa que Hope se preguntó si los habitantes veían alguna vez la luz del sol. Se hallaba en la regala del barco junto al capitán Carmichael, observando ambos la ciudad que se extendía ante ellos. Era la mayor que había visto en la vida. Solo los muelles cubrían más terreno que el pueblo entero de Murgesia. Más allá se alzaba un conjunto tan vasto de edificios que no podía ni aventurar dónde terminaba.

—Debe de ser la mayor ciudad del mundo —dijo.

Carmichael sonrió.

—No, Hope. Es impresionante, eso te lo admito. Y tiene carácter para dar y tomar. Pero hay ciudades más grandes que esta. Pico de Piedra, la capital, una vez y media esta. Y he oído decir que más allá del Mar Oscuro hay ciudades que abarcan leguas.

—No sabía que hubiese algo más allá del Mar Oscuro —admitió Hope.

—¿Creías que el mundo termina allende las fronteras del imperio? Mi padre provenía de una tierra llamada Aukbontar, situada más allá de ese mar. Le explicó a mi madre que su tierra era mucho más extensa que todas las islas del imperio juntas. Una gigantesca masa de terreno.

—¿Eso es posible?

—El mundo es mucho más vasto de lo que tú o yo somos capaces de concebir. Somos muy, muy poca cosa, como pececillos.

—Yo ya me siento así al verme en una ciudad como esta —dijo ella.

Carmichael asintió.

—Quizá Nueva Laven no sea la mayor ciudad del mundo, pero es posible que sea la más dura y difícil. Esta ciudad te masticaría y escupiría sin dudarlo, ten eso en cuenta. Arrebata la amabilidad de las personas y les deja por legado un alma fría y calculadora.

Permanecieron juntos en silencio, atentos a los estibadores que trajinaban con el cargamento de otras embarcaciones.

Finalmente, Hope dijo:

—Capitán, discúlpame, pero tengo la sensación de que hay algo que te preocupa desde que hemos llegado a puerto.

—Intentar comprender cómo me las he ingeniado para acabar aquí.

—¿Señor?

—Si me hubieses preguntado hace cinco años si me apetecía convertirme en contrabandista y transportar armamento y drogas por las costas de Nueva Laven, me hubiera reído en tu cara. O quizá te habría dado un puñetazo. He intentado respetar las reglas, hacer lo correcto. Pero la vida… —negó con la cabeza— tiene una forma particular de desgastarte, hasta que un buen día miras a tu alrededor, contemplas las elecciones que tienes ante ti, y transportar drogas ya no te parece que sea tan malo.

—¿Cómo sabes que serán drogas? Ranking dijo que nos encontraría lo que pudiera. No creo que las drogas sean su primera opción.

—Lleva días buscando —repuso Carmichael—. Supongo que no hay muchas opciones. Además, ¿qué otras cosas son susceptibles de acabar como cargamento de contrabando? Elaboran las drogas aquí y las venden en la zona alta donde viven los clientes que están en disposición de pagar por ellas. Esos petimetres siempre necesitan algo con que matar el tiempo.

—¿Petimetres?

—Los ricos. Como en todas las ciudades, la mayoría de la gente que vive en Nueva Laven no tiene gran cosa, y unos pocos lo tienen casi todo.

—Eso no parece justo.

—Añádelo a la lista, Hope, mi niña.

—Pero nosotros no tenemos por qué contribuir a ello.

—Supongo que no.

—Los de Vinchen dicen que es mejor fracasar con honor que tener éxito con deshonor. Porque el brindis de la victoria te sabrá amargo.

Él se volvió hacia la joven con una súbita sonrisa en los labios.

—Puede que después de dos años contigo se me esté pegando algo de ese código de Vinchen tuyo, porque lo que acabas de decir tiene mucho sentido. Me ha tenido muy preocupado la perspectiva de perder mi barco. Pero si no perderlo supone dedicar esta nave al contrabando de drogas, entonces quizá no valga la pena conservarlo.

Ranking regresó algo tarde ese mismo día con la noticia de que les había encontrado un cargamento.

—¿Qué clase de cargamento? —le preguntó Carmichael.

—De la clase que paga. No he pedido detalles.

Ranking llevó a Carmichael y a Hope por los muelles, donde reinaba una actividad frenética a pesar de lo avanzado de la hora. Luego recorrieron la ciudad propiamente dicha.

Hope llevaba días paseando por los muelles y los embarcaderos, pero esa fue la primera ocasión en que tuvo oportunidad de adentrarse en la ciudad. Había más gente que en los muelles, y también estaba más sucia. A veces, la combinación de barro, excrementos y desperdicios que había en las calles te cubría hasta el tobillo.

En su conjunto, aquel lugar olía peor que cualquier otro que Hope hubiese conocido. El pueblo de pescadores donde se había criado era muy pobre, y es muy probable que a los pocos visitantes que lo conocieron no les pareciera gran cosa, pero al menos allí la gente cuidaba del entorno. Esa ciudad parecía espléndida desde la distancia, pero de cerca te dabas cuenta de que se estaba pudriendo.

—¿Cómo pueden vivir así? —preguntó.

—La mayoría se han acostumbrado desde pequeños y no conocen otra cosa —explicó el capitán.

—Y quienes lo hacen, aprovechan la menor ocasión para hacerse a la mar —añadió Ranking.

—Había olvidado que eras de aquí —dijo Hope—. No quería ofenderte.

—No te preocupes —dijo él—. Venid, es por aquí.

Hope y Carmichael siguieron a Ranking a través de las calles serpenteantes, adentrándose en la ciudad. A medida que el cielo se oscurecía, Hope esperaba ver menos gente. Pero cuando cayó la noche, un oficial imperial empezó a encender las lámparas repartidas por las calles y la gente siguió adelante con sus actividades, ya consistieran en vender, comprar, beber o pelear. La oscuridad disimulaba buena parte de la suciedad, y las luces centelleaban alegres en una línea que se extendía hasta donde le alcanzaba la mirada.

—De noche encierra cierta belleza —comentó.

—Tendrías que ver la zona alta. —Percibió una extraña nota de orgullo en el tono de Ranking—. La luz de gas es conducida a través de tuberías hasta el mismísimo interior de las viviendas.

—¿Hay alguien aquí que duerma de noche?

—La vida en una gran ciudad impone otro ritmo —explicó Carmichael—. A mí siempre me ha parecido más duro de lo que puedo soportar.

—Bueno, esa isla apartada repleta de hermosos paisajes tampoco parecía el lugar más saludable del mundo —comentó Ranking.

—Vale, de acuerdo —asintió el capitán.

Anduvieron un rato más hasta llegar a una taberna con un letrero baqueteado que mostraba a un enorme roedor de aspecto furibundo y el nombre «La Rata Ahogada» pintado en él.

—Es aquí.

—¿Aquí? —preguntó Hope. A través de la ventana sucia pudo ver el variopinto gentío que disfrutaba de la cerveza e intercambiaba gritos—. Me cuesta creer que podamos encontrar aquí dentro a alguien que vaya a ofrecernos un buen trabajo.

—Yo no he dicho que fuese bueno —advirtió Ranking—. Sino que nos pagarían por hacerlo. El tipo se llama Drem *el Carafiambre*, y está esperando en la mesa del fondo.

—¿No vas a entrar?

—Sí, claro. —Ranking asintió, pero miraba a su alrededor con aire distraído—. Es que he visto a una chica que conozco que acaba de pasar por nuestro lado. Enseguida os alcanzo.

Solo será un momento. —Y se alejó apresuradamente por un callejón lateral.

—Veamos qué cargamento cuestionable cree habernos encontrado Ranking —dijo Carmichael—. Tú ten el arma a mano.

—Siempre tengo la espada a mano.

El interior de la taberna era tal como ella esperaba. Atestado, ruidoso y envuelto por un fuerte olor mezcla de sudor y cerveza rancia. Los parroquianos parecían un hatajo de ladrones y rateros. En un rincón había un grupo de jóvenes de su edad que no dejaron de mirarla y de susurrar entre ellos. Supuso que debían de estar planteándose seguirla cuando saliera y robarle. Casi deseó que lo intentaran, porque así podría darles una buena lección.

Siguió al capitán a una mesa grande situada al fondo de la taberna. Los tres hombres allí sentados solo parecían un poco más prósperos que los demás clientes. Jugaban a las piedras. Cuando Carmichael y Hope se acercaron a la mesa, los tres levantaron la vista. El hombre sentado en el centro los repasó con la mirada de un modo que le pareció propio de un depredador.

Al cabo de un instante, Ranking ocupó su lugar al otro lado del capitán. Hope se lo quedó mirando, preguntándose por qué había sentido la necesidad de reunirse con una antigua novia suya. No debía de escapársele cuán importante era que encontrasen un trabajo, el que fuera. Cuando volvió a mirar al tipo sentado al otro lado de la mesa, vio que su rostro se había revestido de una peculiar impavidez.

—Doy por sentado que eres el capitán del que Rank, aquí presente, me ha hablado —dijo el tipo con una voz carente de inflexiones.

—Carmichael, soy capitán del *Gambito de dama* —dijo, tendiéndole la mano.

—Yo soy Drem. —Ignoró la mano que le ofrecía—. Y dirijo este barrio. ¿Entiendes qué significa eso?

—Perfectamente —replicó Carmichael.

—Estupendo. —El rostro de Drem seguía carente de expresión alguna—. Tengo unos bienes que hay que mover costa arriba hasta Bahía Radiante, en Salto Hueco, evitando inspección o contacto imperial alguno. Nos encargaremos de subirlos a bordo antes del amanecer para que podáis partir con las primeras luces.

—¿En qué consiste el cargamento? —preguntó el capitán.

—Eso no es asunto tuyo —respondió Drem.

—Mi barco, mi asunto.

—¿Así es como son las cosas?

—Eso me temo.

—Entonces estoy algo confundido —repuso Drem—. Acabas de afirmar haber entendido perfectamente que yo dirijo este barrio. Eso incluye los muelles y cualquier barco amarrado a ellos. —Observó las piedras repartidas por la superficie de la mesa, como si de pronto hubiese perdido interés en la conversación—. Rank, explica a este hombre cómo son las cosas aquí en el Círculo.

Hope se había concentrado en Drem y en sus hombres, preparada por si alguno de ellos hacía un movimiento. Nunca hubiera esperado que uno de los propios hombres de Carmichael lo traicionara. Ni siquiera Ranking. Así que cuando vio a este sacar una pistola, se quedó sorprendida un segundo. Y en ese segundo, el marinero disparó una bala en la sien del capitán Carmichael. En el siguiente segundo, *Canto de pesares* silbaba al salir de la vaina y cortar el brazo de Ranking a la altura del codo, mientras el cuerpo sin vida del capitán caía al suelo.

Los dos hombres sentados a la mesa de Drem se levantaron y sacaron sus armas de fuego. Hope saltó sobre la mesa y enterró el acero en el cuello de uno de ellos antes de que este pudiese amartillar siquiera la pistola. Luego se volvió para acabar con el otro pistolero, pero lo encontró ahogándose en su propia sangre, aferrando un extraño objeto afilado que se le había clavado en el cuello. Siguió la trayectoria y vio a uno de los jóvenes que estaban sentados en el rincón. El pelo negro le caía parcialmente sobre unos ojos que tenían una extraña tonalidad rojiza. El joven inclinó la cabeza y compuso una sonrisa altiva. A ella le cayó mal de inmediato.

Volcó la atención de nuevo en Drem, que se estaba poniendo en pie, trasteando con la pistola, abandonada ya la inexpresividad de antes para mostrar una ira intensa. Ella le dirigió la punta de la espada al pecho. Él se quedó congelado.

—No puedes matarme —se burló—. Yo dirijo este barrio.

Ella miró en torno a la taberna. A excepción de Ranking, que gemía de dolor en el suelo, y del joven de los ojos rojos, aquel lugar estaba completamente vacío.

—Pues tu barrio parece haberte abandonado —dijo.

—Saben lo que va a pasar y son lo bastante listos para quitarse de en medio —le aseguró Drem.

Varios hombres irrumpieron por la puerta principal de la taberna abriendo fuego a destajo. Una bala le rozó el costado, permitiendo a Drem ganar la protección de una mesa cercana.

Los recién llegados siguieron disparando. Empuñaban esas pistolas que permiten efectuar seis disparos antes de recargar. Le sorprendió comprobar que unos matones callejeros pudieran permitirse armas tan caras, pero no era momento de plantearse esas consideraciones. Tumbó la mesa de lado y se parapetó detrás de ella.

Alguien se movió a su lado, y ella se volvió con el arma presta, pensando que era Drem. Pero era el joven que la había ayudado.

—¡Tranquila! —gritó él para imponer la voz al tiroteo—. Que estoy de tu parte.

—¿Cómo sé yo que eso es así? —preguntó.

—Porque... ¿te he salvado la vida?

—Lo dudo. Lo habría matado antes de que hubiese tenido ocasión de levantar el cañón de la pistola.

—Vale, entonces voy a salvarte la vida ahora —dijo el muchacho—. Porque voy a sacarte de aquí.

Hope lo miró con suspicacia, preguntándose qué lo empujaba a querer ayudarla. No sería la primera vez ese día que había confiado en alguien en quien no debía. Aparte de su desagradable sentimiento de superioridad, tuvo la sensación de que era sincero. Además, los pistoleros seguían insistiendo con los disparos y las recargas de munición, y la mesa no aguantaría mucho más. Ya se estaba astillando en los bordes.

—¿Tienes una estrategia de salida? —preguntó Hope.

—Yo siempre tengo una de esas —respondió él con aquella sonrisa que probablemente consideraba encantadora. Se volvió hacia la barra—. ¡Prin! —gritó entre los disparos.

Por detrás de la barra asomó la parte superior de la cabeza de una chica.

—¡Tírame las llaves de la bodega!

Ella negó con la cabeza.

—¡Vamos, Prin! Las dejaré abajo para que las recojas después. Te lo prometo. Y… —Titubeó—. Y también dejaré esto. —Levantó una bolsa llena de monedas.

Ella abrió mucho los ojos al ver la bolsa, pero después los aguzó con suspicacia.

—Me aseguraré de que cumpla con lo prometido —le aseguró Hope—. Tienes mi palabra de guerrera.

Pareció considerarlo seriamente, y acto seguido la cabeza desapareció bajo la barra. Un instante después, una llave cruzó la distancia que los separaba y fue a caer a su lado, en el suelo.

—Eso de tener a alguien de confianza al lado te evita acabar acribillado a balazos —dijo el joven.

—Movámonos —dijo Hope—. Esta mesa está a punto de hacerse añicos.

El muchacho asió una de las patas de la mesa.

—Tira de ella hasta que alcancemos ese punto en el suelo donde asoman las bisagras. Es la trampilla que da a la bodega.

Ella asintió, y ambos arrastraron poco a poco la mesa hacia atrás. Aparecieron más agujeros en la madera. Hope miró por uno de ellos y no vio a Drem por ningún lado. Probablemente había huido. Los demás pistoleros no mostraban el menor interés en avanzar. No tenían necesidad. Cada vez eran más grandes los trozos de la mesa que se desprendían y caían al suelo. No aguantaría mucho más.

—¡Allá vamos! —El joven abrió la trampilla y saltó por el

agujero. Hope permaneció acuclillada ante el vacío, acostumbrando la vista a la oscuridad. Odiaba tener que retirarse de ese modo. Pero, sobre todo, sabía que debía vengar a Carmichael. Para hacerlo necesitaba ganar tiempo. Esos tipos no tenían importancia. Era Drem a quien buscaba. Así que saltó.

Aterrizó en un suelo de tierra, envuelta en una casi total oscuridad. Estuvo a punto de arrancarle el brazo al joven cuando este le tocó la mano.

—Maldita sea, menudo susto. —Tiró de la muñeca de ella—. Es por aquí.

Por lo general, no le gustaba que la tocaran, sobre todo los desconocidos. Pero allí abajo, en aquella negrura, prácticamente no veía nada. Se preguntó cómo era capaz el joven de moverse a través de toneles e hileras de cajas. Tal vez lo conocía bien. O quizá sus extraños ojos le permitían ver con mayor agudeza en la oscuridad. Sea como fuere, se movió con confianza, y ella se dejó llevar a través de la fría bodega mientras el sonido de los disparos se volvía más y más lejano, hasta que por fin se detuvieron. Lo oyó forcejear con una cerradura. De pronto se abrió una trampilla sobre ellos, a través de la cual se filtró una luz tenue.

—La fábrica de cerveza —dijo el muchacho—. Está al otro lado de la calle y la bodega subterránea conecta ambos negocios. No tardarán en atar cabos, así que será mejor que nos pongamos en marcha. —Empezó a subir por los estrechos peldaños de metal.

—Olvidas algo.

—¿Cómo? —La miró con cierta confusión.

—Dejar la llave. Y el dinero. Como prometiste.

Él torció el gesto.

—Claro, claro. La desventaja de ir acompañado de alguien fiable: cumplir con las promesas. —Reculó unos pasos, sacó la llave y la bolsa de monedas y depositó ambas cosas en el suelo de tierra—. ¿Contenta?

—Satisfecha.

—Supongo que bastará con eso —dijo él, que puso de nuevo un pie en el primer peldaño.

Cuando Hope asomó a la fábrica de cerveza, ahogó un grito. El lugar era como una máquina gigantesca, repleta de altas tinas de cobre, tuberías imponentes, engranajes, poleas y toda suerte de aparatos mecánicos tan complejos que apenas podía intuir para qué servían. Nunca había visto algo parecido.

—Asombroso, ¿eh? —Los ojos rojos del muchacho relucían a la débil luz de la luna que entraba por las ventanas—. Los recursos y la imaginación que se aplican para dar con formas más eficaces de volver estúpida a la gente.

Por mucho que quiso evitarlo, ella esbozó una sonrisa tímida.

—Me llamo Red, por cierto. —Le tendió la mano.

—Yo soy Bleak Hope —dijo ella, estrechándosela—. Aunque todo el mundo me llama Hope, a secas.

—Red y Hope. —Ahí estaba de nuevo la sonrisa de medio lado—. No suena nada mal, ¿no crees?

Drem inspeccionó los destrozos de La Rata Ahogada. Hubo un tiempo en que jamás habría pasado algo así. Recordó cuando era un joven pillo que ascendía en el escalafón. Entonces La Rata Ahogada era el hogar de la temible *Tirantes* Madge. La recordaba acechando detrás de la barra, dispuesta a aplastar a cualquiera que se atreviese a liarla en su negocio. Pero un día llegó un pelotón de imperiales liderado por un biomante. Dijo estar fascinado por una mujer con semejante fuerza, y expresó su deseo de querer estudiarla. Por supuesto, Madge le replicó, con todo lujo de detalles, por dónde se podía meter sus estudios. Fue necesario el concurso de todo el pelotón para reducirla. Madge era por aquel entonces una celebridad local. En cierto modo, una heroína. Y durante unos días la gente anduvo por ahí gruñendo enfadada. Estallaron algunos disturbios sin importancia. Pero entonces la gente empezó a desaparecer en plena noche. Drem recordó haberse preguntado, siendo un chaval, cómo era posible que los biomantes pudieran llevarse a la gente con tal impunidad en plena noche. Por supuesto, ahora lo sabía.

Drem oyó un gruñido a unos metros de distancia. Se acercó y sus botas pisaron cristales rotos y madera astillada. Vio a Ranking tendido en el suelo, con una mano en el muñón ensangrentado donde antes había tenido la mitad inferior de su brazo derecho.

—Drem —dijo Ranking, la voz entrecortada—. Gracias a Dios que estás bien. Tienes que ayudarme. Sé que las cosas se han torcido, pero tú tienes un barco y yo aún puedo ser su capitán. Me prometiste convertirme en capitán. Seré el mejor contrabandista que has tenido, lo juro.

—Brackson —llamó Drem a uno de sus hombres—. Ven aquí y hazle un torniquete a Rank o se desangrará.

—¡Gracias, Drem! —susurró Ranking—. No te arrepentirás. ¡Lo juro!

Drem lo ignoró y le dijo a Brackson:

—Lo entregaremos a los biomantes.

—¡No! —suplicó Ranking—. ¡No, por favor!

—Pero jefe, si ya les hemos dado a alguien este mes —le recordó Brackson.

—No nos perjudicará darles a otro. —Drem se encogió de hombros—. Es importante estar a buenas con ellos, sobre todo de un tiempo a esta parte.

—Volvió la mirada inescrutable a la trampilla situada en la parte trasera de la taberna—. ¿Quién ayudó a la sureña?

—Creo que Red, señor.

—¿De veras? Qué pena. Había estado pensando en invitarlo a trabajar para mí. Envía a unos fulanos de verdad a la fábrica de cerveza. Quiero muertos a Red y a esa chica para el amanecer.

16

No era la primera vez que matones armados con pistolas perseguían de noche a Red por las calles angostas y laberínticas de Círculo del Paraíso. Ni siquiera la quinta vez. Pero fue, con mucho, su favorita. Sobre todo por las vistas.

Hope corría delante de él, las piernas y el trasero flexionándose bajo el ajustado cuero negro de un modo que le hicieron creer en Dios lo necesario para darle las gracias por haber creado a semejante mujer.

Oyó un disparo a su espalda y la bala pasó de largo a la altura de su cabeza hasta hundirse en la pared de un edificio cercano.

—¡Izquierda! —le indicó a Hope. Ella pivotó con la elegancia de una bailarina, ni siquiera perdió inercia al embocar la calle lateral.

Cuando Red efectuó el mismo giro, echó un vistazo atrás a sus perseguidores. ¿Ya eran seis hombres? Drem debía de quererlos muertos y bien muertos. Además se estaban comportando con inteligencia. Mantenían la distancia para no acabar con cinco palmos de acero de Vinchen en el buche. Con las pistolas que empuñaban no tenían por qué acercarse siquiera.

Red sopesó la idea de pararse a luchar. Entre ambos probablemente podrían apañárselas. Eso podía solventar temporalmente la situación, pero a la larga solo empeoraría las cosas. Si mataban a esos seis esbirros de Drem, la próxima vez les enviaría el doble. Drem no tenía problemas a la hora de sacrificar gente para lograr sus objetivos o dejar claro algo. Para salir de esto necesitarían una solución más astuta.

—¡Derecha! —gritó, y giraron por otra calle.

—¿Vamos a algún lugar concreto o improvisas sobre la marcha? —preguntó ella, volviendo un poco la cabeza. Estaba sonrojada.

—La mayoría de la gente no nos esconderá de los hombres de Drem. Aquí es demasiado poderoso. Pero conozco a alguien que me escondería del mismísimo emperador si fuese necesario.

—Eso es un amigo leal.

—Bueno, no sé si la llamaría leal exactamente… —Señaló una puerta pintada de rosa deslucido—. ¡Adentro!

Hope giró el picaporte, pero estaba cerrada.

—Claro. Horario laboral. —Red llamó tres veces a la puerta lentamente, seguido por tres llamadas en rápida sucesión. En cuanto se abrió la hoja de madera, Red empujó a Hope al interior y cerró a su espalda.

—¿Estamos…? —Hope abrió los ojos desmesuradamente al ver los sillones de terciopelo rojo, las cortinas descoloridas y las mujeres y los hombres en paños menores—. ¿Estamos en un prostíbulo?

—No. Sí. Depende de quién seas —respondió Red—. No tardarán en llegar. Ahora no hay tiempo para discutir.

—¿Red? —llamó Tosh. La mujer de pelo rizado estaba tendida en un confidente cuya tapicería, devorada por las polillas, había conocido tiempos mejores. Se incorporó y lo miró con curiosidad—. ¿Qué pasa? ¿Quién es esa?

—No hay tiempo —dijo Red—. ¿Está Ortigas?

—Primera puerta a la derecha. Se está aseando.

—Gracias. Nunca hemos estado aquí.

Tosh asintió, arrugada la frente por la preocupación.

Red no sabía cuánto tiempo serían capaces de retrasar a los hombres de Drem Tosh y los demás. Pero solo necesitaba unos minutos más. A menos que Ortigas estuviese cruzada.

—Vamos. —Subió la escalera de madera. Hope daba la

impresión de tener un centenar de preguntas en la punta de la lengua cuando lo siguió, pero por el momento se las guardó, cosa que agradeció el joven.

Cuando abrió la puerta que daba a uno de los dormitorios, encontró a Ortigas arrodillada en el suelo, limpiando unos restos de vómito. Junto al charco había un marinero inconsciente. Cerca había un hombre desnudo fumando en pipa, sentado en la cama con las piernas cruzadas.

—No entiendo por qué tengo que limpiarlo yo, eso es todo —decía Ortigas mientras escurría los tropezones de colores que en tiempos debieron de corresponder a un trozo de pan—. Tú eres perfectamente capaz.

—Te dije que había bebido más de la cuenta. No debiste darle una patada en el estómago —dijo el hombre desnudo, atento al humo que ascendía hacia el techo. Tenía el pelo de color caoba, algo rizado, y su rostro de facciones angulosas estaba ligeramente empolvado—. Además, si huele a vomitera no habrá forma de atraer a los clientes.

—Tigas —dijo Red—. Necesito que nos metas por la rampa.

Ortigas se volvió para mirarlo con los ojos muy abiertos.

—¿Y ahora qué has hecho? Te juro que si me has traído a los imperiales, te voy a…

—No son los imperiales. Drem nos ha enviado a unos cuantos de los suyos —la interrumpió Red.

—¿Drem? Serás cabeza de chorlito. Cuando no es una cosa, es otra. —Señaló con un gesto a Hope—. ¿Y quién es esta rajita?

—¿Podemos dejarlo para más tarde? —la apremió Red—. Drem nos ha enviado a unos hombres. Están a…

El ruido de la puerta principal al abrirse de par en par reverberó en la escalera, seguido de gritos furibundos.

Ortigas arrugó el entrecejo.

—Me debes una. ¿Entendido?

—Por supuesto —asintió Red, que cerró a cal y canto la puerta.

Ortigas se dirigió a la pared opuesta y apartó un armario. Red se acercó para ayudarla.

—¿Eres prostituta? —preguntó Hope, que parecía muy confusa.

Red torció el gesto, preparándose para la respuesta de Ortigas. El tipo desnudo en la cama se rio por lo bajo.

Ortigas, cada vez más ceñuda, se volvió hacia Hope. Señaló con un gesto su casaca de gruesa lana gris, los sucios calzones de cuero y las botas altas de montar.

—¿Es que tengo aspecto de ser una puta? Mira, solo por eso tú vas a ir primero, rajita bonita. —Dio un último empujón al armario, dejando al descubierto un agujero en la pared.

—Aquí soy yo la puta, rubita —dijo el hombre desnudo—. Tigas es la encargada de la seguridad.

Pasos atropellados escaleras arriba.

—Es hora de irse —advirtió Red—. Hope, métete por el agujero. Yo te seguiré.

Hope no pareció muy por la labor mientras miraba el boquete en la pared.

Red no podía ni imaginar qué pensaba ella acerca de todo aquello.

—Mira, hasta ahora has confiado en mí. Confía un poco más.

Alguien golpeó la puerta.

—¡Un segundo! —gritó el hombre desnudo con tono petulante.

—Hope —susurró Red—. Por favor.

—No hagas que me arrepienta de esto —dijo antes de meterse de cabeza por el agujero.

Red se volvió hacia Ortigas.

—Tigas, yo…

—Ahórratelo. Vete —susurró ella.

Otro golpe en la puerta, más fuerte esta vez.

—¡Un segundo, he dicho! —voceó el hombre desnudo.

Cuando Red se introdujo en el boquete, oyó gritar a alguien:

—¡Dejadnos entrar o echamos la puerta abajo!

Ortigas empujó el armario para tapar el hueco y no hubo

más que oscuridad y el susurro de la casaca de cuero al deslizarse por el conducto de metal, girando y retorciéndose hasta precipitarse al aire nocturno y caer sobre Hope.

Hubo un momento en que ambos cuerpos estuvieron muy juntos. Sus rostros tan solo distaban unos centímetros. Los labios de Hope estaban abiertos y sintió la frescura de su aliento. Los ojos azules de ella parecían un túnel que llevaba directamente a la cabeza de Red.

—Hola —dijo este sonriendo.

Ella gruñó y lo apartó.

Ambos se pusieron en pie. Hope miró a su alrededor, arrugado el entrecejo.

—¿Estamos en los muelles?

Era el mayor embarcadero de Nueva Laven y servía de hogar a veinte buques mercantes. La noche estaba lo bastante avanzada como para que las embarcaciones estuviesen a oscuras. Eso era conveniente. Si se daba la remota posibilidad de que los hombres de Drem averiguasen cómo Hope y él se las habían ingeniado para escabullirse y los buscaran allí, no habría forma de determinar en qué dirección habían huido.

—¿Qué es lo que acaba de pasar? —preguntó Hope.

—Vamos —la apremió Red—. Te lo diré de camino. Pero ahora caminemos con normalidad y no llamemos la atención.
—Él reparó en el cuero negro de Vinchen—. Al menos, más de lo imprescindible.

—Y ahora, ¿adónde vamos? ¿A otro prostíbulo? —preguntó Hope mientras ambos caminaban desde los muelles en dirección a las empedradas calles cubiertas de fango. Al cabo, añadió—: Porque eso era un prostíbulo, ¿no?

—Parte de los beneficios provienen de ese negocio. También es un fumadero.

—¿Un qué?

—¿No tenéis de eso en el sur? Ah, no, claro que no. Vosotros ya estáis allí. Verás, un fumadero es un lugar donde drogan o dejan inconscientes a los marineros para robarles el dinero y luego venderlos a barcos como reclutas forzosos.

—¿Forzados a trabajar?

—A eso lo llamamos surear, porque la mayoría acaban en los barcos que navegan con rumbo a las Islas del Sur y están desesperados por encontrar marineros. No es un lugar muy popular.

—¿Por qué no?

—Ah, bueno, quiero decir que todo aquello es un poco salvaje, ¿no?

Hope enarcó una ceja.

—Si por salvaje te refieres a que rara vez se produce un tiroteo en las calles, y que a cada paso no te topas con prostíbulos que vendan como esclavos a sus clientes, entonces sí, supongo que es un lugar muy, muy salvaje.

—Suena aburrido. —Red esbozó una sonrisa traviesa. Solía funcionar con las chicas, pero ella no pareció encontrarla encantadora. Desde su ruptura con Ortigas, había pasado mucho tiempo yendo de chica en chica, y tenía una idea bastante aproximada del efecto que causaba en ellas y cómo obtener lo que quería. Pero ninguno de sus trucos habituales parecía surtir efecto con Hope. Optó por cerrar la boca un rato mientras caminaban por las calles hasta dar con una estrategia distinta.

—Esa rampa por la que nos hemos deslizado —dijo Hope—, ¿normalmente arrojan por ella a los marineros inconscientes?

—Así los capitanes que necesitan hombres vienen a recogerlos. Es un sistema muy eficaz.

—¿Qué impide a los capitanes marcharse con los marineros sin pagar al prostíbulo?

Red lanzó una breve risotada.

—Ortigas. Sucede a veces. Pero tarde o temprano el barco fondea de nuevo en este puerto. Y cuando eso sucede, Ortigas se persona a bordo para explicar detalladamente cómo funcionan las cosas en el Círculo.

—¿Esa es tu amiga? ¿O tu no-amiga? No parecía apreciarte mucho.

—Fuimos pareja.

—Ah —dijo Hope.

Siguieron serpenteando por las callejuelas. Red tomó a propósito la ruta más larga posible. En parte para despistar a cualquiera que pudiera estar siguiéndoles la pista, en parte para pasar más tiempo a solas con Hope. Aún no estaba seguro de qué pensar. Era algo estirada y parecía más bien inocente en cuanto a las cosas que atañían a ese aspecto de la vida. Pero era lista, lo cual hacía que charlar con ella fuese más divertido que con la mayoría de los fulanos cuya compañía frecuentaba Red. Y, por supuesto, era muy agradable a la vista. Lo mejor de una mujer guerrera, decidió, era que podía matar a unos cuantos gusanos, arrastrarse por túneles, cubrir a la carrera medio vecindario, arrojarse de cabeza por una rampa y seguir conservando un aspecto inmejorable. Era una belleza de esas que ni se esfuerzan lo más mínimo por serlo.

—¿Qué pasó? —preguntó Hope.

—¿Perdona?

—¿Por qué Ortigas y tú ya no salís juntos? ¿No la querías?

—Bueno, verás… —Red se preguntó en primer lugar por qué se lo había mencionado. No era propio de él sacar a colación esa clase de cosas cuando estaba en proceso de convencer a una chica de que era el mejor tipo que había conocido—. Verás, yo era joven y estúpido. Ya sabes a qué me refiero. Quizá no era la persona que yo me había convencido que era. —Se encogió de hombros—. Nos va mejor de colegas, eso es todo. Y aún nos queremos, creo. Pero es diferente. Más como hermanos, supongo. Ya sabes cómo es.

—No —dijo Hope—. No lo sé.

—¿Nunca has tenido pareja?

Ella se sonrojó y negó con la cabeza.

—¿Qué? —preguntó él, probando con una versión más amable de su sonrisa—, ¿demasiado ocupada cercenando extremidades para dar a un tipo la oportunidad de conocerte a fondo?

—Sí —asintió ella—. Una guerrera de Vinchen se dedica en cuerpo, alma y corazón a la orden. No hay lugar para nada ni nadie más.

—Ah —dijo Red—. Bueno, pues entonces no hay nada que hacer. ¿Verdad?

—Sí. —Hope le dirigió una mirada extraña—. Eso es.

Él asintió y siguió andando, fingiendo que aquello no iba con él, pero, por dentro, sus planes de conquista se vinieron abajo. La primera chica que le había llamado la atención desde Ortigas y tenía que ser célibe.

—Quizá sea mejor —dijo—. De todos modos, la mayoría de los tipos no dicen más que bobadas.

—¿Y tú?

Red se encogió de hombros.

—Vamos. Es por aquí.

—¿Adónde vamos?

—Al Salón de la Pólvora. El lugar más seguro de Círculo del Paraíso. Bueno, es un decir.

Hope puso unos ojos como platos cuando entraron en el Salón de la Pólvora. Red reparó en que hacía lo imposible por no hablar en voz alta, pero por último no pudo morderse más la lengua y soltó:

—¡Esa gente está practicando el sexo ahí mismo! ¡Justo delante de todo el mundo!

—No todas las putas son lo bastante bonitas para que las acepten en un burdel —explicó Red—. Algunas tienen que hacerlo con un cliente donde sea que lo encuentren. Por desgracia, no es tan seguro si no tienes a alguien como Ortigas cuidando de ti. Nunca sabes cuándo un cliente te va a salir rana.

—Hablas como si supieras mucho al respecto. ¿Eres un cliente habitual?

—No. Mi padre estaba metido en el negocio.

—Ah. —Se puso colorada hasta la raíz del cabello. Su expresión era una mezcla de incomodidad y confusión. Fue tan torpe y tan honesta que Red no pudo evitar reírse.

Ella entrecerró los ojos.

—¿Me estabas tomando el pelo?

—No, es cierto que mi padre era prostituto —dijo.

Se puso si cabe más colorada y su expresión se tiñó de mayor incomodidad aún, lo cual empujó a Red a reír con más ganas.

—Mucha gracia te hace a ti mi incomodidad.

—¿Para qué negarlo? —Y volvió a reír.

—Me alegro de que te lo pases tan bien. Quizá sea hora de que yo…

—Eh, Ortigas ya habrá salido —la interrumpió Red cuando ella intentaba deshacerse de él. Que Dios lo ayudara. Por condenado que estuviera, aún no estaba listo para despedirse de su ángel de cuero negro—. Será mejor que vayamos a ponerla al corriente antes de que salga a buscarnos. Eso siempre la pone de malhumor.

Tal vez Hope tampoco estaba lista para despedirse, o quizá se había acostumbrado a que él la llevase de aquí para allá. Sea como fuere, dejó que la condujera a la mesa a la que se sentaba Ortigas, que limpiaba la sangre de la cadehoja.

—¿Alguna pelea esta noche? —Red dirigió un gesto al arma que tenía en las manos.

—Apuesto a que no tantas como tú —respondió Ortigas—. ¿Acabas de volver?

—Verás, es que… —explicó Red—. Quería asegurarme de que no nos seguían.

Ortigas miró a Hope y sonrió traviesa mientras envolvía la cadena alrededor de la mano.

—Claro, bien hecho.

—Un arma interesante —dijo Hope—. ¿Puedo verla?

Ortigas la miró con escepticismo antes de volverse hacia Red, que se encogió de hombros.

—¿Por qué no? —Le lanzó la cadena enrollada.

Hope la atrapó con soltura y la inspeccionó.

—No había visto nada parecido. Es en parte cuchillo arrojadizo, en parte cadena. Espero tener la ocasión de ver cómo la utilizas.

—Conque sí, ¿eh? —Ortigas la miró con los ojos entornados, como si no supiera cómo interpretar el comentario.

Hope se la devolvió.

—Cuida bien de ella. Como debería hacer cualquier guerrero.

—Sí, claro —replicó Ortigas, que parecía algo incómoda—. Es importante para mí. Yo cuido de las cosas importantes. Pero si esta te parece extraña, tendrías que ver lo que usa Red.

—Sí —asintió Hope, volviéndose hacia el joven—. Vi una un momento en la taberna. Parecía un cuchillo arrojadizo, excepto que no vi ninguna clase de empuñadura.

—Eso es porque no tiene. —Red se desabrochó la casaca y le mostró una ristra de hojas introducidas en el forro interior. Sacó una de ellas para mostrársela—. Se me ocurrió a mí solito.

—Tuvo algo de ayuda —apuntó Ortigas.

—Pienso mejor cuando hablo en voz alta —replicó Red—. En fin, el caso es que no tenía mucho sentido ir armado con cuchillos arrojadizos que solo tenían efecto si caían de cierto lado. Me gusta que las posibilidades superen el cincuenta por ciento, así que sustituí la empuñadura por otra hoja.

—¿Y cómo las lanzas? —Hope estaba hechizada por el arma arrojadiza. Por lo visto, lo único que Red debía hacer era ponerse a hablar de armas para captar su interés.

Señaló la anilla del centro.

—Introduzco ahí el dedo. Mira. —Señaló con un gesto hacia el extremo de una mesa donde un viejo carcamal roía un trozo de pan duro. Red hizo un rápido movimiento y la cuchilla arrebató el pan de manos del anciano y lo clavó en la mesa.

—¡Maldita mierda! —El viejo pareció enfadarse un momento, pero al reparar en que había sido Red, moderó su irritación—. Vamos, Red, ¿es que quieres que a un carcamal como yo le dé un ataque al corazón?

—Lo siento, Nipper. —Red se le acercó, recuperó la cuchilla y le devolvió el pan. Y añadió en voz baja—: Estoy intentando impresionar a las chicas, tú ya me entiendes.

Nipper rio, asintiendo con la cabeza.

—Claro que sí, muchacho. Más de un pillo se vuelve loco por una rajita.

Red le guiñó un ojo y volvió al lugar donde estaban Hope y Ortigas.

—Debería darte vergüenza asustar así al viejo Nipper —lo reconvino Ortigas.

—No pasa nada. Incluso un vejestorio necesita emociones de vez en cuando.

Hope tomó la cuchilla de manos de Red y la examinó más de cerca.

—¿Cómo lo haces para evitar cortarte la palma de la mano?

Red le mostró las manos, enfundadas aún en los mitones.

—Por eso los llevo puestos.

—Lo cual también fue idea mía —señaló Ortigas—. Pero ya no los necesita, los lleva porque cree que le favorecen.

—Es que me favorecen —afirmó Red.

—Tanto como tu casaca de piel de rata topo.

—Piel de ciervo.

—El caso —continuó Ortigas, volviéndose hacia Hope— es que no he conocido a un pillo con más puntería que Rixie, aquí presente. Es asombroso.

Hope seguía contemplando atentamente las cuchillas, pero enarcó una ceja.

—¿Rixie?

—Ah, ¿no te lo ha contado? —Una sonrisa malvada asomó a los labios de Ortigas—. Red no es su nombre verdadero. Sino…

—Tigas, que sé dónde duermes —le advirtió el joven.

Ortigas rompió a reír. En aquellos dos años había brindado numerosas ocasiones a Red para que este lamentara haberle confiado su nombre real. Pero Hope no parecía prestar demasiada atención. Miraba ceñuda el cuchillo arrojadizo, que devolvió a Red.

—¿Has pensado en añadirle otra hoja?

—¿Qué?

—Siguiendo tu razonamiento de que cuantas más hojas más oportunidades tendrás de alcanzar a tu blanco…

—Bueno… —Red titubeó al palpar uno de los laterales de

la anilla—. Si le añado otra hoja dejaría de estar equilibrada. Y no creo que aguantase cuatro.

—La equilibrarías si le dieras forma de triángulo.

Red la sostuvo en alto, ceñudo, imaginando tres hojas simétricamente separadas alrededor de la anilla.

—Oye, eso es brillante.

Hope se sonrojó al tiempo que esbozaba una sonrisa tímida.

—No es más que una contribución a tu idea original.

—De todos modos hablaré con Filler al respecto la próxima vez que lo vea.

—¿Filler?

—Es mi mejor amigo. Crecimos juntos en las calles.

—Algo así —intervino Ortigas.

Red la miró molesto. Primero el nombre y ahora aquello. ¿A qué estaba jugando Ortigas?

—Filler es herrero —continuó—. A mí se me ocurre la idea y él la hace realidad. También hizo el arma de Ortigas.

—¿Te refieres a que tienes un amigo que se dedica a un oficio honesto? —preguntó Hope.

—Ah, bueno, yo no llegaría al extremo de decir que es «honesto»...

—Filler tiene algún que otro problemilla con los imperiales —explicó Ortigas—. Es un tipo dulce como un trozo de bizcocho la mayor parte del tiempo. Pero no le gustan los imperiales. Si uno lo mira mal, es probable que se le acerque a darle un puñetazo en el buche, o algo peor. Eso hace que le resulte difícil salir adelante en su oficio de herrero.

—Así que ahora trabaja para el pueblo —dijo Red.

—Lo que significa que hace armas ilegales para todos los pillos y matones del Círculo —continuó Ortigas—. Eso cuando no ayuda a Red, aquí presente, a sacar adelante su último plan descabellado. —Se volvió hacia Red, ceñuda—. Y hablando del rey de...

—Allá vamos.

—Henny tiene razón. Debes de querer que te maten. ¿Te

has convertido en objetivo de Drem *el Carafiambre*? —Ortigas hizo un gesto de desaprobación—. Eso, incluso para ti, es una locura. Solo hay una cosa en el mundo capaz de empujarte a hacer algo tan propio de un cabeza de chorlito. —Y miró fijamente a Hope.

—Venga, vamos... —Red soltó una risilla forzada. Necesitaba un nuevo tema de conversación, y rápido. Miró a su alrededor y vio a Backus recorriendo la entrada con cara de estar preocupado por algo—. ¡Backus! ¿Todo bien?

Este apretó el paso dirigiéndose a él.

—Red, ¿tienes la nueva tanda de medicamentos? Sadie... no se encuentra muy bien.

—¿Qué? —Un frío intenso se instaló de pronto en las entrañas de Red.

—Tose mucho. No parece ser capaz de respirar adecuadamente. Creo que... igual no pasa de esta.

17

$\mathcal{H}$ope empezaba a comprender que una ciudad tan grande como Nueva Laven era más que un conjunto de edificios o un lugar que la gente llamase hogar. Era como un mundo en sí mismo, los vecindarios, sus poblaciones, cada uno con sus propias reglas y códigos de honor. En este mundo, los líderes de las bandas eran brutales dictadores, las prostitutas eran aliadas y los jóvenes altivos de ojos rojos eran cajas de sorpresas.

Hope lo miró con curiosidad mientras lo seguía por el pasillo, pasando de largo de la gente que dormía, bebía, jugaba y, a veces, practicaba el sexo. Hizo lo posible por ignorarlo y concentrarse en Red. Todo su comportamiento había cambiado de manera abrupta cuando el anciano le confió que alguien llamado Sadie se estaba muriendo. Toda su arrogancia y el encanto forzado se evaporaron. «Todo el mundo teme algo —le había dicho en una ocasión el gran maestro Hurlo—. El temor de alguien es algo muy revelador de su carácter.» Red no le pareció muy preocupado durante el rato largo que los hombres de Drem los habían perseguido. Pero lo que ahora veía ella en sus ojos era miedo, puro y simple.

El anciano levantó una trampilla en el suelo y, en fila de a uno, descendieron por una estrecha escalera de madera hacia la oscuridad. Saltó una chispa y, seguidamente, apareció una linterna en la mano de Red. Se encontraban en el pasillo de un sótano que se extendía más allá del alcance de la linterna. Había puertas abiertas, espaciadas de manera uniforme a lo largo de ambos lados. Del interior de algunas de ellas surgían gemidos y toses. Y en todas partes imperaba aquel olor.

Esa era otra cosa que Nueva Laven le había enseñado. Que había muchos más olores desagradables en este mundo de los que parecía posible. Pensó que entre los muelles de pescadores, el alcantarillado urbano, la taberna con su cerveza rancia, los cuerpos desaseados, el vómito del burdel, y la combinación de todos aquellos elementos en el Salón de la Pólvora, había experimentado todos y cada uno de los olores terribles que podía ofrecerle esa ciudad. Pero el hedor que ahora le alcanzaba las fosas nasales era a un tiempo terrible y familiar. Hacía diez años que no se topaba con él. Era el olor a muerte.

Ese era el lugar al que iba la gente a morir.

Mientras recorrían el largo y oscuro pasillo, Hope se inclinó sobre Ortigas y dijo:

—¿Quién es Sadie?

—La mentora de Red —susurró la joven—. Se quedó huérfano a los ocho años. Si Sadie no llega a protegerlo, es probable que no hubiese durado un año más con vida. El Círculo puede ser un lugar muy violento para quienes no conocen sus costumbres.

—Eso me ha parecido.

Huérfano con ocho años. Era una extraña coincidencia que Red y ella compartiesen semejante desdicha. Pero eso era todo lo que era, mera coincidencia. Entonces, ¿por qué tenía la sensación de que había algo más? El gran maestro Hurlo le había dicho en una ocasión que las coincidencias no existían. Que quienes aseguraban creer en coincidencias sencillamente se negaban a aceptar la existencia de una relación oculta entre todas las cosas. El capitán Carmichael le dijo en una ocasión que cualquiera que creyese en el destino era demasiado cobarde para admitir que todo era cosa del azar y que la vida en realidad no tenía un propósito. ¿Cuál de ambas versiones era la real?, se preguntaba ella. Después de todo, las dos no podían estar en lo cierto.

Red se inclinó al llegar ante el umbral de uno de los cuartos. El muchacho que se reía a mandíbula batiente cuando unos matones lo perseguían armados con pistolas tuvo que hacer acopio de coraje para franquearlo. Allí se quedó, tenso el rostro y con los ojos color rubí muy abiertos. Inclinó entonces la cabeza hacia un lado, lo justo para que sus vértebras emitieran un leve crujido, cuadró los hombros, y entró en la estancia. Backus, Hope y Ortigas lo siguieron a una distancia respetuosa.

Hope decidió que si en alguna parte existía el peor lugar para morir era precisamente ese. Oscuro, de ambiente cargado, húmedo, maloliente, no era más que un cuarto vacío con el suelo de tierra e inexistente iluminación. Una anciana yacía tumbada en un jergón de paja situado en un rincón. Se movió un poco cuando entró el grupo. A juzgar por el leve movimiento del pecho, no era capaz de mucho más. Puso en blanco los ojos inyectados en sangre, inscritos en las cuencas hundidas de un rostro consumido.

—Oh, Red… —dijo trabajosamente.

Red esbozó una sonrisa, pero era tan tensa que se quebró.

—Calma, calma —dijo él con suavidad—. Ya me han dicho cuánto te quejas por el alojamiento que te proporcionan aquí, mi señora.

—Déjate de bromas. —Hizo una pausa para recuperar el aliento—. Casi ha llegado… la hora.

—¿Que me deje de bromas? —De pronto se mostró furioso, aunque mantuvo un tono de voz bajo—. De acuerdo, pues. Hablemos en serio. Tú no vas a ir a ningún lado, ¿entendido?

Ella sonrió, débil.

—Nadie… me… dice… qué… tengo que hacer.

—Por favor —susurró Red al caer de rodillas a su lado. Le acarició los finos cabellos blancos—. Por favor, no me dejes. —Una lágrima se precipitó mejilla abajo.

—Ya está… Otra vez el artista… blandengue —dijo Sadie, que se esforzaba por pronunciar cada una de las palabras—. Me alegro… de no haberte… quitado… eso.

Hope quiso verse fuera de allí. Era demasiado. Se parecía

mucho a su propio dolor sepultado. Podía tratarse de Carmichael. O de Hurlo. Quiso alejarse a la carrera de aquel sufrimiento. Pero se forzó a seguir mirando, como hacía siempre. Presenciar eso, igual que había presenciado todas las cosas terribles.

—¡La medicina! —Red rebuscó en el bolsillo y sacó una bolsita—. Esta vez funcionará. Lo sé.

Sadie negó lentamente con la cabeza, pero no dijo nada.

—Deja que te la mezcle. —Vertió un poco de polvo de la bolsita en una jarra cercana de agua y revolvió la mezcla con una cucharilla. Luego sirvió un poco en una tacita.

Hope arrugó el entrecejo.

—¿Qué está haciendo? —le susurró a Ortigas.

—¿Estás sorda? Le está dando la medicina.

—Pero eso no…

Entonces vio a Red levantar la cabeza de Sadie. Estaba a punto de darle de beber el preparado.

—Red, para —dijo en voz más alta de lo que pretendía.

—No —replicó él sin volverse para mirarla—. Haré lo que pueda mientras pueda.

—Pero se lo estás dando mal.

Él se quedó petrificado, la taza en los labios de Sadie.

—¿Cómo?

Hope se arrodilló a su lado.

—¿Me dejas ver los polvos?

Red parecía confundido y asustado, suspicaz, pero también algo esperanzado.

—¿Por qué?

—Ahora eres tú quien debe confiar en mí.

A regañadientes, Red dejó la taza y le tendió la bolsita.

Hope la abrió e inhaló con fuerza.

—Esto es flor de marjal.

—Eh… Sí —confirmó Red—. Eso es lo que dijo que necesitaba el tipo.

Hope puso la oreja en el pecho de Sadie y escuchó la respiración entrecortada. Luego puso el dorso de la mano en la frente de la enferma.

—Saca la lengua —le ordenó a Sadie.

Esta abrió la boca, y Hope recolocó la linterna para iluminarla garganta abajo.

—Pulmón tubular —dijo al cabo.

—Eso es lo que pensaba que tenía —asintió Red—. ¿Es la medicación adecuada?

—Lo es —confirmó Hope—. Pero ¿no te dijo cómo administrárselo? ¿Qué clase de apotecario es?

—No tenemos de eso en el Círculo. Él sólo lo vende. Conoce algunos de los síntomas que coinciden con la medicación. Eso es todo.

—¿No hay apotecarios en todo el Círculo?

Red negó con la cabeza.

—¿Por qué? —dijo Ortigas—. ¿Tú sabes de medicamentos?

—Todo guerrero de Vinchen debe aprender a curar tanto como a matar. Solo así se alcanza el equilibrio.

—Entonces, ¿qué hay que hacer? —preguntó Red, intensa la mirada de color rubí.

—En primer lugar, si tiene pulmón tubular, este es el peor lugar posible para tratarla. Debemos sacarla al aire libre, tan alto como sea posible.

—Pero es que hace mucho frío —pretextó Backus, que no las tenía todas consigo.

—Habrá que mantenerla caliente —admitió Hope—. Envuelta en mantas, pero el aire fresco debería dilatarle un poco la garganta. Le costará menos respirar.

—Conozco un lugar al que podríamos llevarla —dijo Red—. ¿Qué más?

—Una tela gruesa, como una toalla, una jofaina y algo para hervir agua.

—¿Para hervir la medicina? —preguntó Red.

—Sí. Eso la convertirá en vapor. Es un tratamiento para el pulmón, por tanto no debe ingerirlo. Lo que debe hacer es respirarlo.

Hope se preguntó de nuevo por el cambio en Red. Había desaparecido el despreocupado encantador, pero también el temeroso tierno de corazón. Ahora parecía consumido por una calma pero implacable determinación de poner en marcha el plan de Hope. Había dado órdenes a Backus y a Ortigas como si fuera el capitán de un barco, y ambos habían salido disparados, más que dispuestos a cumplir sus órdenes sin titubear. Ortigas había ido en busca de una toalla y una jofaina. Backus en busca de Filler.

Hope y Red siguieron adelante, con Sadie cargada en la espalda de Red. Los llevó a una iglesia vacía que había quedado a merced de los elementos. Hope había estado en el templo de Páramo de la Galerna innumerables veces, pero nunca en una iglesia del imperio propiamente dicha. Era mucho mayor, capaz de albergar a cientos de personas. Sabía por los libros que en una iglesia imperial los fieles se arrodillan durante la misa en cojines o mantas que llevan consigo, lo que explicaba por qué la mayor parte del espacio estaba vacío. El único mueble era un altar elevado situado en la parte trasera, una enorme y maltrecha silla de piedra de respaldo alto que parecía verlo todo. Había algunos ocupantes en los rincones, pero parecían conocer a Red y los dejaron pasar sin hacer ningún comentario.

Probablemente en tiempos hubo tapices que mostraban la historia antigua del imperio colgados de las paredes. Pero la única prueba de su existencia era una leve decoloración de forma rectangular en las paredes de piedra. También hubo en un tiempo ventanas con vidrieras de colores, pero las habían roto, y los huecos dejaban penetrar la fría brisa marina. Al entrar, pisó un pedazo de cristal de colores que crujió bajo su peso. Le recordó el vidrio de mar, y a su madre diciéndole que no necesitaban esas cosas bonitas de la gente del norte. El recuerdo le dejó un repentino agujero en el pecho. Le sorprendió que aún pudiera dolerle de esa forma el recuerdo de algo que había pasado hacía tanto tiempo. No sabía por qué se había vuelto tan difícil hacer a un lado esos sentimientos. Se preguntó si la herida llegaría a curarse. Puede que lo hiciese cuando todos los biomantes hubiesen muerto.

Levantó la vista y vio a Sadie, la mejilla hundida en el hombro de Red, dormida. Hope extendió el brazo y puso la mano en la espalda de la mujer, sintiendo el leve calor que desprendía su cuerpo a través de las mantas. Por algún motivo, eso la reconfortó.

Al fondo de la iglesia había una escalera de caracol hecha de piedra que sospechó que conducía a la torre del campanario. La escalera era estrecha y carecía de barandilla.

Después de subir un buen trecho, Hope preguntó:

—¿Quieres que la lleve yo un rato?

—No —gruñó Red, con el rostro encendido, las mejillas empapadas de sudor.

—No tienes por qué portarte como un héroe, ¿sabes?

—Yo no he dicho que fuera un héroe. Solo he dicho que quiero llevarla yo. Sigamos. Aún nos queda un buen trecho.

Hope fue detrás mientras seguían subiendo por la escalera, lista para cogerlos si Red resbalaba. Desde esa altura había una caída considerable.

Cuando alcanzaron la torre del campanario, Hope vio que habían retirado la campana. No había más que un enorme hueco. Era como la cofa de un barco que miraba hacia un mar de resplandecientes tejados al sol de mediodía.

—Desde aquí no parece tan fea —comentó Red, señalando con un gesto la ciudad que se extendía a sus pies—. De cerca es un estofado de estiércol, pero a esta distancia hasta parece una mujer bonita.

—Eh —dijo Sadie, que seguía colgada a su espalda—. A ver a quién le dices tú que es una mujer bonita.

Red la depositó con cuidado en el gastado suelo de tablones de madera.

—Eres más pesada de lo que pareces —le dijo.

Ella sonrió, cansada, mostrando las encías desdentadas.

—Eso es mi cruel corazón de piedra.

Red rio por lo bajo y se volvió hacia Hope con los ojos brillantes de pura gratitud.

—Tenías razón. El aire fresco ya le está sentando bien.

—Alivia temporalmente los síntomas —explicó Hope—. Debe reposar aquí y tomar la medicación regularmente de día y de noche. Eso proporcionará al medicamento el tiempo necesario para eliminar el hongo.

—¿Hongo? —Red se mostró alarmado—. ¿Como setas?

—En realidad es como un moho. Se extiende por los pulmones, impidiéndoles absorber el aire que inhala. Si se extiende más de la cuenta, el paciente se ahoga.

—No permitiremos que eso suceda —dijo Red.

—Claro que no.

—Eh, vosotros dos —dijo Sadie, cuya voz ya cobraba algo más de fuerza—. ¿De qué va todo eso? ¿Dónde decís que tengo moho?

—En los pulmones —respondió Red.

—Pero si respiro por la boca.

—Después de que el aire entre por tu boca, te baja al pecho —le aclaró Red—. Ahí hay dos sacos llamados pulmones. Recogen el aire para repartirlo por el resto de tu cuerpo.

—Maldita mierda, ¿puede saberse dónde diantre has aprendido todo eso? —preguntó Sadie—. En todas esas montañas de libros que lees, supongo.

—¿Tú lees? —le preguntó Hope.

—Claro. —Red se mostró algo incómodo.

—¿Mucho?

—No sé. —Miró a su alrededor—. Será mejor que baje a ver si Tigas o Filler necesitan ayuda para subir algo. Se volvió hacia Sadie. ¿Estás bien?

—Tirando.

—Sé amable con Hope. Acaba de salvarte la vida.

—Haré lo que pueda.

—Eso quiere decir que no intentará ni acuchillarte por la espalda ni robarte la bolsa —le advirtió Red a Hope—. En cuanto a todo lo demás, ¿quién sabe? Tú prométeme que no intentarás arrojarla al vacío si te ofende, lo que probablemente sucederá.

Hope sonrió un poco.

—Te doy mi palabra.

Cuando Red se hubo alejado, Sadie volvió hacia ella sus ojos inyectados en sangre. No había una pizca de debilidad en su mirada.

—Bueno, bueno, mi pequeña muchacha, ¿qué me cuentas de ti?

—¿De mí? —preguntó Hope, sentada a su lado.

—Todo el mundo tiene una historia que contar. Y una rajita como tú, con esos ojos de persona mayor, seguro que tiene una.

—Hace mucho tiempo conté mi historia —respondió Hope—. Y juré no volver a hacerlo.

—Ah.

—No quiero parecer irrespetuosa, pero…

—No me importa una mierda el respeto. No hay mucho que me importe ya, la verdad. —Sadie miró con los ojos entornados a Hope—. Pero sí me importa ese muchacho. Detrás de toda esa parla propia de un montón de estiércol tiene un corazón de los que orinan arco iris. Y no quiero que una rajita sureña me lo pisotee. ¿Entendido?

—Oh, creo que lo has malinterpretado —dijo Hope—. Red y yo somos… amigos, supongo. Quizá. Aunque incluso eso parece algo prematuro decirlo. Está claro que no hay nada más.

—¿Es eso lo que piensas? —Sadie la miró un instante, después se encogió de hombros—. ¿Qué sabrá un vejestorio como yo? Puede que tú des en el clavo.

—Lo hago.

—Estupendo.

Permanecieron sentadas allí un rato, juntas, mientras el viento silbaba y contemplaban el contorno de los edificios de Nueva Laven.

—Lo gracioso del caso es que Red también tiene una historia que contar —dijo Sadie—. Una historia terrible que solo ha compartido con una persona.

—Contigo, por supuesto.

—¿Tú cómo sabes eso?

—Es obvio. Eres para él un tesoro de mayor valor que nada ni nadie en esta tierra.

—¿Un tesoro? ¿Yo? —Sadie se rio, pero la risa acabó transformada en una tos desagradable y húmeda.

—Es verdad —insistió Hope—. Cuando estábamos en el sótano de ese lugar terrible, y creyó que te estaba perdiendo… —Hope calló al recordar la expresión de dolor de su rostro, dolor que conocía muy bien—. Yo no quería mirar.

—Pero lo hiciste.

—Siempre lo hago.

A lo lejos se oyó el lejano rumor del trueno.

—¿Dónde está tu tesoro? —preguntó Sadie.

—Muerto —respondió Bleak Hope, la voz cada vez más distante. Pensó en sus padres. Pensó en Hurlo. En Carmichael. La oscuridad anegó su interior con el calor de una vieja amistad—. Ya no tengo tesoro. Solo me queda la venganza.

—¿De quién? —quiso saber Sadie.

—La lista es cada vez más larga.

Aunque la brisa fresca la había ayudado, Sadie seguía estando débil y muy enferma. Su breve conversación la había dejado exhausta. Hope la envolvió bien con las mantas, igual que los rollitos de pescado que su madre le preparaba de pequeña, y la cuidó mientras la mujer se quedaba dormida.

Hope volvió la mirada hacia el contorno de los edificios. Mientras las nubes de tormenta se les acercaban, se preguntó por qué los pensamientos de su niñez parecían asomar tan cerca de la superficie. ¿Era la sensación de desequilibrio que tenía desde el momento en que había puesto un pie en el mundo de Red? ¿O era aquella figura materna que la empujaba a añorar la suya? Fuera cual fuese el motivo, no le gustaba. Tenía mucho que hacer, y la mente que se extravía en el pasado no atiende el presente.

Poco después regresó Red con una amplia jofaina de hierro

forjado medio llena de agua. Lo acompañaba un joven más o menos de su edad. Era más alto que él, sin embargo, un metro noventa, por lo menos. Tenía un cabello castaño, corto, que asomaba en todas direcciones, y la promesa de una barba en el mentón. Llevaba un hatillo con abundante madera y una toalla de tela gruesa.

—Este es el amigo del que te he hablado —le dijo Red—. Filler, te presento a Hope.

—Me alegro de conocerte —lo saludó ella.

Filler le ofreció una sonrisa tímida, y luego se puso a trabajar preparando la leña para encender un fuego.

—¿Dónde está Ortigas? —preguntó la joven.

—Le he pedido que vuelva al Salón de la Pólvora —respondió Red—. Nos guste o no, con el tiempo los hombres de Drem vendrán a buscarnos aquí. Quiero un vigía por si acaso esta es su próxima parada.

—¿Por qué van a buscarnos en este lugar?

—Puede que Backus se vaya de la lengua.

—Pero dijiste que os había ayudado a cuidar de Sadie. ¿Por qué haría algo que podría ponerla en peligro?

—Porque así funcionan las cosas en el Círculo —dijo Red—. Haces lo que puedes por la gente cuando puedes, pero cuando te llama el jefe, haces lo que te ordena.

—Eso no está bien.

—No es personal. Así es como sobrevives. Solo hay un puñado de personas por las que te enfrentarías a Drem. En mi caso, Filler y Ortigas, y por supuesto Sadie. Eso es todo.

—Tú te enfrentaste a Drem por mí —le recordó Hope.

Red se alejó de ella, se arrodilló junto a Filler y se dispuso a ayudarlo a preparar la leña para encender una hoguera.

—De todos modos —continuó él, sin volverse hacia ella—. Estoy convencido de que no es la primera cosa que no te parece bien desde que estás conmigo. Putas, bebida, juego y cosas así. Me sorprende que soportes siquiera la presencia de basura callejera como nosotros.

—Existe una diferencia entre los valores culturales y la deslealtad desvergonzada —objetó Hope—. Admito que no me siento cómoda manteniendo una conversación con un hombre desnudo en un prostíbulo, pero no le llamaría la atención ni le recriminaría cómo ha escogido ganarse la vida. Pero ¿traicionar a alguien que te importa? Eso está mal.

—Habla un poco como tú —le dijo Filler a Red.

—Tú —dijo Red, apuntándolo con el dedo— no me ayudas nada. Ahora concentrémonos en encender ese fuego.

Hope observó cómo Filler sacaba una caja de virutas de madera del bolsillo para hacer un montoncito sobre la leña. Luego se dedicó a prender una chispa sobre las virutas.

Red había evitado la pregunta acerca del hecho de haberla ayudado, lo cual estimuló su curiosidad. Sentía que lo conocía lo bastante bien a esas alturas para aventurar que era leal a quienes tenía cerca. Pero ellos eran gente con la que había construido relaciones a lo largo de un extenso periodo de tiempo. Así que, ¿por qué incluirla a ella en el grupo? Círculo del Paraíso era todo su mundo, y Drem era el hombre más poderoso que había en él. Mucho había arriesgado por ella. ¿Por qué?

Red y Filler prendieron un buen fuego. A Filler parecía dársele bien, probablemente por su oficio de herrero. Mientras ponía la jofaina encima para calentarla, Red se acercó a Sadie y la despertó con suavidad. Ella parpadeó algo asustada, pero al verlo mirándola, sonrió y le puso una mano delgada, huesuda, en la mejilla.

Hope recordó cómo Sadie había malinterpretado que Red y ella eran… pareja. Cuando Hope se mostró en desacuerdo, ella inmediatamente reculó, lo que le pareció poco apropiado para un carácter tan fuerte como el de la anciana. ¿Y si Sadie tenía razón? Después de todo, conocía a Red mucho mejor que Hope. ¿Y si el motivo de que Red hubiese arriesgado tanto para ayudarla había sido…?

Pero eso no tenía el menor sentido. Él ni siquiera la conocía. En realidad, no.

—El agua arranca a hervir —anunció Filler.

—¿Qué hacemos ahora? —preguntó Red.

—Verted la medicina —dijo Hope—. Que Sadie se incline sobre la jofaina, luego cubridle la cabeza y el recipiente con la toalla para conservar el vapor. Sadie debería respirar tan hondo como le sea posible unos cuantos minutos, o mientras aguante.

Con sumo cuidado, Red ayudó a Sadie a inclinarse sobre la jofaina. Seguía estando muy debilitada, así que tuvo que aguantarla mientras permaneció sobre el recipiente. Al cabo de un minuto, Sadie arrancó a toser, una tos húmeda y fuerte.

—¿Qué es lo que pasa? —preguntó Red, mirando alarmado a Hope.

—Su cuerpo intenta librarse del hongo. Apartadla del recipiente.

Red la apartó justo a tiempo, cuando un esputo de mucosidad anaranjada alcanzó el suelo de madera.

—Maldita mierda —exclamó Filler, muy abiertos los ojos castaños—. ¿Eso estaba dentro de ella?

—Y no es todo —les advirtió Hope—. Debería descansar un rato, pero habrá que hacer esto varias veces antes de que lo expulse todo.

—¿Cómo sabremos cuándo lo ha hecho?

—Cuando deje de escupir esa sustancia anaranjada —respondió Hope.

Repitieron el proceso tres veces más. En cada una de esas ocasiones, Sadie pudo mantenerse respirando sobre la jofaina un poco más, y la flema que expulsó fue perdiendo la tonalidad anaranjada.

Para cuando lo hubieron hecho por cuarta vez, el cielo había oscurecido. Mientras Red ayudaba a Sadie a tumbarse bajo las mantas y Filler alimentaba el fuego, Hope se recostó en una de las vigas y cerró los ojos. Respiraba hondo, disfrutando del aire limpio que le proporcionaba la altura del campanario.

—Eh. —Era la voz de Red, a su lado.

Abrió los ojos y lo observó mientras recostaba también la espalda en la misma viga, de modo que los hombros de ambos se tocaban. Era extrañamente reconfortante, así que no se apartó.

—Gracias —dijo él—. Creo que probablemente entiendes cuán importante es Sadie para mí. Y tú le has salvado la vida.

—Me alegro de haber sido de ayuda —respondió ella—. Poder compensarte por ayudarme a huir de los hombres de Drem.

—Tú no me debes nada por eso —replicó Red—. Me alegro de haberlo hecho. Me… me alegro de haberte conocido.

—Lo mismo digo —afirmó Hope—. Eres… interesante.

—¿Interesante? —Una sonrisa irónica se dibujó en los labios de Red—. Supongo que puedo encajar eso. Siempre es mejor que tachar a alguien de ser aburrido.

—No eres aburrido —le aseguró ella.

—Sí, después de todo no has parado de correr casi todo el tiempo, ¿eh?

—Supongo que ha sido divertido, sí. —Se sintió un poco culpable por admitirlo. A un guerrero de Vinchen no lo motivaban la diversión ni la búsqueda de emociones fuertes. Pero era cierto, se había divertido.

—Probablemente tengas serios asuntos de los Vinchen a los que debes volver después de esto —apuntó Red.

—Sí —asintió Hope, cuyo sentimiento de culpa se acentuó—. Sí. Me temo que sí.

—Por supuesto —dijo Red—. Y… mmm, ese asunto tuyo de los Vinchen probablemente sea algo que debas hacer tú sola.

—No se trata de algo que nadie quiera hacer conmigo.

Red se volvió hacia ella, los ojos rubíes resplandecían como ascuas a la luz del fuego.

—¿Estás segura de eso?

Hope lo miró sin saber qué responder. No estaba segura de a qué se refería. En ese momento no estaba segura de nada.

—¡Poneos bien guapos, amigos míos! —La voz de Ortigas les llegó procedente de la escalera—. ¡Dentro de poco tendremos compañía!

Los tres se habían puesto en pie para cuando la joven alcanzó el campanario.

—¿Cuántos? —preguntó Red.

—Puede que una docena o así, todos armados con revólveres.

—Están locos por venir aquí —dijo Hope mientras destrababa en la vaina a *Canto de pesares*—. Tenemos la ventaja de la altura. Estarían condenados igualmente si fuesen el doble.

Toda la inquietud y la confusión de Hope se evaporó como la niebla ante la irrupción de la luz del sol. Aquello era algo de lo que sí estaba segura.

18

La vida reparte muchas decepciones. Y a veces da cosas para arrebatarlas poco después. Red era consciente de ello. Casi consideraba que así era por designio, una broma cruel tras otra. Pero esta vez no sería así. No permitiría que hubiesen salvado a Sadie de la enfermedad solo para que los hombres de Drem la dejaran como un colador.

Sin embargo… Doce esbirros con revólveres. Sin vía de escape. No estaba seguro de cómo iban a salir de aquella. Hope parecía un buen elemento a juzgar por lo poco que Red había visto en La Rata Ahogada. Muy bueno. Pero si se equivocaba con ella, todo aquello podía irse al garete en un abrir y cerrar de ojos.

Red apartó a Sadie todo lo lejos de la escalera que pudo y la envolvió en mantas para evitar que se enfriara. Después se reunió con Hope, Ortigas y Filler en lo alto de la escalera. Ortigas tenía la cadena suelta; Filler la maza corta; Hope la mano en la empuñadura de la espada, aún envainada. Los hombres de Drem subían lentamente por la escalera empuñando los revólveres.

—¿Esperamos a que lleguen arriba y entonces los rechazamos? —propuso Red.

—No —dijo Hope—. Permitir que se acerquen tanto a Sadie es demasiado arriesgado. Nos enfrentaremos a ellos a medio camino, donde la caída bastará para matarlos o incapacitarlos, mientras que nosotros disponemos de una retirada por si fuera necesaria.

—¿Y a ti quién te ha puesto al mando, rajita angelical? —preguntó Ortigas.

Hope se encogió de hombros.

—De acuerdo. Quedaos aquí y esperad. Pero vais a perderos la pelea porque yo no planeo dejar que ninguno de ellos llegue arriba.

—¿Qué...? —Red observó cómo Hope, con la espada envainada aún, se arrojaba por un lateral del hueco de la escalera. Los hombres que subían no se lo esperaban. Cruzaron algunos gritos de alarma y abrieron fuego sin ton ni son. Hope había calculado la caída con un ángulo que le permitiese caer sobre uno de los hombres, al que utilizó para amortiguar el impacto cuando lo aplastó bajo su peso. La espada emitió un espectral rumor al deslizarse de la vaina. Saltó entonces por el hueco hasta la siguiente planta, decapitando a uno de los pistoleros y cortando el brazo de otro.

—Maldita mierda —dijo Filler—. Hablaba en serio.

Red sonrió.

—Será mejor que bajemos a echarle una mano y cargarnos a unos cuantos antes de que sea demasiado tarde. Aquí el honor del Círculo está en entredicho, amigos míos.

Los tres se apresuraron escaleras abajo como lo hacen los seres humanos normales, mientras Hope zigzagueaba sirviéndose del hueco para desplazarse, sin pasar en el mismo lugar más de unos pocos segundos, sin dar al enemigo tiempo de apuntar el arma, por no hablar de apretar el gatillo. Desplegaba sin reservas la elegancia y el control que había intuido Red en ella cuando la conoció. Era como una fuerza de la naturaleza, salvaje como una tormenta y rápida como un incendio. Había esperado que fuese buena, y por primera vez que pudiera recordar, la vida no solo rehuyó las decepciones, sino que fue generosa a manos llenas.

Aun así eran doce de los esbirros más aguerridos de Drem, gente armada con revólver, y Hope no podía evitarlos a todos. Pero a Red le alegró guardarle la retaguardia, arrojando cuchillos a diestro y siniestro. Los lanzó asomándose por el hueco de la escalera, y fueron a clavarse en gargantas o rodillas, lo que quedara más al descubierto. Y tal como había predicho Hope, la caída bastaba para garantizar que, fuera donde fuese que los había herido, no volvieran a levantarse.

Con el impresionante abanico de maniobras acrobáticas de Hope y el resplandeciente acero que emitía aquel rumor, todos los ojos estaban puestos en ella. No vieron a Filler cuando se arrojó sobre el grupo más numeroso de enemigos repartiendo golpes de maza, lanzando a unos cuantos de golpe por el hueco de la escalera.

—¡Cuidado, Filler! —gritó Ortigas.

Uno de los pistoleros tenía algo de distancia y una buena línea de fuego sobre Filler. Ortigas le arrojó la cadehoja, cuya punta de acero se hundió en la mano del hombre, que perdió el arma. Cuando ella tiró con fuerza, el tipo perdió pie y se precipitó por el borde. Ortigas pisó el contrapeso, preparada para aguantar el tirón. La cadena se tensó unos instantes, pero enseguida se liberó al arrancarse la hoja de la mano del pistolero, momento en que este cayó al vacío.

En muy poco tiempo cedió el estruendo de los disparos, y solo uno de los hombres de Drem seguía con vida y consciente. Hope lo había acorralado al pie de la escalera. El hombre movía los brazos mientras ella amenazaba con ensartarlo.

—Por favor… —gemía.

—Dime dónde encontrar a Drem.

—¡Está en el Tres Copas! Siempre está ahí. ¡Eso lo sabe todo el mundo!

—¿Dónde del Tres Copas?

—Ter… tercer piso. Tiene toda la planta para él y sus mejores hombres.

—Gracias. —Le golpeó la sien con el puño de la espada, dejándolo inconsciente. Lo apartó del borde y se incorporó para contemplar la carnicería, inescrutable.

—Bueno, no ha ido del todo mal —opinó Red—. Gracias por dejarnos algunos a los demás.

Una leve sonrisa se dibujó en las comisuras de los labios de Hope.

—Sabía que os pondríais a mi altura. Al cabo de un rato.

—¿Eso ha sido un chiste pronunciado por los labios de la gran y seria guerrera de Vinchen? —preguntó.

Ella abrió mucho los ojos, se borró la sonrisa y Red cayó en la cuenta de haber metido la pata.

—Arrebatar vidas nunca es motivo de chiste —dijo mientras limpiaba la hoja de la espada y la devolvía a su vaina.

—Eh, sí, claro —asintió él, atribulado.

—Drem no tardará en enterarse de que las cosas se le han torcido —les advirtió Ortigas—. Deberíamos sacar de aquí a Sadie en cuanto pueda moverse. Luego deberíamos desaparecer hasta que todo esto haya pasado.

—Buena idea —afirmó Hope—. Vosotros escondeos hasta que esto termine. Creo que va a empeorar antes de mejorar.

—Esta va a por Drem —les dijo Red a los otros.

—Nadie está tan loco —replicó Filler.

—Asesinó a sangre fría al capitán Carmichael —manifestó Hope—. Alguien a quien yo había jurado proteger con mi vida. Alguien que fue tanto mi mentor como mi capitán. No permitiré que se vaya de rositas.

—Espero que no cuentes con que te acompañemos a esa fiesta de la muerte —dijo Ortigas.

—Claro que no. Ninguno de vosotros hizo un juramento.

—Es igual, yo me apunto —declaró Red.

—No seas tarugo —le recriminó Ortigas—. ¿Por qué coño ibas a hacerlo?

—Tengo muchos motivos —respondió Red—. El más evidente es que, sin ayuda, Hope no tiene ninguna posibilidad. Y prefiero que la mujer que salvó la vida de Sadie tenga al menos una oportunidad de seguir viva un tiempo más.

—Red, aprecio el coraje, tu oferta… —repuso Hope—, pero no creo que esté tan condenada sin ella.

—¿Estás segura de eso? —preguntó Red—. Ya has oído lo que ha dicho ese esbirro sobre dónde localizar a Drem. No era ningún secreto. Todos sabemos dónde encontrarlo. Así que, ¿tú por qué crees que nadie ha intentado matarlo?

—Pues porque está muy protegido.

—Tiene un condenado ejército —dijo Ortigas.

—Exacto —la secundó Red—. Tu destreza es de lo mejor que he visto. Pero aun así, por tu cuenta no te será posible superar a un centenar o más de esbirros bien pertrechados.

—¿Y crees que tú lo contrarrestarás? —preguntó Hope.

—No, yo solo no. Pero podría ayudarte a conseguir un ejército propio.

—Pero vaya montón de estiércol —intervino Ortigas—. ¿Tú de dónde vas a sacar un ejército?

—De Punta Martillo. Hace tiempo que Sig *el Grande* se la tiene jurada a Drem.

—No —protestó Ortigas—. Eso es... No puedes... —Negó con la cabeza, boquiabierta.

—Estás sacando las cosas del Círculo —dijo Filler.

Más que una pregunta era una afirmación, pero de todos modos quedó suspendida en el aire. Ortigas y Filler se quedaron mirándolo. Esperando a que respondiera. Tal vez no lo creyeron capaz. Y hasta ese momento tampoco él estaba muy seguro de serlo. El Círculo le había arrebatado muchas cosas, eso era cierto, pero también le había dado mucho. Era conocido. Era respetado. Si hubiese querido, podría haberse convertido en uno de los tenientes de Drem. Incluso quizá hubiera llegado el día en que hubiese alcanzado el poder del propio Drem. Sintió en los huesos que eso podría haberle sucedido. Razón por la cual no podía permitir que así fuera.

Puede que Filler estuviese en lo cierto. Quizá era su sangre de la zona alta lo que le infundía esa capacidad para elaborar planes inverosímiles. Pero convertirse en el líder de una montaña de basura no hubiese cambiado un ápice el hecho de que tanto él como todos los demás vivían en una montaña de basura. Quería algo mejor. No estaba seguro de por qué Hope le parecía mejor. Su educación, sus principios, el hecho de que hubiese visto el mundo que se extendía más allá de Nueva

Laven. Había mucho dónde elegir. Cuando ella estaba cerca, no se sentía tan loco por afirmar que quería una vida mejor. La idea de unir los barrios parecía algo más que una charla inane de taberna. Parecía algo posible. Y eso era todo lo que necesitaba.

—Sí —dijo—. Voy a sacar las cosas del Círculo.

—In-cre-í-ble —protestó Ortigas—. Esfumémonos, Filler, que aquí no nos darán nada. Perdámonos. —Bajó la escalera sin esperar—. Supongo que no debería sorprenderme, ya que tú no naciste en el Círculo —añadió sin volverse, asegurándose de levantar lo bastante la voz para que Red la oyera.

Filler continuó mirando a Red. El bueno de Filler, carnaza de cualquier propuesta loca que Red ideara. Pero no iba a ser así en esa ocasión. Transcurrieron unos instantes más, negó con la cabeza y siguió los pasos de Ortigas.

—Red... —terció Hope—. ¿Estás seguro de...?

—Claro que sí. Vamos a por Sadie y busquemos un lugar seguro donde pueda estar a salvo.

Empezó a subir la escalera y Hope lo siguió en silencio. Cuando llegaron arriba, despertó con suavidad a la anciana.

—¿Dónde están Filler y Ortigas? —preguntó ella—. ¿No los habrán herido?

—No, están bien —dijo Red mientras azuzaba el fuego para poner a hervir de nuevo el agua.

—Entonces, ¿por qué tienes esa pinta de estar a punto de echarte a llorar?

—Yo... Bueno... —Dejó de remover el fuego y se volvió hacia ella—. Voy a abandonar el Círculo.

—Hmm. —Sadie inclinó la cabeza hacia Hope—. ¿Con ella?

—Sí.

—Bien.

Red la miró sobresaltado.

—Deberías salir de esta lata de gusanos mientras puedas —continuó—. Y esta sureña tuya tiene la cabeza mejor amueblada que el resto de tus colegas.

—Pensaba que querías que yo…

—¿Fueras un hombre de tomo y lomo del Círculo? A la mierda. Un hombre de tomo y lomo del Círculo nunca ha supuesto nada para nadie, exceptuando una muerte temprana o una vejez prematura. Rixidenteron, tú fuiste concebido para algo mucho mejor. Y me tomaría como un insulto personal que no lo persiguieras, después de todos los años que pasé asegurándome de que no te murieras de hambre ni te dieran una cuchillada. ¿Entendido?

—Sadie…

—No me vengas con eso de Sadie ahora, cabeza de chorlito. ¿Me entiendes o no?

—Sí, capitana.

Punto y final de la discusión. Prepararon otra tanda de medicina. Al cabo de un minuto de aspirar el vapor, expulsó una flema con una leve tonalidad anaranjada.

—Estás fuera de peligro —dijo Hope—. Pero aún tienes que seguir haciéndolo dos veces diarias durante los próximos días para asegurarte de matarlo del todo.

—¿Estoy lo bastante bien para viajar? —quiso saber Sadie.

—Sí, siempre y cuando te sientas con fuerzas.

—Pues vamos a movernos. No concibo que Drem tarde mucho en enterarse de cómo has cortado aquí a daditos a sus esbirros con esa espada tuya. La próxima vez enviará más gente.

Cuando llegaron a los muelles, Sadie tenía la respiración entrecortada. Red se había ofrecido a llevarla a cuestas parte del camino, pero ella se lo quedó mirando y siguió andando. Dijo conocer a un tipo cerca del embarcadero de embarcaciones auxiliares que cuidaría de ella un tiempo.

—¿Finn *el Perdido*? —preguntó Red—. Me sorprende que hayas mantenido el contacto con él. —Desde que les habían quemado el barco pirata hacía su vida en los muelles, aceptando trabajos honestos, como la pesca o la reparación de naves.

—He mantenido el contacto con toda la dotación —afirmó Sadie—. Fue la época más feliz de mi vida, así que conservo cerca a cualquiera que me la recuerde.

Finn *el Perdido* vivía en una cabaña modesta junto al muelle. Lo encontraron sentado a la entrada, cambiándole el hilo a una caña de pescar. Estaba tan avejentado y canoso como Sadie. Pero cuando los vio acercándose, su único ojo se iluminó y su rostro arrugado adoptó una sonrisa que mostró hasta las encías, ya muy escasas de dientes.

—¿Es acaso la joya de la corona del Círculo lo que ven mis ojos? —preguntó, levantándose lentamente.

—Escucha, viejo zalamero. —Sadie arrugó el entrecejo al verle esa sonrisa—. Llevas años suplicándome que me mude a los muelles. Necesito un lugar donde pasar un tiempo a la sombra. Puede que sea mucho tiempo. ¿A ti eso te interesa o me he vuelto demasiado vieja y fea para despertar tu interés?

—No sé quién ha podido decirte esas mentiras —repuso Finn—, que tú ni eres fea ni eres vieja. Tampoco yo, dicha sea la verdad. Y suerte tienes de que haya un tipo tan apuesto como un servidor al que mirar a diario mientras te alojas aquí y te escondes de la fechoría que sea que merecidamente, por fin, te haya alcanzado.

Sadie se volvió hacia Red.

—Bueno, sigue siendo un poco tarugo, pero no puede negarse que tiene el don de la palabra. Y lo que es más importante, aquí estaré a salvo.

—¿Estás segura?

—Claro que sí. Deja de comportarte como un tonto.

—Red. —Hope observó los muelles con los ojos entornados, como si buscara algo—. ¿Sabes cómo llegar desde aquí al embarcadero doce?

—Claro. ¿Por qué?

—Debo hablar con la dotación del *Gambito de dama*. Es posible que no estén al corriente aún de la muerte del capitán Carmichael. Esos hombres han luchado a mi lado. Debería contarles al menos lo que ha sucedido.

—¿Un barco sin capitán, dices? —se interesó Finn.

—Ayer lo cosieron a balazos los esbirros de Drem en La Rata Ahogada —dijo Red.

—De hecho fue Ranking, su primer oficial, quién lo asesinó —precisó Hope.

El interés hizo que Sadie entornase los ojos.

—¿Y qué ha sido del oficial?

—No estoy segura —dijo Hope—. La última vez que lo vi se desangraba en el suelo después de que le cortara el brazo.

—¿No crees que la dotación se habrá limitado a elegir un capitán nuevo y habrá largado amarras? —preguntó Finn.

—Necesita muchas reparaciones —explicó Hope—. Ni siquiera creo que pueda hacerse a la mar.

—Vaya, vaya —masculló Finn, que dirigió a Sadie una mirada cargada de significado.

—¿Por qué no nos muestras ese barco tuyo? —le propuso Sadie a Hope—. Supongo que podría llegar el momento en que quizá debas abandonar este lugar a toda prisa. No estaría mal tener a mano un barco en buen estado para ello.

—Tal vez. —Hope entornó los párpados y dirigió una mirada interrogativa a Red, que se encogió de hombros. No tenía ni idea de qué se traía Sadie entre manos.

—Verás, no es lo que estás pensando —dijo Sadie—. Mientras estés con Red, las dos somos como viejas compañeras. Eso es lo que estoy pensando. A Finn se le dan bien los barcos. Puso en perfecto estado de revista la *Viento salvaje*, y lleva trabajando de carpintero desde entonces. Vosotros, los jóvenes, haced lo que debáis hacer. Entretanto, Finn y yo os arreglaremos el barco.

—Pero es que ese barco no es mío.

—¿De quién es?

—De nadie, en realidad.

—Entonces de ti depende que sea tuyo o no.

—¿Cuál es el plan? —preguntó Red.

—Pan comido: Cuando os esfuméis, nos lleváis y nos presentáis a la tripulación —propuso Sadie.

Red se mostró sorprendido.

—¿De veras? ¿Eso es lo que quieres?

—No me quedan muchos años por delante, a pesar de todos tus esfuerzos. Te aseguro que no me importaría pasarlos en el mar, al aire libre y al sol. Ver un poco de mundo antes de marcharme.

—A mí me da igual quedarme que largar amarras —dijo Finn *el Perdido*.

Red se volvió hacia Hope.

—¿Qué te parece? Si logramos salirnos con la nuestra, disponer de un barco podría ser una buena idea.

—Veamos qué nos espera antes de tomar decisiones —propuso Hope—. El resto de los tripulantes podrían poner objeciones a nuestro plan.

No hubo objeciones al plan porque no había tripulación. El *Gambito de dama* estaba vacío de gente y de efectos. Todo lo que no estaba bajo llave o asegurado con pernos había volado.

—Tal como yo pensaba —dijo Finn—. La gente tiene que comer. Se quedaron sin provisiones, perdieron la paciencia, vieron que había otros barcos que buscaban tripulantes, que ofrecían comida y algo de dinero. ¿Qué puede hacerse en esa situación?

—Entonces, ¿lo… dejamos aquí? —preguntó Hope.

—Bueno… —Finn se volvió hacia el extremo opuesto del embarcadero. Un hombretón de barba negra se les acercaba a buen paso—. Ahí tienes al jefe de puerto.

—¡Eh, tú! ¡Sureña! —voceaba el hombre mientras seguía caminando hacia ellos—. No sé qué habrá sido de Carmichael y los suyos, pero alguien me debe dos días de amarre. Y si no me pagáis o abandonáis el embarcadero con la puesta de sol, haré que lo hundan. ¡No creas que no seré capaz!

—Vamos, vamos, vamos, mi buen amigo —dijo Red con una sonrisa—. No sigamos por ese camino de hundir barcos. ¿Cuánto dices que hay que pagar a diario por amarrar aquí?

—Una quinta —respondió el tipo, cauto.

—De acuerdo, pues. Si las matemáticas no me fallan, creo

que con esto deberíamos disponer de… ¿una semana? —Sacó dos monedas de oro.

El tipo se quedó perplejo, clavada la vista en las monedas. Red se aseguró de darles la vuelta para que arrancaran destellos al sol.

—Por ahí —confirmó el hombre.

Red se volvió hacia Finn.

—¿Será tiempo suficiente para ponerlo en buen estado?

—Probablemente. Aunque a juzgar por la caída de ese trinquete, será necesario más tiempo.

—De acuerdo —dijo Red—. Mejor añadimos un par más, así nos quedamos tranquilos. —Sacó otras dos monedas y puso las cuatro en la mano del jefe de puerto. Seguidamente le mostró una quinta moneda—. Y esta es para ti si nadie, aparte de nosotros cuatro, se acerca a este barco sin nuestro permiso. Si vuelvo aquí en dos semanas y sigo encontrándolo en este lugar de una pieza, tuya será. ¿Entendido?

El tipo esbozó una cálida sonrisa, todo él amabilidad de repente.

—Sí, por supuesto, capitán…

Red señaló a Hope con un gesto.

—Ahí tienes a la capitana del *Gambito de dama*. La capitana Bleak Hope.

—A su servicio, capitana Hope —saludó el jefe de puerto—. No dudes en ponerme al corriente de todo lo que necesites.

—Gracias, jefe, así lo haré —asintió Hope, seria. Cuando el hombre se hubo alejado, se volvió hacia Red—. ¿De dónde has sacado ese dinero?

—Es posible que sacara algunas monedas de la bolsa antes de dejarla en la despensa de Prin —dijo Red—. ¿No me dirás que ahora no te alegras de que lo hiciera?

Hope negó con la cabeza intentando reprimir una sonrisa.

—De acuerdo. Ahora ya es demasiado tarde.

—Estupendo —dijo Red—. ¿Vamos a procurarnos un ejército?

—Antes de que vayáis a poner en marcha ese plan de locos

tuyo —intervino Sadie—, quizá quieras barajar la posibilidad de llenaros el buche y cerrar un rato los ojos.

—Ah, la sabiduría de la edad —aceptó él.

Red no estaba seguro de cuán cómodo sería embutirse los cuatro en la cabaña que Finn tenía en los muelles. Pero resultó que cuando llevas casi dos días sin descanso intentando evitar la muerte, tanto la propia como la ajena, no te importa mucho dónde apoyas la cabeza. Sobre todo después de un buen cuenco de sopa de pescado caliente y consistente.

Así fue cómo Hope y él se encontraron durmiendo al cabo de solo una hora de llegar a la cabaña, tumbados en el suelo de madera. La luz se filtraba débil a través de las persianas de la única ventana. Sadie y Finn estaban fuera; su conversación era como un murmullo arrullador a lo lejos.

Los ojos de Red empezaron a cerrarse cuando oyó la voz de Hope, suave y agradable, decir:

—¿Por qué ha dicho que no habías nacido en el Círculo? Me refiero a Ortigas.

—Porque no he nacido allí.

—¿Dónde naciste?

—En Cresta de Plata. Pero ella no se refería exactamente a eso. Mi madre era de Salto Hueco.

—No conozco lo bastante Nueva Laven para saber qué supone eso.

—Supone que mi madre era una niña bonita de la zona alta.

—¿Eso es malo?

—Por aquí, sí.

—Cree que eso te convierte en un privilegiado.

—Exacto.

Abrió los ojos y se volvió para mirarlo.

—¿Lo eres?

—A los cinco años ya sabía leer. La mayoría de los pillos del Círculo nunca aprenden a hacerlo. Eso de por sí ya hace de mí un privilegiado.

—Y te lo echan en cara.

—Ortigas le recrimina por costumbre todo a todo el mundo; no me lo tomo como algo personal. Ya no. Pero desde que estoy aquí he tenido que compensarlo. Demostrarles que no era un blando. Que podía manejar las cosas. El único que nunca ha dudado de mí es Filler.

—Y ahora…

—Ya. Verlo marcharse así… Preferiría que me dieran un puñetazo en el buche.

—Ese es el problema de tener gente de la que preocuparte —dijo Hope—. Cuando los pierdes, te duele más que nada.

Guardaron silencio un rato, interrumpidos únicamente por la risa suave de Sadie procedente del exterior de la cabaña.

—Creo que debería advertirte de algo —comentó Red—. No conozco tan bien Punta Martillo como Círculo del Paraíso. Nunca ha sido mi territorio. Así que no podré recurrir al truco de la huida de última hora mientras estemos allí, ni tampoco a la ayuda de pillos del lugar que me deban un favor.

—En ese caso, me alegro de que tengas otras cualidades —dijo Hope, cuya voz sonaba al borde del sueño.

—¿Te refieres a mi encanto innegable?

—Me refiero a tu puntería impecable.

—Ah. Sí. Claro. —Estuvo en silencio un minuto. Entonces añadió—: Pero crees que soy encantador, ¿verdad? —No hubo respuesta—. ¿Hope?

Se había quedado dormida.

19

Partieron esa misma noche hacia Punta Martillo. Lo que entendió Hope era que se dirigían al barrio contiguo. Sin embargo, la hosca pero sentida despedida entre Red y Sadie hizo que tuviera la sensación de que se disponían a cruzar el océano.

Cuando Hope y Red recorrieron las calles iluminadas por la parpadeante luz de gas, ella reparó en que su compañero estaba muy tenso. Su habitual actitud despreocupada le pareció entonces forzada. Mientras que Hope recorría las calles empedradas con pasos regulares, él iba de un lado a otro, y a veces incluso caminaba de lado, como si fuese incapaz de controlar sus propios andares.

—¿Tan distinto es todo en Punta Martillo? —preguntó ella.

Él se encogió de hombros sin dejar de mirar a su alrededor.

—Para ti probablemente no. Un agujero urbano del norte se parece a cualquier otro. Pero para mí es muy diferente. Los edificios lo son, igual que las personas y la manera de hacer las cosas.

—¿Has estado allí antes?

—Una o dos veces.

—¿A qué fuiste?

—A nada bueno —respondió él con una sonrisa torcida.

—¿Debemos esperar un recibimiento hostil?

—En Punta Martillo no conocen otra clase de recibimientos. —Recogió unas cuantas piedras del suelo y arrojó una con la que volcó un cubo situado a unos diez metros de distancia—. Aquí tienen un dicho: «Todo es más duro en el Martillo». Y por lo que yo sé, así es.

—¿Peor que en Círculo del Paraíso?

—Sí, sí. Mira, Drem *el Carafiambre* puede que sea un canalla que asesina a sangre fría, pero mantiene el Círculo unido. No hay nadie que ejerza ese papel en Punta Martillo. Sig *el Grande* es el tipo más importante en este momento. Pero la cosa siempre está muy reñida entre su banda y otras tres o cuatro. Ni siquiera los imperiales son capaces de mantener el orden en un lugar como ese.

—Si *Sig el Grande* se alía con nosotros, ¿podría eso ser suficiente para decantar el equilibrio de poder a su favor?

—Eso es lo que espero que piense —respondió Red—. O podría decidir que aliarse con nosotros solo le traerá problemas con las otras alianzas que ya tiene.

—¿Y si decide eso?

—Entonces nos matará.

—Intentará matarnos —lo corrigió.

Red sonrió.

—Bleak Hope... Me encanta cuando uno hace honor a su nombre.

Hope no estaba exactamente muy segura de cuándo sucedió. Pero fue gradualmente consciente de que las calles a su alrededor eran diferentes. El empedrado no solo era más sucio, sino que a menudo estaba quebrado o resquebrajado. También los edificios parecían dañados, como si hubiesen pasado por una guerra. Las ventanas rotas, las puertas desportilladas, paredes de piedra y ladrillo medio derruidas. Tampoco había alumbrado público. Todo el lugar parecía sumido en la oscuridad.

—Hemos llegado a Punta Martillo, ¿verdad? —preguntó.

Red asintió. Ya no iba de un lado a otro, sino que se limitaba a caminar a su lado, manteniéndose a su altura. Llevaba las manos pegadas a los costados y con la mirada controlaba el espacio que se abría ante ellos.

—¿Tienes algo que se parezca a un plan? —preguntó Hope.

—Sé dónde localizar a Sig *el Grande*. El único problema es llegar sin que alguien intente pasarnos por encima.

—¿Qué probabilidades crees que hay de que eso suceda?

—No muchas.

De hecho, fueron capaces de recorrer varias manzanas más antes de que tres tipos salidos de un callejón se les plantaran delante. Otros dos les cerraron el paso.

—Buenas noches, pajaritos. Habéis salido de paseo, ¿eh? —los saludó uno que iba tocado con un sombrero de copa muy gastado.

—Creo que se han perdido —comentó otro que llevaba el pelo largo por debajo de los hombros.

—Es posible —dijo un tercero, que lucía una gruesa cicatriz en la mejilla—. Después de obtener lo que queremos, deberíamos mostrarles el camino a casa.

—Eso sería propio de buenos vecinos —se mostró de acuerdo Sombrero de Copa—, excepto que no me suena haberlos visto en nuestro barrio. Sé que me acordaría de esta rajita sureña.

Hope se volvió hacia Red.

—¿Creen que van a robarnos?

—Eso parece —respondió él.

—No creo que valga la pena el esfuerzo —dijo Hope—. ¿Acaso van armados?

—Ah, claro que vamos armados, rajita bocazas —dijo Cicatriz, que sacó un cuchillo pequeño que parecía más útil para untar la mantequilla que para el combate. El resto sacó armas de similar patetismo: un garrote de madera con un clavo que asomaba por el extremo, una botella rota, un ladrillo y una bolsa de cuero llena de piedras.

—Seamos serios. —Hope echó a caminar sin detenerse cerrando la distancia que la separaba de ellos.

—¡Basta! —gritó Cicatriz, lanzándose a fondo con el cuchillo.

Hope lo asió por la muñeca y la retorció de modo que el tipo se vio obligado a doblarse por la cintura. Al mismo tiempo, levantó la rodilla para golpearle el rostro. Con la mano libre, descargó un revés con el puño en la oreja de Sombrero de Copa que lo hizo trastabillar. Dejó caer a Cicatriz en el empedrado y descargó una patada a Pelo Largo en mitad del pecho, dejándolo tumbado en el suelo boqueando para respirar. A continuación siguió caminando.

A su espalda, Red dijo, alegre:

—Ya veis cómo son las cosas, amigos míos. Así es cómo le gustan a la dama.

El sonido de pasos apresurados dio a entender a Hope que los dos restantes habían emprendido la huida.

Red la alcanzó.

—Por curiosidad, ¿por qué no has desenvainado la espada? Apuesto a que podrías haber matado a esos tres de un solo tajo.

—Matar a gente desarmada que no sabe ni luchar hubiese constituido un insulto para *Canto de pesares*.

—Perdona, ¿de qué canto me hablas?

—Así se llama la espada.

—¿Tú le pusiste el nombre? Me refiero a que es una gran espada, pero…

—Yo no se lo puse. Este acero tiene siglos de antigüedad, fue forjado con artes antiguas perdidas en la noche de los tiempos. Recibió su nombre mucho, mucho antes de que tú o yo hubiésemos nacido.

—Suena bien.

—Es un privilegio empuñar esta espada. Espero que llegue el día de poder demostrar ser digna de ella.

—¿Aún no lo eres?

—No —dijo Hope—. No he hecho nada realmente digno de ella.

—¿Y cómo la obtuviste? Sé que no la robaste.

—Me la confió mi maestro. Justo antes de que fuera asesinado por sus propios hermanos por haberme enseñado las artes secretas de los Vinchen.

—¿Por qué coño hicieron tal cosa?

—Porque está prohibido enseñar dichas artes a una mujer.

—¿Por qué? —quiso saber Red.

Hope levantó la vista hacia él, pero a juzgar por su expresión, vio que su pregunta era sincera.

—Porque se supone que las mujeres no participan en tales cosas.

Red arrugó el entrecejo.

—¿Por qué no?

—Porque… No sé, así ha sido siempre.

—Puede que por ahí sea así, pero aquí ser un hombre o una mujer no importa gran cosa. Si sabes luchar, nadie va a discutirte nada.

Hope intentó recordar cómo habían sido las cosas en su pueblo.

—Cuando era muy pequeña, antes de que me acogieran los monjes de Vinchen, vivía en un modesto pueblo de pescadores. No conservo… muchos recuerdos. Pero sé que mi madre trabajaba. Era una vida muy dura, pero lo era para todos, creo.

—¿Fueron esos monjes de Vinchen quienes te pusieron esa idea en la cabeza? ¿Allí los hombres eran mejores que tú?

—No —dijo Hope—. Solo me enfrenté a uno, pero no fue precisamente un desafío. Y vi a los otros practicando, y ninguno parecía poseer habilidades que yo no tuviera.

—¿Sabes qué creo que es todo eso? Tonterías de petimetres. Así son también en la parte alta. Los hombres trabajan, las mujeres se comportan como si estuvieran indefensas. Un montón de estiércol. Abajo, en el centro, todo el mundo tiene que esforzarse. Una mujer hace lo que quiere y el hombre debe respetarla por ello.

—Me gusta esa forma de pensar —admitió Hope—. Puede que, en cierta manera, aquí las cosas sean más civilizadas.

No los importunaron durante el resto del camino. Hope no estaba segura de si fue coincidencia o si se había extendido rápidamente la noticia de su llegada.

—Es aquí —anunció Red, que se detuvo ante un almacén sin letrero. Había luz en las ventanas, y procedente del interior se oían risas, conversaciones y algún que otro grito. Arrugó la nariz—. No parece gran cosa.

—¿Nunca habías estado aquí? —preguntó Hope.

Red hizo un gesto de negación.

—Conocí a un tipo de Punta Martillo. Él me habló de este lugar.

—¿Qué le pasó? —preguntó Hope.

—Desapareció una noche. Nadie lo sabe con seguridad, pero la gente susurraba que había sido cosa de biomantes.

—¿Aquí?

—Sobre todo en la zona alta —dijo Red—. Aunque a veces bajan, cuando necesitan carne fresca. O eso cuentan por ahí. Conocí a una mujer. La madre de Abejita… —Negó de nuevo con la cabeza—. En fin, cuesta separar con seguridad la verdad de las habladurías.

Hope se había planteado partir de Nueva Laven cuando hubiese vengado la muerte de Carmichael. Pero si había biomantes en la zona alta, tal vez debería prolongar su estancia. Se preguntó si Red también la seguiría en eso. Se sorprendió deseando, egoístamente, que lo hiciera.

—Supongo que deberíamos llamar a la puerta o algo. —Red golpeó la puerta con el puño.

Transcurrieron unos instantes en los que solo se oyó el ruido ahogado que procedía del interior. Entonces se abrió una ventanilla por la que asomó un par de ojos suspicaces.

—¿Qué quieres?

—Ver a Sig *el Grande*.

—Claro. ¿Y qué te hace pensar que lo vas a lograr?

—Esto. —Red le mostró una moneda de oro. Era otra más que había tomado de la bolsa destinada a la camarera. Hope creyó haber observado detenidamente a Red cuando dejó la bolsa en el suelo, pero estaba claro que sus ágiles dedos servían para algo más que para lanzar cuchillos.

La mirada se volvió menos suspicaz.

—De acuerdo.

La ventanilla se cerró y se abrió la puerta. Al otro lado los recibió un hombre de aspecto cadavérico armado con una pistola. Hope reparó en que la gente de Sig *el Grande* no iba armada con revólveres.

—Muy amable, mi buen amigo —dijo Red al arrojarle la moneda.

El tipo la atrapó en el aire y la sostuvo en alto.

—Esto os permite entrar en el edificio y pasarme de largo. Pero no te lleva en presencia de Sig.

—¿Me das una pista de cómo podría tener un encuentro amistoso con él? —indagó el joven.

—Le gusta jugar a las piedras. Encontrarás aquí a un puñado de pillos jugando. Si demuestras tener destreza en el juego tal vez él quiera echar una partida contigo.

—¿Ah, sí? —Red flexionó los dedos, relucientes los ojos rojos—. Resulta que no se me da del todo mal eso de jugar a las piedras.

El hombre se guardó la moneda.

—Entonces te deseo buena suerte.

—Ah, no creas, no depende de la suerte. —Red rio por lo bajo de una forma que casi sonó siniestra.

Avanzaron por un corto pasillo que desembocaba en un amplio espacio abierto. Estaba casi desierto, a excepción de diez mesas espaciadas a intervalos regulares situadas en el centro. Había dos personas por mesa, una a cada lado. Hope no sabía cómo jugar a las piedras. Había visto jugar a algunos miembros de la tripulación del *Gambito de dama*, pero nunca le interesó lo bastante como para aprender las reglas.

A un lado, junto a un brasero de piedra, había un hombre sentado en una silla con una caja metálica. Red se le acercó y le ofreció también a él una moneda.

—Emparéjame para la siguiente partida.

El hombre lo miró con cautela.

—No te he visto por aquí antes.

—Acabo de llegar.

—La regla principal consiste en no desenvainar armas, aunque pierdas. Sig *el Grande* no tolera las malas maneras en su salón de juego.

—No tienes que preocuparte por mí, mi buen amigo. Sobre todo porque no pierdo.

—¿De veras? —El hombre le sonrió—. Entonces tal vez sea hora de que conozcas a Colleen *la Verde*. Tiene ganas de medirse con alguien que le plantee un desafío respetable.

—Yo no soy respetable, pero te prometo que soy un desafío.

—Es la última mesa de la derecha. —El tipo intercambió la moneda por una ficha de madera—. No tardará en limpiar al cabeza de chorlito con el que está jugando.

Hope y Red se quedaron mirando cómo una mujer pequeña de aspecto frágil de unos treinta años jugaba con un hombre mayor.

—No entiendo nada de este juego —le susurró Hope a Red.

—Cada jugador empieza con veinte piedras. Tomas las restantes diez del juego y las alineas sobre la mesa. Cada piedra muestra un número del cero al nueve. La idea es librarte de todas tus piedras. Si tienes el siguiente número superior de la situada en el centro, puedes ponerla encima. O si tienes el siguiente inferior, puedes ponerla debajo. O si tienes el mismo, la pones sobre la piedra. Pero en cuanto empiezas esa hilera, ya sea por arriba, por abajo o sobre ella, no puedes cambiarla. A menos que recuperes todas las de la fila y empieces de nuevo por la piedra original.

—¿Por qué ibas a recuperar las piedras si lo que pretendes es librarte de ellas?

—Porque si te quedas sin piedras que puedas colocar, debes empezar a recogerlas hasta que puedas volver a colocar una.

—Sigo sin verle la complejidad.

—Acabo de darte la idea general. Las cosas se ponen interesantes cuando empiezas a tender puentes entre dos o más hileras añadiendo, restando, multiplicando o dividiendo los números.

—¿Matemáticas?

—Es una afición que tengo —confesó él, apartando la mirada.

Esa mañana, antes de dormirse, Red había mencionado que su pasado de niño bonito lo convertía en alguien privilegiado. Pero en lugar de enorgullecerse de su capacidad para leer, o de su interés en las matemáticas, parecía incómodo admitiéndolo.

—Pero ¿cómo funciona eso? —le insistió Hope—. Es una pequeña cantidad de opciones que barajar si el resultado depende de números que corresponden a unidades.

Él dudó unos instantes, como si no quisiera verse absorbido más tiempo en la conversación. Pero entonces, de pronto, cedió y su rostro se iluminó con una alegría casi infantil.

—Eso es, pero cuando combinas dos hileras, puedes hacer un número de dos dígitos. Si combinas tres hileras de golpe, puedes hacer uno de tres dígitos, y así sucesivamente. Cuanto mayor sea el número, de más piedras puedes deshacerte.

—De acuerdo. Ya veo cómo puede complicarse.

Red le sonrió, y no fue una de sus sonrisas burlonas que él creía encantadoras. Era una sonrisa agradecida.

—La mayoría de la gente no lo entiende.

Y así era. Puede que otra gente apreciase su encanto o su puntería, pero Hope se preguntó si había habido alguien desde la muerte de sus padres que hubiera apreciado su inteligencia.

—¡Maldita mierda! —gritó el anciano sentado a la mesa de Colleen *la Verde*—. ¡Otra vez, Colleen! ¿Cómo lo has…?

La mujer menuda sonrió con timidez.

—Me gustan los números, Cast. Eso es todo. Para mí son como amigos.

Cast gruñó, empujó la última ficha de madera sobre la pila de piedras en la mesa, y se marchó.

—Ese es nuestro asiento —dijo Red.

Se acercaron a la mesa. Colleen levantó la vista, arrugado el entrecejo.

—Eres nuevo —le dijo a Red al sentarse.

—En efecto.

—No suelo jugar con gente nueva.

—El tipo de ahí —Red cabeceó en su dirección— dijo que necesitabas un desafío.

—¿Eres bueno? —Lo miró con los ojos entornados, prietos los labios.

—Solo hay un modo de saberlo —replicó Red.

—¿Cómo juegas?

—Sin límite de dígitos. ¿Acaso hay otro modo?

Colleen le dirigió otra sonrisa tímida.

—No si te gusta de veras el juego.

Jugaron durante una hora. Hope no tenía ni idea de que una partida pudiese durar tanto. Hubo momentos en que ambos se quedaron con tan solo unas pocas piedras. Pero entonces uno bloqueaba al otro y lo siguiente que ocurría era que ambos se veían obligados a retirar piedras hasta que parecía que empezaban de nuevo desde el principio.

Inicialmente siguió con facilidad el flujo del juego. Sentada detrás de Red, pudo ver los números en sus piedras restantes, y fue incluso capaz de predecir algunas de sus jugadas. Pero a medida que avanzó la partida y ambos jugadores empezaron a comprender lo muy igualados que estaban, las cosas se aceleraron hasta convertirse en una rápida sucesión de chasquidos al colocar piedra tras piedra, retirarlas, mezclarlas. Todo aquello tenía que ver con algo que trascendía las rápidas ecuaciones matemáticas. Había algo más grande en juego. Le recordó el libre flujo de inspiración que discurría a través de ella cuando luchaba.

Hubo otros jugadores que abandonaron sus propias partidas para mirar, susurrando entre ellos como temerosos de que un ruido pudiese romper el hechizo. Hope sospechaba que ni siquiera un aplauso podría acabar con su concentración. El sudor resbalaba por las sienes de Red, y Colleen estaba sonrojada. Tanto esfuerzo en semejante inmovilidad, pensó Hope. Había algo en ello. Una lección que podía aprender. Se desplazaba tentadora por los márgenes de su mente, pero no se materializaba. Cuanto más se esforzaba por alcanzarla, más la eludía.

Entonces, de pronto, cayó en la cuenta de que esa era la lección. No había alcance en la inmovilidad. Solo observación, aceptación y reacción, todo ello sin la búsqueda del control.

—Bueno —dijo Red, interrumpiendo el flujo de pensamientos de Hope. Se alzó entre los espectadores una oleada de comentarios a media voz.

Hope miró las manos de Red para ver si había jugado todas sus piedras. Algo tenía en la mano, pero no podía ver qué era.

Colleen *la Verde* tenía ambas manos extendidas ante sí y jadeaba tras una sonrisa fiera.

—Ha merecido la pena. —Levantó las manos. Debajo de una de ellas estaba la última de sus piedras. Le ofreció la ficha de madera.

Red negó con la cabeza.

—No, el placer ha sido mío. —Levantó su propia ficha de madera—. Conserva la tuya y quédate con la mía, si puedes presentarme a Sig *el Grande*.

Los ojos de Colleen *la Verde* se abrieron como platos. Se disponía a hablar cuando se alzó una nueva voz.

—No tienes por qué sobornar a más de mis pillos. Basta con tu destreza para presentarte ante mí.

Se abrió el corro que formaban los espectadores. Hope vio asomar al hombre más alto que había visto, tanto que los empequeñeció a todos. Tenía unos puños tan grandes como la cabeza de un bebé y el pecho ancho como el de un oso. Llevaba el pelo muy corto, pero tenía la barba larga, negra y con algunas mechas grises. Daba la impresión de haberse roto la nariz en numerosas ocasiones, y había una fuerza en sus ojos que a

Hope le sugería que rara vez perdía el temple, motivo por el cual era, si cabe, más peligroso aún.

—Vamos a ver… —dijo Sig *el Grande*—. Red, ¿verdad? He oído hablar de ti. El ladrón listo de los ojos rojos.

Red le ofreció una sonrisa tranquila.

—Me conoces.

—No del todo —admitió Sig *el Grande*—. No sabía que también eras un maestro jugando a las piedras.

—Ah, esa parte procuro mantenerla en secreto —replicó Red—. De otro modo, me costaría un triunfo jugar. La mayoría de la gente no quiere repetir una vez ha jugado conmigo.

—Yo lo haré. —Sig *el Grande* le hizo un gesto a Colleen *la Verde*, que recogió sus piezas y se hizo a un lado respetuosamente—. Bueno, dudo que gane. Pero es agradable participar de una actividad en la que perder no comporta la muerte.

—¿Te gusta perder? —preguntó Red.

—Es instructivo —respondió Sig—. Además, mientras jugamos, puedes explicarme qué haces aquí de un modo que me convenza de que no eres uno de los esbirros de Drem que ha venido a clavarme un cuchillo en la espalda. No querría matar a un jugador de piedras con tu talento.

—Respetuosamente —replicó Red mientras desplegaba una nueva partida—, si hubiese venido a matarte, ya estarías muerto.

—He oído decir que tienes una puntería considerable —dijo Sig mientras recogía sus veinte piedras de la pila.

—Has oído bien. Aunque no soy yo quien es mortífero aquí.

Sig *el Grande* levantó la vista hacia Hope.

—¿Es tu guardaespaldas?

—Podría decirse que me guarda las espaldas y el alma —respondió Red—. Me está enseñando a ser alguien que vale más que los trucos que sabe hacer.

A Hope le sorprendió el comentario. No había pretendido instruir ni a él ni a nadie en la manera adecuada de manejarse en la vida. Tal vez daba voz a sus opiniones sobre Red y su forma de vida con mayor despreocupación de la cuenta. Después de todo, ¿qué le importaba a ella?

—Notable mujer —dijo Sig.

—No tienes ni idea.

Y pese a todo, insistía en mostrarse tosco a veces. Ella no pudo evitar intervenir:

—¿Vais a dejar de hablar sobre mí como si no estuviera presente?

Sig *el Grande* inclinó la cabeza, respetuoso. Luego se volvió hacia Red.

—Empecemos.

—La cosa es así —comenzó Red mientras colocaba la primera piedra—. Aquí mi colega necesita ver muerto a Drem *el Carafiambre*. Es un asunto personal.

—Comprendo. —Sig puso una piedra con una expresión levemente divertida.

—Y con el ánimo de quien intenta ver más allá de sus circunstancias, tengo la sensación de que el Círculo podría pasar sin Drem. Puede incluso que su ausencia mejorase el lugar.

—Además ha puesto precio a tu cabeza.

—Librarse de ese detalle formaría parte de las mejoras —admitió Red sin dar muestras de incomodidad mientras colocaba una piedra en su lugar.

Sig *el Grande* colocó otra de sus piedras.

—¿Y dónde entro yo?

—Drem cuenta con un ejército para protegerlo. Así que pensé que…

—Te acercarías a Punta Martillo a reunir un ejército propio. Pero ¿qué ganamos yo y mis pillos con ello?

—Dime que no quieres ver muerto a Drem.

—Hay muchas cosas que quiero —repuso Sig—. Me he acostumbrado a no conseguirlas todas.

—Entiendo. Pero esta podría tener que ver con algo más que vengarse de Drem. Cuando esté fuera del cuadro, y las cosas te sean más favorables en el Círculo, podríamos devolver el favor. Ayudarte a echar a la competencia que pueda salirte allí.

Durante todo este tiempo, Red y Sig habían estado colocando piezas con aire ausente. Pero ahora Red puso una que pareció bloquear los avances de Sig. Sonrió un poco.

Sig *el Grande* asintió muy serio mientras inspeccionaba las piedras.

—Todo eso suena muy bien. Excepto que hay una pieza que has olvidado. —Entonces puso una piedra que había parecido bloqueada porque hasta ese momento no había utilizado una combinación como esa.

Red enarcó una ceja mientras evaluaba el cambio de situación.

—¿Cómo?

—¿Sabes lo duro que es consolidar el poder en el conjunto de un barrio? —preguntó Sig—. Prácticamente imposible. Yo no he conseguido hacerlo, y si bien no soy tan implacable como Drem, soy más listo y mis colegas me son más leales. Se necesita más de una persona para alcanzar esa clase de poder. —Puso otra piedra.

—¿Estás afirmando que él tuvo ayuda? —preguntó Hope—. ¿Ajena a Círculo del Paraíso?

—Así es —confirmó Sig.

—¿De quién? —Red se mostró escéptico al tiempo que cogía una nueva piedra.

—Biomantes —dijo Sig—. Por mucho que tengamos un ejército, no somos rival para ellos.

—¿Biomantes? —Red resopló—. Eso es un montón de estiércol.

—¿Cómo lo sabes? —le preguntó Hope a Sig. No estaba dispuesta a renunciar a una pista potencial que condujera a un biomante.

—Es que no lo sabe —dijo Red—. Se hace eco de las habladurías.

—Lo sé —insistió Sig— porque a mí me ofrecieron el mismo trato que le ofrecieron a él. Me dijeron que podían darme la ventaja sobre las demás bandas del barrio, ponerme al mando de todo Punta Martillo. A cambio, yo les proporcionaría un sujeto humano cada mes.

—Para experimentar. —La voz de Hope carecía de inflexión. Los tentáculos de esos biomantes llegaban incluso a los bajos fondos de Nueva Laven. Sin embargo, de algún modo no la sorprendía que el asesinato de Carmichael guardase relación con el resto de gente que ella odiaba.

—Sí —asintió Sig—. Fue entonces cuando me confirmaron que Drem había aceptado el trato. Dijeron que si yo no lo hacía, con el tiempo Drem podría hacerse con Punta Martillo.

—¿Y qué respondiste? —preguntó Hope. ¿Lo mataría ahí mismo, sin más, si admitía haberse unido a ellos?

—Les dije que yo solo me haría con Punta Martillo por mis propios medios, o que fracasaría en el intento —les dijo Sig.

Hope se relajó un poco.

—Eso fue muy valiente por tu parte.

—Y también muy estúpido. «Has mordido más de lo que puedes masticar», me respondieron. Entonces, uno de ellos, ese tonto del culo con una cicatriz de quemadura en la cara, se me acerca y me da con un dedo en la mandíbula. Eso es todo. Pero de pronto siento un dolor tremendo en la cara y los dientes se me caen en la boca.

Sig *el Grande* sonrió. Una sonrisa amplia, generosa, que reveló una dentadura hecha de madera.

—Ese biomante de la quemadura, ¿tenía también el pelo castaño y las facciones angulosas? —La voz de Hope apenas era más audible que un susurro. La idea de que ese biomante pudiera ser el mismo que ella llevaba diez años buscando hizo que se le disparase el ritmo cardíaco, por mucho que por fuera pareciese estar en calma.

—¿Lo conoces? —Sig la miró con renovado interés.

—Lo he visto desde la distancia. —No había más que oscuridad en su voz, y a juzgar por el modo en que la miraba, Sig *el Grande* tuvo que darse cuenta de ello. Cabeceó en sentido afirmativo y no dijo más.

—¿Cómo sabemos que eso es cierto? —le preguntó Red—. Podrías estar mintiéndonos. O ellos podrían haberte estado mintiendo a ti.

Sig *el Grande* miró de nuevo a Red.

—Decidí que merecías una explicación de por qué no voy a ayudaros a derrocar a Drem. No me importa si la crees o no.

—Deberías —manifestó Red.

—¿Ah, sí? ¿Cómo es eso?

Red contempló el olvidado juego de las piedras, casi como si no supiera qué era. Tenía los ojos en otra parte, el rostro relajado, sonriente casi. Pero Hope vio que una vena le latía en la garganta.

—Porque —dijo al cabo— si puedes demostrarme que Drem ha vendido todo Círculo del Paraíso a los biomantes, yo te prometo que reuniré un ejército en el Círculo que esté a la altura del tuyo. Y juntos llamaremos a la puerta de Drem.

Puso su pieza de madera en la mesa y levantó la vista hacia Sig *el Grande*.

—Y, con o sin biomantes, yo mismo mataré a ese traidor.

CUARTA PARTE

La persona que crees ser solo es una parte de ti, igual que todas las verdades no son sino verdades a medias.

De *El libro de las tormentas*

20

Ortigas se ajustó la casaca de lana áspera para protegerse mejor del frío.

—Todo esto no me gusta nada, Red.

—Aquí la cerveza sabe diferente. —Filler arrugó la nariz ante la jarra de cerveza negra.

—Sois mis dos mejores amigos y lo sabéis —les recordó Red.

—¿De veras? —Ortigas miró a Hope, la cuarta y última persona sentada a la mesa.

—Pues claro que sí. De otro modo, no me hubierais acompañado a una taberna en Punta Martillo.

—Está nada más cruzar la frontera del barrio —dijo Ortigas como si no importara, lo que era muy absurdo porque todos ellos sabían que sí importaba.

—A este lado de la frontera la cerveza no es tan buena —anunció Filler. El pobre chico no parecía nada cómodo; de hecho, Red nunca lo había visto así, moviendo con incomodidad el trasero en el asiento y con una fina capa de sudor en las sienes. Era la primera vez que salía de Círculo del Paraíso.

—Es igual. Sé que os he pedido mucho, sobre todo después de que dejasteis bien claro que no queríais ayudarnos a derrocar a Drem —continuó Red, que hablaba en voz baja. Estaban fuera del Círculo y apenas había gente en Punto de No Retorno.

Las tabernas que bordeaban un vecindario rara vez estaban muy concurridas. Pero, aun así, se trataba de un asunto demasiado serio para hablarlo en voz alta y en plena calle.

—Entonces, ¿qué hacemos nosotros aquí si no es ayudarte con eso?

—No tenéis que hacer nada. —Red no podía culparla por mostrarse suspicaz—. No tenéis que decir nada, ni pensar siquiera. Lo único que debéis hacer es mirar y escuchar.

Ortigas se inclinó hacia delante.

—¿Y qué se supone que debemos ver y oír?

—No lo sé exactamente. Sig *el Grande* ha formulado algunas… acusaciones. Asegura que puede demostrar que son ciertas. Esta noche, con vosotros dos como testigos, lo comprobaremos personalmente.

—¿Has vuelto a leer esos libros de espías? —preguntó Ortigas—. ¿Qué te dije respecto a ellos? Te reblandecen el cerebro.

Red se disponía a responder, pero entonces vio a Colleen *la Verde* entrar en la taberna. Menuda y discreta, prácticamente invisible. Casi le había pasado desapercibida, lo cual, tratándose de Red, era algo muy peculiar.

Se acercó a la mesa y miró a Ortigas y a Filler con suspicacia.

—¿Quiénes son estos dos?

—Necesito gente de confianza para cubrirme —respondió Red—. Si lo que dice Sig es cierto.

Colleen arrugó el entrecejo.

—No habrá mucho espacio, y pasaréis un buen rato allí. Falta una hora para la reunión, pero necesitamos llevaros allí ahora.

—Nos las apañaremos.

Colleen se encogió de hombros.

—Vamos, pues. —Se dio la vuelta en dirección a la salida.

—¿Estás lista? —le preguntó Red a Hope.

—¿Hmm?

Red no estaba seguro del porqué, pero Hope había estado más callada últimamente. Sin embargo, no había podido pensar mucho en ello, porque él mismo había estado casi siempre preocupado mientras se escondían en los muelles, dormían en el *Gambito de dama* y colaboraban en las reparaciones. Tenía la sensación de llevar días conteniendo el aliento, esperando a tomar parte en esa conversación. Si lo que Sig *el Grande* decía era verdad, lo cambiaba todo. Pero no mencionó nada al respecto. En lugar de ello, dijo:

—Ha llegado la hora de acechar. Lo que menos te gusta hacer en el mundo.

—Ah. Sí.

Cuando se levantaron para seguir a Colleen, Ortigas puso la mano en el hombro de Red.

—¿Tú estás seguro de esto?

—Te lo prometo, Tigas. De un modo u otro, se trata de algo que debemos averiguar.

—De acuerdo. Pero me debes una.

—Ya te debo una por habernos permitido escapar por la rampa la otra noche.

—Entonces me debes dos. —Ortigas esbozó una sonrisa tensa—. Es posible que esté ahorrando para algo especial.

Colleen los llevó fuera de la taberna, al fresco ambiente nocturno. La estación de las lluvias estaba al caer y pronto estallarían tormentas de agua gélida. Red se ajustó la casaca para abrigarse mejor. El resto hizo lo mismo. Todos excepto Hope, a quien no parecía afectarle el frío. Red se preguntó cuánto frío debía de hacer en las Islas del Sur.

—Los líderes llegarán por la entrada principal —los informó Colleen mientras los llevaba por un lateral del edificio—. Se reunirán en la sala trasera. No hay ventanas y solo un acceso, que estará vigilado. Pero hay un escondrijo en el suelo de esa habitación, al que se accede desde fuera.

La parte trasera de la taberna daba a un callejón oscuro, cubierto de un barro líquido tras la lluvia de la tarde. El agua helada se filtró en las botas de Red mientras inspeccionaba con la vista la pared posterior del edificio.

—No veo el acceso.

—Claro que no. —Colleen golpeó un barril viejo apoyado

en la pared, que reverberó con un eco raro. Levantó la tapa. Red echó un vistazo y vio que habían cavado un túnel bajo el barril.

Se volvió hacia Ortigas con una sonrisa de satisfacción.

—¡Cosas de espías!

—¿Quién conoce este escondrijo? —preguntó Hope.

—Sig *el Grande*, por supuesto. Y Billy *el Púas*, otro líder aliado de Sig. Sabe que estaréis allí.

—¿Podemos confiar en él? —preguntó Red.

—¿En que mantendrá la boca cerrada? —A Colleen pareció irritarle la pregunta—. No quiere ver Punta Martillo convertido en otro Círculo del Paraíso.

—¿Qué significa eso? —Ortigas echó atrás los hombros como quien se dispone a descargar un puñetazo.

Pero Colleen la ignoró.

—Podrás ver y oír lo que sucede arriba desde ese escondrijo. Eso significa que si te mueves o haces ruido, ellos también podrán oírte. Y, si lo hacen, Sig actuará como si no te hubiera visto en la vida. Él da por sentado que harás lo propio.

Red la cogió del brazo.

—Gracias por esto.

Ella asintió. De pronto pareció tímida.

—Si alguna vez quieres la revancha a las piedras…

—Sé dónde encontrarte —le aseguró él con una sonrisa.

Colleen sonrió antes de despedirse.

Observaron el barril.

—Filler, mi viejo, viejo, amigo —dijo Red—. Es posible que pierdas algo de piel en esta aventura.

De uno en uno, se introdujeron en el túnel a través del barril y se arrastraron boca abajo unos metros hasta que el túnel se abrió a un hueco. Tenía tan poca altura que Red no pudo despegar el pecho más de quince centímetros del suelo. Una vez dentro, giraron sobre sí mismos para situarse boca arriba y poder ver a través de las rendijas que había entre los tablones. El cuarto permanecía a oscuras, así que costaba decir hasta qué punto serían capaces de distinguir algo.

—No os mováis, dice la muy enana —masculló a su lado Ortigas—. Como si hubiera espacio para moverse.

Estaban todos pegados, tumbados unos juntos a otros. Hope, Red, Ortigas y, por último, Filler. Con su antigua chica pegada a un lado y la chica célibe a la que nunca podría tener al otro, Red no podía acabar de decidir si estaba en el cielo o en el peor de los infiernos.

—Y que a ti no se te ocurra hacer nada —le advirtió Ortigas como si pudiera leerle la mente.

—Pero si no he hecho nada.

—Te conozco bien y todo tú te derrites que no veas.

—Nada más lejos de mi intención —mintió—. Pero está claro que tú sí piensas en ello. ¿Quién se derrite aquí, entonces?

—Callaos los dos —ordenó Filler.

—Gracias —dijo Hope.

Los minutos se arrastraron mientras permanecían a la espera en la oscuridad. Finalmente, alguien entró con linternas en el cuarto, las colgó de las paredes y se marchó. Cuando el cuarto quedó iluminado, a Red le sorprendió cuánto podía ver. No era ideal, por supuesto, pero bastaría para identificar a los participantes.

Pasaron varios minutos más, y entonces cuatro personas entraron en el cuarto. Red reconoció sin problemas a Sig *el Grande*. Había también un hombre bajito de pelo negro que le asomaba de la cabeza en varias direcciones como la piel de un puercoespín. Red dio por sentado que se trataba de Billy *el Púas*. Los pillos de Punta Martillo sentían predilección por señalar lo obvio. También los acompañaba una anciana de pelo blanco como el hueso y un parche en un ojo, además de un tipo con la piel incluso más oscura que la del capitán Carmichael de Hope.

—Me sorprende que hayas venido, Sig —dijo la mujer del parche.

—Me enteré de que no podía perderme esta reunión, Sharn —dijo Sig *el Grande*.

—Yo también —admitió Sharn—. Aunque no haya detalles que lo justifiquen.

—¿Ha cruzado por la mente de alguno de los presentes que pueda tratarse de una trampa? —preguntó el hombre de piel oscura que hablaba con un leve acento.

—Claro que sí, Palla —respondió Sig—. Mi gente tiene órdenes de no dejar entrar a nadie excepto a Drem y a otro… invitado.

—Sí, esa persona misteriosa que supuestamente hará que cambiemos de opinión —dijo Billy.

Los cuatro líderes de otras tantas bandas esperaron un rato más, charlando en voz baja. Red quiso ver cómo reaccionaba Ortigas a la mención de Drem, verle la expresión. Pero se contuvo porque incluso el menor movimiento podría llamar la atención. Incluso su respiración parecía ridículamente ruidosa, y su pecho subía y bajaba más ostensiblemente de lo que había sido nunca consciente.

Por último, la puerta se abrió y entró Drem. Lo acompañaba un hombre vestido con una túnica blanca y una cadena de oro a modo de cinturón. Su rostro quedaba oculto por la sombra de la capucha. Red sabía que se trataba del uniforme de los biomantes, aunque nunca lo había visto en persona. Ortigas aspiró con fuerza, pero no pasó nada porque arriba hacían más ruido.

Palla, Sharn y Billy querían que Drem se explicara, a medio camino entre la ofensa y la alarma. Solo Sig, con su rostro pétreo, guardaba silencio.

—Vamos, vamos, panda de idiotas, que no os tiemblen tanto las piernas. —Drem levantó ambas manos—. Vosotros escuchadnos.

—No me interesa nada de lo que este hombre haya venido a contarnos —dijo Sharn, en cuyo único ojo destellaba la ira.

—Drem, estoy seguro de que no debo recordarte que ahora mismo estás en Punta Martillo en calidad de invitado y protegido nuestro —puntualizó Palla—. Si retiramos dicha protección, las cosas se te torcerán.

—Dices bien —admitió Drem—. Por ese motivo he venido no en calidad de enemigo, sino como un aliado potencial.

—Te escucho. —Palla lo miró con dureza.

—Rápido, Drem —lo apremió Sharn—. Suelta lo que hayas venido a decirnos.

—Gracias, muy amables. —La expresión de Drem era extrañamente alegre—. Como sabéis, controlo Círculo del Paraíso sin rival. Esto se debe en parte al duro trabajo y en parte a los biomantes.

A pesar de su insistencia en obtener pruebas, Red siempre tuvo la sensación de que le habían dicho la verdad. Pero la tristeza que creció en su pecho, ardiente, aguda, la sensación de ser traicionado, de que alguien supuestamente fiel al Círculo pudiera venderlos de ese modo, resultó ser más intensa de lo que había esperado. Se preguntó qué sentían Filler y Ortigas, encajándolo todo por primera vez.

—A cambio de su ayuda —seguía diciendo Drem—, los biomantes solo quieren sujetos con los que trabajar en su oficio.

—Gente, quieres decir —masculló Palla.

—En el pasado, solo ha sido uno al mes. Creo que es muy razonable. Pero las cosas están cambiando. —Se volvió hacia el biomante.

Este se retiró la capucha blanca, y parecía tan normal, tan común y corriente, que Red se preguntó si era un biomante de verdad o alguien a quien Drem había disfrazado para convencer a los líderes de Punta Martillo. Pero entonces habló, y su voz era como algo arrancado del fondo del océano, cubierto por una capa sucia y rasposa.

—La seguridad del imperio peligra por culpa de enemigos que provienen de más allá del Mar Oscuro —dijo—. El emperador ha ordenado que aumentemos nuestro empeño en desarrollar armas y estrategias nuevas para la defensa. Con tal de lograrlo, necesitamos más sujetos para experimentar en nuestras investigaciones. Vosotros nos los proporcionaréis.

—¡Y una mierda! —protestó Billy.

—No nos precipitemos. —Drem miró al biomante de tal modo que parecía decir: «Deja esto en mis manos». Se volvió hacia Billy *el Púas*—. Resumiendo el asunto. Nos aliamos

Círculo del Paraíso y Punta Martillo. Luego tomamos Cresta de Plata. Aquí mi amigo —señaló al biomante— me ha asegurado que eso no será problema. Con ello, los cinco tendremos el control total de la mitad de Nueva Laven. Yo compartiré los muelles, vosotros los molinos. Todo al sur de Villaclave es vuestro para hacer lo que os plazca. Suena estupendo, ¿no os parece?

Billy negó con la cabeza.

—¿Quieres que entreguemos a nuestra propia gente a los biomantes?

—Vamos, hombre, Billy, viejo amigo —protestó Drem—. Claro como el cristal. Todos sabemos que ahí fuera hay gente que no sirve ni para abonar el campo. El mundo no cambiaría un ápice si no estuvieran.

—¿De cuánta gente estamos hablando? —preguntó Palla al biomante.

—El número exacto podría variar con el tiempo —aclaró el biomante—. Para empezar debería bastar con veinte al mes.

—¿Veinte personas inocentes cada jodido mes? —rugió Billy—. No puedo creer que ninguno de vosotros os lo estéis planteando siquiera. —Los miró uno a uno. Permanecieron en silencio—. Olvidaos de las historias que os contaban para asustaros de noche. Los biomantes no son más que personas de carne y hueso. Para ejercer el control se sirven del miedo, la intimidación y las habladurías que van sembrando por ahí los idiotas.

—Billy. —Sig le puso la manaza en el hombro—. Este no es momento para…

—¡Es precisamente el momento! —Billy se sacudió la mano de Sig—. Hay que detener esto ahora mismo, antes de que vaya a más. ¡Antes de que acaben con todos nosotros! —Se volvió, desesperado, hacia los demás líderes. Nadie lo miró a la cara.

—Has malinterpretado totalmente nuestra labor —aseguró el biomante, cuya voz grave sonaba como el ancla que se arrastra por un arrecife de coral—. ¿Nos crees fríos? ¿Crueles?

¿Sin sentimientos? —Negó fingidamente triste con la cabeza—. Tenías razón cuando dijiste antes que no éramos más que personas. Nos afectan mucho los sentimientos. Así debe ser. Es la maldición por lo que hacemos. Pero mientras vosotros únicamente acusáis lo que pasa en vuestro pequeño rincón de vuestro pequeño barrio de vuestra pequeña ciudad, nosotros acusamos lo que sucede en todo el imperio. Cuidamos de él y lo vigilamos, igual que el imperio vigila y cuida de ti. Todo lo que somos, todo lo que hacemos, está destinado a este propósito. ¿No ves la perspectiva de los acontecimientos?

Puso la mano en el hombro de Billy y lo apretó. Tenía lágrimas en los ojos, una expresión suplicante. Billy no había previsto una respuesta tan apasionada y se lo quedó mirando con asombro.

—Si no puedes verla —continuó el biomante—, si no puedes sentir lo que nosotros sentimos, quizá aquí eres tú el frío. —Le dio la espalda y regresó junto a Drem.

Se hizo el silencio en la estancia. Los líderes se miraron unos a otros con inseguridad, incluso Sig *el Grande*. El único que no parecía afectado era Drem *el Carafiambre*, cuyo rostro no podía ser más inexpresivo.

Fue entonces cuando Red lo supo.

Billy, de pronto, se echó a temblar.

—Pero ¿qué…?

Su piel empezó a palidecer, las venas cada vez más y más pronunciadas: una telaraña azulada que se dibujó en sus manos y cara. Su cuerpo adquirió rigidez y tembló visiblemente, convulso. Los ojos se le cubrieron por una película, convertidos en sendas canicas de hielo. El pelo negro se le cayó de la cabeza a mechones, y las uñas se le desprendieron de los dedos retorcidos como garras. Despegó los labios para gritar, pero un lado de la mandíbula pareció desprenderse y quedó colgando. La lengua era un trozo congelado de carne oscura que movía arriba y abajo sin la menor sensibilidad. Tanto la mandíbula como la lengua cayeron al suelo y se hicieron pedazos. Ruidos guturales escaparon de lo que había sido la boca mientras los ojos se le fundían en las cuencas lentamente. La piel del cuello se desgarró, y primero se desgajó un brazo de la articulación del hombro, seguido por el otro. Finalmente, las piernas se astillaron y su cuerpo se desplomó en el suelo, unos restos que siguieron temblando dentro de la ropa, hasta que todo quedó inmóvil.

Drem dio un paso al frente, impávido aún.

—Vamos a daros unos días para pensarlo.

—Intento recordar en qué preciso instante mi vida se fue al infierno —dijo Ortigas mientras arrojaba una miga de pan al estanque. Unos peces blancos con los ojos grandes y luminosos asomaron a la superficie para hacerse con él. Era un estanque subterráneo y no solía suceder que allí los peces tuviesen pan para comer.

Red, Hope, Ortigas y Filler habían oído el golpe acordado con Colleen conforme todo estaba despejado una hora después de que los líderes de Punta Martillo abandonasen el cuarto y alguien entrase a recoger los restos congelados de Billy *el Púas*. Red le dijo a Colleen que se pondría en contacto con Sig *el Grande* en uno o dos días, y a continuación los cuatro regresaron a Círculo del Paraíso.

Fue Ortigas quien había sugerido la Mansión Los Manzanos. El nombre sonaba a lugar bonito, porque en tiempos lo había sido. Eso fue cuando la ciudad de Nueva Laven constaba únicamente de una zona alta y toda la parte baja no era más que un conjunto disperso de granjas y huertos de árboles frutales. Los Manzanos había sido la única construcción en diez kilómetros a la redonda. Una solitaria mansión en un mar de manzanos, todo ello propiedad de la familia Bulmatedies. Pero de eso hacía siglos. El huerto de árboles frutales había desaparecido, así como los últimos descendientes de los Bulmatedies. Lo único que quedaba era la mansión, una belleza ajada a la que se permitió sobrevivir mientras se construían las calles empedradas y las casas a su alrededor.

Los Manzanos había sido muchas cosas para gente diversa a lo largo de los años: una casa donde los sin techo podían refugiarse, un fumadero para los adictos, un burdel para las prostitutas... Un optimista hombre de negocios había intentado incluso en una ocasión convertirla en un hotel respetable. Esa empresa en particular duró apenas unos meses. Los clientes se quejaban de haber visto fantasmas a medianoche, de que les desaparecían objetos, como la media izquierda o la mitad de los botones de una casaca. El propietario había llegado al extremo de contratar los servicios de un nigromante para limpiarlo, pero no sirvió de nada. En cuestión de un año, el hombre de negocios se dio por vencido y se mudó a la zona alta de Villaclave, de donde procedía.

El inquilino más reciente había sido Jix *el Escamoteador*; eso fue antes de que Drem se pusiera sus entrañas por corbata. Jix juró que durante todo el tiempo que su gente y él pasaron allí nunca había visto un solo fantasma ni le había desaparecido ni el recorte de una uña. La gente decía que la casa tenía sus preferencias, que prefería a un hombre de tomo y lomo del Círculo a un petimetre de la zona alta. Eso era fácil de creer. Como cualquier cosa vieja a la que se abandona a su suerte más tiempo de la cuenta, la mansión se había vuelto peculiar. Entre sus muchas excentricidades se contaba el estanque de peces del sótano.

Nadie sabía cómo llegó allí el estanque ni cómo se había llenado de esos extraños peces de aspecto fantasmagórico. Muchos murmuraban «biomante» y se mantenían al margen, pero se atribuían muchas cosas a la biomancia que probablemente no deberían atribuírsele. Había personas a las que les gustaba pensar en ello, pero el mundo era ya harto raro de por sí, y en ese sentido no necesitaba precisamente un empujón.

El sótano era una estancia espaciosa, y el estanque ocupaba la práctica totalidad. Lo único que quedaba sobre la superficie del agua era la hilera superior de estantes de almacenaje clavada a las paredes. Si te introducías por la trampilla de la planta baja y te deslizabas por el estante con cuidado, podías recorrer toda la sala. Era oscura y húmeda y olía a algas podridas. Eso, combinado con los rumores de biomantes y de fantasmas, había hecho de la mansión un lugar bastante impopular para que abundasen las visitas. Red y Ortigas habían ido por curiosidad cuando salían juntos. Para ellos se convirtió en un sitio especial durante esa época. Desde su separación no habían vuelto, así que Red se llevó una sorpresa cuando ella lo sugirió.

Los cuatro se encontraban sentados en el estante, los pies colgando sobre el agua oscura.

—¿Se fue al infierno mi vida cuando conocí a Red? —se preguntó Ortigas en voz alta mientras arrojaba otro pellizco de pan a los peces fantasma.

—No, entonces fue cuando tu vida se volvió interesante —replicó él—. Pero entiendo que puedas confundirte.

—O puede que fuera cuando la rajita con cara de ángel hizo acto de presencia —continuó fingiendo no haberlo oído.

—Eso es un montón de estiércol como una catedral —opinó Filler.

Todos se volvieron hacia él, sorprendidos. Incluso Hope.

—¿Por qué dices eso, viejo amigo? —preguntó Red.

—Lo que pasa aquí no tiene nada que ver con ella —dijo Filler—. Lo único que hizo fue quitar un poco el polvo para que pudiéramos ver que no hay Círculo. Que no ha habido Círculo desde hace tiempo.

—No hablarás en serio, Fill. —Ortigas lo miró suplicante, como pidiéndole que retirase las palabras.

—Hablo más en serio que cualquiera cosa que haya dicho en la vida. Me gustaría no hacerlo, Tigas, pero ya has visto el alcance de lo que sucede. El mayor fulano de Círculo del Paraíso no es más que un mono de feria para imperiales y biomantes. Hace que quiera quemarlo hasta los cimientos. Sería mejor si no existiera. No dejar piedra sobre piedra. Prefiero eso a esta mentira.

Red esperaba que Ortigas lo rebatiese. Que se mostrara en desacuerdo. Pero no dijo nada, así que se volvió hacia Hope.

—¿Tú qué dices? Estás más callada de lo habitual.

—No era él —dijo, contemplando la abismal negrura del estanque.

—¿De qué hablas?

—El biomante. Esperaba que fuese el mismo que conocí. El de la quemadura en la cara que dejó a Sig *el Grande* sin dientes.

—¿Por qué?

Se volvió hacia él con lágrimas en los ojos. Red se llevó una sorpresa. Hasta ese momento, ni siquiera estaba muy seguro de que ella fuese capaz de tener esa clase de emociones.

—Si existe alguien en el mundo a quien querría matar es ese hombre. El responsable del asesinato de todo mi pueblo.

El silencio se instaló de nuevo, roto únicamente por los chapoteos suaves de los peces fantasmagóricos asomando a la superficie para comerse el pan. Red se preguntó cómo se las apañaban para no pelearse por las migas. No abundaban, precisamente, y estaba seguro de que muchos de ellos ni siquiera llegaban a probarlas. ¿Eso no les parecía injusto? ¿No se enfadaban? No, claro que no. Los peces son lo más tarugo que pueda concebirse. Pensó que además debían de ser ciegos. Así que muchos de ellos ni siquiera se enteraban de cuándo había migas de pan en el agua. Se preguntó si serían muy distintas las cosas si fueran capaces de ver. Si algunos de los peces del fondo tuvieran una luz potente que pudiera iluminarles la superficie.

—Lo que no quiere decir que vayas a oponerte a matar a este biomante, ¿verdad? —preguntó.

—¿Qué quieres decir?

—Hagamos un trato. Tú me ayudas no solo a derrocar a Drem, sino a frustrar toda esta intriga biomante, y yo te ayudo a acabar con ese biomante tuyo de la cicatriz en la cara.

Ella lo miró dubitativa.

—Es posible que mi biomante ni siquiera esté en Nueva Laven.

—Entonces todavía resultará más útil el barco que nos están reparando en este momento.

—Red, no hago ni acepto promesas a la ligera.

—¿Me estás acusando de hacerlo?

Ortigas carraspeó y lo miró enarcando una ceja. Y Red tuvo que admitir que motivos no le faltaban. Tenía habilidad para darle la vuelta a las cosas, de sacar provecho de la zona gris de la moralidad que comportaba la dura vida de los barrios humildes. Por lo general así le gustaba hacer las cosas.

—Me refiero —continuó Hope, relucientes los ojos azules— a que si nos ponemos de acuerdo en esto y tú rompes tu promesa, te mataré. Y no quiero matarte. Así que, por favor, haz únicamente esta promesa si piensas cumplirla.

Lo cierto era que Red no estaba muy seguro de cuán lejos iba a llegar con Hope en su empresa de matar a Drem. Estaba convencido de que era la chica más fascinante que había repasado con la mirada, célibe o no, y, en teoría, él apoyaba su causa. Pero si las cosas se hubiesen puesto demasiado feas para su agrado, si su vida hubiese peligrado, al final probablemente se habría apeado. Ahora podía admitírselo a sí mismo porque ya no era de ese modo. El trecho de fango gris había desaparecido, y la elección que tenía ante sí era clara como el agua.

—Ya has oído al biomante. Para empezar, veinte tipos del barrio cada mes. Cuando lleguemos a ese número, ¿por qué no pedir veinticinco? ¿Treinta? ¿Cincuenta personas que acabarían como Billy *el Púas* cada condenado mes? Dentro de un año no quedará nada de nosotros, y a ellos ni siquiera les importará.

Red se quedó mirando el pez fantasmagórico y pensó en aportar luz a los rincones oscuros.

—Bleak Hope —dijo finalmente—. Si me ayudas a salvar el Círculo, yo te seguiré al otro lado del Mar Oscuro si es necesario.

Red sabía que no había muchos lugares desde donde poder dirigirse a un grupo numeroso de personas a la vez. El más espacioso y el más obvio era el Salón de la Pólvora. Lo que ignoraba era cómo lograr que todos los allí presentes dejasen de comer, jugar, robar, beber, trapichear con especia de coral, chupar pollas o abrir coños el tiempo necesario para que le prestasen atención. El sempiterno caos del lugar hizo que la idea fuese risible. Por suerte, el Salón de la Pólvora no era el único sitio donde los pillos del barrio se reunían. También estaba Las Tablas y el Telón.

Las Tablas y el Telón no era una taberna o un salón de juego. Era un teatro. Pero solo como Círculo del Paraíso podía concebirlo. En Cresta de Plata, los teatros eran edificios lujosos que tenían asientos con cojines de terciopelo, arañas de luz de gas colgadas del techo, palcos majestuosos, orquestas y los mejores actores del imperio. Las Tablas y el Telón, por su parte, no tenía asientos o palcos. La humeante luz de las antorchas dificultaba a veces ver incluso a los actores, lo que no impedía a la ebria y violenta audiencia criticarlos y darles consejos a voz en cuello. En Las Tablas y el Telón ese comportamiento no solo se permitía, sino que se incentivaba. A menudo los propios actores lo instigaban. El telón se levantaba a las seis en punto a diario, y en el escenario había espacio para un programa rotatorio de obras y obrillas hasta la medianoche. Historias, danzas populares, actuaciones de juglares y de payasos. Por una quinta era posible ver casi cualquier cosa. Pero Red no estaba seguro de que alguien hubiese visto algo parecido a lo que hubo la noche en que él salió a escena.

Tan solo fue necesaria una suma de dinero determinada y conocer a la gente adecuada para hacerse con el último hueco en el programa de esa noche, sobre todo después de que *Hocico de Toro* Nelly y su oso bailarín enfermasen de pronto. Encontrar a uno de los actores del cartel resultó ser complicado, pero en cuanto recurrió a Henny *el Guapo* y a los Gemelos para que lo ayudaran, incluso esa dificultad quedó superada. La parte más difícil fue convencer a Hope de que su pequeño papel no solo era importante, sino esencial. Finalmente, a unos minutos de salir a escena, todo quedó atado.

Red hizo esperar a la audiencia hasta que la gente empezó a entonar el «¡Levanta el telón!», y cuando por fin se alzó el telón y no vieron más que a Red en el escenario, todo el mundo guardó silencio. Red era conocido en el barrio por ser un ladrón de los buenos tirando a sabandija, un conquistador con las chicas, un maestro en el juego de las piedras y, más recientemente, alguien buscado vivo o muerto por Drem *el Carafiambre*. Sospechaba que esto último era lo que había posibilitado el silencio de los espectadores, o sea, una mezcla de asombro e incredulidad. Era una jugada arriesgada. Veía al fondo a gente que rebullía, y cuyas manos seguramente acababan de empuñar cuchillos o garrotes, pensando que podían rodear el escenario e intentar ganarse la recompensa ofrecida por Drem. Pero tal como había esperado, no lo hicieron. Todavía, al menos. Tenía que hablar y hacerlo rápido.

—¡Hombres y mujeres! ¡Pillos del barrio! Siento la sustitución de última hora. Sé que esta noche estabais esperando vuestra ración de baile de oso.

—¡Apuesto a que tú bailas como tal! —gritó alguien.

—Me halagas, caballero —respondió Red—. En fin, mucho lo lamento, pero hay algo más serio que reclama vuestra inmediata atención.

—¡Suéltalo ya, Red, petimetre amanerado! —gritó entre el público Henny *el Guapo*.

—Ay, Henny, tú nunca fuiste amigo de discursos largos —dijo Red—. De acuerdo. Todo se resume a lo siguiente: El Círculo ha sido traicionado.

Hubo una explosión de gritos. Red dejó que gritaran un rato antes de levantar la mano para acallarlos.

—Podría poneros al corriente de todos los pormenores, por supuesto. Pero al final solo tendríais mi versión y todos sabemos cómo me gusta largar. —Hubo algunas risas entre los presentes—. Además, habéis pagado vuestros buenos dineros para que os entretengan y no me gustaría negaros uno de los pocos placeres que nos brinda aquí la vida. Así que, en lugar de ello, os he traído a este viejo esbirro para que sea él quien hable.

Red dirigió un gesto entre bastidores a Filler, que tomó una de las cuerdas para bajar a un tipo lentamente hasta el escenario al lado de Red. Le colgaban los pies sobre los tablones, iba maniatado y un pañuelo sucio le cubría la boca. De nuevo estallaron los gritos. Los hubo de ira, y también de espanto.

—A juzgar por vuestras reacciones —continuó Red—, me

apuesto a que algunos de vosotros, fulanos, reconocéis aquí a Brackson, esbirro entre esbirros de Drem *el Carafiambre*. Yo mismo me dije: «¿Quién mejor para dar la noticia que alguien que es, en parte, responsable de ella?». No os negaré que está un poco avergonzado por lo que ha hecho, y que probablemente no le emocione la perspectiva de compartirlo. Así que he llamado a una amiga para aflojarle la lengua.

Salió Ortigas a escena, taconeando sobre el entablado.

—Qué hombre no se mostraría algo más locuaz ante semejante ejemplar de mujer. ¿Me equivoco, mis fulanos? —preguntó Red.

El público prorrumpió en silbidos y expresiones groseras que a Ortigas le bastó con una fría mirada para silenciar.

—¿Harás tú los honores? —le preguntó Red.

Ortigas asintió. Desató la cadehoja de la muñeca y la lanzó hacia la boca del prisionero, arrancándole el pañuelo y, de paso, rajándole la mejilla.

Brackson lanzó un grito.

—¡Malditos seáis todos y así acabéis pudriéndoos en el infierno! ¡Drem os hará apresar por esto!

—¿Y qué hará con nosotros? —quiso saber Red.

—¡Os matará de la peor manera que se le ocurra!

—Pero ¿de veras nos matará a todos? ¿Estás seguro de que no tiene otro plan en mente?

—¿Qué? —La pregunta de Red había confundido a Brackson.

—Creía que igual prefería… no sé, entregar a unos cuantos de nosotros a alguien.

A Brackson se le endurecieron las facciones.

—No sé de qué estás hablando. —Pero quizá debería haber aprendido una o dos cosas de su jefe, porque a Red le pareció obvio, y probablemente a todos los presentes en el teatro, que no valía para mentiroso.

Red hizo un gesto con la cabeza a Ortigas, que por segunda vez lanzó la cadehoja. ¿El resultado?: ambas mejillas goteaban como si estuviera llorando sangre.

—La próxima vez lo dejas tuerto —dijo Red, que ya no representaba el papel de sonriente presentador—. Ahora dinos, alto y claro, ¿qué le hace Drem a aquellos a quienes no mata?

Brackson miró primero a Red, luego a Ortigas, que limpiaba con cuidado la sangre de la cadehoja. Luego dirigió una mirada de ruego al público. Pero Red sabía que no hallaría piedad allí. Los pillos de Círculo del Paraíso eran muchas cosas, pero inocentes y soñadores no se contaban entre ellas. Parecían percibir que aquello era serio y que los afectaba a todos.

Por último, Brackson dejó caer la cabeza para clavar la vista en los tablones que había bajo sus pies.

—Entregarlos a los biomantes.

El teatro explotó en un estruendo de gritos y maldiciones. Red esperó mientras los presentes se desahogaban. Fueron necesarios varios minutos antes de recuperar su atención.

—Deja que me asegure de haberlo entendido bien —insistió Red—. En este momento, en el presente, les entrega a un fulano de tomo y lomo al mes, ¿no es así?

Brackson asintió, y la audiencia se deshizo de nuevo en maldiciones. La gente arrojó a Brackson la fruta podrida que habían reservado para el oso bailarín.

Cuando la situación se enfrió un poco, Red continuó:

—Me gustaría poder decir que eso es todo, pero no es así. La cosa empeora. Y mucho. —Los puso al corriente de todo lo que había oído en la reunión, incluido que los biomantes exigían veinte personas al mes de Círculo del Paraíso, Punta Martillo e incluso Cresta de Plata. Los gritos pasaron de la ira al pánico. Red sabía que eso iba a suceder.

—No os equivoquéis, los petimetres de la zona alta y sus biomantes han declarado la guerra a la gente pobre del centro de Nueva Laven. Han decidido que no somos mejores que un banco de peces que pescar y asar a la parrilla. Círculo o Martillo o Cresta, no les importa. Quieren masticarnos a todos hasta que no quede nadie vivo de nosotros. Y yo os pregunto ahora si estamos por la labor de ponérselo fácil.

—¡No! —gritó el público.

—¡Pues claro que no! Ha llegado la hora de hacer a un lado nuestras antiguas rencillas con Punta Martillo y unirnos para derrocar al traidor de Drem y sacar a patadas de nuestros barrios a los biomantes, de patearles el culo con tanta fuerza que se pasen una semana meando sangre. ¡Deben saber que no vamos a ponérselo fácil!

Los gritos de adhesión reverberaron en el teatro.

—¡No sois más que unos tarugos! —gritó Brackson, que forcejeaba para librarse de las ataduras mientras le goteaba la sangre del rostro—. ¿Acaso no lo entendéis? ¡Estamos hablando de biomantes de verdad! La mano derecha del mismísimo emperador. No tenéis ni una oportunidad. ¡Yo los he visto hacer cosas que jamás creeríais!

El público guardó silencio para atender a sus palabras.

—Sí. —Brackson cabeceó con violencia—. Nunca os habéis topado con uno, pero lleváis toda la vida oyendo historias. Incluso de niños, vuestros padres os decían: «Si no os portáis bien ¡se os llevarán los biomantes!». Y lo harán, vaya si lo harán. Permitid que os cuente a todos que yo lo he visto con mis propios ojos, y todas las historias que habéis oído son ciertas. ¿Por qué os pensáis que he obedecido a Drem? Porque ellos me aterrorizaban, y me siguen aterrando. Y también vosotros deberíais temerlos.

—Cierto es —admitió Red— que nos enfrentamos a la mano derecha del emperador. Pero ¿y si yo os dijera que nosotros tenemos a la mano izquierda? Hombres y mujeres, yo os presento a… Bleak Hope.

Hope cayó en el escenario sobre una rodilla, la espada *Canto de pesares* extendida ante sí. Se alzó un nuevo murmullo entre los presentes.

—Sí, ya veis la armadura y la espada —siguió Red—. Sabéis quién, o qué es. Una guerrera de Vinchen. Resulta que ha jurado acabar con la vida de cualquier biomante con quien se cruce. Y todos sabemos cómo las gastan los de Vinchen con sus juramentos, ¿o no?

Red se volvió hacia Brackson.

—Tienes razón respecto a los biomantes. De pequeños fuimos educados para temerlos, y con razón. Yo he visto las cosas terribles de que son capaces. —Se volvió de nuevo hacia el público—. Pero si nos dejamos asustar por las historias de biomantes, ¿acaso los relatos de los de Vinchen no nos inspiraron también? Guerreros sin par, con un código del honor que a todos protege, no solo a los ricos y a los nobles. Acordaos de Selk *el Valiente*, que salvó el pueblo de Walta de un enjambre de tiburones trasgo. O de Manay *el Fiel*, que puso fin al reinado del Mago Oscuro. O de Hurlo *el Astuto*, que en solitario venció a los brutales Señores Chacales. Los de Vinchen viven como la gente más humilde del imperio allí, en las Islas del Sur, lejos del esplendor de Pico de Piedra. ¿Por qué? Porque han jurado no servir a un único emperador sino al conjunto del imperio. Y que yo sepa, eso nos incluye a nosotros.

Hizo una pausa para dejar que sus palabras calasen en la audiencia. Reinaba un silencio sepulcral y todas las miradas estaban puestas en él. Incluso Hope lo miraba. No pudo evitar saborear el momento.

—Dejemos a Drem con sus pesadillas, que nosotros tenemos a nuestra heroína.

El público estalló en vítores que hicieron vibrar los tablones bajo sus pies.

—¡Decídselo a todos! —gritó—. ¡Mañana a mediodía marcharemos sobre el Tres Copas! ¡Y recuperaremos nuestro hogar! ¡Húmedo y deprimente!

—¡Sin un rayo de sol que caliente! —rugió la multitud.

—¡Pero sigue siendo mi hogar! —continuó Red.

—¡Bendito sea el Círculo!

Los gritos azotaron el teatro como un monzón.

21

*H*ope permaneció en el escenario de Las Tablas y el Telón, contemplando al centenar o más de personas que vitoreaban, en parte por ella. Por lo que pensaban que representaba. Guardó silencio, inmóvil, obligándose a no encogerse. En realidad no pertenecía a la orden de Vinchen. No había pasado por la prueba final ni había hecho los votos últimos de castidad, pobreza y servicio. Sin ellos, nunca podría llamarse una auténtica guerrera de Vinchen.

Pero ella sabía por qué Red había dicho todo eso. Esa gente necesitaba creer en alguien o algo que estuviese a la altura del biomante. Había nacido en las Islas del Sur y no era consciente de hasta qué punto idolatraban los norteños a la orden de Vinchen. Cuando oyó mencionar el nombre de su propio gran maestro como si fuera el de una leyenda, se sintió inundada de tal orgullo y tristeza que tuvo que esforzarse para mantener la pose formidable, desafiante, que sabía que Red quería que pusiera.

—Tú compórtate como la chica valiente que eres —le había dicho él de antemano—. Seguro que los convences.

Y así fue. Lo que hizo que todo aquello fuese aún más difícil de soportar. Pero a pesar de no ser una auténtica guerrera de Vinchen, esperaba al menos librarlos de la intriga de los biomantes. La idea casi podía considerarse descabellada. Todo el centro de Nueva Laven, miles de personas, condenadas al mismo final que los habitantes de Murgesia. Lo mismo que había sucedido en su pueblo. ¿Qué clase de emperador permitiría algo así? ¿Lo ordenaría? Siempre había coincidido con Hurlo al pensar que era más conveniente para la orden de Vinchen mantenerse al margen de la política de Pico de Piedra. Pero no podía evitar preguntarse si de haber estado más cerca habrían podido atajar tan excesivo y cruel abuso de poder antes de permitir que llegase a ese punto.

Pero ya era demasiado tarde para eso. Deseó haber podido recurrir a unos cuantos guerreros para que la acompañasen. Claro que ellos jamás habrían respondido a su llamada. Si acudían, sería para matarla. Tendría que apañarse sin ellos. Al menos podía contar con que Red, Ortigas y Filler se defenderían solos. El resto de aquella gente parecía más una turba desorganizada e impulsiva que el «ejército» que había prometido Red. Esperaba que Sig *el Grande* contase con un grupo algo más disciplinado.

Al día siguiente, Hope descubrió que aquel «algo» era acertado.

Habían acordado que las huestes de Círculo del Paraíso y Punta Martillo se reunirían delante de La Rata Ahogada. Toda la gente de Círculo del Paraíso estaba presente, belicosa, inquieta, muchos de ellos ebrios a pesar de ser solo mediodía. Algunos empuñaban cuchillos o hachas, y alguna que otra maza. Pero la mayoría iban armados con restos de tuberías, cristales rotos, ladrillos y otros objetos que no podían considerarse armas.

—Por fin —dijo Ortigas—. Aquí llega Punta Martillo. —Señaló calle abajo a la masa de gente que se les aproximaba—. Red, será mejor que te acerques para que no haya malentendidos. Odiaría malgastar el espíritu de lucha en el enemigo equivocado.

—Entendido. —Red se volvió hacia Hope—. ¿Vienes?

—Por supuesto. —Hope nunca había estado en una batalla de esa magnitud, pero había estudiado ampliamente las tácticas y estrategias. Albergaba la sospecha de que ninguno de los presentes había hecho tal cosa, aunque tal vez los líderes de Punta Martillo, con sus interminables luchas intestinas, tendrían alguna experiencia. Entre ambos, quizá pudieran acordar una estrategia cabal.

Hope y Red cubrieron con parsimonia el trecho corto que separaba a la turba de Círculo del Paraíso del gentío de Punta Martillo. Cuando se acercaron, Sig *el Grande* levantó sus manos enormes y gritó a todo el mundo que se detuviera. Hubo que insistir, pero al fin la gente frenó el paso.

Sig había absorbido a la banda de Billy *el Púas*. También había sido capaz de reclutar a Palla, de piel oscura, y a su banda. Hope se preguntó si Palla provenía del otro lado del Mar Oscuro, como el padre de Carmichael. Confiaba en poder preguntárselo cuando todo aquello terminase.

Permanecieron en la calle empedrada. Grandes nubes de vapor se alzaban de la turba de Sig *el Grande* debido al frío que reinaba aquella mañana.

—¿Dónde está el agujero en el que se esconde Drem? —preguntó Palla—. ¿Sabe que vamos a por él?

—Estoy seguro de que a estas alturas lo sabe —respondió Red—. Con un poco de suerte, no se habrá enterado hasta que cruzasteis la frontera esta mañana. Eso no le dará mucho tiempo para fortificarse en el Tres Copas y avisar a los suyos.

—¿Y sin suerte? —quiso saber Sig *el Grande*.

—Se enteraría anoche en cuanto me puse a reclutar, y el Tres Copas será ahora una jodida fortaleza.

—En ese caso, ¿esto podría convertirse en un asedio? —preguntó Hope.

—Buena idea, pero no hay tiempo para esperar a que el enemigo se muera de hambre. A los imperiales la idea de que tanta gente se reúna así no les hará mucha gracia, a pesar de que sea para matarnos entre nosotros. Apenas tardarán unas horas en enviarnos a una sección con armas de fuego, o algo peor, para calmar los ánimos.

—¿Qué pasa si nos topamos con fortificaciones? —preguntó Palla.

—Pues que las atravesaremos como si fueran mantequilla —afirmó Sig *el Grande*—. Y rápido.

Ortigas se vio al frente de la mayor turba de fulanos que había visto jamás. Marcharon por mitad de la calle, una ola de ira dispuesta a estamparse contra el Tres Copas. Red encabezaba la marcha, con Hope a su lado, la mano de ella en el puño de la espada. Detrás iban Palla y Sig *el Grande*. Y detrás de estos las dos huestes de gente de Círculo del Paraíso y Punta Martillo juntas.

Al principio hubo cierta animosidad entre ambos bandos. Un grupo compuesto por pillos de cada lado de la frontera, que andaban un poco más borrachos de lo que les convenía, empezaron a cruzar insultos, incluso amenazas. Pero Ortigas lanzó la cadehoja a diestro y siniestro y la cosa se acabó.

—¡Ahorraos las ganas de pelear para los traidores! —A pesar de que Ortigas era unos cuantos centímetros más bajita, los hombres recularon, disculpándose entre murmullos. Ella se los quedó mirando—: Esto no es una fiesta de cumpleaños en la que podáis hacer lo que os dé la gana. Esto es la justicia de Nueva Laven. Hoy todos vamos en pos de lo mismo. ¡Muerte a los biomantes y muerte a los traidores!

—¡Quiero oír eso alto y claro! —rugió Filler.

—¡Muerte a los biomantes! ¡Muerte a los traidores! —gritó el grupo.

—¡Más alto! —insistió Filler.

—¡Muerte a los biomantes! ¡Muerte a los traidores! —Esta vez la gente alzó de veras el tono de voz.

—¡Otra vez! —gritó Filler.

—¡Muerte a los traidores! ¡Muerte a los biomantes! —rugieron ambas huestes con un sonido parecido al de una avalancha.

—Tú adelántate y ve junto a los líderes de Punta Martillo —le sugirió Filler a Ortigas—. Demuéstrales cómo es eso de estar a su altura.

Dirigió a Filler una mirada de desconfianza. Si hubiese sido una blandengue se habría asustado.

—Claro, Fill. Mantén tú a estos fulanos en vereda por mí.

—¡A la orden, general! —exclamó Filler con una sonrisa.

Ortigas avanzó por la corta línea hasta situarse a la altura de Palla.

—Buena idea —se limitó a decir él sin dejar de caminar.

A Ortigas jamás le habían interesado el liderazgo o la fama. Pero mientras marchaba con un ejército de fulanos de tomo y lomo a su espalda, tuvo que admitir que podía verle el encanto a la cosa.

Hope reparó en que la gente empezaba a alinearse en los laterales de la calle, observando y susurrando al paso de la hueste conjunta. Conocía Círculo del Paraíso lo bastante bien para saber que todo el mundo sabía adónde iban y por qué. Algunos se sumaron a la marcha, pero la mayoría se quedó al margen, aunque la siguió, curiosa, preocupada, o tal vez pendiente de un buen espectáculo.

Para cuando llegaron al Tres Copas, la hueste había aumentado y un gentío incluso mayor de espectadores se había reunido en la periferia.

—Tanta gente furiosa es como un barril de pólvora —señaló Hope en voz baja.

—Esa es la idea. —Red le guiñó un ojo.

Hope calibró su objetivo. El Tres Copas se parecía a cualquier otro edificio. Tres plantas, ventanas en cada una de ellas. Pero las habían cubierto con tablones dejando solamente unas rendijas.

—Seguramente nos dispararán a través de esos huecos de las ventanas.

Red asintió.

—No tumbarán a muchos de los nuestros. Solo tenemos que dar con el modo de abrir esa puerta.

—Y también esas ventanas de la primera planta —apuntó

Sig *el Grande*—. No puedes meter a todo un ejército a través de una puerta.

—Creo que tenemos suficientes fulanos armados con hachas. Eso no será problema.

—Excepto por el hecho de que nos dispararán continuamente mientras hagamos lo nuestro —señaló Palla.

—¿Por qué no lo hacen ya? —se preguntó Hope—. Deberían haber abierto fuego nada más vernos asomar.

—Da la impresión de ser una trampa —dijo Sig *el Grande*.

—Bueno, o nos vamos a casa o abrimos esta lata de sardinas —concluyó Palla.

—¿Hay una entrada trasera? —preguntó Hope.

—Sí, pero estoy seguro de que está cerrada —dijo Red—. Y, además, está en un callejón estrecho. Allí no podríamos meter a mucha gente.

—Yo podría llevarme a algunos y situarme con discreción en la entrada trasera. Podríamos acabar con los tiradores de las ventanas y reducir vuestras bajas mientras accedéis al interior.

—Me gusta esa idea —dijo Palla—. Yo te acompaño.

—Yo también —se ofreció Ortigas.

Hope se sorprendió. Había dado por sentado que Ortigas seguiría a Red y Filler.

—Nos superarán significativamente en número. El riesgo será muy alto.

—Estos asaltos frontales no encajan bien con mis puntos fuertes. —Había un brillo en la mirada de Ortigas que Hope no había visto anteriormente—. Infiltrarse y acuchillar gente por la espalda es más propio de mí.

—¿Y ya está? —preguntó Red—. ¿Solo vosotros tres?

—Otro más y ya seríamos demasiados —dijo Hope.

—De acuerdo. Mira, sé que quieres a Drem, pero…

—Ahora que ha traicionado al Círculo, también tú quieres matarlo —lo interrumpió Hope—. Lo entiendo.

—¿De verdad? —preguntó Red, mirándola con suspicacia.

—Ambos tenemos un motivo justo. Así que todo dependerá del que llegue primero. —Intentó forzar una de esas sonrisas de medio lado a las que tan aficionado era él—. Nos vemos dentro. —Y al volverse y encabezar la marcha delante de Palla y Ortigas hacia el lateral del edificio, oyó reír a Red.

Cuando Red pensaba en el hecho de que cientos de personas hubiesen puesto la vida en sus manos, el corazón le retumbaba en el pecho de forma alarmante. Así que procuró no darle muchas vueltas mientras permanecía al otro lado de la calle frente al Tres Copas con Filler y Sig *el Grande*.

—¿Es esa joven de Vinchen tan buena como parece? —preguntó el líder de Punta Martillo.

—De hecho es incluso mejor —respondió Red—. La modestia es una de las virtudes propias de su orden.

—¿No crees que tal vez la necesitemos aquí, en la entrada principal?

—Vamos a necesitarla en todas partes. Pero eso es algo que ella no puede hacer. No lo creo, al menos. Y si queremos que un grupo pequeño se infiltre, quiero que Hope forme parte de él. Ella sola es prácticamente un ejército.

—Algo que sí podemos hacer es facilitarle el trabajo —señaló Sig—. Si llevamos a cabo un asalto frontal, atraeremos la atención del enemigo sobre la fachada delantera. Así le daremos un margen para que haga su parte.

—Los fulanos se impacientan —les advirtió Filler—. Si los retenemos mucho más son capaces de atacar por su cuenta.

—Pero los pistoleros siguen en posición —dijo Red—. Pensé que queríamos impedir que disparasen impunemente a los nuestros.

—No, queremos reducir el número de personas que resultarán alcanzadas por sus disparos —lo corrigió Sig *el Grande*—. Habrá heridos pase lo que pase. Ella mismo dijo que el riesgo era muy alto. No podemos depender de la posibilidad remota de que lo logren. Todo el tiempo que esperemos de brazos cruzados redundará en beneficio de los imperiales, que no tardarán en enterarse de lo que pasa. ¿Estamos?

—No me gusta —dijo Red.

—Eso es el liderazgo —replicó Sig *el Grande*—. ¿Quieres las riendas o prefieres ponerlas en manos de otro?

—No, no. Entendido —se limitó a decir Red.

Sig *el Grande* asintió con la promesa de la aprobación en sus duras facciones.

—Entonces, vamos a ello.

Red se volvió hacia Filler.

—Échame una mano, viejo amigo.

Filler ayudó a Red a subirse sobre sus hombros.

—¿Todo el mundo sabe por qué estamos hoy aquí? —gritó Red al inquieto gentío.

—¡Muerte a los biomantes! ¡Muerte a los traidores! —gritaron de inmediato.

—Les hemos insistido un poco —admitió Filler.

Red se volvió hacia la multitud.

—Hoy el Círculo y el Martillo se unen contra un enemigo común. Los biomantes nos han robado a nuestros seres queridos, a quienes han sometido a horrores inenarrables. ¡Ha llegado la hora de demostrarles a ellos y a ese traidor pichafloja de Drem que no estamos dispuestos a seguir permitiéndoselo!

Rugió la multitud. La gente empuñaba cuchillos de carnicero, ladrillos, tuberías y garrotes.

—¿A qué estáis esperando, si puede saberse? ¿A recibir una jodida invitación? —gritó Red.

Avanzaron. Red se apresuró a bajarse de los hombros de Filler antes de verse arrojado al suelo por la marea de pillos furibundos. Se dirigieron hacia la entrada principal del edificio, golpeando la puerta y las ventanas cubiertas con tablones con cualquier cosa que tuvieran a mano.

Y a pesar de ello no hubo un solo disparo procedente del interior.

—¿A qué está esperando Drem? —preguntó Red.

Filler se encogió de hombros y empuñó la maza.

—¿Te quejas? —Y se dirigió hacia la puerta para contribuir al ataque.

Red vio un movimiento fugaz por el rabillo del ojo en una de las ventanas del edificio situado enfrente del Tres Copas.

—¡Alto!

Filler hizo una pausa y se volvió hacia él con curiosidad, maza en mano.

—Si pudiera… —Red aguzó la vista, intentando ver más allá de las ventanas oscurecidas. Su visión detectó un movimiento. Entonces vio que de todas las ventanas del edificio situado enfrente asomaba el cañón de un arma.

—¡Todos cuerpo a tierra! —aulló.

El callejón situado en la parte trasera del Tres Copas era tan angosto que Hope, Ortigas y Palla tuvieron que andar en fila uno detrás de otro.

—No me sorprende que no les preocupe sufrir un ataque por la retaguardia —comentó Ortigas.

—Han puesto tablones en esas ventanas —advirtió Palla.

—Pero no en las de la última planta. —Hope entornó los ojos mientras calculaba la distancia que mediaba entre la pared trasera del Tres Copas y el edificio contiguo. Era mejor de lo que había esperado.

—Porque nadie va a colarse por ahí —dijo Ortigas—. Aunque tuvieras un garfio, no hay espacio suficiente aquí abajo para poder arrojarlo.

—No necesitamos un garfio. —Hope saltó para ganar impulso en la pared del edificio contiguo y de ahí saltó a la pared trasera del Tres Copas, cosa que repitió un par de veces en dirección a una de las ventanas de la planta superior, cuyo cristal rompió con el puño de la espada y se introdujo en el interior de la estancia a oscuras.

La sorprendió encontrarla vacía. Era un espacio alargado con todo el suelo cubierto de jergones. Debía de ser el lugar donde dormían los hombres de Drem. Realmente tenía un ejército. Pero ¿dónde se habían metido? ¿Se habrían desplegado todos en la fachada del edificio? Los jergones le dieron una idea. Recogió rápidamente las gruesas sábanas y las ató entre sí para formar una cuerda larga. No supo cómo iba a subir a Ortigas y a Palla; de hecho, había pensado que lo más probable era que se separase de ellos en ese punto, lo cual hubiese sido muy insultante. Por tanto, le alegró haber encontrado esa solución. Ató un extremo a un camastro de hierro que encontró y que haría las veces de ancla, luego arrojó el extremo opuesto a través de la ventana. No estaba segura de que el peso del camastro bastase, así que lo acercó a la ventana, plantó bien los pies en el trecho de pared que había debajo del marco y pegó la espalda al camastro. Las sábanas se tensaron, y poco después asomó Ortigas por la ventana.

—Vale, de acuerdo, me tienes impresionada, rajita —murmuró en voz baja al llegar al cuarto.

Ambas hicieron fuerza contra el camastro para que Palla subiera.

—Desde aquí nos abriremos paso hasta el extremo opuesto del edificio —dijo Hope—. El objetivo consiste en eliminar a todos los tiradores que podamos. Pero debemos obrar en silencio. Si hacemos más ruido de la cuenta, todo el edificio se nos echará encima.

—¿Y si nos topamos con Drem y el biomante? —preguntó Ortigas.

—Eso querrá decir que nos ha favorecido la fortuna. —La propia Hope sonrió hosca.

Estalló un intenso tiroteo procedente de la fachada del edificio.

—Eso suena a un montón de armas de fuego —dijo Palla.

—Vamos, pues, a encargarnos de ello —propuso Hope.

Red tenía la cara aplastada contra el empedrado. Encima de él, el cuerpo enorme de Filler hacía presión mientras los disparos sonaban a su alrededor. Cuando se produjeron los primeros tiros, Filler tiró al suelo a Red y ambos rodaron hasta situarse debajo de un carro de caballos.

—¿Estás bien? —preguntó Red con un hilo de voz.

—Sí.

—Perfecto, entonces deja de aplastarme.

Filler se apartó, lo cual permitió a Red recuperar el aliento. Inspiró con fuerza un par de veces y luego echó un vistazo más allá del improvisado refugio. Los disparos provenían tanto del Tres Copas como del edificio situado a sus espaldas. Drem había creado una zona de fuego cruzado y la gente caía a su alrededor como moscas. Cesó el fuego cuando los esbirros de Drem hicieron una pausa para cargar de nuevo las armas.

Red asomó de debajo del carruaje y miró a los muertos y heridos que había a su alrededor.

—¡Traidores! —gritó primero hacia un edificio y luego hacia el otro—. ¡Disparar a los vuestros cuando os dan la espalda es de cobardes!

—¡Cúbrete! —gritó Filler—. ¡No tardarán en volver a disparar!

Pero Red no estaba dispuesto a hacerlo. No podía. Estaba harto de todo aquello.

—¡Has roto el Círculo, Drem! Has vendido a tu propia gente a cambio de poder y de territorio. —Escupió en el suelo y abrió los brazos—. ¡Sal y lucha conmigo, hombre a hombre, jodido cobarde!

—¡Red, por favor!

Filler lo asió del tobillo, pero su amigo se libró de él. Vio asomar de nuevo por las ventanas los cañones de los rifles. Vio que apuntaban en su dirección. En ese momento no le importó. Había muerto demasiada gente. Demasiada. Si debía sumarse a ellos, que así fuera. Si la gente como Drem iba a gobernarlo, tampoco valía la pena vivir en ese mundo.

—¡Red! —le rogó Filler.

Puede que fuese su imaginación, pero creyó oír el chasquido metálico de cincuenta percutores.

—¡Así se os caiga la polla a pedazos, traidores! —gritó un niño que se había mantenido aparte, junto a los espectadores. Y arrojó una jarra de cristal a una de las ventanas.

Se oyó un disparo. Tal vez fuera un accidente. El niño cayó muerto. Hubo un momento de silencio total.

Entonces, el barrio entero estalló presa de un ataque de ira. Cientos de personas —viejos, jóvenes, mujeres y hombres— presas de una furia que había permanecido agazapada bajo la superficie durante mucho tiempo, olvidada hasta entonces. Se arrojaron sobre ambos edificios, utilizando como arma cualquier cosa de la que pudieron echar mano.

Hubo estruendo de disparos, pero no tanto como Red había esperado. Puede que algunos de los tiradores hubiesen recuperado parte de la conciencia que le habían vendido a Drem. También cabía la posibilidad de que los hubieran atravesado con cinco palmos de acero de Vinchen.

Red sacó de la casaca los cuchillos arrojadizos.

—Vamos, Filler. Vamos a por Drem antes de que Hope lo encuentre primero.

Hope avanzó deprisa por los cuartos iluminados apenas, empuñando la espada con ambas manos. Ortigas y Palla la seguían de cerca. No se desplazaban tan en silencio como ella, pero con el ruido de los disparos eso apenas importaba.

Al frente, reparó en uno de los hombres de Drem que circulaba con prisas cargado de munición. Se situó detrás de él sin hacer ruido y le hundió la espada en la base del cráneo, de modo que la punta asomó entre ceja y ceja. Lo sacudió un fuerte temblor, pero no hizo ruido cuando Hope tiró del puño para liberar el arma y verlo desplomarse en el suelo.

—Qué raro que a estas alturas no nos hayamos topado con más —dijo Palla en voz baja. Empuñaba una lanza con punta de hierro.

—Puede que Drem no disponga de tantos hombres como pensamos —aventuró Ortigas.

—O quizá los demás estén en otra parte —dijo Hope—. Aprisa, que casi hemos llegado.

Alcanzaron la parte frontal del edificio.

Tres tiradores murieron al mismo tiempo por espada, lanza y cadehoja.

—Vamos a limpiar todas las habitaciones de esta planta —propuso Hope—. Después iremos bajando.

Por devastador que hubiese sido el fuego cruzado, la advertencia de última hora de Red había permitido a muchos ponerse a cubierto. Ahora, con los refuerzos inesperados de quienes hasta el momento habían sido meros espectadores, redoblaron con ímpetu el ataque y arremetieron con fuerza sobre puertas y ventanas. Cuando uno de ellos recibía un disparo, otros ocupaban su lugar combatiendo con mayor ferocidad si cabe. Mientras que Red se abría camino hacia la puerta, reparó en que nadie disparaba desde las ventanas de la planta superior. Estaba seguro de que Hope, Ortigas y Palla eran responsables de ello.

—¿Te acuerdas de cuando intentamos robar en este lugar? —gritó Filler para imponer la voz al estruendo mientras lo seguía—. ¿Cuando nos prohibieron volver a entrar de por vida?

—Creía que habíamos acordado no volver a hablar de ello —respondió Red.

—Apuesto a que nunca pensaste que volveríamos acompañados de un ejército.

Red frenó el paso.

—Volver… —Puso ambas manos en los hombros de Filler y lo sacudió con fuerza—. Eso es precisamente lo que vamos a hacer, viejo amigo. ¡Volver a la escena del crimen!

Filler se mostró confundido.

—Echamos a perder ese golpe porque no esperábamos que la caja fuerte fuese tan grande como para encerrar dentro a un guardia.

—Claro, nos pilló por sorpresa. —Filler estaba muy pálido, pero Red estaba tan pendiente de su propia idea que no reparó en ello.

—Apuesto hasta el último diente de Sadie a que es ahí donde se ha escondido Drem. Y si matamos a Drem…

—Todo habrá terminado y nadie más tendrá que morir —concluyó la frase Filler.

—¡Exacto! —gritó Red al tiempo que le daba una enérgica palmada en la espalda.

Pero Filler lanzó un gruñido. La pierna se le dobló de forma extraña y cayó al suelo. Fue entonces cuando Red reparó en el reguero de sangre que iba dejando su mejor amigo.

Hope, Palla y Ortigas habían limpiado sin dificultad las habitaciones pequeñas de la planta superior. La primera planta les planteó un desafío mayor. Eran más espaciosas, con más ventanas. Y había en cada una de ellas entre ocho y diez tiradores. Los primeros tres caían con facilidad, pero luego había que bregar con el resto.

Hope había tenido sus dudas respecto al arma de Palla. Los de Vinchen no se entrenaban mucho con la lanza, debido a su creencia de que se trataba de un arma no muy elegante, más propia del soldado de infantería. Pero nunca habían visto una lanza en manos de Palla.

De algún modo, incluso en aquel espacio tan limitado, la manipulaba con una elegancia que solo rivalizaba con su capacidad de destrucción. La madera era blanda y flexible, y la blandía por doquier como un látigo, pero con mucha más potencia. Era una técnica que Hope quería aprender. Gracias a ella, incluso una vara normal y corriente podía convertirse en un arma formidable.

La lucha fue reñida pero no tardó en acabar.

—¿Algún herido? —preguntó Hope mientras limpiaba la hoja de la espada.

—Nada que deba preocuparnos —respondió Ortigas—. Vamos a por la siguiente habitación. Si nos damos prisa, igual podemos limpiar todo esto antes de que los nuestros echen la puerta abajo.

La sangre le había empapado la lana gruesa de la pernera derecha del pantalón a la altura de la rodilla.

—¿Qué ha pasado? —Red arrastró a Filler lejos de la línea de fuego.

—Me han dado. Cuando te cubría.

—¡Pero si dijiste que estabas bien!

—Mentí.

—Maldita mierda —dijo Red—. Vale. Torniquete. —Cortó una tira larga del forro de la casaca de cuero.

—Eh, que... te vas a des... trozar la casaca.

—Cállate. —Red envolvió el muslo de Filler con la tela justo por encima de la herida de bala—. He leído cómo se hacía. Esto impedirá que te desangres. Pero habrá que aflojarlo de vez en cuando para evitar que pierdas la pierna. No te preocupes, amigo mío. En un abrir y cerrar de ojos estarás otra vez en perfecto estado de revista.

Filler negó con la cabeza.

—Tendrás que ir a por Drem.

—Fill...

—No, ahora cállate tú. Necesito que lo... mates. Impide que más de los... nuestros mueran. Prométemelo. Júralo. Por el arte de tu madre.

—Filler, por favor...

—¡Júralo!

Red miró sin pestañear al mejor amigo que tenía en el mundo.

—Te juro por el arte que acabó con la vida de mi madre que mataré por ti a Drem *el Carafiambre*. Y a ti más te vale seguir vivo cuando vuelva para comunicártelo. ¿Entendido?

Despejaron la primera planta y sin perder un instante bajaron la escalera hacia la planta baja. Hope se preguntó si aquello estaba a punto de acabar. Entonces llegaron al pie de la escalera.

—Mierda —masculló Ortigas.

La planta baja la ocupaba el salón de baile. Estaba llena hasta la bandera de la gente de Drem, todos atentos a la puerta principal, esperando a que el enemigo la echase abajo.

—¡A nuestra espalda! —gritó una voz tan cavernosa como conocida. De pie en mitad de aquel gentío se encontraba el biomante de capucha blanca que había matado a Billy *el Púas*. Señaló a Hope, Ortigas y Palla.

Cuando Palla armó el brazo con el que empuñaba la lanza, lo hizo con una palidez cadavérica en el rostro.

—Acabamos de perder el factor sorpresa.

La gente de Drem se abalanzó sobre ellos. Por suerte, solo iban armados con cuchillos, garrotes y ladrillos. Drem debía de haberse quedado sin pistolas.

Defendieron la escalera tan bien como pudieron, coordinando los esfuerzos de tajo, estocada y cadena. Hope nunca había visto semejante comunión. Un ritmo perfecto donde nadie estorbaba a nadie y todo era de un equilibrio impecable. Redujeron rápidamente el número de enemigos, pero eran tantos que incluso Hope se preguntó si sobrevivirían.

Entonces echaron la puerta abajo. Sig *el Grande* fue el primero en entrar, miraba a su alrededor armado con un enorme martillo, tumbando con cada golpe a varios adversarios. Y tras él irrumpió una turba de gente que parecía furibunda hasta la locura.

Red se dejó llevar por la marea que accedía al interior. Cuando se apresuraron a sumarse a la pelea sin cuartel que se libraba en el salón de baile, él se hizo a un lado y se dirigió hacia la trampilla que llevaba al sótano. Sintió una punzada de culpabilidad por abandonarlos a su suerte. Sin embargo, había prometido a Filler que mataría a Drem y pondría punto final a todo aquello tan limpiamente como fuese posible. Y puede que una parte de él se llevase una pequeña alegría al ver a Hope en el extremo opuesto del salón. Aunque ella supiera dónde se había escondido Drem, era imposible que llegase hasta donde estaba antes de que él lo hiciera. Era todo suyo.

Levantó la trampilla y se dejó caer sobre el suelo del sótano. La tierra que lo conformaba amortiguó el ruido del impacto. Se movió prácticamente a oscuras. Barriles de cerveza, vino y licor se apilaban en los laterales. Tan solo habían pasado dos años desde la última vez que había estado allí, la noche en que conoció a Ortigas, pero tuvo la impresión de que había pasado toda una vida. Al fondo vio la enorme puerta de hierro de la caja fuerte. La cerradura no le pareció tan fácil esta vez, ya que era vieja y no la habían mantenido bien. Pero al cabo de diez minutos logró abrirla.

Se situó tras la puerta al tiempo que la abría de par en par manteniendo cierta distancia. Por supuesto, hubo tres disparos efectuados en rápida sucesión que reverberaron en el espacio cerrado.

Red echó un vistazo a través de la rendija que quedaba entre las bisagras de la puerta y vio dentro a Drem, los ojos abiertos como platos, mirando nerviosamente a su alrededor. Red siempre había sido más capaz de ver a oscuras que muchos, como si sus ojos rojos se adecuaran mejor a la penumbra. A juzgar por la expresión de Drem, había disparado a ciegas. Para poner a prueba su teoría, Red tumbó un barril y lo hizo rodar ante la abertura. Drem hizo dos disparos más al percibir movimiento. Uno falló. Otro alcanzó el barril.

—Te queda un disparo, Drem —le advirtió Red.

—¿Red? —Drem entornó los ojos intentando ver algo en la oscuridad—. ¿Eres tú, muchacho?

—El mismo. He prometido a un par de amigos míos que morirías esta noche. Y, para variar, me ha parecido buena idea ser fiel a mi promesa.

—Ah, qué listo eres, viejo amigo. —Drem empleó un tono ligero, como intentando congraciarse—. Lástima que te mezclaras con esa rajita sureña. Llegué a pensar que ya estaba tardando demasiado en meterte en el ajo.

—No quiero que me metas en el ajo si eso sirve para ayudar a biomantes e imperiales —replicó Red.

—Presta atención, todo esto no es más que un malentendido. Ya sabes que en el Círculo todos los rumores acaban tergiversados.

—Esto no tiene nada que ver con rumores. Tuve ocasión de veros a ti y a ese biomante cuando asesinó a Billy *el Púas*. Oí todo el jodido plan. Tú no eres un hombre del Círculo, lo que eres es un traidor.

—¿Crees que eso importa? —Drem adoptó entonces un tono más oscuro—. Llevas toda la vida viviendo en esta cloaca. El mundo es mucho mayor de lo que podrías llegar a concebir. Mañana todo el Círculo podría acabar arrasado y a nadie le importaría una mierda.

—Le importaría a quienes viven en él —replicó Red con calma—. Ese es tu problema, Drem. Equiparas lo pequeño con lo insignificante. No somos insignificantes.

—Ah, sí, claro que lo sois. Mira que eres tarugo y amanerado. No tenéis ni idea de lo insignificante, patético y…

Pero Drem dejó de hablar cuando la garganta se le llenó de sangre. La punta de una cuchilla le asomaba del cuello. Boqueó y balbució, efectuando un último disparo al vacío. Seguidamente cayó de rodillas, boqueó una vez más y murió.

Red siempre se había preguntado si sería capaz de lanzar una cuchilla con efecto. Le había salido bastante bien. Aunque a juzgar por lo desigual de la herida, la pared lateral de la caja fuerte había desviado la trayectoria. Después de todo, había apuntado a la mano con que Drem empuñaba la pistola. Obviamente necesitaba algo de práctica.

El flujo de gente a través de la puerta dispersó la atención de quienes habían intentado acabar con Hope, Ortigas y Palla. Estos dispusieron de espacio suficiente para abandonar el pie de la escalera y sumarse a la lucha que tenía lugar en el salón de baile.

Hope escrutó a la muchedumbre en busca de la capucha blanca. Lo encontró en el centro del tumulto. No iba armado, al menos que ella pudiera ver. Cuando alguien se le echaba encima, ya fuera empuñando cuchillo o garrote, él levantaba la palma extendida, y en cuanto el arma le tocaba la mano se convertía en polvo. Si tocaba a la persona que la empuñaba, esta se marchitaba, se pudría, y también acababa por convertirse en polvo. La gente no tardó en evitarlo. Hope no estaba segura de qué hacer para vencerlo, pero sabía que si no lo intentaba nadie lo haría.

Se abrió paso a golpe de espada a través de la gente sin apartar un solo instante la vista del biomante. La mayoría de quienes intentaron atacarla carecían de habilidad, por tanto solo tuvo que recurrir a su visión periférica para contrarrestar y golpear. Al acercarse, los ojos del agente imperial se abrieron con desmesura, sorprendidos. Sin duda, debió de parecerle peculiar ver a un guerrero de Vinchen en aquel lugar —una mujer, nada menos—, detalle que posiblemente había escapado a la mayoría. Pero cuando se abalanzó sobre él, enseguida se recuperó de su asombro. Sonrió, frío, al levantar la mano.

Pero *Canto de pesares* no era arma que se hiciese añicos. Su murmullo lastimero no cesó al atravesar limpiamente la mano del biomante. Durante una fracción de segundo, la sorpresa y el horror se dibujaron en su rostro, pero *Canto de pesares* continuó su trayectoria y lo decapitó. La sangre surgió a chorro de su cuello, tiñendo a Hope de rojo carmesí. El cadáver, entonces, cayó a plomo al suelo.

Hope contempló a *Canto de pesares*, bañada en sangre de la empuñadura a la punta. Una hoja que era inmune al poder de los biomantes sin duda era un tesoro. Estaba claro que Hurlo había insistido en que la aceptara para que pudiera cumplir con su juramento de vengarse del biomante que había asesinado a sus padres y que había acabado con todo su pueblo.

—Gracias, gran maestro —susurró.

Sig *el Grande* irrumpió a través de un corro de gente y golpeó a un tipo en el pecho con tal fuerza que lo envió a varios metros de distancia. Hizo un alto para secarse el sudor de la frente con la manga y se quedó mirando al biomante decapitado.

—Buen trabajo —dijo.

Hope asintió.

—¿Seguimos?

Ambos continuaron luchando. Hope reparó en que los hombres de Drem perdían nervio tras haber visto caer al biomante. Adoptaron una actitud más defensiva y empezaron a echar un ojo a las vías de escape.

—¡Dejad de luchar! ¡Drem ha muerto!

Red se había encaramado a la barra y cargaba con un cadáver a hombros. Todo el mundo reculó cuando el joven lo arrojó a la pista de baile.

Hope había creído hasta ese momento que cuando viese el cadáver de Drem el dolor de la pérdida de Carmichael la abandonaría, o al menos se atenuaría. Pero contempló el cuerpo sin vida, los ojos abiertos, vidriosos, el corte de la garganta, y lo único que sintió fue la presencia de la oscuridad que siempre acechaba, hambrienta aún, en la linde de su conciencia. Se preguntó si llegaría el día en que se sentiría saciada.

Se volvió hacia los hombres de Drem espada en alto. Pero estos arrojaron las armas. La batalla había terminado.

Entonces, procedente de la calle, llegó un estruendo ensordecedor, seguido por la protesta de la piedra y el llanto de los cristales rotos. Filler asomó por la puerta, apoyándose en el marco. No tenía buen color, pero su expresión era decidida.

—Tenemos un problema —dijo—. Han llegado los imperiales. Y traen cañones.

22

R ed tenía una imaginación muy viva. Se le habían ocurrido infinidad de maneras en que la marcha sobre el Tres
Copas podía irse al garete. Pero no se había planteado hasta
qué punto podían torcerse si ganaban.

Cuando salió a la calle, tuvo la impresión de que a todo
Círculo del Paraíso lo había consumido uno de los infiernos
más terribles que quepa imaginar. La furia que él había alimen-
tado había crecido sin control, y ahora carecía de mesura. Había edificios en llamas y gente que se arrojaba a la calle desde las
ventanas, los brazos cargados de objetos robados. Para empeorar más las cosas, cada par de minutos se oía un estruendo lejano de cañón, al que seguía la inundación de metralla en una
manzana entera, lo cual daba pie a lluvia de cristales, astillas,
derrumbe de paredes y a alguna que otra víctima que no había
tenido la agilidad suficiente para ponerse a cubierto.

—Esto no es lo que yo quería —dijo a Sig *el Grande*.

—Lo sé. Pero ahora no hay nada que podamos hacer para
detenerlo. Se ha convertido en una revuelta en toda regla. Me
llevo a mi gente de regreso a Punta Martillo. Supongo que Palla hará lo mismo.

—¿Vais a dejarnos así? —le preguntó Red con tono acu-
sador.

—¿Qué quieres que haga? ¿Que mi gente impida saquear a

la tuya y dar pie a una guerra entre barrios? ¿O prefieres que los ponga delante de las bocas de esos cañones imperiales?

—No, claro que no —dijo Red—. Es que…

Sig *el Grande* puso una enorme mano en el hombro de Red, abarcándolo por completo.

—Hoy hemos hecho algo bueno. Lo que pase después no cambiará ese hecho. Hemos defendido lo nuestro. Eso va a asustarlos.

—¿No deberíamos sacar partido de ello?

—Un líder sabe cuándo avanzar y cuándo retroceder. Muchos de los nuestros se han unido a los saqueadores. Otros huyeron al oír el primer cañonazo. Los que quedan llevan horas luchando. Están exhaustos, heridos muchos de ellos. Los imperiales están descansados y mucho mejor pertrechados. La elección es clara.

—¡Red! —gritó Hope desde el interior del Tres Copas—. ¡Te necesitamos!

Red se volvió hacia Sig *el Grande*.

—De acuerdo. Entonces, ¿otro día? —Y extendió la mano.

Sig *el Grande* la estrechó.

—Cuenta con ello.

Red se despidió con una leve inclinación de cabeza y volvió corriendo al interior del edificio. Casi todo el mundo había puesto pies en polvorosa, ya fuese para huir, para esconderse o para sacar partido del caos dedicándose a saquear. Filler yacía tumbado en la barra, pálido, contraído el rostro por un rictus de dolor. Hope y Ortigas se encontraban a ambos lados de él. Ortigas tenía en la mano una botella de whisky, y Hope enhebraba una aguja enorme.

—Necesitamos que le impidas moverse —dijo Ortigas.

—¿Cómo está? —preguntó Red al ponerse a los pies de Filler.

—Debilitado por la pérdida de sangre, pero al menos hemos extraído la bala —lo informó Hope—. Ahora debemos desinfectar la herida y coserla antes de que pierda más sangre.

—Entonces, ¿se… pondrá bien? —preguntó Red.

Hope lo miró muy seria.

—Vivirá.

—¿Es el torniquete? ¿Lo apreté demasiado? Había leído al respecto, pero nunca lo había intentado antes, así que no sabía exactamente cómo hacerlo.

—Le ha salvado la vida. Y no creo que pierda la pierna, pero la bala le ha destrozado la rodilla.

—¿No se recuperará?

Hope negó con la cabeza.

—Lo siento. No quedan más que astillas. Necesitará una muleta para andar el resto de su vida.

—Es culpa mía —dijo Red, desolado—. Es como lo que dijo Henny. Mi mejor amigo ha acabado pagando los platos rotos de mis planes descabellados.

—Eso es un montón de estiércol —dijo Filler con voz apenas audible—. Yo escogí pelear por el Círculo. Fue mi elección encajar una bala para proteger a mi mejor amigo. No me quitéis eso. Ni se os ocurra hacerlo.

—Vale, Fill. Vale —asintió Red.

—¿Podemos poner fin a este diálogo de teatrillo amanerado? —preguntó Ortigas—. Ya va siendo hora de que cosamos la herida de este fulano.

—Adelante —dijo Filler.

Ortigas inmovilizó las muñecas de Filler y Red hizo lo propio con los tobillos. Hope vertió un poco de whisky en la herida, y el cuerpo de Filler sufrió algunas convulsiones involuntarias, hasta tal punto que casi descargó una patada en la boca a Red. Este tuvo que empeñar todo el peso del cuerpo en inmovilizar las piernas de su amigo. Entonces Hope empezó a coserle la herida.

—¿Cómo pinta la cosa ahí fuera? —preguntó Ortigas mientras mantenía las manos de Filler pegadas a la barra.

—Bastante mal —admitió Red.

Filler gruñó mientras Hope pellizcaba la piel tumefacta que rodeaba la herida.

—Nos hemos rebelado y complicado las cosas para quienes

gobiernan —continuó Red—. Y acaban de llegar para mostrarnos cuál es nuestro lugar. Entretanto, la solidaridad que hubo entre los nuestros se ha evaporado sin despedirse siquiera.

—No deja de sorprenderme que lograras mantenernos unidos tanto tiempo —dijo Ortigas.

Filler gruñó de nuevo, esta vez fue casi como un largo murmullo. O un quejido.

—Casi he terminado, Filler —dijo Hope—. Lo estás haciendo muy bien.

Red observó cómo los dedos de Hope iban de un lado a otro con la aguja.

—No se te da nada mal.

—Cuando era más joven, los hermanos de Vinchen celebraban con regularidad peleas de entrenamiento, de las que unos u otros salían malparados. Mi labor consistía en curarlos después.

—Debías de ser muy popular —comentó Ortigas—. Sobre todo por ser la única chica.

—No, que va, me odiaban —respondió Hope—. Solo mi maestro sentía afecto por mí, y no podía demostrarlo cuando estaban los demás presentes, o habrían sospechado que me estaba adiestrando en secreto en las artes de la orden.

—¿Cuánto tiempo viviste así?

—Ocho años.

—Debías de sentirte muy sola —dijo Ortigas.

—Supongo. —Hope continuó arriba y abajo con la aguja—. En ese momento no le di muchas vueltas. Había cosas, como el cariño, el compañerismo, que me eran… ajenas.

—Hoy el nuestro ha sido un equipo insuperable —apuntó Ortigas.

—Así es.

—Cariño no puedo prometerte, pero todo está bien entre tú y yo.

Hope sonrió con timidez mientras seguía cosiendo la herida de la rodilla.

—Entonces, ¿somos amigas?

Ortigas esbozó una sonrisa torcida.

—Veo que lo has pillado, rajita angelical.

Hope dio la puntada final y cortó el hilo.

—Muy bien, Filler, ya estás listo. Eso mantendrá la hemorragia bajo control. Tú vigila por si se te abre la herida.

—Gracias, Hope —susurró un Filler muy debilitado.

Hope inclinó la cabeza y se separó de la barra para limpiarse la sangre de las manos con un trapo. Fuera, el cañoneo era cada vez más frecuente. Dos o tres disparos por minuto.

—No podemos quedarnos aquí. Da la impresión de que han desplegado más cañones. Debemos llevarte a un lugar seguro.

—El Salón de la Pólvora —sugirió Ortigas—. Todo el mundo que no haya muerto o se haya entregado al saqueo acudirá allí.

—Es el único lugar que los imperiales nunca han sido capaces de controlar —dijo Red—. Pero llegar va a ser complicado. Por lo general, propondría tomar las callejuelas para evitar los cañonazos, pero es imposible llevar allí a Filler tal como está. Vamos a necesitar un carro de mano, lo cual implica tomar las calles principales y situarnos en la línea de fuego de la artillería.

—Por tanto, antes habrá que tomar esos cañones —concluyó Hope.

—¿Cómo lo hacemos? —preguntó Ortigas.

—Si vamos por los tejados, podríamos llegar al lugar donde estén emplazados los cañones sin que detecten nuestra presencia y nos maten. Ortigas, tú protege a Filler. Yo le mostraré el camino a Hope.

—¿Por qué no proteges tú a Filler mientras yo acompaño a Hope? —sugirió la joven.

—Porque tú no conoces los tejados como yo —respondió Red—. Entre ambos puntos no recorreremos una línea precisamente recta. Algunos tramos son difíciles incluso para mí, que llevo años trepando por ellos.

—Pues pongámonos en marcha —dijo Hope—. Creo que sé al menos cómo ganar el tejado de este edificio.

Hope condujo a Red a la segunda planta, a la estancia con las dos hileras de jergones.

—Nosotros entramos por aquí —dijo—. A través de esa ventana.

Red asomó la cabeza y miró abajo, al estrecho callejón.

—¿Cómo subiste?

—El callejón es tan angosto que me serví de ambas paredes para ganar impulso hasta llegar aquí —explicó Hope.

—Pan comido —murmuró Red. Se volvió hacia el tejado. Quedaba fuera de su alcance, así que tendría que saltar desde el alféizar de la ventana. No había hecho nada tan estúpido desde que era un crío, pero después de lo que le había contado Hope, no podía echarse atrás. Se encaramó al alféizar, y antes siquiera de plantéarselo en serio, saltó. Pasó de largo el alero, pero al caer pudo sujetarse a él. El cuero de los guantes sin dedos impidió que se cortara con las tejas. Se impulsó lentamente hasta apoyar los hombros en el borde, momento en que levantó la pierna para impulsarse con ella y ganar el tejado.

Permaneció allí de pie unos instantes, muy complacido con lo que había hecho. Se inclinó por el alero.

—¿Vienes?

Hope asomó la cabeza por la ventana abierta, mirándolo.

—Enseguida. —Asió con ambas manos la parte superior del marco de la ventana y se impulsó para dar un salto que incluyó una pirueta, dando una vuelta en el aire y cayendo de pie sobre el borde—. ¿Listo?

—Serás creída.

Red la llevó a la parte frontal del edificio. A varias manzanas de distancia vio un penacho de humo a la luz del atardecer. Al cabo de un instante oyó el silbido de la descarga que reverberó en las calles. Si hubiesen optado por la alternativa de llevar a Filler en carro, a esas alturas estarían todos muertos. Se volvió hacia el lugar donde se había originado el disparo, atento a los tejados para escoger la ruta más eficaz.

Hope exhaló un suspiro.

—¿Todo bien? —le preguntó Red.

—Sí. —Hope miraba al oeste, su expresión era serena mientras la luz rojiza del sol poniente le teñía el cabello rubio—. La vista es preciosa, ¿no te parece?

Red se sintió un poco irritado.

—No es el momento.

—Un guerrero de Vinchen aspira a contemplar toda la belleza que lo rodea —dijo Hope en voz baja—. Así es consciente del valor de todo aquello por lo que pelea.

Eso frenó el enfado de Red. ¿De veras se había molestado por el hecho de que Hope hiciese con tanta facilidad algo que él había hecho tantas y tantas veces? Recordó el día en que llevó a Ortigas a los tejados, emocionado ante la perspectiva de compartir con ella toda aquella belleza. Con ella la había malgastado. Se negó a permitir que eso sucediera de nuevo. Llenó de aire los pulmones y permaneció de pie junto a Hope. Ambos observaron cómo el sol se precipitaba lentamente tras el contorno desigual de azoteas y tejados.

Hope se volvió hacia él.

—Además, la oscuridad debería ampararnos un poco cuando nos acerquemos.

—¿Por eso querías esperar?

Ella se encogió de hombros.

—Ambos son buenos motivos y no parece que se contradigan entre sí.

Red la miró un momento, pensando que con esa chica nada era sencillo. Cayó en la cuenta de que era uno de los motivos por los que le gustaba.

—Tan cierto como el peligro. Vamos.

Nadie había encendido el alumbrado público, así que una oscuridad poco habitual reinaba en las calles. Sin embargo, la luz del anochecer cubría el lugar de una tonalidad sepia. Se desplazaron de tejado en tejado, zigzagueando cada vez más cerca de las piezas de artillería. La cadencia del fuego de los cañones parecía haber aumentado. Red tenía la sospecha de que intentaban limpiar las calles tanto como fuera posible para después barrerlas con un par de secciones de soldados.

La noche había caído del todo cuando alcanzaron la encrucijada donde habían desplegado los cañones. Había cinco piezas, simétricamente espaciadas para que cada una embocase una calle distinta. Había cuatro soldados sirviendo cada cañón.

—Lo mejor que podemos hacer es quitarlos rápidamente de en medio uno por uno para evitar que tengan ocasión de dar la alarma a los demás —susurró Hope mientras observaban las piezas desde el tejado más próximo a una de ellas—. ¿Podrías acertar a dos blancos si lanzas dos cuchillos a la vez?

—A dos, sí. Pero no a cuatro —dijo Red.

—Tú encárgate de los dos que están en los laterales, y yo me ocupo de los de en medio.

Red asintió y echó atrás el faldón de la casaca para alcanzar con mayor facilidad las armas.

—Ahora —señaló Hope.

Red lanzó un cuchillo con cada mano mientras Hope se arrojaba desde el tejado, desnudando el acero en plena caída. Giró sobre sí misma y golpeó certeramente a ambos soldados. Al mismo tiempo, los que estaban situados en los flancos cayeron al suelo con sendos cuchillos clavados en el cuello.

Hope aterrizó suavemente sobre la pieza de artillería. Hizo una seña a Red para que se desplazara por el tejado hasta el siguiente.

Red calculó la distancia que debía saltar y torció el gesto. No estaba muy seguro de ser capaz de lograrlo, pero no compartiría con Hope sus dudas al respecto. Tomó aire con fuerza, cogió carrerilla y saltó. No fue un salto elegante, pero lo logró. Chocó contra el borde a la altura del estómago con tal fuerza que necesitó unos instantes para recuperar el aliento. Cuando se hubo recuperado, se incorporó lentamente. Vio a Hope observándolo, de pie sobre el cañón, la cabeza inclinada hacia un lado con curiosidad. La saludó con la mano, sintiéndose algo incómodo.

Ella cabeceó en sentido afirmativo. Con la espada baja, se movió acuclillada hacia la pieza siguiente. Red comprendió que lo mejor que podían hacer era que ella se encargase de los dos más próximos, mientras él despachaba a los más apartados. Confió en que Hope coincidiría con sus cálculos. No tenía manera de llamar su atención sin alertar de paso a los soldados.

Hope corrió entre los dos primeros, lanzando un tajo a la derecha y otro a la izquierda. Hizo un alto al ver caer a los otros dos soldados. Levantó la vista hacia Red, cabeceó de nuevo con aprobación y sonrió. Ese reconocimiento diminuto le supuso a Red sonrojarse de satisfacción. Se permitió el lujo de saborearlo antes de decirse: «Tú ahora no te me cueles por la chica célibe», puesto que Filler no estaba presente para decírselo.

Se situaron en posición para atacar al resto de los cañones de igual manera, acabando con todos ellos. El último les planteó un problema mayor. Junto al cañón y a sus servidores había un pelotón de imperiales. Red los vio antes de atacar. No estaba seguro de si Hope también había reparado en ellos, pero no había modo de hacérselo saber, aparte de agitar la mano y señalar en esa dirección. Ella asintió secamente e hizo un gesto para iniciar el ataque.

Neutralizaron a los cuatro servidores del cañón con la misma facilidad con que habían despachado a los anteriores, pero hubo gritos procedentes del pelotón, cuyos soldados encararon a Hope, apuntándola apresuradamente con los rifles. Red intentó echar mano de otros dos cuchillos, pero fue en vano. Acababa de lanzar los dos últimos. No estaba muy seguro de cómo podía contribuir, pero no quiso quedarse ocioso mientras acribillaban a Hope. Sin embargo, para cuando llegó al suelo, la mitad de los soldados estaban muertos y la otra mitad se había dado la vuelta y echado a correr.

Hope permaneció inmóvil un momento, jadeando mientras los veía alejarse. Después limpió la hoja de la espada en la casaca blanca de uno de los soldados muertos.

—¿Te has quedado sin cuchillos?

Red asintió avergonzado.

—Tendrás ocasión de recuperarlos —dijo—. Quiero volver para asegurarme de que cuando lleguen los refuerzos imperiales esos cañones ya no le sirvan de nada a nadie.

Red nunca había visto el Salón de la Pólvora tan atestado ni apagado. La combinación de ambos factores era perturbadora. Cuando llegó, cargando a Filler con la ayuda de Ortigas y Hope, encontró el lugar prácticamente al límite de su capacidad, pero nadie practicaba el sexo ni se estaba drogando. No había gente ebria ni risotadas. Todo el mundo estaba sentado y hablaba en un tono normal. Había caras de preocupación por todas partes.

—Maldita mierda, vaya ambiente —dijo Ortigas cuando dejaron a Filler en una mesa que les habían reservado Henny *el Guapo* y los Gemelos.

—¿Estáis bien, fulanos? —preguntó Red mientras estrechaba la mano de Henny.

—Diría que mejor que Filler —respondió este.

—Me pondré bien —dijo Filler con voz débil—. Hope me ha cosido la herida.

—Y yo te estoy agradecido por ello. —Henny le lanzó a Hope una manzana de un saco—. ¿Red? ¿Tigas?

—Dios, sí —dijo Ortigas, que aceptó un pedazo de pan.

—Llevo todo el día sin probar bocado —comentó Red, que también comió un poco de pan.

—¿Sabes, Red? Cuando te vi ahí arriba, en Las Tablas y el Telón, pensé que eras un tarugo. Me dije, ahí va otro de sus planes descabellados. —Le brillaron los ojos a la luz de las antorchas—. Pero no era una de esas fanfarronadas de taberna, viejo amigo. Lo hiciste de veras. Uniste al vecindario, tal como dijiste que harías, y le diste duro a esos imperiales.

—Sí, y mira adónde nos ha llevado eso —repuso Red.

Henny negó con la cabeza.

—Lo valioso no se obtiene por nada, mi querido amigo. Nada es gratis en el Círculo, y tú eso lo sabes bien. Pero ahora esos tontos del culo también lo saben. Así que tan solo pueden presionarnos hasta cierto punto antes de que nos revolvamos.

—¿Qué vamos a hacer? —preguntó Red.

—Yo qué sé —admitió Henny—. Supongo que esperar a ver si se proponen asaltar el Salón de la Pólvora.

Las ventanas estaban cubiertas con tablones y apenas había rendijas para vigilar lo que sucedía en la calle. Los mercaderes habían metido sus productos dentro. Los que comerciaban con alimentos los compartían con sus vecinos. La gente armada distribuía el armamento, intentando pertrechar a cuantos pillos fuese posible. El Círculo, a menudo un lugar cruel y egoísta, no parecía ser el mismo. Red había oído hablar de que había gente que se unía en tiempos de adversidad, pero nunca lo había presenciado y siempre le había costado creer que fuese cierto. Pero en ese momento, mientras masticaba un trozo de pan duro y observaba cómo Círculo del Paraíso se recomponía, preparándose para la lucha que sin duda se avecinaba, pensó que nunca había estado más orgulloso de su patria de adopción.

—No he visto a Sadie. —Hope dio un mordisco a la manzana. Parecía preocupada.

—Se quedará en los muelles con Finn. Probablemente se esconderán en el barco. No es probable que los imperiales vayan tan abajo, así que estarán bien. —La miró—. Recuerda que si el barco está listo puedes marcharte en él. Dejar todo esto atrás.

—¿Tú harías algo así? —le preguntó.

Él negó con la cabeza.

—No es que quiera quedarme aquí para siempre, pero marcharme en este momento, cuando la situación es tan incierta… No me sentiría bien.

—Yo siento lo mismo —le aseguró ella.

Fue una tensa, tensa noche. La gente salía de vez en cuando a por provisiones y a explorar las posiciones y actividades de las tropas imperiales. Una fuerza considerable marchaba hacia el Salón de la Pólvora, pero seguía estando a cierta distancia. Con el paso de las horas, la tensión fue en aumento y se produjeron algunos altercados esporádicos. Para matar el tiempo y mantener entretenida a la gente, Red obsequió a los presentes con un exagerado relato pormenorizado de «El asalto del Tres Copas». Muchos de los presentes habían estado allí, pero ninguno estaba al corriente de toda la historia. Preguntado por cómo sabía dónde se había escondido Drem, Red dio paso a un relato también exagerado del intento de robo que había llevado a cabo dos años atrás en el salón. Decidió interrumpir la historia antes de llegar a la parte en que besaba a Ortigas, porque hay cosas que es mejor dejar en el pasado.

Cuando concluyó, se oyeron fuertes aplausos en el Salón de la Pólvora.

—Tu don para la narración rivaliza con tu puntería —dijo Hope.

—También su don para la exageración —apuntó Ortigas—. Te aseguro que no recuerdo haberme enfrentado a treinta esbirros en ese callejón armada únicamente con una cadena.

—Vamos, vamos, Tigas —dijo Red, a quien le centelleaban los ojos—. Que no sucediera no significa que no sea verdad. Además, esto no pasará a los libros de historia. Solo es una manera de distraer a los pillos ante lo que va a suceder. Seguro que eso te parece buena cosa.

—Mientras nadie espere que sea capaz de acabar con treinta esbirros armados a la vez con un trozo de cadena...

Él sonrió.

—Siempre podrías pretextar que te has hecho mayor para esa clase de cosas.

—O también podría partirte esa bonita cara que tienes para que así dejes de contar mentiras.

Red lanzó una risotada.

A la tarde del día siguiente uno de los exploradores, un joven de unos trece años, irrumpió en el Salón de la Pólvora, colorado debido al esfuerzo, jadeando.

—¡Mejor será cerrar las puertas! ¡Los imperiales están al caer!

Un murmullo recorrió la sala. Algunos deslizaron la gruesa

barra de madera para bloquear la puerta, y Red se acercó apresuradamente a una de las rendijas de las ventanas. Ortigas, Hope y Henny lo siguieron. Echaron un vistazo por las rendijas y vieron a un batallón al completo de imperiales en línea de cinco por diez de profundidad, armados todos con rifles, que marchaba hacia el Salón de la Pólvora.

—¿No empujan cañones? —preguntó Henny, sorprendido.

—Hope y yo los inutilizamos antes de venir aquí —respondió Red con suficiencia.

Un comandante con un reluciente y dorado yelmo de penacho blanco cabalgaba al frente de los soldados en un espléndido alazán blanco. Levantó una mano y los soldados detuvieron el paso de inmediato.

—Qué disciplina —dijo Hope con tono de aprobación.

—¿Tú de parte de quién estás? —le preguntó Red.

—Un guerrero de Vinchen siempre aplaude cuando alguien se merece el aplauso, incluso si se trata del enemigo —se explicó ella.

—Te referirás a una guerrera —murmuró Ortigas, haciendo hincapié en el género.

—¡Gentes de Círculo del Paraíso! —pronunció el comandante a través de un cono metálico que amplificaba el volumen de su voz lo bastante para alcanzar el interior del Salón de la Pólvora—. No tenemos ningún deseo de prolongar el derramamiento de sangre. Entregadnos a la mujer vestida de guerrero de Vinchen y os permitiremos regresar incólumes a vuestras casas.

Hubo un silencio en el Salón de la Pólvora. Puede que fuese el primer instante de silencio que se había producido en su interior.

—La elección es obvia —dijo Hope con un tono lo bastante elevado para que la oyera todo el mundo—. Una vida a cambio de muchas. Un guerrero de Vinchen siempre debe estar listo para dar la vida para proteger a las buenas gentes del imperio. Y no os equivoquéis. Ninguno de vosotros es perfecto, pero todos sois buenos.

—Hope, vaya idea de mierda. Ni se te ocurra… —le advirtió Red.

Hope lo ignoró y se volvió hacia Ortigas.

—Agradezco tu oferta de amistad. Nunca he tenido una amiga que fuese mujer, y me alegro de haber disfrutado de la experiencia.

Ortigas asintió.

Hope se acercó a Filler, que yacía inconsciente en la mesa. Puso una mano en su frente perlada de sudor.

—Cuidad de él. Su lealtad es tan grande como la de cualquier guerrero que haya conocido.

—Hope, no voy a permitirte hacer esto de ningún modo —le advirtió de nuevo Red.

Ella tenía el rostro tenso, y en sus ojos azul marino una expresión más dura y fría de lo que él recordaba haber visto.

—Red, ha sido un honor luchar a tu lado. Y… —Titubeó—. Y un placer. —Y se volvió hacia la puerta.

—¡No! —Red le aferró el brazo, pero ella se movió tan rápido que lo que sucedió no fue más que un confuso borrón. Red acabó en el suelo, aturdido por el golpe dirigido a la cabeza que ella le había propinado. Hizo un esfuerzo por incorporarse, intentando hacer un repaso de lo sucedido, mientras la veía alejarse, franquear la puerta y cerrarla al salir.

Se dirigió hacia la puerta, pero Ortigas lo hizo volverse para mirarlo de frente.

—¿Tú adónde crees que vas?

—A por Hope, por supuesto.

—¿Tú solito?

—Si no hay más remedio.

—¿Acaso no tienes otro remedio?

Eso hizo que Red pusiera los ojos como platos.

—¿Qué?

Ortigas se volvió hacia el resto de los presentes en el Salón de la Pólvora.

—Vaya panda de mentecatos. Allí va. Nuestra esperanza sombría, nuestra Bleak Hope. Sí, «nuestra» he dicho. Puede que no provenga de Círculo del Paraíso, pero ha arriesgado varias veces la vida por este lugar. Por nosotros. Así que yo la nombro Heroína del Círculo. ¿Alguno de los presentes no está de acuerdo?

La mirada de Ortigas abarcó la sala. Nadie se pronunció en contra.

—Y ahora, esa heroína nuestra ha ido a morir por nosotros —continuó—. ¿Acaso vamos a permitírselo? ¿Así son ahora las cosas en el Círculo?

23

*H*ope salió del Salón de la Pólvora a la dorada luz del sol del atardecer. Nunca pensó que el ambiente de Nueva Laven pudiera parecerle fresco, pero después de pasar casi un día entero metida en el Salón de la Pólvora, aspiró con fuerza. Levantó la vista hacia el comandante montado en el caballo. Él la miró con cierta curiosidad. A su espalda, cincuenta soldados armados con rifles apuntaban a Hope.

—¿Vais a matarme ahora? —preguntó ella con calma.

—Hay alguien que quiere hablar antes contigo —dijo el comandante—. Rinde la espada y te llevaré con él.

—Y nadie más saldrá herido.

—Retiraré a mis hombres de este lugar —prometió él.

Tender *Canto de pesares* al comandante imperial fue quizá una de las cosas más difíciles que Hope había hecho. Otros sucesos resultaron más dolorosos, pero cuando sucedieron ella no había podido hacer nada para evitarlos. El acto de rendir uno de los objetos más sagrados de la orden de Vinchen, confiado a ella por el gran maestro Hurlo, a un hombre que ni conocía ni le importaba su naturaleza, era algo que ella debía hacer por propia voluntad. Con un odio gélido en la mirada, le tendió horizontal el arma envainada con ambas manos. Él se inclinó en la silla y la aceptó con indiferencia.

—Encadenadla —dijo.

Se acercaron dos soldados para rodearle las muñecas con grilletes, que aseguraron con un pesado candado. Uno de ellos ofreció la llave al comandante. El otro le tendió el extremo opuesto de la cadena, que él aseguró en torno a la perilla de la silla.

—Vamos, pues. —El comandante hizo volver grupas al caballo y dio un tirón de la cadena al alejar a Hope del Salón de la Pólvora. Los soldados se apartaron para dejarlos pasar, luego cerraron filas de nuevo. Hope volvió la mirada, esperando ver cómo los soldados daban media vuelta para seguirlos. Pero siguieron apuntando el Salón de la Pólvora con los rifles.

—Dijiste que retirarías a tus hombres.

—Sé que los de Vinchen tienen un fervor casi religioso en cuanto al honor —dijo el comandante—. Pero los ladrones, asesinos, putas y traidores que se esconden en ese lugar constituyen la peor basura que infesta el imperio. No tienen honor y no merecen que se los trate con honor. No puedo permitir que piensen que hoy han obtenido una victoria, por breve que sea. Los mantendremos allí inmovilizados hasta que reparemos los cañones que inutilizasteis anoche. Para entonces puede que ya se estén muriendo de hambre, o se hayan matado los unos a los otros. Si no es ese el caso, entraremos a sangre y fuego para despejar del todo ese apestoso lugar.

—¿Me cuentas esto y esperas que siga cooperando contigo? —preguntó Hope en voz baja.

El comandante rio.

—Estás encadenada y desarmada. ¿Qué podrías hacer?

Un rugido extraño se alzó en el interior del Salón de la Pólvora. Era como un centenar de voces que gritaban al unísono.

—Pero ¿qué…? —empezó a decir el comandante.

Entonces se abrió la puerta de golpe y Red y Ortigas salieron a la carga seguidos por una muchedumbre. Los soldados no esperaban un ataque directo y se quedaron sorprendidos. Sin embargo, Hope sabía que recuperarían la presencia de ánimo antes de que Red y Ortigas cerrasen distancias. Sería una matanza, a menos que alguien les impidiera disparar.

—Esto es lo que puedo hacer. —Tiró con fuerza de la cadena, desequilibrando un poco al caballo. En el instante que necesitó el oficial para enderezar la montura, Hope se encaramó a la silla tras él y puso las cadenas alrededor de su garganta para asfixiarlo. Al llevarse las manos al cuello para librarse de las cadenas, ella aprovechó para arrebatarle las riendas. Hope tiró hacia un lado y el caballo encaró a los soldados, espoleado a continuación por el golpe en el cuello que recibió por parte de la joven. El animal cargó en dirección al batallón, distrayendo a muchos a la hora de disparar los rifles. No dispondrían de tiempo para recargar antes de que la gente de Círculo del Paraíso se les echase encima.

Si el comandante hubiese podido dar órdenes, tal vez habría mantenido cohesionada a la tropa, la línea bien formada, dispuesta a aguantar el ataque de la horda compuesta por ladrones, asesinos, putas y traidores que se abalanzó sobre ellos. Pero en ese momento el comandante apenas podía respirar, y mucho menos hablar. Bregó sin fuerzas por controlar el caballo mientras Hope se las ingeniaba para alcanzar la llave del candado. Eso le permitió recuperar las riendas, pero a esas alturas Hope tenía las manos libres, se quitó el estorbo de las cadenas y recuperó a *Canto de pesares* antes de tirar del comandante para caer ambos de la montura. Lo hizo de modo que el oficial fuese el primero en caer, y ella cayó sobre él. Seguidamente intentó incorporarlo, pero la caída lo había dejado inconsciente.

—¡Hope! —gritó Red desde el extremo opuesto de la batalla—. ¿Estás bien?

Ella sonrió al tiempo que desnudaba a *Canto de pesares*. A continuación cerró sobre el grueso del combate. Los soldados estaban mejor entrenados, eran más disciplinados e iban mejor armados, pero estaban en inferioridad numérica y carecían de mandos. No huyeron, sin embargo, y por ese motivo Hope dio una muerte rápida y honorable a todo aquel al que se enfrentó.

No tardaron en dejar a la mayoría de los soldados muertos o agonizando en el empedrado. Fue entonces cuando Hope vio al hombre de la túnica blanca de pie al otro lado de la calle. Limpió la hoja de la espada en la pernera de uno de los soldados muertos y se dirigió decidida hacia el hombre encapuchado.

—La primera vez que oí hablar de una mujer de la orden de Vinchen que lideraba una revuelta en el Tres Copas creí que se trataba de un error —dijo el biomante con un tono de voz que crepitaba como el fuego. Tenía la cabeza inclinada, de modo que Hope no podía verle la cara—. Después de todo, no permiten a las mujeres unirse a la orden, igual que tampoco hay mujeres biomantes. Pero cuando me llegó el informe de la mujer de la orden de Vinchen que había inutilizado los cañones, comprendí que debía investigar.

Levantó la vista para mirarla a los ojos.

Era el biomante de la quemadura en la mejilla. Hope temía que Sig *el Grande* se hubiese equivocado, o que existiera otro biomante de facciones similares. Pero no había margen para el error. Era mayor, bajo la capucha tenía el pelo casi gris. Pero ella comprendió de un vistazo que se trataba del mismo hombre que había acabado con todo su pueblo.

—Claro que cuando por fin me topé con ese supuesto miembro femenino de la orden de Vinchen —continuó el biomante—, no esperaba verla empuñando a *Canto de pesares*. Mi bisabuelo ayudó a forjarla para Manay *el Fiel*. ¿Cómo ha llegado a tus manos?

Una fría oleada de ira recorrió el cuerpo de Hope.

—Esta espada me la confió mi maestro, Hurlo *el Astuto* —dijo con los dientes apretados—. Y será tu perdición.

—Es posible —admitió el biomante—. Pero no hoy.

Chascó los dedos y hubo un repentino destello luminoso. Hope parpadeó al tiempo que se abalanzaba sobre el lugar donde había estado el biomante, pero era demasiado tarde. La hoja de la espada no halló más que el vacío. Se le aclaró la visión y lo vio a varias manzanas de distancia, corriendo como un cobarde.

—¡No! —gritó Hope, y echó a correr tras él.

Un guerrero de Vinchen está en equilibrio en todos los aspectos, es uno con su entorno y está en paz consigo mismo. Cuando las cosas se aceleran fuera, él se mantiene calmo por dentro. Vive en el instante presente, no se deja distraer por los recuerdos del pasado o las reflexiones sobre el futuro.

Bleak Hope fue incapaz de cumplir con todo ello.

Corrió tras el biomante mientras el conjunto de la rabia y el dolor sepultados los últimos diez años corría por su organismo como aceite de lámpara ardiendo. Fue vagamente consciente del sonido a medio camino entre el gruñido y el siseo que escapó de sus labios a través de los dientes apretados, pero nada comparado con el rugido de venganza de su mente. Lo haría aquella noche. Aquella noche sería libre.

El biomante la llevó a través de serpenteantes callejones y retorcidas calles secundarias. Se preguntó si sabía adónde iba, o si escogía de forma aleatoria el trayecto. Había sido lo bastante listo para mantenerse alejado de las calles principales. Con el cielo cada vez más oscuro, las luces de gas hubieran delatado la vestimenta blanca. Pero incluso en aquellas calles secundarias sin iluminar, era fácil distinguir el contraste entre el blanco y el gris del hormigón y el ladrillo. De pronto lo perdía, pero un destello captado por el rabillo del ojo era cuanto necesitaba para mantener la persecución.

Pese a todo, el sol no tardaría en ponerse del todo. Entonces estaría demasiado oscuro para distinguir el contraste del blanco sobre gris. Debía alcanzarlo antes de que eso pasara. Continuaría persiguiéndolo, con la esperanza de cansarlo antes de que se pusiera el sol. O podía optar por una táctica totalmente distinta. El capitán Carmichael le había dicho en una ocasión: «Hope, niña mía. A veces vas derecho hacia el viento y no hay manera de avanzar. Es entonces cuando debes virar por avante, dar bordadas. Verás que hay problemas que es mejor abordar desde otro ángulo». En ese momento necesitaba un ángulo distinto si de veras quería acortar la distancia a tiempo.

Saltó a un toldo tendido sobre una puerta, de ahí al marco de una ventana y, finalmente, al tejado. Entonces, a pesar de que el instinto la instaba a correr, se arrodilló en las duras tejas de madera. Cerró los ojos y escuchó. Oyó su propia respiración y los latidos de su corazón, rápidos, retumbantes debido a la furia y al cansancio. «Ve más allá», imaginó que Hurlo le decía. Oyó el arrullo de una paloma cercana y el roer de una rata. «¿Y qué hay más allá?», le hubiera preguntado Hurlo. Oyó a alguien abrir una ventana y arrojar un líquido por ella. Oyó el relincho de un caballo. «Más allá.» Y ahí estaba. Respiración entrecortada, el sonido del cuero en el empedrado, los pasos desiguales en zigzag.

Recorrió el tejado y pasó al siguiente, y de ahí al otro. Él no sabía que Hope había dejado de seguirlo, así que mientras continuaba con su ruta irregular, ella se dirigió recta como una flecha hacia él. Seis manzanas más allá cayó frente al biomante justo cuando doblaba una esquina.

Frenó en seco.

—Tienes la destreza de cualquier miembro de la orden de Vinchen que he conocido. Pero necesitarás más que eso para matarme.

—¿Cómo te llamas, biomante? —preguntó Hope, apretando después con fuerza la mandíbula.

—Teltho Kan —respondió él, a quien parecía divertirle todo aquello—. Si piensas denunciarme a alguna autoridad, estás...

Ella blandió la espada a tal velocidad que no fue más que un destello. Él abrió los ojos desmesuradamente al ver que un hilo de sangre descendía por el corte horizontal que acababa de hacerle en la frente.

—Hace diez años asesinaste a todo el pueblo de Bleak Hope. Yo soy su venganza.

Teltho Kan exhaló un hondo suspiro.

—Los de Vinchen y sus preciosas venganzas. No se podía hacer otra cosa. Yo llevaba a cabo un trabajo importante, desarrollaba un arma para proteger el imperio. El programa de avispas parásitas es una de nuestras iniciativas más prome...

—Cualquier emperador que esté dispuesto a sacrificar las

vidas de su pueblo de forma tan irresponsable no es apto para gobernar. Si tienes un arma te sugiero que recurras a ella. Te garantizo otorgarte todas las cortesías del guerrero, a pesar de que no merezcas ninguna.

Los ojos de Teltho Kan se mostraban cada vez más huidizos. Levantó la vista al sol poniente y dijo:

—Aunque lograras matarme, no durarías ni un día. Te darían caza y te matarían de un modo tan horrible que ni siquiera puedes concebirlo.

—Eso no importa —dijo Hope. Y en ese momento, realmente no le importaba. Con la muerte de Teltho Kan, todas las deudas quedarían saldadas, todas las promesas cumplidas. La idea de una vida más allá de la venganza no era algo que mereciera la pena contemplar.

Teltho Kan entornó los ojos.

—Comprendo. —Metió las manos en las mangas—. Es una pena que escojas traicionar al emperador. A pesar de ser mujer, sin duda le serías útil. Es raro encontrar una determinación como la tuya. Pero me temo que debo negarte tu objetivo.

Sacó las manos y las alzó. Las tenía tan quemadas como el rostro. En cada muñeca llevaba un brazalete de plata, y en ellos se reflejaba la luz del sol poniente.

Hope levantó la espada, sin saber qué biomancias tendría preparadas.

Pero en lugar de atacar, juntó las muñecas para que los brazaletes emitieran un apagado campanilleo.

El sonido cobró intensidad, y las manos y la cara le empezaron a brillar. Hope hundió *Canto de pesares* en su pecho, pero era demasiado tarde. Había desaparecido, dejando únicamente la blanca túnica, que colgaba flácidamente de la hoja de la espada. Ella permaneció inmóvil un instante, mirándola con cara de boba. Había estado cerca. Si lo hubiera matado sin más en cuanto lo vio, todo habría terminado. Pero había insistido en concederle la cortesía del guerrero: dar el nombre, declarar la intención y proporcionarle la ocasión de defenderse, tal como Hurlo le había enseñado. Y ahora había vuelto al punto de partida, sin saber siquiera en qué lugar se hallaba. Peor aún, ya estaba alertado de que iba tras él y sin duda se mostraría más cauto.

Experimentó un súbito peso, un mareo, un cansancio. Incluso el arma le pareció pesada. Bajó la punta y la túnica se precipitó al suelo. Era como si la tierra tirase de ella. Cayó de rodillas e inclinó la barbilla hasta tocarse el pecho. La última luz del sol dibujaba con claridad el contorno de las cosas. Los sonidos de la ciudad bullían a su alrededor, pero no había nada en el callejón vacío. No había luz, ni sonido. No había esperanza.

Bajó la mirada hacia *Canto de pesares*, cuya hoja relucía aunque apenas había luz. Reparó en el hilo imperceptible de la sangre de Teltho Kan. Había fracasado, no era digna de esa espada, de esa vida. Le dio la vuelta para dirigir la punta hacia sí. Apoyó el pomo en el empedrado y pegó la punta del arma a su pecho, a la altura del corazón. Quizá no fuera un miembro de la orden de Vinchen de verdad, pero podía morir como tal.

—No te había tomado por una de esas que tiran la toalla —dijo Red.

Ella levantó la mirada y lo vio con los brazos cruzados a la altura del pecho, recostado en una pared. Su actitud y su voz eran relajadas, incluso juguetonas. Pero sus ojos eran de acero rojo.

—He fracasado. —Su voz le sonaba tan hueca como se sentía.

—¿Y eso?

—Ha logrado huir.

—Pues volveremos a atraparlo. No podrá escapar cuando le atraviesen el pecho con una espada.

—Sabe que voy detrás de él. Mi única ventaja, el factor sorpresa, ha desaparecido. Nunca volveré a acercarme a él.

—¿Tú única ventaja? —preguntó Red—. Obviando el hecho de que eres la mejor guerrera que hay, ¿qué tal tu otra gran ventaja?

—¿Cuál es?

—Ay, mi sureña cabeza de chorlito: Yo. —Se le acercó frotándose las manos—. Veamos qué tenemos aquí. Es su túnica, ¿no? —Se arrodilló junto a ella e inspeccionó la capucha del derecho y del revés. Sacó unos cabellos grises del interior.

—¿Son suyos?

Hope asintió, bajando un poco la punta de la espada.

Red señaló la hoja.

—¿Eso de ahí es su sangre?

De nuevo asintió.

—Ahora lo único que nos queda es averiguar su nombre.

—Se llama Teltho Kan. Acaba de decírmelo.

Red esbozó una amplia sonrisa.

—Entonces, mi querida amiga, todo marcha sobre ruedas.

—No entiendo.

—Puede que no hayas reparado en ello porque has estado corriendo por ahí como una loca, pero ya no estamos en Círculo del Paraíso. —Abarcó el entorno con un gesto como si lo que decía fuese obvio—. Estamos en Cresta de Plata.

—¿Y qué?

—Los biomantes no son los únicos que poseen destrezas perturbadoras. Hay gente en Cresta de Plata capaz de hacer cosas muy extrañas: adivinos, nigromantes y trabajos con sangre.

—Sigo sin entender a qué te refieres.

—Hay que verlo para creerlo. —Le ofreció la mano—. ¿Confiarás en mí y abandonarás la idea de ensartarte en la espada? ¿Al menos durante un rato?

Red la creía capaz de cumplir con su juramento, a pesar de que ella ya no parecía tan convencida. ¿Había perdido su fuerza con tanta facilidad? Teltho Kan sabía que le seguía la pista, pero eso podía incluso obrar en su favor. Tal vez huía asustado, más proclive que nunca a cometer errores. Y era cierto que Red constituía una ventaja importante. No solo por su conocimiento exhaustivo de Nueva Laven y su extraordinaria puntería con los cuchillos arrojadizos. También acababa de levantarle la moral cuando esta había alcanzado su punto más bajo. Esa ventaja era inconmensurable.

Ella aceptó su mano y Red la ayudó a levantarse.

—Probaremos con esos trabajos con sangre que has mencionado.

—Estupendo. Tú procura que ese resto de sangre que hay en la espada no desaparezca. Ella lo necesitará.

—¿Quién?

—La vieja Yammy. La bruja que va a señalarnos el camino correcto.

Las diferencias entre Círculo del Paraíso y Punta Martillo eran simplemente de grado. Si Círculo del Paraíso era pobre, Punta Martillo era indigente. Si Círculo del Paraíso era sucio, Punta Martillo era un agujero infestado de ratas. Si la gente en Círculo del Paraíso era dura, la gente de Punta Martillo estaba hecha de piedra y acero.

Hope había esperado que Cresta de Plata estuviese en un punto intermedio, probablemente tirando a mejor, ya que el vecindario se extendía a lo largo por la ciudad, actuando a modo de filtro entre las comunidades que se distribuían en el centro, humilde, y la acomodada parte alta. Pero cuando Red la llevó por las calles de Cresta de Plata en pleno anochecer, ella comprobó que no había podido equivocarse más. En lugar de estar situada en un punto intermedio, vivía en su propio mundo. Las calles estaban atestadas de teatros, galerías de arte, artesanos de todo tipo. Mercancías multicolores alfombraban las calles, la gente cantaba los precios y anunciaba las ofertas entre alabanzas del producto.

—Cresta de Plata es una comunidad de artistas —explicó Red—. Algunos de los mejores pintores, músicos, poetas y actores del imperio lo consideran su hogar.

—Lo que está claro es que les gusta vestir con colores vivos —comentó Hope. Daba la impresión de que todo a su alrededor era un estallido de colores. Algunos hacían juego, otros no casaban, pero todos eran vivos, brillantes. Había artistas en todas las esquinas, la mayoría músicos, acróbatas y juglares. El

347

resto se reunía para mirar, a veces entre vítores, otras con burlas y abucheos.

—Hay más lámparas en las calles de Cresta de Plata —continuó Red—. Y hay gente que las limpia y que se te lleva la basura.

—¿Por qué?

—A los petimetres les gustan las cosas limpias cuando bajan a visitar una galería o ver una obra. Y al menos hay el doble de imperiales patrullando el barrio. No se molestan en proteger a los artistas, por supuesto. Están aquí para que los petimetres se sientan más seguros.

—Debe de ser algo terrible para esos petimetres —opinó Hope, que se apresuró a añadir—: Me refiero a eso de tener miedo de los demás.

Red la miró extrañado.

—Es un modo muy interesante de verlo. Supongo que tienes razón.

Hope y Red recorrieron un rato en silencio las calles bulliciosas de Cresta de Plata.

—¡Ya hemos llegado! —anunció por fin Red—. ¡La Casa de Todos de Madame Destino!

—Creí oírte decir que buscábamos a alguien llamado la vieja Yammy.

—Claro, pero es que un nombre así no sirve de reclamo para atraer clientes. Vamos, te apuesto a que hará eso de mirarnos como si supiera de antemano que íbamos a entrar. Nunca sé si lo está fingiendo.

Abrió la puerta justo cuando salía una mujer. Hope nunca había visto a nadie como ella. Llevaba recogido el largo cabello castaño en una serie de complejísimas y elaboradas coletas. Tenía el rostro pintado de una artificial tonalidad naranja, y de algún modo había adherido motas de oro en los párpados, lo cual los había vuelto tan pesados que apenas lograba mantener los ojos medio abiertos. Los labios estaban pintados de un azul muy vivo. Vestía un largo ropaje azul de seda que parecía entretejido con hilo de oro. Joyas doradas adornaban las muñecas delgadas y el largo cuello. Hope se quedó mirando extrañada a aquella persona tan poco pragmática, consciente apenas de que la mujer también la miraba, incómoda.

Red apartó a un lado a Hope.

—Lo siento, su señoría —dijo, dibujando una sonrisa que arrojaba más luz que la cercana lámpara que se alzaba en la calle.

La mujer no respondió, sino que pasó de largo.

—¿Qué era eso? —preguntó Hope.

—Una niña bonita de la zona alta.

—¿Todas se visten así?

—Lo hacen cuando vienen aquí —dijo Red—. Dudo que se tomen tantas molestias cuando están en casa, aparte de poner un pie detrás del otro. Pero no sabría decirte.

—¿Por qué se había pintado de naranja?

—Y yo qué sé. Que tenga un poco de sangre de petimetre en las venas no significa que esté al corriente de sus tendencias de moda. Vamos dentro. No queremos hacer esperar a la vieja Yammy.

Hope no estaba segura de qué debía esperar en la Casa de Todos. Bolas de cristal, tal vez, o tapices exóticos, alfombras de vivos colores y esquirlas de hueso colgando ante las puertas. Por tanto, se llevó una pequeña decepción cuando Red la llevó a lo que parecía ser una cocina normal y corriente, parecida a la de Páramo de la Galerna. Mobiliario de madera, una gruesa tabla de carnicero a guisa de mesa, un fregadero, una estufa de leña... La única diferencia obvia eran las hileras de botes de cristal, sin etiqueta, que estaban llenos de hojas, polvos y otras cosas que no pudo determinar.

Había una mujer en mitad de la cocina. Hope había esperado que la vieja Yammy fuese mayor, pero esa mujer no podía superar los cuarenta años. Hope se preguntó si se trataría de la ayudante. Pero entonces Red sonrió y se le acercó con los brazos abiertos.

—¡Yammy! —exclamó, y la abrazó.

Ella le dedicó una mirada distante y no respondió con mucho entusiasmo al abrazo.

—Madame Destino cuando trabajo, Rixidenteron.

—Claro. Yo también me llamo Red cuando estoy con mis amigos, ¿entendido?

—¿Rixidenteron? —preguntó Hope.

—Es el nombre que le pusieron al nacer —explicó Yammy—. Ya no le encaja, pero yo sigo llamándolo así por costumbre, o quizá por la nostalgia de tiempos más felices. —Miró a Hope con ojos entornados mientras se remetía un mechón de pelo negro tras la oreja—. Pero tú debes de saber algo de eso, ¿verdad?

—¿Por qué me lo preguntas? —Hope se puso a la defensiva. Había algo en la forma en que la vieja Yammy la miraba que la hizo sentirse extrañamente desnuda.

—Soy Madame Destino. Sé muchas cosas.

—Sí, sí, basta de tanta bobada —la interrumpió Red—. Tenemos cosas serias que tratar contigo.

Yammy le dedicó una sonrisa tolerante.

—Como siempre.

—Debemos dar con el paradero de alguien. Disponemos de su pelo, su sangre y su nombre. ¿Bastará eso para la radiestesia?

—Sí. —La vieja Yammy se dirigió a un mostrador después de invitarlos a seguirla con un gesto—. Mostrádmelo.

Red le enseñó los cabellos. Hope había envuelto la espada en la túnica blanca en lugar de devolverla a su vaina. El acero encajaba con tal perfección en la vaina que esta hubiera borrado la sangre. Desenvolvió la túnica con cuidado, sin dejar que la tela rozara la punta donde la sangre seguía oscureciendo el acero.

Yammy contuvo la respiración al ver a *Canto de pesares*.

—¡Esta espada! Nunca he visto algo parecido. —Extendió la mano, titubeante, y tocó la parte plana de la hoja con las yemas de los dedos—. Tiene poder propio, trabado en el mismísimo acero.

—Fue forjada con la ayuda de un biomante —explicó Hope.

Yammy acercó la yema de un dedo a la sangre, la tocó y se llevó el dedo a los labios. Lo lamió y escupió.

—Y tú también vas en pos de un biomante.

—¿Supone eso un problema? —preguntó Red.

—¿Para localizarlo? Suele serlo, sí. Pero si usamos esta espada como vara para la radiestesia, aumentará el poder de la sangre.

—¿Eso dañará la espada? —preguntó Hope.

Yammy rio.

—No hay poder que tú o yo podamos conjurar capaz de dañar a esta espada. Eso es seguro. Pero que sepas que en cuanto la sangre de alguien la toque, la labor de sangre que obremos desaparecerá y no serás capaz de emplearla de nuevo para ir en busca de ese hombre.

—¿Así que no podrás usar tu espada para luchar? —preguntó Red.

—Puedo usarla envainada. O puedo utilizar otras armas. Si surge la necesidad.

—Que probablemente lo hará. —Red se volvió hacia la vieja Yammy—. Los problemas parecen seguirnos.

Yammy puso los ojos en blanco.

—¿Por qué será...? —Dio unos golpecitos en el mostrador—. Deja aquí la espada.

Hope se sintió incómoda al dejar la espada, como si fuese una madre protectora, a pesar de las palabras de la vieja Yammy asegurando que no podían perjudicar el arma.

Yammy depositó los cabellos del biomante sobre los restos de sangre al tiempo que murmuraba algo ininteligible. Tomó una botella que contenía un líquido amarillo y vertió unas gotas sobre la sangre y el cabello. Luego cogió un bote de cristal lleno de un polvo blanco y cubrió literalmente toda la hoja con una gruesa capa del mismo.

—Cuando aparezcan las llamas —dijo la vieja Yammy—, pronuncia su nombre.

—¿Las llamas? —preguntó Hope, alarmada. Pero antes de que pudiera actuar, la vieja Yammy se sirvió del pedernal para prender una chispa en la punta de la espada. Toda la hoja, desde el extremo a la empuñadura, se vio cubierta por una lengua de fuego.

—¡Teltho Kan! —exclamó Hope más alto de lo que pretendía.

El fuego se apagó como si alguien hubiera soplado con fuerza sobre la espada, en la que no había ni rastro del polvo, la sangre y el pelo.

Red carraspeó.

—¿Ha…?

—¡Shh!

Contemplaron el acero unos instantes. Entonces, lentamente, el arma empezó a moverse, como si una mano invisible la estuviera orientando. Se detuvo en cuanto señaló en dirección noroeste.

—Ese es vuestro camino —afirmó la vieja Yammy con total seguridad.

—¿Siempre señalará en su dirección? —preguntó Hope—. ¿Aunque se desplace?

—Hasta que disipes la obra de sangre.

Hope se había mostrado escéptica. Pero al ver cómo la espada se movía sola sintió una enorme gratitud.

—¿Cómo puedo pagarte esto?

—Rixidenteron sabe lo que quiero.

Hope miró inquisitiva a Red, que puso los ojos en blanco.

—Un cuadro.

—¿De quién?

—Mío.

—No sabía que fueses artista. —Otra faceta de él que había descubierto.

Red miró a la vieja Yammy al tiempo que respondía:

—Es que no lo soy.

—Tonterías —protestó la adivina—. Artista es todo aquel que hace arte. Y eso es lo que tú haces.

—Solo cuando tú me lo pides.

—Entonces es buena cosa que lo haga. Es lo que habría querido tu madre.

Red se puso colorado cuando la vieja Yammy mencionó a su madre.

—Vale, de acuerdo, lo haré.

—¿Conociste a la madre de Red? —preguntó Hope.

Yammy sonrió.

—Sí. Y fue un placer. Las obras de arte que hicieron juntos… hoy en día no tienen rival.

—Yammy, por favor —dijo Red.

—Hay una nueva exposición de su obra en la Galería de la Bahía con Vistas. ¿Lo sabías?

—¿Bahía con Vistas? Parece un sitio demasiado exclusivo para mostrar su obra.

—No, en absoluto. Deberías acercarte a verla, puesto que estás en el barrio.

—No tenemos tiempo —dijo él, seco—. Resolvamos lo del cuadro antes de emprender nuestra búsqueda. ¿Qué va a ser esta vez?

Yammy arrugó el entrecejo.

—Un retrato, creo.

—¿De quién?

Señaló con el dedo a Hope.

—De ella.

—¿Mío?

—¿Suyo?

Yammy asintió.

—Ese es mi precio.

Red miró a Hope.

—Lo siento. ¿Te importa?

La idea de que alguien la mirase con ese nivel de concentración durante tanto tiempo le hizo sentir un escalofrío. Pero cualquier excusa que se le ocurriera sonaría a vanidad pueril. Si ese era el precio a pagar por encontrar el paradero de Teltho Kan, tendría que soportarlo. Seguro que lo había pasado peor en otras ocasiones.

—No, no me importa —mintió.

—Espléndido. —La vieja Yammy sonrió—. Me gustaría con luz natural, no artificial. Así que puedes empezar mañana en cuanto salga el sol.

La vieja Yammy vivía encima de su tienda, en un pequeño dormitorio donde no había espacio para albergar a Hope y Red. Por tanto, extendió unas mantas gruesas en el suelo de la cocina, junto a la estufa de leña. La cocina estaba a oscuras, a excepción de la parpadeante luz de la estufa. Hope oía las risas y la música provenientes de un edificio cercano. Se preguntó si la música en el vecindario cesaba en algún momento. Curiosamente, confiaba que no lo hiciera.

—Esto me recuerda un poco a aquella primera noche cuando dormimos en la cabaña de Finn *el Perdido* —dijo Red.

—De hecho era de día.

—Cierto. Luego, esa noche, fuimos a Punta Martillo. Y a partir de entonces se desató el infierno.

Hubo unos instantes de silencio, tumbados uno al lado del otro.

—Gracias por matar a Drem —dijo Hope en voz baja. Su muerte no había atenuado el dolor que sentía por la desaparición de Carmichael. Pero de todos modos agradecía que hubiese sido vengado.

—El placer fue todo mío. Aunque me hubiese gustado que hubieras estado presente para presenciar el tiro con efecto que realicé. Fue un lanzamiento perfecto.

—Creo que a Carmichael le habrías gustado. A pesar de tu insistencia en presentarte como un ladrón granuja.

—Es que soy un ladrón granuja.

—No me habías hablado de la vieja Yammy —cambió de tercio Hope. Era un pequeño detalle, pero por algún motivo le parecía significativo. Yammy daba la impresión de ser alguien capaz de apreciar sus cualidades más refinadas, como su afán de lectura y la pasión por las matemáticas.

—No hablo mucho de ella. En general, no acostumbro a mencionar a la gente de mi pasado.

—Pero sigues visitándola.

—Sí, claro. Es una de las personas más valiosas que conozco.

—¿Hablas de ella con Filler y Ortigas?

—No mucho —admitió.

—¿La conocen?

—Filler sí, una vez. Cuando vino a buscarme a Círculo del Paraíso.

—¿Lo ves? A eso me refiero —dijo Hope—. Tal vez seas un ladrón granuja, pero también eres mucho más que eso. Un estudioso, un cuentacuentos, y ahora también descubro que eres pintor. ¿Por qué mantienes estas partes de ti tan compartimentadas?

Red guardó silencio un buen rato. Hope empezó a preguntarse si llegaría a responderle. Incluso si conocía la respuesta.

—Supongo que se debe a que no he conocido a alguien capaz de ver realmente todas las partes que hay en mí —dijo por fin.

Hope recordó el momento en que supo que Red se había convertido en huérfano a la misma edad que ella. Sus vidas habían sido muy distintas, pero esa similitud era como una espina clavada en mitad de su ser, alrededor de la cual giraban todos sus sueños, temores y deseos. Nunca se había planteado la posibilidad de ser tan diferente de alguien y, al mismo tiempo, entenderlo tan bien.

—¿Hope?

—¿Sí?

—Hoy, en el callejón. No te habrías suicidado, ¿verdad?

Hope suspiró y cerró los ojos.

—El código de Vinchen dice que la única venganza posible es la muerte del sujeto. Si el guerrero fracasa, es mejor morir a vivir con semejante deshonra. Creí que había fracasado.

—¿Tanto vale tu honor para ti? —preguntó.

—No —respondió ella—. Pero mi venganza, sí.

Teltho Kan se despertó desnudo y temblando en un callejón oscuro próximo a la costa occidental de Nueva Laven. Tenía la piel sensible, como si se la acabaran de rascar con una cuchilla roma. El viento frío lo envolvió mientras se ponía en pie con torpeza.

Ese había sido un mal salto. No había tenido tiempo de prepararlo. No hubo salvaguardas, ni defensas. Y ya no era un chaval. Otro como ese y la próxima vez se dejaría la piel junto a la ropa.

Pero no había tenido otro remedio. ¿Cómo iba a esperar que alguien tan ordenancista como Hurlo hiciese algo tan herético como entrenar a una mujer en el camino de Vinchen? Quizá la edad lo había vuelto excéntrico. O senil. El motivo no tenía importancia. La había entrenado bien. Habría que ocuparse de ella.

Teltho Kan bajó la vista para contemplar su cuerpo tembloroso y desnudo, delgado, tensa la piel de los músculos. Debía empezar por lo más importante: necesitaba ropa nueva.

Se puso en marcha sin dar importancia a su estado y salió a la calle principal. En esa parte de la ciudad no había iluminación pública, y tampoco circulaba mucha gente por los alrededores. Fue hasta divertido ver a las pocas personas que pasaban fingir que no veían al anciano desnudo que acechaba en las sombras.

Finalmente vio a un hombre que debía de tener su complexión y su altura. Llevaba una camisa blanca de campesino, calzones y botas desgastadas. No era lo ideal, pero no tenía tiempo de ser muy selectivo. Cuando el tipo pasó por su lado, salió de las sombras y le tocó el cuello.

—Vete a la mierda —gruñó el hombre, apartándose.

Teltho Kan lo vio dar tres pasos más. Cuando fue a apoyar el pie en el suelo por cuarta vez, la pierna se le fracturó con un chasquido de huesos audible. El tipo gritó y apoyó el peso en la otra pierna. Que también se rompió. Al caer al suelo, extendió las manos para frenar la caída. Las dos se le quebraron al impactar. El hombre quedó tendido en el suelo, las cuatro extremidades dobladas en posiciones antinaturales. Teltho Kan siguió observando mientras el hombre padecía una auténtica agonía, sacudiéndose, y cada movimiento le causaba nuevas fracturas. Por último, su víctima quedó reducida a una masa temblorosa que adoptaba ángulos inverosímiles. Teltho Kan se arrodilló y le tocó la frente. El cráneo se le hundió y quedó inmóvil.

El biomante desvistió al cadáver, que siguió emitiendo crujidos con cada movimiento. Una vez vestido con la ropa del muerto, su cuerpo recuperó la temperatura.

La chica de Hurlo había jurado vengarse de él. Si había algo que Hurlo le había grabado a fuego en la mente por encima de todas las cosas, era que debía cumplir los juramentos. Siempre había sido así de implacable. Si ella se parecía un poco a su gran maestro, daría de nuevo con su pista, y eso sucedería más pronto que tarde. Debía prepararse. La próxima vez estaría listo para enfrentarse a ella.

24

A Red le hubiera costado lo suyo explicarle a alguien que no fuese un artista la peculiar intimidad que sentía cuando pintaba un retrato. No sabía si era el único al que le pasaba, o si todos los artistas sentían algo parecido. Claro que él no lo era…

Empezaron a trabajar en el retrato al salir el sol. Hope se sentó en un taburete alto junto a la ventana. Su pelo rubio, que por lo general llevaba recogido en una coleta, le caía suelto para el retrato, a petición de la vieja Yammy. El sol matutino lo bañaba de tal forma que parecía realmente angelical. A pesar de ello, pese a la serenidad y la completa inmovilidad, seguía pareciendo alguien peligroso. Lo cual, tuvo que admitir Red, formaba parte de su atractivo.

Pero mientras pintaba en la cocina de la vieja Yammy todo aquello fue más allá de uno de esos impulsos tan propios de un tipo que se derretía por alguien. Se sintió atraído por detalles insignificantes de ella. Cosas que en cualquier otra circunstancia no habría visto. La nariz algo respingona, la curvatura de los labios, la línea imperceptible de las cejas, tan rubias como el pelo, las pecas que le salpicaban la parte superior del puente de la nariz, la línea dura, limpia, del mentón, la curva elegante de su cuello. Y aquellos ojos. Tan profundos y azules que se sentía mareado si los miraba mucho rato. Pero debía hacerlo. Debía hacerles justicia en el lienzo. Puede que no se acercara al resto, pero quería clavar esos ojos.

Ella se movió un poco en el taburete y preguntó:

—¿Cuánto tiempo nos llevará?

—Cuanto más te muevas, más necesitaremos —respondió él secamente.

—Pero ¿cuánto…?

—Hablar cuenta como moverse. —Estaba siendo injusto. Nunca había pintado un retrato en que el modelo estuviese tan inmóvil como ella. Hubo momentos en que le parecía que ni siquiera respiraba. Más tarde, cuando le preguntó si necesitaba un descanso, Hope respondió que no. No había conocido a nadie capaz de sentarse así de inmóvil durante tanto tiempo. Era como si se sometiera a una especie de trance de Vinchen.

Pero también él estaba sometido a una especie de trance. Lo sabía. Siempre le pasaba cuando pintaba. El tiempo se detenía y el resto de pensamientos y preocupaciones reculaba. Solo existía el lienzo, el pincel, la pintura y el modelo. Solo existía ella.

A última hora de la tarde salió a tomar el aire, y, al volver, observó el resultado de lo que había estado haciendo.

—Bien —dijo con el tono de quien acaba de despertar de un largo sueño—. Ya está.

Yammy lo inspeccionó.

—Tu mejor obra hasta el momento. Un retrato digno de su modelo.

—Gracias. —Sabía que la leve sensación de euforia no tardaría en pasar, mientras Red, el pillo de Círculo del Paraíso, volvía a tomar el control. Así que decidió saborear el momento.

—Déjame verlo. —Hope se levantó del taburete como si apenas llevara unos minutos en él en lugar de haberse pasado ocho horas allí sentada. Se les acercó y rodeó el lienzo para asomarse sobre el hombro de Red—. Hmm —murmuró, y se apartó.

Una mano helada se crispó en torno a las entrañas de Red.

—¿No te gusta? —preguntó, incapaz de evitarlo.

—Sí, es precioso. —Un lento rubor cubrió paulatinamente su rostro de piel clara, sus pecas—. Me pintas de un modo muy halagador.

—Te pinto como te veo.

—Hmm. —repitió ella, volviéndose hacia la vieja Yammy—. Espero que el pago sea suficiente.

—Sí, por supuesto. —Yammy miró, traviesa, a Red—. Ha resultado ser como esperaba.

A Red no le gustó nada su expresión. Le recordaba a sí mismo cuando se salía con la suya tras una estafa. Pero no debía sorprenderse mucho. Después de todo, la vieja Yammy era una de sus mentoras. Ella lo había buscado removiendo cielo y tierra años atrás. Después de su etapa de pirata pero antes de conocer a Ortigas. Quiso que la acompañara de vuelta a Cresta de Plata, pero para entonces se sentía muy vinculado a Círculo del Paraíso. Eso no le había impedido visitar de vez en cuando el barrio para ver si podía hacer algo por ella. Era cierto que tenía un talento especial con la magia de sangre y con toda suerte de venenos y remedios medicinales, pero la adivinación era su servicio más solicitado, y todo aquel que valiera una quinta sabía que todo aquello no eran más que paparruchas. El engaño y la estafa constituían una parte importante de su oficio. Ella había sido quien le dijo que ser listo en la vida podía llevarlo a uno más lejos que una mano de ágiles dedos.

Eso no preocupaba a Red, por supuesto. Lo que sí lo preocupaba era ser incapaz de determinar en qué estafa andaba metida o a quién estaba engañando. Nueve de cada diez veces eso solía indicar que se trataba de él. Pero en esa ocasión en concreto no supo decirlo. Al menos por el momento. La vieja Yammy era demasiado lista para su propio bien, y sus maquinaciones acababan siempre por revelarse, demasiado tarde para impedirlas pero lo bastante temprano para que reconocieras su intervención en ellas, siempre y cuando estuvieses atento.

—Muy bien… —dijo, mirándola con ojos entornados antes de volverse hacia Hope—. ¿Lista para marcharnos?

—Tonterías —replicó la vieja Yammy—. Lleváis todo el día sin probar bocado. No puedo permitir que salgáis al mundo con el estómago vacío.

—Quizá sea lo mejor —opinó Hope—. Aunque no me gusta la idea de que Teltho Kan ponga más distancia entre nosotros, tampoco tenemos dinero. No sabemos cuándo volveremos a tener la oportunidad de comer.

Red esbozó una sonrisa fugaz.

—Siempre es posible conseguir dinero.

—Preferiría no robar, siempre que eso sea posible. —Miró de reojo a la vieja Yammy, que a su vez sonrió a Red—. Además, esta podría ser mi única oportunidad de aprender cosas sobre Rixidenteron.

—De pronto me he quedado sin hambre —dijo él.

Tal como Red temía, la conversación durante la cena se concentró casi exclusivamente en las hazañas de sus primeros años. Se sentaron a la mesa grande que había en mitad de la cocina y cenaron un caldo de verduras muy denso mientras la vieja Yammy compartía una anécdota tras otra. Red no estaba seguro de qué era lo peor, si el ufano deleite con que ella las narraba, o la alegre avidez con que escuchaba Hope. Red la imaginó anotando un sinfín de detalles que más adelante, llegado el momento, desplegaría siempre y cuando quisiera hacerlo sentir como un insecto.

—¿Así que lo conoces desde que nació? —preguntó.

—Yo entonces no tenía esta tienda. Sus padres y yo fuimos vecinos durante toda su niñez. Yo me hubiera encargado de cuidarlo cuando sus padres fallecieron, benditos sean, pero ese año lo pasé en prisión.

—¿En prisión? —preguntó Hope—. ¿Por qué?

—Por brujería. Así lo llamaron los biomantes. Ellos pueden doblar las leyes de la naturaleza como buenamente les plazca, y eso es bueno para el imperio, pero si alguien más lo hace sin pertenecer a su orden, sobre todo si se trata de una mujer… entonces eso es un poder maligno otorgado por un demonio. Hacen redadas cada cinco años, más o menos, buscando a cualquiera que posea tal habilidad. Si eres hombre, igual te reclutan. Pero si eres mujer, te pasas un año en los Acantilados Desiertos o te ejecutan. Desde entonces he aprendido a distinguir cuándo hacen sus batidas y yo oculto mi habilidad. Pero entonces era joven y estúpida, y estaba más que dispuesta a impresionar a cualquiera que pasase por mi lado. —Se volvió hacia Red con una cara cada vez más triste—. Me hubiera gustado estar ahí. Fue un año muy duro. Eso me han dicho.

—Lo fue —asintió Red en voz baja.

Hubo un momento de silencio, durante el cual Red confió en que esos recuerdos concretos no salieran a la luz. Se sintió muy agradecido cuando la vieja Yammy dijo:

—Por suerte, lo localicé unos años después. Para entonces había cambiado. Ya se hacía llamar Red, tenía la cabeza llena con todas las audaces maldades que Sadie *la Cabra* le había puesto ahí, ese viejo esturión.

—¿Os conocéis?

—Por supuesto. Y a pesar de la de problemas que ha causado, siempre le estaré agradecida por haber salvado la vida de Red y por mantenerlo más o menos al margen del peligro. —Hundió un dedo en el hombro del muchacho—. Pero ahí lo tienes, hecho un hombre, y además en estos años hasta ha aprendido una o dos cosas de mí.

—¿Y qué le has enseñado? —quiso saber Hope.

Yammy rio, una carcajada ronca pero llena de matices.

—Apuesto a que te gustaría saberlo. —Y volvió a reírse.

A Red le sorprendió que evitara responder. No había sido nada del otro mundo. No tenía aptitudes reales para la magia de sangre, así que le enseñó su otro oficio: el arte sutil de convencer al prójimo. Pero quizá su negativa a hablar no fuese un gran misterio. Tal como le había dicho en más de una ocasión, un mago nunca revela sus secretos, excepto a su aprendiz.

Sin embargo, había indicios de una estrategia a largo plazo que había puesto en marcha la pasada noche. Fuera lo que fuese, Red temía su inevitable revelación.

Tal vez se mostraba más suspicaz de la cuenta. Porque se marcharon de la Casa de Todos de Madame Destino sin asombrosas revelaciones. O bien su estrategia era a muy, muy largo plazo, o bien Red se había preocupado por nada.

—¿Te encargarás de hablar con Sadie? —le preguntó—. Está en los muelles, trabajando en un barco llamado *Gambito de dama* con Finn *el Perdido*. Tú hazle saber que estamos bien, que tenga una idea de lo que estamos haciendo. Pero no entres en detalles, no quiero que se preocupe.

—Le diré lo que necesite saber —repuso Yammy. Extendió los brazos y lo estrechó entre ellos, algo que hacía rara vez—. Pasará un tiempo hasta que volvamos a vernos. Habrás crecido mucho para entonces. Prométeme que no te olvidarás de tu vieja Yammy, ¿entendido? —Y volvió a abrazarlo.

—Sí, claro —asintió él, un poco incómodo.

Se marcharon poco después de ponerse el sol. Hope mantuvo la espada al costado, la mano apoyada en el puño de modo que sintiera el movimiento de la misma al tiempo que evitaba que señalara visiblemente.

—¿A qué se refería la vieja Yammy? —preguntó—. Cuando dijo eso de que pasaría un tiempo sin verte. ¿Va a ir a alguna parte?

Red negó con la cabeza.

—Finge tener una especie de Visión, como si fuese capaz de adivinar el futuro. Pero todo eso es un montón de estiércol. Nadie puede adivinar el futuro, porque el futuro no existe.

—Se dice que el Mago Oscuro podía ver el futuro. Algunos creen que fue eso lo que lo enloqueció.

—¿Y puedes culparlo? —preguntó Red—. Es decir, si fuese posible, que no lo es, poder verlo sin ser capaz de hacer nada al respecto… Bastaría con eso para enloquecer a cualquiera.

—¿Y si pudiera hacerse algo al respecto? —replicó Hope.

—Entonces ya no sería el futuro, ¿me equivoco?

—Bien visto —concedió Hope.

Caminaron en silencio por la calle principal. Cada manzana estaba envuelta en la melodía de un músico diferente: tambores, flautas, instrumentos de cuerda, cantantes… Todos los músicos interpretaban sus piezas a cambio de unas monedas arrojadas al sombrero. Los petimetres les daban monedas de cobre, de plata, incluso alguna que otra de oro. Red se preguntó si existía una especie de competición entre ellos para ver quién era el más extravagante. Si podías permitirte dar una moneda de oro al intérprete de un instrumento de cuerda solo porque te gustaba la melodía, entonces era que estabas forrado.

—Las luces y la música y los colores… —dijo Hope—. Nunca he visto un lugar como este. Casi parece irreal.

Red observó cómo la luz de la calle le iluminaba la piel. Había vuelto a recogerse el pelo, pero aún conservaba un fulgor angelical. Las sombras y las luces jugueteaban en sus facciones de un modo que le hizo querer pintarla de nuevo.

—¿Qué?

—¿Eh?

—Me estás mirando fijamente.

—Ah. Lo siento. —Apretó de nuevo el paso. Fue entonces cuando comprendió la estrategia a largo plazo de la vieja Yammy. Había representado el papel de casamentera intentando que Red se enamorase de Hope. Antes, había admirado los diversos atributos femeninos de Hope, igual que hubiese hecho cualquier hombre a quien le gustaran las mujeres. Pero no estaba enamorado hasta las cachas. Cuando descubrió que ella no estaba por la labor de acostarse con nadie, se las ingenió bastante bien para reorientar el modo en que la veía y convertirse en su colega sin necesidad de ir más allá. Pero ¿y ahora? No podía dejar de reparar en cosas nuevas. Todos los pequeños detalles que había pintado le llamaban la atención. Lo distraía, y lo hacía sentir muy frustrado. No obstante, ¿qué podía hacer aparte de aceptarlo? La única opción consistía en apartarse de ella tan rápido como fuese posible. Pero solo de pensarlo sentía un enorme vacío en su interior. Así fue como supo que el plan de la vieja Yammy había funcionado y que estaba enamorado hasta las cachas. Claro que Yammy no comprendía que nada podía salir de todo aquello debido a ese jodido voto de castidad.

Hope levantó la barbilla y aspiró con fuerza.

—Huelo el mar. Mi espada señala en esa dirección. ¿Es posible que haya abandonado Nueva Laven?

—Eso de ahí es la Bahía del Carpintero. Se adentra mucho en Nueva Laven. Al otro lado está Villaclave. Podría estar allí.

—Bien.

—En realidad, no. Primero tenemos que bordear toda la bahía, o encontrar un modo de cruzarla. Podríamos enviarle un mensaje a Sadie y pedirle que nos traiga el barco, siempre y cuando la nave esté lista. Pero incluso si ese es el caso, podría tardar un día entero en remontar la costa de Nueva Laven.

—Ya vamos más retrasados de lo que querría.

—Fuiste tú quien dijo que era buena idea quedarse a cenar —señaló Red.

—Los de Vinchen sabemos cuándo el cuerpo ha alcanzado su límite y, por tanto, cuándo hay que ponerle remedio.

—Resumiendo, que te estabas muriendo de hambre.

—Sí —confirmó ella sin el menor reparo.

—Bueno, no importa cómo crucemos. En cuanto lleguemos a Villaclave, probablemente estemos en territorio enemigo, ya que sirve de cuartel general a los imperiales. Teltho Kan habrá puesto al corriente a todos de tu descripción. Los imperiales de por aquí no estarán enterados de ello. Aún. Pero los que están allí andarán buscándote, tan cierto como el peligro. Debemos disimular tus atributos más visibles antes de cruzar la bahía.

Ella enarcó una ceja.

—¿Y qué atributos son esos?

—El pelo rubio y el cuero de Vinchen. —«Y la belleza de otro mundo», pensó con una saludable dosis de burla de sí mismo.

—¿Qué clase de disfraz tienes en mente?

—Si vamos a ir a la parte alta, deberías disfrazarte de peti-metre.

Ella arrugó la nariz.

—¿Debo pintarme de color naranja?

—No todos lo hacen. Pero muchos llevan sombreros absurdos y vestidos pomposos.

—Excelente —dijo ella sin el menor entusiasmo—. ¿Dónde vamos a conseguir ese disfraz?

—¿De veras tienes que preguntarlo? —Se llevó una mano al pecho, fingiendo sentirse herido.

Hope entornó los ojos.

—O sea, planeas robarlo.

—Por supuesto. Aunque tuviésemos dinero, ni siquiera se acercaría para pagar el conjunto. Todo eso cuesta más de lo que tú y yo ganamos en un año. Tendremos que encontrar a una mujer que sea más o menos de tu talla.

Empezó a buscar a una víctima mientras continuaban caminando en dirección a la bahía. La calle terminaba en el borde de un acantilado. Abajo, la luna se reflejaba en la superficie oscura del agua. El reflejo estaba salpicado aquí y allá por las sombras de las embarcaciones de recreo propiedad de los petimetres. Oyó lejanos crujidos de la madera a medida que se fueron acercando al agua. Le llegó también el sonido de música clásica que interpretaban costa arriba. No eran músicos callejeros, sino parte de una orquesta de los petimetres. Miró en dirección al sonido y alcanzó a distinguir la fuente: un gran edificio situado a la derecha del borde del acantilado que miraba a la bahía.

Esbozó una sonrisa lobuna.

—La Galería de la Bahía con Vistas. Vamos. Siento el repentino impulso de reconectar con mi infancia.

La Galería de la Bahía con Vistas era la galería de arte más prestigiosa de Cresta de Plata, lo que hacía de ella la galería más prestigiosa de Nueva Laven y, posiblemente, de todo el imperio. Tenía cuatro plantas de arquitectura sobrecargada. Arcos, contrafuertes, balcones con tejado, rotondas... solo por mencionar los más visibles. Cuando Hope y él se acercaron, sus imponentes ventanales resplandecían como linternas gigantes. Por sí solos habrían bastado para iluminar toda una manzana. Pero, por supuesto, había también lámparas en las calles, el doble que en cualquier otra parte del barrio, además de antorchas, aunque solo fuera por cuestiones estéticas.

—No entiendo por qué ibas a querer robar a alguien en la exposición de la obra de tu propia madre —dijo Hope.

—Mi madre odiaba este lugar, igual que cualquier otro artista de verdad en Cresta de Plata. Decía que uno sabía que su obra ya no era relevante cuando la colgaban en Bahía con Vistas.

—Aunque eso fuese cierto, la gente ha venido porque admira la obra de tu madre. Digo yo que eso contará para algo.

—¿Por qué? ¿Porque compran y venden su obra por más dinero del que ella obtuvo durante su vida? Algunos se enriquecen con la pasión que la mató. Si eso cuenta para algo, es porque hablamos de un lugar situado en uno de los infiernos más húmedos que hay.

Hope no dijo nada más mientras se acercaban a la galería, lo que satisfizo a Red. Debía calmarse. Acallar su mente para poder obrar de la forma adecuada. Sí, robarle a un petimetre en la galería que exponía la obra de su madre tenía algo de decadente. Pero Red seguía siendo un profesional.

El lugar estaba tan iluminado que no era viable infiltrarse en él. Con su aspecto, los esbirros que guardaban la entrada principal los pondrían de patitas en la calle.

Por suerte, había mucho movimiento entre el edificio pequeño que hacía las veces de despensa y la propia galería, ya que los sirvientes de los petimetres llevaban continuamente comida y bebida a los insaciables ricachones. Red y Hope se acercaron a la despensa y cargaron con un barril de cerveza entre ambos, se situaron en la cola tras un sirviente de pelo cano que llevaba un jamón ahumado bajo un brazo y un queso entero bajo el otro. Lo siguieron por un trecho de césped hasta la entrada del servicio situada en un lateral de la galería. La entrada llevaba directamente a la cocina, donde Hope y Red fueron saludados por un ingente banquete de comida. Carnes y quesos, pescados, frutas, todo cortado en pequeñas porciones y colocado en enormes bandejas de plata. A pesar de que ya habían comido, Red se quedó mirándolo todo con apetito.

—Red, ni se te ocurra —le advirtió Hope—. Llamarás la atención.

—¿Más aún? —Red miró a su alrededor. Los sirvientes los miraban susurrando. Allí todo el mundo vestía como un sirviente, por supuesto—. Bueno. Ha llegado el momento de largarse.

Antes de que nadie pudiera impedírselo, abrieron la puerta que tenían más cerca. Daba a un largo pasillo con techo en forma de arco. El suelo era de mármol blanco, las paredes estaban recubiertas con pan de oro y de las ventanas colgaban cortinas de terciopelo color granate. No había gente ni obras de arte, pero la música sonaba con fuerza en la planta de arriba. Red supuso que la mayoría de los «amigos de las artes» debían de estar allí en ese momento. Confiaba en que hubiese algún que otro invitado en la planta donde ellos se encontraban admirando las obras de arte. Para que pudieran robar las prendas que necesitaban, por supuesto.

Apretó el paso.

—Vamos, la galería principal debe de estar por aquí.

—Algún plan tendrás, ¿verdad? —preguntó Hope mientras caminaba a su lado. No dejaba de mirar a su alrededor, con aspecto de sentirse incluso más incómoda que cuando la había llevado al Salón de la Pólvora. Red se preguntó si ella habría visto alguna vez algo tan lujoso como ese lugar. Probablemente no. Justo cuando se había acostumbrado al Círculo, la arrastraba a un lugar incluso más ajeno a lo que ella conocía. Tuvo que admitir que eso le causaba cierto placer perverso.

—Bah, los planes son cosa de aficionados. —Mantuvo un tono ligero, despreocupado.

—Pues yo estoy prácticamente segura de que son la marca del profesional —le rebatió ella.

Entraron en una sala espaciosa en la que desembocaban dos corredores. Sobre ellos colgaba una imponente araña de luces.

—¿Cómo se enciende? —preguntó Hope, muy abiertos los ojos a causa del asombro.

—El gas circula por tuberías empotradas en las paredes.

—Asombroso.

—Sí, lo es. —Red echó un vistazo al otro pasillo y vio que había gente. Ahora debía dar con una mujer que tuviese más o menos la talla de Hope y que llevara sombrero. No estaba aún muy seguro de cómo conseguiría su ropa, pero ya habría tiempo de dar con un modo. Dependiendo de su carácter, cualquier cosa entre la astucia y un golpe contundente resolvería la situación.

Mientras pasaban de largo a los petimetres que contemplaban las obras de su madre, no pudo evitar oír sus comentarios.

—¡Impresionante!

—Etéreo, ¿no crees?

—¡Cautivador! No puedo apartar la vista.

—Este es algo estridente, ¿no os parece?

Lo ponían de los nervios. No le gustaba que esos petimetres mirasen las obras de su madre como si tuvieran algún derecho de pernada sobre ellas. Pasó de largo a buen paso, concentrándose en mantener la atención en la búsqueda de una mujer delgada con sombrero. Cada vez era más acuciante la sensación de que todo aquello era un tremendo error. No tendría que haberse acercado a la galería. Pero ahora era demasiado tarde.

Fue entonces cuando vio el cuadro. No pretendía hacerlo. Es más, había hecho lo imposible para evitar mirarlos, consciente de que sus recuerdos podrían echar a perder la poca calma a la que se aferraba. Pero sus ojos se vieron atraídos por un lienzo en particular que colgaba al fondo del corredor. Tropezó con él casi contra su voluntad. Permaneció allí de pie, los ojos muy abiertos, los puños crispados a los costados.

—¿Red? —Hope se situó a su altura. El joven era en parte consciente de que ella alternaba la mirada entre el cuadro y él—. ¿Te encuentras bien?

No, definitivamente no se encontraba bien. Se hundía en

un vórtice de imágenes que su mente hacía años que no evocaba. Su madre, hermosa, con los ojos grises y el pelo rizado y negro. Tenía una manera de sonreír burlona, callada, traviesa, que siempre te hacía pensar que sabía algo que tú ignorabas. Llevaba toda la vida intentando imitar esa sonrisa, sin lograrlo.

La adoraba. También después, cuando ella no podía evitar que le temblaran las manos, cuando ni siquiera era capaz de sostener un pincel. Fue solo al final que las cosas se pusieron realmente duras. Cuando sus descripciones dejaron de tener sentido. Se frustraba y lo maldecía, acusándolo de estúpido y torpe. Él lloraba, lo cual únicamente servía para que se enfadara más. Pero entonces intervenía su padre, los ojos pacientes y la sonrisa amable los calmaba a ambos mientras los rodeaba con sus largos y fuertes brazos en un abrazo de familia. Todo volvía entonces a la normalidad.

Hasta que llegó un tiempo en que su padre no siempre estaba presente. Red sabía que iba a prostituirse para conseguir dinero y comprar los cuadros nuevos que nadie quería ya. Se suponía que Red no debía decírselo a su madre porque eso la entristecería. Pero sin su padre allí para calmar los ánimos, su frustración y su dolor no recibían consuelo, hasta que una noche, después de que acusara a su hijo de débil y falto de talento y de ser lo peor que le había pasado en la vida, él no pudo soportarlo más. Quiso que se sintiera triste, quiso herirla como ella lo hería. Así que le contó lo que hacía su padre. Sin decir palabra, ella se tumbó en el sofá y cerró los ojos. Red se quedó ahí plantado, horrorizado por lo que había hecho, con una energía angustiosa rebullendo en su interior. No supo qué hacer con esa energía, así que se puso a pintar. El primer y único cuadro que era completamente suyo.

El mismo que contemplaba en ese momento.

—Fascinante pieza, ¿no creéis? —preguntó una voz a su espalda. Masculina. De alguien mayor. Un petimetre, a juzgar por el tono—. Su última tela antes de morir. Una divergencia en su obra. Es distinta de todo lo que la precede. Uno se pregunta si era una indicación de lo que estaba por venir. Si hubiese vivido más tiempo, por supuesto. Hay quien teoriza que se trata de una especie de autorretrato, que se pintó a sí misma tal como se imaginaba que sería una vez fallecida.

Red no había desviado la mirada del cuadro. En brochazos de apagados tonos pardos y grises, con algunas vetas de beige, su madre yacía en el sofá con un brazo lánguido caído hacia un lado, un mechón de pelo negro sobre el rostro, consumida pero en paz. En paz como Red quería que estuviera. Como si al pintarlo se hubiese hecho realidad.

—Ella no lo pintó. Fui yo —dijo entonces Red con voz ronca.

—¿Qué es lo que has dicho? —preguntó el hombre con tono ofendido.

Red se volvió hacia él sin intentar ocultar las lágrimas que le rodaban por las mejillas. El ceño arrugado del tipo se evaporó al ver la expresión del joven. Se pasó las manos por el pelo ralo y gris antes de llevárselas a los labios gruesos.

—¡Esos ojos! —susurró—. ¡Esos ojos carmesí! Tú… eres su hijo perdido, Rixidenteron.

—Red, tendríamos que irnos —intervino Hope, que puso una mano en su brazo en un gesto protector.

—No, por favor, ¡no os vayáis! —El hombre extendió la mano ante ambos—. No haré nada, solo permíteme hablar contigo un momento.

Aún llorando sin reparos, con el corazón roto y la mente a la deriva, la parte de Red que lo había mantenido con vida todos esos años reconoció ese tono de desesperación. Sonaba a oportunidad.

—¿Por qué? —Red procuró entornar los ojos con suspicacia, como si temiera a aquel vejestorio bien vestido—. ¿De qué quieres hablar?

—De tu madre, por supuesto. —Le temblaban las manos y había en su frente una fina capa de sudor—. Me llamo Thoriston Baggelworthy. ¿Tal vez te habló de mí?

Red negó con la cabeza.

—Verás, la conocí hace mucho tiempo, cuando éramos niños. Jugábamos juntos a cuerdas y palos. A mí se me daba fatal, por supuesto. Pero le interesaba más el arte que los juegos cortesanos. Su marcha de Salto Hueco me dejó abatido. Pensé que nunca lo superaría. —Soltó una risa extraña—. Y es posible que nunca lo haya hecho. Al fin y al cabo, todo esto —hizo un gesto para abarcar lo que los rodeaba— me pertenece.

—¿Qué quieres decir con que todo esto te pertenece? —preguntó Red. No le gustaba el tono posesivo de ese hombre. Y tampoco que las pocas veces que había vuelto a Cresta de Plata se veía inevitablemente arrastrado al mundo de Rixidenteron y sus recuerdos. Probablemente lo mejor sobre Círculo del Paraíso era que nadie daría una mierda por un artista famoso.

—La colección —dijo Thoriston—. He comprado hasta el último cuadro que pintó. Los he buscado por toda Nueva Laven y los he reunido aquí. ¡Convertiré a tu madre en la pintora más famosa del mundo! ¡Ya lo verás!

Red quiso decirle que a su madre nunca le había importado la fama. No sabía si eso era verdad, pero no le gustaba cómo actuaba ese hombre, como si se creyera con derecho a reclamar para sí a su madre y su obra. El instinto de supervivencia le advirtió en contra de ese sentimiento.

—¿Qué querías saber sobre ella? —le preguntó.

—¡Todo! Planeo escribir una biografía de su vida. Y para mi obra y para el legado de ella sería muy valioso que pudieras contarme todo lo que recuerdes acerca de tu infancia.

—Tenemos cosas que hacer, y además tenemos prisa —dijo Red, dándole la espalda—. Además, todo esto sería muy doloroso.

—Espera, ¡te lo ruego! —Thoriston hizo aspavientos—. Sé que es mucho pedirte que recuerdes esa época tan dolorosa. Si hay una manera de recompensarte por ello, dímela y, si obra en mi poder, la satisfaré.

Red fingió meditarlo unos instantes.

—Necesitamos ropa. Ropa apropiada, como la que vosotros lleváis.

—¿Ropa? —El hombre enarcó ambas cejas. Como si Red le pidiera algo que crece en los árboles y está ahí para que cualquiera pueda cogerlo en cualquier momento.

—Ropa para los dos —continuó Red—. Y un transporte para cruzar la bahía hasta Villaclave.

Thoriston lo miró con astucia.

—Ah, ahora lo entiendo. Te diriges a Salto Hueco para reunirte con la familia de tu madre y no quieres presentarte con esos harapos que llevas.

—No hay quien te engañe —se burló disimuladamente Red—. No esperaba que ataras cabos tan rápido.

—Ah, pero ¿sabes adónde ir una vez llegues allí? —preguntó Thoriston, muy complacido consigo mismo.

Red adoptó una expresión avergonzada.

—No exactamente…

—¡Entonces puedo darte incluso más de lo que me pides! Sé dónde vive tu abuelo. Puedo proporcionarte las indicaciones que necesitas para plantarte ante su puerta.

Las indicaciones que necesitaba para plantarse ante la puerta de su abuelo era lo último que quería. Pero forzó una sonrisa.

—Eso sería de gran ayuda.

—¡Espléndido! ¡Estará encantado de conocerte por fin! —Thoriston aplaudió en un gesto de alegría infantil.

—Sin duda —murmuró Hope.

—Bueno, veamos… —Thoriston se rascó la barbilla redonda y suave—. Mi mujer y yo nos alojamos aquí al lado, en el hotel Puesta de Sol, mientras dura la exposición. Es posible que te venga un poco holgado de cintura, pero creo que algo mío te servirá. —Miró ceñudo a Hope—. Lo tuyo probablemente será más complicado, querida. Eres demasiado delgada para ponerte uno de los vestidos de mi mujer. Con la complexión de chico que tienes se te caería.

Red sintió que Hope se ponía tensa. Le dio un codazo cómplice y ella asintió, seca.

—Como digas.

El hombre continuó mirándola.

—Pero encajarías en uno de los vestidos de su sirvienta, aunque me temo que la madre de la sirvienta ha fallecido recientemente, así que lo único que incluyó en el equipaje fue la ropa de luto.

—De todos modos prefiero el negro —dijo ella.

—Ah, sí… —Miró su atuendo de cuero negro—. Ya veo. —Se volvió hacia Red—. Cuando ambos os hayáis cambiado, yo mismo os llevaré a través de la bahía. De ese modo podrás contarme cosas de tu madre mientras viajamos, y no perderás mucho tiempo haciéndolo.

—Suena perfecto —admitió Red, que en esa ocasión fue sincero.

Red intentó no quedarse boquiabierto cuando Thoriston los llevó por el vestíbulo del hotel, que era más opulento si cabe que la galería. Había luz de gas en todas las habitaciones, arañas de cristal, tapices bordados en seda, gruesas alfombras de piel. Todas las estancias olían a flores y a perfumes. Miró a Hope, que daba la impresión de que se le saldrían los ojos de las órbitas.

Thoriston los condujo a sus habitaciones, que eran tan espléndidas como el vestíbulo.

—¿Dónde está tu esposa? —preguntó Hope mientras repasaba las estancias con la mirada.

—Ah, supongo que en la galería —respondió mientras entraba en el dormitorio y empezaba a buscar ropa en su vestuario—. Le encanta esa orquesta. Por eso la contraté. A veces le cuesta apreciar mi pasión profunda por la obra de lady Pastinas, una pasión de toda una vida.

—No se me ocurre por qué —dijo Hope secamente.

Ella y Red aguardaron en el salón mientras Thoriston buscaba la ropa, dejándolo todo hecho un lío. Red sospechaba que probablemente había gente encargada de recogerlo. Es posible que no tuviese la costumbre de recoger nada que se le cayera.

—¡Henos aquí! —exclamó con una sonrisa radiante y triunfal al volver con la ropa de Red. Se volvió hacia Hope—: Ahí está la habitación de la doncella. Estoy convencido de que cualquier cosa que encuentres ahí servirá. —Hizo una pausa, adoptando de pronto una expresión de inseguridad—. Eh… ¿necesitas ayuda para vestirte? Puedo avisar a…

—Nos las apañaremos, gracias —dijo Red.

Cuando este terminó de vestirse, se miró al espejo. Se había puesto un espléndido chaqué marrón con bordado de oro y botones de latón, chaleco, pantalón y corbatín de seda, que Thoriston le había ayudado a anudarse apropiadamente. ¿Qué dirían sus viejos pillos si lo viesen vestido de ese modo? Henny *el Guapo* se habría meado de la risa. A Sadie igual le daría un síncope. Filler probablemente hubiese sido incapaz de mirarlo a la cara. Y Ortigas… se lo habría recordado por los siglos de los siglos. Pero sin contar con sus desprecios y miradas desaprobadoras, se permitió disfrutar de aquella extraña fantasía mientras esperaba a que Hope terminase.

Aunque esta no se mostró ni de lejos tan entusiasta.

—Con toda esta tela alrededor de las piernas es casi imposible moverse adecuadamente —se quejó, aferrando los gruesos pliegues de tejido negro.

—Creo que es una mejora significativa —dijo Thoriston—. Tiende a acentuar tus atributos más femeninos.

Red se mostró de acuerdo. Los hombros blancos, cubiertos de pecas, relucían a la luz de las lámparas, y el corsé negro realzaba sus pechos y ofrecía la promesa de un escote al tiempo que la cintura se estrechaba en aras de las curvas. Sin embargo, fue lo bastante listo para no comentar nada en voz alta.

Hope gruñó y tiró del corsé.

—Es poco práctico e incómodo. Y no puedo colgar la espada de ninguna parte.

—Yo puedo llevártela —se ofreció Red.

Ella se puso el pequeño sombrero negro y redondo en la cabeza.

—No. No puedes.

—¿Dispongo entonces de estas…? —Thoriston señaló la ropa que habían dejado en el suelo.

—¡No! —exclamaron al unísono Hope y Red—. Las conservaremos, gracias —añadió Red mientras doblaba la ropa y, sirviéndose de su casaca, hacía un hatillo que se puso bajo el brazo.

Thoriston los llevó fuera del hotel hasta un camino que bordeaba el acantilado. Habían asomado la luna y las estrellas, que resplandecían abajo, en las aguas de la bahía. Tras un corto paseo, bajaron por una escalera estrecha que zigzagueaba hasta los muelles.

—Soy el patrón de mi propia embarcación —dijo, orgulloso, Thoriston, mientras los llevaba a un pequeño velero—. No en mar abierto, claro. Solo en la bahía. Mi mujer me dice que estoy loco y se niega a salir conmigo a navegar, pero a mí me resulta muy tonificante.

El pequeño yate se parecía mucho a los que habían abordado cuando navegaba en la *Viento salvaje*. Red contuvo una sonrisa al imaginar cómo habría reaccionado Thoriston si lo abordase Sadie *la Reina Pirata* y su tripulación. Pero Thoriston sabía, en efecto, cómo gobernarlo. No tardaron en largar amarras, y la embarcación se deslizó por las aguas de la bahía.

—Bueno —dijo Thoriston, recostándose cómodamente a popa con una mano en la caña del timón—. Quiero que me lo cuentes todo de ella.

—Ah, la trágica historia de lady Pastinas, ¿no es eso? —Red había adoptado ya su tono de cuentacuentos. Lo ayudaba a ganar cierta distancia respecto al relato y hacía que la experiencia fuese más entretenida para el público.

—Sí —dijo con un hilo de voz Thoriston, los ojos expectantes como los de un niño.

Casi había amanecido cuando alcanzaron el extremo opuesto de la bahía. Las primeras franjas rojas se imponían sobre el contorno pulcro y rectangular de la guarnición imperial de Villaclave. Red había concluido su relato hacía unos minutos. Thoriston se secaba los ojos con un pañuelo.

—Pobre desdichada familia —murmuró mientras amarraba la embarcación al muelle.

—En fin, has hecho mucho para arreglar las cosas —dijo Red, estrechándole la mano—. Tanto al honrar la memoria de mi madre como al ayudarme a reunirme con mi abuelo.

—Es lo menos que puedo hacer. —Thoriston sorbió—. La obra de tu madre ha dado sentido a toda mi vida.

—Nada más cierto. —Red lo obsequió con su mejor sonrisa y dio unas palmadas al viejo carcamal en el dorso de la mano.

Thoriston les dio indicaciones detalladas que conducían a la mansión Pastinas. Red prestó atención para asegurarse de evitarla. Seguidamente, Hope y él desembarcaron. Permanecieron en el muelle y observaron cómo la embarcación de Thoriston se deslizaba de nuevo hacia el interior de la bahía.

—No se lo has contado todo. —Había cierta melancolía en el tono de Hope.

—Pues claro que no —dijo Red—. Una historia se cuenta tanto por las cosas que te dejas como por las que añades.

—Pero si es cierto que va a escribirla y convertirla en historia, nadie sabrá que fuiste tú quien pintó tantas obras que se le atribuyen.

—Solo hay un héroe por historia, Hope, vieja amiga. No tiene sentido echar a perder un buen relato para incluir la temida verdad. Además, todos debemos callarnos algunas cosas. —Se volvió para observar el aspecto de Villaclave, duro y poco halagüeño—. Bueno, veamos adónde dice esa espada tuya que debemos dirigirnos a continuación.

25

*H*ope sabía que los vestidos eran algo que llevaban muchas mujeres. Lo sabía. Pese a todo, mientras Red y ella caminaban por las pulcras calles de Villaclave, le costó Dios y ayuda aceptar ese hecho. Ponérselo ya había constituido una experiencia difícil. Pero estaba a medias de lograrlo cuando casi se dislocó el hombro intentando apretar las cuerdas del corsé en la espalda, momento en que comprendió por qué Thoriston había sugerido llamar a alguien que la ayudara. ¿Prendas de ropa tan mal diseñadas que era imposible ponérselas uno mismo sin ayuda? Parecía una broma cruel. Y en cuanto tuvo bien prieto el corsé, la broma fue en aumento. Comprendía ahora por qué las mujeres siempre se desmayaban en las novelas románticas imperiales que había leído de joven. No era debido a la sorpresa, ni al miedo, sino por una simple falta de aire. Y no se trataba de un detalle sin importancia. La respiración, tal como le había insistido Hurlo en más de una ocasión, constituye la base de quién somos. Nuestra alma. Dominar la propia respiración fue la primera lección que tuvo que aprender. Pensar que las mujeres de la clase alta tenían ese necesario aspecto de sí mismas tan restringido explicaba que los hombres tuviesen, al parecer, la ventaja.

Había estado pensando y su conclusión era que al menos debían de tener mayor facilidad de movimiento por debajo de la cintura. Pero esa no era la falda cómoda y suelta de campesina que había llevado su madre. Eran prietas, recargadas con tejidos redundantes y envueltas luego en telas más redundantes aún. Los diminutos zapatos que acababan en punta no mejoraban precisamente las cosas. Caminar era un desafío. Correr, en caso de que fuese necesario, sería mucho peor.

Pero, muy a su pesar, agradecía aquella ropa. Villaclave estaba hasta la bandera de soldados imperiales. El barrio parecía ser un inmenso cuartel. Las pocas personas que vio que no eran soldados, o bien eran residentes adinerados o bien sus limpios y adecuadamente vestidos sirvientes. Si Hope y Red hubieran llegado a presentarse con su ropa de siempre, sucia y con remiendos, habrían llamado de inmediato la atención de los soldados. Incluso vestidos como iban, los soldados los detuvieron en dos puntos distintos para preguntarles si habían visto a una mujer rubia con ropa de cuero. Hope mantuvo la espada pegada a la pierna, envuelta en pliegues y pliegues de aquella ropa ridícula. El negro sombrero redondo no le cubría por completo el cabello, y le preocupaba que alguien reparase en el color. Pero nadie lo hizo o no pareció llamarles la atención. Tal vez debido a que era muy temprano, o puede que la labor de investigación de las tropas imperiales fuese tan deficiente como Red aseguraba. Mientras seguían caminando por las amplias calles rectas, empezó a creer que podrían atravesar Villaclave sin incidentes.

La tercera vez que les dieron el alto fue algo distinta. El soldado llevaba el uniforme habitual blanco y dorado, igual que el resto, y tenía la misma expresión de tedio cuando se situó delante de ellos.

—Discúlpenme, buenas gentes. ¿Han visto a una mujer rubia con un extraño atuendo de cuero negro acechando por los alrededores?

—Ni por asomo, señor mío —respondió Red—. ¿Es peligrosa?

—Extremadamente. —Los ojos del soldado pasaron por Hope sin mostrar el menor atisbo de interés—. Si la ven, no se le acerquen. Vayan en busca del... —Se interrumpió al mirar con mayor atención a Red—. ¿Lo conozco?

—No, no lo creo. —Red se volvió hacia Hope—. Vamos, querida, debemos darnos prisa o llegaremos tarde.

Intentaban rodear al soldado, cuando el rostro de este se iluminó de pronto.

—¡Tú! ¡Eres el que me robó el dinero del carro! Por tu culpa me degradaron a la patrulla de a pie. Voy a...

No pudo continuar cuando Hope lo golpeó entre los ojos con el extremo de la espada envainada. Cayó al suelo como un muñeco desmadejado.

—¿Está muerto? —Red se inclinó para mirarlo.

—Inconsciente.

—¿Cuánto tardará en despertarse?

—Al menos una hora —calculó Hope.

—Podría haberlo convencido para que no nos denunciara.

—Creo que sobrevaloras mucho la opinión que tienes de tu propio encanto.

—Pero ahora debemos preocuparnos del cuerpo —dijo Red—. Y este lugar está atestado de imperiales. En cualquier momento puede aparecer otro.

—Es verdad —admitió Hope. Repasó con la vista el entorno, pero no había ningún lugar adecuado al que arrastrar al soldado inconsciente. Las calles estaban tan limpias que no había nada con que cubrirlo. Luego echó un largo vistazo al empedrado de la calzada.

—¿Eso de ahí, en el suelo, es una especie de trampilla? —Señaló un disco redondo de hierro que encajaba en el propio empedrado.

Red arrugó el entrecejo.

—No estoy seguro.

Se acuclilló e introdujo los dedos en la ranura.

—Pesa —gruñó—. ¿Me echas una mano?

Ella intentó inclinarse, pero el corsé hizo que fuera imposible. En vez de ello tuvo que acuclillarse, la espalda bien recta, hasta que fue capaz de estirar los brazos. Entonces oyó un leve desgarro cuando los muslos presionaron contra la tela. Por lo visto, las damas de la zona alta no debían recoger nada del suelo.

—Abrámosla lentamente —propuso—. No sabemos qué hay ahí abajo. —Pero cuando lo hicieron, el hedor hizo patente a qué se enfrentaban.

—Huele como si hubieran juntado los peores rincones de Círculo del Paraíso en un único lugar. —Arrugó la nariz y volvió el rostro mientras deslizaban la tapa de hierro sobre el suelo.

—No creas, no vas muy desencaminada. —Red señaló el agujero, donde una corriente de excrementos fluía con pesadez—. No me extraña que las calles estén tan limpias. Lo mueven todo bajo tierra. Es muy ingenioso, en realidad.

—También nos resulta muy útil —declaró Hope, señalando con la cabeza al soldado inconsciente.

—Así que justo después de hacer que lo degraden, lo dejamos inconsciente y lo arrojamos a un montón de mierda y orín —dijo Red—. Quizá deberíamos haberlo matado.

En otros rincones de Nueva Laven, las transiciones de un barrio al siguiente habían sido graduales. A Hope le costó determinar exactamente dónde terminaba uno y empezaba el siguiente. Pero la transición de Villaclave a Salto Hueco fue tan abrupta que se antojaba una declaración en toda regla.

En un lateral de la calle estaban los cuarteles limpios, ordenados y concurridos de la guarnición imperial. Al otro lado, el mundo se abría a colinas ondulantes, hermosas vallas de madera y riachuelos con puentes ornamentados. Las mansiones salpicaban el paisaje, rodeadas por vastas extensiones verdes. Al venir del centro de la ciudad, donde todo y todo el mundo acababa amontonado, a Hope le sorprendió que en un lugar como Nueva Laven el espacio pudiera constituir el mayor de los lujos. Disponer de tanto espacio abierto y mantenerlo sin propósitos funcionales como la agricultura o el almacenaje era la cúspide de la decadencia.

—¿Estás segura de que la espada te señala en esta dirección? —preguntó Red.

Ella asintió.

—No debes temer a los ricos —dijo él, como queriendo animarla.

—No los temo.

—Vale. Bueno. Yo tampoco.

Era inusual ver que su confianza flaqueara de ese modo. Días atrás, Hope lo habría encontrado divertido. Pero después de las últimas noches, de averiguar más detalles acerca de su niñez y de su familia, comprendía mucho mejor qué se ocultaba tras su desenfadada fachada. Ahora le dolía verlo flaquear.

—Sigamos, pues —sugirió ella.

—¡Por supuesto! —Su sonrisa, algo tensa, volvió a su semblante—. Si sigue huyendo en dirección norte, no podrá ir mucho más allá antes de llegar al mar. Podríamos alcanzarlo antes de que caiga la noche.

—A menos que embarque —apuntó Hope.

—No te preocupes, vieja amiga, lo alcanzaremos antes. —Le dio una palmada en la espalda como si fuera uno de sus pillos.

Hope se preguntó si echaba de menos a Filler. Era evidente que su presencia, alta, tranquila, contribuiría a sembrar la calma en ese momento. Le sorprendió descubrir que también ella lo echaba de menos. Y a Ortigas, aunque solo fuera por tener a alguien con quien comentar las limitaciones que imponía vestirse como en la zona alta. Se preguntó si volvería a verlos.

—Sigamos —insistió Red—. Sabrás que los biomantes no se decapitan a sí mismos.

Cruzaron la calle hacia el barrio espacioso, amplio, de Salto Hueco. Ese pequeño gesto era de por sí una transición, y Hope esperaba en parte ver a soldados asomar por detrás de los arbustos para expulsarlos. Pero, por supuesto, no pasó nada. De hecho, mientras caminaban por un lateral de la carretera que atravesaba el prado, apenas vieron a nadie. Las pocas personas con las que se cruzaron iban a caballo o en carro, y saludaron inclinando la cabeza al pasar. Algunos incluso les dieron las buenas tardes.

Después de los tonos pardos y grises que predominaban en el centro, los colores de aquel lugar constituían un agradable alivio. La hierba de un verde vivo que cubría las colinas. El verde más claro y el amarillo de las hojas que vestían los elegantes árboles de tronco delgado. Flores llamativas, rojas, azules y amarillas, que surgían de los arbustos cuidadosamente podados. Vallas pintadas de un blanco que reflejaba la luz del atardecer.

Pero el silencio era aún más sorprendente que el propio espacio o el color. Hope se había educado en lugares tranquilos, tanto en su pueblo como más adelante en Páramo de la Galerna. Incluso a bordo del *Gambito de dama*, el silencio había sido fácil de encontrar cuando se acostumbró a los sonidos del mar. Pero desde que había desembarcado en Nueva Laven no había disfrutado de un momento de auténtico silencio. Ya fuera porque la gente hablaba, por los gritos, por la música, por el paso de los carros, los disparos o los ronquidos de los compañeros, el silencio era algo que no existía. Pero ahora los rodeaba, reinaba sobre un paisaje tan vasto que el ruido se antojaba una intrusión.

Era consciente de que para Red el silencio no representaba la paz del descanso, como le sucedía a ella. No dejaba de mirar a su alrededor, los ojos iban y venían sin cesar, las manos tensas a los costados. Intentaba conversar con Hope, que solo respondía con encogimientos de hombros o secos gruñidos; él parecía entender la indirecta y callaba.

Continuaron camino arriba, cruzando algún que otro sendero lateral lo bastante amplio para que lo recorriese un carro. Estos senderos llevaban a mansiones que se alzaban varias plantas y estaban rodeadas de jardines complejos llenos de plantas excepcionales que Hope solo conocía por los libros. Aunque no tan grandes como la Galería de la Bahía con Vistas o el hotel, seguían siendo lo bastante espaciosas para que a Hope le costase creer que simplemente eran casas familiares.

Era última hora de la tarde y el sol estaba bajo en el horizonte cuando la espada dio una sacudida en la mano de Hope.

Ella dio un respingo y detuvo el paso con el corazón en un puño.

—¿Qué pasa? —preguntó Red, rompiendo el silencio por primera vez en un buen rato.

—La espada señala hacia esa mansión.

—¿Está allí mismo o más allá?

—Vamos a averiguarlo. —Hope continuó caminando para dejar atrás la mansión. El pulso se le aceleraba a cada paso, y sintió el calor del anhelo crecer en su interior. Hurlo la habría regañado y le hubiera dicho que parara y que regresara a un lugar en calma antes de seguir adelante. Pero ella no podía evitarlo. Si no fuera por el vestido, es posible que hubiese echado a correr. Mantuvo la espada al frente, y a medida que dejaron atrás la mansión, el arma empezó a girar lentamente en su mano, la punta vuelta siempre hacia el edificio.

Hope se volvió hacia Red.

—Debe de estar allí.

—Hmm. —Red aguzó la mirada para inspeccionar el entorno.

—Busca posibles accesos —dijo ella—. Probablemente uno de los balcones. Es posible que no los tengan cerrados. Pero no hay árboles cerca, así que habrá que escalar la pared.

—Hope… —la llamó Red con un hilo de voz.

—Claro que eso significa que tendremos que esperar hasta que sea de noche. No me gusta nada darle tanto tiempo. Podría escabullirse, para entonces. Podríamos intentar apostarnos y vigilar, pero por aquí hay poca cobertura. Y él podría esperar a que se haga de noche y escapar al mismo tiempo que nosotros entramos… —Arrugó el entrecejo. Después de todo, no era un planteamiento ideal.

—Hope —insistió Red.

—¿Qué pasa? —preguntó con mayor impaciencia de la que pretendía.

—A juzgar por las indicaciones que me dio Thoriston, creo que eso es… la mansión Pastinas.

Hope tardó un segundo en comprender lo que implicaba.

El nombre de Pastinas le sonaba familiar, era el apellido de la madre de Red.

—¿Esa es la casa de tu abuelo?

—Sí.

Ella intentó comprender qué significaba para él encontrarse ante la casa de sus antepasados, sin haber sido invitado y probablemente sin que nadie quisiera verlo por allí. Había cierto temor en la expresión de su rostro mientras miraba fijamente la mansión.

—¿Y bien? ¿Qué quieres hacer? —le preguntó Hope.

Red se volvió hacia ella lentamente, como si saliera de un trance.

—¿A qué te refieres?

—Ningún juramento hecho por amistad supera el vínculo familiar. Si tu familia alberga al biomante, están en mi camino. Eso no me detendrá, pero entendería que te detuviese a ti. Yo… —hizo una pausa; no quería continuar, pero sabía que era lo que debía hacer—… te libero de tu juramento.

Él arrugó el entrecejo al mirarla.

—¿Familia? —Escupió al suelo—. Esa no es mi jodida familia. Sadie y la vieja Yammy son mi familia. Filler y Ortigas son mi familia. —Le tendió la mano—. Tú eres más de mi familia que cualquiera de esos petimetres, maldita sea su sangre. ¿Entendido?

Un sinfín de emociones desconocidas pugnaban en el interior de Hope. Nadie la había considerado parte de su familia desde hacía tiempo. Miró a los intensos ojos rubíes de Red y comprendió que era la persona más importante de su vida.

Aceptó la mano cubierta con un guante y la apretó.

—Gracias.

Ambos continuaron allí de pie, cogidos de la mano, mirándose, sin hallar las palabras que decir a continuación.

—¡Eh, despistados! ¡Cuidado!

Hope y Red se separaron de un brinco cuando un armatoste de metal y madera sobre ruedas pasó por su lado a toda velocidad. Un joven con cara de pánico iba sentado en él, tirando de palancas y pisando pedales. El armatoste continuó adelante un trecho, pero efectuó un giro rápido y cayó de lado con un estampido.

Hope y Red se pusieron en pie, mirando con cautela aquel sorprendente aparato. Al cabo de unos instantes, el conductor emergió de los restos con la mirada algo extraviada. Tenía el pelo largo y negro y lo llevaba recogido en parte en una coleta. El resto era una cortina que le cubría media cara. Su atuendo era elegante, propio de la clase alta, excepto que la chaqueta tenía un desgarro y había manchas en los pantalones. Pero lo que más sorprendió a Hope fue el parecido que guardaba con Red. Podría haber sido su hermano mayor.

—¿Todo el mundo bien? —preguntó, apartándose de la montaña de metal—. Poseo algunos conocimientos de medicina. Si puedo seros de ayuda, será un placer.

Red pareció calibrar la situación en un abrir y cerrar de ojos y se volvió hacia Hope.

—¡Ay, Señor! —exclamó, imitando bastante bien el tono de petimetre del joven—. Mucho me temo que mi acompañante podría haberse lastimado la pierna al caer.

Hope carecía de talento para la actuación, pero hizo lo que pudo para mostrarse dolorida y se llevó ambas manos al tobillo.

—¡Dios mío, esto es terrible! —exclamó el hombre—. ¡Debéis acompañarme dentro enseguida para que pueda atender la herida!

—Eres muy amable, pero no querríamos ser una molestia —dijo Red, que iba adquiriendo mayor confianza con el acento de los petimetres.

—¡Tonterías, insisto! —Se apresuró a ayudar a Hope—. Soy Alash Havolon, y supondría una vergüenza para mi apellido no auxiliar a una dama malherida. ¿Puedo tener el honor de saber tu nombre?

—Soy Bleak Hope. —Solo cuando lo hubo pronunciado, se le ocurrió pensar que debió haber utilizado un nombre falso. Uno que sonara algo más elegante y que Teltho Kan no conociera.

—Inquietante nombre para una dama tan hermosa. —Alash fue a cogerle la mano derecha, pero era con la que Hope sostenía la espada. Se quedó mirándola unos instantes con una expresión de asombro.

—Yo soy Rixidenteron —se apresuró a decir Red, estrechándole la mano y sacudiéndola con brío—. ¿Esta es tu mansión?

—De hecho, mi abuelo es el dueño de la Mansión Pastinas —dijo Alash.

—¡No me digas! —La expresión de Red no delató que acababa de descubrir que estaba hablando con su primo—. Pasábamos por aquí y nos detuvimos a admirarla.

—¡Me embelesa que os guste! —exclamó Alash, apartándose el pelo del rostro. Al contrario que Red, tenía los ojos gris claro.

—Desde luego. A la vista salta que es la mejor de la zona —dijo Red—. Contemplarla es un placer.

—Quizá después de atender la herida de la señorita Hope os apetecería que os la mostrara.

Red esbozó una sonrisa triunfal.

—Eso sería maravilloso.

—¡Excelente! —Alash le ofreció el brazo a Hope—. Por favor, permíteme escoltarte, señorita Hope.

—Claro. —Ella extendió el brazo para cogerse del codo del petimetre.

Alash se mostró confundido.

—La señorita Hope no está familiarizada con nuestras costumbres —dijo Red—. Verás, es que procede de las Islas del Sur.

—¡Mala cosa es esa! —Alash dio un respingo.

—Pero no temas por ella —dijo Red, cada vez más a gusto en su papel—. A pesar de lo que puedas haber oído, no todos los sureños son caníbales.

Alash se rio. Su risa era como un campanilleo.

—He oído historias así. —Tomó el brazo de Hope y lo pasó por detrás del suyo para entrelazarlos—. Pero nunca he creído esas bobadas ignorantes. Soy un hombre de ciencia, como veis.

Tensó el brazo para que ella pudiera apoyar el peso en él. Fue un gesto providencial, porque después de estar a punto de ser acusada de canibalismo, Hope casi había olvidado que debía cojear.

—No daré más cosas por sentado, señorita Hope —continuó él—, sino que me esforzaré en procurar que te sientas lo más cómoda posible, estando tan lejos como estás de casa.

Hope volvió la vista hacia Red, que sonreía divertido. Sin embargo, había algo más en su mirada. Parecían celos. Casi. No obstante, le dedicó un gesto alentador para que le siguiera el juego.

—Eres muy amable —dijo Hope en voz baja mientras Alash y ella empezaban a caminar lentamente por el sendero que llevaba a la entrada de la mansión.

—Discúlpame el atrevimiento, señorita Hope —se dispuso a preguntar Alash—, pero ¿las damas del sur tienen por costumbre llevar espada?

—Sí —respondió ella, sorprendiéndose a sí misma por la prontitud con que mintió. Quizá también empezaba a acostumbrarse al papel—. Todas las damas sureñas de cierta edad deben ir armadas. Las islas no son tan pacíficas como este lugar.

—Parece un engorro tener que llevarla siempre —comentó Alash.

—Normalmente las ceñimos a la cintura, pero vuestra moda septentrional no da opciones para ello.

—¿Así que este vestido ni siquiera es de tu tierra? —Parecía totalmente fascinado. Hope sospechaba que Alash, que ni siquiera había reparado en los ojos de Red, estaba sediento de cualquier información que fuese más allá de su propia y limitada experiencia.

—No, no lo es —afirmó ella, que en esa ocasión no mintió.

Él arrugó el entrecejo, pensativo.

—Bueno, creo que deberíamos ser capaces de idear un

modo de que puedas llevarla cómodamente. Yo soy bastante listo.

Red carraspeó a su espalda.

—¿Has dicho que eres un hombre de ciencia? —preguntó Hope.

—¡Por supuesto! ¡Es mi pasión! Toda clase de ciencia. Mecánica, natural, filosófica. ¡Toda la ciencia me embelesa!

—¿Qué era esa máquina en la que ibas montado? —preguntó la joven.

—¡Ah, eso! —Alash sonrió de oreja a oreja—. Yo lo llamo carro a pedales. Depende de un sistema de engranajes, como un reloj, solo que mucho más grandes. Este sistema te permite hacer un carruaje que se mueva únicamente pedaleando, ¡sin necesidad de caballos!

—¿Y la dirección? —preguntó Red, haciéndose el interesado.

—Sí. —Alash se sonrojó un poco—. Como habéis comprobado, la dirección no está del todo lista.

—Ni los frenos —señaló Red.

—Eso tampoco —admitió Alash, que dio unas palmaditas suaves en la mano de Hope—. Pero te aseguro, señorita Hope, que así es como obra la ciencia. Prueba y error, y luego a mejorar, ¡día tras día hasta que se perfecciona!

—Así obran todas las cosas, no solo la ciencia —señaló Hope.

—¡Ah! —exclamó Alash—. ¡Está claro que practicas la ciencia de la filosofía! No estaba al corriente de que existieran tales estudios en el sur, pero me alegra saberlo. El mundo mejoraría grandemente si todos dedicásemos tiempo a la especulación filosófica.

—Estoy de acuerdo. —Hope se descubrió sonriendo. El primo de Red tenía algo encantador. Un júbilo, un entusiasmo, que ella solo había encontrado en niños. En cierto modo, parecía la cara opuesta de Red. Dulce, ingenuo y sin pretensiones.

Mientras la llevaba por el prado hasta la regia mansión de

los Pastinas, sintió una punzada de culpabilidad por el hecho de llevar la violencia a esas cuatro paredes.

Pero no. Después de todo, albergaban al malvado biomante Teltho Kan. Alash quizá fuese inocente, pero había alguien ahí que no lo era.

Alash los llevó por los frondosos jardines que rodeaban la mansión hasta la imponente escalera de piedra que conducía a la puerta principal.

—Ya hemos llegado. ¡Bienvenidos a la Mansión Pastinas!

Las gruesas puertas de madera oscura estaban decoradas con intrincados dibujos de peces y nutrias pintadas con toques de oro. Las abrió de par en par y quedó al descubierto una amplia estancia con relucientes suelos blancos, gruesas alfombras y delicadas esculturas colgadas de las paredes. En el centro había una escalera que ascendía a la siguiente planta. Desde lo alto de la escalera los miraba amenazador el retrato gigante de un anciano con el pelo negro, ralo, y el cuello propio de un lagarto.

—Ese es mi abuelo —dijo Alash—. Y sí, es así de avinagrado, me temo. —Dio unas palmaditas en la mano de Hope, que seguía cogida de su brazo—. Tal vez debamos dirigirnos a mi taller, donde podré atender la herida y pergeñar un artilugio para que puedas llevar la espada, señorita Hope —añadió, ampuloso.

—Eso sería muy de agradecer, Alash —manifestó Hope.

Alash abrió una pequeña puerta situada en un lateral que daba a un corredor estrecho. La economía del corredor, su simpleza, contrastaba mucho con la magnificencia del vestíbulo, lo que hizo que Hope se preguntara el porqué. Al final del corredor había una sala con suelo de madera, sin alfombras, y mesas de trabajo junto a las paredes. La sala estaba llena de engranajes de metal, tiras de cuero, hojas de lienzo encerado, trozos pequeños de madera y toda clase de extraños objetos metálicos.

—Disculpad el desorden —se excusó Alash con aire ausente mientras se inclinaba junto a una de las montañas de cosas para recuperar una caja de madera—. Señorita Hope, debo pedirte que te sientes en este taburete. Lamento mucho no disponer de algo más cómodo.

—No pasa nada, gracias. —Hope tomó asiento en un taburete bajo de madera y observó atenta cómo sacaba una venda de la caja de madera.

—Confieso que me siento más a gusto con las ciencias mecánicas que con las médicas —comentó Alash mientras se arrodillaba junto a ella—. Pero, como habéis visto, mis experimentos mecánicos acostumbran a causar heridas. Por lo general, propias. Así que tengo cierta experiencia con las torceduras de tobillo. —Levantó la venda—. Si me permites vendarte el tobillo, la presión te proporcionará cierto alivio y facilitará la recuperación.

Alash tenía las manos ásperas debido a su trabajo con la maquinaria, pero el tacto le pareció suave mientras le envolvía el tobillo con la venda de algodón. Por el rabillo del ojo vio que Red cargaba el peso del cuerpo ora en una pierna, ora en otra. Se preguntó qué sentía, estando como estaba en el hogar de sus antepasados.

—Bastará con esto. —Alash se levantó y guardó la caja de madera que hacía las veces de botiquín—. Y ahora busquemos un modo de que puedas llevar la espada ceñida a la cadera.

—Es de veras un taller —comentó Hope mientras lo veía revolver en las pilas de materiales.

—Naturalmente.

—Supongo que no me esperaba ver algo tan…

—¿Honrado? —Red le dedicó una sonrisa torcida.

Ella hizo caso omiso de su comentario. Sospechaba que dirigía esas pullas a su primo para aliviar la incomodidad que sentía por verse en ese lugar. Pero si no tenía cuidado podía llegar a ofender a Alash.

—Ah, sí. —Este rio de buena gana—. Mi familia tolera mi pasión, pero solo lo justo. Es un oficio, tal como sugiere Rixidenteron, un pelín demasiado honrado para su gusto. Debo limitarme a esta estancia, y nunca debo traer invitados… —Llegado a este punto se calló, mirando primero a Hope y después a Red—. ¡Ah, vaya anfitrión estoy hecho! Rara vez tengo invitados. Es más, creo que nunca. Así que apenas tengo práctica en ello. ¡Preferiréis ver las partes más bonitas de la casa!

—De hecho, creo que es muy probable que esta sea mi habitación favorita —comentó Hope—. Los del sur apreciamos las habitaciones, o cualquier cosa, en realidad, que poseen un propósito.

—Eres muy amable. —Alash volvió la cara, que se sonrojaba paulatinamente.

—Muy bien, ¡resolvamos el asunto, entonces! —exclamó Red con brusquedad.

—¡Cómo no! —Y volvió a revolver en las pilas de objetos.

—¿Hay más invitados en la mansión? —preguntó Hope en lo que esperaba fuese un tono de lo más relajado.

—Ah, sí. —Alash asintió distraído—. Entran y salen continuamente. Mi abuelo conoce a mucha gente. Pero no tienen nada que ver conmigo, así que apenas presto atención. ¡Ajá! —Les mostró un par de pinzas y unas tiras finas de cuero—. Bastará con esto. —Se acercó a Hope—. ¿Serías tan amable de levantar los brazos?

Lo miró mientras cosía las tiras de cuero entre sí para luego coserlas a su vez a una más larga que le ató en torno a la cintura.

—Ya está. —Alash reculó para examinar el resultado de su labor—. Prueba a ver qué tal te sienta.

Hope deslizó la vaina a través de las tiras de cuero cosidas entre sí y colgó la espada del costado.

—Distribuye bien el peso. No me estorba el movimiento y mantiene el arma ceñida.

—Si tuviera mejores materiales, podría hacerla más elaborada.

—No, lo prefiero así. —Le dedicó una amplia sonrisa—. Eres tan listo como decías.

—¿De veras lo crees? —preguntó Alash, cuyo rostro se iluminó—. En ese caso, ¡echa un vistazo a esto! Estaba deseando mostrárselo a alguien capaz de apreciarlo. —Tomó un guante de cuero con un tubo metálico unido por el extremo inferior—. Se trata de algo que he terminado recientemente. Te lo atas así. —Lo deslizó por la mano de forma que le cubriese el brazo hasta el codo. El tubo de metal discurría por la parte inferior del antebrazo. Hope lo examinó de cerca y vio que había pequeños muelles en los laterales, además de alambres y diminutas poleas.

Alash extendió el brazo.

—Ahora, mira. Cuando muevo la muñeca así… —Giró la mano para inclinarla. Una pequeña varilla surgió del tubo, alcanzando treinta centímetros de distancia más allá de la punta de los dedos.

—Muy interesante —dijo Hope.

—¡Espera! —le advirtió Alash, que parecía contento como un niño. Tiró de una diminuta palanca situada en un lateral del manguito y la varilla recuperó su posición en el tubo—. Se recoloca para que puedas sacarla y meterla tantas veces como quieras.

—Asombroso —exclamó Hope.

—¡Por supuesto! —afirmó Red, cuyo entusiasmo le sonó un poco sarcástico a Hope—. Pero ¿para qué sirve?

—¿Para qué? —preguntó Alash, parpadeando.

—Sí, como ha dicho la señorita Hope, las gentes del sur gustan de cosas que tengan un propósito —dijo con desenfado.

—Bueno… En realidad yo no había… La varilla asoma con cierta fuerza. Así que imagino que podrías utilizarla para… ¿hacer agujeros? ¿Cuando… construyes algo? No sé… ¿Algo así, quizá? —Sonrió sin mucha convicción.

—Es igual, estoy segura de que alguien le encontrará una utilidad. —Hope regañó a Red con la mirada. Estaba haciendo todo lo posible para que Alash se sintiera inclinado a ayudarlos, y Red parecía estar haciendo todo lo contrario.

Torció el gesto, la mirada culpable puesta en el suelo.

—Tienes razón, señorita Hope. Un diseño tan inteligente como este… Seguro que a mejores mentes que la mía se le ocurrirían diez usos distintos para él.

—¿De veras lo crees? —preguntó Alash—. Trabajo sin parar, pero nunca sé con certeza si algo llegará a algún lado. El señor Kan dice que tendría que dejar de perder el tiempo y dedicarme a aprender un conocimiento práctico.

—¿El señor Kan? —preguntó Hope, incapaz de disipar la tensión de su tono de voz.

—¿Lo conoces?

—Sí —dijo ella con una voz oscura y densa como la brea.

—¿Es… amigo tuyo?

—No. —Después de que Hope respondiera, cayó en la cuenta de que si Alash congeniaba con Kan, todo lo que había estado intentando hacer hasta ese momento habría sido en vano. Pero había mentiras que no era capaz de pronunciar.

Alash sonrió visiblemente aliviado.

—¡Bien dicho! Cada vez que lo veo es como si tuviera la espalda llena de arañas. Siempre intenta convencerme de que me una a la administración imperial en Pico de Piedra.

—¿Y tú te niegas? —quiso saber Hope.

—Mi padre entró a trabajar allí cuando yo tenía diez años. Por sugerencia del señor Kan. —Hizo una pausa y empezó a juguetear con el artilugio que aún tenía en el brazo—. Lo enterramos el año pasado.

—Siento oír eso —dijo Hope.

Una sonrisa de amargura asomó a los labios de Alash. Toda su frivolidad de petimetre se había evaporado.

—Dicen que supone un gran honor morir al servicio del emperador. Pero yo no he conocido más que las lágrimas que mi madre y yo hemos derramado por su pérdida. Y cuando un hombre muere antes de cumplir con el periodo que ha jurado servir al emperador, contrae una deuda que debe satisfacerse con el dinero y las propiedades que ha dejado atrás. Perdimos la fortuna y las propiedades de mi padre. Si el abuelo no llega a acogernos, no sé qué habría sido de nosotros.

A Hope nunca se le había ocurrido pensar que los ricos pudieran sufrir la crueldad del emperador igual que cualquier hijo de vecino.

—No sé por qué os he contado todo esto —dijo Alash en

voz baja—. Es que tengo tan pocos… amigos. Y parecéis buena gente.

Hope no pudo evitar simpatizar con él. Era un mendigo en el hogar de la abundancia que vivía con el temor del día en que su abuelo se cansara de tenerlo cerca. Parecía una vida solitaria, estar ahí encerrado con la única compañía de todas aquellas máquinas. La hizo sentirse peor por estar mintiéndole. Experimentó el fuerte impulso de contárselo todo. Después de todo, quizá no estaba hecha para mentir.

Pero entonces fue Red quien puso una mano en el hombro de Alash y dijo con su voz normal, sin afectación:

—Te he juzgado mal, mi pillo. Esa es una historia terriblemente triste.

Alash lo miró sorprendido. Abrió la boca para decir algo, pero entonces se oyó una voz de mujer mayor proveniente de una habitación cercana.

—Alash Havolon, ¿qué está haciendo esa montaña de basura en mi césped?

Alash arrugó la nariz.

—¡Ya voy, madre! —Se volvió hacia ellos—. A ver, en realidad, ¿quiénes sois vosotros dos?

—¿Por qué no vamos a ver a tu madre? —le propuso Red—. Apuesto a que ella te lo aclara.

26

Cuando Red vio a su tía, se quedó sin habla. Se parecía mucho a su madre. Mayor, por supuesto. Pulcra y fina con su elegante vestido de niña bonita comparada con los atuendos de su madre y los guardapolvos con manchas de pintura. Y en lugar de la sonrisa traviesa de su madre, ella tenía una expresión seria. Sin embargo, había un millar de pequeños detalles, de gestos, en los que era exactamente igual.

Alash los había conducido a un salón con cómodos sofás y mesas hechas de oro y cristal esmerilado. Su tía Minara estaba sentada en un sillón, mirando con desaprobación a través de la ventana mientras sorbía el té. Se acordó de que, siendo muy joven, ella aparecía en su casa para visitar a su madre, a pesar de que su padre se lo había prohibido. Fue ella quien se encargó de obtener la cara medicina que había servido para salvar la vida de Red.

—Esto… madre. —Alash miró nervioso a Red y a Hope—. Tengo unos invitados que me gustaría presentarte.

—¿Invitados? ¿Tú? —preguntó sin apartar la vista de la ventana—. Me gustaría que no dejaras tus artilugios abandonados de esa manera en el césped.

—Se llaman Hope y Rixidenteron.

—¿Has dicho…? —Se volvió para mirarlos. La taza de té se le cayó de las manos y acabó en la alfombra con un golpe sordo—. Esos ojos… —Se levantó lentamente sin dejar de mirarlo.

—¿Madre? —preguntó Alash—. ¿Te encuentras bien?

—No puede ser… Después de tanto tiempo.

—Hola, tía Minara —dijo Red en voz baja.

—¿«Tía»? —preguntó Alash.

Red no estaba seguro de cómo iba a reaccionar ella. Después de todo, no la había visto desde que tenía seis años. Había considerado la posibilidad de que lo rechazase sin más, por supuesto. Ignorancia real o fingida. Siempre había fantaseado con que se alegrara de verlo. Pero la única posibilidad que nunca había contemplado era el del abrazo histérico, sofocante, entre lágrimas.

—Pobre niño maldito, ¿dónde has estado, cómo has sobrevivido, cómo nos has encontrado, por qué has venido? —Todo ello salió de un tirón que Red no hubiese podido responder de haber querido hacerlo porque tenía la cara hundida en el hombro cubierto de seda. Al cabo, ella lo soltó—. Cómo has crecido.

—Ha pasado mucho tiempo —dijo él.

Le puso la mano, cuyos dedos estaban cubiertos de anillos, en la mejilla.

—Qué guapo. Como tu padre. —Miró apreciativa su ropa—. Parece que no te ha ido nada mal. —Arrugó el entrecejo—. Aunque necesitas un sastre nuevo. La caída de tu casaca es atroz.

—Esta ropa no es… mía —admitió—. La he tomado prestada.

—¿Ropa prestada? —preguntó ella como si fuese lo más asombroso que hubiese oído nunca.

—De un fulano que se llama Thoriston.

—¿Thoriston? Ay, Dios mío. —Puso los ojos en blanco—. ¿Sigue obsesionado con tu madre?

—Ha organizado una exposición sobre su obra en Bahía con Vistas, de modo que supongo que sí —dijo Red.

—Pero ¿por qué ha tenido que prestarte esa ropa? —le preguntó.

—Porque la mía no sería adecuada para un lugar como este.

Ella lo miró afligida.

—¿Te has vuelto prostituto como tu padre?

—Ah, no. —Red se las veía y deseaba para mantener la compostura. Era como si ella supiese por instinto qué preguntas le resultaban más incómodas.

—Bueno, demos gracias a Dios por eso. —Pero entonces volvió a mirarlo con preocupación—. Ay, querido, no te me habrás hecho pintor, ¿verdad? —Red no supo decir si aquella opción era mejor o peor que la prostitución a ojos de su tía.

—Red... Rixidenteron es un miembro muy respetado y valorado de su comunidad —intervino Hope.

Minara volvió los ojos grises hacia ella.

—¿Y quién es esta criatura tan solemne? ¿Tu amada?

—Hmm. No, una buena amiga. —Con su tía era un no parar, una agudeza tras otra, aunque estaba seguro de que no lo hacía a propósito.

Minara se acercó a Hope.

—Sí, entiendo por qué. Pero querida, hay un gran potencial en ti. De veras. Realzar los colores, un poco de maquillaje y un peinado más favorecedor harían maravillas para atrapar a un hombre.

—No necesito esas cosas para atrapar al hombre que busco —dijo, seria, Hope.

—Esto... Hope proviene de las Islas del Sur. No creo que allí tengan costumbre de maquillarse.

—¡Las Islas del Sur! —Alash había reaccionado con fascinación ante aquel dato. Pero Minara dio un paso atrás de inmediato. Red empezaba a comprender por qué Alash pasaba buena parte de su tiempo escondido en el taller con sus máquinas.

—No te infectará con su salvajismo —le aseguró Red, ácido.

—Es muy inteligente y dulce, te lo aseguro, madre —añadió Alash.

Red no estaba muy seguro de la supuesta dulzura, pero pensó que era mejor no discutir.

Minara no parecía completamente convencida, pero se acercó de nuevo con cautela a Hope.

—Sí, por supuesto. El pelo sin color, la piel blanca. Debí

suponerlo. —Miró a Hope con mayor detenimiento—. ¿Todas las mujeres sureñas son tan delgadas como tú? Pareces tan malnutrida como la madre de Rixidenteron. —Suspiró—. Supongo que a eso se debe que digan que los artistas os morís de hambre, ¿no? ¿Eres artista?

—No —respondió Hope, cerrando y abriendo la mano en torno al pomo de la espada, como si anhelara empuñarla.

—Sí, tengo entendido que en las Islas del Sur no tienen cultura —dijo Minara.

—Madre querida —se apresuró a intervenir Alash—. ¿Tal vez deberíamos invitar a cenar a mi primo perdido y a su amiga?

Ella se mordió el labio, preocupada.

—¿Te ha dicho tu abuelo cuándo acabaría su reunión?

—No preveía que fuera hasta tarde.

—En ese caso, supongo que estaría bien que se quedaran a cenar. Pero tendrán que marcharse después. —Se volvió hacia Red—. Lo siento, querido niño. Tu abuelo se contrariaría mucho si te encontrase aquí. Ahora, si me disculpáis, debo informar al servicio de que seremos más a cenar. —Y salió con paso elegante de la sala.

—Lo siento —se disculpó Alash al tiempo que tomaba asiento en una de las sillas—. Mi abuelo la aterra. Está convencida de que nos echará a la menor provocación.

—¿Y lo haría? —preguntó Hope.

—No lo sé —admitió Alash—. Sinceramente, hasta ahora ni siquiera sabía que tenía un primo.

—Pero eres mayor que Red —señaló la joven—. Al menos oirías mencionar su nacimiento.

—Confieso que lo único que he oído acerca de la tía Gulia es que era salvaje e imprudente —dijo Alash—. Que avergonzaba a la familia. Fue un gran alivio para el abuelo que se marchara a Cresta de Plata para convertirse en artista. Y después nunca volvimos a hablar de ella.

Red se acercó a la ventana, pues no quería mirar a ninguno de los presentes. Contempló los prados, atento a cómo se iluminaban las luciérnagas a medida que el cielo oscurecía.

—A la muerte de mi madre nos visitó un hombre. Iba vestido con un buen traje. Como este. —Se pellizcó la ropa que llevaba puesta. De pronto no le gustaba tanto—. El hombre ofreció dinero a mi padre a cambio de que firmara un documento que decía que yo no estaba emparentado con la familia Pastinas. Que yo no era hijo de lady Gulia Pastinas.

—Maldita sea, eso que dices es horrible —sentenció Alash.

—Fue la única vez que vi a mi padre enfadado —continuó Red—. No dijo una palabra. Pero contrajo la expresión y le descargó un puñetazo al tipo en la cara. El hombre se marchó con los documentos arrugados en una mano mientras con la otra intentaba detener la hemorragia de la nariz.

—¿Y tu abuelo envió a ese hombre? —preguntó Hope—. ¿Por qué haría algo así?

—Cuando murió mi madre, el anciano Pastinas quiso hacer desaparecer todos los errores para que ninguno lo acosara en el futuro. Y yo coronaba esa lista.

—La gente del norte habláis sobre todo eso de ser civilizado —dijo Hope—. Pero en mi pueblo natal, un abuelo nunca desheredaría a un nieto.

—Tu pueblo debe de ser un lugar encantador —apuntó Alash.

—Lo era.

—¿Sigues teniendo familia allí?

—No. Todos han muerto. —Su voz apenas superó el susurro.

Red no supo cómo fue capaz de mantenerse tranquila en lugar de aferrar a Alash por las solapas de la casaca y exigirle que le revelara la ubicación de Teltho Kan. Debía de estar en algún lugar de esa mansión. Probablemente con su abuelo. Red no pudo evitar admirar su autocontrol. Extendió el brazo para cogerle la mano. Ella se puso tensa un momento, pero asintió y le dio un suave apretón. Todo terminaría pronto. Después dejarían atrás esa hermosa y asfixiante morada.

Se sentaron a cenar a una mesa alargada cubierta con un inmaculado mantel blanco. Los sirvientes fueron apareciendo como salidos de la nada y trajeron un asado humeante, bandejas de frutas y verduras frescas, pan y queso. El olor de la suculenta sopa estuvo a punto de hacer que Red perdiera el sentido. Llevaban un día entero sin probar bocado, y toda una vida desde la última vez que habían comido tan bien. Hope y él atacaron los platos con ferocidad.

Al cabo de unos pocos minutos de engullir alimentos, Red reparó en el silencio proveniente del extremo opuesto de la mesa. Levantó la vista. Minara y Alash los miraban con algo no muy alejado de la repugnancia. Red le dio un codazo a Hope, que dejó de comer y se volvió hacia él.

—Creo que… Bueno, no estamos haciendo gala de nuestros mejores modales en la mesa —le susurró.

—Ah. Leí un libro sobre etiqueta de la clase alta, pero fue hace mucho tiempo —dijo Hope—. No recuerdo gran cosa. ¿Qué se supone que debería hacer?

—¿Crees que yo lo sé? —preguntó Red—. Puede que si comemos más despacio…

Hope asintió y enderezó un poco más la espalda en la silla.

—Bueno, Rixidenteron. —Minara aún parecía algo alterada, pero saltaba a la vista que hacía lo posible por superarlo—. ¿Qué estás haciendo aquí?

—¿Por qué? ¿No puedo visitar a mi familia de petimetres de la zona alta de vez en cuando? —preguntó a su vez, hablando con un tono desenfadado a pesar del desafío que había en sus palabras.

—Por supuesto, querido —se apresuró a decir ella—. Pero después de tanto tiempo, me preguntaba si tenías problemas o algo. ¿Quizá necesitas dinero?

—No quiero tu dinero —dijo fríamente.

—Señorita Hope —intervino Alash—, ¿qué te ha traído aquí desde las Islas del Sur?

—Pasé la infancia en un lugar muy remoto. He leído mucho acerca del mundo, pero eso no es lo mismo que vivirlo. Así que me enrolé en la tripulación de un barco y ahora lo exploro en persona.

—Maravilloso —dijo Alash—. Me encantaría navegar. Ver mundo.

—¿Y por qué no lo haces? —quiso saber Red.

—En realidad no es posible —respondió.

—¿Por qué no?

—Bueno... —empezó Alash, titubeando.

—¿Qué sentido tendría? —lo interrumpió Minara—. Todo lo que necesita lo tiene aquí. Su lugar es la Mansión Pastinas. Llegará el día en que será el único heredero de la finca.

—Tengo una responsabilidad con este lugar —afirmó Alash—. Y, por supuesto, con mi pobre madre viuda.

—No sé, a mí me parece que se las apaña bastante bien —opinó Red.

—Ya es un problema que pase tanto tiempo con esas malditas máquinas en lugar de participar en los eventos sociales de sus iguales —protestó Minara—. Por favor, no le llenéis la cabeza de peripecias náuticas.

—Nada más lejos de mi intención, tía. —Red la obsequió con una sonrisa triunfal.

La expresión grave de Minara se diluyó en una sonrisa.

—Te pareces tanto a tu madre... Encantador e incorregible. —Se secó la humedad sospechosa de los ojos con un pañuelo de seda—. Me... alegro de que nos hayas visitado.

—No irás a echarlos después de cenar, madre —dijo Alash.

—Pero tu abuelo... —La preocupación le arrugó las facciones.

—Ya sabes cómo es —le recordó su hijo—. Podría pasarse días enteros encerrado.

Minara se mordió el labio inferior.

—Supongo. Pero debemos alojarlos en el ala norte, así no habrá posibilidades de que se crucen.

Alash dirigió una mirada de disculpa a Hope.

—Me temo que en el ala norte no cabe un alfiler.

—Puedo dormir en el suelo, si es necesario —afirmó Hope.

—¡Ay, cielos! —se lamentó Minara—. ¿En el suelo? Puede que eso es lo que se haga en las Islas del Sur, pero nosotros no somos bárbaros. Alash se refiere a que no hay cama con dosel, y que el cuarto de baño está en el extremo del salón en lugar de en la habitación. —Se volvió hacia Red, escudriñándolo con la mirada—. Y a menos que estéis casados, doy por sentado que dormiréis en habitaciones separadas.

Red vio cómo Hope se sonrojaba y sonrió a Minara.

—Por supuesto, querida tía. No querríamos que se produjera un escándalo bajo techo Pastinas, ¿verdad?

Ella intentó contener otra sonrisa, y lo amenazó con el dedo índice en un gesto teatral.

—Discúlpame, lady Havolon —dijo Hope—. ¿Por «cuarto de baño» te refieres a que hay bañera?

—Sí, claro. Después de tanto viaje, supongo que hoy pasarás un buen rato en ella. Pediré a los sirvientes que calienten agua en cuanto terminemos de cenar.

—¿Un baño de agua caliente? —preguntó Hope.

Red tuvo la impresión de verla al borde de las lágrimas.

—Lo que está claro es que no espero que tomes un baño de agua fría, querida —le aseguró Minara.

Hope lanzó un audible suspiro.

—Un baño caliente sería maravilloso, lady Havolon.

Cuando Hope subió a disfrutar del baño, y Minara les dio las buenas noches antes de retirarse, Alash y Red se sentaron en otra sala elegantemente amueblada, algo más pequeña y con mobiliario más oscuro y tapizado de cuero. El hogar crepitaba en una pared.

—Esta es una de esas salas para hombres que tenéis los petimetres, ¿verdad? —preguntó mientras Alash le ofrecía un vaso pequeño con un líquido ambarino.

Alash sonrió un poco al sentarse en un sofá frente a él, con su propio vaso en la mano.

—Debemos de parecerte muy frívolos.

—Todos los petimetres lo sois —dijo Red—. No es culpa vuestra, sino del modo en que os han educado.

Alash contempló el fondo del vaso, agitándolo con suavidad.

—Pero llega un momento en la vida en que uno no puede permitir que la educación lo defina. Deberíamos ser capaces de escoger una cosa u otra. —Tomó un sorbo.

—¿Una reflexión extraída de esa ciencia de la filosofía de la que hablabas antes?

Red tomó un sorbo también y lo encontró más fuerte de lo que esperaba. Esbozó una sonrisa forzada mientras le ardían ojos y garganta.

—Me gustaría ir de aventuras contigo y con la señorita Hope —dijo Alash en voz baja.

—Podrías hacerlo, ya lo sabes —dijo Red—. Pero no siempre se parece a como es en los libros. Puede ser duro y doloroso y agotador. A veces solo quieres que todo acabe.

—Pero eso no te pasa a ti —dijo Alash.

—Porque, primo, la alternativa es la muerte.

Guardaron silencio, atentos ambos al fuego.

—Has dicho que no siempre es como en los libros —dijo Alash—. ¿Significa eso que a veces lo es?

Red había pretendido que Alash se sintiera mejor acerca de sentirse encorsetado en ese lugar rígido y falto de humor. Pero a veces era un hombre débil. Especialmente cuando sentía la tentación de contar una buena historia. Así que se permitió el lujo de esbozar una amplia sonrisa con ese viejo fulgor en los ojos.

—¿Te gustaría conocer la historia de cómo Hope y yo provocamos una guerra entre bandas en el centro de Nueva Laven?

Cuando Red se retiró para pasar la noche en el ala norte, descubrió que lo que Alash había tachado de «no cabe un alfiler» era el lugar más agradable que había visto. La cama tenía un armazón de hierro y un colchón grueso, un montón de sábanas y mantas, y tantas almohadas que Red se preguntó si corría peligro de asfixiarse entre ellas. Cerca de la cama había una ventana que miraba a los jardines, y un escritorio con papel y tinta. Red pensó que sería divertido escribir una nota para sus fulanos de Círculo del Paraíso: «¡Buenas, pillos! Me estoy tomando un respiro después de todo lo sucedido en el centro. ¡La Mansión Pastinas es un lugar encantador!». Pero ninguno de ellos sabía leer, por tanto, solo a él le parecería gracioso.

Llamaron a la puerta. Al abrirla vio a Hope. El pelo húmedo le caía sobre los hombros, limpia toda ella de la cabeza a los pies. Llevaba una larga túnica de seda roja incluso más elegante que el vestido de sirvienta que se había puesto ese día.

—Ese color te sienta bien —dijo él con una sonrisa.

Ella también sonrió, indulgente.

—Tu tía me la ha prestado. —Se sentó en el borde de la cama—. ¿Cuánto crees que deberíamos esperar?

—¿A que se deje ver el biomante? —preguntó Red—. Ni idea. Sé que esto no puede resultarte fácil. Honestamente, me asombra que a estas alturas conserves siquiera la cordura, después de haber tenido que mantener una conversación educada en la mesa mientras el hombre que asesinó a tus padres está bajo el mismo techo.

—No ha sido fácil —admitió ella—. Pero el baño ha ayudado.

—Nunca hubiera dicho que eras una de esas fanáticas de los baños —dijo Red.

—Había un manantial de aguas termales en el monasterio, así que nos bañábamos casi a diario. Para mí se convirtió en una actividad muy relajante, sobre todo después de lo cansada y dolorida que acababa tras las sesiones de entrenamiento. Deberías probarlo.

—¿Cómo? ¿Esta noche?

Ella se encogió de hombros.

—El agua sigue caliente. Sería una pena malgastarla.

—Me lo pensaré —aceptó él—. Pero volviendo a lo de tu biomante…

—Teltho Kan. —A Hope se le endurecieron las facciones—. ¿Asumimos que va a verse con tu abuelo?

—Diría que sí. O bien esperamos a que terminen, o vamos ya en su busca, con o sin la ayuda de mi tía y mi primo.

—Preferiría no incomodarlos ni ponerlos en peligro —dijo Hope—. Quizá sería mejor que los entretuvieras mientras yo salgo en busca de Teltho Kan por mi cuenta.

—¿Sin mi ayuda? —Red intentó mantener a un margen el tono herido, pero, a juzgar por la mirada de ella, no lo logró.

—Tú ya me has ayudado mucho. —Extendió la mano para ponerla en la suya—. Esta es mi lucha, solo mía. Intentaré que tu abuelo no resulte lastimado.

—Eso no me preocupa mucho —admitió Red—. Es que… —Le puso las manos sobre los hombros, consciente de los músculos tensos bajo el camisón de seda—. No puedes dejarme atrás.

—No planeo hacerlo.

—Ni siquiera en la muerte. ¿Entendido?

—Eso no puedo prometértelo.

—Puedes prometerme que no lo harás por tu propia mano.

—Red, yo…

—Tampoco te pido gran cosa. —Red la acercó a él, los ojos clavados en los suyos—. No te suicides.

—Pero ¿y si…?

—No vas a fracasar. Porque si esto no funciona, encontraremos otra manera de hacerlo. Seguiremos intentándolo. Tú y yo, Hope y Red. No importa lo que pase, nunca nos daremos por vencidos. Jamás.

Hope parecía a punto de decir algo, pero se le murió en la garganta. Inclinó la cabeza.

—Te lo prometo. —Entonces arrugó la nariz—. Siempre y cuando tú me prometas darte un baño. Ahora mismo.

A la mañana siguiente, Red, aliviado, se puso su ropa de costumbre. Ya no tenía sentido seguir fingiendo, y si la situación se iba al garete, siempre podría recurrir a los cuchillos arrojadizos. Descubrió que durante la noche alguien le había lavado la camisa y los calzones y los había tendido a secar junto a la cama. Al principio lo consideró un poco alarmante, pero tuvo que admitir que no tenía mucho sentido darse un baño y luego ponerse ropa sucia. El baño que había tomado la noche anterior tampoco le había sentado mal, precisamente. Era solo que parecía mucha molestia únicamente para enjabonarse y aclararse con agua caliente.

También al despertar encontró una bandeja con el desayuno junto a la cama. Comer tan temprano le parecía algo poco natural, pero no estaba muy seguro de cuándo sería su siguiente comida, así que desayunó con ganas.

Cuando bajó al salón, vio que Hope se había puesto la armadura de cuero. No la vio manchada de sangre, sino más encerada que antes. Se preguntó si Hope habría encontrado un abrillantador para cuero en alguna parte.

Minara entró en la estancia ataviada con un recargado vestido verde, seguida por Alash, que vestía un chaqué gris y corbata. Minara miró a Hope y Red.

—¿Es eso lo que soléis poneros en el… centro?

—Allí el concepto de estilo es algo diferente —señaló Red, levantándose las solapas de la casaca de cuero.

—Ah, sí. Claro. —Minara se le acercó para bajarle de nuevo las solapas y abotonarle la camisa hasta el cuello. Después se volvió hacia Hope—: ¿Ni siquiera un vestido, querida? Seguro que puedo encontrar uno que te siente bien.

—Gracias, lady Havolon —dijo Hope—. Pero esta armadura me resulta más práctica para mis propósitos, y la hizo el hombre que me educó desde pequeña, así que tiene un gran valor para mí.

Minara exhaló un suspiro.

—Confío en que habréis comido.

—Sí, gracias —respondió Hope.

—Entonces creo que ya he tentado lo bastante al destino. Deberíais marcharos antes de que mi padre os descubra.

—¿Descubra a quién? —dijo de pronto alguien en voz baja y tono nasal a espaldas de Red.

Minara se quedó petrificada unos instantes que aprovechó para componer una sonrisa.

—Vaya, ¡hola, padre! —Sin mover los labios, se limitó a susurrar de un modo que solo Red pudo oírla—: Tú cierra los ojos. Mantenlos cerrados.

Red cerró los ojos y se dio la vuelta para encararse a la voz.

—A este pobre joven ciego que Alash ha encontrado vagabundeando fuera —dijo Minara—. ¿Verdad, querido?

—¡En efecto! —exclamó Alash—. Lo siento, abuelo. Sin querer lastimé a su cuidadora con una de mis ingeniosas máquinas, ya sabes. Me sentí tan mal que los he traído.

—Sí, y sé cómo odias estar en presencia de quienes padecen alguna aflicción —dijo Minara—. Pensé que te alteraría y le estaba diciendo a Alash que se despidiera de ellos para evitar que pudieras verlos.

—Comprendo. Muy considerado por tu parte —asintió el abuelo Pastinas.

Hablaba como midiendo las palabras, tanto que Red no pudo interpretar nada en su tono de voz. Si pudiera ver la expresión del carcamal, otro gallo cantaría. Hasta ese momento no se había dado cuenta de cuánto dependía de las pistas visuales para calibrar a la gente.

—Toda hija tiene el deber de pensar en su padre —manifestó Minara—. Bueno, Alash, ¿por qué no te lle…?

—¿Y quién es esta… arrebatadora joven vestida de negro que lo acompaña? —preguntó Pastinas—. A juzgar por el color de su piel, diría que procede de las Islas del Sur.

—¡Ah, sí, abuelo! Es la guía y protectora de este joven. ¿Sabías que supuestamente las damas del sur llevan espada? ¿Y que no tienen por costumbre ponerse vestidos?

—Ya veo —asintió Pastinas—. Eso explicaría por qué la joven lleva una espada en mi casa.

—Por supuesto, padre —admitió Minara—. No quisimos ofenderla.

—De nuevo la consideración se adueña de tus actos —señaló Pastinas—. Sin embargo, lo que aún no se ha explicado es por qué creéis que no reconocería al hijo bastardo de mi propia hija solo por el hecho de no verle esos ojos rojos que lo delatan allá donde va.

Red abrió inmediatamente los párpados y vio a su abuelo por primera vez. Era un vejestorio arrugado, de ojos acuosos y sonrisa burlona en los labios delgados. Llevaba el pelo blanco erizado en lugares insospechados, y las manos le temblaban un poco. Red seguía a la espera de la parte siniestra.

—Este hijo de puta no es bienvenido en mi casa, ni en mi propiedad, ¡ni siquiera a cien kilómetros de mi persona! —bramó el anciano, el rostro convertido en la máscara de la altivez—. He permitido su existencia siempre y cuando no me importunase. ¡Parece ser que he sido demasiado permisivo!

—¡Padre, no! ¡Por favor! —le rogó Minara mientras tiraba hacia sí de Red—. Solo es un muchacho.

—¡No le hagas daño! —le rogó también Alash.

—¡Silencio! —gritó Pastinas—. Yo decidiré su destino, puesto que osa venir a este lugar y reivindicar su pertenencia a esta familia. El castigo…

—Lo siento, ¿podríamos volver atrás un momento? —lo interrumpió Red, liberándose de los brazos de su tía—. No he entendido eso de que vas a decidir mi destino.

—Como cabeza de…

—No, no, era una pregunta retórica —volvió a interrumpirlo Red—. Solo hay un fulano en el mundo que decida mi destino, y ese soy yo. ¿Entendido? Es más, no pretendo reivindicar nada relacionado con esta familia. Lo único útil que he presenciado aquí es a mi primo que, sin embargo, parece no recibir a cambio más que bromas e insultos por sus cualidades. He llegado hasta aquí sin tu dinero, y no creo que vaya a necesitarlo ahora.

El anciano se lo quedó mirando con tal conmoción que Red sospechó que nadie en la vida le había hablado de ese modo. Puede que fuese baladí, pero eso hizo que se sintiese estupendamente.

—Entonces, ¿a qué has venido? —preguntó Pastinas, con los dientes apretados.

Red vio que Hope apoyaba la mano en el pomo de la espada. ¿Acaso creía posible que la situación llegase a ese punto? ¿Quizá esperaba que ese anciano pudiera agredirlos? No era más que un carcamal. Pero entonces reparó en que la mirada de la joven estaba más pendiente del corredor situado tras el anciano, y que el puño de la espada experimentaba un leve temblor.

—¡Déjalo, Pastinas! —protestó desde el fondo del corredor una voz que crepitaba como el fuego—. ¡Nos quedamos sin tiempo! Cómo se te ocurre ponerte a discutir ahora con tu fa…

Entró en la estancia un hombre vestido con una túnica blanca con ribete dorado. Llevaba puesta la capucha, pero Red logró distinguir una quemadura en su rostro. Cuando entró en la estancia tenía volcada la atención en Pastinas, pero cuando paseó la mirada por el resto de la sala se quedó congelado.

Red oyó el sonsonete del acero cuando Hope desnudó la espada.

Teltho Kan aferró a Pastinas por el brazo para usarlo como escudo. Levantó la mano libre a la altura del rostro arrugado del anciano.

—Basta con tocarlo una vez, niña. —Los ojos del biomante no perdían detalle de Hope—. Sabrás que es lo único que necesito para causarle a este hombre una muerte larga y dolorosa.

—Para responder a tu pregunta, abuelo —dijo Red en tono hosco—, él es la causa de que estemos aquí.

—Suéltalo, Kan. —Tembló la espada de Hope, la punta señalaba al biomante como si quisiera saltar de su mano. La magia de sangre anhelaba su objetivo.

—¡Señor Kan, exijo saber qué significa todo esto! —gritó con voz chillona el anciano.

Pero Teltho Kan lo ignoró, atento únicamente a Hope.

—Si bien di por sentado que me seguirías, no pensé que me encontrarías tan pronto. He vuelto a subestimarte. Pero te aseguro que será la última vez que lo haga.

—Porque no disfrutarás de otra oportunidad —dijo Hope cerrando distancias, con el acero resplandeciendo a la luz del sol que entraba por la ventana—. No vas a poder mantenerlo aferrado y huir al mismo tiempo.

—Cierto —admitió el biomante—. Pero tengo otra cosa en mente. Algo que he preparado expresamente para ti.

Lanzó un silbido agudo que fue respondido por un peculiar rugido metálico procedente del exterior de la mansión. Hope entornó los ojos con suspicacia.

Teltho Kan sonrió.

—Un viejo amigo tuyo, creo.

Red lo vio un segundo antes de que golpeara. Una sombra gigantesca al otro lado de la ventana. Tuvo el tiempo suficiente para empujar a su tía al suelo antes de que el cristal explotara en una tormenta de esquirlas. La sombra atravesó la ventana y cayó en el sofá, que quedó despedazado. Se puso en pie y Red vio que se trataba de Ranking, el fulano traidor que había vendido a Hope y a su capitán. Al menos hubo un tiempo en que fue Ranking. La última vez que Red lo vio, Ranking se lamentaba en el suelo de La Rata Ahogada, aferrando el muñón donde antes hubo una mano. Pero ahora, en lugar de muñón llevaba una gruesa pinza marrón similar a la de un escorpión. También era más grande. Su piel estaba como hecha de retales, en algunos puntos le colgaba, en otros estaba rasgada. Tenía los ojos de un negro reluciente, y bajo el largo bigote la boca no era más que un agujero desigual del que partían unas mandíbulas peludas.

Minara lanzó un grito.

—¡Cómo te atreves a traer semejante criatura a mi casa! —le gritó Pastinas a Teltho Kan.

El biomante se rio y arrojó al anciano al suelo.

—¡Hasta la próxima, niña! —le dijo a Hope—. Espero que disfrutes de tu nuevo compañero de juegos.

—¡No! —aulló Hope. Antes de que pudiera correr tras él, la criatura se abalanzó sobre la joven, que tuvo tiempo suficiente para devolver la espada a la vaina antes de bloquear la agresión. La garra se hundió en la madera de la vaina, a unos centímetros de su rostro.

—¡Desenvaina la espada! —gritó Red.

—¡No pienso perderle la pista! —replicó Hope mientras bregaba con la criatura.

—No escapará. —Red ayudó a su tía a levantarse y la confió a Alash—. Pon a salvo a tu madre.

Alash asintió, muy pálido, mientras agarraba la mano de Minara.

Red echó a correr por el corredor, superando de un salto al caído Pastinas.

—¡No, Red! ¡Te matará! —gritó Hope.

Pero Red ya había salido de la sala. Vio un destello blanco desaparecer por una esquina del pasillo y corrió tras él. Mientras corría, cayó en la cuenta de que perseguía a un biomante. Al doblar el corredor, pensó: «¿Me patina la cabeza o qué?».

El biomante lo estaba esperando, la capucha le ocultaba el rostro, la túnica blanca relucía en el corredor tenuemente iluminado. Red frenó en seco la carrera.

—Este es tu fin, estúpido —dijo Teltho Kan al tiempo que extendía la mano hacia Red.

Pero justo antes de que sus dedos le tocaran la frente, se quedó inmóvil.

—¿Es posible? ¿Un superviviente? —Poco a poco retiró la mano. Luego sonrió de un modo que a Red no le gustó lo más mínimo.

—Volveremos a encontrarnos, muchacho. Por ahora, duerme.

Sopló a la cara de Red unos polvos y todo se hizo negrura.

27

Por primera vez en su vida, Hope contempló el rostro de alguien a quien odiaba y sintió lástima. Ranking había sido muchas cosas, la mayoría de ellas malas. Pero ni siquiera él merecía que lo convirtieran en un monstruo sin mente. Extendió las mandíbulas supurantes hacia ella y lanzó el peso de su cuerpo deforme contra la joven. Sus ojos negros, vidriosos, parecían totalmente privados de humanidad, incluso de pensamiento. Lo más amable que podía hacer por él era atravesarle la cabeza con la espada. Pero se negaba a arriesgar el único método seguro de rastrear a Teltho Kan.

Mientras ella utilizaba la espada envainada para contener la garra, la criatura la empujaba contra la pared. Descargó un golpe en la entrepierna de Ranking, pero no tuvo la impresión de que hubiese nada allí, y él no reaccionó. Le dio un golpe en el estómago desnudo, pero lo notó muy duro y la piel se rasgó, revelando la armadura quitinosa propia de un insecto.

Liberó la espada envainada de su garra y hundió la punta de madera en uno de sus ojos. El globo ocular se hundió con un suave crujido y expulsó un fluido oscuro. Abrió y cerró las mandíbulas con furia y lanzó otro golpe con la garra. Ella lo bloqueó de nuevo con la vaina de la espada, pensando en que cada instante que perdía con esa criatura Teltho Kan se le escapaba un poco más. Y Red…

Nunca había hecho algo tan osado en Círculo del Paraíso. Sospechaba que lo que lo hacía actuar así era verse en ese lugar. Debía saber más allá de toda duda que no podía con alguien como Teltho Kan. Hope necesitaba acabar con esa criatura para salvarlo. Pero si desenvainaba la espada para matarla, ¿sería luego capaz de dar con el paradero del biomante?

La criatura soltó otro rugido metálico y lanzó el cuerpo con mayor denuedo. Hope notaba el cansancio en los brazos, mientras que Ranking parecía cobrar mayor fuerza cuanto más se prolongaba el combate. Hope buscó con la mirada otra arma, pero no vio nada en el salón capaz de perforarle la piel.

El peso del monstruo fue doblegándola hasta el suelo, momento en que la criatura se lanzó por completo, sin reservas, con tal de aplastarla. Los brazos de ella flaquearon debido a la presión, y empezó a pensar que quizá debía desenvainar la espada aunque solo fuera para salvar su propia vida.

Entonces se produjo un fuerte rechinar y una varilla de acero asomó por la frente de la criatura. Alash se hallaba tras ella, la mano extendida ante la nuca de lo que en tiempos fuera Ranking. Alash manipuló la palanca de la muñeca y la varilla recuperó su posición original a lo largo de su antebrazo. Un único estertor sacudió a la criatura, que se desplomó mientras Hope se libraba del peso muerto.

—Tiene utilidad —señaló ella mientras se dirigía hacia la puerta.

—¡Espera, señorita Hope! —la llamó Alash.

Al pasar sobre el aturdido Pastinas, sintió una punzada de dolor por Alash, atrapado en aquella prisión lujosa donde nadie lo apreciaba. Deseó poder quedarse más tiempo para dar voz a un apoyo que parecía necesitar desesperadamente.

—No desfallezcas, Alash —le dijo antes de echar a correr.

Alash comprobó que su madre estuviera bien. La había dejado tumbada en un sofá de la habitación contigua. Seguía llorando y no podía hablar. Luego regresó al salón. Observó unos instantes los destrozos, asimilando lentamente lo que había pasado. Llevaba viviendo en esa casa desde la muerte de su padre.

Había estado en esa habitación casi a diario desde entonces, y nunca había cambiado un ápice. Hasta ese día. Le parecía increíble, y no debido al destrozo, sino porque en el fondo nunca llegó a pensar que pudiesen producirse cambios de ningún tipo allí. Pero eso también había pasado a la historia.

Recorrió la sala, aplastando los cristales con los botines. Su abuelo parecía estar recuperándose. Cuando Alash le tendió la mano, la rechazó con brusquedad y resopló.

—¿Cómo te atreves a mostrarme semejante falta de respeto, muchacho? Sigue siendo mi casa y mi dinero…

—¿Respeto? —lo interrumpió Alash—. Siempre te he querido porque eres mi abuelo, pero nunca te he respetado. Por favor, cuida de mi madre. Ella siempre ha sido la más leal a ti. —Superó de un salto a su abuelo y se dirigió a la puerta.

—¿Adónde demonios crees que vas?

—Ha llegado la hora de cambiar, abuelo. Me voy a ver mundo.

Hope no llegó muy lejos antes de toparse con Red, tumbado en el suelo del corredor. Le dio un vuelco el corazón cuando lo vio allí en la alfombra, inmóvil. Todo lo que temía resumido en una sola imagen. La persona más importante de su vida asesinada por un biomante.

Pero entonces vio que su pecho subía y bajaba, y supo que seguía con vida.

El biomante lo había dejado vivir. Era una inteligente táctica de distracción. De haberlo hallado muerto, Hope hubiese reanudado sin demora la persecución. Pero no podía abandonarlo allí, en aquella casa propiedad de un anciano asustado que lo odiaba.

Cargó con él a hombros. Cuando vivía en el monasterio, solía acarrear como un buey un par de cubos llenos a rebosar de agua. Red pesaba más. Se desplazó lentamente por la mansión hasta llegar a la salida y la pradera, cuya hierba seguía húmeda de rocío.

No supo cuánto tiempo había caminado dejándose guiar por la espada con Red a cuestas. El sol resplandecía en un cielo azul sin nubes y los prados parecían extenderse hasta el infinito. Apenas podía respirar y tenía el pelo empapado de sudor.

Creyó imaginar que oía a alguien gritar su nombre. Al principio hizo caso omiso, pero poco a poco el grito cobró fuerza hasta que empezó a plantearse la posibilidad de que fuese real. Entonces, Alash llegó corriendo detrás de ella, el rostro colorado debido al esfuerzo, sin aire apenas en los pulmones.

—Señorita Hope… —dijo entre bocanada y bocanada de aire—. ¿Me permitirías, si eres tan amable, acompañaros?

—¿Por qué?

—¡Quiero surcar los mares! ¡Ver mundo!

Hope pensó en decirle que el mundo era un lugar terrible y que los mares eran mucho más mortíferos de lo que podía imaginar. Que solo un loco renunciaría a su vida de lujos.

—Podría ayudarte a cargar con mi primo un rato —sugirió el joven.

Esa era la mejor propuesta que Hope había escuchado en toda su vida. Prácticamente le arrojó a Red a los brazos.

Pero Alash protestó bajo su peso, y no tardaron en flaquearle las rodillas.

—Ay, Dios, ¡qué pesado es! No te… —Parecía tan dolorido como avergonzado—. Me temo que no soy tan fuerte como tú, señorita Hope. Nunca se me han dado bien las proezas de naturaleza física.

Hope suspiró.

—Probemos a compartir el peso. —Pasó un brazo de Red por encima de sus hombros.

Alash hizo lo propio con el otro brazo.

—Sí, mucho mejor, gracias.

—Vamos —gruñó Hope—. No podemos permitir que Teltho Kan se nos escape.

Alash miró preocupado a la cabeza de Red, situada entre ambos.

—¿Se recuperará?

—¿Después del rato que llevo cargando con él? Más le vale.

Anduvieron en silencio, interrumpido a veces por la respiración jadeante. Al cabo de un rato, Hope preguntó:

—¿Sabes qué hay en esa dirección?

—Algunas casas parecidas a la de mi abuelo.

—¿Nada más?

—Bueno, después imagino que viene la Ensenada Radiante.

—Un puerto. —La adrenalina arrasó por completo al cansancio.

—Sí, el segundo más importante de Nueva Laven.

—En tal caso, debemos darnos prisa. —Apretó el paso.

Alash lanzó un gruñido y ambos se apresuraron.

Teltho Kan había desaparecido. Hope lo supo antes incluso de alcanzar el puerto. *Canto de pesares* dio una sacudida extraña, y luego, lentamente, perdió insistencia, como si su objetivo se alejara rápidamente. Pero Hope se negó a reconocerlo. Tanto ella como Alash forzaron el paso hasta que llegaron al extenso puerto de Salto Hueco justo antes de mediodía.

Los buques mercantes atestaban los muelles. Los marineros trabajaban, cargando y descargando cajas. Hope recordó el trabajo que Drem le había propuesto a Carmichael, y se preguntó si habría drogas en alguna de esas cajas. Quizá el comercio de drogas había cesado después de la muerte de Drem, aunque lo más probable era que algún otro se hubiese hecho cargo del negocio.

Levantó la espada, que señaló sin titubeos hacia el puerto y el mar abierto que se extendía más allá. El cansancio se abatió sobre ella como un manto pesado.

—Hagamos un alto un momento.

Encontraron una pila de cajas y tendieron a Red sobre ellas. Alash se desplomó en el muelle, con la respiración trabajosa y bañado en sudor. Hope intentó espabilar a Red, pero este apenas se movió.

—¿Tienes un barco que podamos usar? —le preguntó a Alash.

El joven negó con la cabeza, intentando aún recuperar el aliento.

—¿Dinero para pagarnos el pasaje?

Negó de nuevo.

Ella contempló los barcos, apretando los dientes debido a una frustración que se convertía poco a poco en rabia.

Entonces lo vio. A tres embarcaderos de distancia. Era el *Gambito de dama*.

—¡Levántate! —le gritó a Alash.

Él lo único que levantó fue una mirada no muy distinta de la que hubiera puesto en caso de ver algo aterrador.

—Pero señorita Hope…

—¡Ahora! —Tomó un brazo de Red para cargarlo de nuevo a hombros.

—Sí, señorita Hope —asintió Alash, obediente, y se encargó del otro brazo.

Alash parecía incapaz de tenerse en pie, pero Hope los condujo con paso torpe y vacilante hasta el embarcadero donde estaba amarrado el *Gambito de dama*. Sadie se encontraba en la proa, a la luz del sol matutino mientras oteaba el horizonte. Al verla, Hope sintió en el pecho una calidez que fue inundándola paulatinamente y la llevó al borde de las lágrimas.

—¡Ah del barco! —saludó con voz temblorosa—. ¡Capitana Sadie! ¡Permiso para subir a bordo!

Sadie no se volvió para mirarlos, sino que inclinó la cabeza a un lado y esbozó una sonrisa desdentada.

—¿Capitana? Nada de eso. Buscas a alguien mucho más joven y con la piel más clara que la mía. —Se volvió entonces y compuso una expresión de burlona sorpresa—. Vaya, ¡pero sí aquí está mi capitana Bleak Hope!

—No creo que yo deba ser la…

—¿Es mi Red a quien lleváis a cuestas? —preguntó Sadie.

—Se pondrá bien —dijo Hope—. Pero pesa.

—Vamos, subid, pues. —Tendió la pasarela y bizqueó cuando subieron a bordo—. ¿Y quién es el mozo que os acompaña? Me parece vagamente familiar.

—Es el primo de Red.

—Es un placer conocerla, señora —dijo un sonriente Alash.

—Es un petimetre de tomo y lomo, ¿no? —Sadie le dio unas palmaditas en la mejilla cubierta de sudor—. No te preocupes, fulano, que para los que comparten sangre con Red aquí todo son sonrisas.

—¿Cómo supiste dónde encontrarnos? —preguntó Hope.

—Yammy me informó. A veces tiene una visión, aunque es algo imprecisa. Se limitó a decirme que viniésemos, que vosotros ya llegaríais. Llevamos aquí casi dos días.

—Red dice que en realidad no sabe adivinar el futuro.

—Red dice muchas cosas, ¿no te parece? Algunas son incluso verdad —dijo Sadie—. Bueno, doy por sentado que tenéis prisa.

—Perseguimos a un biomante.

—Será mejor que acomodes a Red en la cabina. Yo levantaré al resto de la tripulación.

—¿Tripulación? —preguntó Hope.

Sadie esbozó una sonrisa torcida.

—Ay, sí, niña. ¿No creerás que yo sola puedo gobernar esta nave? Es una dotación mínima, eso te lo concedo. Pero siempre he preferido un grupo de fulanos de confianza a un ejército compuesto por tontos del culo.

Hope tuvo la sensación de vivir un sueño mientras, con la ayuda de Alash, llevaban el cuerpo inconsciente de Red hasta la cabina. Verse de vuelta a bordo de ese barco fue mucho más reconfortante de lo que había esperado. Mientras recorrían la cubierta, reparó en diversas mejoras. Estaba limpio, todas las grietas embreadas, y habían pulido el hierro herrumbroso hasta hacerlo brillar. En la rueda del timón vio a un hombre que supuso sería el responsable de la mayoría de la labor.

—¡Finn *el Perdido*!

El anciano clavó en ella su único ojo y sonrió con algunos dientes más que Sadie.

—¡Saludos, capitana Hope! Me estaba asegurando de que la rueda del timón no te dé problemas.

—¿A mí?

—Por supuesto. Tenemos una tripulación muy escasa para desaprovechar a un posible timonel.

—No estoy muy segura de que yo sea la mejor opción para capitán.

Finn *el Perdido* levantó las manos grandes, cubiertas de cicatrices.

—Yo solo sigo órdenes del primer oficial, capitana. Tendrás que hablarlo con Sadie.

—¿Crees que antes podríamos encontrar un lugar donde tumbar a Rixidenteron? —preguntó Alash en tono lastimero.

—Claro. —Hope echó a andar de nuevo hacia la cabina—. Pero deberías llamarlo Red.

—¿No lo conocen por su nombre real?

—No.

—¿Por qué no?

Al principio, Hope no respondió. Entonces reparó en un rostro familiar que emergió de las cabinas y le sonrió.

—Porque así son las cosas en el Círculo.

Ortigas se les acercó con una amplia sonrisa.

—Eh, rajita con cara de ángel. ¿Se puede saber qué ha hecho esta vez?

—Perseguir a un biomante.

—¿Se recuperará?

—Creo que solo está inconsciente.

—Entonces deja que os eche una mano para cargar a este cabeza de chorlito.

Los tres llevaron a Red el resto del trecho que los separaba de la cabina.

—¿Cómo estás? —le preguntó Hope—. Siento que tuviéramos que despedirnos así.

—Nos las apañamos bien. Después de que ahuyentaras al biomante, los soldados echaron a correr. Nos preparamos para otro asalto, pero no hubo tal. Supongo que las cosas habrán vuelto a la normalidad. O casi. —Miró a Alash—. ¿Y quién es este?

—El primo de Red —dijo Hope.

—Alash Havolon —se presentó él, sonriendo con mayor generosidad después de que lo hubiesen aliviado de parte de la carga—. Señori…

—Llámame Ortigas. Ni señorita ni señora ni nada. Solo Ortigas. ¿Entendido?

—Sí, sí. Supongo que debo de parecerte muy formal.

—No, no pasa nada. —Ortigas se volvió hacia Hope—. No está mal para ser un ganso, ¿no te parece?

—Cree que eres guapo —le dijo Hope a Alash.

—Ah, vaya, gracias. Tú también, señori… Bueno… Quiero decir… Ortigas.

—Pero que eso no te dé ideas —dijo Ortigas—. O te meteré esa polla de petimetre que tienes por el culo.

Alash se la quedó mirando con los ojos muy abiertos.

—Ya te acostumbrarás —le dijo Hope.

Llevaron con cuidado a Red hasta la cubierta inferior.

—¿Qué ha pasado? —Filler se les acercó cojeando, apoyado en una recia muleta.

—¿Cómo tienes la rodilla? —le preguntó Hope.

Filler se encogió de hombros.

—Más o menos igual.

—Le habría convenido dejar pasar esta aventura, pero no hubo manera de metérselo en la mollera —explicó Ortigas.

—Necesitáis gente para tripular el barco. —Filler se mostró incómodo—. La pierna no me funciona, pero puedo halar un cabo sin problemas. ¿Qué le ha pasado a Red? ¿Se recuperará?

—Eso creo —dijo Hope—. No he visto lo que le ha hecho Teltho Kan. Parece que solo lo ha puesto a dormir para retrasarme y poder huir.

—Lo cual le ha funcionado —señaló Ortigas.

—Por ahora. Pero tengo un modo de encontrar su rastro, huya adonde huya.

—Así que Red se despertará y estará como nuevo, ¿verdad? —preguntó Filler.

—Probablemente. —Hope sonrió. Eso era algo que había aprendido en Nueva Laven: cómo mentir y sonreír al mismo tiempo. Pero en este caso, fue cuestión de amabilidad. No tenía sentido preocupar al pobre Filler más de lo necesario. Quizá Red se pondría bien. Aunque en la experiencia de Hope, las interacciones con los biomantes nunca eran tan simples ni tan limpias.

—Bueno, capitana, estamos listos para dar la vela —anunció Sadie.

Hope y ella se encontraban ante la rueda del timón. El sol resplandecía en el agua.

—Creo que tú serías mejor mujer capitana —dijo Hope—. Ya has ocupado antes esa posición.

—No habré pasado ni medio año en el mar. Y nunca he estado en mar abierto. Te pertenece por derecho y por puro y simple sentido común. Si quieres dar caza a ese biomante tuyo, estamos contigo. Pero eres tú quien debe asumir el mando.

—Nunca he ejercido de líder.

—El nuestro no es un grupo numeroso. Y podrías sorprenderte a ti misma. Mira. —Señaló la rueda del timón con un gesto—. ¿Por qué no te haces con la rueda del timón? Puede que el tacto te inspire.

Hope asió las cabillas tal como le había visto hacer a Carmichael cientos de veces.

—Me siento idiota.

—Eso son las voces ajenas que tienes en la cabeza, diciéndote que una mujer no puede ser capitán.

—Tú lo hiciste. Red me lo contó.

—¿Y no crees que me sentí como una idiota? Así te sientes siempre que haces algo nuevo y osado. Te sientes tan falsa como una puta en una iglesia.

—¿Y cómo dejas de sentirte así?

—Al principio no es posible. Te sientes falsa, pero sigues adelante de todos modos. Sin embargo, si insistes el tiempo suficiente, dejas de sentirte falsa porque ya no lo eres. ¿Entendido? Bueno, veamos cómo das las órdenes.

—¿Ahora?

—Claro.

Hope aspiró aire con fuerza. Recordaba cómo lo había hecho Carmichael. Un sonido que procedía de lo más hondo de las entrañas con un tono a medio camino entre la seriedad y el júbilo.

—¡Vamos, mis pillos! ¡Con alma a largar amarras y dar la vela!

—¡A la orden, capitana! —respondió Finn *el Perdido*, bendito fuera.

Hope guio la nave por el puerto, y fue como si pudiera oír la voz de Carmichael superpuesta a la suya, como si sus manos la guiaran. Drem y Ranking, los dos hombres que habían causado su muerte, habían muerto. Sin embargo, lo extraño fue que no era eso lo que le daba paz, sino ese momento. Gobernar su amado barco, el viento por la aleta y el sol en lo alto. Eso era lo que más había querido él, y Hope supo que se hubiera sentido complacido. Por mucho que el código de Vinchen hablara de vengar a los muertos, se preguntó por qué nunca mencionaba honrar sus vidas.

—¡Larga todo el trapo! —voceó. El *Gambito de dama* puso proa a mar abierto.

El sol seguía reinando en solitario y el viento revolvía el cabello de Hope, que estaba sola al timón. Era última hora de la tarde y llevaba casi todo el día allí, sintiéndose cada vez más cómoda en el puesto.

—Vaya, vaya, sí que te las das de señora —dijo Ortigas al acercarse.

—¿Cómo? Eso acabas de inventártelo.

—¿No lo decís así en el sur? —Ortigas se mostró sinceramente sorprendida—. Como darte aires; actuar como si fueras alguien importante.

Hope sonrió mientras negaba con la cabeza.

—Vale. —Ortigas apoyó los codos en la regala y levantó el rostro hacia el cielo, cerrando los ojos al sol. Hope reparó en que tenía alguna veta más clara en el pelo negro y rizado, y que su piel había adquirido una tonalidad más oscura y saludable.

—El mar te sienta bien —comentó Hope.

—¿Tú crees? —Ortigas mantuvo los ojos cerrados—. No esperaba salir del Círculo. Nunca me lo había planteado. Era todo mi mundo. Pero cuando Sadie me preguntó si quería acompañarla, le dije que sí antes siquiera de pensarlo.

—¿Porque te preocupaba Red?

—En parte sí, supongo. He pasado años esperando encontrarlo muerto en la calle o desaparecido, así que es más una costumbre que otra cosa. Pero esto iba más allá. Después de todo, ya te tiene a ti para cuidarlo, y tú eres casi tan sensata como yo.

—Gracias.

—No, creo que empecé a ver las cosas distintas la noche que tú, Palla y yo nos encargamos de la gente de Drem. Fuimos grandes.

—Lo fuimos —coincidió Hope—. ¿Cómo está Palla?

—De vuelta en el Martillo, sigue bregando con Sig *el Grande* y Sharn por el control. Aunque ahora que Sig ha absorbido la parte de Billy *el Púas*, diría que es probable que sea él quien acabe teniéndolo. En fin, el caso es que después de esa noche, el Círculo empezó a parecerme… pequeño. Volví a lo mío, oficio que siempre había agradecido, ya sabes. Pero ahí estaba yo, dando de palos a algún fulano que no sabía cómo tratar a una puta, y todo parecía tan absurdo… Pensé, ¿qué sentido tiene esto? ¿Entiendes?

—Querías más —dijo Hope.

—Ajá. Más mundo. Más vida. Más yo. —Se volvió entonces hacia Hope, los ojos entornados ante la luz, sonriente—. Y en el fondo, ¡más jodido sol!

El *Gambito de dama* se adentró en una tormenta justo tras ponerse el sol. Densos nubarrones negros los sobrevolaron, surcados por relámpagos. El trueno restalló en el firmamento como el látigo de un gigante. El viento arrojaba sobre sus rostros cortinas de lluvia. Coronaban y descendían por un oleaje que doblaba en altura a la nave.

Hope había vivido tormentas peores, pero su dotación carecía de experiencia. Carmichael no debía decir gran cosa en una tormenta porque su gente sabía qué hacer. Pero Hope tuvo que dictar todos y cada uno de los pasos. Para complicar más las cosas, Filler carecía de movilidad, y Ortigas y Alash no conocían la terminología.

Así que Hope tuvo que recorrer todo el barco, cuidando de no resbalar en la cubierta empapada mientras iba de un puesto a otro, dando las órdenes con detalle imponiendo la voz al estruendo del oleaje.

Cuando la tormenta amainó por fin y las nubes púrpura se dispersaron para dejar al descubierto una luna creciente, estaba agotada.

—Bien hecho, capitana —dijo Finn *el Perdido* en un momento en que ambos estaban junto a la rueda.

—Gracias. Mejor se nos dará a medida que practiquemos.

—Así será, capitana. Pareces a punto de quedarte dormida de pie. ¿Qué te parece si te sustituyo un rato para que puedas dormir?

—Buena idea —admitió Hope—. El timón es tuyo, Finn *el Perdido*.

Finn sonrió al asumir el control de la caña.

—Te adiestró un hombre de mar.

—El capitán Carmichael fue un gran hombre —dijo Hope en voz baja—. Quizá no era perfecto, pero sí grande.

—Bueno, si eso es lo que acaban diciendo de mí, me sentiré satisfecho.

Hope esbozó una sonrisa cansada.

—Supongo que tienes razón. —Se dio la vuelta y se dirigió a la cabina de proa.

—¿No deberías dormir en la cabina del capitán? —le sugirió Finn, señalando la popa con la cabeza.

—Prefiero no estar tan lejos de los demás.

—Pues menudo desperdicio, ¿no crees?

—Duerme tú ahí.

—Yo no, capitana. No sería apropiado. Estoy seguro de que tu capitán Carmichael habría coincidido conmigo.

Hope suspiró.

—De acuerdo. Pero antes iré a ver cómo anda Red.

Cuando Hope descendió a la cubierta inferior, estaba a oscuras y en silencio. Todo el mundo seguía aún en cubierta. Se alegraba de compartir aquello con ellos. Mucho más de lo que habría esperado. Pero en ese momento agradeció el silencio y la soledad.

Se acercó a Red, que estaba tumbado y bien tapado en el coy, hasta el punto de que solo su cara asomaba de las mantas. La respiración era fuerte y regular. Parecía en paz, casi inocente.

Tal vez Hope se había preocupado más de la cuenta. Después de todo, parecía estar bien. Mejor que ella, en cierto sentido. Al menos él estaba descansando.

Como si pensar en ello hubiese servido de recordatorio a su cuerpo exhausto, la inundó una oleada de cansancio. Se retiraría a la cabina antes de caer redonda. Pero no le apetecía despedirse de Red. La noche anterior, que pasaron durmiendo en habitaciones separadas, le costó mucho relajarse. Se había acostumbrado tanto a su compañía que incluso a la hora de dormir su presencia la reconfortaba. ¡Qué cosa tan rara! Quizá podía sentarse a su lado un rato más.

Sí, eso parecía razonable. Se sentó en el coy que colgaba junto a él. Era mucho más cómodo de lo que recordaba. ¿Había colgado Finn coyes nuevos, más cómodos? No parecía probable. Pese a todo, era imposible negar lo agradable que fue tumbarse en él. Tanto que pensó que no estaría mal reclinar la cabeza. Solo un momento, claro. Después iría a su cabina, que estaba en el extremo opuesto del barco. De pronto le parecía un trecho enorme. Por el contrario, el coy era muy cómodo y tenía la ventaja añadida de estar ya debajo de ella.

Observó cómo dormía Red, el ritmo constante y relajante de su respiración. Una leve sonrisa se dibujaba en las comisuras de sus labios, y al verla se sintió inundada de una leve calidez.

—Tú y yo —susurró, acariciándole suavemente la mejilla—. Hope y Red.

En ese momento, sin testigos, demasiado cansada para seguir luchando con sus sentimientos, se permitió disfrutar de la visión de ese muchacho, no, de ese hombre, que la había seguido tan lejos y con tanta lealtad. Había demostrado su destreza, su coraje y su fidelidad, sí, pero también su generosidad y amabilidad. Lo que sentía por él era tan fuerte como lo que había sentido por Hurlo y Carmichael, pero no era su mentor ni su maestro ni su capitán. Era algo totalmente distinto. No podía decir exactamente qué. Lo único que sabía era que cuando lo miraba, sentía algo que nunca había esperado volver a experimentar. Se sentía en casa.

28

*H*abía llegado la hora de Brigga Lin. Esa noche darían fruto sus dos años de entrenamiento, estudios y sacrificios.

Aguardaba en la antecámara, esperando a que le llegase el turno de comparecer ante el consejo. Se cubrió con la gruesa túnica blanca y ocultó el rostro bajo la capucha. Los cambios no solo se limitaban a sus pechos y genitales. Sus facciones se habían suavizado y refinado, volviéndose más femeninas. Y tras mucho debatirlo consigo misma, había decidido dejarse el pelo largo. Se parecía mucho a la mujer en quien había querido convertirse, y debía tener cuidado de no revelar ese hecho prematuramente o habría… malentendidos.

Pero no estaba preocupada. Hasta el momento, su planificación había sido impecable. Tras completar la fase final de incorporar sus nuevas habilidades, había recibido enseguida una citación para la reunión anual del consejo de biomantes en Pico de Piedra. Era una señal obvia de que el consejo y el mundo estaban preparados para lo que ella les revelaría.

Lo que presentaba ante el consejo no era simplemente un arma, sino un medio de reforzar toda la orden de la biomancia. Cierto era que sus métodos no podían considerarse ortodoxos. Pero en cuanto vieran de lo que era capaz, estaba segura de que harían a un lado cualquier preocupación anticuada y pacata que pudiera tener. Quizá hasta la invitarían a unirse al propio consejo. Y a tan temprana edad, ¿acaso no constituiría algo así todo un logro? Sus padres lamentarían el día en que la habían desheredado. Cuando se mostró tal cual era ante ellos, su padre dijo: «Mi hijo ha muerto. No tengo hijos». Los dos habían sido incapaces de escuchar sus explicaciones cuando la vieron transformada. Por doloroso que hubiese sido aquel encuentro, Brigga Lin aprendió una lección valiosa: no podía revelarse ante el consejo hasta después de exponer las nuevas habilidades que había descubierto para la biomancia. Cuando los tuviera comiendo en la palma de la mano, puede incluso que cuando se sintieran algo humillados por lo que se disponía a hacer, seguro que contemplarían su transformación con mayor ecuanimidad.

Así que Brigga Lin aguardó a la tenue luz que reinaba en la antecámara, obligándose a permanecer inmóvil, a no caminar arriba y abajo ni retorcerse las manos o mostrar indicios de nerviosismo.

Entró un novicio apresurado procedente del corredor, la capucha bajada, los ojos muy abiertos, la túnica ondeando a la altura de los tobillos mientras pasaba por su lado a paso vivo.

—¡Eh, que estoy esperando a presentarme ante el consejo! —gruñó ella, poniéndole una mano en el hombro.

—Recibí órdenes de Teltho Kan de traer noticias urgentes. —Los ojos del novicio estaban clavados en la recia puerta de madera.

—Kan no es miembro del consejo. —Brigga Lin hizo un esfuerzo para disimular la voz, que mantuvo grave, ya que también había adoptado un tono femenino.

—Órdenes son órdenes —replicó el novicio.

Y entonces sus ojos se clavaron en Brigga Lin. Ella lo dejó ir. Era demasiado pronto para que nadie la mirase de cerca.

—De acuerdo. Pero date prisa.

Vio al novicio abrir la puerta y entrar en la sala. Fuera cual fuese el mensaje de Teltho Kan, confiaba en que no eclipsaría su propio descubrimiento.

—Brigga Lin —llamó con su voz seca, ronca, Ammon Set, jefe del consejo de los biomantes—. Puedes presentar tus hallazgos.

Brigga Lin sintió un inmenso alivio. El novicio solo había compartido unos minutos con ellos antes de marcharse. Esperaba que la llamasen poco después. Pero pasó horas esperando en la antecámara mientras ellos trataban las nuevas enviadas por Teltho Kan. Había sido un buen rato, y a Brigga Lin había empezado a preocuparla la posibilidad de que dieran la reunión por terminada. Tendría que aguantar una noche más ocultándose de sus compañeros biomantes. Pero ahora, al menos, podría mostrar al consejo, y a todos los demás, hasta dónde estaba dispuesta a llegar para alcanzar la grandeza.

Las gruesas puertas se abrieron para mostrar la sala del consejo. Era una estancia espaciosa, prácticamente vacía, con los suelos y paredes de arenisca, que era el material de construcción empleado en la mayor parte del palacio. En el extremo opuesto se hallaba el consejo, los doce hombres más sabios y poderosos del imperio. Estaban sentados formando una hilera, cogidos de la mano, ocultos los rostros bajo la sombra que proyectaba la capucha. Llevaban la túnica blanca bordada con hilo de oro en la capucha y los puños, señal de su elevada posición.

Brigga Lin calmó su inquietud y caminó hacia el centro de la sala. Allí se inclinó ante ellos.

—Maestros, gracias por atenderme —dijo, intentando mantener un tono de voz lo más grave posible. Se oyó a sí misma extrañamente ronca.

—¿Por qué no te retiras la capucha ante nosotros, Brigga Lin? —preguntó Chiffet Mek, cuya voz era como metal herrumbroso.

—Disculpadme, maestros. En breve sabréis la razón. Os ruego que os mostréis indulgentes unos instantes más.

—Tu voz parece cambiada, Brigga Lin —señaló Ammon Set.

—Resultado de mis experimentos, maestros. —Había esperado que permanecieran pasivos mientras presentaba sus hallazgos, en lugar de ese interrogatorio repentino. Quizá seguir con la capucha había despertado su curiosidad y ansiaban escuchar lo que iba a contarles.

—Con el tiempo nos pasa a todos —dijo Progul Bon con una voz que era como aceite helado—. Nuestra labor afecta tanto a la piel como a la voz. Si temes mostrar tu rostro debido a ello, confío en que no habrá deformación que sea consecuencia de tu trabajo capaz de horrorizarnos.

—Gracias, maestros. He venido a deciros que he encontrado la solución a nuestros problemas. No se trata simplemente de un arma nueva, sino de un medio de hacer más poderosos a los propios biomantes.

Los miembros del consejo no reaccionaron de inmediato, pero Brigga Lin no esperaba que lo hicieran. Mientras siguieran cogidos de la mano, sus respectivos pensamientos eran compartidos por sus compañeros.

Tras una pausa, Ammon Set dijo:

—¿De veras? Por favor, continúa.

—Recordaréis, maestros, que hace dos años me disteis permiso para explorar las ruinas del templo de Morack Tor.

—Pediste una escolta de soldados —recordó Chiffet Mek.

—Sí, y vosotros, sabiamente, decidisteis negármela —se apresuró a decir Brigga Lin—. Ahora veo cuán insensata fue mi petición. Los soldados solo hubiesen sido un obstáculo para mi búsqueda.

—De modo que has encontrado algo —afirmó más que preguntar Progul Bon.

—Por supuesto, maestros. Oculto en un lugar secreto había un antiguo ejemplar de *Praxis de la Biomancia*. Idéntica a nuestra edición en todos los sentidos, pero había un último capítulo que nunca hemos visto. Un capítulo que instruye al biomante sobre cómo desatar más poder del que hemos conocido. Y con este nuevo poder, ¡ni siquiera el que posee Aukbontar será capaz de oponerse a nosotros!

Brigga Lin no había querido levantar la voz. Cuando dejó de hablar, el silencio que siguió fue más patente. Comentaban entre ellos telepáticamente su asombrosa revelación. Permaneció de pie, esperando con paciencia, dispuesta a concederles el tiempo que necesitaran. Después de todo, la revelación de una rama perdida de la biomancia constituía una noticia trascendental. Que Teltho Kan intentara superar algo así.

—Acércate al consejo, Brigga Lin —ordenó Ammon Set.

Brigga Lin no podía creer lo que oía. El corazón le latió con fuerza al acercarse para situarse directamente frente al jefe del consejo de los biomantes. Había pensado que al menos tendría que dar pruebas de sus nuevas habilidades antes de que la invitasen a incorporarse al consejo.

Ammon Set extendió su mano derecha.

—Dame tu mano, Brigga Lin.

Se le permitía sumarse a la conversación telepática. Era incluso más de lo que había esperado conseguir. En unos instantes, sus pensamientos se sumarían a los de aquellos grandes próceres del imperio.

Aspiró aire lentamente, concentrada en evitar que le temblase la mano que puso en la seca y arrugada palma de Ammon Set.

—Incluso tus manos se han vuelto finas y suaves —comentó Chiffet Mek, cuya voz ronca de pronto adquirió una nota de desagrado.

—¿Maestros? —Entonces, el cuerpo de Brigga Lin se quedó como petrificado. Podía respirar y pestañear, pero nada más.

—Conocíamos la existencia de este capítulo final de la *Praxis* —dijo Ammon Set—. Porque fue Burness Vee quien sabiamente lo separó del libro. Sabemos el poder del que es capaz una mujer biomante. Pero no hay poder que merezca degradar la orden por la vileza de permitir que las mujeres formen parte de ella. Ha habido otros que han descubierto este conocimiento, pero ninguno ha llegado al nivel de depravación de hacer lo que tú has hecho.

Extendió la mano para retirar la capucha de Brigga Lin y dejar su cara al descubierto. Las facciones habían adquirido mayor finura, la piel era lisa y suave. Se le habían llenado los labios, más expresivos ahora. Su pelo largo y negro era espeso y brillante y le caía sobre los hombros.

—Execrable —profirió Chiffet Mek.

—Déjanos ver hasta dónde has llegado —dijo Progul Bon.

Ammon Set levantó un dedo y tocó el cuello de la túnica. Lentamente trazó una línea que descendió por la solapa y el pecho izquierdos hasta el muslo. A medida que deslizaba el dedo por su cuerpo, cortaba tejido y carne, de modo que la túnica blanca se abrió para revelar una línea roja de piel desnuda cubierta de sangre. Luego hizo lo propio por la parte derecha, así que al final la túnica se convirtió en un andrajo que dejó al descubierto su carne desnuda y ensangrentada. Brigga Lin jadeaba, ya que ni siquiera podía gritar.

—Has hecho un trabajo concienzudo. —Progul Bon se retiró la capucha y reveló una cara que parecía estar fundida, como la cera, mientras la miraba con ojos vidriosos—. Un cambio de sexo completo de la cabeza a los pies. Es impresionante.

—Es una abominación. —Chiffet Mek se retiró también la capucha y dejó al descubierto un rostro recorrido por hilo y restos de metal. Escupió al pecho desnudo de Brigga Lin. La saliva se mezcló con la sangre al resbalar por su abdomen.

—Es una herejía —declaró Ammon Set—. Debe convertirse en ejemplo para que nadie sea tan insensato como para repetir estas despreciables acciones. Llevad a esta… criatura al calabozo a la espera de que se dicte sentencia.

Brigga Lin no sabía cuánto tiempo llevaba en el calabozo. La habían arrojado al interior de una celda sin iluminación que era lo bastante grande para que pudiera permanecer sentada pero no tumbada. La sangre seca le pegó a la piel los restos de la túnica blanca. Cada vez que se movía, el tejido le abría las heridas.

Ignoraba por qué no la habían ejecutado aún. La Araña de Hierro parecía la candidata más probable. O el Asiento de Montaña. Quizá querían inventar un método de ejecución nuevo, solo para ella. Había visto algo así en una ocasión. Speld Mok, un compañero de clase suyo durante el noviciado, había mentido sobre su linaje con tal de ser aceptado en la orden. Cuando el consejo se enteró, le cortaron las piernas a la altura de la rodilla para ilustrar cuán baja era su cuna con respecto a la del resto. Luego lo obligaron a caminar por las sendas rocosas de los jardines de palacio sobre los muñones hasta que murió desangrado. Habían llamado a esa nueva modalidad de ejecución Viaje de Mok. Brigga Lin se preguntó si pondrían su nombre a la nueva ejecución.

Pero hasta el momento parecían contentarse dejándola pudrirse en un agujero oscuro en las mazmorras de palacio. Quizá la matarían de hambre. Casi parecía un regalo. Comparada con las técnicas de ejecución habituales de los biomantes, la inanición se antojaba una muerte dulce. Pero Brigga Lin no había oído absolutamente nada desde que la habían encerrado. Ni siquiera a otros prisioneros. Tal vez esa era la intención. Después de todo, sabían de lo que era capaz. Con lo segura que estaba de que iba a convencerlos... Menuda insensatez.

No, eran ellos los insensatos. Viejos insensatos y cobardes a quienes les había llegado la hora. Haría que pagaran por lo que le habían hecho. De algún modo, escaparía y cobraría mayor fuerza. Después regresaría para vengarse del consejo. De toda la orden.

Se repitió muchas veces esa promesa. No sabría decir cuántas exactamente. Ni el tiempo que llevaba encerrada. Más de unas pocas horas, eso seguro. Pero ¿y unos días? No tenía la menor idea. Era incapaz de tumbarse, pero se quedaba amodorrada de vez en cuando. ¿Cuánto rato? No tenía forma de saberlo. La luz del día no llegaba a su celda. Nadie acudió a llevarle comida. No había luz ni sonido. No había cambios.

Entonces, finalmente, oyó algo. Al principio el sonido la alarmó, aunque no sabría decir por qué exactamente. Quizá cualquier sonido lo hubiese hecho. Poco a poco, comprendió que eran pasos. Dos pares de pasos.

—¿Crees que han encontrado a un superviviente? —preguntó una voz sibilante.

—Creo que ellos así lo creen —respondió una segunda voz que sonaba divertida—. Pero quién sabe si Teltho Kan estará en lo cierto.

Se acercaban.

—Bueno, no tardaremos en averiguarlo —continuó el otro—. Está previsto que Kan llegue en cualquier momento.

—¿Ya? ¿No viene de Nueva Laven?

—He oído que lo persigue alguien de la orden de Vinchen que ha jurado matar biomantes. Una mujer, nada menos.

—¿Una mujer de la orden de Vinchen?

—Eso decía el mensaje.

—Entonces tan peligrosa no será, si no es más que una mujer.

Después de hacer afirmaciones como esa, sus muertes no pesarían gran cosa en su conciencia.

Apareció una luz, dolorosa y cegadora tras la prolongada oscuridad.

—Bueno, tú. Ha llegado la hora de comer.

Lo único que pudo ver fueron las dos sombras que proyectaba la antorcha. Oyó cómo se deslizaba una rejilla en la puerta y la presión del borde de una bandeja en la pierna. Si se marchaban antes de que sus ojos se adaptaran a la luz, sería demasiado tarde. Inspiró lentamente, obligándose a permanecer en calma mientras esperaba a que se le despejara la vista.

—¿Y esta qué hace aquí? —preguntó el de la voz divertida.

—Ni idea —respondió el sibilante.

—Me pregunto por qué lleva túnica de biomante.

—Hecha trizas.

—Yo no me quejo.

Ambos rieron. Los ojos de Brigga Lin se habían adaptado ya, y vio con claridad la mirada lasciva de los dos hombres que la observaban a través de los barrotes.

—Tengo mucho frío —dijo ella, sumisa.

Los hombres cruzaron la mirada. Entonces uno de ellos le sonrió.

—Nosotros te calentaremos, niña.

Brigga Lin hizo el esfuerzo de conservar la expresión inocente, confundida, cuando oyó cómo abrían la puerta. Solo movió las manos, tejiendo y haciendo rápidos ademanes al margen de la luz que despedía la antorcha. Podía golpear en cualquier momento, pero quería saborearlo. Esperó a que la puerta quedase abierta de par en par. Ambos intentaron franquear la angosta entrada al mismo tiempo.

—Yo primero —dijo el de la voz divertida. Tomó la mano del sibilante e intentó apartarlo. Pero cuando lo hizo, fue como si se quedaran pegados.

—¡Suelta!

—¡No puedo!

Forcejearon para separar las manos, pero la carne empezó a derretirse, mezclada, fundiéndose como la cera de una vela.

—Pero ¿qué demonios? —dijo el ya no tan divertido con los ojos muy abiertos.

Brigga Lin se irguió con dificultad. El cuerpo le dolía debido a la falta de movimiento.

—Aquí solo hay un demonio —dijo mirándolos—. Y soy yo.

Los hombres siguieron fundiéndose juntos como dos velas de cera calentadas a fuego lento. Forcejearon y sacudieron las extremidades libres, lo cual no les sirvió de nada. Ambos gritaron y siguieron uniéndose, incluso después de que sus ojos y orejas se sumaran al resto. Por último, solo quedaron las dos bocas reunidas en una masa informe y supurante. Seguidamente, incluso las bocas se fundieron y el silencio volvió a imponerse en el calabozo.

Brigga Lin cogió la bandeja del suelo y comió. Después de todo, se moría de hambre. Luego rebuscó en la masa de carne hasta encontrar las llaves de metal. Pasó por encima de los cadáveres y anduvo por el corredor oscuro. Mientras caminaba, pensó en lo que habían dicho los guardias. Una mujer de la orden de Vinchen había jurado matar a los biomantes. Un plan empezó a cobrar forma en su mente.

Pero antes necesitaba una muda de ropa limpia.

29

No fue tanto un sueño como la conciencia gradual de pasar de una oscuridad totalmente impenetrable a una cegadora luz blanca. La luz se hizo tan intensa que resultaba doloroso mirarla. Entonces, justo cuando ya no pudo soportarlo más, Red abrió los ojos.

Lo primero que vio fue a Hope, dormida en un coy a su lado. Había en ella una franqueza que desaparecía estando despierta. La luz del sol entraba por el hueco de la escala y acariciaba su mejilla tersa y pecosa. Tenía levemente separados los labios, suaves como seda rosa.

También él estaba tumbado en un coy. No era consciente de ello, de modo que cuando se inclinó sobre Hope, el coy giró sobre sí mismo y Red cayó sobre la tablazón con un audible golpe seco.

Hope se incorporó.

—¿Red? ¿Estás bien?

Se levantó quejumbroso y miró a su alrededor como si no supiera muy bien dónde estaba.

Hubo otros que se incorporaron en sus respectivos coyes, y a Red lo sorprendió ver tantos rostros queridos reunidos en un mismo lugar.

—¿Tigas? ¿Filler? ¿Sadie, tú también aquí? —Arrugó el entrecejo—. Un momento. ¿No me habré muerto?

—Estás vivo —le aseguró Hope.

—Sorprendentemente —apuntó Ortigas.

—¿Qué significa eso? —preguntó Red.

—Mira que intentar atacar a un biomante tú solo —lo reconvino Sadie—. Creía haberte criado para que actuaras con la cabeza y no con los pies.

—Ah. Eso. —Los recuerdos de su enfrentamiento con Teltho Kan empezaron a salir a la superficie—. Iba a matarme.

—Pero no lo hizo —dijo Hope.

—Se detuvo justo en el último momento, cuando pudo verme bien la cara. Me llamó «superviviente» y dijo que volveríamos a vernos pronto. No recuerdo nada desde entonces.

—¿Fue al verte el color de los ojos, quizá? —quiso saber Hope.

—Podría ser —admitió Red—. Pero el rojo se debe a que mi madre era adicta a la especia de coral. ¿Por qué eso iba a importarle a un biomante?

—Yo qué sé —replicó Hope—. Se lo preguntaré antes de matarlo.

—La cuestión es que ahora te encuentras bien, ¿verdad? —preguntó Filler.

—Estupendo —respondió Red—. Pero ¿y vosotros? ¿Durmiendo en pleno día? —Miró a su alrededor—. ¿Estamos en un barco?

—Es plena noche, Red. —Hope empleó un tono cauto.

—¿Con tanta luz? Imposible.

—Compruébalo. —Hope señaló la escala del tambucho que conducía a cubierta.

—Claro. —A Red no le gustaba la expresión neutra de ella. Subió rápidamente la escala. Se sentía mejor que bien. El descanso forzado había obrado maravillas. Miró a su alrededor en cubierta. Finn *el Perdido* se había empleado a fondo en el *Gambito de dama*. Y, por supuesto, Red no se había equivocado al asegurar que era de día.

—¿Lo ves? —le dijo a Hope, que lo había seguido escala arriba—. Luce la luz del sol.

Ella, sin decir palabra, señaló el cielo.

Él inclinó la cabeza hacia atrás y tardó un poco en comprender lo que veía. Era un cielo azul claro, con estrellas que brillaban con la intensidad de la luna, y una luna que resplandecía con la fuerza del sol.

—¿Qué le pasa a este condenado cielo? —preguntó.

—No le pasa nada.

Ortigas estaba a su lado con cara de preocupación. Red señaló el cielo.

—Tigas, tú lo ves, ¿verdad?

Ella cruzó una mirada de preocupación con Hope.

—Yo lo veo normal, Red.

Sadie se había levantado y subía la escala seguida por Filler, que se ayudaba con la muleta.

—¿Qué es lo que ve? —preguntó.

—Red, ven, acércate a la luz —le pidió Hope, que mantenía un inquietante tono calmo.

Lo llevó a la rueda del timón, donde colgaba una linterna. Era tan brillante que Red tuvo que entornar los ojos. Y entonces reparó en que Finn *el Perdido* gobernaba la rueda. Y también había alguien más a su lado.

—¿Alash? ¿Qué estás haciendo tú aquí?

—¡Ver mundo, primo! —exclamó Alash—. ¡Seguir mi propio camino! ¡Hallar mi propósito!

—Veo que has hablado con Finn *el Perdido* —dijo Red.

—Red. Acércate a la linterna —le pidió Hope.

—Me voy a quedar ciego, Hope. ¿No te parece que ya estoy bastante cerca?

—Un poco más.

Obedeció a regañadientes, utilizando la mano a modo de visera.

—¿Es esto lo bastante cerca?

Todos ellos lo miraban. No mostraban expresiones muy halagüeñas.

—Tus ojos —dijo Ortigas—. Es como si tuvieras los ojos de un felino, pero de color rojo.

439

Sintió un frío intenso en el estómago.

—¿Cómo es eso posible?

—La biomancia de Teltho Kan —aventuró Hope—. Pero aquí lo que cabe preguntarse es por qué.

Era raro, por supuesto. Pero ser capaz de ver en la oscuridad tampoco parecía tan malo. Al menos hasta la mañana siguiente, cuando salió a la luz del sol.

—¡Maldición! —Reculó hasta el coy, pues bajo cubierta no había tanta luz. El brillo del sol era como un sinfín de agujas en los ojos. El resto de sus compañeros saltaron de los coyes de nuevo, después de intentar aprovechar unas pocas horas más de sueño—. ¡Hay demasiada luz! ¡La vista no se me adapta!

—Anoche me preguntaba si eso sería un problema —admitió Hope.

—¿Significa esto que ya no voy a poder salir a la luz del sol?

—Es posible que pueda improvisar algo —apuntó Alash.

Hope asintió.

—Pues ponte a trabajar de inmediato en eso. Necesito sustituir a Finn. El resto de vosotros, comed algo y a vuestros puestos.

Mientras se disponían a subir a cubierta, Red preguntó:

—¿Cómo? ¿Vais a dejarme solo aquí abajo?

—¿Te importaría? —Hope se había vuelto hacia Filler.

—Claro que no. —Filler se sentó de nuevo en el coy con la muleta en el regazo.

—Gracias, viejo amigo —dijo Red. Observó cómo el resto de ellos seguían a Hope escala arriba. Cuando se hubieron marchado, comentó—: Nuestra Hope no ha tardado en asumir el mando.

—No fue idea suya —explicó Filler, casi a la defensiva.

—No, fue mía. —Red esbozó una sonrisa torcida—. Es que no esperaba que lo asumiera con tanta naturalidad.

—No conocía bien el Círculo, pero sí sabe de navegar. Mucho más que yo, al menos.

—Sí, pero mírate, aquí estás, y no te desempeñas nada mal, teniendo en cuenta las circunstancias —dijo Red.

—Supongo.

—¿Qué te ha traído aquí, Filler? Y conste que no me quejo.

—Sin ti, Tigas y Sadie, aquel sitio ya no se parecía al Círculo —respondió con un encogimiento de hombros.

—¿Cómo estaba la cosa cuando os fuisteis?

—Igual. Nada cambia en el Círculo.

—¿Esperabas lo contrario?

—No. Pero nosotros hemos cambiado.

Era pasado mediodía cuando Alash bajó a la cabina. Llevaba un par de lentes con cristales oscuros en las manos.

—Son cristales ahumados —explicó al tiempo que se las ofrecía a Red—. Siento que no sean más bonitas. Y pesan un poco más de la cuenta porque son más gruesas de lo que yo hubiera querido. Pero no dispongo de materiales. En fin, creo que te permitirán soportar la luz del sol hasta que pueda hacerte unas mejores.

—O hasta que obliguemos a ese biomante a arreglarme la vista.

—O eso, sí.

Red se puso las lentes y se volvió hacia Filler.

—Bueno. ¿Qué tal me ves?

—Nada mal —dijo Filler—. Diría incluso que te sientan muy bien.

—Debes probarlas a la luz del sol directa —sugirió Alash—. Asegúrate de que te las haya ahumado lo suficiente. O, ya sabes, si son demasiado oscuras para que te permitan ver.

Red se dirigió con cautela hacia la escala.

—De momento, bien. —Luego llenó de aire los pulmones y subió a cubierta.

—¿Qué tal? —preguntó desde abajo Alash, alzando la voz.

Red metió de nuevo la cabeza bajo cubierta, sonriendo.

—Primo mío, puede que no le haya robado una quinta a

mi abuelo, pero eso no quita que me haya llevado lo más valioso que había en la Mansión Pastinas.

Las lentes oscuras permitieron a Red pasar el resto del día en cubierta, familiarizándose con el *Gambito de dama*. Había dedicado tiempo a colaborar en las reparaciones, pero apenas sabía nada del velamen y el aparejo.

También disfrutó viendo cómo Hope se acomodaba en su papel de capitana. Red no sabía explicarse qué motivaba el calorcillo que sentía en el cuerpo cuando la veía así. ¿Orgullo, tal vez? Ahora que había dejado de fingir que no estaba colgado de ella, todo era más fácil. No se lo demostraba, no tenía sentido hacerlo, pero de vez en cuando miraba a Sadie y ella le devolvía la mirada como si supiera lo que le pasaba por la cabeza. La misma mirada que la vieja Yammy le había dirigido. Vaya par de carcamales casamenteras estaban hechas las dos.

Por estupendas que fuesen las lentes oscuras, Red sintió alivio cuando se puso el sol y pudo quitárselas. Al principio no había entendido a qué se refería Alash con lo de hacerlas más livianas. Pero después de llevarlas puestas medio día, lo comprendió perfectamente: le dolían las orejas y el puente de la nariz.

Era de noche y se habían reunido todos alrededor de la mesa de la cocina, haciendo un poco de sobremesa con algo de ron que Finn *el Perdido* había tenido el detalle de llevar consigo.

Filler y Alash trabajaban en una especie de refuerzo de metal para la pierna del primero. Entre las habilidades mecánicas de Alash y la experiencia de Filler a la hora de trabajar los metales, progresaban rápidamente. De momento, modificaban una bisagra de la pieza que serviría de rodilla a Filler. Se bloquearía cuando caminase, pero se doblaría cuando pretendiera sentarse, para evitar tener la enorme pierna tiesa continuamente.

Al otro lado de la mesa, Sadie y Finn conversaban tranquilamente. No había margen para la confusión en sus miradas;

saltaba a la vista que ambos veían algo en el otro. Red se preguntó por qué habían tardado tanto tiempo. Pero, sobre todo y ante todo, se alegraba por ellos.

En una esquina charlaban Hope y Ortigas. Si hubo un tiempo en que se llevaron mal, nada parecía ya indicarlo. Red encontraba aquella relación tan reconfortante como inexplicablemente inquietante.

Se recostó en la silla, disfrutando de cómo el ron le corría por las venas. Miró a través de la portilla. Aún no se había acostumbrado a que el firmamento nocturno fuese tan luminoso, pero tuvo que admitir que poseía una belleza propia, casi etérea. Se le ocurrió pensar en el hecho de que ya no estaba en Nueva Laven. Ni siquiera cerca de allí. Por primera vez en su vida estaba en otro lugar. Pese a ello, no sentía morriña. Tal vez porque casi todas las personas que le importaban lo habían acompañado. Quizá eso era todo lo que uno necesitaba para sentirse en casa.

—¿Sabes qué? —Alash dejó la bisagra y siguió la mirada de Red a través de la portilla—. Estar así en el mar me trae recuerdos de todos aquellos antiguos relatos de piratas que me contaba mi padre de pequeño.

—¿Los petimetres saben de piratas? —preguntó Filler.

—¡Pues claro! Corazón de Plomo, Barbafresa. Todos.

—Olvidas a Bane *el Osado*.

—¿A quién? —preguntó Alash.

—¿No has oído hablar de Bane *el Osado*? —intervino Sadie—. Es el pirata más grande y temible de la historia.

—Me temo que no. —Alash parecía estar pendiente de si le tomaban el pelo. Probablemente no era fácil para él ser el único petimetre a bordo.

—No me sorprende —dijo Red—. Después de todo, la mayoría de piratas eran petimetres en busca de fama y emociones fuertes. Pero Bane *el Osado* fue un campeón de la gente humilde. Dicen que hundió más naves imperiales que nadie en la historia del imperio. Dicen que basta con mencionar su nombre para que los oficiales imperiales se orinen encima. Dicen que era más alto que nadie, con los brazos tan grandes y musculosos que medían lo que el torso de un hombre corriente. Bastaba con su voz para que una manada de focas asesinas emprendiese la huida. Cuentan que nunca perdió un combate naval. Que no podía morir porque el odio que sentía hacia el imperio ardía con tal fuerza en él que cerraba cualquier herida que le hiciesen.

—Allá vamos —se burló Ortigas—. Ya se está calentando para contártela.

—¡Pero es que las historias de Bane *el Osado* son irresistibles! —protestó Red—. Una de mis favoritas es cuando un buque imperial se puso de costados paralelos con su barco, el *Cazador Kraken*. Intentaron abordarlo y la situación no pintaba nada bien porque los superaban en número en una proporción de tres a uno. ¿Qué hizo entonces Bane *el Osado*? Pues arrancó el palo mayor y lo blandió como si de un garrote se tratara para aplastar a todos y cada uno de los imperiales y arrojarlos al mar. Luego devolvió el palo al lugar que le pertenecía, tomó cuanto quiso del barco imperial y se dio a la vela.

—Eso no es posible en absoluto —dijo Alash.

Red se encogió de hombros.

—Eso es lo que cuentan que pasó.

—¿Y lo de aquella vez con el cigarro? —lo instó a seguir contando Filler con los ojos muy abiertos.

—Esa es otra historia magnífica —admitió Red—. Fue una noche en que habían desembarcado en Círculo del Paraíso, su puerto favorito, por supuesto. Oyó decir que toda una flota de buques imperiales navegaba procedente de Villaclave con cañones suficientes y brea para arrasar el Círculo y no dejar ni los cimientos, si había que llegar a ese punto para acabar con Bane *el Osado*.

—¿Soldados imperiales dispuestos a acabar con todo un barrio poblado por inocentes solo para matar a un hombre? —se extrañó Alash, no muy convencido.

—Seamos justos —respondió Red—. Pocos en Círculo del Paraíso pueden considerarse inocentes. Pero no sufras porque la sangre no llegó a ese río. Bane *el Osado* se dirigió al embarcadero donde se suponía que desembarcaría la flota. Encendió uno de sus cigarros, que, por cierto, he oído decir eran largos como el brazo de un hombre; luego expulsó una nube de humo tan densa que toda la flota se perdió en ella y se vio empujada hacia mar abierto. La confusión fue tan grande que a punto estuvieron de prender fuego a Villaclave antes de reparar en que habían errado el rumbo. Para entonces, Bane ya se había marchado de Círculo del Paraíso.

—Esas historias son ridículas —dijo Alash despectivamente. Entonces, unos instantes después, preguntó sintiéndose culpable por su comentario—: Y… ¿llegaron a atraparlo?

—Los imperiales, no —respondió Red—. Por último, el propio emperador convenció al mayor guerrero de Vinchen de su generación para llevar a Bane *el Osado* ante la justicia. Un hombre llamado Hurlo *el Astuto*. —Arrugó el entrecejo y se volvió hacia Hope—. ¿Ese no fue…?

—Fue mi maestro quien finalmente capturó a Bane *el Osado* —confirmó ella.

—Vaya, entonces cuenta tú cómo terminó —sugirió Red.

—Mi relato no será tan elaborado como el tuyo.

—Siento curiosidad por saber qué pasó en realidad —dijo él con un encogimiento de hombros.

Mientras paseaba la mirada por todos ellos, Hope pareció entristecerse más y más.

—No era más que un hombre. Era brillante, apasionado, dispuesto a defender sus principios. Creía que el imperio se había corrompido. Que ya no le preocupaba la gente. Así que decidió destruirlo.

—¿A todo el imperio? —preguntó Ortigas—. Le patinaba un poco la cabeza, ¿no?

—Bane *el Osado* era más valiente de lo que podamos imaginar —continuó Hope—. Cualquiera dispuesto a desafiar a todo el mundo por sentido del honor merece el mayor de los respetos posibles. Pero tienes razón, era una labor imposible. Y no era un gigante o un ser inmortal. De hecho, se hacía mayor.

Perdía reflejos. Sabía que su tiempo tocaba a su fin. Pese a todo, no se dio por vencido. Mi maestro, que entonces no era más que un joven, lo arrinconó en las Cuevas Pintadas de la Isla del Rezo del Pordiosero. Combatieron honorablemente, y mi maestro lo venció. El emperador quería que azotaran el cadáver de Bane *el Osado* atado al mascarón de proa de su propio barco y que lo exhibieran por todo el imperio como prueba de lo que les sucede a quienes desafían la autoridad imperial. Pero mi maestro dijo que eso no era honorable y se negó.

—¿Podía hacerlo? —preguntó Alash.

—Desde los tiempos de Manay *el Fiel*, la orden de Vinchen ha jurado servir al imperio, el bien común, no al hombre que lo representa.

—Entonces, ¿qué hizo tu maestro con el cuerpo de Bane *el Osado*? —quiso saber Ortigas.

—Lo puso a bordo del *Cazador Kraken*, cubrió todo el conjunto de brea y le prendió fuego. Cuentan que podía verse la columna de humo y fuego a millas de distancia. Al final, no quedó nada del barco o del hombre, aparte de cenizas y metal quemado en el fondo del mar.

—Tenías razón —dijo Red—. Era mejor mi final.

A la mañana siguiente, cuando Red asomó a la cubierta del *Gambito de dama*, vio una isla recortada en la distancia.

—Pico de Piedra —anunció Finn *el Perdido*, que gobernaba la rueda.

Hope estaba a su lado, pero no dijo nada. Su expresión tampoco era reveladora.

Red no supo decirse qué había esperado encontrar. La gran capital del Imperio de las tormentas, su mayor isla, la más septentrional, pues nada había más allá a excepción del vasto Mar Oscuro. Decían que contaba con la montaña más alta del imperio, y que el palacio imperial se alzaba en su cumbre más elevada, de modo que el emperador pudiese, literalmente, contemplar desde arriba a todos sus súbditos. Pero aparte de eso,

Red no sabía nada. Si le había dedicado algún pensamiento, fue para concebirla como Nueva Laven, pero con una montaña enorme clavada en medio. Quizá con menos barrios como Círculo del Paraíso y más como Salto Hueco.

Al menos había acertado en lo tocante a la montaña. Era una masa de roca desigual situada en mitad de la parte superior de la isla; la falda abarcaba al menos una cuarta parte del espacio. Pero el resto de la ciudad no se parecía nada a Nueva Laven. O puede que al menos hubiese un barrio que se le parecía: Villaclave. Pico de Piedra era como un extenso Villaclave, igual de limpio, igual de pulcro, pero de un tamaño que Red no podía creer. El sol de mediodía arrancaba destellos de sus murallas beige con tal brillo que hizo torcer el gesto a Red, a pesar de las lentes de cristal oscuro.

—Maldita mierda, menudo muerto —refunfuñó.

—Eso parece —coincidió Finn *el Perdido*.

Hope seguía sin soltar prenda, pero Red reparó en que tenía blancos los nudillos de la mano que cerraba en torno al puño de la espada.

—Ya casi es nuestro —le aseguró—. Casi ha terminado.

—¿De veras? Que yo sepa, casi lo hemos perdido. Solo hay un lugar probable en Pico de Piedra al que acuda un biomante que tema por su vida.

—¿El Consejo de la Biomancia?

—Que se encuentra tras esas murallas. Si no lo alcanzamos antes de que entre ahí…

Red lo entendía perfectamente. Tras esas murallas vivían casi todos los biomantes del imperio. Y, por supuesto, la guardia de honor del propio emperador. En cuanto Teltho Kan alcanzase ese lugar, sería intocable.

—Debí suponer que acudiría a este lugar —se lamentó ella en voz baja.

—¿Y de qué hubiera servido eso?

Hope no respondió, pero él la conocía lo bastante bien para saber que se regañaba en silencio por su descuido, o por algo parecido.

En cuanto amarraron la embarcación en el muelle, voceó:

—¡Sadie tiene el mando del barco! —Seguidamente, mediante tres largos y elegantes pasos, saltó por la regala y corrió por el embarcadero.

—¡Hope! ¡Espera! —le gritó Red al tiempo que echaba a correr tras ella.

Estaba claro que no iba a esperarlo. Ni siquiera aflojaría el paso. Corrió por calles atestadas de carros, caballos y gentes. Esquivó a unos y sorteó a otros sin apenas esfuerzo, como si todo aquello formase parte de una danza. Pero Red mantenía el paso sin problemas. De hecho, le pareció sorprendentemente fácil seguirla. Era como si pudiera verlo todo de golpe, abarcar todas las cosas y tomar decisiones en una fracción de segundo. Siempre había tenido una gran coordinación, pero aquello era algo nuevo.

La siguió un rato a través de las concurridas calles. Se preguntó cómo podía reinar tal ajetreo en aquella ciudad. En cualquier ciudad, para el caso. Pero no tuvo tiempo de examinarla con mayor atención. Debía impedir que Hope hiciese algo equivocado.

Por fin la alcanzó en las puertas de palacio. Estaba de rodillas en mitad de la calle, la cabeza inclinada, la espada envainada mirando sin temblar las blancas y altas murallas que se alzaban ante ambos.

—Les he fallado —dijo Hope en voz baja mientras contemplaba la espada que descansaba en sus manos—. Juré vengarme del hombre que asesinó a mi pueblo. Y ahora está fuera de mi alcance.

Red se acuclilló a su lado, consciente de que había un guardia en lo alto de la muralla que los observaba, rifle en mano.

—Tal vez podamos… infiltrarnos de algún modo —susurró—. Hacernos con unos disfraces y colarnos a través de las cocinas como hicimos en Bahía con Vistas.

—Esto no es una galería de arte, sino el palacio imperial.

—De acuerdo. Bueno. Entonces esperaremos a que salga.

—Si sale.

—Pues claro que lo hará. No va a quedarse ahí metido para siempre. —Red levantó la vista al imponente palacio. Había una muralla exterior, luego un jardín o patio abierto, y a continuación el palacio propiamente dicho, que se alzaba como aferrado a la montaña. Era más alto que cualquier edificio que hubiese visto. Mucho más de lo que había creído posible que pudiera alzarse un edificio—. ¿O sí?

—¿Has leído las historias de los emperadores? Ese palacio podría aguantar un asedio de diez años.

—Vamos, Hope. Tiene que haber una manera —insistió Red, desesperado. Solo había visto aquella mirada en una ocasión, y fue cuando logró convencerla de que no se suicidara con su propia espada—. Nosotros siempre hallamos un modo.

—¿Tú crees? —preguntó ella, sin apartar la vista de su acero.

—¡Por supuesto! ¡Tú y yo! ¡Hope y Red! ¡Somos invencibles!

—Pues acaban de vencernos.

—No, no digas eso.

—¿Por qué no? Es verdad. Otra de mis historias reales que tú querrías convertir en uno de tus relatos adornados.

Un pensamiento desesperado asomó a la superficie. Era a la par loco y razonable.

—¿Y si… optamos por alejarnos de todo esto? Empezar una historia totalmente nueva.

—¿Qué? —Hope lo miró por primera vez desde que habían llegado. Él lo interpretó como una buena señal.

—¿Y si nos desprendemos de todos esos juramentos de venganza y empezamos de nuevo? —Cuanto más lo pensaba, más le gustaba la idea—. Pico de Piedra parece un lugar estupendo para hacerlo. Un lugar donde podríamos empezar nuestras vidas desde cero. Vidas decentes que no tengan que ver con asesinar, robar ni nada por el estilo.

—¿Vidas decentes? —Hope lo miraba con los ojos muy abiertos.

—O, bueno, si eso no te encaja, podríamos ir a otra parte. A cualquier lugar. Después de todo, tenemos barco propio, qué diantres. Podríamos ir adonde nos dé la gana. —Lo veía muy claro ahora. No tenían que ser ladrón y guerrera. Podían ser cualquier cosa que quisieran—. Lo único que nos lo impide es nuestro pasado. Pero ¿y si olvidamos todo esto? Adiós venganzas, adiós biomantes, solo tú y yo. Juntos. Para siempre.

Extendió la mano hacia ella.

—Solo hay una cosa que quiera en todo el mundo: tú.

—Yo… no sé si puedo hacerlo. —Los ojos azul marino de Hope estaban surcados de venas rojas—. ¿Dejarlo correr? ¿Renunciar a mis juramentos? ¿A mi propósito? Es lo único que me ha empujado a seguir adelante estos últimos diez años. No puedo renunciar a ello sin más.

—Pero te está devorando por dentro. Esa obsesión tuya por la venganza te está convirtiendo lentamente en… No sé en qué, pero sé que no es demasiado tarde. Lo veo en ti. Veo a la persona que intenta escapar de la venganza.

—Eso fue lo que pintaste. —Por fin aceptó la mano que él le tendía—. Esa parte de mí.

—Eres mucho más que una cazadora de biomantes. Eres más que una asesina. —Se llevó la mano de ella al pecho—. Por favor, Hope. Permíteme ayudarte.

—¿Quieres ayudarla? —preguntó entonces una voz a espaldas de ambos, femenina pero en absoluto suave—. Si es así, deja de retenerla.

Ambos se volvieron hacia la voz, que efectivamente provenía de una mujer. Era la mujer más alta que Red había visto. Tenía el cabello largo y negro y penetrantes ojos castaños. Llevaba un vestido blanco de seda ceñido al cuerpo, con largas mangas que le colgaban ocultándole las manos, y una capucha blanca echada hacia atrás. Tenía un aspecto extraño, pero de algún modo muy elegante.

—¿Qué es lo que quieres? —preguntó Red, entornando los ojos.

La mujer movió la cabeza para señalar a los soldados apostados al pie de la muralla de palacio. En ese momento había dos que estaban charlando. Uno de ellos los señaló.

—Si queréis entrar ahí —dijo la mujer—, será mejor que me acompañéis.

—Entonces se dio la vuelta. El vestido blanco ondeó tras ella cuando echó a andar hacia una taberna cercana.

Hope se incorporó de inmediato y siguió a la mujer.

Red estaba a punto de llamarla cuando echó un vistazo al pie de la muralla, donde ya se habían reunido tres guardias. Apretó el paso tras ellas.

La mujer los condujo al interior de la taberna, que era mucho más limpia y estaba mejor iluminada que cualquier negocio parecido de Nueva Laven. Las mesas estaban impecables, con una planta en el centro de todas ellas como decoración. Señaló una situada en un rincón.

—Poneos cómodos. Iré a pedir a la barra.

Hope se sentó a la mesa.

—Esto parece una idea nefasta —dijo Red cuando hizo lo propio a su lado.

—Si existe una posibilidad, por pequeña que sea, de que esta mujer nos introduzca en palacio, estoy más que dispuesta a escucharla —replicó Hope.

—Podría ser una trampa.

—¿Tendida por quién? Ya no somos una amenaza para Teltho Kan, y no conocemos a nadie más en la ciudad.

—¡Exacto! —exclamó Red—. No conocemos a esta mujer. No sabemos una mierda sobre ella.

—Me llamo Brigga Lin. —La mujer puso sobre la mesa tres copas de madera llenas de vino tinto—. Y cualquiera que haya jurado vengarse de los biomantes es amigo mío.

—¿A qué se debe eso? —se interesó Hope.

—A que he jurado vengarme de toda la orden —respondió la mujer al tiempo que se sentaba.

—¿Tú?

Brigga Lin le sonrió a Red, los dientes blancos, relucientes, tras los carnosos labios rojos.

—No parezco gran cosa, ¿verdad? —Tomó un sorbo de vino con delicadeza—. Pero un maestro de la biomancia puede adoptar cualquier aspecto que desee.

—Un momento, ¿acaso afirmas ser…?

—Biomante, sí. —Puso los ojos en blanco—. O al menos lo fui hasta hace poco.

Hope arrugó el entrecejo.

—Creía que no aceptaban mujeres en sus filas.

—Y yo que los de Vinchen no permitían mujeres en la orden, a pesar de lo cual aquí estás tú, ataviada como uno de ellos.

—¿Cómo sabemos que realmente eres, o fuiste, biomante? —preguntó Red.

Ella tocó la planta que había en el centro de la mesa. Solo tenía un pálido y algo marchito crisantemo. Cuando se recostó para tomar otro sorbo de vino, la maceta se llenó de flores.

—De acuerdo. Si eres biomante —quiso saber Hope—, ¿por qué quieres destruir la orden?

—Fui, fui biomante —la corrigió Brigga Lin—. No olvidemos el tiempo verbal, que en este caso es muy importante.

—¿Por qué te echaron? —preguntó Red.

Ella enarcó una fina ceja negra y se señaló con gesto elegante los pechos, como si se los presentara formalmente.

—¿Por qué creéis que fue? Porque soy mujer.

—Pero si ser mujer contraviene sus leyes, ¿cómo te las ingeniaste para…?

—¿Para convertirme en biomante? —lo interrumpió Brigga Lin—. Muy sencillo. Entonces yo era un hombre.

—Disculpa —dijo Red—. ¿Cómo?

—Debo admitir que probablemente no era el hombre más masculino existente, pero tenía lo que hay que tener. Estudié y me adiestré durante años para convertirme en biomante, y fui… mediocre en el mejor de los casos. Entonces, hace unos años, exploraba las ruinas de Morack Tor cuando encontré uno de los textos sagrados originales. Su lectura me reveló que había ciertas ramas de la biomancia que estaban totalmente vedadas a los hombres y que solo las mujeres podían dominarlas. Me pareció que se trataba de un descubrimiento asombroso. Revolucionaría la orden. Pero debía demostrar que funcionaba.

—Así que recurriste a la biomancia para convertirte en una mujer.

—Era eso o pasar años entrenando a una joven en los principios básicos de la biomancia. —Brigga Lin se encogió de hombros—. ¿Y quién tiene el tiempo o la paciencia para algo así? Además, y esto solo lo admito ante vosotros después de comprobar lo equivocada que estaba, sinceramente no estaba segura de que una mujer fuese lo bastante inteligente para aprender biomancia. —Sonrió, tímida, a Hope—. Espero que me perdones por ello. Era un idiota, como tantos otros hombres.

—Entonces, ¿es así? —preguntó Red—. ¿Eres capaz de hacer cosas que el resto de ellos no puede?

—Ah, sí. ¿Eso de ahí? —Señaló la maceta llena de flores—. Nunca podrían hacer algo parecido. La biomancia masculina es capaz de cambiar la materia viva, pero no puede crearla. Solo la biomancia femenina puede hacer algo así. Y si eso no es una indicación de lo mal que han estado obrando en esa montaña, no sé qué podría serlo.

—¿Y pensaste que ibas a convencerlos de ello? —Había cierta conmiseración en los ojos de Hope.

—Fui una estúpida. —A Brigga Lin se le ensombreció la expresión—. Me acusaron de herejía. Escupieron sobre mí. Me lastimaron. No sé cómo logré salir con vida.

—Mi maestro me adiestró en secreto durante ocho años —le contó Hope en voz baja—. Cuando mis hermanos descubrieron lo que hacía, nos atacaron. Me hizo jurar que no me enfrentaría a ellos. Dijo que era una consecuencia natural de sus acciones, y que él la aceptaba con paz en el corazón. —Puso una mano en el brazo de Brigga Lin—. Siento que hayas sufrido tanto. Pero fuiste tú quien obró mal, igual que yo, al transgredir sus normas. Y esta fue la consecuencia.

—¿Por transgredir sus normas? —Se encendieron los ojos de Brigga Lin—. Son ellos quienes han transgredido las normas de la vida. Cuando les dije que las mujeres podían ser más poderosas como biomantes que los hombres, no fue una sorpresa para ellos. El consejo ya lo sabía. Pero preferían prescindir del poder a permitir que las mujeres accedieran a la orden. El Consejo de la Biomancia es débil, estúpido y no tiene remordimientos. Seguro que en esto estamos de acuerdo. Debéis de haber visto lo que hacen ahí afuera a la gente inocente o no habríais hecho ese juramento. Son una peste para todo el imperio.

—¿Y te has propuesto matarlos a todos? —preguntó Red—. ¿A todos los biomantes del imperio?

—Si a eso hay que llegar para cambiar las cosas, sí —respondió Brigga Lin—. Adaptarse o morir. Esa es la regla de la vida.

—¿Y cómo demonios te propones hacerlo?

—Mientras conversamos, se han reunido todos en palacio para celebrar su encuentro anual del consejo. Por eso había venido yo aquí. Para exponer mis hallazgos. —Se volvió hacia Hope—. El encuentro concluye mañana y después se distribuirán por todo el imperio. Pero si atacamos esta noche, tenemos la oportunidad de acabar con todos ellos.

—Hope, ¿no te estarás tomando todo esto muy en serio? —Red pudo verlo en sus ojos. Se lo estaba tomando muy en serio.

—Hace siglos, Burness Vee y Selk *el Valiente* fueron capaces de colaborar, biomante y Vinchen. —Brigga Lin se acercó a Hope—. Ellos construyeron este imperio. Juntos fueron imparables. Entre ambas, tenemos la oportunidad de tomar el palacio y corregir el rumbo del imperio. Hacer de él un lugar mejor. ¡Esta noche!

—Es un suicidio, Hope —señaló Red.

—No —replicó Brigga Lin—. En el mejor de los casos supone una oportunidad de alcanzar la gloria y la justicia. En el peor, no será más que una muerte honorable. ¿Y qué ofreces tú? He oído cómo intentabas convencerla de que abandonase sus votos. ¿Aconsejarías mostrarse conforme con semejante poder corrupto? ¿O emprender una retirada cobarde? Esas no son más que las sombras de una vida, vulgares y despreciables.

—Hope… —Red estaba perdiendo la discusión. Contra toda razón, contra toda lógica. Era la discusión más importante de su vida y la estaba perdiendo—. Por favor, te lo ruego. Ven conmigo. Volvamos al barco con Sadie, Tigas y los demás. Te queremos. ¿No es suficiente?

Hope lo miró, abiertos los ojos como estanques de color azul marino. Por primera vez se dio cuenta de lo profunda que podía ser su mirada.

—Red, sé que te costará entenderlo, porque no es así como funcionan las cosas en el Círculo. Hablas como si mi vida me perteneciera. Pero no es así desde hace muchos años. He jurado defender el honor del imperio y de la orden de Vinchen. Debo anteponer ese honor a mi propia vida. A cualquier cosa. —Alargó la mano y le tocó la mejilla—. A cualquier persona. Te pido que lo respetes.

Y fue entonces cuando Red supo con total certeza que la había perdido. O, tal vez, que nunca había llegado a tenerla.

—Siempre te he respetado y siempre lo haré. —Hizo un esfuerzo para mantener un tono de voz lo más tranquilo posible—. Pero no puedo ser todo sonrisas cuando veo que te encaminas de buen grado a tu propia muerte, por noble y justa que sea la causa. No lo haré.

Se levantó lentamente, proporcionándole todo el tiempo del mundo para detenerlo. Para pedirle que se quedara. O para acompañarlo. Pero ella no lo hizo.

Y, en realidad, Red no había esperado que lo hiciera.

30

S e acercaron a las blancas murallas de palacio, que relucían a la luz de la luna.

—¿Querías que nos acompañara? —le preguntó Brigga Lin.

—No. —Hope no quería pensar en ese momento en Red.

—Tengo la sensación de que podría habernos sido útil.

—Sí.

—¿Tanto te importa?

La pregunta sorprendió a Hope. Hacía tanto tiempo desde la última vez que había hablado con alguien que comprendiera su código del honor... Más o menos se había resignado a que sus conocidos interpretasen como opacos sus motivos. Pero Brigga Lin la entendía. Los biomantes parecían tener su propio código de honor, por retorcido y ponzoñoso que fuera. Brigga Lin entendía por qué Hope no le había pedido a Red que siguiera a su lado, a pesar de ser consciente de que era un activo importante en la brega que se avecinaba. De haberlo hecho, él se habría negado y ella hubiese perdido el respeto que le tenía. Y si se lo hubiera pedido y él hubiese respondido que sí, entonces lo habría condenado al mismo destino oscuro que las cartas le deparaban a ella. Prefería reducir sus propias posibilidades de éxito a tener que soportar cualquiera de esas alternativas.

—Sí, supongo que me importa —dijo finalmente.

Observaron a los guardias apostados en lo alto de la muralla, quienes empezaron a reparar en las dos mujeres inusuales que los miraban. Una de cabello negro, toda ella vestida de blanco, y la otra con el pelo de un rubio casi blanco y vestida toda de negro.

—No te he preguntado cómo te llamas —dijo Brigga Lin.

—No recuerdo mi nombre real. Un biomante acabó con las vidas de todos los habitantes de mi pueblo. Cuando Hurlo *el Astuto* me aceptó como discípula, me puso el nombre de mi pueblo para que nunca lo olvidara ni el destino que sufrió.

—¿Cómo se llamaba tu pueblo?

—Bleak Hope.

Brigga Lin se rio. Fue una risa ronca, llena, que atrajo aún más sobre ellas la atención de los guardias apostados a lo largo de la muralla.

—Sé que apenas servirá de consuelo, pero no se me ocurre otro ser vivo con el que preferiría morir que alguien con un nombre tan poco halagüeño.

Se puso la capucha de modo que le ocultara los ojos bajo su sombra. A los guardias pareció alarmarlos ese gesto. Cubierta con la capucha, el vestido pasó a recordarles el atavío de un biomante. Levantaron los rifles y apuntaron a ambas mujeres.

—¡Alejaos de inmediato! —gritó uno de ellos.

—Se disponen a abrir fuego —le advirtió Hope.

—Yo me ocupo —la tranquilizó Brigga Lin.

—¿Y la altura? Creía que los biomantes solo podían transferir su poder mediante el tacto.

—Sí —asintió Brigga Lin, que sonrió bajo la capucha—. Recuerdo cuando sufría esa limitación. —Movió las manos trazando un gesto elegante, las largas mangas siguiendo su vaivén como en plena danza.

—Esta es vuestra última... —empezó a decir el soldado.

Brigga Lin levantó los brazos, separando los dedos entre sí, y los rifles explotaron. Los soldados gritaron al llevarse las manos a las caras quemadas por la pólvora.

—La pólvora es tan desagradable... Me gustaría que no la

457

utilizaran. —Brigga Lin se dirigió hacia la puerta al tiempo que se volvía para mirar a Hope—. En cuanto eche abajo esta puerta, tendremos que nadar río arriba contra una corriente de soldados. Más de los que probablemente pueda despachar por mi cuenta. ¿Estás lista?

Hope levantó la vista hacia los hombres que se lamentaban en lo alto de la muralla. Gemían de dolor, las caras destrozadas por unas quemaduras de las que aún salía humo. Experimentó un sentimiento pasajero: lástima, como la que había sentido por Ranking al final. Víctimas de un biomante. En esta ocasión, uno con quien ella colaboraba…

Pero esos hombres llevaban el mismo uniforme que los que habían acabado con su pueblo. Se centró en ese detalle, y la vieja y familiar oscuridad engulló aquella lástima pasajera. Después tomó la decisión de la que nunca había dudado.

—Sí —asintió—. Lista.

—Has tomado la decisión correcta —dijo Sadie después de dejar que Red se lamentara un rato. En cuanto volvió a subir a bordo, sin Hope, ella había alejado a los demás. Ahora ambos estaban sentados en la cabina del capitán, que Hope seguía sin usar. Y, por lo visto, tal vez jamás lo haría.

—Pues no tengo la impresión de haber hecho lo correcto —replicó Red—. Sino de haberme dejado el alma en esa taberna.

—Lo sé. Aún eres joven. Y tienes esa parte de artista blandengue que nunca te deja en paz. No hay nada que hacer al respecto. Nada excepto sufrir un poco, me temo.

Él se rodeó el cuerpo con los brazos, hundido de hombros y cabizbajo.

—Nunca había sido así de doloroso. Ni siquiera cuando lo de Tigas.

—Lo sé, muchacho, lo sé.

Guardaron silencio, roto únicamente por las veces, pocas, que Red inspiraba con fuerza. Ese sonido, y el hecho de estar en un barco, bastaron para devolver a Sadie viejos recuerdos. Pensamientos agridulces sobre los tiempos pasados. Era prueba más que suficiente de que se estaba ablandando con la edad, aunque no le importó. La alegraba ver que su muchacho estaba vivo.

—Ella también ha hecho la elección correcta.

—¿Qué? —Red abrió desmesuradamente los ojos—. ¡Parece que quiera ir directa a la muerte!

—Me refería a no pedirte que la acompañaras. Estoy segura de que quería hacerlo, porque, puestos a morir, ¿por qué no hacerlo con tu hombre a tu lado?

—Nunca he sido su hombre.

—¿De veras?

—Sí. Nunca nos hemos dado un revolcón.

—¿Y tú crees que eso es lo que lo define? ¿Dos pedazos de carne húmedos pegados el uno al otro?

—Bueno…

—No he conocido una sola mujer que necesitara que le agrandaran el coño para saber que estaba colgada de su hombre. Eso viene de dentro; ese conocimiento, digo. —Se encogió de hombros—. No me malinterpretes. En mis tiempos le habré dado al manubrio ajeno como la que más, y rara vez me arrepentí. Pero cuando pasan esas cosas entre dos personas no es necesario llamarlas amor.

—No, supongo que no. —Volvió los ojos hacia la ventana, como si con ellos pudiera perforar todos los edificios que lo separaban del palacio.

—Si te lo llega a pedir, te quedas a su lado. Lo sé. Ella también lo sabe. Y cuando llegó el momento, te quiere tanto que te dejó marchar. —Le dio unas palmadas en la espalda—. Eso sí es algo especial, Red, pillo mío. Será mejor que nunca lo olvides.

Volvieron a guardar silencio. Sadie reparó en que él ya no inspiraba con tanta vehemencia. Puede que sus palabras lo hubiesen consolado. Tal vez, tras años de fracasar, empezaba a dársele bien eso de ser madre.

Él se levantó, echados atrás los hombros, la cabeza bien alta.

—Tienes razón, Sadie. Es demasiado especial para dejarlo atrás.

—Espera, Red, yo no preten…

Pero el joven salió a la carrera de la cabina, y en un abrir y cerrar de ojos oyó cómo sus botas chocaban con fuerza en el embarcadero.

Bueno. Por lo visto, tampoco se le daba tan bien.

A veces cuesta dilucidar si las decisiones que tomas son las adecuadas. Era tentador, por ejemplo, ver indicios tempranos de éxito en el hecho de que Dios, o el universo (los de Vinchen no diferenciaban lo uno de lo otro), mostrase su aprobación despejándote el camino.

Así se sintió Hope cuando Brigga Lin y ella atravesaron la puerta, y después el patio, para seguidamente introducirse en el edificio de palacio. Los soldados acudieron a decenas, y ella segó sus vidas como si no fueran más que hierba en las ondulantes praderas de Salto Hueco. El sonsonete de *Canto de pesares* reverberó en los níveos vestíbulos de palacio, y los soldados no necesitaron mucho tiempo para acobardarse ante aquel desapacible sonido. Había perdido la magia de sangre tras asestar el primer golpe, sintió cómo temblaba la hoja, así como el cese del leve pero persistente tirón. Pero no importaba. Teltho Kan se había quedado sin posibilidad de retirada.

A su lado, Brigga Lin se desplazaba cual ángel vengador, gesticulando constantemente, las mangas ondeando en el aire, dando muerte a distancia. Un soldado cayó al suelo gritando mientras la caja torácica le estallaba hacia fuera, abierta como una flor roja, rosa y blanca. Otro ni siquiera llegó a gritar cuando vomitó sus propias entrañas en el suelo.

¿Era esa la elección adecuada? La cuestión asomó a la mente de Hope cuando decapitó a un hombre y destripó a otro. Todo ese horror, toda esa muerte que causaban, ¿era justo? En la distancia vio a un hombre que intentaba arrancarse los ojos porque se habían transformado en sendas canicas de brea hirviendo en las cuencas. Y no supo qué responderse.

Pero entonces, mentalmente, vio los gordos gusanos blancos asomando a través de la piel de su padre. Oyó cómo su madre pronunciaba un nombre que era incapaz de recordar. Vio a Ontelli, de Murgesia, por cuya boca asomó el pico de una lechuza, y oyó su crujir de huesos cuando se transformó en una bestia ante sus ojos. Vio cómo Billy *el Púas* se convertía en hielo. Vio a la gente de Círculo del Paraíso transformarse en polvo.

Hizo de tripas corazón y siguió luchando.

A pesar de los lujos que había en Pico de Piedra, entre los cuales se contaban el alcantarillado subterráneo y la limpieza, apenas había lámparas de gas encendidas. Comparadas con Nueva Laven, las calles se quedaban siniestramente vacías tras la puesta de sol. Las tabernas, aunque ocupadas, no desprendían el mismo entusiasmo pendenciero de Círculo del Paraíso o la enardecida expresividad de Cresta de Plata. Todo el mundo parecía abatido. Red no estaba seguro de si sería así cada noche, o solo en aquellas noches en que el consejo de biomantes se reunía en la ciudad.

Fuera como fuese, eso le despejó el camino. Pensó que había ido rápido de día, pero no fue nada comparado con su velocidad de noche. A oscuras, su visión se amplió más, permitiéndole no solo asimilar cuanto lo rodeaba, sino también calcular y planear su ruta con manzanas de antelación. Sus ojos parecían beber de la negrura. Se preguntó qué aspecto debía de tener para las pocas personas con las que se cruzó en la calle. ¿Un demonio de ojos rojos? Pero en ese momento no le importaba. Lo único que le importaba era alcanzar a Hope antes de que la mataran. Puede que esa lucha suya fuese un imposible. Pero tal vez sus cuchillos arrojadizos pudiesen inclinar la balanza hacia el reino de lo posible. Había algo de lo que estaba seguro: no podría pasar el resto de su vida preguntándoselo. Lo descubriría esa noche, para bien o para mal. La decisión lo llenó de euforia y siguió corriendo.

Cuando se acercó a la muralla de palacio, vio que la puerta estaba hecha pedazos. El metal estaba corroído y cubierto de un óxido que no había estado ahí esa misma tarde. Sin duda era obra de Brigga Lin.

El patio estaba alfombrado con los cadáveres de los soldados, algunos terriblemente desfigurados, otros despedazados o ensartados. Había mucho que asimilar, y a pesar de su nueva visión tuvo problemas para hacerlo. Así que no reparó en los dos soldados situados en un lateral que seguían con vida, armados con rifles. Uno de ellos le apuntó, pero cuando Red volvió por fin la vista hacia ellos, los ojos del otro soldado se abrieron como platos y apartó el cañón del compañero de un manotazo, lo cual bastó para que el disparo se perdiera en el cielo nocturno.

—Es él —dijo el segundo soldado—. ¡Mírale los ojos!

—¡Mierda! —se lamentó el del rifle.

—Hemos sobrevivido a esos dos espantos, y vas tú y a punto estás de que nos maten de todos modos —se quejó el otro.

Red echó mano de los cuchillos arrojadizos, no muy convencido de lo que pasaba. Pero ambos soldados tiraron al suelo los rifles y levantaron las manos.

—¡Perdónanos, por favor! —rogó el primero—. ¡Tengo una hija pequeña!

Red repasó de nuevo con la mirada las pilas de cadáveres que se repartían por el patio. No sabía si a la larga sería un error, pero no podía sumar otros dos, sobre todo si estaban desarmados.

—No me sigáis.

—¡Palabra de honor! —prometió el tipo.

Red se dio la vuelta y entró en palacio. Lo habían identificado, pero no tenía ni idea de cómo. Ahí se cocía algo que se le escapaba. A partir de ese momento debía proceder con cuidado. De todos modos, lo de infiltrarse subrepticiamente casaba más con su estilo.

Cuando las cosas habían ido bien, Hope se sintió tentada de considerarlo una señal de que había hecho lo correcto. Ahora que las cosas se les torcían, ¿significaba eso que su elección no había sido acertada?

Ese pensamiento revoloteaba por su mente mientras Brigga Lin y ella se abrían paso escaleras arriba, planta a planta, enfrentadas a unas oleadas de enemigos procedentes de las plantas superiores que eran como la corriente de un río. Los soldados estaban desesperados, dirigidos por biomantes, quienes por fin se habían sumado a la lucha.

Al principio habían aparecido en solitario o por parejas, desconcertados y desgreñados, como recién sacados del sueño o la meditación. Esos primeros biomantes hicieron poco más que sumarse al caos y dar órdenes a voz en cuello a los soldados para que plantasen cara a pesar del modo en que Hope segaba sus vidas.

Pero en cuanto llegaron los suficientes, se organizaron y diseñaron una especie de plan. No tenían la habilidad de Brigga Lin de obrar a distancia, y no parecían muy dispuestos a ponerse al alcance del acero de Hope. En lugar de ello, empezaron a transformar a algunos soldados en bestias descerebradas con colmillos, garras o pinzas. Estas criaturas demostraron tener mayor resistencia, y seguían atacando incluso cuando estaban mortalmente heridas.

Hope reparó en que a aquellas bestias no parecía importarles a quién atacaban. Mordían y desgarraban cualquier cosa que se moviera delante de ellos. De modo que, en lugar de combatirlos, se las apañó para que se volvieran en la dirección contraria y los empujó escaleras arriba hacia los soldados. No fue algo definitivo, pero le despejó el camino para ensartar con la espada a los biomantes. Después de todo, a eso había ido a palacio.

Ambas mujeres continuaron subiendo lenta pero implacablemente. Cuando por fin alcanzaron la décima planta, donde Brigga Lin le había asegurado que se suponía que debía reunirse el consejo de biomantes, a Hope le sorprendió ver la luz de la luna filtrándose por las ventanas de la espaciosa sala. ¿Era acaso esta noche la misma en que habían iniciado esa pelea? Sangraba al menos por veinte heridas distintas, y cada músculo de su cuerpo era una protesta. Brigga Lin no tenía mejor aspecto. Su precioso vestido era ya más rojo que blanco. Un hilo continuo de sangre le resbalaba de la nariz, probablemente debido al constante esfuerzo de la biomancia, y su piel había adquirido una palidez tétrica.

Pero por fin se había detenido la marea de soldados. Hope y Brigga Lin mataron a los pocos que quedaban vivos en el pasillo, y cuando alcanzaron la sala del consejo la encontraron prácticamente vacía. Hope no llevaba la cuenta de cuantos hombres de túnica blanca había abatido. Tenía la impresión de que eran una hueste. Se preguntó si podían estar cerca de cumplir su objetivo.

—¿Dónde está el consejo? —preguntó a gritos Brigga Lin al solitario biomante que encontraron en la sala. Movió las manos a los costados y las piernas del hombre se quebraron a la altura de las rodillas. Se desplomó y se le cayó hacia atrás la capucha. Hope reconoció en el acto las facciones de Teltho Kan.

—¡Aguarda! —le gritó a la otra mujer—. ¡Este es mío!

Brigga Lin congeló las manos en mitad de un gesto.

—¿Es el que asesinó a tu gente?

—¡Ah, sí, ese soy yo! —gritó Teltho Kan, teñida la voz por el dolor—. Los usé para incubar una especie de avispa gigante que estaba perfeccionando. —Se rio, una risa desesperada, aguda.

Brigga Lin reculó unos pasos.

—Es todo tuyo. Pero que te diga dónde se esconden los miembros del consejo.

—¿No hemos matado a ninguno de ellos? —preguntó Hope.

—Esos no eran más que novicios —susurró Teltho Kan—. Fáciles de reemplazar y de escasa importancia. Es más, nos habéis hecho un favor al reducir así su número. La mayoría de ellos apenas merece ingresar en la orden. Los pocos que hayan sobrevivido se harán más fuertes. —Rio de nuevo.

Quizá era debido al dolor de tener ambas piernas rotas, pero el rictus le confería un aspecto enajenado. De nuevo Hope sintió una punzada de lástima. Llevaba toda la noche ahí, y cada vez que la acosaba había logrado mantenerla a raya. Pero ahora le costaba reconocer qué era lo correcto. Cuando presenció desde fuera el horror de lo que hacían los biomantes, le resultó sencillo señalarlos y decir: «Estáis equivocados». Pero ahora que tenía ante sí a su biomante, a su propio hacedor de horrores, no le pareció tan simple. Se miró y vio que la armadura de cuero negro brillaba cubierta de sangre húmeda. Tenía las manos pegajosas. ¿Cómo podía una elección que fuese la correcta derivar en tanta muerte y tanto dolor?

—¿Dónde está el resto del consejo, Kan? —preguntó Hope, el cansancio ya asomando en su voz.

—¿Dónde está tu lacayo de los ojos rojos? —El biomante miró a su alrededor.

—No está aquí.

—Se te da bien contar mentiras —replicó él, asintiendo—. Sobre todo para ser una de Vinchen. Pero ambos sabemos que eso no puede ser cierto. No puede abandonarte igual que tú no puedes abandonar tu juramento.

—No miento, Kan. No está aquí. —Hope no sabía qué había planeado Teltho Kan para Red, pero agradeció el hecho de que el joven no estuviera presente para descubrirlo.

Una expresión de temor asomó a las facciones de Teltho Kan. Negó con vehemencia con la cabeza.

—No, no, eso no puede ser. Tiene que estar aquí. Les dije que estaría aquí. ¡Se lo juré! —Levantó la vista hacia ella—. Tú lo sabías, ¿verdad? Maldita perra, ¿cómo lo supiste? ¿Cómo…? —Desesperado, repasó la estancia con la mirada. Nuevos crujidos partieron de sus piernas fracturadas, pero no pareció reparar en ellos. Parecía perdido. Aterrado. Patético—. ¿Cómo he podido equivo…?

—Cualquiera puede equivocarse. —Mientras Hope pronunciaba estas palabras, cayó en la cuenta de que no solo lo decía por él, sino también por ella. Llevaba combatiendo las dudas desde el inicio de esa noche, pero ver al hombre a quien más odiaba roto e indefenso ante ella le dio el coraje de asumirlas. Para un guerrero de Vinchen, vengarse era lo más importante que podía haber. El código de Vinchen era muy claro al respecto. Pero había sido celebrar la vida de Carmichael, no su muerte, lo que a ella le había parecido lo correcto. Con todas aquellas muertes, ¿estaría honrando a sus padres y a su pueblo? Viéndolo con perspectiva, Hurlo nunca habría aprobado explícitamente su sed de venganza. Quizá incluso su maestro tuvo dudas de que el código estuviera siempre en lo cierto. Después de todo, él se lo había saltado cuando la aceptó como pupila.

—Creía que jurar vengarme de ti era un juramento honorable —dijo en voz baja—. Creí que tu muerte llenaría de significado todas las muertes inútiles que has causado. Pero ahora comprendo que no supondrá ninguna diferencia. Ni mis padres ni mis maestros hubiesen querido que empeñara mi vida en acabar con la tuya.

—¿Bleak Hope? —se extrañó Brigga Lin, confundida.

—El juramento que hice fue el deseo egoísta y rencoroso de una niña lastimada. Comprensible, pero no honorable. Ya no soy una niña.

Bajó la espada.

—¡No! ¡Espera! ¡Debes matarme! —exclamó Teltho Kan—. ¿No lo ves? ¡Les he fallado! ¡No tienes ni idea de lo que me harán, de cómo me harán sufrir!

—Ya no es mi propósito castigarte o salvarte —replicó Hope—. Mi vida ya se ha entrelazado con la tuya el tiempo suficiente. Aquí es donde nos separamos. —Le dio la espalda.

La furia deformó el rostro del biomante.

—No… —Se arrojó sobre ella, queriendo alcanzarle la mano del arma.

—¡Hope! —La voz de Red reverberó como una campanada.

En el preciso instante en que los dedos de Teltho Kan rozaron los nudillos de Hope, un cuchillo arrojadizo se hundió en su ojo y el biomante se desplomó en el suelo.

Hope se miró la mano y vio cómo se le marchitaban los

nudillos, cómo se encogían, secaban y pudrían. La espada cayó con un tintineo metálico al suelo.

Oyó a Red gritar su nombre. Después de todo, ahí estaba él. Por propia elección. A pesar del dolor que sentía en la mano, en parte sintió alegría ante el hecho de que él hubiese escogido estar a su lado. Y en parte también se sintió aterrorizada ante la perspectiva de que Teltho Kan le hubiese tendido una trampa.

Pero entonces el dolor se adueñó de todo su cuerpo, eliminando por completo cualquier otro pensamiento. La hoja de Red había matado al biomante, retrasando un poco el proceso, pero sin detenerlo del todo. El deterioro se extendió a los dedos de Hope. Sintió cómo uno tras otro morían y cada una de sus muertes le supuso un dolor intenso que se le transmitió por el brazo hasta alcanzarle el cráneo.

Red corría hacia ella. Brigga Lin también. Pero el deterioro era rápido. Acabaría antes con ella. Y aunque llegasen a tiempo a su lado, ¿qué podían ellos hacer? ¿Qué podía hacer ella? Se tambaleó, la visión empezó a distorsionársele. Sintió que se desvanecía al tiempo que el dolor y el deterioro se desplazaban por la palma de su mano.

—¡Hope! —gritó Red.

Pero le había hecho una promesa a Red. No darse por vencida. Jamás. Esa, decidió, era una promesa que valía la pena respetar.

Hizo un esfuerzo por concentrarse. Se miró de nuevo la mano. La tenía retorcida, ennegrecida, y supuraba pus. La podredumbre se le extendía en dirección a la muñeca. Cayó de rodillas y recogió a *Canto de pesares* con la mano sana. Seguidamente descargó un golpe para cortarse la mano herida a la altura de la muñeca.

La podredumbre había desaparecido. Ya no sentía la muerte lenta, capaz de marchitarlo todo. En su lugar, la atenazaba un dolor agudo y la sangre chorreaba del muñón del antebrazo. El suelo estaba resbaladizo a su alrededor. Se apretó una tira de cuero de la manga para reducir el flujo. Luego miró el vacío que había dejado su mano. Fue entonces cuando por fin gritó.

Pero Red estaba a su lado y ella se hundió en sus brazos.

—¡Oh, Dios mío, Hope, lo siento, lo siento muchísimo! —Le puso una mano sudorosa en la mejilla mientras la abrazaba—. No pasa nada, saldremos de esta, ya lo verás.

—Has venido —murmuró Hope, esforzándose por seguir consciente.

—Aquí me tienes. No podía quedarme al margen. Las consecuencias no importan.

Los labios de ella se curvaron en una sonrisa.

—Como nos prometimos. Tú y yo. Red y Hope. Pase lo que pase.

—Así es —asintió él, que sonreía entre lágrimas.

—Puedo arreglarlo —intervino Brigga Lin, poniendo las manos en el muñón de Hope—. Déjame que cierre ahora la herida, y más tarde, cuando disponga de materiales, ya lo arreglaré.

Hope asintió, demasiado débil para decir nada.

Brigga Lin se llevó a los labios el muñón ensangrentado. Besó con suavidad, casi con reverencia, el hueso blanco que había en medio. De inmediato, la herida se cerró. Hope experimentó una sacudida cuando el dolor abandonó su cuerpo, sustituido por una sensación de calma y frescor.

—Bueno —dijo una voz que sonaba vieja como el polvo—. Parece que, después de todo, Teltho Kan tenía razón.

Hope levantó con debilidad la cabeza del regazo de Red y vio a un destacamento de soldados de refuerzo procedente de la escalera inundar la sala. Formaron un anillo alrededor de los tres, apuntándolos con los rifles.

—Bienvenidos al Consejo de la Biomancia —dijo la voz. Hope siguió aquel sonido hasta el extremo opuesto de la sala del consejo, donde una hilera de hombres con túnica blanca y capucha permanecían inmóviles, unidas las manos, ocultos los rostros.

Red apretaba a Hope contra su pecho, protegiéndola con los brazos, mientras los soldados los apuntaban con los rifles. Había sido demasiado lento para salvarle la mano, pero, costase lo que costara, salvaría el resto.

—Ahí estáis. —Brigga Lin contempló a los biomantes situados al otro lado de la sala. Se limpió la sangre de la nariz y se levantó lentamente—. No te preocupes, Bleak Hope. Yo me encargo de esto.

Levantó las manos e inició una serie de gestos fluidos tan rápidos que ni siquiera Red fue capaz de seguirlos con la mirada. Seguidamente dirigió con brusquedad los brazos hacia la hilera de biomantes.

El aire crepitó en torno a ellos, pero no sucedió nada más.

—¿De veras creías que te habríamos dejado vivir si supusieras una amenaza para nosotros? —preguntó el que estaba situado en el centro, con la misma voz ronca que ella había oído con anterioridad, teñida en ese momento de cierta diversión.

Brigga Lin dio un paso atrás, evaporada toda su oscura arrogancia.

—¿Me dejasteis vivir?

—Pues claro. Esos pobres diablos que enviamos al calabozo para alimentarte solo sabían que queríamos que mencionaran a la mujer de Vinchen de modo que tú lo oyeras. Supimos que no serías capaz de resistirte. Que los matarías, que huirías y que darías con su paradero. Que contigo instigándola, la guerrera de Vinchen podía incluso crecerse lo bastante como para atacarnos frontalmente. Y Teltho Kan acertó también cuando nos aseguró que el joven de los ojos rojos sería incapaz de permitir que intentarais algo así sin él. Es una lástima que Teltho Kan no haya vivido lo bastante para ver que, a fin de cuentas, acertó en todo. Su éxito podría haberle supuesto un lugar en el consejo.

—Pues aquí me tenéis. —Sin dejar de sostener a Hope, Red introdujo la mano en la casaca y sacó del interior uno de sus cuchillos—. Pero apuesto a que os arrepentiréis. Puede que seáis capaces de bloquear la magia, pero ya veremos qué tal os va con el acero.

—No puedes matarnos a todos.

—Vais a matarnos de todas formas, así que antes me llevaré a cuantos pueda por delante.

—Todo lo contrario, no tenemos ningún deseo de matarte. Y si aceptas entregarte a nosotros en paz, pondremos incluso a esa Vinchen tuya en libertad.

—Mentís.

—Somos incapaces de cometer perjurio.

Red se volvió hacia Brigga Lin.

—Los biomantes no pueden mentir —admitió ella—. Hacer afirmaciones falsas debilita nuestro poder.

Red se volvió de nuevo hacia el consejo de biomantes.

—¿Liberaríais a Hope? ¿Y no la perseguiríais después?

—Si abandona Pico de Piedra y no vuelve nunca, y mientras tú cooperes con nosotros, nunca le haremos daño directamente.

—¿Por qué? —preguntó Hope, ronca la voz. Se puso en pie con esfuerzo, el muñón bajo la axila del otro brazo—. ¿Qué le haréis a él?

—Adiestrarlo. Ayudarlo a ser consciente de su verdadero potencial —respondió otro biomante cuya voz era untuosa como aceite derramado.

—¿Qué hay que sea tan especial en mí? —preguntó Red.

Hubo una pausa.

—Quizá se sienta más inclinado a cooperar si sabe toda la verdad —sugirió el biomante de la voz aceitosa.

—O menos —dijo otro con voz de metal herrumbroso.

—Veremos —replicó el de la voz ronca—. Joven, eres la culminación de un experimento que ha durado casi veinte años. Desarrollamos una sustancia que causaba sentimientos de confianza y apetito sexual en quienes la inhalaran. También era muy adictiva y, después de un uso continuado, mortífera. Su nombre era *Coractulous spucaceas*. Pero tú probablemente la conozcas por el nombre de especie de coral.

—Un momento —lo interrumpió Red—. ¿Vosotros inventasteis la especie de coral? ¿La droga?

—Aunque se empleaba como droga con fines placenteros,

su propósito verdadero era el de alterar a los niños nonatos de las mujeres que la consumían cuando, estando en el vientre materno, eran vulnerables aún a tales cambios drásticos.

—¿Alterar? —preguntó Brigga Lin.

—Mejoraría sus reflejos y la coordinación mano-ojo a niveles de rendimiento muy superiores a los de una persona normal. También marcaría a estos niños dándoles ojos rojos para que pudiéramos identificarlos con facilidad. Pero todos los que encontramos no vivieron lo suficiente, apenas superaban el mes. Pensamos que ninguno había sobrevivido, así que consideramos que el experimento había sido un fracaso. Hasta que Teltho Kan te vio.

—¿Estás diciendo que arruinasteis innumerables vidas por la remota posibilidad de que pudiera nacer y sobrevivir alguien como yo? —preguntó Red.

—Nosotros no forzamos a los sujetos a drogarse. Uno de los nuestros insistió mucho en ese aspecto.

—Siempre debe estar presente el elemento del libre albedrío —dijo la voz aceitosa.

—Así que toda mi vida, el motivo de haber sido siempre tan diestro con las manos y de tener tan buena puntería se lo debo a la especia de coral.

—Correcto.

—Y Teltho Kan —dijo Hope— lo intensificó.

—Sí. El alcance total de la destreza del sujeto yace durmiente hasta que es desencadenada por un biomante.

—¿Por qué lo necesitáis? —Hope se esforzó por ponerse de rodillas—. ¿De qué va a salvar al imperio?

—Eso no vamos a decírtelo. Baste con decir que se trata de una amenaza mayor de la que podemos afrontar con nuestro poder.

—De modo que, si os ayudo, ¿dejaréis libre a Hope? —quiso asegurarse Red.

—Sí.

—¿Y qué me decís de Brigga Lin?

Hubo una pausa.

—Recibirá un correctivo por su herejía.

—Os referís a que la torturaréis hasta la muerte, ¿verdad?

Otra pausa.

—Sí.

Red apretó con fuerza la mandíbula.

—Entonces quiero que la dejéis marchar con Hope.

—¿Por qué? ¿Qué significa ella para ti?

Red se volvió hacia Brigga Lin. Perpleja, ella le devolvió la mirada. Puede que incluso estuviera conmocionada. Red no la culpó. Después de todo, en parte era culpa suya que estuviesen metidos en tamaño lío. Pero en ese momento aquello no era lo más importante. Lo hecho, hecho estaba, y no había forma de cambiarlo. Pero había algo que sí podía cambiarse.

—Cúrala —le dijo en voz baja a Brigga Lin—. Ayúdala. A partir de ahora permanece a su lado, ya que yo no podré hacerlo. ¿Entendido?

—Yo… —Lo miró con algo próximo al asombro—. Sí. Lo haré. Juro por la verdad del Dios universal que la serviré hasta mi último aliento.

—Bien —asintió Red.

—Red, no, por favor, no lo hagas. —Hope se puso de pie, dolorida la expresión, pálida. Se tambaleó, pero Red impidió que cayera de nuevo—. Por favor, no pongas tu destino en sus manos.

—Escucha, vieja amiga —dijo en voz baja, esbozando una sonrisa forzada mientras la sostenía—. Está claro como el cristal. O bien ambos morimos hoy, o bien vivimos separados.

—Red… —Torció el gesto—. Me gustaría haber…

—Eh, que solo será una temporada. —No sabía qué se disponía a decir ella, pero tal como estaba la situación Red apenas era capaz de mantener la expresión valiente que mostraba. Cualquier cosa, por pequeña que fuera, podía inclinar la balanza.

Confió con cuidado a Hope a la mujer biomante.

—Su barco se llama *Gambito de dama*. Llévala con los suyos. Y cúrala.

Brigga Lin irguió la espalda y asintió secamente.

—Lo haré.

Red se volvió hacia el consejo de biomantes. El que estaba situado en el centro levantó la mano, y los soldados se hicieron a los lados, despejando el paso a la escalera.

Hope también irguió la postura, despreciando la ayuda de Brigga Lin. Dirigió una última mirada a Red, luego se volvió y anduvo lentamente hasta la escalera. Brigga Lin la siguió de cerca, las manos extendidas, dispuesta a coger a Hope si tropezaba. Y fue esa última visión de ellas dos lo que proporcionó a Red cierto consuelo al pensar que quizá estarían bien.

Siguió mirando hasta perderlas de vista. Luego se dirigió a la hilera que formaban los ancianos encapuchados.

—Bueno, fulanos asquerosos. Soy todo vuestro.

31

Fue una buena caminata hasta el *Gambito de dama*. El sol ya coronaba el cielo cuando llegaron. Hope había insistido en abandonar el palacio sin ayuda, pero ahora apoyaba buena parte del peso en Brigga Lin y una capa de sudor le perlaba la frente.

Daba la impresión de que los tripulantes se habían pasado la noche en vela esperando, porque en cuanto puso un pie en el muelle saltaron del barco y se le acercaron a la carrera.

—¿Qué ha sido de Red? —preguntó Sadie.

—¿Qué ha sido de tu mano? —preguntó Ortigas.

—Yo… puedo curarla —tartamudeó Brigga Lin, algo intimidada ante el corro de personas preocupadas que las rodeaban—. Red me hizo prometer que lo haría.

—¡Maldita mierda! ¿Dónde está Red? —insistió Sadie.

—Se lo han quedado, Sadie —respondió Hope con voz débil—. Se han quedado a nuestro Red.

Sadie se puso pálida, los labios prietos.

—Ese crío estúpido…

—No quise que… me… acompañara. —Volvió a tener la sensación de que iba a desmayarse. El suelo se precipitó hacia ella, pero oyó un golpe metálico y dos manos fuertes la aferraron a tiempo. Entonces vio la cara enorme, la expresión franca, de Filler.

—Te tengo, capitana —dijo.

—Filler… —Se le quebró la voz. Movió los dedos para acariciar la mejilla del herrero—. Nos salvó. Se entregó por nosotras.

—Entonces habrá que ir a recuperarlo, ¿no te parece, capitana? —La llevó a bordo, a la cabina de popa. Cada paso terminaba en un golpe metálico, lo que dio a entender a Hope que Filler se había puesto la rodillera metálica que Alash y él habían construido. La tumbó en el coy.

—¿Cómo vas a arreglarle eso? —le preguntó Alash a Brigga Lin.

—Soy… Fui biomante.

Gritos airados partieron del grupo.

—Pero ahora… —los interrumpió Hope con voz dura mientras reunía fuerzas suficientes para incorporarse en el coy—. Ahora, repito, es una de los nuestros. ¿Entendido?

Guardaron silencio.

—Ya habéis oído a la capitana —dijo finalmente Finn *el Perdido*—. Así son las cosas ahora.

Hope puso la mano en el hombro de Finn.

—Gracias, señor Finn.

—Bueno, ¿cómo vas a arreglar lo de su mano? —preguntó Alash.

—Solo necesito una extremidad para reemplazarla —dijo—. Quizá la de un animal…

—¡No! ¡Nada de recurrir a animales! —protestó Hope, pensando en Ranking, en los hombres búho, en aquellos soldados que había visto transformados. No quería tener nada que ver con eso. Señaló la rodillera metálica de Filler y se volvió hacia Alash—. Hazme algo así.

Él la miró, muy serio.

—Enseguida, capitana. Debió de ocurrírseme antes.

—Pues que se te ocurra ahora —dijo ella.

A lo largo de los días siguientes, Hope fue perdiendo y recuperando la conciencia. Brigga Lin la visitaba con frecuencia para administrarle pociones malolientes, diciendo que la ayudarían a recuperarse de la pérdida de sangre. Filler y Alash entraban de vez en cuando para tomar medidas o comentar algún elemento de la prótesis que diseñaban para ella.

Cuando se sintió mejor, puso al tanto a Sadie y Ortigas de todos los detalles de cómo Red no solo la había salvado una, sino dos veces en una sola noche.

—¿Tan segura estás de que no lo matarán o lo torturarán? —preguntó Sadie.

—Hablaron como si Red fuese una de las personas más importantes del imperio. —Hope negó con la cabeza.

—Pero ya sabes de qué son capaces esos biomantes —advirtió Ortigas—. Le harán algo, tan cierto como el peligro.

Hope lo sabía, tenía perfectamente claro que ella no podía vencer al consejo de biomantes.

Cuando se marcharon, permaneció tumbada en el coy mientras la luz del sol poniente entraba por la portilla. Había evitado acomodarse en la cabina del capitán, y en ese momento comprendió el porqué.

Allí sentada, en la pulcra y diminuta cabina, se acordaba de su pérdida. Carmichael, por supuesto. Pero esa pérdida la llevaba a pensar en Hurlo y en sus padres. Y ahora en Red. Aún lo veía en aquel último momento, sonriéndole como si ella no lo conociera lo bastante para reconocer la sonrisa forzada. Un dolor desconocido anidaba en su interior. Ya lo echaba de menos, y le dolía mucho más que cualquier otra pérdida anterior.

Acudieron a su mente las palabras de Filler: «Entonces habrá que ir a recuperarlo, ¿no te parece, capitana?». Y tenía razón. Se trataba de alguien que los biomantes le habían arrebatado y que al menos tenía la posibilidad de recuperar. Solo debía hallar el modo de hacerlo.

Al poco rato, Brigga Lin entró con otro de sus desagradables bálsamos. Este hizo que Hope se adormilara, y pronto se sumió en un profundo sopor. En sus sueños, Red y ella se hallaban de nuevo ante las murallas de palacio. Él la miraba con esa expresión dulce y angustiada y le decía que tenían elección, que podían ser lo que quisieran.

Cuando despertó, sabía lo que debía hacer.

Al día siguiente, Alash y Filler reunieron a todos en la cabina de Hope y presentaron, orgullosos, la prótesis. Habían modificado la funda de cuero para el antebrazo con el mecanismo que disparaba la varilla e instalado una bisagra a la altura de donde antes se situaba la muñeca; seguidamente colocaron una especie de grapa en el extremo de la bisagra lo bastante grande para sostener la espada.

—Ahora llegamos a la parte complicada —anunció Alash—. La bisagra, como nos pediste, efectúa una rotación completa. —Lo demostró girando la grapa a un lado y a otro—. Y también puede clavarse en un lugar determinado cuando es necesario, como solicitaste.

—Suena muy bien de momento. —Hope observaba cómo Filler le introducía con cuidado la funda en el muñón y la ataba.

—Ahora viene lo que no te gustará —continuó Alash—. Podemos emplear el mismo sistema de captura y liberación que Filler y yo diseñamos para su rodilla, pero tendrás que operarlo con la otra mano.

Hope negó con la cabeza.

—Voy a necesitar la otra mano. Tenéis que encontrar otro modo.

—No hay otro modo. —Alash se sonrojó de pura frustración.

—¿Podría ayudaros? —preguntó Brigga Lin.

—Nada de ponerme partes de animales —le advirtió Hope.

—No, no —le aseguró Brigga Lin. Tendió la mano a Filler, que sin palabras le confió el brazo enfundado en la prótesis. La biomante señaló los cables de metal—. A ver si entiendo correctamente este mecanismo. Según parece, si a lo largo de este cable hubiese manera de ajustar la tensión, eso permitiría activar la bisagra cuando fuese necesario en cualquier punto de la rotación. ¿Correcto?

—Sí. Pero ¿cómo vas a ajustar esa tensión sin recurrir a la otra mano? —preguntó Filler.

—Fusionando el cable con sus tendones. Podría controlarlo con el mismo reflejo que emplearía normalmente para girar la muñeca. Un movimiento comparable.

—¿Combinar hombre y máquina? —susurró Alash, que se mostró a un tiempo fascinado y conmocionado.

—Adelante —dijo Hope.

—El procedimiento será intensamente doloroso —le advirtió Brigga Lin—. Tal vez debamos esperar a que hayas tenido tiempo de recuperar la salud.

—Hazlo ahora.

Miró a Filler.

—Ya has oído a la capitana —dijo él

—De acuerdo —accedió Brigga Lin, tajante y seria—. Dadle un retal de cuero que pueda morder para que no se rompa los dientes o se muerda la lengua.

Filler se quitó el cinto, lo dobló por la mitad y se lo ofreció a Hope. Ella mordió el cuero e hizo un gesto con la cabeza a Brigga Lin.

El dolor superaba con mucho al que sintió en su momento cuando perdió la mano. La biomante maniobró y hurgó bajo la carne hasta que sintió cómo el cableado metálico se insertaba en todos y cada uno de los músculos de su brazo. Hope lanzó un grito a pesar del cinto que tenía entre los dientes, y siguió gritando hasta quedar ronca. Pasaría por ello igual que había pasado por otras cosas terribles. Que ella fuese quien sufría no cambiaba en absoluto las cosas. Nunca apartaría la mirada.

Finalmente, Brigga Lin dio un paso atrás, tocándose la nariz, que volvía a sangrarle. Dejaron que Hope recuperase el aliento. Ortigas la obligó a beber un poco de agua. Luego, Alash y Filler completaron la parte mecánica. Y por fin todo acabó.

Hope se levantó lentamente del coy, manteniendo el equilibrio con ayuda de la mano buena, que apoyó en el costado del barco. Levantó la nueva extremidad y la observó con cara de satisfacción.

—Necesito espacio.

Se dirigió paso a paso a la puerta. Filler se ofreció a ayudarla, pero ella lo rechazó con un gesto y siguió andando por su cuenta. Cuando hubo salido al alcázar, se limitó a decir:

—Mi espada.

Todos la habían seguido a cierta distancia. Ortigas le tendió el acero y se situó junto al resto.

Hope aseguró la empuñadura a la grapa. Hizo torsión con el brazo y *Canto de pesares* hendió el cielo nocturno. El canto estaba ahí, pero adoptaba un tono distinto. Más oscuro, sí, pero también más suave. Lanzó un tajo a un lado, y luego al otro, trazando un movimiento como para dibujar un ocho, y el acero entonó un zumbido largo y lastimero. Luego giró la muñeca y la espada se mantuvo firme, la punta dirigida al cielo. Sentía que formaba parte de ella más incluso que antes. Sonrió y se acercó la hoja al rostro. Vio reflejada a la tripulación de pie a su espalda.

Bajó la espada y se volvió hacia ellos.

—He dedicado la vida a vengar a quienes ya habían muerto. —Hizo un gesto de desaprobación—. Eso ahora tiene poco sentido para mí.

Los presentes cruzaron la mirada, sin saber adónde pretendía ir a parar. Ella no pudo culparlos.

—Recuperaré a Red —continuó—. No puedo vencer al Consejo de Biomancia yendo de cara. Aún no. Así que atacaré sus extremidades, un biomante o un barco imperial tras otro. Si es necesario, acabaré con todo el imperio hasta que no quede nada excepto Red, libre. Seré un oscuro viento del caos que lo barre todo para que algo mejor ocupe su lugar.

—Hope… —dijo Sadie.

—Nada de Hope. Nada de esperanza. Ya no. A partir de ahora se me conocerá por Bane *la Osada*.

Y todos ellos se fueron mirando los unos a los otros. Finn *el Perdido* miró a Filler, y este a Ortigas, que se volvió hacia Alash, quien por último miró a Brigga Lin.

—¿Estáis conmigo?

Fue Ortigas la primera que hincó una rodilla en la tablazón de cubierta.

—Bane *la Osada*, campeona del pueblo y azote del imperio, yo te seguiré.

Filler se apresuró a imitar su gesto, la rodilla de metal protestó al hincarse en el suelo.

—Yo te seguiré.

—Aborrezco la violencia —puntualizó Alash al imitar a los otros—, pero si así salvo a mi primo, yo te seguiré.

—Esperaba disfrutar de un retiro tranquilo —dijo Sadie—. Pero reconozco que me hubiese aburrido enseguida. Yo te seguiré. Pero no voy a arrodillarme porque luego sería incapaz de ponerme en pie.

—Si Sadie te sigue, yo también lo haré —declaró Finn *el Perdido*—. Además, estoy enamorado de este barco, y si vamos a ejercer de piratas alguien tendrá que pertrecharlo con algunos cañones.

Hope se volvió hacia Brigga Lin, el miembro más reciente de la tripulación.

—Red te hizo jurar que me ayudarías. Y lo has hecho. Este rumbo que hemos trazado será duro. Si quieres marcharte ahora, daré tu juramento por cumplido.

Los ojos de Brigga Lin eran inescrutables.

—La generosidad de Red cuando me salvó la vida durante la negociación sin apenas conocerme, cuando, de hecho, tenía motivos para odiarme, es la mayor gentileza que me han mostrado jamás. No daré por cumplido mi juramento hasta que Red esté en libertad o yo haya muerto. —E hizo una profunda reverencia.

Hope apoyó la punta de la espada en la cubierta.

—Entonces seremos piratas. Y ay de aquel que ose cruzarse en nuestro camino.

Red se hallaba en la ventana, mirando por encima de los tejados de los edificios de Pico de Piedra. Hasta ese momento no había caído en la distancia a la que distinguía las cosas. Observó cómo el *Gambito de dama* se hacía a la mar sin que ningún barco imperial persiguiera su estela.

—De acuerdo, compruebo que habéis cumplido con vuestra promesa —dijo.

—¿Crees que te acordarás de ella cuando hayamos acabado contigo? —preguntó la voz ronca—. ¿Crees siquiera que seguirás siendo el mismo?

Red se volvió para mirar al hombre encapuchado que no se había separado de su lado y que no parecía necesitar alimento ni descanso.

—¿Quién iba a ser, si no?

El biomante se quitó la capucha para revelar un rostro tan agrietado e irregular como la roca sobre la que se alzaba el palacio. Y habló sin apenas mover sus labios de piedra:

—Cuando terminemos contigo, ni siquiera serás un hombre. Serás una sombra de la muerte.

Agradecimientos

Tenía seis años cuando el mar se me llevó un dedo de la mano izquierda. Fue una experiencia que podría haberme apartado para siempre de los barcos y de la navegación. Pero mi abuelo, John Kelley, no quiso ni oír hablar al respecto, y en lugar de ello me llenó de un amor tan profundo por el mar que, hasta el día de hoy, no importa qué pueda preocuparme, porque cuando estoy a bordo de cualquier clase de embarcación siempre soy capaz de hallar cierta paz. Sería demasiado obvio mencionar que este libro no hubiese sido posible sin él, ni sin mi tía Laura, tío Peter y mis primos Alex y Liz, que conservan la tradición de navegar mientras yo me siento aquí, demasiado lejos del mar, limitándome a soñar con él.

Sería también igual de insuficiente dar las gracias a Stephanie Perkins, amiga y colega escritora, que se ha batido por este libro desde el principio. Ya sea como animadora, crítica o hábil consejera de negocios, agradezco toda su contribución.

Quiero agradecer a mi agente, Jill Grinberg, el hecho de haberse embarcado sin reparos cuando dije: «¡Eh, me gustaría escribir un libro para adultos!». Ella y el resto del personal de JGLM no dejan de asombrarme, y agradezco mucho haberlos tenido de mi parte. Gracias también a mi editora, Devi Pillai, que se muestra exigente conmigo un día tras otro. Sé que confía en que llegará el día en que me haga llorar, razón por la que yo la valoro más, si cabe.

Cometería un descuido si no reconociera la influencia del excelente *Gangs of New York: An informal History of the Underworld*, de Herbert Asbury, por ejemplo en la inspiración aportada para buena parte de la cultura de las bandas de Nueva Laven, y en particular el personaje de Sadie *la Cabra*. Según cuentan los relatos, algunos de ellos incluso creíbles en parte, Sadie existió de verdad y aterrorizó la ribera del Hudson, aunque por poco tiempo. Sea cierto o un cuento popular, me siento en deuda con esa «practicante de las malas artes».